多小說

교과서 소설 다보기

5

교과서 소설 다보기 5

개정판 1쇄 발행　2021년 12월 8일
개정판 2쇄 발행　2023년 9월 22일

엮은이　　씨앤에이논술연구팀
펴낸이　　이재종
펴낸곳　　(주)C&A에듀
주소　　　서울시 강남구 도곡로 63길 23, 성진회관 302호
전화　　　02-501-1681
팩스　　　02-569-0660
전자우편　rainbownonsul@kakao.com
ISBN　　 978-89-6703-872-4 44810
　　　　　 978-89-6703-867-0 (세트)

多小說

교과서
소설
다보기

5

씨앤에이논술연구팀 엮음

2015
교육 과정
반영

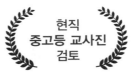

현직
중고등 교사진
검토

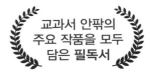

교과서 안팎의
주요 작품을 모두
담은 필독서

C&A에듀

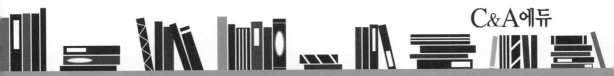

개정판을 펴내며

현대 사회는 날마다 새로운 정보와 지식이 쌓이는 지식 정보화 시대입니다. 이러한 사회에서 자라나는 세대에게 필요한 능력은 지식과 정보를 제대로 판별해 내는 능력입니다. '스스로 생각하는 능력'과 '습득한 지식을 재구조화하는 능력'이 바로 그것입니다. 이 두 가지 능력은 요즘 교육의 화두인 창의력이나 문제 해결 능력을 이루는 중요한 구성 요소입니다. 또한 이전에는 객관적이고 타당한 지식과 정보를 교사가 학생들에게 가르치고 학생들은 이를 습득하는 것에 머물렀다면, 이제는 학생들이 스스로 습득한 지식을 재생산할 수 있어야 합니다. 지식이 개인에 의해 창조되고, 구성되고, 재조직될 때 비로소 지식으로서 의미가 있는 시대가 되었습니다. 이제는 학생이 지식을 구성해 나가는 과정을 존중해 주어야 하고, 그러려면 지식과 정보를 온전히 학생 자신의 것으로 표현하는 서술형·논술형 시험이 적합한 시대가 된 것입니다.

이러한 시대적 요구에 답하기 위해 씨앤에이논술연구팀이 기획한 것이 바로 《교과서 소설 다보기》입니다. '한 사람이 열 권의 책을 읽는 것보다 열 사람이 한 권의 책을 읽고 토론하는 것이 더 좋다.'라는 말이 있습니다. 이에 연구팀은 국어 교과서에 수록된 단편 소설을 엄선하여, 중고등학생들이 우리 문학을 더 깊이 있게 이해하며 감상을 함께 나눌 수 있는 책을 기획하게 되었습니다.

소설은 단순한 이야기가 아니라 주인공이 다양한 환경에서 현실을 접하는 가운데 스스로 삶의 의미를 찾아 나가는 과정을 담은 새로운 세상입니다. 그리고 이러한 소설을 읽는 일 역시 단순히 이야기를 즐기는 것이 아니라, 소설 속에서 주인공이 겪는 모험을 독자가 체험함으로써 세상살이의 숨은 의미를 깨달아 나가는 행위입니다. 더 나아가 우리 학생들에게는 세계나 사회, 타자와 자신의 관계에 대해 혹은 '이 세계 속에서 어떻게 살아야 하는지'에 대한 존재론적이거나 윤리적인 물음의 답을 조금씩 찾아 나가는 계기가 될 수 있습니다.

《교과서 소설 다보기》 5권에서는 현행 중고등 학교 국어·문학 교과서에 수록된 작품을 중심으로 총 열두 편을 선정하여 그 작품을 네 가지 주제로 분류하였습니다. 1부 '전쟁 문학, 비극 속 인간을 그리다'에서는 전쟁의 비극성을 살피고 전쟁에서 인간다움을 지키기 위한 노력과 그 의미를 생각해 보며, 2부 '전후(戰後), 살아남은 자의 삶'에서는 전후 한국 사회를 살아가는 인물들의 삶을 살펴보고 진정한 평화의 의미와 이를 위해 필요한 자세를 생각해 봅니다. 또 3부 '산업화 시대 1 : 이름 없는 사람들'에서는 1960년대 한국 사회상을 통해 다양한 소외 양상을 살피고, 현대 사회에서의 바람직한 인간관계를 고찰해 봅니다. 나아가 4부 '산업화 시대 2 : 길 위의 사람들'에서는 산업화 시대의 사회 현상을 살펴 그 흐름 속에서 개인의 삶을 조명하고, 산업화로 급변하는 사회에서의 가치관을 비판적으로 살펴 어떤 삶과 가치를 지향할지 생각해 봅니다.

이 책을 통해 작가의 입장에서 또는 작중 인물의 입장에서 생각해 보기도 하고, 다른 친구들의 감상도 들어 보며 '생각하는 즐거움', '인식의 지평이 넓어지는 즐거움'을 만끽하는 등 살아 있는 문학 작품을 만날 수 있을 것입니다. 특히 각 주제별로 마련된 토의·토론 문제로 친구들과 함께 이야기를 나눈다면, 비판적인 사고력도 키우면서 소통의 즐거움까지 느낄 수 있는 문학 수업이 될 것입니다.

《교과서 소설 다보기》는 문학적 상상력을 길러 주어 학생들이 가슴 따뜻한 미래의 리더로 성장하는 데 도움을 줄 시리즈입니다. 오랜 기간 준비하여 펴낸 《교과서 소설 다보기》가 학생들에게 좋은 선물이 되기를 바랍니다.

짜임과 활용

읽기

교과서에 실린 작품 전문을 수록하고,
어려운 단어를 알기 쉽게 풀이하였습니다.

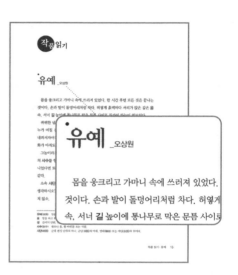

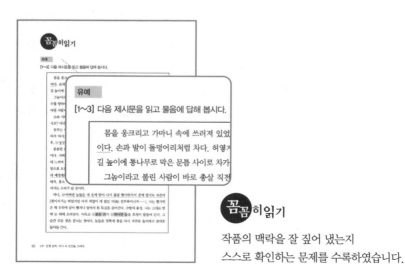

꼼꼼히읽기

작품의 맥락을 잘 짚어 냈는지
스스로 확인하는 문제를 수록하였습니다.

생각나누기

토의·토론 과정을 통해 자신의 생각을
논리적으로 표현하는 능력을 키울 수 있습니다.

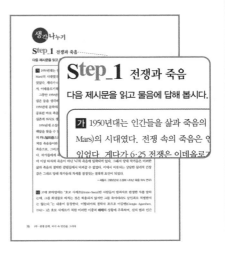

Step_1 전쟁과 죽음

다음 제시문을 읽고 물음에 답해 봅시다.

가 1950년대는 인간들을 삶과 죽음의
Mars)의 시대였다. 전쟁 속의 죽음은 역
있었다. 계다가 6·25 전쟁은 이데올로

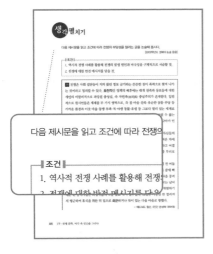

생각펼치기

다양한 주제의 글쓰기 과제를 수행하면서
기본적인 문장력, 글 구성 능력을 다집니다.

다음 제시문을 읽고 조건에 따라 전쟁의

┃조건┃
1. 역사적 전쟁 사례를 활용해 전쟁

차례

01 전쟁 문학, 비극 속 인간을 그리다

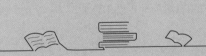

학습 목표

1. 전쟁이 어떻게 인간다움을 상실하게 하는지 살펴보고 전쟁의 비극성을 비판할 수 있다.
2. 생사(生死)의 갈림길에 놓인 인물들의 딜레마를 통해 전쟁의 비극성을 살펴볼 수 있다.
3. 전쟁에서 인간다움을 지키기 위한 노력을 살펴보고 그 의미를 말할 수 있다.
4. 전쟁의 비극성을 이해하고, 전쟁에 반대하는 글을 쓸 수 있다.

전쟁 문학은 전쟁 혹은 그와 연관된 사건들을 소재로 삼아, 전쟁이라는 극한 상황에서 나타나는 인간의 모습을 조명하고 그에 대한 성찰을 유도합니다. 〈유예〉는 한국의 대표적인 전쟁 문학 작품으로, 6·25 전쟁 중 포로가 되어 총살당하기 직전인 '나(소대장)'의 한 시간 동안 의식의 흐름대로 서술되면서 인간 실존의 의미를 살피고 있습니다.

이 작품에서 '나'가 인솔하는 수색대는 적의 배후에 너무 깊숙이 들어가 본대에서 뒤떨어지게 되고, 추위와 굶주림에 시달리던 병사들은 하나둘 죽어 갑니다. 마침내 선임 하사마저 죽고 홀로 남은 '나'는 인민군의 포로가 되지만, 그들의 회유에 굴복하지 않고 인간 존재와 그 의미를 생각하며 죽음의 길을 택합니다. 이때 사용된 '의식의 흐름 기법'은 소설 속 등장인물의 파편적이고 무질서하며 잡다한 의식 세계를 자유로운 연상 작용을 통해 가감 없이 그려 내는 방법으로, 이 작품에서는 주인공 '나'의 심리와 떠오르는 생각을 그대로 서술함으로써 전쟁의 공포를 직접적으로 느끼게 하고 인간 존재의 심층에 효과적으로 접근하도록 합니다.

작가는 '나'를 통해 인간의 존엄성을 파괴하는 전쟁의 잔인함을 고발하는 동시에, 죽음 앞에서도 인간으로서 의지와 신념을 버리지 않는 인간다운 삶을 옹호합니다. '나'의 심리를 좇아 이 작품을 감상하며, 사형 집행 전 한 시간의 유예가 '나'에게 어떤 의미인지를 생각해 봅시다.

▌오상원(吳尙源, 1930~1985)

평북 선천 출생. 1953년 신극 협의회에서 주관한 장막극 공모에 《녹스는 파편》이 당선되었고, 1955년 《한국일보》 신춘문예에 단편 소설 〈유예〉가 당선되면서 본격적인 작가 활동을 시작하였다. 6·25 전쟁이라는 민족 비극의 상황을 배경으로 역경을 이겨 내는 강인한 인간형을 창조하여 전후 작가(戰後作家)로서의 지위를 확립하였다. 대표적인 작품으로 〈증인〉, 〈모반(謀反)〉, 《백지의 기록》 등이 있다.

유예 _오상원

몸을 웅크리고 가마니 속에 쓰러져 있었다. 한 시간 후면 모든 것은 끝나는 것이다. 손과 발이 돌덩어리처럼 차다. 허옇게 흙벽마다 서리가 앉은 깊은 **움** 속, 서너 **길** 높이에 통나무로 막은 문틈 사이로 차가이 하늘이 엿보인다.

퀴퀴한 냄새가 코를 찌른다. 냄새로 짐작하여 그리 오래된 것 같지는 않다. 누가 며칠 전까지 있었던 모양이군. 그놈이나 매한가지지, 하고 사닥다리를 내려서자마자 조그만 구멍으로 다시 끌어올리며 서로 주고받던 그자들의 대화가 아직도 귀에 익다.

그놈이라고 불린 사람이 바로 총살 직전에 내가 목격하고 필사적으로 놈들의 **사수**를 향하여 방아쇠를 당겼던 그 사람이었을까……. 만일 그 사람이 아니었다면 또 어떤 사람이었을까……. 몸이 떨린다. 뼛속까지 얼음이 박인 것 같다.

소속 **사단**은? 학벌은? 고향은? 군인에 나온 동기는? 공산주의를 어떻게 생각하시오? 미국에 대한 감정은? 그럼…… 동무의 말은 하나도 이치에 당치 않소.

유예(猶豫) 일을 결행하는 데 날짜나 시간을 미룸. 또는 그런 기간.
움 땅을 파고 위에 거적 따위를 얹어 비바람이나 추위를 막아 겨울에 화초나 채소를 넣어 두는 곳.
길 길이의 단위. 한 길은 여덟 자 또는 열 자로 약 2.4미터 또는 3미터에 해당한다.
사수(射手) 대포나 총, 활 따위를 쏘는 사람.
사단(師團) 군대 편성 단위의 하나. 군단(軍團)의 아래, 연대(聯隊) 또는 여단(旅團)의 위이다.

동무는 아직도 **계급 의식**이 그대로 남아 있소. 출신 계급을 탓하지는 않소. 오해하지 마시오. 그 근성이 나쁘다는 것뿐이오. 다시 한번 생각할 여유를 주겠소. 한 시간 후, 동무의 답변이 모든 것을 결정지을 거요.

몽롱한 의식 속에 갓 지나간 대화가 오고 간다. 한 시간 후면 모든 것은 끝나는 것이다. **사박사박** 걸음을 옮길 때마다 발밑에 부서지는 눈, 그리고 **따발총구**를 등 뒤에 느끼며 앞장서 가는 인민군 병사를 따라 무너진 초가집 뒷담을 끼고 이 움 속 감방으로 오던 자신이 마음속에 **삼삼히** 아른거린다. 한 시간 후면 나는 그들에게 끌려 예정대로의 둑길을 걸어가고 있을 것이다. 몇 마디 주고받은 다음, 대장은 말할 테지. 좋소. 뒤를 돌아다보지 말고 똑바로 걸어가시오. 발자국마다 사박사박 눈 부서지는 소리가 날 것이다.

아니, 어쩌면 놈들은 내 옷에 탐이 나서 홀랑 **빨가벗겨서** 걷게 할지도 모른다[찢어지기는 하였지만 아직 색깔이 제 빛인 미(美) 전투복이니까……]. 나는 빨가벗은 채 추위에 살이 빨가니 얼어서 흰 둑길을 걸어간다. 수발의 총성, 나는 그대로 털썩 눈 위에 쓰러진다. 이윽고 붉은 피가 하이얀 눈을 **호젓이** 물들여 간다. 그 순간 모든 것은 끝나는 것이다. 놈들은 멋쩍게 총을 다시 거꾸로 둘러메고 본대로 돌아들 간다. 발의 눈을 털고 추위에 손을 비벼 가며 방 안으로 들어들 갈 테지. 몇 분 후면 그들은 **화롯불**에 손을 녹이며 아무 일도 없었던 듯 담배들을 말아 피우고 기지개를 할 것이다.

누가 죽었건 지나가고 나면 아무것도 아니다. 그들에겐 모두가 평범한 일들이다. 나만이 피를 흘리며 흰 눈을 움켜쥔 채 신음하다 영원히 **묵살**되어 묻

계급 의식(階級意識)　어떤 계급의 구성원들이 공통적으로 가지는 심리, 태도 따위의 특징적인 경향.
사박사박　모래나 눈을 잇따라 가볍게 밟는 소리. 또는 그 모양.
따발총구(--銃口)　따발총(탄창이 똬리 모양으로 둥글납작한 소련제 기관 단총을 속되게 이르는 말)의 앞쪽 끝부분.
삼삼하다　잊히지 않고 눈앞에 보이는 듯 또렷하다.
호젓이　후미져서 무서움을 느낄 만큼 고요하게.
화롯불(火爐-)　화로에 담아 놓은 불.
묵살(默殺)　의견이나 제안 따위를 듣고도 못 들은 척함.

혀 갈 뿐이다. 전 근육이 경련을 일으킨다. 추위 탓인가……. 퀴퀴한 냄새가
또 코에 스민다. 나만이 아니라 전에도 꼭 같이 이렇게 반복된 것이다.

싸우다 끝내는 죽는 것, 그것뿐이다. 그 이외는 아무것도 없다. 무엇을 위
한다는 것, 그것도 아니다. 인간이 태어난 본연의 그대로 싸우다 죽는 것, 그
것뿐이라고 생각하였다.

북으로 북으로 쏜살같이 진격은 계속되었다. 수차의 전투가 일어났다. 그
가 인솔한 수색대는 적의 배후 깊숙이 파고들어 갔다. 자주 **본대**와의 연락이
끊어지기 시작하였다.

초조한 소대원의 얼굴은 **무전사**에게로만 쏠렸다. 후퇴다! 이미 길은 모두
적에 의하여 차단되었다. 적의 어느 면을 뚫고 남하할 것인가? 자주 소전투
가 벌어졌다. 한 명 두 명 쓰러지기 시작하였다. 될 수 있는 한 적과의 근접
을 피하면서 산으로 타고 올랐다. 기아와 피로. 점점 **낙오**되고 줄어 가는 소
대원, 첩첩이 쌓인 눈과 추위, 그리고 알 수 없는 방향을 더듬으며 온갖 자연
의 악조건과 싸우지 않으면 안 되었다. 연이어 계속되는 눈보라 속에 무릎까
지 덮이는 눈 속을 헤매다 방향을 잃은 그들은 **악전고투** 끝에 산 밑을 더듬어
내려와서 가까운 그 어느 마을로 파고들어 갔다. 텅 빈 마을, 집집마다 스산
히 흩어진 채 눈 속에 호젓이 파묻혀 있다. 적이 들어온 흔적도 지나간 흔적
도 없다. 되었다. 소대원들은 뿔뿔이 헤쳐져서 먹을 것을 샅샅이 뒤졌다. 아
무것도 없다. 겨우 얼어 빠진 감자 한 자루뿐, 이빨에 서벅서벅 얼음이 마주
치는 감자 알맹이를 씹었다. 모두 기운이 지쳐 쓰러졌다. 일시에 피곤과 허기
가 **연덩어리**처럼 내린다. 발가락마다 얼음이 박혔다. 눈보라는 더욱 세차게

본대(本隊) 주축이 되는 본부의 군대.
무전사(無電士) 무선 전신 사병을 줄여 이르는 말.
낙오(落伍) 대오에서 처져 뒤떨어짐.
악전고투(惡戰苦鬪) 매우 어려운 조건을 무릅쓰고 힘을 다하여 고생스럽게 싸움.
연덩어리(鉛———) '납덩이'의 방언.

몰아치고 밤이 다가왔다. 산속의 밤은 급히 내린다. **선임 하사**만이 피로를 씹어 가며 문지방에 기대어 앉아 있었다.

밖은 휘몰아치는 눈보라뿐, 선임 하사도 잠시 눈을 붙였다. 마치 기습이라도 있을 듯한 밤이다.

그러나 아무 일 없이 아침이 왔다.

또 눈과 기아와 추위와의 싸움이 계속되었다. 한 사람 두 사람, 이 자연과의 싸움에 쓰러지기 시작하였다. 소대장님, 하고 마지막 한마디를 외치고 눈 속에 머리를 박고 쓰러지는 부하들을 볼 때마다 그는 그 곁에 무릎을 꿇고 그 싸늘한 마지막 시선을 지켰다. 포켓을 찾아 **소지품**을 더듬는 그의 손은 항시 죽어 간 부하의 시체보다도 더 차가웠다. 소대장님…… 우러러 쳐다보는 마지막 부하의 그 눈빛, 적막을 더듬어 가며 죽음을 재는 그 눈은 얼음장보다도 더 차가운 그 무엇이 있었다.

"소대장님…… 북한 출신입니다. 홀몸입니다. 남한에는…… 누구도 없습니다. 이것이 이북 제 고향 주소입니다."

꾸겨진 기슭마다 닳아져서 떨어졌다. 그것을 받아들던 그의 손, 부하의 손을 꼭 쥐어 주었다.

그 이상 더 무엇을 할 수 있었으랴…….

인제 남은 것은 그를 포함하여 여섯 명뿐.

눈 속에 쓰러져 넘어진 그들을 그대로 남겨 놓은 채 그들은 다시 눈 속을 헤쳤다. 그의 머릿속에 점점 불안이 다가왔다. 이윽고 ×× 지점까지 왔을 때다. 산줄기는 급격히 부드러워져 이윽고 쑥 평지로 빠졌다. 대로(大路)다.

지형과 **적정**을 탐지하러 내려갔던 선임 하사가 급히 달려 올라왔다. 노상

선임 하사(先任下士) 예전에, 특정 부대나 병과에 있는 부사관 가운데 가장 높은 계급의 부사관을 이르던 말.
소지품(所持品) 가지고 있는 물품.
적정(敵情) 전투 상황이나 대치 상태에 있는 적의 특별한 동향이나 실태.

에는 무수히 말굽 자리와 마차의 수레바퀴, 그리고 발자국 자리가 있다는 것이다. 선임 하사의 손에는 말똥이 하나 쥐어져 있다. 능히 그것은 손 힘으로 부스러뜨릴 수 있었다. 그들이 지나간 것이 그리 오래되지 않았다는 **증좌**다. 밤을 기다릴 수밖에 없다. 그리하여 어둠을 이용하여 도로를 횡단하고 다시 앞에 바라보이는 산줄기를 타고 오를 수밖에 없다.

밤이 왔다. 행동을 개시하였다. 그들은 될 수 있는 한 낮은 지대를 선택하고 대로에 연한 개천 둑을 이용하였다. 무난히 대로를 횡단하였다. 논두렁에 내려서자 재빠르게 **엄폐물**을 이용해 가며 걸음을 **다그었다**. 인제 앞산 밑까지는 불과 이백 미터밖에 안 된다. 그들은 약간의 안도감을 느끼고 걸음을 늦추었다.

그때다. 돌연 일발의 총성과 더불어 한마디 비명을 남기고 누가 쓰러졌다. 모두 꽉 눈 속에 엎드렸다.

일순간이 지났다. 도대체 총알은 어디서부터 날아온 것인가? 그 방향을 종잡을 수가 없다. 그가 적정을 살피려 고개를 드는 순간 또 총알이 날아 왔다. 측면에서부터다. 모두 **응전** 자세를 취하기 위하여 대로 쪽으로 각도를 돌렸다.

그러나 절대적으로 불리하다. 놈들은 우리의 위치를 알고 있지만 우리는 적 쪽의 위치를 잡을 수가 없다. 그렇다고 이대로 언제껏 있을 수도 없다. 아무리 밤이라 할지라도 흰 눈 위다. 그들은 산기슭까지 필사적으로 **포복**을 단행하였다. 동시에 총알은 비 오듯 집중된다. 비명과 더불어 소대장님 하고 외치는 소리, 그는 눈을 꾹 감았다. 땀이 비 오듯 흐른다. 그는 눈을 꽉 감은 채

증좌(證左) 참고가 될 만한 증거(證據).
엄폐물(掩蔽物) 야전에서, 적의 사격이나 관측으로부터 아군을 보호하는 데에 쓰이는 자연적 또는 인공적 장애물.
다그다 어떤 일을 서두르다.
응전(應戰) 상대편의 공격에 맞서서 싸움. 또는 상대편의 도전에 응하여 싸움.
포복(匍匐) 배를 땅에 대고 김.

포복을 계속하였다. 의식이 **다자꾸** 흐린다. 산기슭 흰 눈 속에 덮인 관목 숲이 눈앞에서 뿌여니 흩어진다. 총성은 약간 잦아졌다. 산기슭으로 타고 오르는 순간 선임 하사가 쓰러졌다. 그는 선임 하사를 부축하고 끌며 산속으로 산속으로 들어갔다.

얼마나 산속 깊이 들어왔는지도 모른다. 정신을 잃고 쓰러져 누웠을 때는 이미 새벽이 가까워서였다.

몹시 춥다. 몸을 약간 꿈틀거려 본다. 전 근육이 추위에 마비되어 감각을 잃은 것만 같다. 인제 모든 것이 끝나는 것이다. 퀴퀴한 냄새가 코를 찌른다. 어렴풋이 눈 속에 부서지는 구두 발자국 소리가 들려온다. 점점 가까워진다. 시간이 된 모양이다. 몸을 일으키려고 움직거려 본다. 잠시 몽롱한 시각이 흐른다. 발자국 소리가 점점 멀어지기 시작하였다. 아무것도 아니다. 아무것도 아닌 것이다. 몹시 춥다. 왜 오다가 다시 돌아가는 것일까……. 몽롱하게 정신이 흩어진다.

전공 과목은? 왜 동무는 법과를 선택했었소? 어렸을 때부터 동무는 출신 계급적인 **인습** 관념에 젖어 있었소. 그것을 버리시오.

나는 동무와 같은 인물을 아끼고 싶소. 나는 동무를 어느 때라도 맞아들일 마음의 준비를 가지고 있소. 문지방으로 스미어 오는 가는 실바람에 스칠 때마다 화롯불이 붉게 번지어 갔다.

나는 동무를 훌륭한 청년으로 보고 있소. 자, 담배를 태우시오.

꾸부러진 **부젓가락**으로 재 위를 헤칠 때마다 더욱 붉게 불꽃이 번진다.

그렇다면 동무처럼 불쌍한 청년은 또 이 세상에 없을 거요. 나는 심히 유감스럽소. 동무의 그 태도가 참으로 유감이오. (인제 모든 것은 끝나는 것이다.) 왜

다자꾸 '자꾸'의 방언.

인습(因襲) 예전의 풍습, 습관, 예절 따위를 그대로 따름.

부젓가락 화로에 꽂아 두고 불덩이를 집거나 불을 헤치는 데 쓰는 쇠로 만든 젓가락.

동무는 그렇게 내 얼굴을 차갑게 치어다보고만 있소? 한마디 대답도 없이 입을 다문 채……. 알겠소. 나는 동무가 지키고 있는 그 침묵으로 동무가 말하고 있는 모든 것을 이해할 수 있소. 유감이오. 주고받던 대화, 조그만 방 안, 깨어진 **질화로**가 어렴풋이 머릿속을 스친다. 그는 무겁게 몸을 뒤틀었다. 희미하게 또 과거가 이어 온다.

그들이 정신을 잃고 쓰러졌을 때는 이미 새벽이 가까워서였다. 산속의 아침은 아름답다. 눈 속에 덮인 산속의 새벽은 더욱 그렇다. 나뭇가지마다 소복이 쌓인 눈이 햇빛에 반짝인다. 해가 적이 높아졌을 때 그는 겨우 몸을 일으켰다. 선임 하사는 피에 붉게 젖은 한쪽 다리를 꽉 움켜쥔 채 의식을 잃고 쓰러져 있다. 검붉은 피가 오른편 어깻죽지와 등허리에 짙게 얼룩져 있다. 그는 급히 선임 하사를 부축하여 일으켰다.

조용히 눈을 뜬다. 그리고 소대장을 보자 쓸쓸히 입가에 웃음을 지었다. 그 순간 그는 선임 하사를 꼭 그러안고 뺨을 비비대었다. 단둘뿐! 인제는 단둘이 남았을 뿐이었다.

"소대장님, 인제는 제 차례가 된 모양입니다."

그는 조용히 선임 하사의 얼굴을 지켰다. 슬픈 빛이라고는 조금도 없다. 오랜 군대 생활에 이겨 온 굳은 의지가 엿보일 뿐이다.

선임 하사, 그는 이차 대전 시 일본군에 소집되어 **남양** 전투에 종군하다 **북지**로 이동, 일본 항복과 더불어 포로 생활 2개월을 거쳐 **팔로군, 국부군, 시조**가

질화로(-火爐) 질흙으로 구워 만든 화로.
남양(南洋) 남양 군도(群島). 1919년 제1차 세계 대전 종전 이후부터 1945년 제2차 세계 대전 종전 때까지 일제가 지배했던 미크로네시아의 섬들을 말한다. 일제는 남양 군도 개발을 명목으로 1910년대부터 조선인을 강제 동원했고, 1941년 태평양 전쟁 이후 격전지가 된 이곳에서 조선인들은 군속(軍屬)으로 징발되거나 공사장에 강제 동원되었다.
북지(北支) 중국의 화베이[화북(華北)] 지역.
팔로군(八路軍) 항일 전쟁 때에 화베이에서 활약한 중국 공산당의 주력군.
국부군(國府軍) 중화민국 국민 정부의 군대.
시조(時潮) 시대적인 사조나 조류.

변전되는 대로 **이역**을 표류하다 고국으로 돌아와 다시 **군문**으로 들어선 것이었다. 군대 생활이 무엇보다도 재미있다는 그, 전투가 자기 생활 속에서 제일 신이 나는 순간이라는 그였다.

"사람은 서로 죽이게끔 마련이오. 역사란 인간이 인간을 학살해 온 기록이니까요. 그렇게 생각지 않으시오? 난 전투가 제일 재미있소. 전투가 일어나면 호흡이 벅차고 내가 겨눈 총구에 적의 심장이 아른거릴 때마다 나는 희열을 느낍니다. 나는 그 순간 역사가 조각되고 있는 것같이 느껴지거든요. 사람이란 별게 아니라 곧 싸우는 것을 의미하고, 싸우다 쓰러지는 것을 의미할 겁니다."

이것이 지금껏 살아온 태도였다. 이것뿐이다. 인제 그는 총에 맞았다. 자기 차례가 된 것을 알 뿐이다. 어렴풋이 희미한 기억을 타고 선임 하사의 음성이 떠오른다. 그는 몸을 조금 일으키려고 꿈지럭거리다가 그대로 펄썩 쓰러졌다. 바른편 팔 위에 경련이 일어난 것이다. 혓바닥을 깨물고 고통의 일순을 넘겼다. 인제 모든 것은 끝나는 것이다. 선임 하사의 생각이 이어 온다.

"소대장님, 제 위치는 결정되었습니다. 안심하십시오."

분명히 말을 끝낸 선임 하사는 햇볕이 조용히 깃드는 양지 쪽으로 기어가서 늙은 떡갈나무에 등을 기대고 앉았다.

햇볕을 받아 가며 조용히 내리감은 눈, 비애도, 슬픔도, 고독도, 그 어느 하나도 없다. 다만 눈 속에 덮인 산속의 적막, 이것이 그의 얼굴 위에 내릴 뿐이다. 의식을 잃은 듯 몸이 점점 비스듬히 허물어지다가 털썩 쓰러졌다. 그는 급히 다가가서 선임 하사를 일으키려 하였다. 그 순간 눈을 가늘게 떴다. 입가에 미소가 가벼이 흐른다. 햇볕이 따스히 그 입가의 미소를 지킨다.

변전(變轉) 이리저리 변하여 달라짐.
이역(異域) 다른 나라의 땅.
군문(軍門) '군대'를 비유적으로 이르는 말.

"이대로……."

눈을 감았다. 잠시 가는 숨결이 중단되며 이어 갔다.

무릎까지 파묻히는 눈 속을 헤치며 남쪽으로 남쪽으로 걸었다. 몇 번이고 의식을 잃고 그대로 쓰러졌다. 때로는 눈보라와 종일 싸워야 했고 알 길 없는 방향을 더듬으며 헤매어야 했다. 발이 얼어 감각이 없다. 불안과 절망이 그를 **엄습하기** 시작하였다. 내가 잡은 이 방향이 정확한 것인가? 나의 지금 이 위치는? 상의할 아무도 없다. 나 하나뿐. 그렇다고 이대로 서 있을 수도 없다. 그는 한 걸음 한 걸음 눈 속을 헤치며 걸었다. 어디까지 이렇게 걸어야 하는 것인가? 언제껏 이렇게 걸어야 하는 것인가? 밤이면 눈 속에 묻혀서 잤다. 해가 뜨면 또 걸어야 한다. 계곡, 비탈, 눈에 쌓인 관목숲, 깎아 세운 듯 **강파르게** 솟은 산마루, 그는 몇 번이고 굴러떨어졌다. 무릎이 깨어지고 옷이 찢어졌다. 피로와 기아, 밤이면 추위와 더불어 고독이 엄습한다. 악몽, 다시 뒤덮이는 악몽, 신음 끝에 눈을 뜨면 적막과 어둠뿐. 자주 흩어지는 의식은 적막 속에 영원히 파묻혀만 간다. 나는 이대로 영원히 눈 속에 묻혀 사라져 버리는 것이 아닌가? 그러나 밤은 지새고 또 새벽은 온다. 그는 일어났다. 눈 속을 또 헤쳐야 한다. 산세는 더욱 험악하여만 가고 비탈은 더욱 모질다. 그는 서너 길이나 되는 비탈길에서 감각을 잃은 발길의 헛갈림으로 굴러떨어졌다. 잠시 의식을 잃었다가 다시 본정신이 돌기 시작하였을 때 그는 어떤 강한 충격으로 입술을 꽉 깨물었다. 전신이 쿡쿡 쑤신다. 그는 기다시피하여 일어섰다. 부르쥔 주먹이 푸들푸들 떨고 있다. 세 길…… 네 길…… 까마득하다. 그러나 올라가야만 한다. 그는 입을 악물고 기어오르기 시작하였다. 전신에서 땀이 비 오듯 흐른다. 정신이 다자꾸 흐린다. 하늘이 빙그르르

엄습하다(掩襲--) 뜻하지 아니하는 사이에 습격하다.
강파르다 산이나 길이 몹시 비탈지다.

돈다. 그는 눈을 꽉 감고 나무뿌리를 움켜쥔 채 잠시 정신을 가다듬는다. 또 기어오른다. 나무뿌리가 흔들릴 때마다 눈덩어리와 흙덩어리가 부서져 내린다. 악전 끝에 그는 비탈에 도달하였다. 도달하던 순간 그는 의식을 잃고 그대로 쓰러졌다.

밤이 온다.

또 새벽이 온다. 그는 모든 것을 잊었다. 한 발자국, 한 발자국, 눈을 헤치며 발걸음을 옮기는 이것이 그에게 남은 전부였다. 총을 둘러멜 기운도 없어 허리에다 붙들어 매었다. 그는 다자꾸 흩어지는 의식을 가다듬어 가며 발을 옮겼다.

한 주일째 되던 저녁, 어슴푸레하게 저녁이 깃들 무렵 그는 이 험한 **준령**을 정복하고야 말았다.

다음 날, 해가 **어언간** 높아졌을 무렵에 그는 눈을 떴다. 그는 순간 놀라지 않을 수 없었다.

바로 눈앞, C자형으로 산줄기가 돌아 나간 그 옴폭 파인 복판에 집들이 점점이 산재하여 있는 것이 아닌가! 이것을 모르고 눈 속에서 밤을 보냈다니……. 소복이 집들이 둘러앉은 마을! 가슴이 뭉클하고 눈물이 핑 돌았다. 그는 눈물을 머금으며 마을로 내려갔다. 마을 어귀에 다다랐다. 집 문들이 제멋대로 열어젖혀진 채 황량하다. 눈이 마을 하나 가득히 쌓인 채 발자국 하나 없다. 돼지우리, 소 헛간, 아! 사람들이 사는 곳! 그는 방 안으로 들어갔다. 열어젖힌 장롱…… 방바닥 하나 가득히 먼지 속에 흩어진 물건들…… 옷! 찢어진 낡은 옷들! 그는 그 옷들을 주워서 꽉 움켜쥐었다. 사람 냄새…… **땟국**에 젖은 사람 냄새…… 방 안을 둘러본다. 너무도 황량하다. 사람 사는 곳이 이

준령(峻嶺) 높고 가파른 고개.
어언간(於焉間) 알지 못하는 동안에 어느덧.
땟국 꾀죄죄하게 묻은 때.

렇게 황량해질 수는 없는 것만 같이 느껴진다. 아무리 몇 번이고 보아 온 그 것이었다 할지라도…….

그 순간 그는 이상한 발자국 소리를 듣고 한쪽 벽으로 몸을 피했다. 흙이 부서진 벽 구멍으로 밖의 동정을 살폈다. 아무 일도 없는 것 같다. **스산한** 내 정신의 탓인가? 그러나 다음 순간 그는 확실히 사람들의 음성을 들은 것 같았다. 기대와 긴장이 동시에 서린다. 그는 담 구멍을 통하여 사방을 유심히 살폈다. 약 50미터쯤 떨어진 맞은편 초가집 뒤 언덕길을 타고 한 떼가 몰려가고 있다. 그들은 얼마 안 가 걸음을 멈췄다.

멀리서 보기에도 확실히 군인임엔 틀림없다. 미군 전투 복장도 끼어 있는 듯하다. 벌써 아군 선 내에 들어와 있는 것인가? 그러면……? 그는 숨죽여 이 광경을 지키고 있었다. 그러나 좀 수상쩍은 데가 있다. **누비옷**을 입은 군인의 그 누비옷의 형식이 문제다. 그는 좀 더 자세히 이 정체를 파악하기 위하여 맞은편 초가집으로 옮겨가지 않으면 안 되었다. 그는 담벽을 따라 교묘히 소 헛간과 짚 **낟가리** 등, 엄폐물을 이용하여 그 집 뒷마당까지 갈 수 있었다. 뒷 담장에 몸을 숨기고 무너진 담 구멍으로 그들의 **일거일동**을 지켰다. 눈앞의 그림자처럼 아른거린다. 그들이 주고받는 말소리가 간간이 들려온다.

동무…… 총살, 이 두 마디가 그의 머릿속에 못 박혔다. 눈앞이 아찔한다. 그는 더욱 정신을 가다듬고 그들의 일거일동을 살폈다. 머리가 텁수룩하고 야윈 얼굴에 내의 바람의 한 청년이 양손을 등 뒤로 묶인 채 맨발로 서 있는 것이 눈에 띄었다.

"동무는 우리 인민의 처사에 대하여 이의가 있소?"

스산하다 마음이 가라앉지 아니하고 뒤숭숭하다.
누비옷 누벼서 지은 옷.
낟가리 나무, 풀, 짚 따위를 쌓은 더미.
일거일동(一擧一動) 하나하나의 동작이나 움직임.

그 위엄으로 보아 대장인가 싶다.

"생명체와 도구와는 다른 것이오. 내 이상 더 무엇을 말하고 싶겠소? 나는 포로가 되었을 때 비로소 내가 확실히 호흡하고 있는 인간이라는 것을 알았을 뿐이오. 나는 기쁘오. 내가 한 개의 기계나 도구가 아니었다는 것, 하나의 생명체인 인간으로서 살아 있었다는 것, 그리고 인간으로서 죽어 간다는 것, 이것이 한없이 기쁠 뿐입니다."

명확한 차가운 음성이었다.

"좋소."

경멸적인 조소가 입술에 어렸다.

"이 둑길을 따라 똑바로 걸어가시오. 남쪽으로 내닫는 길이오. 그처럼 가고 싶어 하던 길이니 유감은 없을 것이오."

피해자는 돌아섰다. 한 발자국 한 발자국 걷기 시작하였다. 뒤에서 두 놈이 총을 재었다.

바야흐로 불길을 뿜으려는 총구를 등 뒤에 받으며 주저 없이 정확한 걸음걸이로 피해자는 눈길을 맨발로 헤쳐 가고 있다. 인제 몇 발의 총성과 더불어 그는 무참히 쓰러지고 말 것이다. 곧바로 정면에 눈 준 채 조금도 흩어질 줄 모르는 그의 침착한 걸음걸이…….

눈앞이 빙빙 돈다. 그는 마치 저 언덕길을 걸어가고 있는 것이 자기인 것만 같았다. 순간 그는 총을 꽉 움켜쥐었다. 내일을 위해 오늘의 싸움을 피한다는 것은 비겁한 수단이다. 지금 저 눈길을 걸어가고 있는 피해자는 그가 아니라 나 자신이다. 내가 지금 **피살**당하러 가고 있는 것이다. 쏴야 한다. 그는 사수를 겨누었다. 숨죽이는 순간, 이미 그의 총구에서는 빗발같이 총알이 쏟아져 나갔다. 쓰러진다. 분명히 두 놈이 쓰러졌다. 그는 다음 다음 연달아 쏘았다.

피살(被殺) 죽임을 당함.

일순간이 지나자 **응수**가 왔다. 이마에선 줄곧 땀이 흐른다. 눈앞이 돈다. 전신의 근육이 **개머리판**의 진동에 따라 약동한다. 의식이 자주 흐린다. 그는 푹 고개를 묻고 쓰러졌다. 위기일발, 다시 겨눈다. 또 어깨 위에 급격한 진동이 지나간다. 다자꾸 흩어지는 의식, 놈들의 사격이 뚝 그쳤다. 적은 전후좌우방으로 흩어져서 **육박하여** 오고 있다. 의식을 잃은 **난사**, 그는 벌떡 일어섰다.

그 순간 푹 쓰러졌다. 의식이 깜박 사라진다. 갓 지나간 격렬한 총성의 **여음**이 귓가에서 감돈다. 몸 어느 한구석이 쿡쿡 찔리고 끈적끈적한 액체가 흘러내리고 있는 것 같다. 소리가 난다. 무엇이 다가오고 있다. 머리를 쾅 하고 내리친다. 그 순간 의식을 잃었다.

바른편 팔 위에 **격통**이 일어난다. 그는 간신히 왼편 손으로 바른 편 팔을 휩쓸어 더듬었다. 손끝에 오는 감촉이 끈적끈적하다. 손을 떼었다.

눈앞으로 가져갔다. 그 손끝과 손가락 사이에는 피, 검붉은 피가 흠뻑 젖어 있다. 어디선가 두런두런 말소리가 들린다. 담배 연기가 자욱하다. 먼지와 거미줄이 뽀야니 눌어붙은 찢어진 천장 구멍으로 사라져 간다. 방 안이다. 방 안에 눕혀져 있는 것이다. 이따금 흰 눈을 밟고 지나가는 발자국 소리가 희미한 의식 속에 떠온다. 점점 멀어져 가는 발자국 소리를 따라서 그의 의식도 희미해진다.

그 후 몇 번이고 **심문**이 지나갔다. 모든 것은 결정되었다.

인제 모든 것은 끝나는 것이다. 얼음장처럼 밑이 차다. 아무 생각도 없다. 전신의 근육이 감각을 잃은 채 이따금 경련을 일으킨다. 발자국 소리가 난다.

응수(應酬)　상대편이 한 말이나 행동을 받아서 마주 응함.
개머리판(―――板)　총의 아랫부분.
육박하다(肉薄――)　바싹 가까이 다가붙다.
난사(亂射)　활, 대포, 총 따위를 제대로 겨냥하지 아니하고 아무 곳에나 마구 쏨.
여음(餘音)　소리가 그치거나 거의 사라진 뒤에도 아직 남아 있는 음향.
격통(激痛)　심한 아픔.
심문(審問)　자세히 따져서 물음.

말소리도. 시간이 되었나 보다. 문이 삐그덕거리며 열리고 급기야 어둠을 헤치고 흘러 들어오는 광선을 타고 사닥다리가 내려올 것이다. 숨죽인 채 기다린다. 일순간이 지났다. 조용하다. 아무런 **동정**도 없다. 어쩐 일인가?…… 몽롱한 의식의 착오 탓인가. 확실히 구둣발 소리다. 점점 가까워 오는…… 정확한……. 그는 몸을 일으키려 애썼다. 고개를 들었다. 맑은 광선이 눈부시게 흘러 들어온다. 사닥다리다.

"뭐 하고 있어! 빨리 나와!"

착각이 아니었다. 그들은 벌써부터 빨리 나오라고 고함을 지르며 독촉하고 있었다. 한 단 한 단 정신을 가다듬고 감각을 잃은 무릎을 힘껏 **괴어** 짚으며 기어올랐다. 입구에 다다르자 억센 손아귀가 뒷덜미를 움켜쥐고 끌어당겼다. 몸이 밖으로 나가는 순간 눈 속에서 그대로 머리를 박고 쓰러졌다. 찬 눈이 얼굴 위에 스치자 정신이 돌아왔다. 일어서야만 한다. 그리고 정확히 걸음을 옮겨야 한다. 모든 것은 인제 끝나는 것이다. 끝나는 그 순간까지 정확히 나를 끝맺어야 한다.

그는 눈을 다섯 손가락으로 꽉 움켜 집고 떨리는 다리를 바로잡아 가며 일어섰다. 그리고 한 걸음 한 걸음 정확히 걸음을 옮겼다. 눈은 의지적인 신념으로 차가이 빛나고 있었다.

본부에서 몇 마디 주고받은 다음, 준비 완료 보고와 집행 명령이 뒤이어 떨어졌다.

눈에 함빡 싸인 흰 둑길이다. 오! 이 둑길……. 몇 사람이나 이 둑길을 걸었을 거냐……. 훤칠히 트인 벌판 너머로 마주 선 언덕, 흰 눈이다. 가슴이 탁 트이는 것 같다. 똑바로 걸어가시오. 남쪽으로 내닫는 길이오. 그처럼 가고

동정(動靜) 일이나 현상이 벌어지고 있는 낌새.
괴다 기울어지거나 쓰러지지 않도록 아래를 받쳐 안정되게 하다.

싫어 하던 길이니 유감은 없을 거요. 걸음마다 흰 눈 위에 발자국이 따른다. 한 걸음 두 걸음 정확히 걸어야 한다. 사수 준비! 총탄 재는 소리가 바람처럼 차갑다. 눈앞엔 흰 눈뿐, 아무것도 없다. 인제 모든 것은 끝난다. 끝나는 그 순간까지 정확히 끝을 맺어야 한다. 끝나는 일 초, **일각**까지 나를, 자기를 잊어서는 안 된다.

걸음걸이는 그의 의지처럼 또한 정확했다. 아무리 한 걸음 한 걸음 다가가는 걸음걸이가 죽음에 접근하여 가는 마지막 길일지라도 결코 허튼, 불안한, 절망적인 것일 수는 없었다. 흰 눈, 그 속을 걷고 있다. 훤칠히 트인 벌판 너머로, 마주 선 언덕, 흰 눈이다. **연발하는** 총성, 마치 외부 세계의 잡음만 같다. 아니 아무것도 아닌 것이다. 그는 흰 속을 그대로 한 걸음 한 걸음 정확히 걸어가고 있었다. 눈 속에 부서지는 발자국 소리가 어렴풋이 들려온다. 두런두런 이야기 소리가 난다. 누가 뒤통수를 잡아 일으키는 것 같다. 뒤 허리에 충격을 느꼈다. 아니 아무것도 아니다. 아무것도 아닌 것이다.

흰 눈이 회색빛으로 흩어지다가 점점 어두워 간다. 모든 것은 끝난 것이다. 놈들은 멋쩍게 총을 다시 거꾸로 둘러메고 본부로 돌아들 갈 테지. 눈을 털고 추위에 손을 비벼 가며 방 안으로 들어들 갈 것이다. 몇 분 후면 화롯불에 손을 녹이며 아무 일도 없었던 듯 담배들을 말아 피우고 기지개를 할 것이다. 누가 죽었건 지나가고 나면 아무것도 아니다. 모두 평범한 일인 것이다. 의식이 점점 그로부터 어두워 갔다. 흰 눈 위다. 햇빛이 따스히 눈 위에 부서진다.

일각(一刻) 아주 짧은 시간.
연발하다(連發--) 총이나 대포, 화살 따위가 잇따라 쏘아지다.

　인류 역사상 집단이 죽음의 공포에 내몰릴 때, 예를 들어 전쟁의 발발이나 전염병의 창궐과 같은 극한의 상황에 처했을 때, 살아남은 이들은 유사한 이야기를 전합니다. 이들은 한결같이, 상호 결속과 집단적 저항, 위엄과 도덕심 등이야말로 극한 상황을 이겨 낼 수 있는 행동 양식이라고 강조하지요.

　이 작품은 6·25 전쟁이라는 극한 상황에서 죽음의 위기에 내몰린 세 병사를 통해 인간의 본질과 삶에 대한 의지를 성찰하고 있습니다. 작품의 등장인물인 세 사람은 본대에서 낙오한 채 인적 없는 깊은 산속을 헤매고 있습니다. 이들 중 주 대위는 허벅다리에 관통상을 입어 다른 두 사람의 도움 없이는 한걸음도 움직일 수 없는 처지입니다. 현 중위는 주 대위의 허리에 찬 권총을 바라보며 그의 자결을 암묵적으로 종용하지만, 상황이 제 뜻대로 풀리지 않자 혼자 도망합니다. 현 중위가 달아났음에도 부상당한 상관인 주 대위를 버리지 못하는 김 일등병은 탈진과 절망에 빠지고 말죠. 그리고 이들 세 사람의 선택에 따라 누군가에게는 죽음의 시간이, 누군가에게는 삶의 시간이 도래합니다.

　작품 속 개 짖는 소리를 좇는 주 대위와 김 일등병의 시간에 주목해 봅시다. 그리고 인간이란 어떤 존재인지, 그 생존 의지를 돌아보며 이 작품을 감상해 봅시다.

▎황순원(黃順元, 1915~2000)

　평남 대동 출생. 1930년부터 동요와 시를 신문에 발표하고 1931년 《동광》에 〈나의 꿈〉을 발표하면서 등단했다. 소설이 추구할 수 있는 예술적 성과의 한 극치를 이룬 소설가로 평가받고 있다. 짧으면서도 세련된 문체와 다양한 소설적 기법의 구사, 그리고 소박하면서도 치열한 휴머니즘 정신과 한국인의 전통적 삶에 대한 애정이 그의 소설의 주요한 특징으로 꼽힌다. 주요 작품으로는 단편소설 〈목넘이 마을의 개〉, 〈학〉, 〈소나기〉, 〈독 짓는 늙은이〉, 《나무들 비탈에 서다》 등이 있다.

너와 나만의 시간 _황순원

　벌써 이틀째다.

　한결같이 눈에 뵈는 것은 굴곡진 산봉우리와 계곡의 연속이었다. 그 속에는 아무것도 움직이고 있는 것이라곤 없는 성싶었다. 바람도 없었다.

　주 대위의 몸은 양쪽에서 부축을 받고도 자꾸만 아래로 늘어지기 시작했다. 마냥 그것은 두 사람의 어깨에 매달려 끌려가는 셈이나 다름없었다. 허벅다리에 **관통상**을 입고 있는 것이다. **요행** 동맥과 신경은 건드리지 않아 우선 **압박대**로 **지혈**을 시켜 놓고 간신히 적의 포위망을 빠져나왔던 것인데, 오늘 아침부터는 그것이 부패 작용이라도 일으켰는지 마구 저리고 쑤셔 댔다.

　어디까지 가면 된다는 한정된 길도 아니었다. 그저 무턱대고 남쪽으로만 걸음을 옮기고 있는 것이었다. 부상자에게 있어 일정한 거리감이 가져다주는 영향력이란 대단하다는 걸 주 대위는 알고 있었다.

　어떤 전투에서 한 병사가 하복부에 관통상을 입고도 그 구멍 뚫린 하복부에다 제 옷섶을 틀어막아 가며, 반 시간 넘어 걸려야 하는 진지까지 돌아와서야 고꾸라진 일이 있었다. 그런 치명상을 입고도 그 병사가 진지까지 돌아올 수 있었던 것은 다름 아닌 어디까지만 가면 진지가 된다는 일정한 목적지가

관통상(貫通傷)　총탄 따위가 몸을 꿰뚫고 나간 상처.
요행(僥倖/徼幸)　뜻밖에 얻는 행운.
압박대(壓迫帶)　압박 붕대.
지혈(止血)　나오던 피가 멈춤. 또는 나오던 피를 멈춤.

있었기 때문이다.

그 정해진 목적지가 지금 자기네에겐 없는 것이다. 그러나 주 대위는 자기를 부축하고 걷는 현 중위와 김 일등병에게 자기는 더 걸을 수가 없으니 여기 남겨 놓고 먼저들 가라는 말을 하지 못했다. 혼자 처진다는 것은 그대로 죽음을 의미했다.

김 일등병이 업자고 했을 때도 주 대위는 잠자코 업히었다.

올해 김 일등병은 열아홉 살밖에 안 됐으나 농촌 출신이라, 업고 걷는 거리도 상당했다.

현 중위가 **대번해서** 업을 차례가 되었다.

그는 업기 전에 슬쩍 주 대위의 허리께를 바라봤다. 거기에는 권총이 매달려 있었다. 그들 세 사람은 이미 배낭이며 철모며 총이며 윗저고리를 벗어 버린 지 오래였다. 남은 무기라곤 주 대위의 허리에 찬 권총뿐이었다.

주 대위는 현 중위의 눈길이 무엇을 의미하는지 짐작이 갔다. 그리고 그의 심중을 헤아릴 수도 있을 것 같았다. 혼자 힘으로 걸을 수 없게 됐을 때부터 이미 자기의 몸뚱어리는 두 사람에게 거추장스러운 짐밖에 되지 않았던 것이다. 하지만 두 사람은 차마 상사인 자기를 그냥 내버려 두고 갈 수는 없었던 것이다. 결국은 이쪽이 그걸 알아차리고 권총으로 **자결할** 것을 기다리고 있는 것이다.

그러나 주 대위는 현 중위의 시선을 모른 체했다. 그리고 조금이라도 몸을 가볍게 하기 위해 군복 바지와 군화마저 벗어 버리고 그의 등에 업혔다.

현 중위는 김 일등병만큼 못했으나, 그래도 같은 **학도병** 출신인 주 대위보

대번하다(代番--) 순번을 교대하다.
자결하다(自決--) 의분을 참지 못하거나 지조를 지키기 위해 스스로 목숨을 끊다.
학도병(學徒兵) 학생 신분으로 군대에 들어간 병사. 또는 그 군대.

다는 체구도 크고 힘도 세어 꽤 잘 업어 냈다.

이러한 그들이 이틀 동안에 먹은 거라곤 더덕과 칡뿌리, 그리고 어쩌다 찾아낸 샘물로 겨우 갈증을 면한 것밖엔 없었다. 게다가 첫여름 햇볕은 불길이었다.

업은 사람의 얼굴에서는 찝찔한 땀줄기가 마구 눈과 입으로 기어들었다. 그렇건만 손으로 훔쳐 내지도 못하고, 그저 눈을 꾹꾹 감아 땀을 몰아내거나 입을 푸푸거리며 고개를 흔들어 떨구어 버리는 수밖에 없었다.

점차로 업은 사람의 걷는 거리가 줄어들고, 교대가 잦아 갔다.

주 대위는 자기의 가슴과 업은 사람의 등이 젖은 셔츠를 **격해** 서로 미끈거리는 상쾌하지 못한 촉감에서 그러나 자신이 살아 있다는 실감을 느꼈다.

주 대위를 다시 바꿔 업은 현 중위는 땀을 철철 흘리며 걷는 동안, 벌써 몇 번짼가 눈앞에 떠올랐던 것이 다시금 나타났다.

그는 그젯밤 적의 꽹과리와 **날라리** 소리를 듣기 전 잠 속에서 꿈을 꾸었던 것이었다.

누렇게 뜬 하늘 한복판에 **황달** 든 태양이 타고 있었다. 그리고 그 밑으로 누렇게 뜬 **불모**의 황야가 하늘과 맞닿은 데까지 한없이 펼쳐져 있었다. 그 한가운데 그는 땀을 철철 흘리며 서 있었다. 풀썩거리는 누런 흙이 걷어 올린 정강이 한 중턱까지 올라와 있었다.

그는 신경을 쓰지 않으면 안 되었다. 그 양쪽 정강이에는 그가 마음속으로 아껴 오는 것이 있었다. 입대하기 전날 사랑하는 사람이 그의 걷어 올린 다리

격하다(隔--) 시간적으로나 공간적으로 사이를 두다.
날라리 '태평소'를 달리 이르는 말.
황달(黃疸) 담즙이 원활하게 흐르지 못하여 온몸과 눈 따위가 누렇게 되는 병.
불모(不毛) 땅이 거칠고 메말라 식물이 나거나 자라지 아니함.

를 보고 정강이 털이 길어 우습다면서 장난스럽게 양쪽 정강이 털 중에 제일 긴 것이 자기 것이니 잘 간직하라고 했던 것이다. 그것이 지금 누렇게 뜬 흙먼지 속에 잠겨 버리려고 하는 것이다.

그러나 그는 그것에만 마음을 쓸 수는 없었다.

바로 눈앞에 풀썩거리는 흙바닥에 개미구멍이 하나 나 있었다. 그는 누구에게 명령받은 것도 아니면서 이 개미구멍을 지키고 있어야 한다고 생각하고 있었다.

개미구멍으로는 언제부터인지 흙빛과 같은 누런 개미 떼가 연달아 기어 나오고 있었다. 그리고 거기 같은 빛깔을 한 커다란 왕개미 한 마리가 구멍 입구에 서서 조그만 개미들이 나오는 족족 주둥이로 목을 잘라 버리는 것이었다. 삽시간에 개미의 시체가 가득 쌓였다. 그러나 그것은 개미의 시체가 아니고, 그대로 누렇게 뜬 흙으로 화해 버리는 것이었다. 그리고 보면 이 한없이 넓은 불모의 황야도 이렇게 하나하나 목을 잘린 개미 떼의 시체로 이루어졌는지 모른다는 생각이 들었다. 여전히 누렇게 뜬 하늘에는 황달 든 태양이 타고 있고, 그 밑에 그는 오도 가도 못하고 개미구멍을 지키고 서 있어야만 했다.

현 중위는 자기 등을 짓누르고 있는 주 대위의 **중량**을 자꾸만 느꼈다. 이 달갑지 않은 중량을 제거해 버리는 길은 하나밖에 없었다. 주 대위 자신이 어서 삶에 대한 미련을 단념해 버리면 되는 것이다. 그렇지 않았다가는 세 사람이 이름도 모르는 산중에서 **몰죽음**을 당하는 도리밖에 없는 것이다.

그는 목이 탔다.

한 **댓새** 전, 오래간만에 사랑하는 사람으로부터 받은 편지를 그는 생각했다.

중량(重量) 물건의 무거운 정도. 무게.
몰죽음(沒--) 한꺼번에 모조리 죽음. 떼죽음.
댓새 닷새가량.

그 속에는 이런 구절이 씌어 있었다.

'제 입술꽃은 언제까지나 시들지 않을 거예요. 당신이 제게 마련해 준 지난 날의 즐거운 기억이 쉴 새 없이 거기 물을 주고 있으니까요.'

언제인가 그는 긴 입맞춤 끝에 그네의 귀에다 속삭인 일이 있었다. 그대의 입술은 외이파리 꽃이 아니고 수없이 많은 이파리를 지닌 여러 겹 꽃이오, 아무리 파헤쳐도 끝이 없소, 라고.

그리고 그 편지 속에는 여지껏과 다른 것이 하나 있었다. 지금까지는 씨 자를 붙여서 호칭해 오던 것이 당신이란 말로 변한 것이다. 그것은 자기 두 사람의 사이가 더 결합됐음을 뜻했다.

그는 편지를 읽고 새삼스럽게 정강이를 내려다보며, 자기에게 부어져 있는 한 사람의 여인의 웃음 머금은 맑은 눈길을 느꼈다.

지금도 그는 주 대위를 업고 홧홧 달아 오는 입 안의 갈증을 지난날 사랑하는 사람의 입술이 남겨 준 촉감으로 축여 가며, 자기에게 부어진 그네의 웃음 머금은 맑은 눈길을 되살렸다. 그 눈길을 따라 걷는 동안, 그의 땀에 젖은 눈도 맑게 빛나는 것이었다.

어느 능선 굽이에 이르렀다.

김 일등병이 대번해서 업을 차례였다.

지형상으로 보아 앞에 가로놓인 계곡을 내려가 앞산으로 질러 올라가면 잠깐이요, 그렇지 않으면 꾸불꾸불 굽이진 능선을 상당히 돌아가지 않으면 안되게 된 곳이었다.

현 중위는 계곡을 내려가 곧장 가자고 했다. 누구든지 그렇게 보는 것이 타당할 것이었다. 더욱이나 그들은 단 몇 걸음의 단축이나마 염두에 두지 않으면 안 될 처지에 있는 것이었다.

김 일등병의 의견은 그러나 그렇지가 않았다. 계곡을 내려갔다가 나무숲

속에서 방향이라도 잃게 되면 고생은 고생대로 하고 길만 더 더디게 되기 쉽다는 것이다.

얼른 결정이 지어지지 않고 있을 때 주 대위가 한마디 했다.

"현 중위, 김 일병의 말대루 하지."

퍼뜩 현 중위의 눈이 주 대위의 허리에 매달려 있는 권총으로 갔다. 그러는 그의 눈앞에는 또다시 꿈의 장면이 나타났다.

한결같이 누렇게 뜬 하늘에는 황달 든 태양이 타고 있고, 그 밑으로 한없이 넓게 깔려 있는 불모의 황야. 그 한가운데 그는 땀을 철철 흘리며 서 있었다. 바로 앞에 누렇게 뜬 메마른 흙바닥에 개미구멍이 있어, 누런 빛을 한 조그만 개미 떼가 연달아 기어 나오고, 그것을 구멍 입구에 같은 빛깔의 왕개미가 대기하고 서서 자꾸만 목을 잘라 내고 있는 것이다. 마치 그것은 왕개미가 기계적으로 주둥이를 놀리고 있는데 거기 꼭 맞는 속도로 작은 개미 떼들이 기어 나와 목을 들이미는 것과도 같았다. 그리고 목 잘린 개미 떼들은 그대로 누렇게 뜬 흙으로 화해 버리고 마는 것이었다. 거기 따라 점점 흙이 높아지면서 그의 정강이 털이 거의 묻히게 돼 있었다.

초조할밖에 없었다. 하지만 그는 그곳에 서 있을 수밖에 없는 것이었다.

그러다가 문득 그가 개미구멍 한옆에 따로 뚫려 있는 샛구멍을 하나 발견했다. 이것만은 꿈속에서는 전혀 없었던, 지금 그 자신이 의식적으로 뚫어 놓은 구멍이었다. 그런데도 어리석은 개미 떼들은 그냥 본래의 구멍으로만 나오면서 목을 무수히 잘리고 있는 것이었다.

현 중위는 주 대위를 업지도 않은 몸이건만 전신에 비지땀을 흘렸다.

해거름 때 세 사람은 구렁이 한 마리를 잡아 구워서 나눠 먹었다.

다 먹고 난 현 중위가 뒤라도 마려운 듯이 자리를 떴다.

그런 지 좀 만에 주 대위가 김 일등병에게 말했다.

"자네두 여길 떠나게."

김 일등병은 그게 무슨 말이냐는 듯이 주 대위를 쳐다봤다.

"현 중원 갔어, 기다리다 못해."

"기다리다 못해 가다뇨?"

"내가 자살하길 기다리다 못해 떠났어."

사실 현 중위는 돌아오지 않았다.

주 대위는 김 일등병의 시선을 마주 바라보기를 피하면서,

"자네두 어서 여길 떠나게."

김 일등병은 잠시 주춤거리다가 **서산**에 비낀 붉은 놀을 한번 바라보고는 말없이 주 대위에게 등을 돌려 댔다.

혼자 업고 걷는 길이라 도무지 앞으로 나가지지가 않았다. 조금 가서는 쉬고 조금 가서는 쉬고 했다.

밤이 되자 두 사람은 아무 데고 드러누웠다.

짐스럽다고 맨 먼저 버리고 온 배낭 속에 들었을 건빵이 눈앞에 어른거렸으나 실상 그들은 이미 배고픈 줄도 몰랐다.

그들은 현 중위의 일을 생각했다. 지금 어디쯤 갔을까. 김 일등병은 자기네를 버리고 간 그가 원망스러웠다. 한편 주 대위는 한시바삐 그가 아군 진지를 찾아 구원병이라도 보내 줬으면 하는 바람을 가져 보는 것이었다. 물론 두 사람은 서로 입 밖에 내어서는 말하지 않았다.

김 일등병이 잠든 뒤에도 주 대위는 눈을 붙이지 못했다. 이제 와선 상처의 아픔도 별로 느껴지지 않았다. 그저 일단 잠들었다가는 영 깨어나지 못할 것만 같은 생각이 드는 것이었다.

서산(西山) 서쪽에 있는 산.

그러다가 어떻게 그 여자의 생각을 머리에 떠올리게 됐는지는 모른다.

서너 달 전, 그가 어느 **고지** 탈환 작전에 공훈을 세웠다 하여 며칠 동안의 특별 휴가를 받았을 때, 부산에 갔던 길에 하룻밤 몸을 산 일이 있는 여자였다.

이 여자의 말이 1·4 후퇴 무렵 서울 어떤 술집에 있었을 땐데 어느 날 어스름 녘 외국 군인 세 녀석에게 쫓겨 들어오는 한 소녀를 뒷문으로 빠져나가게 한 후, 대신 그 일을 당한 일이 있었다는 것이다. 어느 놈이 어느 놈인지도 구별 못하는 새, 그만 정신을 잃었다가 **들창**이 희끄무레 밝아 올 녘에야 깨어났노라고 했다. 그런데 뜻밖에도 그 소녀를 오늘 거리에서 만났는데, 이쪽이 미처 알아보지도 못하는 것을 소녀 편에서 먼저 반기더라는 것이다. 자기와 같은 여자를 아무 거리낌 없이 대해 주는 것이 여간 고맙지가 않더라고 했다. 더구나 무어든 도와주고 싶다는 말에는 송구스럽기까지 하더라는 것이다.

주 대위는 이 일종 미담 같은 이야기를 듣는 동안, 그네의 심중을 한번 꼬집어 주고 싶은 충동을 받았다. 그럼 그 송구스럽고 고마운 맛을 다시 보기 위해선 앞으로 또 그런 경울 당하면 들창이 희끄무레 밝아 올 때까지 정신을 잃을 수 있단 말이지?

그네는 어둠 속에서 담배를 붙여 물더니, 글쎄요 그런 일이란 하려구 해서 되는 건 아녜요, 그때 난 나두 모르게 그 소녀 대신했던 것뿐예요, 사람이란 뜻 않았던 일에 부닥치면 뒤에 생각해서 어떻게 자기가 그런 일을 했는지두 모를 일을 하는 수가 있잖어요, 그때 내가 그 소녀 대신한 것두 그거예요, 혹시 다음에 같은 경울 당한다구 해두 내가 어떻게 할는지는 나 자신두 몰라요, 경우에 따라서는 그렇게 할 거구, 경우에 따라서는 또 그렇게 하지 않을 거구.

주 대위의 머리에 이 여자와 주고받은 마지막 대화가 떠올랐던 것이다.

고지(高地)　전략적으로 유리한 높은 곳의 진지.
들창(-窓)　들어서 여는 창. 벽의 위쪽에 자그맣게 만든 창.

생각해 보면 그동안 자기도 거듭하는 **격전** 속에서 이 여자의 말과 같은 행동을 해 왔던 것이다. 언제나 예측할 수 없는 상황 속에서 예기치 않았던 행동을 하곤 했던 것이다.

그러자 그의 머릿속에는 새로운 생각 하나가 스치고 지나갔다.

지난날 자기가 그 여자에게 비꼬임 조로, 다시 그런 경우를 당하면 또 누군가를 위해서 대신하겠느냐고 했을 때의 자기 마음 한구석에서는 앞으로 그네가 같은 경우를 당하면 다시금 누군가를 위해서 대신하는 것도 무방하다는 생각을 했던 것은 아닐까. 그리고 그 생각 속에는 그네가 그런 경우에는 으레 그래 주기를 바라는 마음이 은근히 깃들어 있었던 것은 아닐까.

그러나 지금 죽음을 앞두고 어느 능선 어둠 속에 누워 있는 주 대위에게는 어떠한 경우일지라도 그네에게 그것을 바랄 아무런 권한도 자기에게는 부여돼 있지 않다는 걸 느끼지 않으면 안 되었다. 그와 마찬가지로 여태까지 자기가 싸움터에서 겪은 온갖 상황에 대해서도 제삼자인 누가 있어, 그건 응당 그랬어야만 한다고 감히 주장해서는 안 된다는 생각이었다.

그는 문득 누구에게라 없이 한번 대들어 따지고 싶은 심정이었다. 그러나 지금 그를 둘러싸고 있는 것은 한없이 두꺼운 어둠뿐이었다.

이윽고 그도 잠 속에 빠져들어 가고 말았다.

날이 밝자 또 걸었다. 어제보다도 쉬는 **도수**가 잦아 갔다.

김 일등병도 군복 바지와 군화마저 벗어 버렸다. 맨발로 산길을 걷기가 힘들다는 걸 모르는 바 아니었다. 하지만 우선 신발이 천근만근 무겁게 여겨져 견딜 수가 없는 것이었다.

격전(激戰)　세차게 싸움. 또는 세찬 싸움.
도수(度數)　거듭하는 횟수.

여기저기 발바닥이 터져 피가 내배었다. 그렇다고 돌부리 아닌 고운 땅만 골라 밟을 수만도 없었다.

한결같이 눈에 뵈는 것은 **인가** 아닌 산봉우리와 계곡의 움직임 없는 굴곡뿐이요, 귀에는 그처럼 갈망하고 있는 아군의 포 소리 대신 한없이 먼 데까지 퍼져 나간 고즈넉함과 김 일등병의 몰아쉬는 거친 숨소리뿐이었다.

그래도 주 대위는 온 신경을 귀로 모으고 있었다. 어떤 색다른 소리나마 놓치지 않으려는 것이다.

한번은 주 대위가 저리 가 물을 마시고 가자고 했다. 김 일등병은 어디 물이 있는가 싶었다. 그러나 주 대위가 말하는 데로 가 보니, 바위틈에서 샘물이 흐르고 있었다.

하루 종일 걸은 것이 겨우 십 리 길도 못 되었다. 그동안 두 사람은 산개구리 몇 마리를 잡아 날로 먹었을 뿐이었다.

김 일등병의 무릎은 굽어지고 허리는 앞으로 숙여져 거의 기는 시늉이었다.

주 대위는 김 일등병의 허리가 앞으로 숙는 각도에 따라 그만큼 자기의 생에 대한 희망도 꺾여 들어감을 느껴야만 했다.

저녁때쯤 어느 능선을 돌아가느라니까 앞에서 까마귀 한 마리가 펄럭 하고 날아올랐다. 깎은 듯한 낭떠러지가 가로놓여 있는 것이었다.

발길을 돌리며 김 일등병은 무심코 아래를 내려다보았다. 거기에 까마귀 두세 마리가 앉아 무엇인가 열심히 쪼고 있었다.

사람의 시체였다. 그리고 첫눈에 그것은 현 중위의 시체라는 걸 알 수 있었다. 어제저녁 두 사람을 버리고 떠났을 때와 똑같이 위는 셔츠 바람이요, 아래는 군복 바지에 군화를 신고 있었다.

인가(人家) 사람이 사는 집.

까마귀란 놈이 시체 얼굴에 붙어서 무엇인가 쪼고 있는 것이었다. 그러다가 이쪽을 보고는 날아갈 기미를 보이다가도 그저 까욱까욱 몇 번 울 뿐, 다시 쪼기를 계속하는 것이었다.

시체 얼굴에는 이미 눈알은 없어져 **떼꾼하니** 검은 구멍이 나 있었다.

두 사람은 이쪽으로 와 아무 데나 쓰러지듯이 드러누웠다. 현 중위의 시체를 보자 마지막 남았던 기운마저 빠져 버리고 만 것이었다.

잠시 후에 김 일등병은 무엇을 생각했는지 일어나 **허청거리며** 벼랑 쪽으로 가더니 돌을 집어던지기 시작했다. 그때마다 까마귀가 펄럭 하고 시체를 떠나는 것이었으나, 곧 못마땅한 듯이 까욱까욱 하며 다시 내려앉는 것이었다.

김 일등병은 도로 와 쓰러지듯이 드러누워 버렸다.

옆에 누워 있는 주 대위를 돌아다보았다. 그는 눈을 감은 채 번듯이 누워 있었다.

김 일등병은 전에 치열한 싸움터에서는 오히려 잊게 마련이었던 죽음이란 것을 몸 가까이 느꼈다. 내일쯤은 까마귀가 자기네의 눈알도 파먹으리라. 그러자 그는 옆에 누워 있는 주 대위가 먼저 죽어 까마귀에게 눈알을 파먹히는 걸 보느니보다는 차라리 자기 편이 먼저 죽어 모든 것을 모르고 지나기를 바랐다.

그는 문득 울고 싶어졌다. 그러나 그럴 기운조차 지금 그에겐 없었다.

저도 모르게 **혼곤히** 잠 속에 끌려 들어갔던 김 일등병은 주 대위가 무어라 부르는 소리에 눈을 떴다. 하늘에 별이 총총 나 있었다.

"저 소릴 좀 듣게."

떼꾼하다 눈이 쑥 들어가고 생기가 없다.
허청거리다 다리에 힘이 없어 잘 걷지 못하고 비틀거리다.
혼곤히(昏困-) 정신이 흐릿하고 고달프게.

주 대위가 누운 채 **쇠진한** 목 안의 소리로,

"포 소릴세."

김 일등병은 정신이 번쩍 들어 상반신을 일으키며 귀를 기울였다. 과연 먼 우레 소리 같은 포성이 은은히 들려오는 것이다.

"어느 편 폽니까?"

"아군의 포야. 155밀리의……."

이 주 대위의 **감별**이면 틀림없는 것이다. 그래 얼마나 먼 거리냐고 물으려는데 주 대위 편에서,

"그렇지만 너무 멀어. 사십 리는 실히 되겠어."

그렇다면 아무리 아군의 포라 해도 소용이 없다.

김 일등병은 도로 자리에 누워 버렸다.

주 대위는 지금 자기는 각각으로 죽어 가고 있다고 느꼈다. 이상스레 맑은 정신으로 그게 느껴졌다. 그러다가 그는 드디어 지금까지 피해 오던 어떤 **상념**과 정면으로 부딪쳤다. 그것은 권총을 사용해야 한다는 생각이었다. 아무래도 죽을 자기가 진작 자결을 했던들 모든 문제는 해결됐을 게 아닌가. 첫째 현 중위가 밤길을 서두르다가 벼랑에 떨어져 죽지 않았을는지 모른다. 아무튼 이제라도 자결을 해 버려야 한다. 그러면 아무리 지친 김 일등병이라 하더라도 혼자 몸이니 어떻게든 아군 진지까지 도달할 가망이 전혀 없는 것도 아니다.

그는 김 일등병을 향해,

"포 소리 나는 방향은 동남쪽이다. 바로 우리가 누워 있는 발 쪽 벼랑을 왼쪽으루 돌아 내려가면 된다!"

쇠진하다(衰盡--) 점점 쇠퇴하여 바닥이 나다.
감별(鑑別) 보고 식별함.
상념(想念) 마음속에 품고 있는 여러 가지 생각.

있는 힘을 다해 명령조로 말했다. 그리고 무거운 손을 움직여 허리에서 권
총을 슬그머니 빼었다.

그때, 바로 그때 주 대위의 귀에 은은한 포 소리 사이로 또 다른 하나의 소
리가 들려온 것이었다.

처음에는 그도 의심스러운 듯이 귀를 기울이고 있다가,

"저 소리가 무슨 소리지?"

김 일등병이 고개만을 들고 잠시 귀를 기울이듯 하더니,

"무슨 소리 말입니까?"

"지금은 안 들리는군."

거기에 그쳤던 소리가 바람을 탄 듯이 다시 들려왔다.

"저 소리 말야. 이 머리 쪽에서 들려오는……."

그래도 김 일등병의 귀에는 아무것도 들리지 않았다.

"개 짖는 소리 같애."

개 짖는 소리라는 말에 김 일등병은 지친 몸을 벌떡 일으켜 머리 쪽으로 무
릎걸음을 쳐 나갔다. 개 짖는 소리가 들린다면 그리 멀지 않은 곳에 인가가 있
음에 틀림없었다.

"그 등성이를 넘어가면 된다!"

그러나 김 일등병의 귀에는 여전히 아무것도 들리지 않았다. 그는 누웠던
자리로 도로 뒷걸음질을 쳤다.

주 대위는 김 일등병에게 무엇인가 주고 싶었다. 그리고 그것을 자기 자신
도 받고 싶었다.

김 일등병이 드러누우며 혼잣소리로,

"내일쯤은 까마귀 떼가 더 많이 몰려들겠지. 눈알이 붙어 있는 것두 오늘
밤뿐야."

이 말이 채 끝나기도 전에 갑자기 권총 소리가 그의 귓전을 때렸다.

깜짝 놀라 돌아다보니 어둠 속에 주 대위가 권총을 이리 겨눈 채 목 속에 잠긴 음성치고는 또렷하게,

"날 업어!"

하는 것이다.

김 일등병은 무슨 영문인지 몰라 하면서도 하라는 대로 일어나 등을 돌려 대는 수밖에 없었다.

"자, 걸어라!"

김 일등병은 자기 오른쪽 귀 뒤에 권총 끝이 와 닿음을 느꼈다.

등성이를 넘어 컴컴한 나무숲으로 들어섰다.

"좀 서!"

업힌 주 대위가 잠시 귀를 기울이고 나서,

"왼쪽으루 가!"

좀 후에 그는 다시,

"잠깐만."

그러고는,

"앞으루!"

이렇게, 왼쪽으로, 오른쪽으로, 앞으로, 하는 주 대위의 말대로 죽을힘을 다해 걸음을 옮겨 놓는 동안에도 김 일등병의 귀에는 아무것도 들리지 않았다. 혹시 주 대위가 죽음을 앞두고 허깨비 소리를 듣고 그러는 게 아닐까. 그렇다면 하필 자기네 두 사람은 마지막에 이러다가 죽을 필요는 무언가. 어제 저녁부터 혼자 업고 오느라고 갖은 **고역**을 다 겪으면서도 느끼지 못했던 원망이 주 대위를 향해 거듭 복받쳐 오름을 어찌할 수가 없었다.

고역(苦役) 몹시 힘들고 고되어 견디기 어려운 일.

하지만 걷지 않을 수 없었다. 오른쪽 귀 뒤에 **감촉되는** 권총 끝이 떠나지 않는 것이다. 그것은 마치 권총이 비틀거리는 걸음이나마 옮겨 놓게 하는 거나 다름없었다.

　산 밑에 이르렀다.

　"오른쪽으루!"

　"그대루 똑바루!"

　그제야 김 일등병의 귀에도 무슨 소리가 들렸다. 그것이 점점 개 짖는 소리로 확실해졌다. 그러나 그것이 얼마만 한 거리에서인지는 짐작이 안 되었다.

　목에서는 단내가 나고, 간신히 옮겨 놓는 걸음은 한껏 깊은 데로 무한정 빠져들어 가는 것만 같았다. 그저 그 자리에 주저앉고 싶은 생각뿐이었다. 그렇건만 쉬어 갈 수도 없는 노릇이었다. 귀 뒤에 와 닿은 권총 끝이 더 세게 밀고 있는 것이었다.

　아무것도 뵈는 게 없었다. 어떻게 걸음을 떼어 놓고 있는지조차 깨닫지 못하고 있었다. 그러는데 저쪽 어둠 속에 자리 잡은 초가집 같은 검은 그림자와 그 앞에 서 있는 사람의 그림자, 그리고 거기서 짖고 있는 개의 모양이 몽롱해진 눈에 어렴풋이 들어왔다고 느낀 순간과 동시에 귀 뒤에 와 밀고 있던 권총 끝이 별안간 물러나면서 업힌 주 대위의 몸뚱이가 무겁게 탁 내려앉음을 느꼈다.

감촉되다(感觸--)　외부의 자극이 피부 감각을 통하여 느껴지다.

작가 이호철은 6·25 전쟁에 참전하여 포로로 잡히는 등 생사를 넘나드는 고통을 겪다가 원산에서 단신으로 월남하였는데, 이 작품은 당시 체험을 바탕으로 하고 있습니다. 그는 이 작품에서 북한군의 포로가 되어 만난 형제가 북으로 호송되는 가운데 형제애를 깨우치는 한편으로, 형의 비극적인 죽음을 통해 전쟁에 희생되는 순수한 인간성을 보여 주고 있습니다.

특히 이 작품은 외부 이야기 속에 내부 이야기가 삽입된 액자식 구조를 이루고 있습니다. '철'이 '나'에게 북한군 포로가 된 형제 이야기를 들려주는 부분은 외부 액자의 처음이며, 포로로 이송되는 형제의 모습 및 형의 죽음으로 끝맺음되는 부분은 내부 이야기에 해당합니다. 이후 '철'은 내부 이야기의 동생이 자신임을 고백하며 외부 액자를 마무리합니다. 이때 내부 이야기에 등장하는 '형'은 언제 죽을지 모르는 포로로서의 극한적 행군 속에서 첫눈을 보며 반가워하는 모자란 사람이지만, 동생을 위해 애쓰는 모습과 전쟁의 참혹함에 지지 않는 순수함에서 숙성한 인간의 면모를 동시에 보여 줍니다.

살아남기 위해 어수룩한 형을 냉정하게 대하던 동생이 차차 마음을 여는 과정을 살펴봅시다. 그리하여 '벌거벗은 모습'이라는 제목이 무엇을 뜻하는지 작품을 감상하며 생각해 봅시다.

▌이호철(李浩哲, 1932~2016)

함남 원산 출생. 1955년 단편 소설 〈탈향〉이 《문학예술》에 추천되면서 작품 활동을 시작하였다. 분단의 아픔과 이산가족 문제 등 남북문제를 작품화해 온 작가로, 다양한 사회 활동에도 참여하였다. 1970년대 유신 독재에도 저항하는 등 민주화 운동에 투신하여 몇 차례의 옥고(獄苦)를 치렀으며, 현실의 비리와 부조리가 궁극적으로 분단 상황으로부터 비롯하고 있음을 인식하였다. 주요 작품으로 소설집 《나상》, 《닳아지는 살들》, 《뿔》, 《남녘 사람 북녘 사람》, 《이산타령 친족타령》 등과, 장편 소설 《서울은 만원이다》, 《소시민》 등이 있다.

나상 _이호철

　시원한 여름 저녁이었다.

　바람이 불고 시커먼 구름 떼가 서편으로 몰려 달리고 있었다. 그 구름이 몰려 쌓이는 먼 서편 하늘 끝에선 이따금 칼날 같은 번갯불이 번쩍이곤 했다. 이편 하늘의 별들은 구름 사이사이에서 이상스레 파릇파릇 빛났다. 달은 구름 더미를 요리조리 헤치고 빠져나왔다가는, 새로 몰려오는 구름 더미에 애처롭게도 휘감기곤 했다. 집집의 지붕들은 싸늘한 빛으로 물들고, 대기에는 차가운 물기가 돌았다. 땅 위엔 차단한 정적이 흘렀다.

　철과 나는 베란다 위에 앉아 있었다. 막연한 원시적인 공포 같은 소심한 감정에 사로잡혀 둘이 다 묵묵히 앉아만 있었다. 철은 먼 하늘가에 시선을 준 채 연방 담배를 피웠다. 이렇게 한 시간쯤 묵묵히 앉았다가 철은 다음과 같은 얘기를 들려주었다.

　형은 스물일곱 살이었고 동생은 스물두 살이었다.

　형은 좀 둔감했고 위태위태하도록 솔직했고, 결국 좀 모자란 축이었다.

　해방 이듬해 삼팔선을 넘어올 때, 모두 긴장해서 숨조차 제대로 쉬지 못하는 판에 큰소리로,

　"야하, 이기 바루 그 삼팔선이구나이, 야하."

나상(裸像)　나체상. 나체를 표현한 형상.

이래 놔서 일행 모두의 간담을 서늘하게 한 일이 있었다. 아버지는 그때도 화를 내며 형을 쥐어박았고, 형은 엉엉 울었고 어머니도 찔끔찔끔 울었다.

아버지는 애초부터 이 형을 단념하고 있었고, 어머니는 불쌍해서 이따금 찔끔거리곤 했다.

물론 동생에 대한 형으로서의 체면이나 위신 같은 것을 조금도 생각하지 않았던 탓에, 이미 철들자부터 형을 대하는 동생의 눈언저리와 입가엔 늘 쓴웃음 같은 것이 어리어 있었으니, 하얀 살갗의 좀 여윈 얼굴에 이 쓴웃음은 동생의 **오연한** 성미와 잘 어울려 있었다.

어머니는 형에 대한 아버지의 단념이나 동생의 이런 투가 더 서러웠는지도 몰랐다.

그러나 형은 아버지나 어머니나 동생의 표정에 구애 없이 하루하루가 그저 태평이었다.

사변(事變)이 일어나자 형제가 다 군인의 몸이 됐다.

1951년 가을, 제각기 놈들의 포로로 잡혀, 놈들의 **후방**으로 인계돼 가다가 둘은 더럭 만났다.

해가 질 무렵 무너진 통천(通川)읍 거리에서였다.

형은 대뜸 울음을 터뜨렸다.

펄렁한 **야전 점퍼**에 맨머리 바람이었고, **털럭털럭한** 군화를 끌고 있었다.

동생도 한순간은 좀 흠칫했으나, 형이 울음을 터뜨리자 난처한 듯 고이 외면을 했다. 형에 비해선 주제가 좀 덜했고 초록색 작업복 차림이었다.

시월달 밤이라 꽤 선들선들했다. 멀리 **초이레** 달 밑에 태백산 줄기가 써늘

오연하다(傲然--) 태도가 거만하거나 그렇게 보일 정도로 담담하다.
후방(後方) 전선(戰線)에서 비교적 뒤에 떨어져 있는 지역. 전방 부대에 대한 물자, 병력 등의 보급·보충을 담당한다.
야전 점퍼(野戰jumper) 산이나 들 따위의 야외에서 벌이는 전투에서, 병사들이 입는 점퍼.
털럭털럭하다 매달리거나 한쪽이 늘어진 물건이 자꾸 세차게 흔들리다.
초이레(初--) 매달 초하룻날부터 헤아려 일곱째 되는 날.

히 뻗어 있었다.

형은 동생 곁에 누워 자꾸 훌쩍거리기만 했다.

일행 모두가 잠들었을 무렵, 경비병들도 사그라진 불 곁에 둘러앉아 잠이 들었다. 하늘 한복판으론, 이따금 끼룩끼룩 밤 기러기가 울며 지나갔다.

그제야 형은 울음을 그쳤다. 잠시 기러기 소리에 귀를 기울이는 듯하더니 동생의 귀에다 입을 가져다 댔다.

"벌써 기러기가 지나가누나이."

"……."

잠시 조용했다가,

"넌 어떡허다 이 꼬락서니가 된?"

푸르끼한 얼굴이 히쭉 한번 웃었다.

"……."

"난 잡힌 지 한 보름 됐다. 고향 **삼방** 얘긴 아예 입 밖에두 내지 마라."

"……."

"날 형이라 그러지두 말구……."

"……."

한참 후, 형은 또 훌쩍훌쩍 울었다.

밤나무 가지 사이론 별들이 차갑게 깔려 있었다.

이튿날, 새하얀 가을날 볕 속을 일행 70여 명은 걷고 있었다.

초조한 불안의 고비를 넘어서 이미 이 상태에 젖어 익은 가라앉은 표정들이었다. 행렬엔 막연한 침울함, 살벌함, 뿐만 아니라 고요함이 흘렀다. 언뜻 봐선 퍽 평화스럽게까지 보였다. 형제는 행렬의 중간쯤을 가지런히 서서 걸었다.

삼방(三防) 함경남도 안변군에 있는 명승지.

이 속에서, 형은 주위에 대한 째록한 관심과 놀라움과 솔직성을 여전히 지니고 있었다. 펄렁한 야전 점퍼에 털럭털럭한 군화로 해서, 그러지 않아도 허술한 몰골이 더욱 허술해 보였다.

"야하, 저 밤나무 굉장히 크다. 한 오백 년은 묵었겠다."

"이젠 낮이 꽤 짧아졌구나이……."

"야아, 저 까마귀 떼들 봐라."

이러며 머리를 이리저리 **주억거렸다.** 목소리도 퍽 뚜릿뚜릿했다. 그 모습도 웬 활발기를 띠고 있었다. 이러곤 곁에 있는 동생을 힐끔힐끔 곁눈질해 보았다.

그러나 동생의 하얗게 야윈 표정엔 싸늘한 고요함이 풍겨 있을 뿐이고, 같이 끌려가는 다른 사람들은 이런 형을 물끄러미 건너다만 보고, 둘레에 따르는 경비병들은 끼드득거리며 웃었다.

"저 새끼가 돌았나, 야, 너 몇 살이야?"

"예?"

"몇 살이야?"

"스물일곱 됐수다."

"고향이 어디야?"

"저……."

"너 여기가 어딘 줄 알어!"

형은 벌쭉 웃으면서,

"참 여기가 머라구 그러는 뎁니까?"

경비병은 발끈 성을 내는 눈치다가, 형의 표정을 보자 픽 웃어 버리고 말았다.

주억거리다 고개를 앞뒤로 천천히 끄덕거리다.

그날 밤도 형은 동생 곁에 누워 간밤처럼 쿨쩍쿨쩍 울었다. 울면서 동생에게, 넌 **목석**이다, 눈물도 없느냐, 집 생각두 안 나느냐, 모두 보고 싶지두 않느냐, 넌 이 꼬락서니가 그렇게두 마땅하니, 마땅해, 좋겠다, 장하다, 이놈아…… 이렇게 **넋두리하고** 있었다.

간밤에도 울긴 울었지만, 그래도 좀 반가워하는 듯한 표정이 섞여 있었는데, 이날 밤은 그렇질 않았다. 시종 노여운 듯 부리부리해 있었다.

동생은 여전히 대답이 없었다.

하늘 한가운데로 또 기러기가 울며 지나가고 먼 어느 곳에선 이따금 개 짖는 소리가 들려왔다. 형은 후들짝 놀라며,

"야야, 여기두 개가 짖누나이……?"

"……."

"기러기가 또 지나가누나."

잠시 동안 형은 차분하게 가라앉는 눈치더니 다시 또 쿨쩍쿨쩍 울기 시작했다.

이렇게 사흘째 되던 밤이었다.

밤이 어지간해서 또 형은 동생의 허리를 쿡 찌르곤, 점퍼 포켓에서 웬 밥덩이 한 덩이를 꺼내며 벌쭉 웃었다. 초저녁에 한 덩이씩 얻어먹은 그 수수밥덩이였다.

어느새 반은 갈라서 어적어적 씹으며,

"자, 묵어."

반은 동생에게 내밀었다.

"……?"

목석(木石)   나무나 돌처럼 아무런 감정도 없는 사람을 비유적으로 이르는 말.
넋두리하다   불만을 길게 늘어놓으며 하소연하다.

동생의 좀 의아한 표정에 형은 벌컥 성을 내듯, 그러나 여전히 귓속말로,

"자, ……빨리 받어라, 받어……. 초저녁에 가만히 보니 몇 뎅이 남을 것 같드구나. 고 앞에 지키구 섰다가 죽는 시늉을 했어. 그 새끼 있잖니? 어제 낮에 날 보구 지랄하던 새끼…… 그 새끼가 한 뎅이 던져 주두나, 먹능 것체럼 허군 슬쩍 넣어 뒀다……. 그 새끼가 기래두 기중 맘이 좀 낫시야."

이러군 또 벌쭉 웃었다.

비로소 동생도 받아먹기 시작했다. 어느새 형은 다 먹어치우고 손가락을 쭉쭉 빨며,

"어때? 좀 낫지? 행겔 덜 허지?"

이날 밤이 깊도록 형은 울음을 터뜨리지 않고, 집에 돌아가서 이런 소리 저런 소리 하면 모두 굉장히 웃을 기다, 더더구나 어머닌 허리가 끊어지게 웃을 기다, 그랬으면 얼마나 좋겠느냐…… 이렇게 연방 지껄이며 혼자 히득히득거렸다.

이따금 또 흠칫흠칫 놀라며,

"야야, 너, 저 개 소리 듣니?"

"……."

"기러기 소리 듣니?"

"……."

사실 이따금 개가 짖고 하늘 한가운데로 기러기가 울며 지나가고 있었다. 형은 무슨 깊은 생각에나 골똘하듯 한참은 말이 없었다.

이튿날 저녁도 그 이튿날 저녁도 형은 꼭꼭 그 경비병에게서 밥 한 덩이를 얻어 넣었다.

그 사람은 얼굴이 검고 두 눈이 디룩디룩한 게 꽤 **익살꾸러기**이면서도 한

익살꾸러기 남을 웃기는 우스운 말이나 행동을 늘 하는 사람.

편으로 성미 급한 **우악한** 데가 있었다. 걸핏하면 너 여기가 어딘 줄 아느냐, 너의 집인 줄 아느냐, 이러면서 형을 후려치는 것이었지만 형이 엉엉 울면 너 털너털 웃으며 재미있어 했다.

이러다가도 저녁이면,

"야, 낮에 때린 값이다……. 네 어머이 노릇을 좀 해야겠다."

꼭 밥 한 덩이를 더 얻어 주곤 했다.

형은 그것을 점퍼 포켓에 넣어 두었다가, 밤이 깊어서 모두 잠들었을 무렵에야, 동생과 반씩 갈라 먹곤 했다.

거의 매일 밤 이랬다.

차츰 동생도 밤이 어지간하면 형이 얻은 밥덩이를 은근히 기다리게끔 되었다.

이렇게 밥을 못 얻은 저녁엔, 형은 또 흑흑 흐느껴 우는 것이었다. 울면서 동생에게, 넌 내가 혼자만 먹은 줄 알구 화가 나서 뾰로통해 있나, 이렇게 못 얻을 때두 있지, 매일 저녁이야 어떻게 얻니, 사람의 일이 한도가 있는 법이지…… 이렇게 넋두리했다. 동생은 역시 대답이 없었다. 형은 더 흐느껴 울었다.

그러나 이튿날 저녁이면, 형은 더욱 신명이 나서 밥 한 덩이를 전부 동생 앞에 내밀었다.

"자, 너 다 묵어."

동생이 반을 가르려 들면, 형은 또 벌컥 성을 내며,

"난, 때때루 아침에두 얻어 먹잖니? 아침에는 어쩔 수 없이 혼자 먹능 거다. 널 안 줄래 안 주는 게 아니구……. 다른 새끼덜 눈이 있어 놔서……. 이렇게 밤까지 기대릴람 하루 종일 주머이다 넣어 둬야 되겠으니, 손으로

우악하다(愚惡--)　무지하고 포악하며 드세다.

주물럭거려서 손때가 다 옮아 오르구…… 또 사실 견딜 수가 있니? 목이
닳아서 히히히……."

동생도 형의 고집을 아는 터라 혼자서 다 먹곤 했다.

형은 벌쭉벌쭉 웃으며, 동생 손에 있는 밥덩이를 만져 보면서, 좀 퍼뜩퍼뜩
먹으려무나, 오무작오무작거리지 말구. 어떠니? 오늘 저녁 건 쌀알이 좀 많
니? 좀 괜찮은 것 같니?

이러면서 침을 꿀컥 삼키는 것이었다.

어느 날 밤엔 이렇게 동생이 한 덩이를 다 먹어 치웠을 때 형은 갑자기 또
울음이 터졌다.

"……?"

동생은 여전히 아무 말도 없었다.

형은 동생의 허벅다리를 마구 꼬집어 뜯었다.

이렇게 며칠이 지나는 사이에 동생은 이런 형 앞에 지난날 스스로가 간직
하고 있었던 오연함을 그대로 유지할 수 없을 뿐만 아니라 형이 남부끄럽다
거나 창피하다거나 그렇지 않은 것은 물론, 좀 어처구니없었으나 이런 형인
까닭으로 해서 도리어 마음이 개운해지는 것을 느꼈다. **헤죽하게** 두 팔을 들
어올리는 싱거운 뒷모습이 오히려 어울리는 형의 모습이긴 하다! 생각하며,
이런 꼬락서니로 형과 만나진 데 쓴웃음을 지으면서도 이런 형일수록 오히
려 형다운 것이, 어처구니없는 즐거움 같은 것들이 느껴지는 것이었다. 종래
의 모든 것을 철저히 단념해 버리고 잃어버린 지금 마음 밑바닥에 철저한 무
관심이 자리 잡고 있다고 자신하면서도 이런 형의 그 마음가락에 휩쓸려 들
어가는 스스로를 의식하며 벅차게 서러워 오고 지난날의 형에 대한 스스로
가 후회되며, 더불어 엉뚱한 향수 같은 것이 즐거움 같은 것이 느껴지는 것이

헤죽하다 거볍게 활갯짓을 하며 걷다.

었다. 지금 이런 형에게서 의지 논리로서 얻어진 신념 같은 것이 멀리 미치지 못할 어떤 위엄 같은 것조차 느껴지는 것이었다.

어느 날 밤, 동생은 형의 귀에다 입을 대고 불쑥,

"낼은 세수나 좀 하자."

하곤 픽 웃어 버렸다. **도시** 처음으로 형에게 한 말이었다.

"……?"

형도 조금 놀라서, 두 눈이 휘둥그레지더니 피식 웃었다.

"야하, 이젠 꽤 춥다야."

이렇게 받았다.

이튿날, 행렬 속에서 형은 세수를 좀 해야겠는데, 세수를 좀 해야겠는데, 세수를 좀 해야겠는데, 이렇게 연탕 혼잣소릴 지껄여 댔다.

동생은 새삼스레 좀 난처했다.

그 다음 날도 그 다음 날도 형은 그냥 같은 소릴 지껄여 댔다.

이렇던 어느 날 새벽엔 형의 이 소리가 기어이 일행 전체를 강한 실감으로 휩싸 버렸다.

동생이 맞받아 불쑥,

"참으로 오늘은 세수들을 하구 떠납시다."

한 것이다.

일순간 조용했다. 다음 순간 수선스럽게 얼굴을 마주보며들 웃었다. 끼드득거리며들 웃었다. 다시 조용했다. 누구의 얼굴을 보나 실로 세수를 좀 해야 할 얼굴들인 것이다. 후다닥 후다닥 놀라듯이, 세수를 하구 떠나자, 오늘은 세수를 하자…… 한쪽 구석에서 형은 좀 겸연쩍은 듯이 멀뚱히 동생을 건너다보며 두 손으로 턱을 썩썩 문지르고 있었다. 누구나 집합 장소로 나가지 않

도시(都是) 이러니저러니 할 것 없이 아주.

고 머뭇머뭇거렸다. 세수를 하자 세수를 하자…… 집합이 늦다고 뛰어 들어오던 경비병들도 일행들의 이런 분위기를 **직각하자**, 피식피식들 웃었다. 이 꼴을 본 일행들은 한꺼번에 웃음이 터졌다. 신들이 나서, 세수를 합시다, 오늘은 세수를 합시다……. 새하얀 가을 햇살이 온 강산에 내리부을 무렵 일행은 긴 **방죽**이 휘돌아간 강가에 쭈름히 앉아, 와자지껄하며들 세수를 하고 있었다.

그러나 이날 밤 퍽 즐거워할 줄 알았던 형은 어째선지 초저녁부터 흑흑 흐느껴 울었다.

밤이 깊어서 또 동생의 귀에다 입을 대고, 오늘 저녁도 그놈이 없어서 밥덩일 못 얻었다, 아마 변소 갔었는가 부드라, 이러곤 한참을 조용하다가 또 흐느껴 울었다. 한참 후엔 울음을 그치고 우락부락 성을 내며,

"야, 너 낼 저녁엔 밥 한 뎅이 혼자 또 다 먹으려니 생각허지? 그렇지? 나 입때꺼정 저녁 몇 번 굶은지 아니?…… 나 두 번이나 굶었다……."

"……?"

"……**거퍼** 이틀 저녁 못 얻을 때두 있거든. 낼 저녁에 또 못 얻으문…… 난 또 굶으란 말이지? 그렇지?"

"……."

동생은 그냥 물끄러미 형을 건너다만 보았다. 기어이 눈물이 두 볼을 스쳐 내렸다. 흐느꼈다.

형은 동생이 우는 것을 처음 보자 두 눈이 휘둥그레서 좀 당황한 듯 머뭇머뭇거리더니,

"울지 마라…… 울지 마라…… 괜찮아…… 오늘 세수두 했잖니……."

직각하다(直覺--) 보거나 듣는 즉시 곧바로 깨닫다.
방죽 물이 밀려들어 오는 것을 막기 위하여 쌓은 둑.
거퍼 '거푸(잇따라 거듭)'의 방언.

이러면서 도리어 제 편에서 더 흐느끼고 있었다.

원산에 다다르자 경비병들은 모두 바뀌었다. 형에게 늘 밥덩이를 얻어 주던 그 사람은 형 곁으로 와서 역시 익살을 피우며,

"야, 섭섭하다. 몸 조심해라."

형은 한쪽 입 모서리를 씰룩이며 머리만 한 번 끄덕하더니 눈엔 눈물이 글썽글썽해서,

"저……, 성함이 머라구 그럽니까?"

"나? 네 사촌이다. 네 어머이두 되구……."

이러곤 놈은 너털너털 웃으며 어둠 속으로 사라져 갔다.

형은 또 울음이 터졌다. 밤이 깊도록 어머니를 불러 가며 엉엉 소리 내어 울었다.

동생도 형 곁에서 남모르게 소리를 죽여 흐느껴 울고 있었다.

그저 형의 설움과 울음을 따라 울 뿐이었다. 어쩐지 이렇게 울면서 마음이 좀 흐뭇했다.

이날 밤의 감시는 밤새도록 엄했다.

바깥은 첫눈이 흩날리고 있었다.

형은 울음을 그치고 불쑥,

"야하, 눈이 내린다……, 눈이…… 눈이……. 벌써 겨울이 다 됐네……."

물론 감시병들의 감시가 심하니까 동생의 귀에다 입을 대지도 않고 이렇게 혼잣소리를 지껄이고 있었다.

"저것 봐, 저거 저거, 에에이 모두 잠만 자구 있네."

동생의 허리를 쿡쿡 찌르기만 하면서…….

……어느새 양덕도 지났다.

하루하루는 수월히도 저물어 갔고 하늘은 변함없이 푸르렀을 뿐이었다. 산도 들판도 눈에 덮여 있었다.

경비병들의 겨울 복장을 바라보는 형의 표정엔 말할 수 없는 **선망**의 표정이 어려 있곤 했다. 차츰 좀 풀이 죽어 갔다.

어느 날 밤이었다. 일행도 경비병들도 모두 잠들었을 무렵, 형은 역시 동생의 귀에다 입을 대고 이즈음에 와선 늘 그렇듯 별나게 가라앉은 목소리로,

"그 새끼 생각이 난다. 맘이 꽤 좋았댔이야이."

"……."

"난 원래 다리에 **담증**이 있는데이……. 너두 알잖니? 요새 좀 이상헌 것 같다야."

이러곤 헤죽이 웃었다.

"……."

순간 동생은 흠칫 놀라 돌아다보았다. 역시 형은 **적적하게** 웃으면서 두 팔로 동생의 어깨를 천천히 끌어안으면서,

"칠성아, 야하 흠썩은 춥다."

"……."

"저 말이다, 엄만 날 늘 불쌍히 여기댔이야 잉? 야 칠성아, 칠성아, 내 다리가 좀 이상헌 것 같다야이……."

"……."

동생의 눈에선 눈물이 솟아나왔다.

형은 별안간 두 눈이 휘둥그레서 동생의 얼굴을 멀끔히 마주 쳐다보더니,

"왜 우니? 왜 울어, 왜, 왜, 어서 그치지 못하겠니?"

이러곤 도리어 제 편에서 또 울음을 터뜨리고 있었다.

이튿날 형의 걸음걸이는 눈에 뜨이게 절름거렸다. 혼잣소리도 역시 풀이

선망(羨望) 부러워하여 바람.
담증(痰症) 몸의 분비액이 큰 열(熱)을 받아서 생기는 병을 통틀어 이르는 말.
적적하다(寂寂--) 조용하고 쓸쓸하다.

없었다.

"그만큼 걸었음 **무던히** 왔구만서두……. 에에이, 이젠 좀 그만 걷지덜, 무
던히 걸었구만서두……."

이러곤 주위의 경비병들을 흘끔 곁눈질해 보았다. 경비병들은 물론 알은체
도 안 했다. 바뀐 사람들은 꽤나 사나운 패들이었다.

그날 밤 형은 동생을 향해 쓸쓸하게 웃기만 했다.

"칠성아…… 너 집에 가거든 말이다, 집에 가거든……."

이러다간 또 무슨 생각이 났는지 벌쭉 웃으면서,

"히히…… 내가 무슨 소릴 허니……. 네가 집에 갈 땐 나두 갈 텐데 앙 그러
니? 내가 정신이 **빠졌어**……."

한참 후엔 또 서서히 동생의 어깨를 그러안으면서,

"야…… 칠성아……."

동생의 얼굴을 똑바로 마주 쳐다보기만 했다.

바깥은 바람이 세었다. **거적문**이 습기 어린 소리를 내며 열리고 닫히곤 하
였다. 문이 열릴 때마다 눈 덮인 초라한 들판이 부여스름하게 아득히 뻗었다.

동생의 눈에선 또 눈물이 비어져 나왔다.

형은 또 벌컥 성을 내며,

"왜 우니? 왜? <u>흐흐흐</u>……."

제 편에서도 마구 울음을 쏟았다.

며칠이 지날수록 형의 걸음은 더 절름거려졌다. 행렬 속에서도 별로 혼잣
소릴 지껄이지 않았다. 퍽 조심스런 표정이었다. 둘레를 두리번거리며 경비
병들의 눈치를 흘끔거리기만 했다. 이젠 밤에도 동생의 귀에다 입을 대고 이

무던히 정도가 어지간하게.
거적문(--門) 문짝 대신에 거적을 친 문.

것저것 지껄이지 않았다. 그러나 먼 개 짖는 소리 같은 것에는 여전히 흠칫흠칫 놀라곤 했다. 동생은 또 참다 못해 눈물을 흘렸다. 그러나 형은 왜 우느냐고 화를 내지도 않고 울음을 터뜨리지도 않았다. 동생은 이런 형이 서러워 더 흐느꼈다.

그날 밤 바깥엔 함박눈이 내렸다.

형은 불현듯 동생의 귀에다 입을 대고 지껄였다.

"너 무슨 일이 생게두 날 형이라구 굴지 마라, 어잉?……"

여느 때답지 않게 **숙성한** 사람다운 억양이었다.

"……."

"울지두 말구 모르는 체만 해, 꼭……."

동생은 부러 큰소리로,

"야하, 눈이 내린다."

형이 지껄일 소리를 자기가 대신하고 있다고 생각했다.

"……."

그러나 이미 형은 그저 꾹하니 굳은 표정이었다.

동생은 안타까워 또 울었다. 형을 그러안고 귀에다 입을 대고,

"형아, 형아, 정신 차려……."

이튿날 한낮이 기울어서 어느 **영** 기슭에 다다르자, 형은 동생의 허벅다리를 쿡 찌르곤 걷던 자리에 털썩 주저앉고 말았다.

형의 걸음걸이를 주의해 보아 오던 한 사람이 뒤에서 따발총을 휘둘러 쏘았다.

형은 앉은 채, 움쑥 앞으로 고꾸라졌다. 그 사람은 총을 어깨에 둘러메면서,

숙성하다(夙成--) 나이에 비하여 지각이나 발육이 빠르다.
영(嶺) 길이 나 있어서 넘어 다닐 수 있는, 높은 산의 고개.

"며칠을 더 살겠다구 뻐득대? 뻐득대길……."

철의 얘기란 대강 이러했다.

여름 날씨란 변덕도 심하다. 금시 한 소나기 쏟아질 것 같던 서편 하늘의 구름이 어느새 씻은 듯 없어졌다.

온 하늘엔 별들만 새파랗게 깔려 있고 초이레 달이 한복판에 허전히 걸려 있다. 바람은 씽씽 더욱더 세차게 불고 집집의 지붕들은 싸늘한 빛으로 물들고 땅 위엔 차단한 정적이 흘렀다.

철은 또 담배를 꺼내 붙이면서 말 끝을 맺었다.

"자, 넌 어떻게 생각허니? 형이라는 사람의 그 모자람이라든가 혹은 **둔감**이라는 것을……. 결국 형의 그 둔감이란 어떤 표준에 의한 **의례적**인 몸짓이라든가, 상냥스러움, 소위 상대편에 눈치껏 적응하고 또는 **냉연하다**고 할 수 있는 능력의 결핍, 이런 것을 두고 하는 말이 아니겠느냐 말이다……. 그러나 동생은 그렇지 않았다. 그 표준에 **의거해서** 생활을 다루어나가는 마음의 긴장을 잃지 않고 있었다. 결국 그 일정한 표준의 울타리 속에서 민감하다든가 우아하다든가 교양이 높다든가, 앞날이 촉망된다든가 이런 소릴 들을 수 있었다. 역시 아버지라는 사람도 이런 표준에 의해서 큰아들을 단념했었고 어머니는 큰아들을 불쌍히 여기고 있었던 것이다. 그러나 포로로 잡힌 그들 형제 중에서 누가 더 둔감하다고 보겠느냐, 형이냐? 동생이냐? 그 둔감이란 뜻부터가 어떻게 되느냐……? 과연 누가 더…….."

나는 아직 무엇인지 불안했고 얼떨떨할 뿐이었다. 자꾸 저 하늘 한복판 초이레 달의 허전스러움 같은 것이 걱정되는 것이었다.

둔감(鈍感) 무딘 감정이나 감각.
의례적(儀禮的) 의례에 맞는 것. 형식이나 격식만을 갖춘 것.
냉연하다(冷然——) 태도 따위가 쌀쌀하다.
의거하다(依據——) 어떤 사실이나 원리 따위에 근거하다.

"결국 동생은 **만포진**의 수용소에서 아득한 날을 보내다가 지난 포로 교환 때 나왔다……."

철은 갑자기 내 곁으로 바싹 다가앉으면서 이때까지의 어조와는 생판 다른 조용한 목소리로,

"내 어릴 때 **애명**이 칠성이었다……."

"……?"

나는 두 눈이 휘둥그레졌으나 철의 입가엔 연한 조소 같은 것이 떠 있었다.

"자, 나는 다시 이렇게 **범연한** 내 고장으로 돌아왔구, 다시 내 그 오연함이란 것을 되찾아 입었다. 그런데 그전보다 좀 **편편치** 않다. 뒷받쳐야 할 의지라는 것이 자꾸 다른 것을 생각하기 때문이다. 나루선 아마 손해인지도 모르지……."

텅 빈 하늘에 바람은 그냥 미친 듯이 불고 달은 사르르 떠는 듯했다.

만포진(滿浦鎭) 평안북도 강계군 만포읍에 있었던 국경 요진(國境要鎭). 6·25 전쟁 때 악명 높은 포로수용소가 있었다.

애명(-名) 아명(아이 때의 이름).

범연하다(泛然--) 차근차근한 맛이 없이 데면데면하다.

편편하다(便便--) 아무 불편 없이 편안하다.

상처를 기록하고 치유하는 전쟁 문학

사람 간 갈등이 싸움을 일으키듯 국가와 국가 또는 집단 사이 이해가 충돌하면 전쟁이 일어납니다. 전쟁에 참전한 개인은 자신의 의지와 무관하게, 얼굴도 모르는 적을 죽여야 스스로가 살아남을 수 있는 비인간적인 상황을 맞게 되지요. 그런데 제1차 세계 대전 이후 자동 소총이나 전차 등 기계화된 무기와, 적군과 아군 및 민간인에게 무차별적으로 폭격하는 비행기가 등장하면서 전쟁은 더욱 참혹해졌습니다.

대량 학살의 양태가 된 전쟁 앞에서 합리적 인간 이성이 무력해지는 것을 지켜본 사람들은 이를 소재로 한 문학을 통해 전쟁의 본성을 기록하고 극한 상황에서의 인간들을 조명하며 반전(反戰)과 평화, 인간의 실존, 보편적 인간 존엄 등을 이야기합니다. 미국의 소설가 어니스트 헤밍웨이(Ernest Miller Hemingway, 1899~1961)가 대표적인 작가로, 그는 《무기여 잘 있거라》, 《누구를 위하여 좋은 울리나》 등을 통해 삶과 실존의 의미를 성찰합니다. 나아가 저널리스트로서 "현대전에는 승자가 없다. 현대전에는 승리도 존재하지 않는다."는 글을 기고하여 전쟁의 야만성을 폭로합니다.

그 우려는 1950년 6·25 전쟁에서 현실이 되었습니다. 남북한 인구의 10%인 약 300만 명이 사망 또는 실종되었다고 추정되는 승자 없는 이 전쟁에서, 민간인 사망자는 약 65만 명으로 군인 사망자인 약 44만 명을 훨씬 웃돌아 대학살이 되고 만 전쟁의 얼굴이 명백히 드러났습니다. 이에 황순원은 〈학〉, 《나무들 비탈에 서다》 등을 통해 6·25 전쟁의 상처를 드러내며 구원(救援)을 이야기하고, 박완서는 《나목》, 《엄마의 말뚝》 등을 통해 전쟁의 참상을 증언하며 극복과 치유의 장(場)을 제공합니다.

지금 지구촌에는 여전히 총성이 울리고 있습니다. 작가 김연수는 평화를 이야기한 국제 인문 포럼(forum)에서 "전쟁이 일상 놀이였고 텔레비전을 켜면 전쟁 드라마가 인기리에 반영되었으며 한 달에 한 번 북한의 공습에 대비해 **등화관제**의 밤이 있던 우리는 분쟁 지역의 아이들이었다."라고 전제하며, "전쟁을 예방하기 위해서는 전쟁이 아니라 평화를 일으켜야 하고 그것이 바로 문학하는 이들의 운명"이라고 말했습니다. 아무쪼록 전쟁 문학을 감상하며 진정한 인간다움을 고찰하고, 전쟁의 비극을 인지하여 그 상처를 함께 보듬는 연대의 자세를 가지도록 합시다.

• **등화관제**(燈火管制) 적의 야간 공습 시, 또는 그런 때에 대비하여 등불을 모두 가리거나 끄게 하는 일.

[1~3] 다음 제시문을 읽고 물음에 답해 봅시다.

몸을 웅크리고 가마니 속에 쓰러져 있었다. ⑦한 시간 후면 모든 것은 끝나는 것이다. 손과 발이 돌덩어리처럼 차다. 허옇게 흙벽마다 서리가 앉은 깊은 움 속, 서너 길 높이에 통나무로 막은 문틈 사이로 차가이 하늘이 엿보인다. (중략)

그놈이라고 불린 사람이 바로 총살 직전에 내가 목격하고 필사적으로 놈들의 사수를 향하여 방아쇠를 당겼던 그 사람이었을까……. 만일 그 사람이 아니었다면 또 어떤 사람이었을까……. ⓛ몸이 떨린다. 뼛속까지 얼음이 박인 것 같다.

소속 사단은? 학벌은? 고향은? 군인에 나온 동기는? 공산주의를 어떻게 생각하시오? 미국에 대한 감정은? 그럼…… 동무의 말은 하나도 이치에 당치 않소.

동무는 아직도 계급 의식이 그대로 남아 있소. 출신 계급을 탓하지는 않소. 오해하지 마시오. 그 근성이 나쁘다는 것뿐이오. 다시 한번 생각할 여유를 주겠소. 한 시간 후, ⓒ동무의 답변이 모든 것을 결정지을 거요.

몽롱한 의식 속에 갓 지나간 대화가 오고 간다. 한 시간 후면 모든 것은 끝나는 것이다. 사박사박 걸음을 옮길 때마다 발밑에 부서지는 눈, 그리고 따발총구를 등 뒤에 느끼며 앞장서 가는 인민군 병사를 따라 무너진 초가집 뒷담을 끼고 이 움 속 감방으로 오던 자신이 마음속에 삼삼히 아른거린다. ②한 시간 후면 나는 그들에게 끌려 예정대로의 둑길을 걸어가고 있을 것이다. 몇 마디 주고받은 다음, 대장은 말할 테지. 좋소. 뒤를 돌아다보지 말고 똑바로 걸어가시오. 발자국마다 사박사박 눈 부서지는 소리가 날 것이다.

아니, ⑩어쩌면 놈들은 내 옷에 탐이 나서 홀랑 빨가벗겨서 걷게 할지도 모른다 [찢어지기는 하였지만 아직 색깔이 제 빛인 미(美) 전투복이니까……]. 나는 빨가벗은 채 추위에 살이 빨가니 얼어서 흰 둑길을 걸어간다. 수발의 총성, 나는 그대로 털썩 눈 위에 쓰러진다. 이윽고 ⓐ붉은 피가 ⓑ하이얀 눈을 호젓이 물들여 간다. 그 순간 모든 것은 끝나는 것이다. 놈들은 멋쩍게 총을 다시 거꾸로 둘러메고 본대로 돌아들 간다.

1_ 이 작품의 서술상 특징으로 적절하지 <u>않은</u> 것을 골라 봅시다.

① 현재형 어미를 사용하여 현장감을 주고 있다.

② 중심인물의 의식 흐름에 따라 사건을 재구성하고 있다.

③ 세밀한 외양 묘사를 통해 인물의 성격을 드러내고 있다.

④ 상대방의 말을 따옴표 없이 직접 인용하는 경우가 있다.

⑤ 시간 흐름으로 보아 매우 짧은 순간을 자세하게 서술하고 있다.

2_ 제시문의 ㉠~㉤에 대한 설명으로 적절하지 <u>않은</u> 것을 골라 봅시다.

① ㉠ : '나'는 한 시간 후 운명이 결정될 처지에 놓여 있다.

② ㉡ : '나'는 죽음을 실감하면서 공포심을 느끼고 있다.

③ ㉢ : 적군의 장교는 '나'에게 **전향**과 죽음 중 하나를 선택하라며 강요하고 있다.

④ ㉣ : '나'가 적군의 사상 전향 요구를 거부할 것임을 짐작할 수 있다.

⑤ ㉤ : '나'는 적군 병사들에게 인간적인 연민을 느끼고 있다.

• **전향**(轉向)   종래의 사상이나 이념을 바꾸어서 그와 배치되는 사상이나 이념으로 돌림.

3_ 제시문의 ⓐ와 ⓑ가 작품에서 갖는 상징적 의미를 쓰고, 두 이미지를 대조함으로써 얻는 효과를 함께 써 봅시다.

• 의미 : _____

_____

• 효과 : _____

_____

4_ 다음 제시문에 등장하는 인물의 삶이 '나(소대장)'에게 끼치는 영향을 써 봅시다.

> "사람은 서로 죽이게끔 마련이오. 역사란 인간이 인간을 학살해 온 기록이니까요. 그렇게 생각지 않으시오? 난 전투가 제일 재미있소. 전투가 일어나면 호흡이 벅차고 내가 겨눈 총구에 적의 심장이 아른거릴 때마다 나는 희열을 느낍니다. 나는 그 순간 역사가 조각되고 있는 것같이 느껴지거든요. 사람이란 별게 아니라 곧 싸우는 것을 의미하고, 싸우다 쓰러지는 것을 의미할 겁니다."
> 이것이 지금껏 살아온 태도였다. 이것뿐이다. 인제 그는 총에 맞았다. 자기 차례가 된 것을 알 뿐이다.

_____

_____

5_ 다음 제시문에서 반복적으로 사용되는 표현에 주목하여 그 의미를 써 봅시다.

> 누가 죽었건 지나가고 나면 아무것도 아니다. 그들에겐 모두가 평범한 일들이다. 나만이 피를 흘리며 흰 눈을 움켜쥔 채 신음하다 영원히 묵살되어 묻혀 갈 뿐이다. 전 근육이 경련을 일으킨다. 추위 탓인가…… 퀴퀴한 냄새가 또 코에 스민다. 나만이 아니라 전에도 꼭 같이 이렇게 반복된 것이다.
> 싸우다 끝내는 죽는 것, 그것뿐이다. 그 이외는 아무것도 없다. 무엇을 위한다는 것, 그것도 아니다. 인간이 태어난 본연의 그대로 싸우다 죽는 것, 그것뿐이라고 생각하였다.

_____

_____

[6~9] 다음 제시문을 읽고 물음에 답해 봅시다.

가 ⊙"뭐 하고 있어! 빨리 나와!"

착각이 아니었다. 그들은 벌써부터 빨리 나오라고 고함을 지르며 독촉하고 있었다. ⓒ한 단 한 단 정신을 가다듬고 감각을 잃은 무릎을 힘껏 괴어 짚으며 기어올랐다. 입구에 다다르자 억센 손아귀가 뒷덜미를 움켜쥐고 끌어당겼다. 몸이 밖으로 나가는 순간 눈 속에서 그대로 머리를 박고 쓰러졌다. 찬 눈이 얼굴 위에 스치자 정신이 돌아왔다. 일어서야만 한다. 그리고 정확히 걸음을 옮겨야 한다. 모든 것은 인제 끝나는 것이다. 끝나는 그 순간까지 정확히 나를 끝맺어야 한다.

그는 눈을 다섯 손가락으로 꽉 움켜 집고 떨리는 다리를 바로잡아 가며 일어섰다. 그리고 한 걸음 한 걸음 정확히 걸음을 옮겼다. 눈은 의지적인 신념으로 차가이 빛나고 있었다.

나 본부에서 몇 마디 주고받은 다음, 준비 완료 보고와 집행 명령이 뒤이어 떨어졌다.

눈에 함빡 싸인 흰 둑길이다. 오! 이 둑길……. 몇 사람이나 이 둑길을 걸었을 거냐……. 훤칠히 트인 벌판 너머로 마주 선 언덕, 흰 눈이다. 가슴이 탁 트이는 것 같다. 똑바로 걸어가시오. ⓒ남쪽으로 내닫는 길이오. 그처럼 가고 싶어 하던 길이니 유감은 없을 거요. 걸음마다 흰 눈 위에 발자국이 따른다. 한 걸음 두 걸음 정확히 걸어야 한다. 사수 준비! 총탄 재는 소리가 바람처럼 차갑다. 눈앞엔 흰 눈뿐, 아무것도 없다. ②인제 모든 것은 끝난다. 끝나는 그 순간까지 정확히 끝을 맺어야 한다. 끝나는 일 초, 일각까지 나를, 자기를 잊어서는 안 된다.

걸음걸이는 그의 의지처럼 또한 정확했다. 아무리 한 걸음 한 걸음 다가가는 걸음걸이가 죽음에 접근하여 가는 마지막 길일지라도 결코 허튼, 불안한, 절망적인 것일 수는 없었다. 흰 눈, 그 속을 걷고 있다. 훤칠히 트인 벌판 너머로, 마주 선 언덕, 흰 눈이다. 연발하는 총성, 마치 외부 세계의 잡음만 같다. 아니 아무것도 아닌 것이다. 그는 흰 속을 그대로 한 걸음 한 걸음 정확히 걸어가고 있었다. 눈 속에 부서지는 발자국 소리가 어렴풋이 들려온다. 두런두런 이야기 소리가 난다. 누가 뒤통수를 잡아 일으키는 것 같다. 뒤 허리에 충격을 느꼈다. 아니 아무것도 아니다. 아무것도 아닌 것이다.

다 흰 눈이 회색빛으로 흩어지다가 점점 어두워 간다. 모든 것은 끝난 것이다. 놈들은 멋쩍게 ⓜ총을 다시 거꾸로 둘러메고 본부로 돌아들 갈 테지. 눈을 털고 추위에 손을 비벼 가며 방 안으로 들어들 갈 것이다. 몇 분 후면 화롯불에 손을 녹이며 아무 일도 없었던 듯 담배들을 말아 피우고 기지개를 할 것이다. 누가 죽었건 지나가고 나면 아무것도 아니다. 모두 평범한 일인 것이다. 의식이 점점 그로부터 어두워 갔다. 흰 눈 위다. 햇빛이 따스히 눈 위에 부서진다.

6_ 제시문의 ⓐ~ⓜ에 대한 설명으로 적절하지 않은 것을 골라 봅시다.

① ⓐ : 주인공의 의식 속에서가 아닌 실제에서 이루어진 대화이다.

② ⓛ : 주인공이 현재 직접 하고 있는 행동을 표현한 것이다.

③ ⓒ : 주인공의 회상 속에 있는 인물들의 대화이다.

④ ⓔ : 주인공이 자기 자신에게 하는 독백의 내용이다.

⑤ ⓜ : 주인공이 다른 인물의 행동을 상상하여 표현한 것이다.

7_ 제시문 **다**에서 '놈들'의 행동을 통해 작가가 강조하고자 하는 바를 써 봅시다.

8_ 〈보기〉를 참고하여 이 작품을 읽은 독자의 반응으로 가장 적절한 것을 골라 봅시다.

┃보기┃

　전쟁에서 낙오되어 눈 덮인 산야를 헤매다 포로가 되어 죽음에 이르는 '나(소대장)'
의 모습은 극한 상황에 내몰린 인간의 처절한 모습을 형상화하고 있다. 그러나 죽음
을 담담하게 받아들이는 '나'의 모습은 비굴을 강요하는 절망적 상황 속에서 인간다
움을 회복하고자 하는 강한 의지를 보여 준다. 이러한 '나'의 모습은 서구 실존주의
문학에서 영향을 받은 것으로 평가된다.

① '나'가 상상한 것을 사실인 것처럼 기술한 것은 서구 문학에서 많은 영향을 받은 것이군.

② '나'가 맞이하는 죽음은 실존에 대한 해답을 찾기 위해 주인공이 스스로 선택한 것이
라고 볼 수 있군.

③ '나'의 심리를 세밀하게 묘사한 것은 극한에 내몰린 인물의 나약함을 실감나게 드러
내기 위한 것이군.

④ 전쟁에서 낙오되어 포로가 되는 과정을 거치면서 '나'는 인간성을 회복하고자 하는 의
지를 점점 잃어 가고 있군.

⑤ 극한 상황 속에서도 '나'가 침착함을 잃지 않는 것은 죽음 앞에서 비굴해지지 않으려는
실존의 의지가 반영된 것이군.

9_ 작품의 제목인 '유예'가 의미하는 바를 써 봅시다.

[1~4] 다음 제시문을 읽고 물음에 답해 봅시다. [2007학년도 4월 고3 학력평가 응용]

발길을 돌리며 김 일등병은 무심코 아래를 내려다보았다. 거기에 까마귀 두세 마리가 앉아 무엇인가 열심히 쪼고 있었다.

사람의 시체였다. 그리고 첫눈에 그것은 현 중위의 시체라는 걸 알 수 있었다. 어제저녁 두 사람을 버리고 떠났을 때와 똑같이 위는 셔츠 바람이요, 아래는 군복 바지에 군화를 신고 있었다. (중략)

두 사람은 이쪽으로 와 아무 데나 쓰러지듯이 드러누웠다. ㉠현 중위의 시체를 보자 마지막 남았던 기운마저 빠져 버리고 만 것이었다.

잠시 후에 ㉡김 일등병은 무엇을 생각했는지 일어나 허청거리며 벼랑 쪽으로 가더니 돌을 집어던지기 시작했다. 그때마다 까마귀가 펄럭 하고 시체를 떠나는 것이었으나, 곧 못마땅한 듯이 까옥까옥 하며 다시 내려앉는 것이었다. (중략)

김 일등병은 전에 치열한 싸움터에서는 오히려 잊게 마련이었던 죽음이란 것을 몸 가까이 느꼈다. 내일쯤은 까마귀가 자기네의 눈알도 파먹으리라. 그러자 그는 옆에 누워 있는 주 대위가 먼저 죽어 까마귀에게 눈알을 파먹히는 걸 보느니보다는 차라리 자기 편이 먼저 죽어 모든 것을 모르고 지나기를 바랐다.

그는 문득 울고 싶어졌다. 그러나 그럴 기운조차 지금 그에겐 없었다. (중략)

"저 소릴 좀 듣게."

주 대위가 누운 채 쇠진한 목 안의 소리로,

"포 소릴세."

ⓐ김 일등병은 정신이 번쩍 들어 상반신을 일으키며 귀를 기울였다. 과연 먼 우레 소리 같은 포성이 은은히 들려오는 것이다.

"어느 편 폽니까?"

"아군의 포야. 155밀리의……."

이 주 대위의 감별이면 틀림없는 것이다. 그래 얼마나 먼 거리냐고 물으려는데 주 대위 편에서,

"그렇지만 너무 멀어. 사십 리는 실히 되겠어."

그렇다면 아무리 아군의 포라 해도 소용이 없다.

ⓑ김 일등병은 도로 자리에 누워 버렸다.

1_ 이 작품에 대한 설명으로 적절한 것끼리 바르게 묶은 것을 골라 봅시다.

> ㄱ. 간결한 문장과 사실적 묘사로 서술되었다.
>
> ㄴ. 역전적인 시간 구성으로 흥미를 유발한다.
>
> ㄷ. 관념적 용어의 사용으로 철학적 분위기를 조성한다.
>
> ㄹ. 인물이 처한 상황과 심리를 중심으로 이야기를 전개하고 있다.

① ㄱ, ㄴ   ② ㄱ, ㄷ   ③ ㄱ, ㄹ   ④ ㄴ, ㄹ   ⑤ ㄷ, ㄹ

2_ 제시문의 ㉠의 이유로 가장 적절한 것을 골라 봅시다.

① 오랫동안의 힘든 산행으로 탈진해서

② 배신한 사람의 최후를 드디어 확인했기 때문에

③ 적군이 주변에 있을 것 같은 두려움이 엄습해서

④ 까마귀 떼의 공격으로 자신들도 죽음을 당할까 봐

⑤ 전우의 죽음을 통해 자신들의 죽음을 현실로 인식하게 되어서

3_ '김 일등병'은 어떤 마음으로 ㉡과 같이 행동한 것인지 유추하여 써 봅시다.

_____

_____

4_ 다음 〈보기〉를 참고하여 제시문의 ⓐ와 ⓑ에 드러난 김 일등병의 심리를 각각 한 단어로 표현해 봅시다.

> **보기**
>
> 포 소리는 주변에 군대가 있음을 알려 준다. 그것이 적군이라면 상황은 더욱 어려워지겠지만, 아군의 포 소리임을 인식하고 김 일등병은 심리적 변화를 겪는다.

• ⓐ : _____   • ⓑ : _____

가 주 대위는 지금 자기는 각각으로 죽어 가고 있다고 느꼈다. 이상스레 맑은 정신으로 그게 느껴졌다. 그러다가 그는 드디어 지금까지 피해 오던 어떤 상념과 정면으로 부딪쳤다. 그것은 ⓐ권총을 사용해야 한다는 생각이었다. 아무래도 죽을 자기가 진작 자결을 했던들 모든 문제는 해결됐을 게 아닌가. 첫째 현 중위가 밤길을 서두르다가 벼랑에 떨어져 죽지 않았을는지 모른다. 아무튼 이제라도 자결을 해 버려야 한다. 그러면 아무리 지친 김 일등병이라 하더라도 혼자 몸이니 어떻게든 아군 진지까지 도달할 가망이 전혀 없는 것도 아니다.

나 "저 소리가 무슨 소리지?"

김 일등병이 고개만을 들고 잠시 귀를 기울이듯 하더니,

"무슨 소리 말입니까?"

"지금은 안 들리는군."

거기에 그쳤던 소리가 바람을 탄 듯이 다시 들려왔다.

"저 소리 말야. 이 머리 쪽에서 들려오는……."

그래도 김 일등병의 귀에는 아무것도 들리지 않았다.

"㉠개 짖는 소리 같애."

개 짖는 소리라는 말에 김 일등병은 지친 몸을 벌떡 일으켜 머리 쪽으로 무릎걸음을 쳐 나갔다. 개 짖는 소리가 들린다면 그리 멀지 않은 곳에 인가가 있음에 틀림없었다.

다 "내일쯤은 까마귀 떼가 더 많이 몰려들겠지. 눈알이 붙어 있는 것두 오늘 밤뿐야."

이 말이 채 끝나기도 전에 갑자기 권총 소리가 그의 귓전을 때렸다.

깜짝 놀라 돌아다보니 어둠 속에 주 대위가 권총을 이리 겨눈 채 목 속에 잠긴 음성치고는 또렷하게,

"날 업어!"

하는 것이다.

김 일등병은 무슨 영문인지 몰라 하면서도 하라는 대로 일어나 등을 돌려 대는 수밖에 없었다.

"자, 걸어라!"

김 일등병은 자기 오른쪽 귀 뒤에 ⓑ권총 끝이 와 닿음을 느꼈다.

등성이를 넘어 컴컴한 나무숲으로 들어섰다.

"좀 서!"

업힌 주 대위가 잠시 귀를 기울이고 나서,

"왼쪽으루 가!"

좀 후에 그는 다시,

"잠깐만."

그러고는,

"앞으루!"

[A] 이렇게, 왼쪽으로, 오른쪽으로, 앞으로, 하는 주 대위의 말대로 죽을힘을 다해 걸음을 옮겨 놓는 동안에도 김 일등병의 귀에는 아무것도 들리지 않았다. 혹시 주 대위가 죽음을 앞두고 허깨비 소리를 듣고 그러는 게 아닐까. 그렇다면 하필 자기네 두 사람은 마지막에 이러다가 죽을 필요는 무언가. 어제저녁부터 혼자 업고 오느라고 갖은 고역을 다 겪으면서도 느끼지 못했던 원망이 주 대위를 향해 거듭 복받쳐 오름을 어찌할 수가 없었다. (중략)

그제야 김 일등병의 귀에도 무슨 소리가 들렸다. 그것이 점점 개 짖는 소리로 확실해졌다. 그러나 그것이 얼마만 한 거리에서인지는 짐작이 안 되었다.

목에서는 단내가 나고, 간신히 옮겨 놓는 걸음은 한껏 깊은 데로 무한정 빠져들어 가는 것만 같았다. 그저 그 자리에 주저앉고 싶은 생각뿐이었다. 그렇건만 쉬어 갈 수도 없는 노릇이었다. 귀 뒤에 와 닿은 권총 끝이 더 세게 밀고 있는 것이었다.

아무것도 뵈는 게 없었다. 어떻게 걸음을 떼어 놓고 있는지조차 깨닫지 못하고 있었다. 그러는데 저쪽 어둠 속에 자리 잡은 초가집 같은 검은 그림자와 그 앞에 서 있는 사람의 그림자, 그리고 거기서 짖고 있는 개의 모양이 몽롱해진 눈에 어렴풋이 들어왔다고 느낀 순간과 동시에 귀 뒤에 와 밀고 있던 권총 끝이 별안간 물러나면서 업힌 주 대위의 몸뚱이가 무겁게 탁 내려앉음을 느꼈다.

5_ 제시문의 ㉠이 의미하는 바를 써 봅시다.

_____

_____

6_ 제시문의 [A]에 대한 설명으로 가장 적절한 것을 골라 봅시다.

① 김 일등병은 주 대위의 마음을 느끼며 감사하고 있다.

② 김 일등병은 주 대위의 의도를 파악하지 못해 괴로워하고 있다.

③ 김 일등병은 주 대위에게 복수하기 위해 마음속으로 계획하고 있다.

④ 주 대위는 김 일등병을 이용해서 자신의 생명을 연장하려 하고 있다.

⑤ 주 대위는 김 일등병에게 생명의 위협을 느꼈기 때문에 먼저 공격하고 있다.

7_ 제시문의 ⓐ와 ⓑ의 작품 속 기능을 비교하여 써 봅시다.

_____

_____

_____

8_ 작품의 배경을 고려하여 제목인 '너와 나만의 시간'이 의미하는 바를 써 봅시다.

_____

_____

_____

1_ 다음 물음에 답해 봅시다.

1 다음은 이 작품의 구조도입니다. 빈칸에 알맞은 내용을 써 봅시다.

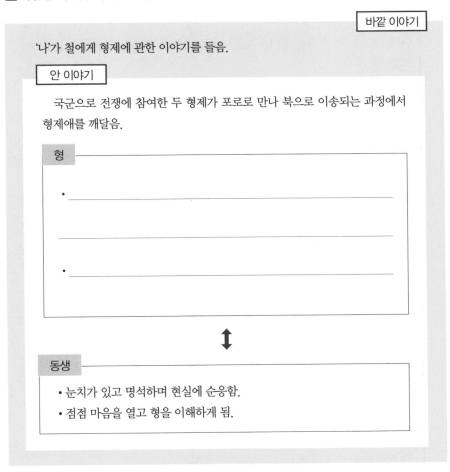

바깥 이야기

'나'가 철에게 형제에 관한 이야기를 들음.

안 이야기

국군으로 전쟁에 참여한 두 형제가 포로로 만나 북으로 이송되는 과정에서 형제애를 깨달음.

형
- _____
- _____

동생
- 눈치가 있고 명석하며 현실에 순응함.
- 점점 마음을 열고 형을 이해하게 됨.

2 이 작품은 바깥 이야기와 안 이야기를 넘나드는 '철'을 통해 서술되고 있습니다. 이에 따라 시점이 어떻게 변화하는지 쓰고, 그에 따른 효과를 함께 써 봅시다.

_____

_____

그 사람은 얼굴이 검고 두 눈이 디룩디룩한 게 꽤 익살꾸러기이면서도 한편으로 성미 급한 우악한 데가 있었다. 걸핏하면 너 여기가 어딘 줄 아느냐, 너의 집인 줄 아느냐, 이러면서 형을 후려치는 것이었지만 형이 엉엉 울면 너털너털 웃으며 재미있어 했다.

이러다가도 저녁이면,

"야, 낮에 때린 값이다……. 네 어머이 노릇을 좀 해야겠다."

꼭 ㉠밥 한 덩이를 더 얻어 주곤 했다.

형은 그것을 점퍼 포켓에 넣어 두었다가, 밤이 깊어서 모두 잠들었을 무렵에야, 동생과 반씩 갈라 먹곤 했다. (중략)

바깥은 ㉡첫눈이 흩날리고 있었다.

형은 울음을 그치고 불쑥,

"야하, 눈이 내린다……, 눈이…… 눈이……. 벌써 겨울이 다 됐네……."

물론 감시병들의 감시가 심하니까 동생의 귀에다 입을 대지도 않고 이렇게 혼잣소리를 지껄이고 있었다. (중략)

어느 날 밤이었다. 일행도 경비병들도 모두 잠들었을 무렵, 형은 역시 동생의 귀에다 입을 대고 이즈음에 와선 늘 그렇듯 별나게 가라앉은 목소리로,

"그 새끼 생각이 난다. 맘이 꽤 좋았댔이야이." / ⓐ"……."

"난 원래 다리에 ㉢담증이 있는데이……. 너두 알잖니? 요새 좀 이상헌 것 같다야."

이러곤 헤죽이 웃었다. / ⓑ"……."

순간 동생은 흠칫 놀라 돌아다보았다. 역시 형은 적적하게 웃으면서 두 팔로 동생의 어깨를 천천히 끌어안으면서,

"칠성아, 야하 흠썩은 춥다." / ⓒ"……."

"저 말이다, 엄만 날 늘 불쌍히 여기댔이야 잉? 야 칠성아, 칠성아, 내 다리가 좀 이상헌 것 같다야이……." / ⓓ"……."

동생의 눈에선 눈물이 솟아나왔다. (중략)

바깥은 바람이 세었다. 거적문이 습기 어린 소리를 내며 열리고 닫히곤 하였다. 문이 열릴 때마다 ㉣눈 덮인 초라한 들판이 부여스름하게 아득히 뻗었다.

동생의 눈에선 또 눈물이 비어져 나왔다.

형은 또 벌컥 성을 내며,

"왜 우니? 왜? ㅎㅎㅎ……."

제 편에서도 마구 울음을 쏟았다.

며칠이 지날수록 ⓜ형의 걸음은 더 절름거려졌다. 행렬 속에서도 별로 혼잣소릴 지껄이지 않았다. 퍽 조심스런 표정이었다. 둘레를 두리번거리며 경비병들의 눈치를 흘끔거리기만 했다. 이젠 밤에도 동생의 귀에다 입을 대고 이것저것 지껄이지 않았다. 그러나 먼 개 짖는 소리 같은 것에는 여전히 흠칫흠칫 놀라곤 했다. 동생은 또 참다 못해 눈물을 흘렸다. 그러나 형은 왜 우느냐고 화를 내지도 않고 울음을 터뜨리지도 않았다. 동생은 이런 형이 서러워 더 흐느꼈다.

그날 밤 바깥엔 ⓗ함박눈이 내렸다.

형은 불현듯 동생의 귀에다 입을 대고 지껄였다.

"너 무슨 일이 생게두 날 형이라구 굴지 마라, 어잉?……."

여느 때답지 않게 숙성한 사람다운 억양이었다.

"……."

"울지두 말구 모르는 체만 해, 꼭……."

동생은 부러 큰소리로,

"야하, 눈이 내린다."

형이 지껄일 소리를 자기가 대신하고 있다고 생각했다.

ⓔ"……."

그러나 이미 형은 그저 꾹하니 굳은 표정이었다.

동생은 안타까워 또 울었다. 형을 그러안고 귀에다 입을 대고,

"형아, 형아, 정신 차려……."

이튿날 한낮이 기울어서 어느 영 기슭에 다다르자, 형은 동생의 허벅다리를 쿡 찌르곤 걷던 자리에 털썩 주저앉고 말았다.

형의 걸음걸이를 주의해 보아 오던 한 사람이 뒤에서 따발총을 휘둘러 쏘았다.

[A]
형은 앉은 채, 움쑥 앞으로 고꾸라졌다. 그 사람은 총을 어깨에 둘러메면서,

"며칠을 더 살겠다구 뻐득대? 뻐득대길……."

2_ 이 작품의 서술상 특징으로 가장 적절한 것을 골라 봅시다.

① 외양을 상세하게 묘사해 인물을 희화화하고 있다.

② 내적 독백을 통해 시간의 흐름을 지연시키고 있다.

③ 현재와 과거를 교차 서술하여 주제를 부각하고 있다.

④ 간접 인용을 활용하여 사건 전개의 신빙성을 높이고 있다.

⑤ 주인공의 행위를 반복적으로 서술하여 성격을 구체화하고 있다.

3_ 제시문의 ㉠이 상징하는 의미를 써 봅시다.

_____

_____

4_ 이 작품을 시나리오로 각색하고자 할 때, ⓐ~ⓔ의 처리 방법에 대한 의견으로 적절하지 <u>않은</u> 것을 골라 봅시다.

① ⓐ에서는 '모두 잠들었을 무렵'이라는 상황을 고려하여, 잠든 척 누워 있는 '동생'의 모습을 보여 주면 좋겠군.

② ⓑ에서는 '놀라 돌아다보았다'라는 표현에 주목하여, 걱정스레 '형'을 바라보는 '동생'의 표정을 보여 주면 좋겠군.

③ ⓒ에서는 춥다면서 끌어안는 '형'에게 기대어, 공감하듯 고개를 끄덕이는 '동생'의 모습을 보여 주면 좋겠군.

④ ⓓ에서는 아파하는 '형'을 눈물 어린 표정으로 바라보면서, 아픔을 나누지 못하는 '동생'의 안타까운 눈빛을 보여 주면 좋겠군.

⑤ ⓔ에서는 '부러 큰소리로' 말했음에도 아무 반응이 없자, '형'을 무심하게 바라보는 '동생'의 모습을 보여 주면 좋겠군.

5_ 제시문의 ⓛ~ⓗ에 대한 이해로 적절하지 <u>않은</u> 것을 골라 봅시다.

① ⓛ은 '형'의 동심을 불러일으킨다.

② ⓒ은 형제 사이의 갈등을 유발한다.

③ ⓔ은 인물들의 내면 풍경을 보여 준다.

④ ⓜ은 '형'의 최후를 암시한다.

⑤ ⓗ은 비극적 분위기를 고조시킨다.

6_ 제시문의 [A]에서 작가가 말하고자 하는 바를 써 봅시다.

_____

_____

7_ 〈보기〉를 참고하여 이 작품을 감상한 내용으로 적절하지 <u>않은</u> 것을 골라 봅시다.

┤보기├

　이 작품은 북한군의 포로가 된 형제가 전쟁이라는 상황에서 어떤 모습을 보이는지를 실감 나게 그리고 있다. 특히 천진난만한 '벌거숭이 인간'인 '형'이 외부의 폭력에 희생되는 모습을 묘사하여 근원적인 인간성이 얼마나 소중한지를 일깨워 준다. 또한 포로 호송이라는 상황을 빌려 구성원을 획일화하는 사회를 우회적으로 비판한다.

① 이 작품의 제목은 본연의 순수성을 그대로 드러내는 '형'의 모습을 형상화하고 있군.

② '경비병'은 폭력적 상황 속에서 인간 본연의 모습을 억압하고 길들이는 감시망을 상징하고 있군.

③ '형'과 '동생'이 계속 걸어야만 하는 강제적 상황은 구성원을 획일화하려는 현실을 반영하고 있군.

④ 자신을 압박해 오는 공포에 무감각한 '형'의 모습은 천진성을 파괴하려는 폭력에 대한 저항을 나타내고 있군.

⑤ '형'이 그를 지켜보던 '경비병'의 총에 맞는 것은 감시자의 요구를 수행할 수 없는 데 따른 희생을 보여 주고 있군.

Step_1 전쟁과 죽음

다음 제시문을 읽고 물음에 답해 봅시다.

가 1950년대는 인간들을 삶과 죽음의 갈림길로 몰아가는 **카오스**의 시대이자 군신(軍神, Mars)의 시대였다. 전쟁 속의 죽음은 언제나 '갑자기' 다가오며 대량 학살의 형태를 띠고 있었다. 게다가 6·25 전쟁은 이데올로기의 전쟁이자 동족상잔이라는 특수성을 갖고 있어서, 이데올로기적 대립과 그로 인한 선택의 문제가 곧 생(生)과 사(死)의 조건이 되었다.

그동안 1950년대 문학을 이해하는 **키워드**로 전쟁, 이데올로기, 한계 상황, 불안, 자유, 실존 등을 생각해 왔다. 그러나 여기서 잊지 말아야 할 것이 바로 '죽음'이다. 왜냐하면 1950년대 문학의 키워드는 죽음에서 파생된 것들이기 때문이다. 전쟁으로 인한 불안과 공포란 바로 죽음을 목전에 둔 한계 상황으로부터의 불안과 공포이며, 바로 이 지점에서 실존적 의식도 생겨났다. 따라서 죽음은 1950년대 문학의 주인공이라 할 수 있다.

1950년대 소설에 드러난 죽음의 과잉 현상과 강박증은 무엇보다도 전쟁의 경험에서 그 해답을 찾을 수 있다. 6·25 전쟁은 현대적 무기의 등장과 그로 인한 대량 살육, 동족상잔의 **카니발리즘**으로 특징지어진다. 이른바 '죽음의 카니발' 혹은 '죽음의 펼침' 상태이다. 펼쳐진 죽음들이란 한결같이 한 사람의 죽음에서 여러 사람의 죽음으로, 또 다시 집단의 죽음으로, 그리고 집단 전체의 파멸로 이어지는 '부적절한 죽음(inappropriate death)'들이다. 작가들에게 죽음은 1950년대를 표상하는 '공통분모'가 된 것이다. 동시에 그 죽음은 더 이상 타자의 죽음이 아닌 '나'의 죽음에 밀착되어 있다. 그래서 당대 작가들은 이러한 삶과 죽음의 절박한 갈림길에서 비켜갈 수 없었다. 이에서 비롯되는 상당한 심리적 긴장감은 그대로 당대 작가들의 자세를 결정짓는 절대적 요인이 되었다.

– 서동수, 〈1950년대 소설에 나타난 죽음 의식 연구〉

나 고대 로마법에는 "호모 사케르(Homo Sacer)란 사람들이 범죄자로 판정한 자를 말하는데, 그를 희생물로 바치는 것은 허용되지 않지만 그를 죽이더라도 살인죄로 처벌받지는 않는다."는 내용이 등장한다. 이탈리아의 철학자 조르조 아감벤(Giorgio Agamben, 1942~)은 호모 사케르가 처한 이러한 이중적 **배제**의 상황에 주목하여, 신의 법과 인간의 법 모두의 외부에 위치하는 호모 사케르의 생명이란 무엇인지 질문하고 근대 이후 국가 권력의 모습을 살핀다.

그는 호모 사케르가 인간 법질서의 외부에 있어서 죽여도 상관없지만, 희생 **제의**에 사용되는 제물들처럼 완전히 인간 법질서를 떠나 신의 질서로 편입되지도 않았음을 지적한다. 호모 사케르는 법질서의 외부에 있는 방식으로 법질서에 포함되어 있다. 그렇기에 희생물로 바칠 수도 없다. 즉, 법질서 외부로 추방된 채 여전히 사회에 존재하고 있기에 무슨 일을 해도 상관없고 심지어 죽여도 무방한 존재, 아무런 권리 없이 단지 생 그 자체만 가진 벌거벗은 생명, 배제된 채 포함되어 있는 존재인 것이다.

아감벤은 국가 권력, 즉 주권이 호모 사케르를 창출하는 방식으로 작동한다고 보았다. 국가의 최고 권한인 주권은 전통적 주권 이론이 말하는 것처럼 단순히 법을 만들 수 있는 권한이 아니라 법을 멈출 수 있는 권한, 법을 멈추고 예외 상황을 선포할 수 있는 권한이다. 호모 사케르는 바로 이런 예외 상태에 처함으로써 모든 권한을 박탈당한 벌거벗은 생이어서, 이들에게는 무슨 짓을 해도 된다.

아감벤의 이러한 **통찰**은 법질서 안에서 버젓이 이루어지지만, 법으로 이해할 수 없는 국가 권력의 끔찍한 행위들을 설명해 준다. 유태인 학살이나 생체 실험에서처럼 법질서 외부에 있어 그런 방식으로 포함되어 있는 존재, 살 가치가 없다고 딱지가 붙여지는 방식으로 사회에 존재하는 이들은 정확히 이런 주권의 본성을 보여 준다. 호모 사케르는 외부의 존재라는 낙인을 쓴 채 체제 안에 존재하고 활용된다.

— 조원광, 〈우리는 정말 호모 사케르인가〉(《수유너머Weekly》, 2014. 05.)

다 한결같이 누렇게 뜬 하늘에는 황달 든 태양이 타고 있고, 그 밑으로 한없이 넓게 깔려 있는 불모의 황야. 그 한가운데 그는 땀을 철철 흘리며 서 있었다. 바로 앞에 누렇게 뜬 메마른 흙바닥에 개미구멍이 있어, 누런 빛을 한 조그만 개미 떼가 연달아 기어 나오고, 그것을 구멍 입구에 같은 빛깔의 왕개미가 대기하고 서서 자꾸만 목을 잘라 내고 있는 것이다. 마치 그것은 왕개미가 기계적으로 주둥이를 놀리고 있는데 거기 꼭 맞는 속도로 작은 개미 떼들이 기어 나와 목을 들이미는 것과도 같았다. 그리고 목 잘린 개미 떼들은 그대로 누렇게 뜬 흙으로 화해 버리고 마는 것이었다. 거기 따라 점점 흙이 높아지면서 그의 정강이 털이 거의 묻히게 돼 있었다.

— 황순원, 〈너와 나만의 시간〉

라 "소대장님, 인제는 제 차례가 된 모양입니다."

그는 조용히 선임 하사의 얼굴을 지켰다. 슬픈 빛이라고는 조금도 없다. 오랜 군대 생활에 이겨 온 굳은 의지가 엿보일 뿐이다.

선임 하사, 그는 이차 대전 시 일본군에 소집되어 남양 전투에 종군하다 북지로 이동, 일본 항복과 더불어 포로 생활 2개월을 거쳐 팔로군, 국부군, 시조가 변전되는 대로 이역을 표류하다 고국으로 돌아와 다시 군문으로 들어선 것이었다. 군대 생활이 무엇보다도 재미있다는 그, 전투가 자기 생활 속에서 제일 신이 나는 순간이라는 그였다.

"사람은 서로 죽이게끔 마련이오. 역사란 인간이 인간을 학살해 온 기록이니까요. 그렇게 생각지 않으시오? 난 전투가 제일 재미있소. 전투가 일어나면 호흡이 벅차고 내가 겨눈 총구에 적의 심장이 아른거릴 때마다 나는 희열을 느낍니다. 나는 그 순간 역사가 조각되고 있는 것같이 느껴지거든요. 사람이란 별게 아니라 곧 싸우는 것을 의미하고, 싸우다 쓰러지는 것을 의미할 겁니다."

– 오상원, 〈유예〉

마 그날 밤 바깥엔 함박눈이 내렸다.

형은 불현듯 동생의 귀에다 입을 대고 지껄였다.

"너 무슨 일이 생계두 날 형이라구 굴지 마라, 어잉?……"

여느 때답지 않게 숙성한 사람다운 억양이었다.

"……."

"울지두 말구 모르는 체만 해, 꼭……."

동생은 부러 큰소리로,

"야하, 눈이 내린다."

형이 지껄일 소리를 자기가 대신하고 있다고 생각했다.

"……."

그러나 이미 형은 그저 꾹하니 굳은 표정이었다.

동생은 안타까워 또 울었다. 형을 그러안고 귀에다 입을 대고,

"형아, 형아, 정신 차려……."

이튿날 한낮이 기울어서 어느 영 기슭에 다다르자, 형은 동생의 허벅다리를 쿡 찌르곤 걷던 자리에 털썩 주저앉고 말았다.

형의 걸음걸이를 주의해 보아 오던 한 사람이 뒤에서 따발총을 휘둘러 쏘았다.

형은 앉은 채, 움쑥 앞으로 고꾸라졌다. 그 사람은 총을 어깨에 둘러메면서,

"며칠을 더 살겠다구 뻐득대? 뻐득대길……."

– 이호철, 〈나상〉

- **카오스**(chaos) 우주가 발생하기 이전의 원시적인 상태. 혼돈이나 무질서 상태를 이른다.
- **키워드**(key word) 데이터를 검색할 때에, 특정한 내용이 들어 있는 정보를 찾기 위하여 사용하는 단어나 기호.
- **카니발리즘**(cannibalism) 인간이 인육(人肉)을 먹는 습속. 종족 간의 전쟁·종교 의례 따위에서 유래한 것으로 알려져 있다.
- **배제**(排除) 받아들이지 아니하고 물리쳐 제외함.
- **제의**(祭儀) 제사의 의식.
- **통찰**(洞察) 예리한 관찰력으로 사물을 꿰뚫어 봄.

1_ 제시문 **가**와 **나**를 참고하여 제시문 **다**의 '개미 떼'의 상징성을 분석해 봅시다.

_____

_____

_____

2_ 문제 1번의 답을 바탕으로 제시문 **라**, **마**에 나타난 죽음을 설명하고, 전쟁이 비극적인 이유를 함께 써 봅시다.

_____

_____

_____

Step_2 생사(生死)의 갈림길, 어떤 선택을 할 것인가

다음 제시문을 읽고 물음에 답해 봅시다.

가 해거름 때 세 사람은 구렁이 한 마리를 잡아 구워서 나눠 먹었다.

다 먹고 난 현 중위가 뒤라도 마려운 듯이 자리를 떴다.

그런 지 좀 만에 주 대위가 김 일등병에게 말했다.

"자네두 여길 떠나게."

김 일등병은 그게 무슨 말이냐는 듯이 주 대위를 쳐다봤다.

"현 중위 갔어, 기다리다 못해." / "기다리다 못해 가다뇨?"

"내가 자살하길 기다리다 못해 떠났어."

사실 현 중위는 돌아오지 않았다.

– 황순원, 〈너와 나만의 시간〉

나 오호, 여기 줄지어 누워 있는 넋들은
눈도 감지 못하였겠구나.

어제까지 너희의 목숨을 겨눠
방아쇠를 당기던 우리의 그 손으로
썩어 문드러진 살덩이와 뼈를 추려
그래도 양지바른 두메를 골라
고이 파묻어 떼마저 입혔거니,

죽음은 이렇듯 미움보다도 사랑보다도
더욱 너그러운 것이로다.

이곳서 나와 너희의 넋들이
돌아가야 할 고향 땅은 삼십 리(里)면 가
로막히고,
무주 공산(無主空山)의 적막만이
천만 근 나의 가슴을 억누르는데,

살아서는 너희가 나와
미움으로 맺혔건만,
이제는 오히려 너희의
풀지 못한 원한이 나의
바람 속에 깃들어 있도다.

손에 닿을 듯한 봄 하늘에
구름은 무심히도
북으로 흘러 가고,

어디서 울려오는 포성(砲聲) 몇 발,
나는 그만 이 은원(恩怨)의 무덤 앞에
목놓아 버린다.

– 구상, 〈초토(焦土)의 시 8 : 적군 묘지 앞에서〉

다 1950년대 대표 전후 소설이 어둡고 절망적인 분위기를 보이는 것과 대조적으로, 〈너와 나만의 시간〉에서는 인간과 세계에 대한 마지막 희망이 포기되지 않은 차별성이 확인된다. 소설은 '별빛'과 '개 짖는 소리'의 인도를 따르던 두 낙오병이 인가를 찾으며 끝난다. 이 해피 엔딩(happy ending)은 극한의 상황에서도 포기되지 못하는 인간성의 고귀함에 대한 황순원의 긍정을 반영한 결말이다. (중략) 〈너와 나만의 시간〉이라는 제목에는 황순원의 세계관, 즉 인간을 단독적 존재가 아닌 '너와 나'의 관계성 속에서 확인되는 주체로 보고자 하는 작가의 세계관이 암시되어 있다. 실존적 고민이 주제였다면 '나만의 시간'이나 '너만의 시간'이라는 제목으로 족하다. 하지만 '나-주체'보다 '너'를 앞세운 제명(題名)은 작가가 인간 주체를 '너와 나'의 관계 안에서 확인되고 규정되는 '서로-주체'로 보고자 했음을 짐작하게 한다. 이는 '나'만 살고자 했던 현 중위가 죽음을 당하고, '나'의 삶을 내려놓았던 주 대위(또는 김 일등병)가 '너와 나'를 살리게 되는 결말에서도 확인된다.

〈너와 나만의 시간〉은 황순원 문학의 지향점(指向點)을 고스란히 반영하고 있는 작품이다. 이 소설의 주제는 분명 윤리적이다. 하지만 선악 이분법에 기초한 교훈이 아니라, ㉠극한 상황에서 '인간은 어떻게 행동하며 어떻게 행동해야 하는가?', '무엇이 선한 행위인가?'라는 좀 더 근본적인 질문과 성찰로 독자를 인도한다는 점에서 큰 울림을 갖는다.

라 현 중위는 주 대위가 혼자 힘으로 움직일 수 없고 자신이 떠나면 김 일등병 홀로 주 대위를 감당해야 한다는 걸 알지만, 두 사람을 두고 떠남으로써 혼자 살아남기 위해 두 동료를 버렸다는 비판을 피하기 어렵다. 반면, 주 대위를 떠나지 않은 김 일등병의 행동은 책임감 있는 것으로 긍정할 만하다. 물론 현 중위에게도 고민과 갈등이 있는 것으로 묘사되지만, 현 중위의 죽음 장면은 작가가 현 중위의 현실적 선택을 긍정하지 않고 있음을 추측하게 한다. 동료보다 자신의 안위(安危)를 먼저 생각한 현 중위가 낭떠러지에서 떨어져 죽는 결말에 이르기 때문이다. 까마귀가 그의 시체를 훼손한다는 설정, 특히 까마귀에 의해 눈이 파먹히는 충격적인 장면은 현 중위의 선택에 대한 일종의 처벌처럼 느껴진다. 반면, 김 일등병이 최종적으로 얻게 되는 생명은 선한 행동에 대한 보상으로 보인다. ㉡이처럼 스토리 차원에서 이 소설에 접근하게 되면, 〈너와 나만의 시간〉에서 두드러지는 것은 도덕적 교훈이다. 즉 소설은 '현 중위=악', '김 일등병=선'이라는 교훈주의로 귀결된다.

1_ 제시문 **가** 작품의 전문 내용을 참고하여 다음 등장인물들이 처한 상황을 정리하고 각 인물이 어떤 선택을 했는지 그 이유와 함께 써 봅시다.

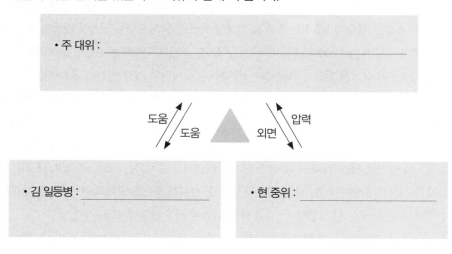

2_ 문제 1번의 인물들과 제시문 **나**의 시적 화자가 마주한 공통적인 **딜레마**를 원인과 함께 써 봅시다.

- **딜레마**(dilemma) 선택해야 할 길은 두 가지 중 하나로 정해져 있는데, 그 어느 쪽을 선택해도 바람직하지 못한 결과가 나오게 되는 곤란한 상황.

_____

_____

3_ 문제 1~2번의 답을 바탕으로, 제시문 **다**의 ㉠에 대한 답으로서 제시문 **라**의 ㉡에 동의하는지 자신의 생각을 이야기해 봅시다.

_____

_____

Step_3 전쟁에서 어떻게 인간다움을 지킬 것인가

다음 제시문을 읽고 물음에 답해 봅시다.

가-1 키르케고르(Søren Aabye Kierkegaard, 1813~1855)는 많은 실존주의(實存主義) 사상가와 다름없이 보편적인 본질보다 개별적인 실존, 그 존재함 자체를 우선했다. 그에게 있어 존재는 인간의 자유로운 선택에 의해 그 스스로의 가치를 찾는 것이어서, 실존적 선택은 본질에 따른 이성적·논리적 사고 체계와 달리 비논리적이며 모순과 역설로 가득한 가장 인간적인 행위이다.

이렇듯 실존주의가 **인본주의**적 성향을 가지고 있다고 해서 개인의 잘못에 대해 변론하지는 않는다. 키르케고르는 현실의 어려움과 한계에 부딪히더라도 스스로 헤쳐 나가야 한다면서, 반복적인 **진퇴**를 되풀이하는 동안 인간은 진정한 실존에 도달할 수 있다고 말한다.

– 장 폴 사르트르, 《실존주의는 휴머니즘이다》

가-2 제2차 세계 대전이 끝난 1945년, 조국의 해방을 위해 열심히 살았던 프랑스인들은 바람을 이루자 헛헛했다. 그들에게는 인생을 불태울 새로운 목표가 필요했다. 이들이 열정을 불러일으킬 새 가치를 찾을 때, 당대 지성인인 사르트르는 무엇을 위해 살지 말고 자기 자신의 삶을 가꾸라고 말한다.

사르트르는 1945년 10월의 '실존주의는 **휴머니즘**이다'는 연설을 통해 '실존주의적 휴머니즘'을 펼친다. 그는 기술자가 '종이 자르는 칼'의 모습과 기능을 염두하며 칼을 만들 듯이, 가장 좋은 인간의 모습(본질)은 신의 마음속에 정해져 있다고 말한다. 그러므로 바람직한 삶이란 정해진 인간의 모습대로 자신을 가꾸어 가는 것일 테다. 하지만 사르트르는 '종이 자르는 칼'과 달리, 인간은 자기가 무엇인지를 스스로 결정하며 살아야 한다며 '실존은 본질에 앞선다'고 말한다. 그에 따르면, 인간은 '실천'을 통해 자기 스스로를 만들어 간다. 다른 사람들이 자신의 뜻을 따를지 그렇지 않을지는 인간의 자유다. 여건이 좋을지 나쁠지도 인간 개인이 결정할 수 없다. 인간이 할 수 있는 일은 자유롭게 결정하고 실천에 옮기는 것밖에 없다. 이에 사르트르는 힘주어 말한다.

"인간은 자기 스스로를 실현하는 한에 있어서만 실존한다."

– 안광복, 〈선택에 따른 불안과 책임은 인간의 숙명〉

나 "생명체와 도구와는 다른 것이오. 내 이상 더 무엇을 말하고 싶겠소? 나는 포로가 되었을 때 비로소 내가 확실히 호흡하고 있는 인간이라는 것을 알았을 뿐이오. 나는 기쁘오. 내가 한 개의 기계나 도구가 아니었다는 것, 하나의 생명체인 인간으로서 살아 있었다는 것, 그리고 인간으로서 죽어 간다는 것, 이것이 한없이 기쁠 뿐입니다." (중략)

똑바로 걸어가시오. 남쪽으로 내닫는 길이오. 그처럼 가고 싶어 하던 길이니 유감은 없을 거요. 걸음마다 흰 눈 위에 발자국이 따른다. 한 걸음 두 걸음 정확히 걸어야 한다. 사수 준비! 총탄 재는 소리가 바람처럼 차갑다. 눈앞에 흰 눈뿐, 아무것도 없다. 인제 모든 것은 끝난다. 끝나는 그 순간까지 정확히 끝을 맺어야 한다. 끝나는 일 초, 일 각까지 나를, 자기를 잊어서는 안 된다.

― 오상원, 〈유예〉

다 6·25 전쟁을 경험한 문인(文人)들은 국가 건설 복구와 상실된 인간성 회복을 휴머니즘에서 찾았다. 당대의 정권과 맞물렸던 기성 문인들은 한국 전통의 윤리적 틀 안에서 '민족주의적 휴머니즘'을, 서구의 철학과 문학에 영향받은 신인 문인들은 '실존주의적 휴머니즘'을 제시했다. 그 결과 '민족주의적 휴머니즘'은 인정(人情)의 세계에, '실존주의적 휴머니즘'은 관념의 세계에 놓였다.

한편, 황순원이 지향한 '공동체 휴머니즘'은 자신의 삶에 능동적인 태도를 갖는 이미지로 형상화되었다. 황순원은 당대 한국 사회를 배경으로 인간의 실존 문제에 주목하며 '**사유**'하지 않고 행동하는 인간들은 공동체를 위협하지만, 자신의 일에 책임을 갖고 충실한 삶을 실현하는 과정에서 주변 사람들까지 보살피면 공동체 구성원을 융화시킬 수 있음을 보여 주었다. 따라서 황순원 소설에 드러난 휴머니즘은 개인의 '인간다움'과 '인간성'이 발현되는 지점에 위치한다고 볼 수 있다. ― 임신희, 〈황순원 전후 소설의 휴머니즘적 성격〉

라 그러나 김 일등병의 귀에는 여전히 아무것도 들리지 않았다. 그는 누웠던 자리로 도로 뒷걸음질을 쳤다.

주 대위는 김 일등병에게 무엇인가 주고 싶었다. 그리고 그것을 자기 자신도 받고 싶었다.

김 일등병이 드러누우며 혼잣소리로,

"내일쯤은 까마귀 떼가 더 많이 몰려들겠지. 눈알이 붙어 있는 것두 오늘 밤뿐야."

이 말이 채 끝나기도 전에 갑자기 권총 소리가 그의 귓전을 때렸다.

깜짝 놀라 돌아다보니 어둠 속에 주 대위가 권총을 이리 겨눈 채 목 속에 잠긴 음성치고는 또렷하게,

"날 업어!"

하는 것이다.

김 일등병은 무슨 영문인지 몰라 하면서도 하라는 대로 일어나 등을 돌려 대는 수밖에 없었다.

"자, 걸어라!"

– 황순원, 〈너와 나만의 시간〉

- **인본주의**(人本主義) 신(神) 중심의 세계관으로부터 벗어나 인간의 존엄성 회복에 노력한 정신 운동.
- **진퇴**(進退) 앞으로 나아가고 뒤로 물러남.
- **휴머니즘**(humanism) 인간의 존엄성을 최고의 가치로 여기고 인종·민족·종교 따위의 차이를 초월하여 인류의 안녕과 복지를 꾀하는 것을 이상으로 하는 사상이나 태도.
- **사유**(思惟) 대상을 두루 생각하는 일. 개념·구성·판단·추리 따위를 행하는 인간의 이성 작용.

1_ 제시문 **가**를 참고하여 제시문 **나**에 등장하는 '나'의 선택을 평가해 봅시다.

_____

_____

_____

2_ 제시문 **다**를 참고하여 제시문 **라**의 밑줄 친 부분에 내포된 의미를 추론해 보고, 이를 바탕으로 전쟁에서 인간다움을 지킬 수 있는 방법을 제시해 봅시다.

_____

_____

_____

다음 제시문을 읽고 조건에 따라 전쟁의 부당성을 알리는 글을 논술해 봅시다.

[2002학년도 경북대 논술 응용]

▐ 조건 ▐

1. 역사적 전쟁 사례를 활용해 전쟁의 발생 원인과 비극성을 구체적으로 서술할 것.
2. 전쟁에 대한 반전 메시지를 담을 것.

가 전쟁은 사회 집단들이 지켜 왔던 영토 금기라는 튼튼한 천이 폭력으로 찢겨 나가는 것이라고 정의할 수 있다. **호전적**인 정책의 배후에는 대개 친족과 동료들에 대한 개인의 비합리적으로 과장된 충성심, 즉 자민족(自民族) 중심주의가 존재한다. 일반적으로 원시인들은 세계를 두 가지 영역으로, 즉 집·마을·친족·유순한 동물·무당 등 가까운 환경과 이웃 마을·동맹 부족·적·야생 동물·유령 등 그보다 멀리 있는 세계로 나눈다. 이 초보적인 지형학(地形學)은 공격하고 살해할 수 있는 적과 그럴 수 없는 동료를 더 쉽게 구별할 수 있게 해 준다. 이런 대비는 적을 끔찍한 존재로, 나아가 인간 이하의 존재로 낮춤으로써 더 선명해진다.

브라질의 **문두루쿠족** 인간 사냥꾼들은 이런 구별을 실천했을 뿐 아니라 자신들의 적을, 말 그대로 사냥감으로 여겼다. (중략) 인간의 머리를 전리품으로 가져온 자에게는 높은 지위가 주어졌다. 초자연적 숲의 힘을 부여받은 특별한 사람이라고 여겼기 때문이다. 전쟁은 고급 예술이 되었고, 다른 부족들은 특히 위험한 동물 무리로 간주되어 노련한 사냥꾼의 사냥감이 되었다.

습격은 매우 신중한 계획하에 이루어졌다. 문두루쿠족 사냥꾼들은 동트기 전 어둠을 틈타 적의 마을을 포위했고, 그들의 주술사는 소리도 없이 주민들을 깊은 잠에 빠뜨렸다. 공격은 새벽에 시작되었는데, 이엉을 인 지붕에 불화살을 쏘아 댄 다음 공격자들이 괴성을 지르며 숲에서 뛰쳐나와 마을로 달려가 주민들을 공터로 몰고는 남녀 가릴 것 없이 어른들의 목을 베었다. 마을 전체를 소멸시키는 일은 어렵고 위험하기 때문에, 공격자들은 희생자들의 목을 갖고 즉시 철수했다. 그들은 가능한 한 멀리까지 행군하여 휴식을 취한 뒤 집으로 **회군**하거나 적이 있는 다음 마을로 향했다.

– 에드워드 윌슨, 《인간 본성에 대하여》

나 하버드 대학 심리학과 스티븐 핑커 교수에 의하면, 인간의 내면에는 폭력 상황으로 몰아가는 다섯 가지 동기가 존재한다. 종교 및 민족 간의 패권 경쟁, 이데올로기, 목적을 위한 실용적 수단으로 동원되는 폭력, **가학성**, 그리고 나머지 하나가 복수심이다. 전 세계 살인의 약 20%, 학교에서 일어나는 총기 사고의 약 60%가 복수 때문이라는 연구 결과도 있다.

사실 인간의 행위 중 복수만큼 비합리적인 것도 없다. 인간의 거의 모든 행동은 자신의 이익 여부에 따라 결정되기 마련인데, 복수란 행위는 엄밀히 따져 보면 자신에게 돌아오는 이익이 아무것도 없다. 오히려 복수는 자신에게 피해가 돌아오는 경우가 많다.

그럼에도 인간은 왜 그리 복수에 매달리는 것일까. 그것은 복수를 하는 행위 자체만으로 인간의 뇌가 만족과 기쁨을 느끼기 때문이다. 지난 2004년 스위스 연구진이 실험 참가자들에게 서로 '배반 게임'을 벌이도록 한 후 배반당한 이들이 복수를 감행할 때 PET(Positron Emission Tomography, 양전자 방출 단층 촬영)로 뇌의 활동을 조사하였다. 그 결과 복수를 감행하게 되면 등쪽 줄무늬체가 작동한다는 사실이 밝혀졌다. 등쪽 줄무늬체는 기쁨이나 만족 등의 감정을 지배하는 뇌의 한 부분이다.

최근 복수와 그로 인해 얻는 쾌감에 대한 좀 더 구체적인 연구 결과가 발표되었다. 《성격과 사회 심리학 저널》에 게재된 최근 논문에 따르면, 연구진이 실험 참가자들 중 일부에게 공을 주고받는 컴퓨터 게임에서 고의로 배제되게끔 한 후 그들에게 가상의 인형을 대상으로 바늘을 꽂는 복수 행위를 하게 했더니 컴퓨터 게임에서 배제되었다고 느낀 참가자들이 그렇지 않은 사람들에 비해 훨씬 많은 복수를 가하는 것으로 나타났다. (중략)

지난 9·11 테러를 주도한 알카에다 지도자 오사마 빈 라덴(Osama bin Laden, 1957~2011)이 미군 특수 부대에 의해 사살된 후 미국 연구진이 미국인 200명을 대상으로 실험을 진행한 적이 있다. 빈 라덴의 사망 뉴스를 읽게 한 후 자신들이 느끼는 감정을 표현하게 했는데, 실험 참가자들 대부분이 일시적으로는 복수에 대해 만족감을 느끼는 것으로 나타났지만 장기적인 상황에선 부정적인 기분을 보였다. 복수로 인해 얻는 쾌감은 순간일 뿐 이후로는 자신도 모르는 나쁜 감정을 느낀다는 이 연구 결과는 인류에게 유의미하다.　　　 ─ 이성규, 〈인간은 왜 복수에 매달릴까〉(《더 사이언스 타임지》, 2017. 04.)

다 "전쟁은 아동의 모든 권리를 파괴한다. 전쟁은 아동들로부터 살 권리, 가족 및 지역 사회 안에 있을 권리, 보건의 권리, 인성 개발의 권리, 그리고 양육과 보호를 받을 권리 모두를 앗아간다."

〈아동 권리 협약〉이 선포된 지 10년이 지난 지금, 아프가니스탄을 포함한 세계 대부분의 국가들이 이 협약에 가입했음에도 불구하고 아프가니스탄 아동들의 기본권에 관한 한 이 헌장은 한낱 종이에 불과하다. 분쟁으로 인해 가족들은 모두 뿔뿔이 흩어졌고, 많은 아이들이 부모와 형제를 잃은 채 고향을 떠나 해외나 다른 지역으로 이주했다. 이들 모두 허물어진 학교 교육과 경제난으로 고통받았고, 분쟁이 계속되면서 아프가니스탄 아동들의 육체적·정서적·정신적 발전은 지체되었다. (중략)

아동들은 전쟁의 공포로부터 벗어날 자신들만의 수단을 찾아야 했다. 어린 소년들은 아버지가 사망한 후 가장으로서 성인과 마찬가지의 의무를 가지게 되었다. 마약 밀거래 및 **밀수**와 연관된 범죄 집단은 아동들의 이러한 약점을 **공략**했다. 그리고 무장 집단들은 아이들을 병사로 고용해 그들을 폭력의 주체로 바꿔 놓았다.

이러한 잔혹성과 폭력을 경험한 뒤에 따르는 외상과 공포, 결핍은 아프가니스탄 아동들에게 심대한 영향을 끼쳤다. 아프가니스탄 분쟁이 아동에 미치는 영향에 관한 1997년 10월 유엔 아동 기금의 연구 결과에 따르면, 카불에서 대다수 아동들이 심각한 외상성 스트레스로 시달리고 있음을 알 수 있다.

– 〈전쟁으로 파괴된 아이들〉(《엠네스티 보고서》)

라 최근 개봉된 영화 〈모가디슈〉(2021)는 1991년 무정부 상태에 놓인 소말리아에서 남북한 외교관이 마음을 합쳐 탈출하는 과정을 그렸다. 영화는 22년 독재자 시아드 바레(Maxamed Siyaad Barre, 1919~1995) 소말리아 대통령이 축출될 당시를 배경으로, 치안 질서가 무너지고 외교관조차 신변 보호를 받을 수 없었던 당시 상황을 흥미진진하게 그려 냈다. (중략)

바레 대통령이 쫓겨난 후 소말리아는 3대 **군벌**이 맞붙는 전쟁터로 변모한다. "살인을 하면 낙타 100마리로 배상해야" 할 정도로 살상에 대해 엄격히 제재했던 곳에서 아무렇지 않게 살육이 이어진다. 이 중 아이디드(Mohamed Farrah Aidid, 1934~1996)가 이끄는 군벌이 가장 세력이 컸고, 수도 모가디슈를 장악하고 있었다. 내전이 일어나자마자 대기근이 몰아닥친다. 1992년에만 굶어 죽는 사람이 속출한다. 아이디드파가 식량이 들어오는 대로 가져가 무기처럼 활용하기 때문이다. 국제 사회는 분노한다. 미국은 해병대 2만 명을 투입해 식량이 원활하게 배급할 수 있도록 조치한 후 철수시킨다. 아이디드는 1993년 미 해병대가 빠져나가자 다시 원조 식량을 차지하려 한다. 유엔 평화 유지군에게 전쟁을 선포하고 미군을 공격하기도 한다. 미국은 아이디드 제거만이 해결책이라고 생각하고 특수 부대를 파견해 작전에 돌입한다. 헐리우드 영화 〈블랙 호크다운〉(2001)은 이 특수 부대의 활동을 다루고 있다. (중략)

〈블랙 호크다운〉은 철학자 플라톤의 경구(警句)인 '전쟁은 죽은 자에게만 끝난다.'로 시작한다. 승자도, 패자도, 살아남은 자도 전쟁의 참혹함을 죽을 때까지 잊지 못한다는 말이다. 〈모가디슈〉는 소말리아의 비극을 빌려 남북한 관계를 되짚고, 한반도의 역사를 돌아보게 한다. 〈모가디슈〉와 〈블랙 호크다운〉을 보고 나면 이 땅에서 전쟁이 다시 일어나서는 안 된다는 걸 새삼 뼈저리게 깨닫게 된다.

– 라제기, 〈'모가디슈' 비극, 남의 일일까요〉(《한겨레》, 2021. 08.)

마 안전과 위험이 항상 공존(共存)하는 전쟁터. 그 예측할 길 없는 전쟁의 생리(生理)에 의해 죽고, 부상을 당하고, 그리고 생존했더라도 무언가 눈에 뵈지 않는 멍 자국을 남겨 받아야만 했던 수많은 젊은이들. 현태는 새삼스럽게 지난날 동호가 자살하기 바로 직전에 한 말을 되씹어 보았다. 대체 우린 피해잘까 가해잘까? 내가 보기엔 이번 동란에 나왔던 젊은이들은 죄다 피해자밖에 될 수 없다는 생각이 들어. 그러나 현태는 이 동호의 말에 대답이나 하듯이,

"정말 그럴까. 난 가해자두 될 수 있다구 보는데." – 황순원, 《나무들 비탈에 서다》

- **호전적**(好戰的) 싸우기를 좋아하는 것.
- **문두루쿠족**(Munduruku族) 아마존강 연안의 열대 우림 지대에 사는 인디오. 매우 공격적이어서 이웃 부족들의 공포의 대상이었으나, 19세기 초 브라질에 합병되었다.
- **회군**(回軍) 군사를 돌이켜 돌아가거나 돌아옴.
- **가학성**(加虐性) 남을 학대함으로써 쾌감을 느끼는 병적인 특성.
- **밀수**(密輸) 세관을 거치지 아니하고 몰래 물건을 사들여 오거나 내다 팖.
- **공략**(攻略) 적극적인 자세로 나서 어떤 영역 따위를 차지하거나 어떤 사람 등을 자기편으로 만듦을 비유적으로 이르는 말.
- **군벌**(軍閥) 군인의 파벌.

0 2
전후(戰後),
살아남은 자의 삶

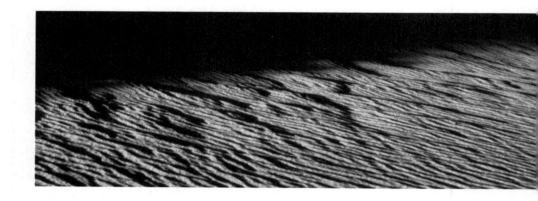

학습 목표

1. 전후 한국의 사회상을 살펴보고 작품 속 갈등을 통해 드러나는 인물들의 삶을 평가할 수 있다.

2. 다양한 인물상을 분석함으로써 전쟁으로 인해 개인에게 남은 상처를 살펴볼 수 있다.

3. 전후 개인의 상처와 이에 대응하는 다양한 삶을 살펴보고 그 의미를 생각해 볼 수 있다.

4. 진정한 평화의 의미를 생각해 보고 이를 위해 필요한 자세를 논술할 수 있다.

6·25 전쟁 발발 이후 휴전이 성립하기까지 한반도에는 의도치 않은 인구 대이동이 일어났습니다. 약 29만 명이 월북하였거나 납북되었고, 약 74만 명이 월남한 것으로 추정됩니다. 이로써 당시 서울의 해방촌은 가난한 피난민들의 정착지가 되었습니다.

이 작품은 전후 해방촌을 배경으로, 한 가족의 불행한 삶을 통해 당대의 궁핍한 사회상과 구조적 모순을 보여 주고 있습니다. 작품의 주인공 철호는 가난한 월급쟁이로, 딸아이에게 제대로 된 양말 하나 사 주지 못하는 형편입니다. 그의 동생인 영호는 한탕주의를 추구하다가 은행 강도로 경찰서에 붙잡히고, 여동생 명숙은 양공주로 살아가며, 어머니는 이러한 현실을 부정하듯 고향으로 '가자'고만 외치는 실성한 상태입니다. 그리하여 이 작품은 전후 사회가 만든 가난이라는 폭력 앞에서 의도치 않게 삶의 방향을 놓치고 뒤틀린 삶을 살아갈 수밖에 없는 인간 군상을 적나라하게 보여 줍니다.

적절한 삶의 기틀을 마련하지 못한 채 사회의 낙오자가 된 '오발탄'과 같은 존재들. 이들이 황폐한 상황에 이르게 된 진짜 원인이 무엇일지 이 작품을 감상하며 생각해 봅시다.

▌이범선(李範宣, 1920~1981)

평남 신안주 출생. 1955년 《현대문학》에 단편 소설 〈암표(暗票)〉와 〈일요일〉을 김동리(金東里)의 추천으로 발표하면서 등단했다. 초기에는 약자의 생존과 침울한 사회상을 사실적으로 그려 내다가 점차 사회 고발 의식이 짙은 문학 작품을, 후기에는 잔잔한 휴머니티를 보여 주는 작품을 펴냈다. 대표적인 작품으로는 단편 소설 〈학마을 사람들〉, 〈피해자〉, 〈오발탄〉, 〈냉혈 동물〉 등과 장편 소설 《춤추는 선인장》 등이 있다.

오발탄 _이범선

계리사 사무실 서기 송철호(宋哲浩)는 여섯 시가 넘도록 사무실 한구석 자기 자리에 멍청하니 앉아 있었다. 무슨 **미진한** 사무가 있는 것도 아니었다. **장부**는 벌써 접어치운 지 오래고 그야말로 멍청하니 그저 앉아 있는 것이었다. 딴 친구들은 눈으로 시곗바늘을 밀어 올리다시피 다섯 시를 기다려 휘딱 나가 버렸다. 그런데 점심도 못 먹은 철호는 허기가 나서만이 아니라 갈 데도 없었다.

"송 선생은 안 나가세요?"

이제 청소를 해야 할 테니 그만 나가 달라는 투의 **사환** 애의 말에 철호는 다 낡아 빠진 해군 작업복 저고리 호주머니에 깊숙이 찌르고 있던 두 손을 빼내어서 무겁게 책상 위에 올려놓았다.

"나가야지."

하품 같은 대답이었다.

사환 애는 저쪽 구석에서부터 비질을 하기 시작하였다. 먼지가 사정없이

오발탄(誤發彈) 잘못 쏜 탄환.
계리사(計理士) '공인 회계사(회계에 관한 감사, 계산, 세무 대리 따위를 전문적으로 처리할 수 있는 법적 자격을 갖춘 사람)'의 전 용어.
미진하다(未盡--) 아직 다하지 못하다.
장부(帳簿/賬簿) 물건의 출납이나 돈의 수지(收支) 계산을 적어 두는 책.
사환(使喚) 관청이나 회사, 가게 따위에서 잔심부름을 시키기 위하여 고용한 사람.

철호의 얼굴로 몰려왔다.

철호는 어슬렁 일어섰다. 이쪽 모서리 창가로 갔다. 바께쓰의 물을 대야에 따랐다. 두 손을 끝에서부터 가만히 물속에 담갔다. 아직 이른 봄이라 물이 꽤 손끝에 시렸다. 철호는 물속에 잠긴 두 손을 물끄러미 내려다보고 있었다. 펜대에 시달린 오른손 **장지** 첫 마디에 콩알만 한 못이 박혔다. 그 못에서 파란 **명주실** 같은 것이 사르르 물속으로 풀려났다. 잉크. 그것은 잠시 대야 밑바닥을 기다 말고 사뿐히 위로 떠올라 안개처럼 연하게 피어서 사방으로 번져 나갔다. 손가락 끝을 중심으로 하고 그 색의 농도가 점점 연해져 나갔다. 맑게 갠 가을 하늘색으로 대야 가장자리까지 번져 나간 그것은 다시 중심의 손끝을 향해 접어들며 약간 진한 파랑색으로 달무리 모양 둥그런 원을 그렸다.

피! 이건 분명히 피다!

철호는 엉뚱한 생각을 하고 있었다. 슬그머니 물속에서 손을 **빼내었다**. 그러자 이번엔 대야 밑바닥에 한 사나이의 얼굴을 보았다. 철호의 눈을 마주 쳐다보는 그 사나이는 얼굴의 온 근육을 이상스레 **히물히물** 움직이며 입을 비죽거려 웃고 있었다.

이마에 길게 흐트러진 머리카락. 그 밑에 우묵하니 파인 두 눈. 깎아진 볼. 날카롭게 여윈 턱. 송장처럼 꺼멓고 윤기 없는 얼굴. 그것은 까마득한 원시인의 한 사나이였다.

몽둥이 끝에, 모난 돌을 하나 칡넝쿨로 아무렇게나 잡아매서 들고, 동굴 속에 남겨 두고 나온 식구들을 위하여 온종일 숲속을 맨발로 헤매고 다니던 사나이.

장지(長指/將指) 다섯 손가락 가운데 셋째 손가락. 한가운데에 있으며 가장 길다.
명주실(明紬−) 누에고치에서 뽑은 가늘고 고운 실.
히물히물 근육이나 뼈 따위가 약간 비뚤어지며 자꾸 떨리는 모양.

곰? 그건 용기가 부족하다.

멧돼지? 힘이 모자란다.

노루? 너무 날쌔어서.

꿩? 그놈은 하늘을 난다.

토끼? 토끼. 그래, 고놈쯤은 꽤 때려잡음 직하다. 그런데 그것마저 요즈음은 뭍에 잘 돌아오지 않는다. 사냥꾼이 너무 많다. 토끼보다도 더 많다.

그래도 무어든 들고 들어가야 하는 것이다.

사나이는 바위 **잔등**에 무릎을 꿇고 앉아 냇물에 손을 씻는다. 파란 물속에 빨간 놀이 잠겼다. 끈적끈적하게 사나이의 손에 묻었던 피가 놀빛보다 더 진하게 우러난다.

무엇인가 때려잡은 모양이다. 곰? 멧돼지? 노루? 꿩? 토끼?

그런데 사나이가 들고 일어선 것은 그 어느 것도 아니었다. 보기에도 징그러운 내장. 그것이 무슨 짐승의 내장인지는 사나이 자신도 모른다. 사나이는 그 짐승의 머리도 꼬리도 못 보았다. 누군가가 숲속에 끌어내어 버린 것을 주워 오는 것이었다.

철호는 옆에 놓인 비누를 집어 들었다. 마구 두 손바닥으로 비볐다. 우구구 까닭 모를 울분이 끓어올랐다.

빈 도시락마저 들지 않은 손이 홀가분해 좋긴 하였지만, **해방촌** 고개를 **추어 오르기**에는 뱃속이 너무 허전했다.

산비탈을 도려내고 무질서하게 주워 붙인 판잣집들이었다. 철호는 골목으

잔등 코나 산 따위의 두드러져 올라온 부분.
해방촌(解放村) 6·25 전쟁 직후 남북이 분단되자 월남한 실향민들이 극도로 궁핍한 생활을 이어 가던 곳. 지금의 서울시 남산 밑에 있는, 용산동 일부 지역을 가리킨다.
추어오르다 '치오르다(경사진 길이나 산 따위를 오르거나 북쪽 지방으로 올라가다)'의 방언.

로 접어들었다. **레이션** 갑을 뜯어 덮은 처마가 어깨를 스칠 만치 비좁은 골목이었다. 부엌에서들 아무 데나 마구 버린 뜨물이 미끄러운 길에는 **구공탄** 재가 군데군데 **헌데 더뎅이** 모양 깔렸다.

저만큼 골목 막다른 곳에, 누런 시멘트 부대 종이를 흰 실로 얼기설기 **문살**에 얽어맨 철호네 집 방문이 보였다. 철호는 때에 절어서 마치 가죽끈처럼 된 헝겊이 달린 문걸쇠를 잡아당겼다. 손가락이라도 드나들 만치 엉성한 문이면서 찌걱찌걱 집혀서 잘 열리지를 않았다. 아래가 잔뜩 집힌 채 비틀어진 문틈으로 그의 어머니의 소리가 새어 나왔다.

"가자! 가자!"

미치면 목소리마저 변하는 모양이었다. 그것은 이미 그의 어머니의 조용하고 부드럽던 그 목소리가 아니고, 쨍쨍하고 간사한 게 어떤 딴 사람의 목소리였다.

문을 열고 들어서는 철호의 얼굴에 걸레 썩는 냄새 같은 것이 확 풍겨 왔다. 철호는 문 안에 들어선 채 우두커니 아랫목을 내려다보고 있었다.

중학교 시절에 박물관에서 미라를 본 일이 있었다. 그건 꼭 솜 누더기에 싸 놓은 미라였다. 흰 머리카락은 한 **오리**도 제대로 놓인 것이 없었다. 그대로 수세미였다. 그 어머니는 벽을 향해 돌아누워서 마치 딸꾹질처럼 어떤 일정한 사이를 두고, 가자 가자, 하는 외마디 소리를 지르고 있었다. 그 해골 같은 몸에서 어떻게 그런 쨍쨍한 소리가 나오는지 이상하였다.

철호는 윗방으로 올라가 털썩 벽에 기대어 앉아 버렸다. 가슴에 커다란 납

레이션(ration) 미군의 군사용 휴대 식량.
구공탄(九孔炭) 구멍이 뚫린 연탄을 통틀어 이르는 말.
헌데 살갗이 헐어서 상한 자리.
더뎅이 부스럼 딱지나 때 따위가 거듭 붙어서 된 조각.
문살(門-) 문짝에 종이를 바르거나 유리를 끼우는 데에 뼈가 되는 나무오리나 대오리.
오리 실, 나무, 대 따위의 가늘고 긴 조각을 세는 단위.

덩어리를 올려놓은 것 같았다. 정말 엉엉 소리를 내어 울고 싶었다. 눈을 꼭 **지르감으며** 애써 침을 삼켰다.

두 달 전까지만 해도 철호는 저녁때 일터에서 돌아오면, 어머니야 알아듣건 말건 그래도, 어머니 지금 돌아왔습니다, 하고 인사를 하곤 하였었다. 그러나 요즈음은 그것마저 안 하게 되었다. 그저 한참 물끄러미 굽어보고 섰다가 그대로 윗방으로 올라와 버리는 것이었다.

컴컴한 구석에 앉아 있던 철호의 아내가 슬그머니 일어섰다. 담요 바지 무릎을 한쪽은 꺼멍, 또 한쪽은 회색으로 기웠다. 만삭이 되어서 꼭 바가지를 엎어 놓은 것 같은 배를 안은 아내는 몽유병자처럼 철호의 앞을 지나 나갔다. 부엌으로 나가는 것이었다. 분명 벙어리는 아닌데 아내는 말이 없었다.

"아버지."

철호는 누가 꼭대기를 쿡 쥐어박기나 한 것처럼 흠칫했다.

바로 옆에 다섯 살 난 딸애가 눈을 동그랗게 뜨고 철호를 쳐다보고 있었다. 철호는 어린것에게로 얼굴을 돌렸다. 웃어 보이려는 철호의 얼굴이 도리어 흉하게 이지러졌다.

"나아, 삼춘이 **나이롱** 치마 사 준댔다."

"응."

"그리구 구두두 사 준댔다."

"응."

"그러면 나 엄마하고 **화신** 구경 간다."

"……."

철호는 그저 어린것의 노랗게 뜬 얼굴을 바라보고 있을 뿐이었다. 철호의

지르감다 눈을 찌그리어 감다.
나이롱 나일론. 가볍고 질기며 피부에 닿는 느낌이 부드러운 합성 섬유.
화신(和信) 1930년대 종로에 세워졌던 화신 백화점. 현재 그 자리에 종로 타워가 들어서 있다.

헌 셔츠 허리통을 잘라서 위에 끈을 꿰어 스커트로 입은 딸애는 짝짝이 양말 **목달이**에다 어디서 주운 것인지 가는 고무줄을 끼었다.

"가자! 가자!"

아랫방에서 또 어머니의 그 저주 같은 소리가 들려왔다. 벌써 칠 년을 두고 들어 와도 전연 모를 그 어떤 딴 사람의 목소리.

철호는 또 눈을 꼭 감았다. 머릿속의 녓줄이 팽팽히 **헤워졌다**. 두 주먹으로 무엇이건 꽉 때려 부수고 싶은 충동에 철호는 어금니를 바서져라 맞씹었다.

좀 춥기는 해도 철호는 집 안보다 이 바위 잔등이 더 좋았다. 그래 철호는 저녁만 먹으면 언제나 이렇게 집 뒤 산등성이에 있는 바위 위에 두 무릎을 세워 안고 앉아서 하염없이 거리의 등불을 바라보며 밤 깊기를 기다리는 것이었다. 어느 거리쯤인지 잘 분간할 수 없는 저 밑에서, 술 광고 네온사인이 핑그르르 돌고 깜빡 꺼졌다가 또 번뜩 켜지고, 핑그르르 돌고는 깜빡 꺼지고 하였다.

철호는 그저 언제까지나 그렇게 그 네온사인을 지켜보고 있었다.

바위 잔등이 차츰차츰 식어 왔다. 마침내 다 식고 겨우 철호가 깔고 앉은 고 부분에만 약간 온기가 남았다. 이제 조금만 더 있으면 밑이 시려 올 것이다. 그러면 철호는 하는 수 없이 일어서야 하는 것이다.

드디어 철호는 일어섰다. 오래 꾸부려 붙이고 있던 두 다리가 저렸다. 두 손을 작업복 호주머니에 깊숙이 찔렀다. 철호는 밤하늘을 한번 쳐다보았다. 지금까지 바라보던 밤거리보다 더 화려하게 별들이 뿌려져 있었다. 철호는 그 많은 별들 가운데서 북두칠성을 찾아보았다. 머리를 뒤로 젖혀 하늘을 쳐

목달이 양말이나 속옷 같은 데서 천의 짜임이 쉽게 늘었다 줄었다 할 수 있게 된 손목이나 발목 부분.
헤우다 줄 따위가 팽팽하게 당겨지다. 또는 그렇게 하다.

다보는 채 빙그르르 그 자리에서 돌았다. 거꾸로 달린 물주걱 같은 북두칠성은 쉽사리 찾아낼 수 있었다. 그 북두칠성 앞에 딴 별들보다 좀 크고 빛나는 별, 그건 북극성이었다. 철호는 지금 자기가 서 있는 지점과 북극성을 연결하는 직선을 밤하늘에 길게 그어 보았다. 그리고 그 선을 눈이 닿는 데까지 연장시켰다. 철호는 그렇게 정북(正北)을 향하여 한참이나 서 있었다. 고향 마을이 눈앞에 떠올랐다. 마을의 좁은 길까지, 아니 그 길에 박혀 있던 돌 하나까지도 선히 볼 수 있었다.

으스스 몸이 떨렸다. 한기(寒氣)가 전기처럼 발끝에서 튀어 콧구멍으로 빠져 나갔다. 철호는 크게 재채기를 하였다. 그리고 또 한 번 부르르 몸을 떨며 바위 밑으로 내려왔다.

철호는 천천히 골목 안으로 들어섰다.

"가자!"

철호는 멈칫 섰다. 낮에는 이렇게까지 멀리 들리는 줄은 미처 몰랐던 어머니의 그 소리가 골목 어귀에까지 들려왔다.

"가자!"

그러나 언제까지 그렇게 골목에 서 있을 수도 없는 노릇이었다. 철호는 다시 발을 옮겨 놓았다. 정말 무거운 발걸음이었다. 그건 다리가 저려서만이 아니었다.

"가자!"

철호가 그의 집 쪽으로 걸음을 옮겨 놓을 때마다 그만치 그 소리는 더 크게 들려왔다.

가자는 것이었다. 돌아가자는 것이었다. 고향으로 돌아가자는 것이었다. 옛날로 되돌아가자는 것이었다. 그것은 이렇게 정신 이상이 생기기 전부터 철호의 어머니가 입버릇처럼 되풀이하던 말이었다.

삼팔선. 그것은 아무리 자세히 설명을 해 주어도 철호의 늙은 어머니에게

만은 아무 소용없는 일이었다.

"난 모르겠다. 암만해도 난 모르겠다. 삼팔선. 그래 거기에다 하늘에 꾹 닿
도록 담을 쌓았단 말이냐, 어쨌단 말이냐. 제 고장으로 제가 간다는데 그래
막는 놈이 도대체 누구란 말이냐?"

죽어도 고향에 돌아가서 죽고 싶다는 철호의 어머니였다. 그러고는,

"이게 어디 사람 사는 게냐? 하루 이틀도 아니고."

하며 한숨과 함께 무릎을 치며 꺼지듯이 풀썩 주저앉곤 하는 것이었다.

그럴 때마다 철호는,

"어머니, 그래도 남한은 이렇게 자유스럽지 않아요?"

하고, 남한이니까 이렇게 생명을 부지하고 살 수 있지, 만일 북한 고향으로
간다면 당장에 죽는 것이라고, 자유라는 것이 얼마나 소중한 것인가를 갖은
이야기를 다 예로 들어 가며 어머니에게 타일러 보는 것이었다. 그러나 자유
라는 것을 늙은 어머니에게 이해시키기란 삼팔선을 인식시키기보다도 몇백
갑절 더 힘드는 일이었다. 아니 그것은 거의 불가능한 일이라 했다. 그래 끝
내 철호는 어머니에게 자유라는 것을 설명하는 일을 단념하고 말았다. 그렇
게 되고 보니 철호의 어머니에게는 아들—지지리 고생을 하면서도 고향으로
돌아갈 생각만은 죽어도 하지 않는 철호가 무슨 까닭인지는 몰라도 늙은 에
미를 잡으려고 공연한 고집을 피우고 있는 천하에 고약한 놈으로만 여겨지는
것이었다.

그야 철호에게도 어머니의 심정이 이해되지 않는 것은 아니었다.

무슨 하늘이 알 만치 큰 부자는 아니었지만 그래도 꽤 큰 지주로서 한 마을
의 주인 격으로 제법 풍족하게 평생을 살아오던 철호의 어머니 눈에는 아무
리 그녀가 세상을 모른다고는 해도, 산등성이를 악착스레 깎아 내고 거기에
다 게딱지 같은 판잣집들을 다닥다닥 붙여 놓은 이 해방촌이 이름 그대로 '해
방촌'일 수는 없는 노릇이었다.

"나두 내 나라를 찾았다게 기뻐서 울었다. 엉엉 울었다. 시집을 때 입었던 홍치마를 꺼내 입구 춤을 추었다. 그런데 이 꼴 좋다. 난 싫다. 아무래두 난 모르겠다. 뭐가 잘못됐건 잘못된 너머 세상이디그래."

철호의 어머니 생각에는 아무리 해도 모를 일이었던 것이었다. 나라를 찾았다면서 집을 잃어버려야 한다는 것은, 그것은 정말 알 수 없는 일이었던 것이었다.

철호의 어머니는 남한으로 넘어온 후로 단 하루도 이 '가자'는 말을 하지 않은 날이 없었다.

그렇게 지내 오던 그날, 6·25 사변으로 바로 발밑에 빤히 내려다보이는 용산 일대가 폭격으로 지옥처럼 무너져 나가던 날 끝내 철호는 어머니를 잃어버리고 말았던 것이었다.

"큰애야, 이젠 정말 가자. 데것 봐라. 담이 홈싹 무너뎄는데. 삼팔선의 담이 데렇게 무너뎄는데, 야."

그때부터 철호의 어머니는 완전히 정신 이상이었다. 지금의 어머니, 그것은 이미 철호의 어머니는 아니었다. 아무리 따져 보아도 그것이 철호 자기의 어머니일 수는 없었다. 세상에 아들딸마저 알아보지 못하는 어머니가 있을 수 있는 것일까? 그날부터 철호의 어머니는,

"가자! 가자!"

하고 저렇게 쨍쨍한 목소리로 외마디 소리를 지를 뿐 그 밖의 모든 것을 완전히 잃어버리고 있었다. 철호에게 있어서 지금의 어머니는 말하자면 어머니의 시체에 지나지 않았다.

뚫어진 창호지 구멍으로 그래도 희미한 불빛이 새어 나오고 있었다. 철호는 윗방 문을 열었다. 아랫방과 윗방 사이 문턱에 위태롭게 올려놓은 등잔이 개똥벌레처럼 가물거리고 있었다. 윗방 아랫목에는 딸애가 반듯이 누워서 잠이 들었다. 담요를 몸에다 돌돌 말고 반듯이 누운 것이 꼭 송장 같았다. 그 옆

에 철호의 아내가 두 무릎을 꿇고 앉아 있었다. 꺼먼 헝겊과 회색 헝겊으로 기운 담요 바지 무릎 위에는 빨강색 **유단**으로 만든 조그마한 운동화가 한 켤레 놓여 있었다. 철호가 방 안에 들어서자 아내는 그 어린애의 빨간 신발을 모두어 자기 손바닥에 올려놓아 철호에게 들어 보였다.

"삼촌이 사 왔어요."

유난히 **살눈썹**이 긴 아내의 눈이 가늘게 웃었다. 참으로 오래간만에 보는 아내의 웃음이었다. 자기가 미인이었다는 것을 잊어버리고 만 지 오랜 아내처럼 또 오래 보지 못하여 거의 잊어버려 가던 아내의 웃는 얼굴이었다.

철호는 등잔이 놓인 문턱 가까이 가서 앉으며 아내의 손에서 빨간 어린애의 신발을 받아 눈앞에서 아래위를 살펴보았다.

"산보 갔었소?"

거기 등잔불을 사이에 두고 윗방을 향해 앉은 철호의 동생 영호(英浩)가 웃으며 철호를 쳐다보았다.

"언제 들어왔니?"

"지금 막 들어와 앉는 길입니다."

그러고 보니 영호는 아직 넥타이도 끄르지 않고 있었다.

"형님!"

새삼스레 부르는 동생의 소리에 철호는 손에 들었던 어린애의 신발을 아내에게 돌리며 영호의 얼굴을 뻔히 바라보았다.

"이제 우리두 한번 살아 봅시다. 제길, 남 다 사는데 우리라구 밤낮 이렇게만 살겠수? 근사한 **양옥**도 한 채 사구, 장기판만 한 **문패**에다 형님의 이

유단(油單) 기름이 흠씬 밴 두껍고 질긴 큰 종이.
살눈썹 '속눈썹'의 방언.
양옥(洋屋) 서양식으로 지은 집.
문패(門牌) 주소, 이름 따위를 적어서 대문 위나 옆에 붙이는 작은 패.

름 석 자를, 제길, 장님도 보게 써서 대못으로 땅땅 때려 박구 한번 살아 봅시다."

군대에서 나온 지 2년이 넘도록 아직 직업도 못 잡은 영호가 언제나 술만 취하면 하는 수작이었다.

"그리구 2천만 환짜리 **세단** 차도 한 대 삽시다. 거기다 똥통이나 싣고 다니게. 모든 새끼들이 아니꼬와서. 일이야 있건 없건 종일 빵빵 울리면서 동리(洞里)를 들락날락해야지. 제길, 하하하."

비스듬히 벽에 기대어 앉은 영호는 벌겋게 열에 뜬 얼굴을 하고 담배 연기를 푸 내뿜었다.

"또 술 마셨구나."

고학으로 고생고생 다니던 대학 3학년에서 군대에 들어갔다가 나온 영호로서는, 특별한 기술이 없어 직업을 잡지 못하는 것은 별도리도 없는 노릇이라 칠 수도 있었지만, 이건 어디서 어떻게 마시는 것인지 거의 저녁마다 이렇게 취해 들어오는 동생 영호가 몹시 못마땅한 철호의 말이었다.

"네, 조금 했습니다. 친구들이……."

그것도 들으나마나 늘 같은 대답이었다. 또 그것이 거짓말이 아니라는 것도 철호는 알고 있었다.

"이제 술 좀 그만 마셔라."

"친구들과 어울리면 자연히 마시게 되는 걸요."

"글쎄, 그러니까 그 어울리는 걸 좀 삼가란 말이다."

"그럴 수도 없구요. 하하하."

"그렇다구 언제까지 그저 그렇게 어울려서 술이나 마시면 뭐가 되나?"

세단(sedan)   운전석과 뒷좌석 사이에 칸막이를 하지 않은, 4~5명이 타게 되어 있는 보통의 승용차.
고학(苦學)   학비를 스스로 벌어서 고생하며 배움.

"되긴 뭐가 돼요? 그저 답답하니까 만나는 거구, 만나면 어찌어찌하다 한 잔씩 하며 이야기나 하는 거죠 뭐."

"글쎄, 그게 **맹랑한** 일이란 말이다."

"그렇지만 형님, 그런 친구들이라도 있다는 게 좋지 않수? 그게 시시한 친구들이라 해도, 정말이지 그놈들마저 없었더라면 어떻게 살 뻔했나 하고 생각할 때가 많아요. 외팔이, 절름발이, 그런 놈들. 무식한 놈들. 참 시시한 놈들이지요. 죽다 남은 놈들. 그렇지만 형님, 그 놈들 다 착한 놈들이야요. 최소한 남을 속이지는 않거든요. **공갈**을 때릴망정. 하하하하. **전우**, 전우."

영호는 고개를 뒤로 젖히고 천장을 향해 후 담배 연기를 내뿜었다. 철호는 그저 물끄러미 영호의 모습을 쳐다볼 뿐 아무 말도 없었다. 영호는 여전히 천장을 향한 채 피어오르는 연기를 바라보며 한 손으로 목의 넥타이를 앞으로 잡아당겨 반쯤 끌러 늦추어 놓았다.

"가자!"

아랫목에서 어머니가 소리를 질렀다.

영호는 슬그머니 아랫목으로 고개를 돌렸다. 한참이나 그렇게 어머니 쪽으로 고개를 돌리고 있는 영호는 아무 말도 없이 그저 눈만 껌뻑껌뻑하고 있었다.

철호는 길게 한숨을 쉬었다. 앞에 놓인 등잔불이 거물거물 춤을 추었다. 철호는 저고리 호주머니에서 담배를 꺼내었다. 꼬깃꼬깃 구겨진 파랑새 갑 속에서 담배를 한 개비 뽑아내었다. 바삭바삭 마른 담배는 양 끝이 반쯤 빠져나갔다. 철호는 그 양 끝을 비벼 말았다. 흡사 **비거** 모양으로 되었다. 철호는

맹랑하다(孟浪――) 생각하던 바와 달리 허망하다.
공갈(恐喝) '거짓말'을 속되게 이르는 말.
전우(戰友) 전장(戰場)에서 승리를 위해 생활과 전투를 함께하는 동료.
비거(vigour) 설탕이나 엿에 우유, 향료를 넣고 끓여서 굳혀 만든 사탕.

그 비거 모양의 담배 한끝을 입에다 물었다.

"이걸 피슈, 형님."

영호가 자기 앞에 놓였던 담뱃갑을 집어서 철호의 앞으로 내어 밀었다. 빨간색 **양담배** 갑이었다. 철호는 그 여느 것보다 좀 긴 양담배 갑을 한 번 힐끔 쳐다보았을 뿐, 아무 소리도 없이 등잔불로 입에 문 파랑새 끝을 가져갔다. 영호는 등잔불 위에 꾸부린 형 철호의 어깨를 넌지시 바라보고 있었다. 지지지 소리가 났다. 앞이마에 흐트러져 내렸던 철호의 머리카락이 등잔불에 타며 또르르 끝이 말려 올랐다. 철호는 얼굴을 들었다. 한 모금 빨자 벌써 손끝이 따갑게 꽁초가 되어 버린 담배를 입에서 떼었다. 천천히 연기를 내뿜는 철호의 미간에는 세로 석 줄의 깊은 주름이 패어졌다. 영호는 들었던 담뱃갑을 도로 방바닥에 내려놓았다. 그리고 조용히 등잔불로 시선을 떨구었다. 그의 입가에는 야릇한 웃음이—애달픈, 아니 그 누군가를 비웃는 듯한 그런 미소가 천천히 흘러 지나갔다.

한참 동안 아무도 말이 없었다.

"가자!"

아랫방 아랫목에서 몸을 뒤치는 어머니가 잠꼬대를 했다. 어머니는 이제 꿈속에서마저 생활을 잃어버린 모양이었다. 아주 낮은 그 소리는 한숨처럼 느리게 아래윗방에 가득 차 흘러 사라졌다.

여전히 아무도 말이 없었다.

철호는 꽁초를 손끝에 꼬집어 쥔 채 넋 빠진 사람 모양 가물거리는 등잔불을 지켜보고 있었고, 동생 영호는 비스듬히 벽에 기대어 앉은 채 철호의 손끝에서 타고 있는 담배꽁초를 바라보고 있었고, 철호의 아내는 잠든 딸애의 머리맡에 가지런히 놓인 빨간 신발을 요리조리 매만지고 있었다.

양담배(洋——)　서양에서 만든 담배. 주로 미국제 담배를 이른다.

"가자!"

또 한 번 어머니의 소리가 저 땅 밑에서 새어 나오듯이 들려왔다.

"형님은 제가 이렇게 양담배를 피우는 게 못마땅하지요?"

영호는 반쯤 탄 담배를 자기의 눈앞에 가져다 그 빨간 불띠를 들여다보며 말했다.

"**분**에 맞지 않지."

철호는 여전히 등잔불을 바라보며 대답했다.

"그렇지만 형님, 형님은 파랑새와 양담배와 두 가지 중에서 어느 것이 더 좋으슈?"

"……? 그야 양담배가 좋지. 그래서?"

그래서 너는 보리밥도 못 버는 녀석이 그래 좋은 것은 알아서 양담배를 피우는 거냐, 하는 철호의 눈초리가 번뜩 영호의 면상을 때렸다.

"그래서 전 양담배를 택했어요."

"뭐가?"

"형님은 절 오해하시고 계셔요."

"……?"

"제가 무슨 돈이 있어서 양담배를 사서 피우겠어요. 어쩌다 친구들이 사 주는 것이니 피우는 거지요. 형님은 또 제가 거의 저녁마다 술을 마시고 또 제법 합승(合乘)을 타고 들어오는 것도 못마땅하시죠. 저도 알고 있어요. 형님은 때때로 이십오 환 전차(電車) 값도 없어서 종로서 근 십 리를 집에까지 터덜터덜 걸어서 돌아오시는 것을. 그렇지만 형님이 걸으신다고 해서, 한사코 같이 타고 가자는 친구들의 호의, 아니 그건 호의도 채 못 되는 싱거운 수작인지도 모르죠. 어쨌든 그것을 굳이 뿌리치고 저마저 걸어야 할 아

분(分) 자기 신분이나 처지에 맞는 한도.

무 까닭도 없지 않습니까? 이상한 놈들이죠. 술 담배는 사 주고 합승은 태워 줘도 돈은 안 주거든요."

영호는 손끝으로 뱅글뱅글 비벼 돌리는 담뱃불을 들여다보며 말했다.

"어쨌든 너도 이젠 좀 정신 차려 줘야지. 벌써 군대에서 나온 지도 **이태**나 되지 않니?"

"정신 차려야죠. 그렇지 않아도 이달 안으로는 어찌 되든 간에 결판을 내구 말 생각입니다."

"어디 취직을 해야지."

"취직이요? 형님처럼요? 전차 값도 안 되는 월급을 받고 남의 살림이나 계산해 주란 말이지요?"

"그럼 뭐 별 뾰족한 수가 있는 줄 아니?"

"있지요. 남처럼 용기만 조금 있으면."

"……?"

어처구니없는 영호의 수작에 철호는 그저 멍청하니 영호의 얼굴을 쳐다보았다. 손끝이 따가웠다. 철호는 비루(맥주) 깡통으로 만든 재떨이에 담배를 비벼 껐다.

"용기?"

"네, 용기."

"용기라니?"

"적어도 까마귀만 한 용기만이라도 말입니다. 영리할 필요는 없더군요. 우둔해도 상관없어요. 까마귀는 도무지 허수아비를 무서워하지 않습니다. 참새처럼 영리하지 못한 탓으로 그놈의 까마귀는 애당초 허수아비를 무서워할 줄조차 모르거든요."

이태 두 해.

영호의 입가에는 좀 전에 파랑새 꽁초에다 불을 댕기는 철호를 바라보던 때와 같은 야릇한 웃음이 또 소리 없이 감돌고 있었다.

"너 설마 무슨 엉뚱한 계획을 세우고 있는 것은 아니겠지?"

철호는 약간 긴장한 얼굴을 하고 영호를 바라보며 꿀꺽 하고 침을 삼켰다.

"아니요. 엉뚱하긴 뭐가 엉뚱해요. 그저 우리들도 남처럼 다 벗어던지고 홀가분한 몸차림으로 달려 보자는 것이죠, 뭐."

"벗어던지고?"

"네, 벗어던지고. 양심이고, 윤리고, 관습이고, 법률이고 다 벗어던지고 말입니다."

영호의 큰 두 눈이 유난히 빛나는가 하자 철호의 눈을 정면으로 밀고 들었다.

"양심이고, 윤리고, 관습이고, 법률이고?"

"……."

"너는, 너는……."

"……."

영호는 아무 대답도 하지 않았다. 그러나 눈만은 똑바로 형 철호를 쳐다보고 있었다.

"그렇게나 살자면 이 형도 벌써 잘살 수 있었다."

철호의 목소리는 떨리고 있었다.

"그렇게나라니요?"

"양심을 버리고, 윤리와 관습을 무시하고, 법률까지도 범하고?"

흥분한 철호의 큰 목소리에 영호는 지금까지 철호의 얼굴에 주었던 시선을 앞으로 죽 뻗치고 앉은 자기의 발끝으로 떨구었다.

"저도 형님을 존경하고 있어요. 고생하시는 형님을. 용케 이 고생을 참고 견디는 형님을. 그렇지만 형님은 약한 사람이야요. 용기가 없는 거지요. 너무 양심이 강해요. 아니, 어쩌면 사람이 약하면 약한 만치, 그만치 반대로 양심이란 가시는 여물고 굳어지는 것인지도 모르죠."

"양심이란 가시?"

"네, 가시지요. 양심이란 손끝의 가십니다. 빼어 버리면 아무렇지도 않은데 공연히 그냥 두고 건드릴 때마다 깜짝깜짝 놀라는 거야요. 윤리요? 윤리, 그건 나이롱 빤쓰 같은 것이죠. 입으나 마나 불알이 덜렁 비쳐 보이기는 매한가지죠. 관습이오? 그건 소녀의 머리 위에 달린 리본이라고나 할까요? 있으면 예쁠 수도 있어요. 그러나 없대서 뭐 별일도 없어요. 법률? 그건 마치 허수아비 같은 것입니다. 허수아비. 덜 굳은 바가지에다 되는대로 눈과 코를 그리고 수염만 크게 그린 허수아비. 누더기를 걸치고 팔을 쩍 벌리고 서 있는 허수아비. 참새들을 향해서는 그것이 제법 공갈이 되지요. 그러나 까마귀쯤만 돼도 벌써 무서워하지 않아요. 아니, 무서워하기는커녕 그놈의 상투 끝에 턱 올라앉아서 썩은 흙을 쑤시던 더러운 주둥이를 쓱쓱 문질러도 별일 없거든요. 흥."

영호는 코웃음을 쳤다. 그리고 거기 문턱 밑에 담뱃갑에서 새로 담배를 한 개 빼어 물고 지금까지 들고 있던 다 탄 꽁다리에서 불을 옮겨 빨았다.

"가자!"

어머니의 그 소리가 또 들렸다. 어머니는 분명히 잠이 들어 있는 것이었다. 그러면서도 간간이 저렇게 '가자 가자' 소리를 지르는 것이었다. 그것은 어쩌면 어머니에게는 호흡처럼 생리화해 버린 것인지도 몰랐다.

철호는 비스듬히 모로 앉은 동생 영호의 옆얼굴을 한참이나 노려보고 있었다. 영호는 영호대로 퀭한 두 눈으로 깜박이기를 잊어버린 채 아까부터 앞으로 뻗친 자기의 발끝을 바라보고 있었다. 이윽고 철호는 영호에게서 눈을 돌려 버렸다. 그리고 아랫방과 윗방 사이 칸막이를 한 널쪽에 등을 기대며 모로 돌아앉았다. 희미한 등잔불 빛에 잠든 딸애의 조그마한 얼굴이 애처로웠다.

그 어린것 옆에 앉은 철호의 아내는 왼쪽 무릎을 세우고 그 위에 손을 펴 깔고 턱을 괴었다. 아까부터 철호와 영호 형제가 하는 말을 조용히 듣고만 있는 그네는 무엇을 생각하고 있는지 한쪽 손끝으로 거기 방바닥에 가지런히 놓은 빨간 어린애의 신발만 몇 번이고 쓸어 보고 있었다.

철호는 고개를 푹 떨구어 턱을 가슴에 묻었다. 영호는 새로 피워 문 담배를 연거푸 서너 번 들이빨았다. 그리고 또 말을 계속하였다.

"저도 형님의 그 생활 태도를 잘 알아요. 가난하더라도 깨끗이 살자는. 그렇지요, 깨끗이 사는 게 좋지요. 그런데 형님 하나 깨끗하기 위하여 치르는 식구들의 희생이 너무 어처구니없이 크고 많단 말입니다. 헐벗고 굶주리고. 형님 자신만 해도 그렇죠. 밤낮 쑤시는 충치 하나 처치 못 하시고. 이가 쑤시면 치과에 가서 치료를 하거나 빼어 버리거나 해야 할 거 아니야요? 그런데 형님은 그것을 참고 있어요. 낯을 잔뜩 찌푸리고 참는단 말입니다. 물론 치료비가 없으니까 그러는 수밖에 없겠지요. 그겁니다. 바로 그겁니다. 그 돈을 어떻게든가 구해야죠. 이가 쑤시는데 그럼 어떻게 해요? 그걸 형님처럼, 마치 이 쑤시는 것을 참고 견디는 그것이 돈을, 치료비를 버는 것이거나 한 것처럼 생각하는 것. 안 쓰는 것은 혹 버는 셈이 된다고 할 수도 있을 거야요. 그렇지만 꼭 써야 할 데 못 쓰는 것이 버는 셈이라고는 할 수 없지 않아요? 세상에는 이런 세 층의 사람들이 있다고 봅니다. 즉 돈을 모으기 위해서만으로 필요 이상의 돈을 버는 사람과, 필요하니까 그 필요한 만치의 돈을 버는 사람과, 또 하나는 이건 꼭 필요한 돈도 채 못 벌고서 그 대신 생활을 졸이는 사람들. 신발에다 발을 맞추는 격으로. 형님은 아마 그 맨 끝의 층에 속하겠지요. 필요한 돈도 미처 벌지 못하는 사람. 깨끗이 살자니까 그럴 수밖에 없다고 하시겠지요. 그래요. 그것은 깨끗하기는 할지 모르죠. 그렇지만 그저 그것뿐이지요. 언제까지나 충치가 쏘아 부은 볼을 싸쥐고 울상일 수밖에 없지요. 그렇지 않습니까? 그야 형님! 인생이 저 골목 안에서 십 환짜리를 받고 코 흘리는 어린애들에게 보여 주는 **요지경**이라면야 자기가 가지고 있는 돈값만치 구멍으로 들여다보고 말 수도 있겠지요. 그렇지만 어디 인생이 자기 주머니 속의 돈 액수만치만 살고 그만두고 싶으면 그만둘 수 있는 요지경인가요, 어디. 돈만치만 먹고 말 수 있는 그런 편리한 목구멍인가요, 어디? 싫어도 살아야 하니까 문제지요. 사실이지 자살을 할 만치 소중한 인생도 아니고요. 살자니까 돈이 필요하구요. 필요한 돈이니까 구해야죠. 왜 우리라고 좀 더 넓은 테두리, 법률 선(法律線)까지 못 나가란 법이 어디 있어요? 아니, 남들은 다 벗어던지구 법률 선까지도 넘나들면서 사는데, 왜 우리만이 **옹색한** 양심의 울타리 안에서 숨이 막혀야 해요? 법률이란 뭐야요? 우리들이 **피차**에 약속한 선이 아니야요?"

영호는 얼굴을 번쩍 들며 반쯤 끌러 놓았던 넥타이를 마저 끌러서 방구석에 픽 던졌다.

철호는 여전히 턱을 가슴에 푹 묻은 채 묵묵히 앉아 두 짝 다 엄지발가락이 몽땅 밖으로 나온 뚫어진 양말을 내려다보고 있었다. 나일론 양말을 한 켤레 사면 반년은 무난히 뚫어지지 않고 견딘다는 말은 들었다. 그러나 뻔히 알면서도 번번이 백 환짜리 무명 양말을 사 들고 들어오는 철호였다. 칠백 환이란 돈을 단번에 잘라 낼 여유가 도저히 없는 월급이었던 것이다.

"가자!"

어머니는 또 몸을 **뒤치었다.**

"그건 **억설**이야."

요지경(瑤池鏡) 확대경을 장치하여 놓고 그 속의 여러 가지 재미있는 그림을 돌리면서 구경하는 장치나 장난감.
옹색하다(壅塞——) 형편이 넉넉하지 못하여 생활에 필요한 것이 없거나 부족하다.
피차(彼此) 저것과 이것을 아울러 이르는 말. 이쪽과 저쪽의 양쪽.
뒤치다 엎어진 것을 젖혀 놓거나 자빠진 것을 엎어 놓다.
억설(臆說) 근거도 없이 억지로 고집을 세워서 우겨 댐. 또는 그런 말.

철호는 천천히 고개를 들었다. 신문지를 바른 맞은편 벽에 쭈그리고 앉은 아내의 그림자가 커다랗게 비쳐 있었다. 꼽추처럼 꼬부리고 앉은 아내의 그림자는 헝클어진 머리카락이 괴물스러웠다. 철호는 눈을 감았다. 머리마저 등 뒤 칸막이 반자에 기대었다.

철호의 감은 눈 앞에 십여 년 전 아내가 흰 저고리 까만 치마를 입고 선히 나타났다. 무대에 나선 그네는 더욱 예뻤다. E 여자 대학 졸업 음악회였다. 노래가 끝나자 박수 소리가 그칠 줄을 몰랐다. 그날 저녁 같이 거리를 거닐던 그네는 정말 싱싱하고 예뻤었다. 그러나 지금 철호 앞에 쭈그리고 앉은 아내는 그때의 그네가 아니었다. 무슨 둔한 동물처럼 되어 버린 그네. 이제 아무런 희망도 가져 보려고 하지 않는 아내. 철호는 가만히 눈을 떴다. 그래도 아내의 살눈썹만은 전처럼 까맣고 길었다.

"가자!"

철호는 흠칫 놀라 환상에서 깨어났다.

"억설이요? 그런지도 모르죠."

한참이나 잠잠하니 앉아 **까물거리는** 등잔불을 바라보던 영호의 맥 빠진 대답이었다.

"네 말대로 한다면 돈 있는 사람들은 다 나쁜 사람이란 말밖에 더 되나, 어디?"

"아니죠. 제가 어디 나쁘고 좋고를 가렸어요? 나쁘긴 누가 나빠요? 왜 나빠요? 아, 잘사는 게 나빠요? 도시 나쁘고 좋고부터 따질 아무런 **금**도 없지요 뭐."

"그렇지만 지금 네 말로는 잘살자면 꼭 양심이고 윤리고 뭐고 다 버려야 한

까물거리다 작고 약한 불빛 따위가 사라질 듯 말 듯 움직이다.
금 접거나 긋거나 한 자국.

다는 것이 아니고 뭐야?"

"천만에요. 잘못 이해하신 겁니다. 간단히 말씀드리면 이렇다는 것입니다. 즉, 양심껏 살아가면서 잘살 수도 있기는 있다. 그러나 그것은 극히 적다. 거기에 비겨서 그 시시한 것들을 벗어던지기만 하면 누구나 틀림없이 잘살 수 있다."

"그것이 바로 억설이란 말이다. 마음 한구석이 어딘가 비틀려서 하는 억지란 말이다."

"글쎄요. 마음이 비틀렸다고요? 그건 아마 사실일는지 모르겠어요. 분명히 비틀렸어요. 그런데 그 비틀리기가 너무 늦었어요. 어머니가 저렇게 미치기 전에 비틀렸어야 했지요. 한강 철교를 폭파하기 전에 말입니다. 하나밖에 없는 누이동생 명숙(明淑)이가 **양공주**가 되기 전에 비틀렸어야 했지요. **환도령**이 내리기 전에, 하다 못해 동대문 시장에 자리라도 한 자리 비었을 때 말입니다. 그러구 이놈의 배때기에 지금도 무슨 내장이기나 한 것처럼 박혀 있는 파편이 터지기 전에 말입니다. 아니, 그보다도 더 전에, 제가 뭐 무슨 애국자나처럼 남들은 다 기피하는 군대에 어머니의 원수를 갚겠노라고 자원하던 그 전에 말입니다."

"……."

"……그보다도 더 전에, 썩 전에 비틀렸어야 했을지 모르죠. 나면서부터 비틀렸더라면 더 좋았을지도 모르죠."

영호는 푹 고개를 떨구었다. 길게 한숨을 내쉬었다. 그 한숨이 후르르 떨고 있었다. 철호는 한참 동안 아무 말도 하지 않았다. 윗목에 앉아 있던 철호의 아내가 방바닥에 떨어진 눈물을 손끝으로 장난처럼 문지르고 있었다. 영호도

양공주(洋公主) 예전에, 미군 병사를 상대로 몸을 파는 여자를 이르던 말.
환도령(還都令) 국난으로 인해 피란 갔던 정부가 다시 서울로 돌아오도록 국민에게 내리는 명령.

홀쩍홀쩍 코를 들이켜고 있었다.

"그렇지만 인생이란 그런 게 아니야. 너는 아직 사람이란 어떻게 살아야만 하는 것인지조차도 모르고 있어."

"그래요. 사람이란 과연 어떻게 살아야 하는 것인지는 정말 모르겠어요. 그렇지만 이제 이 물고 뜯고 하는 마당에서 살자면, 생명만이라도 유지하자면 어떻게 해야 할는지는 알 것 같애요. 허허."

영호는 눈물이 글썽하니 고인 눈을 천장을 향해 쳐들며 자기 자신을 비웃듯이 허허 하고 웃었다.

"가자!"

또 어머니는 가자고 했다. 영호는 아랫목으로 눈을 돌렸다. 철호는 길게 한숨을 쉬었다. 앞의 등잔불이 크게 흔들거렸다. 방 안의 모든 그림자들이 움직였다. 집 전체가 그대로 기울거리는 것 같았다. 그것뿐 조용했다. 밤이 꽤 깊은 모양이었다. 세상이 온통 잠들고 있었다.

저만치 골목 밖에서부터 딱 딱 딱 딱 구둣발 소리가 뾰족하게 들려왔다. 점점 가까워 왔다. 바로 아랫방 문 앞에서 멎었다. 영호는 문께로 얼굴을 돌렸다. 삐걱삐걱 두어 번 비틀리던 방문이 열렸다. 여동생 명숙이가 들어섰다. 싱싱한 몸매에 까만 투피스가 제법 어느 회사의 여사무원(女事務員) 같았다.

"늦었구나."

영호가 여전히 두 다리를 쭉 뻗고 앉은 채 고개만 뒤로 젖혀서 명숙을 쳐다보았다.

명숙은 영호의 말에 아무런 대꾸도 없이 돌아서서 문밖에서 까만 하이힐을 집어 올려 아랫방 모서리에 들여놓았다. 그리고 백을 휙 방구석에 던졌다. 겨우 웃저고리와 스커트를 벗어 건 명숙은 아랫방 뒷구석에 가서 털썩하고 쓰러지듯 가로누워 버렸다. 그리고 거기 접어놓은 담요를 끌어다 머리 위에서부터 푹 뒤집어썼다.

철호는 명숙을 거들떠보지도 않고 덤덤히 등잔불만 지켜보고 있었다.

철호는 언젠가 퇴근하던 길에 전차 창문 밖에서 본 명숙의 꼴을 생각하고 있는 것이었다. 철호가 탄 전차가 을지로 입구 십자거리에 머물러 신호를 기다리고 있었다. 손잡이를 붙들고 창을 향해 서 있던 철호는 무심코 밖을 내다보았다. 전차 바로 옆에 미군 **지프차**가 한 대 와 섰다. 순간 철호는 확 낯이 달아올랐다.

핸들을 쥔 미군 바로 옆자리에 **색안경**을 쓴 한국 여자가 앉아 있었다. 그것이 바로 명숙이었던 것이다. 바로 철호의 턱밑에서였다. 역시 신호를 기다리는 그 지프차 속에서 미군이 한 손은 핸들에 걸치고 또 한 팔로는 명숙의 허리를 넌지시 끌어안는 것이었다. 미군이 명숙의 얼굴을 들여다보며 뭐라고 수작을 걸었다. 명숙은 다리를 겹치고 앉은 채 앞을 바라보는 자세 그대로 고개를 까딱거렸다. 그 미군 지프차 저편에 와 선 택시 조수가 명숙이와 미군을 쳐다보며 피시시 웃었다. 전찻간에서도 마찬가지였다. 철호 바로 옆에 나란히 서 있던 청년들이 쑥덕거렸다.

"그래도 멋은 부렸네."

"멋? 그래 색안경을 썼으니 말이지?"

"장사치곤 고급이지, 밑천 없이."

"저것도 시집을 갈까?"

"흥."

철호는 손잡이를 놓았다. 그리고 반대편 가운데 문께로 가서 돌아서고 말았다. 그것은 분명히 슬픈 감정만은 아니었다. 뭐라고 말할 수조차 없는 숯덩어리 같은 것이 꽉 목구멍을 치밀었다. 정신이 아뜩해지는 것 같았다. 하품을

지프차(jeep車)　사륜구동의 소형 자동차. 미국에서 군용으로 개발한 것으로 험한 지형에서도 주행하기가 쉽다.
색안경(色眼鏡)　색깔이 있는 렌즈를 낀 안경.

하고 난 뒤처럼 콧속이 싸하니 쓰리면서 눈물이 징 솟아올랐다. 철호는 앞에 있는 커다란 유리를 꽉 머리로 받아 부수고 싶은 충동을 느끼며 어금니를 꽉 맞씹었다. 찌르르 벨이 울렸다. 덜커덩 전차가 움직였다. 철호는 문짝에 어깨를 가져다 기대고 눈을 감아 버렸다.

그날부터 철호는 정말 한 마디도 누이동생 명숙이와 말을 하지 않았다. 또 명숙이도 철호를 본체만체였다.

"자, 우리도 이제 잡시다."

영호가 가슴을 펴서 내어 밀며 바로 앉았다.

등잔불을 끄고 두 방 사이의 문을 닫았다.

폭 가라앉는 것같이 피곤했다. 그러면서도 철호는 정작 잠을 이룰 수는 없었다. 밤은 고요했다. 시간이 그대로 흐르기를 멈추어 버린 것같이 조용했다. 철호의 아내도 이제 잠이 들었나 보다. 앓는 소리를 내었다. 철호는 눈을 감았다. 어딘가 아득히 먼 것을 느끼고 있었다. 철호도 잠이 들어가고 있었다.

"가자!"

다들 잠든 밤의 그 어머니의 소리는 엉뚱하게 컸다. 철호는 흠칫 눈을 떴다. 차츰 눈이 어둠에 익어 갔다. 며칠인가, 문틈으로 새어 든 달빛이 철호의 옆에서 잠든 딸애의 머리에서부터 발끝까지 죽 파란 줄을 그었다. 철호는 다시 눈을 감았다. 길게 한숨을 쉬며 벽을 향해 돌아누웠다.

"가자!"

또 어머니가 소리를 질렀다. 그러나 철호는 눈을 뜨지 않았다. 그도 마저 잠이 들어 버린 것이었다.

그런데 이번에는 아랫방에서 명숙이가 눈을 떴다. 아랫목의 어머니와 윗목의 오빠 영호 사이에 누운 명숙은 어둠 속에 가만히 손을 내어 밀었다. 어머니의 손을 더듬어 잡았다. 뼈 위에 겨우 가죽만이 씌워진 손이었다. 그 어머니의 손에서는 체온이 느껴지는 것이 아니라 축축이 습기가 미끈거렸다. 명숙은 어머니 쪽을 향하여 돌아누웠다. 한쪽 손을 마저 내밀어서 두 손으로 어머니의 송장 같은 손을 감싸쥐었다.

"가자!"

딸의 손을 느끼는지 못 느끼는지 어머니는 또 한 번 허공을 향해 '가자'고 소리 질렀다.

"엄마!"

명숙의 낮은 소리였다. 명숙은 두 손으로 감싸쥔 어머니의 여윈 손을 가만히 흔들었다.

"가자!"

"엄마!"

기어이 명숙은 흐느끼기 시작하였다. 명숙은 어머니의 손을 끌어다 자기의 입에 틀어막았다.

"엄마!"

숨을 죽여 가며 참는 명숙의 울음은 한숨으로 바뀌며 어머니의 손가락을 입 안에서 잘근잘근 씹어 보는 것이었다.

"겁내지 말라."

옆에서 영호가 잠꼬대를 했다.

"가자!"

어머니는 명숙의 손에서 자기의 손을 빼어 가지고 저쪽으로 돌아누워 버렸다.

명숙은 다시 담요를 끌어다 머리 위까지 푹 썼다. 그리고 담요 속에서 흐득흐득 울고 있었다.

"엄마!"

이번엔 윗방에서 어린것이 엄마를 불렀다.

철호는 잠 속에서 멀리 그 소리를 들었다. 그러면서도 채 잠이 깨어지지는 않았다.

"엄마!"

어린것은 또 한 번 엄마를 불렀다.

"오, 오 왜? 엄마 여기 있어."

아내의 반쯤 깬 소리였다. 어린것을 끌어다 안는 모양이었다. 철호는 그 소리를 멀리 들으며 다시 곤히 잠들어 버렸다.

"오줌."

"오, 오줌 누겠니? 자, 일어나. 착하지."

철호의 아내는 일어나 앉으며 어린것을 안아 일으켰다. 구석에서 깡통을 끌어다 대어 주었다.

"참, 삼춘이 네 신발 사 왔지. 아주 예쁜 거. 볼래?"

깡통을 타고 앉은 어린것을 뒤에서 안아 주고 있던 철호의 아내는 한 손으로 어린것의 베개맡에 놓아두었던 신발을 집어다 보여 주었다. 희미하게 달빛이 들이비쳤을 뿐인 어두운 방 안에서는, 그것은 그저 겨우 모양뿐 색채를 잃고 있었다.

"내 거야, 엄마?"

"그래, 네 거야."

"예뻐?"

"참 예뻐. 빨강이야."

"응……."

어린것은 잠에 취한 소리로 물으며 신발을 두 손에 받아 가슴에 안았다.

"자, 이제 거기 놔두고 자야지."

"응, 낼 신어도 돼?"

"그럼."

어린것은 오물오물 담요 속으로 파고들어 갔다.

"엄마, 낼 신어도 돼?"

"그럼."

뭐든가 좀 좋은 것은 아껴야 한다고만 들어 오던 어린것은 또 한 번 이렇게 다짐하는 것이었다.

아내는 어린것의 담요 가장자리를 꼭꼭 눌러 주고 나서 그 옆에 누웠다.

다들 다시 잠이 들었다. 어느 사이에 달빛이 비껴서 칼날 같은 빛을 철호의 가슴으로 옮겼다.

어린것이 부스스 머리를 들었다. 배를 깔고 엎드렸다. 어린것은 조그마한 손을 베개 너머로 내밀었다. 거기 가지런히 놓아둔 신발을 만져 보았다. 어린것은 안심한 듯이 다시 베개를 베고 누웠다. 또다시 조용해졌다. 한참만에 또 어린것이 움직거렸다. 잠이 든 줄만 알았던 어린것은 또 엎드렸다. 머리맡에 신발을 또 끌어당겼다. 조그마한 손가락으로 신발 코를 꼭 눌러 보았다. 그러고는 이번에는 아주 자리 위에 일어나 앉았다. 신발을 무릎 위에 들어 올려놓았다. 달빛에다 신발을 들이대어 보았다. 바닥을 뒤집어 보았다. 두 짝을 하나씩 두 손에 갈라 들고 고무바닥을 맞대어 보았다. 이번엔 발을 앞으로 내놓았다. 가만히 신발을 가져다 신었다. 앉은 채로 꼭 방바닥을 디디어 보았다.

"가자!"

어린것은 깜짝 놀랐다. 얼른 신발을 벗었다. 있던 자리에 도로 모아 놓았다. 그리고 한 번 더 신발을 바라보고 난 어린것은 살그머니 누웠다. 오물오물 담요 속으로 기어들어 갔다.

점심을 못 먹은 배는 오후 두 시에서 세 시 사이가 제일 견디기 힘들었다. 철호는 펜을 장부 위에 놓았다. 저쪽 구석에 돌아앉은 사환 애를 바라보았다. 보리차라도 한 잔 더 마시고 싶었다. 그러나 두 잔까지는 사환 애를 시켜서 가져오랄 수 있었으나 세 번까지는 부르기가 좀 미안했다. 철호는 걸상을 뒤로 밀고 일어섰다. 책상 모서리에 놓인 **찻종**을 집어 들었다. 그리고 출입문으로 나갔다. 복도의 **풍로** 위에서 커다란 주전자가 끓고 있었다. 보리차를 찻종 하나 가득히 부었다. 구수한 냄새가 피어올랐다. 철호는 뜨거운 찻종을 손가락으로 꼬집어 들고 조심조심 자기 자리로 돌아와 앉았다. 그리고 찻종을 입으로 가져갔다. 후 불었다. 마악 한 모금 들이마시는 때였다.

"송 선생님, 전홥니다."

사환 애가 책상 앞에 와 알렸다. 철호는 얼른 찻종을 책상 위에 내려놓았다. 그리고 과장 책상 앞으로 갔다. 수화기를 들었다.

"네, 송철호올시다. 네? 경찰서요? ……전 송철호라는 사람인데요? 네? 송영호요? 네, 바로 제 동생입니다. 무슨? ……네? 네? 송영호가요? 제 동생이 말입니까? 곧 가겠습니다. 네, 네."

철호는 수화기를 걸었다. 그리고 걸어 놓은 수화기를 멍하니 내려다보고 서 있었다. 사무실 안의 사람들의 시선이 모두 철호에게로 쏠렸다.

"무슨 일인가. 동생이 교통사고라도?"

서류를 뒤적이던 과장이 앞에 서 있는 철호를 쳐다보며 물었다.

"네? 네, 저 과장님, 잠깐 다녀오겠습니다."

철호는 마시던 보리차를 그대로 남겨둔 채 사무실을 나섰다. 영문을 모르는 동료들이 서로 옆의 사람의 얼굴을 힐끗 쳐다보는 것이었다.

철호는 전에도 몇 번 경찰서의 호출을 받은 일이 있었다.

양공주 노릇을 하는 누이동생 명숙이가 걸려들면 그 **신원 보증**을 해야 하는 철호였다. 그때마다 철호는 치안관 앞에서 낯을 못 들고 앉았다가 순경이

찻종(-鍾) 차를 따라 마시는 종지.
풍로(風爐) 석유나 전기 따위를 이용하는 취사용 도구. 아래에 바람구멍을 내어 불이 잘 붙게 하였다.
신원 보증(身元保證) 사용자가 고용된 사람 때문에 입게 될지도 모르는 손해의 배상을 보증인이 담보하는 계약.

앞세우고 나온 명숙을 데리고 아무 말도 없이 경찰서 뒷문을 나서곤 하였다. 그럴 때면 철호는 울었다. 하나밖에 없는 누이동생이 정말 밉고 원망스러웠다. 철호는 명숙을 한 번 돌아다보는 일도 없이 전찻길을 따라 사무실로 걸었고, 또 명숙은 명숙이대로 적당한 곳에서 마치 낯도 모르는 사람이나처럼 딴 길로 떨어져 가 버리곤 하는 것이었다.

그런데 이번에는 누이동생이 아니라 남동생 영호의 건이라고 했다. 며칠 전 밤에 취해서 지껄이던 영호의 말들이 머리를 스치고 지나갔다. 불안했다. 그런들 설마하고 마음을 다시 먹으며 철호는 경찰서 문을 들어섰다.

권총 강도.

형사에게서 동생 영호의 사건 내용을 들은 철호는 앞에 앉은 형사의 얼굴을 바보 모양 멍청히 바라보고 있을 뿐이었다. 점점 핏기가 가셔 가는 철호의 얼굴은 표정을 잃은 채 굳어 가고 있었다.

어느 회사에서 월급을 줄 돈 천오백만 환을 찾아서 은행 앞에 대기시켰던 지프차에 싣고 마악 떠나려고 하는데 중절모를 깊숙이 눌러쓰고 색안경을 낀 **괴한** 두 명이 차 속으로 올라오며 권총을 내어 들더라는 것이었다.

"겁내지 말라! 차를 우이동으로 돌리라."

운전수와 또 한 명 회사원은 차가운 권총 구멍을 등에 느끼며 우이동까지 갔다고 한다. 어느 으슥한 숲속에서 차를 세웠다고 한다. 그러고는 둘이 다 차 밖으로 나가라고 한 다음, 괴한들이 대신 운전대로 옮아앉더라고 한다. 운전수와 회사원은 거기 버려둔 채 차는 전속력으로 다시 시내로 향해 달렸단다. 그러나 지프차는 미아리도 채 못 와서 경찰에 붙들리고 말았다는 것이었다. 그런데 차 안에는 괴한이 한 사람밖에 없었다고 한다.

형사가 동생을 면회하겠느냐고 물었을 때도 철호는 그저 얼이 빠져서, 두

괴한(怪漢) 거동이나 차림새가 수상한 사내.

작품 읽기 · 오발탄   **123**

무릎 위에 맥없이 손을 올려놓고 앉은 채 아무 대답도 못했다.

이윽고 형사실 뒷문이 열리더니 거기 영호가 나타났다.

"이리로 와."

수갑이 채워진 두 손을 배 앞에다 모으고 천천히 형사의 책상 앞으로 걸어 나오는 영호는 거기 걸상에 앉았다 일어서는 철호를 향하여 약간 머리를 끄덕여 보였다. 동생의 얼굴을 뚫어져라고 바라보고 서 있는 철호의 여윈 볼이 히물히물 움직였다. 괴로울 때의 버릇으로 어금니를 꽉꽉 씹고 있는 것이었다.

형사는 앞에 와서 선 영호에게 눈으로 철호를 가리켰다. 영호는 철호에게로 돌아섰다.

"형님, 미안합니다. 인정 선(人情線)에서 걸렸어요. 법률 선까지는 무난히 뛰어넘었는데. 쏘아 버렸어야 하는 건데."

영호는 철호의 얼굴을 들여다보며 빙그레 웃었다. 그러고는 옆으로 비스듬히 얼굴을 떨구며 수갑을 채운 채인 오른손 **염지**를 권총 방아쇠를 당기는 때처럼 까불어서 지그시 당겨 보는 것이었다.

철호는 눈도 깜빡하지 않고 그저 영호의 머리카락이 흐트러져 내린 이마를 바라보고 있었다.

"돌아가세요, 형님."

영호는 **등신**처럼 서 있는 형이 도리어 민망한 듯이 조용히 말했다.

"수감해."

형사가 문간에 지키고 서 있는 순경을 돌아보았다.

영호는 그에게로 오는 순경을 향해 마주 걸어갔다. 영호는 뒷문으로 끌려나가다 말고 멈춰 섰다. 그리고 뒤를 돌아보았다.

염지(鹽指) 엄지손가락과 가운뎃손가락 사이에 있는 둘째 손가락.
등신(等神) 나무, 돌, 흙 따위로 만든 사람의 형상이라는 뜻으로, 몹시 어리석은 사람을 낮잡아 이르는 말.
수감하다(收監--) 사람을 구치소나 교도소에 가두어 넣다.

"형님, 어린것 화신 구경이나 한번 시키세요. 제가 약속했었는데."

뒷문이 쾅 닫혔다. 철호는 여전히 영호가 사라진 뒷문을 바라보고 서 있었다. 눈이 뿌옇게 흐려졌다. 아무것도 보이지 않았다.

"쏠 의사는 처음부터 없었던 것 같은데."

조서를 한옆으로 밀어 놓으며 형사가 중얼거렸다. 철호는 거기 걸상에 가만히 걸터앉았다.

"혹시 그 같이한 청년을 모르시나요?"

철호의 귀에는 형사의 말소리가 아주 멀었다.

"끝내 혼자서 했다고 우기는데, 그러나 증인이 있으니까 이제 차츰 사실대로 자백하겠지만."

여전히 철호는 말이 없었다.

경찰서를 나온 철호는 어디를 어떻게 걸었는지 알 수 없었다. 철호는 술 취한 사람 모양 **허청거리는** 다리로 자기 집이 있는 언덕길을 올라가고 있었다. 철호는 골목길 어귀에 들어섰다.

"가자!"

철호는 거기 멈춰섰다. 고개를 뒤로 젖혔다. 그러나 그는 하늘을 쳐다보는 것이 아니었다. 하 하고 숨을 크게 내쉬는 철호는 울고 있었다. 눈물이 콧속으로 흘러서 찝찔하니 목구멍으로 넘어갔다.

"가자, 가자. 어딜 가잔 거야? 도대체 어딜 가잔 거야?"

철호는 꽥 소리를 지르고 있었다. 거기 처마 밑에 모여 앉아서 소꿉질을 하던 어린애들이 부스스 일어서며 그를 쳐다보았다. 철호는 그 앞을 모른 체 지

조서(調書) 조사한 사실을 적은 문서.
허청거리다 다리에 힘이 없어 잘 걷지 못하고 비틀거리다.

나쳐 버렸다.

"오빠 어딜 그렇게 돌아다뉴?"

철호가 아랫방에 들어서자 윗방 구석에서 **고리짝**을 열어 놓고 뒤지고 있던 명숙이가 **역한** 소리를 했다. 윗방에는 **넝마** 같은 옷가지들이 한 무더기 쌓여 있었다. 딸애는 고리짝 옆에 쪼그리고 앉아서 명숙이가 뒤져 내놓는 헌 옷들을 무슨 진귀한 것이나처럼 지켜보고 있었다. 철호는 아내가 어딜 갔느냐고 물어보려다 말고 그대로 윗방 아랫목에 털썩 주저앉아 버렸다.

"어서 병원에 가 보세요."

명숙은 여전히 고리짝을 들추며 돌아앉은 채 말했다.

"병원엘?"

"그래요."

"병원에라니?"

"언니가 위독해요. 어린애가 걸렸어요."

"뭐가?"

철호는 눈앞이 아찔했다.

점심때부터 진통이 시작되었는데 영 해산(解産)을 못하고 애를 썼단다. 그런데 죽을 악을 쓰다 보니까 어린애의 머리가 아니라 팔부터 나왔다고 한다. 그래 병원으로 실어 갔는데, 철호네 회사에 전화를 걸었더니 나가고 없더라는 것이었다.

"지금쯤은 아마 애기를 낳았거나, 그렇지 않으면……."

명숙은 흰 헝겊들을 골라 개켜서 한옆으로 제쳐 놓으며 말했다. 아마 어린애의 기저귀를 고르고 있는 모양이었다. 그런데 이상했다. 좀 전에 아찔하던

고리짝 키버들의 가지나 대오리 따위로 엮어서 상자같이 만든 물건. 주로 옷을 넣어 두는 데 쓴다.
역하다(逆——) 마음에 거슬려 못마땅하다.
넝마 낡고 해어져서 입지 못하게 된 옷, 이불 따위를 이르는 말.

정신이 사르르 풀리며 온몸의 맥이 쏙 빠져 나갔다. 철호는 오래간만에 머릿속이 깨끗이 개는 것을 느꼈다.

말라리아를 앓고 난 다음 날처럼 맥은 하나도 없으면서 머리는 비상히 깨끗했다. 뭐 놀랄 일이 있느냐 하는 심정이 되었다. 마치 회사에서 무슨 사무를 한 뭉텅이 맡았을 때와 같은 심사였다. 철호는 호주머니에서 담배를 꺼내어 물었다. 언제나 새로 사무를 맡아 시작하기 전에 하는 버릇이었다. 철호는 일어섰다. 그리고 문을 열었다.

"어딜 가슈?"

명숙이가 돌아보았다.

"병원에."

"무슨 병원인지도 모르면서."

철호는 참 그렇다고 생각했다.

"S 병원이야요."

"……."

철호는 슬그머니 문밖으로 한 발을 내디디었다.

"돈을 가지고 가야지 뭐."

"……돈."

철호는 다시 문 안으로 들어섰다. 우두커니 발부리를 내려다보고 서 있었다. 명숙이가 일어섰다. 그리고 아랫방으로 내려갔다. 벽에 걸어 놓았던 핸드백을 벗겼다.

"옛수."

백 환짜리 한 다발이 철호 앞 방바닥에 던져졌다. 명숙은 다시 돌아서서 백을 챙기고 있었다. 철호는 명숙의 뒷모습을 물끄러미 바라보고 있었다. 철호의 눈이 명숙의 발뒤축에 머물렀다. 나일론 양말이 계란만치 구멍이 뚫렸다. 철호는 명숙의 그 구멍 뚫린 양말 뒤축에서 어떤 깨끗함을 느끼고 있었다. 오래간만에, 참으로 오래간만에 철호는 명숙에 대한 오빠로서의 애정을 느꼈다.

"가자."

어머니가 또 외마디 소리를 질렀다.

철호는 눈을 발밑의 돈다발로 떨구었다. 허리를 꾸부렸다. 연기가 든 때처럼 두 눈이 싸하니 쓰렸다.

"아버지 병원에 가? 엄마 애기 났어?"

"그래."

철호는 돈을 저고리 호주머니에 구겨 넣으며 문을 나섰다.

"가자."

골목을 빠져 나가는 철호의 등 뒤에서 또 한 번 어머니의 소리가 들려왔다.

아내는 이미 죽어 있었다.

"네, 그래요."

철호는 간호원보다도 더 **심상한** 표정이었다. 병원의 긴 복도를 허청허청 걸어서 널따란 현관으로 나왔다. 시체가 어디 있느냐고 묻지도 않았다. 무엇인가 큰일이 한 가지 끝났다는 그런 기분이었다. 아니 또 어찌 생각하면 무언가 해야 할 일이 많이 생긴 것 같은 무거운 기분이기도 했다. 그러면서도 그 해야 할 일이 무엇인지는 좀처럼 생각이 나질 않았다. 그저 이제는 그리 서두를 필요도 없어졌다는 생각만으로 철호는 거기 병원 현관에 한참이나 우두커니 서 있었다.

이윽고 병원의 큰 문을 나선 철호는 전찻길을 따라서 천천히 걸었다. 자전거가 휙 그의 팔꿈치를 스치고 지나갔다. 그는 멈춰 섰다. 자기도 모르게 그는 사무실 쪽으로 걸어가고 있었다. 여섯 시도 더 지났을 무렵이었다. 이제 사무실로 가야, 할 아무 일도 없었다. 그는 전찻길을 건넜다. 또 한참을 걸었

심상하다(尋常--) 대수롭지 않고 예사롭다.

다. 그는 또 멈춰 섰다. 이번엔 어느 사이에, 낮에 왔던 경찰서 앞에 와 있었다. 그는 또 돌아섰다. 또 걸었다. 그저 걸었다. 집으로 돌아가자는 생각도 아니면서 그의 발길은 자동 기계처럼 남대문 쪽을 향해 걷고 있었다. 문방구점·**라디오방**·사진관·제과점, 그는 길가에 늘어선 이런 가게의 진열장들을 하나하나 기웃거리며 걷고 있었다. 그러면서도 무엇이 있는지 하나도 보이지는 않았다. 그러던 철호는 또 우뚝 섰다. 그는 거기 눈앞에 걸린 간판을 쳐다보고 있었다. 장기판만 한 흰 판에 빨간 페인트로 치과라고 써 있었다. 철호는 갑자기 이가 쑤시는 것을 느꼈다. 아침부터, 아니 벌써 전부터 훌떡훌떡 쑤시는 충치가 갑자기 아파 왔다. 양쪽 어금니가 아래위 다 쑤셨다. 사실은 어느 것이 정말 쑤시는 것인지조차도 분간할 수가 없었다. 철호는 호주머니에 손을 넣어 보았다. 만 환 다발이 만져졌다.

철호는 치과 간판이 걸린 층계를 2층으로 올라갔다.

치과 걸상에 머리를 젖히고 입을 아 벌리고 앉았다. 의사는 달가닥 달가닥 소리를 내며 이것저것 여러 가지 쇠꼬치를 그의 입에 넣었다 꺼냈다 하였다. 철호는 **매시근하니** 잠이 왔다. 아무런 생각도 하지 않고 입을 크게 벌린 채 눈을 감고 있었다.

"좀 아팠지요? 뿌리가 꾸부러져서."

의사가 집게에 뽑아 든 이를 철호의 눈앞에 가져다 보여 주었다. 속이 시커멓게 썩은 징그러운 이뿌리에 뻘건 살점이 묻어 나왔다. 철호는 솜을 입에 문 채 머리를 좌우로 흔들어 보였다. 사실 아프지도 아무렇지도 않았다.

"됐습니다. 한 삼십 분 후에 솜을 **빼** 버리슈. 피가 좀 나올 겁니다."

"이쪽을 마저 **빼** 주십시오."

라디오방 라디오를 수리하는 가게.
매시근하다 기운이 없고 나른하다.

철호는 옆의 **타구**에 피를 뱉고 나서 또 한쪽 볼을 눌러 보았다.

"어금니를 한 번에 두 대씩 빼면 출혈이 심해서 안 됩니다."

"괜찮습니다."

"아니, 내일 또 빼지요."

"다 빼 주십시오. **한목**에 몽땅 다 빼 주십시오."

"안 됩니다. 치료를 해 가면서 한 대씩 빼야지요."

"치료요? 그럴 새가 없습니다. 마악 쑤시는걸요."

"그래도 안 됩니다. 빈혈증이 일어나면 큰일납니다."

하는 수 없었다. 철호는 치과를 나왔다. 또 걸었다. 잇몸이 멍하니 아픈 것 같기도 하고 또 어찌하면 시원한 것 같기도 했다. 그는 한 손으로 볼을 쓸어 보았다.

그렇게 얼마를 걷던 철호는 거기에 또 치과 간판을 발견하였다. 역시 2층이었다.

"안 될 텐데요."

거기 의사도 꺼렸다. 철호는 괜찮다고 우겼다. 한쪽 어금니를 마저 빼었다. 이번에는 두 볼에다 다 밤알만큼씩 한 솜덩어리를 물고 나왔다. 입 안이 찝찔했다. 간간이 길가에 나서서 피를 뱉었다. 그때마다 시뻘건 **선지피**가 간덩어리처럼 엉겨서 나왔다.

남대문을 오른쪽에 끼고 돌아서 서울역이 보이는 데까지 왔을 때 으스스 몸이 한 번 떨렸다. 머리가 휑하니 비어 버린 것 같다고 생각했다. 바로 그때에 번쩍 거리에 전등이 들어왔다. 눈앞이 한 번 환해졌다. 그런데 다음 순간에는 어찌 된 셈인지 좀 전에 전등이 켜지기 전보다 더 거리가 어두워졌다.

타구(唾具/唾口) 가래나 침을 뱉는 그릇.
한목 한꺼번에 몰아서 함을 나타내는 말.
선지피 다쳐서 선지(짐승을 잡아서 받은 피)처럼 쏟아져 나오는 피.

철호는 눈을 한 번 꾹 감았다 다시 떴다. 그래도 매한가지였다.

이건 뱃속이 비어서 이렇다고 철호는 생각했다. 그는 새삼스레, 점심도 저녁도 안 먹은 자기를 깨달았다. 뭐든가 좀 먹어야겠다고 생각했다. 구수한 설렁탕 생각이 났다. 입 안에 군침이 하나 가득히 고였다. 그는 어느 **전주** 밑에 가서 쭈그리고 앉아서 침을 뱉었다. 그런데 그것은 침이 아니라 진한 피였다. 그는 다시 일어섰다. 또 한 번 오한이 전신을 간질이고 지나갔다. 다리가 약간 떨리는 것 같았다. 그는 속히 음식점을 찾아내어야겠다고 생각하며 서울역 쪽으로 허청허청 걸었다.

"설렁탕."

무슨 약 이름이기나 한 것처럼 한마디 일러 놓고는 그는 식탁 위에 엎드려 버렸다. 또 입 안으로 하나 찝찔한 물이 고였다. 철호는 머리를 들었다. 음식점 안을 한 바퀴 휘 둘러보았다. 머리가 아찔했다. 그는 일어섰다. 그리고 문 밖으로 급히 걸어 나갔다. 음식점 옆 골목에 있는 시궁창에 가서 쭈그리고 앉았다. 울컥하고 입안엣것을 뱉었다. 그러나 이번에는 주위가 어두워서 그것이 핀지 또는 침인지 알 수 없었다. 철호는 저고리 소매로 입술을 닦으며 일어섰다. 이를 뺀 자리가 쿡 한 번 쑤셨다. 그러자 뒤이어 거기에 호응이나 하듯이 관자놀이가 또 쿡 쑤셨다. 철호는 아무래도 좀 이상하다고 생각하였다. 이제 빨리 집으로 돌아가 누워야겠다고 생각했다. 그는 다시 큰길로 나왔다. 마침 택시가 한 대 왔다. 그는 손을 한 번 흔들었다.

철호는 던져지듯이 털썩 택시 안에 쓰러졌다.

"어디로 가시죠?"

택시는 벌써 구르고 있었다.

"해방촌."

전주(電柱) 전봇대. 전선이나 전화선을 늘여 매기 위해 세운 큰 기둥.

자동차는 스르르 속력을 늦추었다. 해방촌으로 가자면 차를 돌려야 하는 까닭이었다. 운전수는 줄지어 달려오는 자동차의 사이가 생기기를 노리고 있었다. 저만치 자동차의 행렬이 좀 끊겼다. 운전수는 핸들을 잔뜩 비틀어 쥐었다. 운전수가 몸을 한편으로 기울이며 마악 핸들을 틀려는 때였다. 뒷자리에서 철호가 소리를 질렀다.

"아니야. S 병원으로 가."

철호는 갑자기 아내의 죽음을 생각했던 것이었다. 운전수는 다시 획 핸들을 이쪽으로 틀었다. 운전수 옆에 앉아 있는 조수(助手) 애가 한 번 철호를 돌아다보았다. 철호는 뒷자리 한구석에 가서 몸을 틀어박은 채 고개를 뒤로 젖히고 눈을 감고 있었다. 차는 한국은행 앞 로터리를 돌고 있었다. 그때에 또 뒤에서 철호가 소리를 질렀다.

"아니야. × 경찰서로 가."

눈을 감고 있는 철호는 생각하는 것이었다. 아내는 이미 죽었는데 하고.

이번에는 다행히 차의 방향을 바꿀 필요가 없었다. 그냥 달렸다.

"× 경찰서 앞입니다."

철호는 눈을 떴다. 상반신을 번쩍 일으켰다. 그러나 곧 또 털썩 뒤로 기대고 쓰러져 버렸다.

"아니야. 가."

"× 경찰섭니다. 손님."

조수 애가 뒤로 몸을 틀어 돌리고 말했다.

"가자."

철호는 여전히 눈을 감고 있었다.

"어디로 갑니까?"

"글쎄, 가."

"하 참, 딱한 아저씨네."

"······."

"취했나?"

운전수가 힐끔 조수 애를 쳐다보았다.

"그런가 봐요."

"어쩌다 오발탄 같은 손님이 걸렸어. 자기 갈 곳도 모르게."

운전수는 기어를 넣으며 중얼거렸다. 철호는 까무룩이 잠이 들어가는 것 같은 속에서 운전수가 중얼거리는 소리를 멀리 듣고 있었다. 그리고 마음속으로 혼자 생각하는 것이었다.

'아들 구실, 남편 구실, 애비 구실, 형 구실, 오빠 구실, 또 계리사 사무실 서기 구실, 해야 할 구실이 너무 많구나. 그래 난 네 말대로 아마도 조물주의 오발탄인지도 모른다. 정말 갈 곳을 알 수가 없다. 그런데 지금 나는 어디건 가긴 가야 한다······.'

철호는 점점 더 졸려 왔다. 다리가 저린 것처럼 머리의 감각이 차츰 없어져 갔다.

"가자!"

철호는 또 한 번 귓가에 어머니의 소리를 들었다고 생각하며 푹 모로 쓰러지고 말았다.

차가 네거리에 다다랐다. 앞에 교통 신호대에 빨간불이 켜졌다. 차가 섰다. 또 한 번 조수애가 뒤를 돌아보며 물었다.

"어디로 가시죠?"

그러나 머리를 푹 앞으로 수그린 철호는 아무 대답도 없었다.

따르르릉 벨이 울렸다. 긴 자동차의 행렬이 움직이기 시작했다. 철호가 탄 차도 목적지를 모르는 대로 행렬에 끼여서 움직이는 수밖에 없었다. 철호의 입에서 흘러내린 선지피가 흥건히 그의 와이셔츠 가슴을 적시고 있는 것은 아무도 모르는 채 교통 신호대의 파랑불 밑으로 차는 네거리를 지나갔다.

우리 주변에는 충분한 역량을 가지고 있음에도 불구하고, 가정이나 사회에서 제 역할을 찾지 못한 채 무료한 일상을 지내는 사람들이 더러 있습니다. 19세기 러시아 문학, 특히 소설가 이반 투르게네프 (Ivan Sergeyevich Turgenev, 1818~1883)가 《잉여 인간의 일기》(1850)에서 이들을 형상화한 이래, 판단하고 행동할 물리적 조건을 지니고 있음에도 방관자로 살아가는 사람들을 '잉여 인간'이라고 부르곤 합니다. 이들은 누구도 필요로 하지 않는 인간이자 주변 누구에게도 도움을 주지 못하는 인간으로서, 어떤 일에도 흥미를 느끼지 못한 채 자신을 둘러싼 세계에서 일어나는 문제에 효과적으로 개입하지 못하는 무기력함을 드러냅니다.

이 작품에는 다양한 모습의 잉여 인간이 등장합니다. 부패한 사회에 분개하지만 자신의 가정 문제에는 속수무책인 채익준과, 아내와 비정상적 가정을 이루고 살며 친구의 병원 간호사를 쫓아다닐 뿐 뚜렷한 삶의 방향이 없는 천봉우가 대표적인 인물입니다. 삶의 목적이 불분명한 이들은 병원에 모여 소모적인 행위를 할 뿐입니다. 치과 의사인 서만기도 아내를 포함한 여성들의 실질적 도움이 없다면 자신이 추구하는 고결한 이상성을 유지할 수 없다는 점에서 이들과 닮았습니다. 하지만 어떠한 악조건에서도 비굴해지지 않는 그는 익준과 봉우의 정신적 지주로 역할하며, 전쟁의 황폐함으로부터 이들을 구원할 가능성을 보여 줍니다.

작품 속 잉여 인간들의 행동에 주목해 봅시다. 그들의 행동이 무엇을 의미하고 어디에서 비롯되는지 등을 생각하며 이 작품을 감상해 봅시다.

▌손창섭(孫昌涉, 1922~2010)

평남 평양 출생. 1952년 〈공휴일(公休日)〉과 1953년 〈사연기(死緣記)〉를 《문예》에 발표하며 등단했다. 전쟁으로 망가지고 뒤틀린 한국 사회의 현실과 이러한 현실에 함부로 내팽개쳐진 인간의 무가치성, 허무를 사실적으로 보여 주며 1950년대를 대표하는 작가로 우뚝 섰다. 주요 작품으로는 〈비 오는 날〉, 〈생활적〉, 〈미해결의 장〉, 〈혈서(血書)〉, 〈낙서족〉, 〈유실몽〉 등이 있다.

잉여 인간 _손창섭

　만기 치과 의원(萬基齒科醫院)에는 원장인 서만기 씨와 간호원 홍인숙 양 외에도 거의 날마다 출근하다시피 하는 사람 둘이 있다. 그 한 사람은 **비분 강개**파 채익준 씨요, 다른 한 사람은 **실의**의 인간 천봉우 씨다. 두 사람은 다 같이 서만기 원장의 중학교 동창생이다. 그들은 도리어 원장보다도 먼저 나 와서 **대합실**에 자리 잡고 신문을 읽고 있는 날도 있었다. 더구나 채익준은 간 호원보다도 일찍 나오는 수가 많았다. 큼직한 미제 자물쇠가 잠겨 있는 출입 문 앞에 버티고 섰다가 간호원이 나타날 말이면,

　"미스 홍, 오늘은 나에게 졌구려."

　익준은 반가운 낯으로 맞이하는 것이었다. 그런 날은 인숙이가 아침 청소 를 하는 데 한결 편했다. 한사코 말려도 익준은 굳이 양복저고리를 벗어부치 고 소매까지 걷고 나서서 거들어 주기 때문이다. 대합실과 진찰실을 합쳐도 겨우 다섯 평이 될까 말까 한 방이지만 익준은 손수 마룻바닥에 물을 뿌리고 방구석이나 테이블 밑까지도 말끔히 쓸어 내는 것이다. 무슨 일에나 몸을 사 리지 않고 앞장을 서는 그의 성품은 이런 데도 잘 나타났다. 청소가 끝나면 익준은 작달막한 키에 가로 퍼진 그 둥실한 몸집을 대합실 의자에 내어던지

잉여(剩餘)　쓰고 난 후 남은 것. '나머지'의 전 용어.
비분강개(悲憤慷慨)　슬프고 분하여 의분이 북받침.
실의(失意)　뜻이나 의욕을 잃음.
대합실(待合室)　공공시설에서 손님이 기다리며 머물 수 있도록 마련한 곳.

듯 털썩 걸터앉아서 신문을 본다. 그러노라면 원장과 천봉우가 대개 전후해서 나타나는 것이다.

오늘도 간호원을 도와 실내 청소를 마치고 난 익준은 대합실에 자리 잡고 신문을 펴 들었다. 아마도 세상에 그처럼 충실한 신문 독자는 없을 것이다. 이 병원에서 구독하고 있는 두 종류의 신문을 그는 한 시간 이상이나 시간을 소비해 가며 첫 줄 첫 자부터 끝줄 끝 자까지 기사고 광고고 할 것 없이 하나도 빼지 않고 죄다 읽어 버리는 것이다. 익준은 또한 그저 신문을 읽는 데만 그치지 않는다. 거기 보도된 기사 내용에 대해서 **자기류**의 엄격한 비판을 가할 것을 잊지 않는 것이다. 지금도 익준은 신문을 보다 말고 앞에 놓여 있는 소형 탁자를 주먹으로 내리치며 **격분하여** 고함을 질렀다.

"천하에 이런 죽일 놈들이 있어!"

참지 못해 신문을 든 채 벌떡 일어섰다. 익준은 진찰실로 달려 들어가서 그 신문지를 간호원의 턱밑에 들이대며,

"미스 홍, 이걸 좀 봐요. 아니, 이런 주리를 틀 놈들이 있어 글쎄!"

눈을 부라리고 치를 부르르 떨었다. 신문 사회 면에는 어느 제약 회사에서 외국제 포장갑(包裝匣)을 대량으로 **밀수입**해다가 인체에 유해한 **위조품**을 넣어 가지고 고급 외국 약으로 기만 **매각하여** 수천만 환에 달하는 **부당 이득**을 취하였다는 기사가 크게 보도되어 있었다. 인숙이가 그 기사를 읽는 동안 익준은 분을 누르지 못해 진찰실과 대합실 사이를 왔다 갔다 하며 혼자 **두덜거렸다**. 이윽고 인숙에게서 신문지를 도로 받아 든 익준은 그것을 돌돌 말아 가

자기류(自己流)   객관적 사실에 의거하지 아니하고 자기 주관이나 관습, 취미대로 하는 방식.

격분하다(激忿--)   몹시 분하고 노여운 감정이 북받쳐 오르다.

밀수입(密輸入)   세관을 거치지 아니하고 몰래 물건을 사들여 옴.

위조품(僞造品)   속일 목적으로 진짜처럼 보이게 만든 물품.

매각하다(賣却--)   물건을 팔아 버리다.

부당 이득(不當利得)   법령을 위반하는 부당한 방법으로 남에게 손해를 주면서 얻는 이익.

두덜거리다   남이 알아듣기 어려울 정도의 낮은 목소리로 자꾸 불평을 하다.

지고 옆에 있는 의자를 한 번 딱 치고 나서,

"그래 미스 홍은 어떻게 생각해. 이놈들을 어떻게 처치했으면 속이 시원하겠느냐 말요?"

마치 따지고 들 듯했다.

"그야, 뻔허죠 뭐. 으레 법에 의해서 적당히 처벌될 게 아니겠어요."

그러자 익준은 한층 더 분개해서 흡사 인숙이가 범인이기나 한 듯이 핏대를 세우고 대드는 것이었다.

"뭐라구? 법에 의해서 적당히 처벌될 게라? 아니 그래 이따위 악질 **도배**들을 그 뜨뜻미지근한 **의법** 처단으루 만족할 수 있단 말요! 미스 홍은 그 정도루 만족할 수 있느냐 말요. 무슨 소리요, 어림없소. 이런 놈들은 그저 대번에 모가질 비틀어 버리구 말아야 돼. 아니 즉각 총살이다. 그저 당장에 빵빵 하구 쏴 죽여 버리구 말아야 돼. 그러구두 모가지를 베어서 옛날처럼 네거리에 **효수**를 해야 돼요. **극형**에 처해야 마땅하단 말요!"

"어마, 선생님두 온. 끔찍스레 그렇게까지 할 게 뭐예요!"

"끔찍하다? 아 그럼 그놈들을 몇만 환의 벌금이다, 몇 년 징역이다, 하구 감방 속에 피신시켜 놓구 잘 처먹구 낮잠이나 자게 하다가 세상에 도로 내놔야 옳단 말요?"

익준은 잠시 인숙을 노려보듯 하다가,

"이거 봐요, 미스 홍. 우리가 누구 때문에 이렇게 못사는지 알우? 우리나라가 누구 때문에 이렇게 **피폐해** 가는지 알우? 모두가 이따위 악당들 때문이오. 이거 봐요. 그런 놈들은 말야, 이완용이나 마찬가지 역적(逆賊)이오! 나

도배(徒輩)　함께 어울려 나쁜 짓을 하는 무리.

의법(依法)　법에 의거함.

효수(梟首)　죄인의 목을 베어 높은 곳에 매달아 놓음. 또는 그런 형벌.

극형(極刑)　가장 무거운 형벌이라는 뜻으로, '사형'을 이르는 말.

피폐하다(疲弊——)　지치고 쇠약하여지다.

라야 망하든 말든, 동포들이야 가짜 약을 사 쓰구 죽든 말든 내 배때기만 불리면 그만이라구 생각하는 그딴 놈들은 살인 강도 이상의 악질범이오. 그런 놈들을 극형에 처하지 않으니까 유사한 사건이 꼬리를 물구 발생한단 말요. 난 그놈들의 뼈를 갈아 마셔두 시원치 않겠소……."

익준은 아직도 분을 끄지 못해 이를 가는 것이었다. 그는 대합실 의자에 돌아가 앉아서 다른 기사들을 읽어 내려가다가도 갑자기 땅이 꺼지게 한숨을 푸 내쉬고는,

"천하에 죽일 놈들 같으니……."

내뱉듯 하고 비참한 표정을 짓는 것이었다.

그가 나머지 기사를 죄다 주워 읽고 차츰 흥분도 가라앉을 때쯤 해서야 이 병원의 주인이 나타났다. 서만기 원장은 언제나처럼 부드러운 미소를 보이며 가방을 들고 문 안에 들어선 것이다.

"어서 나오게!"

익준은 늘 하는 식으로 인사를 건네고 나서 만기가 흰 가운을 걸치고 자리에 앉기가 바쁘게,

"여보게 만기. 세상에 그래 이런 날도둑놈들이 있나!"

그렇게 **개탄하고** 신문을 펴 들고 만기 곁으로 가 앉는 익준의 얼굴은 흥분으로 도로 붉어지기 시작했다. 만기는 여전히 **품** 있는 미소를 머금은 채,

"그러지 않아두 집에서 신문을 보구 자네가 또 몹시 격분했으리라구 짐작했네."

그러면서 담배 케이스를 열고 먼저 익준에게 권하였다. 권하는 대로 익준은 손을 내밀어서 한 대 뽑아 들었다.

개탄하다(慨歎――/慨嘆――) 분하거나 못마땅하게 여겨 한탄하다.
품 품위. 고상하고 격이 높은 인상.

"이게 나 혼자만 격분할 일인가? 그럼 자네나 딴 사람들은 심상하다 그 말인가?"

"아니지. 남달리 정의감과 **의분**이 강한 자네니까 남보다 몇 배 격분하지 않을 수 없으리란 말일세. 그렇지만 혼자 흥분해서 펄펄 뛰면 뭘 하나!"

만기도 탄식하듯 하였다. 둘은 담배에 불을 붙여 물었다.

"정의감의 강약이 문젠가, 이 사람아. 그래 이런 극악무도한 놈들을 보구 가만하구 있을 수 있겠나. 가슴속에서 불덩이가 치미는데 잠자쿠 있을 수 있느냐 말야!"

익준은 만기가 함께 흥분해 주지 않는 것이 불만인 모양이었다. 그때 마침 봉우가 기척도 없이 슬그머니 문 안에 들어섰다. 언제나 다름없이 수면 부족이 느껴지는 **떠름한** 얼굴이다. 그는 먼저 인숙이 쪽을 바라보고 다음에 만기와 익준을 번갈아 보면서 멋쩍게 씩 하고 웃었다. 그러고는 거의 자기 자리로 정해진 대합실 소파의 맨 구석 자리에 조심히 걸터앉았다. 그러자 자기의 흥분을 같이 나눠 줄 사람이 나타났다는 듯이 익준은 탁자 위에 놓았던 신문을 집어서 봉우 눈앞에 바로 가져다 댔다.

"봉우, 이거 봐. 글쎄 이런 능지처참할 놈들이 있느냐 말야!"

익준은 핏대를 세우며 다시 흥분하기 시작했다. 봉우는 **선잠**을 깬 사람처럼 **어릿어릿한** 표정으로 익준을 쳐다보았다. 희미하게 웃었다. 그리고 흥미 없이 신문을 받아들었다.

"뭐 말이야?"

"뭐 말이야가 뭐야, 이런 **빙충이** 같은 녀석. 아 그래 자네 눈깔엔 이게 안

의분(義憤) 불의에 대하여 일으키는 분노.
떠름하다 좀 얼떨떨한 느낌이 있다.
선잠 깊이 들지 못하거나 흡족하게 이루지 못한 잠.
어릿어릿하다 말과 행동이 활발하지 못하고 자꾸 생기 없이 움직이다.
빙충이 똘똘하지 못하고 어리석으며 수줍음을 잘 타는 사람.

뭔단 말야?"

화가 **동해서** 견딜 수 없다는 듯이 익준은 손가락 끝으로 톱기사의 주먹 같은 활자를 찔렀다. 봉우는 강요당하듯이 제목을 입속말로 읽었다. 내용은 마지못해 두어 줄 읽다가 말았다. 이어 딴 제목들을 대강 훑어보고 나서 봉우는 도로 신문을 접어서 탁자 위에 얹었다. 그러더니 만기와 익준을 번갈아 쳐다보고 웃으려다가 말았다. 익준은 더 참을 수 없다는 듯이 고함을 질렀다.

"왜 아무 말이 없는 거야?"

봉우는 동정을 구하듯 하는 눈동자로 만기와 익준을 번갈아 보았다.

"임마, 그래 넌 아무렇지두 않단 말야? 눈 뜬 채 코를 베어 먹히구두 심상하단 말야?"

"누가 코를 베어 먹혔대? 난 잘 안 봤어!"

봉우는 얼른 신문을 다시 집어 들었다. 그러자 익준은 그 신문지를 홱 낚아채서는 탁자 위에다 힘껏 동댕이를 치고 나서,

"이런 쓸개 빠진 녀석……. 에잇, 난 다신 자네들과 얘기 않네!"

우뚤해 가지고 홱 돌아서더니 **댓바람**에 문을 차고 나가 버리었다.

익준이 다시는 안 올 듯이 밖으로 사라지자 한동안 어리둥절하고 있던 봉우는 다시 신문을 집어 들고 기사 제목을 대강 더듬어 보기 시작했다. 봉우는 언제나 그랬다. 게슴츠레한 낯으로 대합실에 나타나면 익준이가 한 자 **빼**지 않고 샅샅이 읽고 놓아 둔 신문을 펴 들고 건성건성 제목만 되는대로 주워 읽고 마는 것이다. 그리고 나서는 진찰을 받으러 온 환자처럼 말없이 우두커니 앉아서 시간을 보내는 것이다. 그의 시선은 자주 간호원에게로 간다. 그때

동하다(動--) 어떤 욕구나 감정 또는 기운이 일어나다.
우뚤하다 우직스럽게 성을 내다.
댓바람 일이나 때를 당하여 서슴지 않고 당장.

만은 그의 눈도 **노상** 황홀하게 빛난다. 그러다가 간호원과 시선이 마주치면 봉우는 당황한 표정으로 외면해 버리는 것이다. 빼빼 말라붙은 몸집에 키만 멀쑥하게 큰 그는 언제나 말이 적고 그림자처럼 조용하다. 어딘가 방금 자다 깬 사람 모양 정신이 들어 보이지 않는 표정을 하고 있다. 하기는 그는 대합실 구석 자리에 앉은 채 곧잘 낮잠을 즐긴다. 봉우의 낮잠 자는 모양이란 아주 신기하다. 소파에 앉은 대로 허리와 목을 꼿꼿이 펴고 깍지 낀 두 손을 얌전히 무릎 위에 얹고는 눈을 감고 있다. 그러고 자는 것이다. 그는 밤에 집에서 잘 때에도 자세를 헝클어뜨리지 않는다고 한다. 천장을 향하고 반듯이 누우면 다음 날 아침까지 몸을 움직이지 않고 고대로 잔다는 것이다. 그러한 봉우는 언제나 수면 부족을 느끼고 있다고 한다. 그것은 6·25 사변을 치르고 나서부터 현저해졌다는 것이다. 전차나 버스를 타도 자리를 잡고 앉기만 하면 그는 으레 잠이 들어 버린다. 그렇지만 자다가도 그는 자기가 내릴 정류장을 지나쳐 버리는 일이 없다. 자면서도 그는 **차장**의 고함 소리를 꿈속에서처럼 어렴풋이 듣고 있기 때문이다. 밤에 집에서 잘 때에도 그렇다. 자는 동안에도 그는 주위에서 일어나는 소리를 다 들을 수 있다. 재깍재깍 시계 돌아가는 소리, 천장이나 부엌에 쥐 다니는 소리, 아내나 아이들의 잠꼬대며 바깥의 바람 소리까지도 들으면서 잔다. 말하자면 봉우는 **오관** 중 다른 감각 기관은 다 자면서도 청각만은 늘 깨어 있는 셈이다. 그러니까 자연 깊은 잠을 이루지 못한다. 그렇게 된 연유를 그는 6·25 사변으로 돌리는 것이다. 피난 나갈 기회를 놓치고 **적치** 삼 개월을 꼬박 서울에 숨어 지낸 봉우는 빨갱이와 공습에 대한 공포감 때문에 잠시도 마음 놓고 깊이 잠들어 본 적이 없다고 한다. 밤이나

노상 언제나 변함없이 한 모양으로 줄곧.
차장(車掌) 기차, 버스, 전차 따위에서 찻삯을 받거나 차의 원활한 운행과 승객의 편의를 도모하는 사람.
오관(五官) 다섯 가지 감각 기관. 눈, 귀, 코, 혀, 피부를 이른다.
적치(赤治) 적이 점령하여 다스리는 정치.

낮이나 이십사 시간 조금도 긴장을 완전히 풀어 본 일이 없다는 것이다. 그처럼 불안한 긴장 상태가 어느덧 **고질화**되어 오늘날까지도 지속되고 있다는 것이다. 그러기에 꼬집어 말하면 그는 자면서도 깨어 있고 깨어 있으면서도 자고 있는 상태인 것이다. 까닭에 그는 밤낮없이 자면서도 항시 수면 부족을 느끼지 않을 수 없는 모양이다. 그것은 단지 육체적으로 오는 증상이기보다는 더 많이 정신적인 데서 결과하는 심리적 현상인 것이다.

이러한 봉우는 자연 무슨 일에나 깊은 관심과 정열을 기울이지 못하는 것이었다. 중학 시절에는 그토록 재기 발랄하고 **야심가**였던 그가 일단 현실 사회에 몸을 잠그고 부대끼기 시작하면서부터 차츰 무슨 일에나 시들해지기 시작하더니 전란(戰亂) 통에 양친과 형제를 잃고 난 다음부터는 영 딴사람처럼 인간 만사에 흥미를 잃은 사람이 되어 버리고 말았다. 심지어 그는 자기 아내에게까지 남편다운 관심과 구실을 다하지 못하고 있는 것이다. 한 달이면 절반은 사업을 합네 혹은 친정에 가 있습네 하고 집을 비우기가 일쑤인 봉우 아내는 여러 가지 **불미한** 소문을 퍼뜨리고 다녔다. 그 여자는 본시 **평판**이 좋지 못하였다. 봉우와 결혼한 지 여덟 달 만에 낳은 첫 아기가 봉우의 친자식이 아니라는 것은 가까운 사람들은 다 알고 있는 사실이었다. 둘째 아이 역시 누구의 씬지 알 게 뭐냐고 봉우 자신도 신용을 하려 들지 않았다. 그러면서도 둘이 헤어지지 않고 지내는 것이 이상한 일이었다. 그러나 거기에는 그럴 만한 이유가 있으리라고 만기는 생각하는 것이다. 이를테면 활동 의욕과 생활력을 완전히 상실하다시피 한 봉우는 아내의 **부양**에 의존하는 수밖에 없었고 경제 활동이 비범한 봉우 처는 무슨 짓을 하며 나가 돌아다녀도 말썽을 부리

고질화(痼疾化) 오랫동안 앓아 고치기 어려운 병이 됨. 또는 그렇게 되게 함.
야심가(野心家) 무엇을 이루어 보겠다는 욕망이나 소망을 품고 있는 사람.
불미하다(不美––) 아름답지 못하고 추잡하다.
평판(評判) 세상 사람들의 비평.
부양(扶養) 생활 능력이 없는 사람의 생활을 돌봄.

지 않으니 어쨌든 봉우가 편리한 남편이었는지도 모르는 것이다. 아무튼 봉우는 그만큼 가정에 대해서나 세상일에 무관심한 인간이었다. 이상한 것은 그러면서도 단 한 가지 간호원인 인숙 양을 바라볼 때만은 잠에서 덜 깬 사람같이 언제나 게슴츠레하던 그의 눈이 깨어 있는 사람의 눈답게 빛나는 것이었다. 봉우는 인숙을 사랑하고 있는 성싶었다. 그러고 보면 봉우가 날마다 이 병원 대합실을 찾아와서 시간을 보내는 것은 오로지 인숙을 보기 위해서인지도 모른다. 그것은 그의 다음과 같은 거동으로써도 짐작할 수 있는 일이었다. 퇴근 시간이 되어 만기와 인숙이가 병원 문을 잠그고 한길로 나서면 물론 봉우도 그림자처럼 따라나선다. 그러면 인숙은 만기와 봉우에게 인사를 남기고 헤어져 전차 정류장 쪽으로 간다. 거기서 인숙이가 전차를 기다리다 보면 어느새 봉우가 옆에 척 따라와 서 있는 것이다.

"어마, 선생님 어디 가셔요?"

인숙이가 의외란 듯이 물으면 봉우는 아이들 모양 손을 들어 한 방향을 가리키며,

"저어기 좀……."

그러고는 자기도 같이 전차를 기다리는 것이다. 인숙이가 전차를 타면 얼른 봉우도 따라 오른다. 전차 안에서도 봉우는 별로 말이 없이 인숙이 곁에서 있다가 인숙이가 내리면 그도 따라 내리는 것이다. 인숙은 한참 앞서 걷다가 자기 집 골목 어귀에 이르러 걸음을 멈추고,

"그럼, 안녕히 다녀가세요."

머리를 숙이고 나서 인숙이가 빠른 걸음으로 골목길을 걸어 들어가면, 봉우는 처량한 표정을 하고 서서 인숙의 뒷모양을 지켜보다가 보이지 않게 되어서야 풀이 죽어서 발길을 돌이키는 것이었다. 봉우는 거의 매일 그러하였다. 어떤 기회에 인숙에게서 우연히 그 얘기를 들었을 때 만기는 단순히 웃어 버릴 수만은 없었던 것이다.

만기와 익준이와 봉우는 중학 시절에 비교적 가깝게 지낸 사이지만 가정 환경이나 취미나 성격이나 성장해서의 인생 태도는 판이하게 달랐다. 만기는 좀처럼 흥분하거나 격하지 않는 인물이었다. 그렇다고 활동적인 타입도 아니지만 봉우처럼 **유약한** 존재는 물론 아니었다. 반대로 **외유내강한** 사내였다. 자기의 분수를 알고 함부로 부딪치지도 않고 꺾이지도 않고 자기의 능력과 노력과 성의로써 차근차근 자기의 길을 뚫고 나가는 사람이었다. 아무리 놀라운 일에 부닥치거나 **비위**에 거슬리는 사람을 대해서도 도리어 반감을 느낄 만큼 그는 침착하고 기품 있는 태도를 잃지 않았다. 그것은 본시 천성의 탓이라고도 하겠지만 한편 그의 풍부한 교양의 힘이 뒷받침해 주는 일이기도 하였다. 문벌 있는 가문에 태어나서 화초 가꾸듯 정성 어린 어른들의 손에서 구김살 없이 곧게 자라난 만기는 예의범절이 자연스럽게 몸에 배어 있을 뿐 아니라, 미술·음악·문학을 비롯해서 무용·스포츠·영화에 이르기까지 깊은 이해와 고급한 **감상안**을 갖추고 있었다. **크레졸** 냄새만을 인생의 유일한 권위로 믿고 있는 그런 부류의 의사와는 달랐다. 게다가 만기는 서양 사람처럼 후리후리한 키와 알맞은 몸집에 귀공자다운 **해사한** 면모를 빛내고 있었다. 또한 넓고 반듯한 이마와 맑고 잔잔한 눈은 그의 총명성과 기품을 설명해 주고 있었다. 누구를 대해서나 입을 열 때는 **기사**가 바둑돌을 **적소**에 골라 놓듯이 정확하고 품 있는 말을 한 마디 한 마디 신중히 골라 썼다. 언제나 부드러운 미소와 침착한 언동으로 남에게 친절히 대할 것을 잊지 않았다. 좋은 의미에

유약하다(柔弱--)　부드럽고 약하다.
외유내강하다(外柔內剛--)　겉으로는 부드럽고 순하게 보이나 속은 곧고 굳세다.
비위(脾胃)　어떤 것을 좋아하거나 싫어하는 성미. 또는 그러한 기분.
감상안(鑑賞眼)　예술 작품 따위의 아름다움을 이해하여 즐기고 평가하는 능력이나 안목.
크레졸　콜타르에서 얻는 연한 갈색의 약산성 액체. 살균력이 강하여 소독제, 방부제 따위로 쓰인다.
해사하다　옷차림, 자태 따위가 말끔하고 깨끗하다.
기사(棋士/碁士)　바둑이나 장기를 잘 두는 사람. 또는 직업으로 하여 전문적으로 두는 사람.
적소(適所)　꼭 알맞은 자리.

서 그는 영국풍의 신사였다. 자연 많은 사람 틈에 섞이면 **군계일학** 격으로 그
의 품격은 더욱 두드러져 보였다. 그는 한편 같은 치과 의사들 가운데서도 기
술이 출중한 편이었다. 그러면서도 현재는 근방에 있는 딴 치과에게 많은 손
님을 뺏기고 있는 형편이었다. 그것은 단지 시설이 빈약하고 병원 건물이 초
라한 까닭이었다. 그렇지만 지금의 만기로서는 딴 도리가 없었다. 좀 더 많은
손님을 끌기 위해서는 목 좋은 곳에 아담한 건물을 얻어 최신식 시설을 갖추
는 길밖에 없는데 현재의 경제 실정으로는 **요원한** 꿈이 아닐 수 없었다. 이나
마도 병원 건물은 물론 시설 일체가 만기 자신의 것이 아니었다. 건물이나 기
구 **일습**이 봉우 처가의 소유물인 것이다. 봉우의 장인이 생존했을 당시 **빚값**
에 인수했던 담보물이었는데 막상 팔아치우려고 하니 워낙이 구식인 데다가
고물이어서 값이 나가지 않기 때문에 6·25 사변 이래 줄곧 세를 놓아 오던 터
였다. 그것을 봉우의 소개로 만기가 빌려 쓰게 되었던 것이다. 다달이 그 셋
돈을 받으러 오는 것은 봉우 처였다. 친정에 가서도 오히려 오빠들보다 발언
권이 강한 봉우 처는 종내 오빠를 휘어잡아 병원 건물과 거기에 딸린 시설을
거의 자기 소유나 다름없이 만들어 놓았던 것이다. 이 **분방하기** 이를 데 없는
봉우 처로 말미암아서 만기는 난처한 일을 당한 적이 한두 번이 아니었다. 봉
우 처는 툭하면 병원을 찾아왔다. 한 달에 한 번씩 **셋돈**을 받으러 들르는 외에
도 **치석**이 끼었느니, **입치**가 어떠니, 충치가 생기는 것 같다느니 핑계를 내걸
고 걸핏하면 나타나는 것이었다. 그때마다 봉우 처는 짙은 화장과 화려한 의

군계일학(群鷄—鶴) 닭의 무리 가운데에서 한 마리의 학이란 뜻으로, 많은 사람 가운데서 뛰어난 인물을 이르는 말.
요원하다(遙遠--) 아득히 멀다.
일습(一襲) 옷, 그릇, 기구 따위의 한 벌. 또는 그 전부.
빚값 빚의 액수에 알맞은 값.
분방하다(奔放--) 규칙이나 규범 따위에 구애받지 아니하고 제멋대로이다.
셋돈(貰-) 남의 물건이나 건물을 빌려 쓰고 그 값으로 주는 돈.
치석(齒石) 이의 표면에 엉겨 붙어서 굳은 물질.
입치(入齒) 의치(義齒), 틀니.

상으로 풍요한 육체를 장식하고 있었다. 그러한 경우 물론 봉우 부부는 대합실에서 서로 얼굴을 대하게 마련이나 잠깐 보고는 그만이다. 모르는 사이처럼 담담한 표정으로 말을 거는 일조차 거의 없다. 봉우는 이내 도로 **반수반성** 상태에 빠지고, 그 아내는 만기에게 친밀한 미소를 보내며 다가앉는 것이다.

얼마 전 치석 **소제**를 하러 왔을 때 일이다. 얼굴을 젖히게 하고 만기가 열심히 이 사이를 긁어내고 있노라니까 눈을 감고 가만하고 있던 봉우 처가 슬며시 만기의 가운 자락을 잡아당겼다. 그러면서 눈을 감은 채 배시시 웃었다. 만기는 내심 적잖이 당황하여 얼른 봉우 아내의 손을 뿌리치려고 했지만 여인은 손에 더욱 힘을 주어서 끌어당겼다. 만기는 할 수 없이 봉우나 딴 사람이 눈치채지 못하도록 몸으로 가리듯이 하며 다가서서 하던 일을 계속했다. 대강 치석을 긁어내고 양치질을 시켰다. 봉우 처는 그제야 만기의 가운 자락을 틀어쥐고 있던 손을 놓고 컵에 준비된 물을 머금고 울렁울렁 입을 **부셔** 냈다. 그러더니,

"아파서 그랬어요!"

만기를 쳐다보며 변명하듯 하고 애교 있게 웃었다.

언젠가 한 번은 이런 일도 있었다. 충치가 생긴 것 같아 들렀다고 하며 눈이 부시게 차리고 나타난 봉우 처는 만기의 지시도 없이 치료 의자에 성큼 올라앉았다. 만기가 다가가서 어디 입을 벌려 보라고 하니까 봉우 처는 지그시 눈을 찌그리며 웃어 보이고는 일부러 그러듯이 입술을 오물오물하다가 겨우 삼분의 일쯤 벌리고 말았다.

"좀 더 힘껏, 아—."

그래도 여자는 다시 입술을 오물오물해 보이고는 역시 삼분의 일쯤 벌리고

반수반성(半睡半醒) 자는 둥 마는 둥 아주 얕은 잠을 잠.
소제(掃除) 청소. 더럽거나 어지러운 것을 쓸고 닦아서 깨끗하게 함.
부시다 그릇 따위를 씻어 깨끗하게 하다.

그만이었다. 그러고는 **미태**를 담뿍 담은 눈으로 연방 소리 없이 웃었다. 그때부터 만기는 의식적으로 봉우 처를 경계하지 않을 수 없었던 것이다. 본시가 만기에게는 여자들이 많이 따르는 편이었다. 여자들은 기회만 있으면 만기에게 지나친 호의를 보이려고 애쓰곤 하였다. 사철을 가리지 않고 국산지 춘추복 한 벌로 몇 년을 두고 버티어 오는 가난한 치과 의사지만 귀공자다운 그의 기품 있는 풍모와 알맞은 체격과 교양인다운 세련된 언동이 여자들로 하여금 두말없이 매혹케 하는 모양이었다. 심지어는 그의 처제까지도 그를 사모하고 있는 것이었다. 그러기 그 부인이 가끔 농담 삼아 만기에게 이런 말을 걸어오는 것도 무리가 아니었다.

"결코 잘난 남편을 섬길 게 아닌가 봐요!"

"그게 무슨 소리요? 대체."

"모두들 당신에게 눈독을 들이구 있으니 미안하기두 하구, 민망하기두 해서 그래요!"

"온 별소릴 다……. 그래 내가 그렇게 잘났던가?"

물론 그러고 둘이 다 농담으로 웃어 넘기고 마는 일이었으되 만기 자신도 이상히도 여자들이 자기를 따르고 있다는 사실을 부인할 수는 없었다. 그러고 보면 병원을 찾아오는 단골 환자의 **거개**가 젊은 여자들이라는 사실도 무심히 보아 넘길 일만은 아니었다. 많은 여자 환자 가운데는 여러 가지 방법으로 만기에게 호감을 보이려 드는 사람도 있었다. 한 주일이면 끝날 치료를 자진해서 열흘 내지 보름씩 받으러 다닌다거나, 완치된 다음에도 사례라고 하며 와이셔츠나 **양복지** 같은 것을 사들고 일부러 찾아오는 여자가 결코 한둘에 그치지 않았다. 그때마다 여자들의 단순하지 않은 호의를 물리치기에 만

미태(媚態) 아양을 부리는 태도.
거개(擧皆) 거의 대부분.
양복지(洋服地) 양복을 지을 옷감.

기는 진땀을 빼곤 했던 것이다. 그러한 여성들 가운데는 외모로나 교양으로나 퍽 매력적인 상대가 없지도 않아서 만기의 맑고 잔잔한 마음속에 뜻하지 않았던 잔물결을 일으키는 경우도 간혹 있는 일이었다. 그러나 그저 그것뿐이었다. 사랑하는 주위 사람들에게 깊은 상처를 주고 싶지 않았다. 비극이 두려웠다. 더구나 현대적 의미에서의 **현처양모**인 아내를 생각하면 부질없는 마음 구석의 잔물결도 이내 가라앉아 버리고 마는 것이었다. 십 년 가까이나 가난한 살림에 들볶이면서도 한결같이 변함없는 애정과 신뢰로써 남편을 섬기었고, 심혈을 쏟아 어린것들을 보살펴 오는 아내의 쪼든 모습을 눈앞에 그려 볼 때 만기는 꿈에라도 딴생각을 품어 볼 수가 없었다. 그러기 아름다운 여성 환자의 지나친 호의를 물리친 날이면 만기는 으레 아내가 좋아하는 물건을 무엇이고 사 들고 돌아가는 것이었다. 신혼 때나 다름없이 지금도 대문께까지 달려 나와 남편을 맞아들이는 아내에게 사 갖고 온 물건을 들려 주고 나서 까칠해진 아내의 손을 꼭 쥐어 주며,

"고생시켜 미안허우!"

혹은,

"나이 들며 더 예뻐지는구려!"

그러고는 봄볕처럼 다사로운 미소를 아내 얼굴에 부어 주는 만기였다.

그러한 만기라 봉우 처에 대해서는 항시 경계해 오고 있었지만 요즘 와서 은근히 골치를 앓지 않을 수 없었다. 만기에 대한 봉우 처의 접근 **공작**이 너무나 집요하고 대담하게 나타나기 시작했기 때문이다. 어제만 해도 만기는 봉우 처를 딴 장소에서 만나지 아니할 수 없었다. 며칠 전부터 병원 건물과

현처양모(賢妻良母) 어진 아내이면서 착한 어머니.
공작(工作) 어떤 목적을 위하여 미리 일을 꾸밈.

시설에 관해서 긴급히 의논할 일이 있으니 꼭 좀 만나 달라는 연락이 오곤 했다. 그때마다 만기는 바쁘기도 하고 몸도 좀 불편해서 지정한 장소까지 나갈 수가 없으니 안되었지만 병원으로 **내방해** 줄 수는 없느냐는 **회답**을 보냈던 것이다. 그러나 봉우 처에게서는 자기도 여러 가지 사정으로 찾아갈 수가 없으니 꼭 좀 나와 달라는 쪽지를 사람을 시켜서 거푸 보내오는 것이었다. 어제는 마침내 자기와의 면담을 **고의적**으로 회피하는 것은 결국 자기를 공공연히 모욕하는 행위라는 위협조의 연락이 왔던 것이다. 그래서 만기는 할 수 없이 퇴근하는 길로 지정한 다방에 봉우 처를 만나러 갔던 것이다. 여자는 역시 여왕처럼 **성장**을 하고 먼저 와 있었다.

"고마워요. 귀하신 몸이 이처럼 **행차**를 해 주셔서."

만기에게 맞은쪽 자리를 권하고 나서 여자는 친밀한 미소와 함께 약간 비꼬는 어투로 인사를 던져 왔다.

"퍽 재미있는 농담이십니다."

만기가 그랬더니.

"선생님은 농담을 덜 좋아하실지 모르겠군요. 워낙 **고상한** 신사시니까."

그래서,

"너무 기교적인 용어에는 전 대답할 자신이 없습니다."

만기는 그러고 가볍게 웃어 보였다. 봉우 처는 만기 의향을 묻지도 않고 오렌지 주스 두 잔을 시키었다. 그것을 마셔 가면서 대체 의논할 일이란 무엇이냐고 만기 편에서 먼저 물었다.

내방하다(來訪--) 만나기 위하여 찾아오다.
회답(回答) 물음이나 편지 따위에 반응함. 또는 그런 반응.
고의적(故意的) 일부러 하는 것.
성장(盛裝) 잘 차려입음. 또는 그런 차림.
행차(行次) 웃어른이 차리고 나서서 길을 감. 또는 그때 이루는 대열.
고상하다(高尙--) 품위나 몸가짐의 수준이 높고 훌륭하다.

"다른 게 아니라 병원 건물이 하두 낡아서 전면적인 수릴 해야겠어요."

그래서 병원 옆에 있는 사무실이나 아래층 가게에서들은 셋돈을 인상하는 동시에 삼 개월분씩 **선불**을 받기로 했다는 것이다.

"그렇지만 여러 가지 점으루 선생님께만은 말씀드리기가 안되어서 어떻게 할까 망설이다가 솔직히 의논해 보려구 뵙자구 헌 거예요."

여자는 말을 마치고 만기의 얼굴을 살짝 치떠보았다. 아닌 게 아니라 만기로서는 아픈 이야기였다. 현재도 매달 셋돈을 맞춰 놓기에 쩔쩔매는 판이었다. 게다가 석 달치 선불이란 거의 불가능에 가까운 일이었다.

"얼마나 올려 받으실 예정이십니까."

"삼 할은 더 받아야겠어요. 그 근처에서들은 다들 그 정도 받는걸요."

"그럼 우리 옆 사무실이나 아래층 가게에서들은 이미 양해를 얻으셨습니까?"

그러자 여자는 만기의 얼굴을 정면으로 쳐다보며,

"선생님, 우리 그런 사무적 얘기는 딴 데 가서 하십시다. 이런 장소에선 싫어요. 제가 저녁을 대접하겠어요. 늘 폐를 끼쳐 왔으니까요."

그러고는 만기가 뭐라고 할 사이도 없이 여자는 일어서 카운터로 가더니 셈을 치르고 밖으로 나가는 것이었다. 만기가 어리둥절해서 따라 나가자 봉우 처는 어느새 택시를 불러 세웠다.

"먼저 오르세요!"

만기는 다음 날 다시 만나 사무적으로 타협하기로 하고 우선 빠져 돌아가려고 했으나,

"고의로 남의 호의를 무시하는 건 신사도가 아니에요!"

여자는 만기를 차 안으로 떠밀듯이 했다. 번잡한 길거리에서 실랑이를 할

선불(先拂) 일이 끝나기 전이나 물건을 받기 전에 미리 돈을 치름.

수도 없고 해서 만기는 시키는 대로 차에 오를 수밖에 없었다. 십 분도 채 달리지 않아서 택시는 어느 음식집 앞에 닿았다. **여염집**들 사이에 끼어 있는 그 음식집은 외양과 달리 안에 들어가 보면 방도 여러 개 있고 제법 아담하게 꾸며져 있었다. 봉우 처는 그 집 마담과는 **숙친한** 사이인 모양이라 허물없는 인사를 나누고 나서,

"별실 비어 있니?"

하고 물었다. 마담은 호기심에 찬 눈으로 만기를 힐끔 쳐다보고,

"별실 삼호가 비어 있을 거야. 그리루 모셔."

그러고는 안을 향하고,

"별실 삼호실에 두 분 손님!"

소리를 질렀다. 열대여섯 살 먹은 소녀가 조르르 달려 나와 안내를 했다. 자그마한 홀을 지나 긴 복도를 휘어 도니 저쪽으로 돌아앉은 참한 방이 있었다.

"이 집 마담, 여학교 동창이에요. 그래서 귀한 손님을 대접할 일이 있으면 가끔 오죠."

여자는 묻지도 않는 말을 하고 다가와서 만기의 양복저고리를 벗기려고 했다. 만기는 얼른 제 손으로 벗어서 벽에 걸려고 했다. 그러자 여자는 그것을 낚아채듯 **뺏어서** 옷걸이에 얌전히 걸었다. 조그만 식탁을 사이에 하고 마주 앉아 여자는 만기를 쳐다보며 피로한 듯한 미소를 짓고 가늘게 한숨을 토했다. 소녀가 물수건과 찻물을 날라 왔다. 봉우 처는 이 집은 갈비찜이 명물이라고 하고 약주와 함께 안주와 음식을 시켰다. 소녀가 사라지자 여자는 식탁에 기대어 두 손으로 턱을 고이고 한동안 가만하고 있었다. 왜 그런지 몹시 피로해 보였다. 삼십을 한둘 남긴 여자의 무르익은 모습은 어떤 **요염한**

여염집(閭閻-) 일반 백성의 살림집.
숙친하다(熟親--) 오래 사귀어 친분이 아주 가깝다.
요염하다(妖艶--) 사람을 호릴 만큼 매우 아리땁다.

독소조차 느끼게 해 주었다. 만기도 까닭 모를 피로감과 함께 저절로 긴장해졌다.

"병원 시설을 사겠다는 사람이 있어요. 헐값이지만 고물이라서 차라리 팔아 치울까 생각해요!"

여자는 만기를 빠끔히 쳐다보며 엉뚱한 소리를 했다. 만기는 속으로 놀랐다. 여자의 마음을 얼른 파악하기 힘들었다. **진담**인가. 그렇지 않으면 **야비한 복선**인가. 어느 쪽이든 만기에게는 타격이었다. 그 시설은 지금의 만기에게 있어서 생명선이나 다름이 없었기 때문이다. 그러나 만기는 그러한 내심을 조금도 표면에 비추지 않고 태연히 듣고만 있었다.

"낡아빠진 그 시설을 쓰기에는 선생님의 탁월한 기술이 아까워요. 그래서 작자가 나선 김에 팔아 치우고 선생님에게는 현대적인 최신식 시설을 갖춰 드리고 싶어서 그래요. 제게 그 정도의 자금은 마련되어 있어요!"

여자의 음성과 표정이 왜 그렇게 차분차분할까? 거기에는 심리적 호흡의 기술이 필사적으로 작용되고 있었다. 그러기 아까 다방에서 내놓은 말과는 아주 딴 얘기라는 점을 노골적으로 지적해 줄 수가 없었다.

"경제적 면에서 제게는 그런 최신 시설을 빌릴 만한 능력이 없습니다."

"셋돈 말씀이죠?"

여자는 간격 없이 웃고 나서,

"선생님이 독립하실 수 있을 때까지 오 년이구 십 년이구 그냥 빌려 드려두 좋아요!"

만기는 대답할 말이 없었다. 상대편에서 이렇게 자꾸 엉뚱하게만 나오니 더욱 조심해질 뿐이었다.

진담(眞談) 진심에서 우러나온, 거짓이 없는 참된 말.
야비하다(野卑――/野鄙――) 성질이나 행동이 야하고 천하다.
복선(伏線) 만일의 경우에 대비하여 남모르게 미리 꾸며 놓은 일.

"이상하게 생각하실 건 없어요. 이왕 놀고 있는 돈이 있으니까 제가 존경하고 있는 선생님에게 조금이라도 편리를 봐 드리구 싶은 것뿐예요!"

순간 여자의 표정이 놀랄 만큼 진지한 빛으로 변했다. 만기는 봉우 처의 이러한 얼굴을 본 일이 없었다.

마침 주문한 음식이 들어오기 시작했다. 식사를 하는 동안 봉우 처는 소매를 걷고 마치 남편에게 하듯 **잔시중**까지 들었다. 만기는 음식을 먹으면서도 마음이 조마조마했다. 아무래도 심상치 않은 예감이 들었기 때문이다. 만기의 그러한 예감은 마침내 적중하고야 말았다. 식사가 거의 끝나 갈 무렵 봉우 처는 상 밑에서 한쪽 발을 슬며시 만기의 무릎 위에 얹었다. 그러고는 지그시 힘을 주며 요염한 웃음을 쏟았다. 그 눈이 불같았다. 만기는 꽤 당황했지만 시선을 피하며 슬그머니 물러앉았다. 여자는 발끝으로 옴츠리는 만기의 무릎을 쿡 **지르고** 어깨를 으쓱해 보였다. 이미 전기가 들어와 있었다. 잠시 멋쩍게 앉아서 먹다 남은 음식들에 공연히 젓가락질을 하다 말고 여자는 갑자기 자리를 떠서 밖으로 나가 버렸다. 한참 동안 여자는 돌아오지 않았다. 만기는 어지간히 불쾌하고 불안한 생각에 앉았다 섰다 하며 마음의 자세를 가다듬었다. 십 분 이상 지나서야 여자는 돌아왔다. 대번 알아보게 얼굴에는 **주기**가 돌았다. 여자는 방 안에 들어서면서 안으로 문고리를 잠갔다. 짤그락 하는 소리가 이상하게 도전적이었다. 여자는 다시 창문의 커튼까지 내리고 제자리에 가 앉았다. 초가을 저녁 무렵이지만 밀폐되다시피 한 실내는 **한증** 속처럼 더웠다. 여자는 술잔을 들어 만기 앞으로 내밀며,

"따라 주세요!"

잔시중 자질구레한 시중.
지르다 팔다리나 막대기 따위를 내뻗치어 대상물을 힘껏 건드리다.
주기(酒氣) 술기운. 술에 취한 기운.
한증(汗蒸/汗烝) 물리 요법의 하나로, 높은 온도로 몸을 덥게 하여 땀을 내서 병을 다스리는 일. 여기서는 한증을 위해 갖춘 시설을 말한다.

명령조였다. 원래 만기는 한두 잔밖에 못하기 때문에 주전자에는 술이 거의 그대로 남아 있었다. 만기는 한 손으로 주전자 뚜껑을 누르고,

"인제 그만 돌아가실까요. 오늘은 정말 오래간만에 포식했습니다."

달래듯 했다.

"내버려 두세요. 거룩하신 선생님 눈엔 제가 사람같이 안 보일 테니까요."

여자는 무리로 주전자를 뺏어서 자기 손으로 따라 마셨다. 안주도 안 먹고 거푸 물 마시듯 했다. 만기는 겁이 났다. 이 이상 취하면 어떤 **추태**를 부릴지도 모른다. 버려둘 수가 없었다. 만기는 간신히 술 주전자를 뺏어 감추었다. 그러자 여자는 그것을 도로 뺏으려고 덤벼들었다. 앉은 채 잠시 붙잡고 돌아갔다. 주전자를 떨어뜨려서 술이 엎질러졌다. 여자는 그것을 훔칠 생각도 않고 만기 무릎 위에 쓰러지듯 푹 엎드려 버리고 말았다.

"**골샌님**!"

여자는 어린애처럼 어깨를 **추며** 울기 시작했다.

대합실 문밖에서 웬 소년이 안을 기웃거리고 있었다.

"너 웬 아이냐?"

간호원이 먼저 발견하고 물었다. 소년은 대답 없이 조심히 문을 밀고 들어섰다. 여남은 살 먹었을 그 소년의 얼굴은 제법 귀염성 있게 생겼지만 거지 아이나 다름없는 꼴을 하고 있었다.

"여기가 병원이죠?"

소년은 어릿어릿하며 조그만 소리로 간호원에게 물었다.

"그래. 넌 어째서 왔니?"

추태(醜態) 더럽고 지저분한 태도나 짓.
골샌님 옹졸하고 고루한 사람을 속되게 이르는 말.
추다 어깨를 위로 올리다.

소년은 이번에도 대답을 않고 대합실과 진찰실 안을 두리번거리고 나서,

"울 아버지 안 오셨어요?"

영문 모를 질문을 했다. 테이블 앞에 앉아서 외국 잡지를 뒤적이고 있던 만기가,

"너희 아버지가 누구냐?"

물으니까,

"울 아버지 채익준 씨야요."

그리고 소년은 다시 한번 방 안을 둘러보았다.

"오, 너 익준이 아들이구나!"

만기는 일어나 소년 앞으로 다가갔다. 좀 불안한 표정을 하고 섰는 소년의 손목을 잡아서 옆 의자에 앉히고 만기도 소파에 마주 앉았다.

"너 아버지 찾아왔구나. 이름이 뭐지?"

"채갑성이에요!"

"나이는?"

"열한 살예요!"

만기가 친절히 말을 걸어 주는 바람에 안심이 되었는지,

"울 아버지 안 오셨어요?"

소년이 걱정스레 다시 물었다.

"아버진 아침에 잠깐 다녀 나가셨는데……. 그래, 너 왜 아버질 찾아왔니?"

"어머니가 아버지 찾아오랬어요. 어머니 죽을 것 같대요!"

소년에게는 여동생 하나와 남동생 하나가 있어서 외할머니까지 합치면 모두 여섯 식구라고 한다. 그런데 지금까지 집안 살림의 중심이 되어 오던 모친이 반년 가까이나 병석에 누워 지낸다는 것이다. 모친은 자리에 눕기까지 생선 장사를 했다는 것이다. 아이들이 자고 있는 꼭두새벽에 첫차로 인천에 가서 생선을 한 광주리 받아 이고는 서울로 되돌아와서 행상(行商)을 하였다는

것이다. 모친이 병으로 누운 다음부터는 오십이 넘은 외할머니가 어머니 대신 생선 장사를 해서 간신히 가족들 입에 풀칠을 하고 지낸다는 것이다. 그러니까 어머니는 제대로 의사의 치료를 받아 보지도 못한 채 집에 누워서 앓고 있다는 것이다. 그래서 병세는 나날이 더 심해만 갔는데, 아까 점심때쯤 해서 어머니는 소년을 불러 놓고 숨이 자꾸 가빠 오는 걸 보니 곧 죽을 것 같다고 하며 얼른 가서 아버지를 찾아오라고 하였다는 것이다. 만기가 차근차근 캐묻는 말에 대충 이상과 같은 내용의 대답을 하고 난 소년은 별안간 쿨적거리고 울기 시작했다. 만기는 우선 소년을 달래 놓고,

"그래 너 이 병원은 어떻게 알았니?"

"접때 아버지하구 돈 꾸러 왔댔어요."

"돈 꾸러? 여길?"

"네. 아버지가 엄마하구 무슨 얘기하다가 울었어요. 그리구 나 데리구 여기까지 왔댔어요."

"그래서 돈은 꾸어 갔니?"

"아니오. 나보구 길거리에 서서 기다리라구 해서 한참이나 이 앞에서 기다리구 있었는데 아버지가 나와서 그냥 돌아가라구 했어요. 그러면서 저녁에 돈을 마련해 갖구 돌아갈 테니 집에 가서 엄마보구 조금만 더 참구 기다리라구 했어요."

만기는 지그시 눈을 감았다. 마음이 복잡하거나 괴로울 때 하는 버릇이었다. 옷이라고는 언제나 **탈색한 서지** 군복 바지에 **퇴색한** 해군 작업복 상의만을 걸치고 다니는 초라한 익준의 몰골이 감은 눈 앞을 스치고 지나갔다. 그러면서도 익준은 병원에 와서 돈을 꾸어 달라고 한 번도 손을 내밀어 본 일이 없었

탈색하다(脫色--) 빛이 바래다.
서지(serge) 양쪽에 사선 또는 능선이 있는 능직물의 하나. 군복, 정장 등에 사용한다.
퇴색하다(退色--/褪色--) 빛이나 색이 바래다.

다. 뿐만 아니라 그는 단 한 마디도 딱한 집안 사정을 입 밖에 비쳐 본 일조차 없었다. 만기도 그의 가정 형편이 그렇게까지 말이 아닌 줄은 모르고 있었다.

"너 몇 학년이니?"

"학교 그만뒀어요."

"그럼 놀고 있어?"

"신문 장사해요."

만기는 그런 말까지 캐물은 것을 도리어 후회했다. 그는 소년을 위로해서 돌려보내고 나서도 마음이 무거웠다. 남의 일 같지 않았다. 남의 시설을 빌려서나마 개업을 하고 있다고는 하지만 만기 자신도 생활에는 극도로 시달리고 있었기 때문이다. 자그마치 열 식구에 버는 사람이라곤 만기뿐이니 당할 도리가 없었다. 대가족이 먹고 입는 일만도 숨이 가쁠 지경인데 동생들의 학비까지 당해 내야만 했다. 대학이 하나, 고등학교가 둘, 거기에 국민학교 다니는 자기 장남까지 합친다면 그야말로 무서운 지출이었다. 피를 짜내듯 해서 거의 기적적으로 감당해 오고 있었다. 그 밖에 늙은 장모와 어린 처남 처제들만이 **아득바득하고** 있는 처가에도 다달이 쌀말 값이라도 보태 주지 않아서는 안 되었다. 하기는 그런대로 개업을 하고 있는 만기에게는 다소라도 수입이 있었다. 그러나 **동란** 이래 직업을 갖지 못하고 있는 익준네 생활이 그만치라도 지탱되어 왔다는 것은 한편 수수께끼 같은 일이기도 했다. 익준은 취직을 단념하고 있었다. 왜정 때 겨우 중학을 나왔을 뿐 특수한 기술도 빽도 없는 데다가 나이마저 삼십 고개를 반이나 넘어섰고 보니 취직이란 말 그대로 별 따기였다. 게다가 남달리 정의감과 결벽성이 세기 때문에 사소한 부정이나 불의를 보고도 참지 못하는 그는 설사 어떤 직장이 얻어걸렸다 해도 오래

아득바득하다 몹시 고집을 부리거나 애를 쓰다.
동란(動亂) 폭동, 반란, 전쟁 따위가 일어나 사회가 질서를 잃고 소란해지는 일.

붙어 있지 못했을 것이다. 사변 전에도 직장다운 직장을 오래 가져 보지 못했던 것은 오로지 그러한 그의 성격 탓이었다. 그렇다고 장사를 하자니 밑천도 없었거니와 이 또한 고지식한 그에게 될 일이 아니었다. 언젠가는 생각다 못해 노동판에도 섞여 보았다. 그 역시 해 보지 않던 일이라 한몫을 감당할 수도 없었거니와 사무실에서 인부들의 임금을 속여 먹는 줄 알게 되자 대뜸 쫓아 가서 시비 끝에 주먹다짐까지 벌어졌던 것이다. 그러기 최근 일 년 동안은 양심적이고 동지적인 **자본주**를 얻어, 먹고살 수도 있고 동시에 국가 사회에도 **보익할** 수 있는 사업을 스스로 일으켜야 하겠다고 하며 그는 날마다 거리를 휘젓고 다녔다. 그가 말하는 국가 사회에도 비익하며 먹고살 수도 있는 사업이란 한국에 와 있는 외국인 상대의 일용 잡화 및 식료품 상회였다. 그의 친지 가운데 외국인 선교사들과 교섭이 잦은 기독교인이 있었다. 그 친지 말에 의하면, 현재 한국에 와 있는 외국 민간인들의 대부분이 식료품이나 일용품 같은 것을 거의 도쿄나 홍콩에서 주문해다 쓰고 있다는 것이다. 그것은 외국인 자신들에게 있어서도 시간적으로나 경제적으로 상당한 손실일 뿐 아니라 불편하기 이를 데 없는 일이지만 한국 상인의 물품은 그 가격이나 질에 있어서 도무지 신용을 할 수가 없으니 부득이한 일이라는 것이다. 그렇기 때문에 외국인을 상대로 식료품과 일용품을 공급해 줄 만한 양심적인 한국 상점의 출현을 누구보다도 외국인 자신들이 절실히 **요망하고** 있다는 것이다. 친구에게서 그 말을 들은 익준은 단박 얼굴이 벌게 가지고 병원으로 달려와서 이게 얼마나 수치스럽고 손실을 자초하는 일이냐고 탄식했던 것이다. 그런 지 며칠 뒤부터 익준은 자기 자신이 양심적인 **출자자**를 구해서 외국인 상

자본주(資本主)　일정한 기업에 영리를 목적으로 자본을 대는 사람.
보익하다(補益--)　보태고 늘려 도움이 되게 하다.
요망하다(要望--)　어떤 희망이나 기대가 꼭 이루어지기를 간절히 바라다.
출자자(出資者)　자금을 낸 사람.

대의 점포를 자기가 직접 경영해 보겠다고 서둘며 싸돌아 다녔다. 최고 일 할이득을 목표로 철두철미 신용과 친절 **본위**로 외국인을 상대하면 자연 잃어진 한국인의 체면도 회복할 수 있고 그들의 신용과 성원을 얻어 사업도 번창해질 게 아니냐는 것이다. 그 뒤 익준은 양심적인 출자자를 찾아내기 위해 맹렬한 열의로 거리를 헤매기 시작했던 것이다. 그러나 그가 찾고 있는 돈 있고 양심적인 동지는 **상금** 나타나지 않고 있는 것이다. 점심 **요기**조차 못 하고 나서지 않는 출자자를 찾아 거리를 휘젓고 다니다가 저녁때 맥없이 돌아오는 익준은 보기에 딱하도록 지쳐 있었다. 쓰러지듯 대합실 소파에 털썩 주저앉아 버린 그는 비참한 표정으로 세상을 개탄하는 것이다. 친구의 소개로 돈푼이나 있다는 사람을 만나 얘기를 비쳐 보았더니 지금 세상에 일 할 장사를 위해 돈 내놓을 **시러베아들**이 어디 있겠느냐고 영 상대도 않더라는 것이다. 그러면서 한다는 소리가 **양키** 상대라면 한두 번에 팔자를 고칠 구멍을 뚫어야지 제정신 가지고 금리도 안 되는 미친 짓을 누가 하겠느냐고 핀잔을 주더라는 것이다. 그러니 세상 사람이 모두 도둑놈이 아니냐고 외쳤다. 사리사욕을 위해서는 남을 속이거나 망치는 일쯤 당연하다고 생각할 판이니 도대체 이놈의 세상이 끝장에 가서는 어떻게 되겠느냐고 익준은 비분강개를 금하지 못하는 것이었다. 그런 때마다 그는 행정 당국의 무능을 **통매하면서** 'DDT 정책'이란 말을 내세우곤 했다. 디디티를 살포해서 이나 벼룩을 **박멸하듯이** 국내의 해충적 존재에 대해서는 강력한 말살 정책을 써야 한다는 것이다. 이를테면

본위(本位) 판단이나 행동에서 중심이 되는 기준.
상금(尙今) 아직까지. 또는 아직.
요기(療飢) 시장기를 겨우 면할 정도로 조금 먹음.
시러베아들 실없는 사람을 낮잡아 이르는 말. 시러베자식.
양키(Yankee) 미국 사람을 낮잡아 이르는 말.
통매하다(痛罵--) 몹시 꾸짖다.
DDT 유기 염소 화합물의 무색 결정성의 방역용(防疫用)·농업용 살충제.
박멸하다(撲滅--) 모조리 잡아 없애다.

소매치기나 날치기에서부터 **간상 모리배도** 총살, **협잡 사기한도** 총살, 뇌물을 먹고 부정을 묵인해 주는 관리도 총살, 밀수범도 총살, 군용 물자를 훔쳐 내다 팔아먹는 자도 총살, **국고금**을 횡령해 먹는 공무원도 총살, 아무튼 이런 식으로 부정 불법을 자각하면서도 사리사욕에 눈이 멀어서 국가 사회에 **해독**을 끼치는 행위를 자행하는 대부분의 형사범은 모조리 총살해 버려야 한다는 것이다. 그러지 않고는 양민(良民)이 안심하고 살 수 없을 뿐 아니라 나라의 앞날이 위태롭기 짝이 없다는 것이다. 흥분한 어조로 이러한 지론을 내세울 때의 익준의 눈에는 살기에 가까운 노기가 번득거렸다. 그런 때 만일 누가 옆에서 그의 지론을 반박할 말이면 당장 눈앞에 총살형에 해당하는 **범법자**라도 발견한 듯이 격분하는 것이다. 언젠가 어느 경솔한 외국 기자가 한국을 가리켜 도둑의 나라라고 해서 **물의**를 일으켰을 때의 일이다. 대개의 신문이나 명사(名士)들이 그 기사를 쓴 외국 기자를 비난하고 한국의 사회 실정을 엄폐 변명하려는 논조로만 치우쳐 있었다. 당시의 익준은 거의 매일같이 흥분해 있었다. 그 외국 기자야말로 한국의 현실을 날카롭게 **투시하고** 가차 없는 비평을 가해 왔다는 것이다. 잠깐 다녀간 외국 기자의 눈에도 도둑의 나라로 비치리만큼 부패한 우리나라의 현실이 슬프고 부끄러울망정, 바른 소리를 한 외국 기자에게는 잘못이 없다는 것이다. 우리는 덮어놓고 외국 기자를 비난 **공박하기** 전에 먼저 우리 자신을 냉정히 반성하고 다시는 외국인으로부터 그처

간상(奸商) 간사한 방법으로 부당한 이익을 보려는 장사. 또는 그런 장사치.
모리배(謀利輩) 온갖 수단과 방법으로 자신의 이익만을 꾀하는 사람. 또는 그런 무리.
협잡(挾雜) 옳지 아니한 방법으로 남을 속임.
사기한(詐欺漢) 습관적으로 남을 속여 이득을 꾀하는 사람.
국고금(國庫金) 국고에 속하는 현금. 나랏돈.
해독(害毒) 좋고 바른 것을 망치거나 손해를 끼침. 또는 그 손해.
범법자(犯法者) 법을 어긴 사람.
물의(物議) 어떤 사람 또는 단체의 처사에 대하여 많은 사람이 이러쿵저러쿵 논평하는 상태.
투시하다(透視--) 막힌 물체를 환히 꿰뚫어 보다. 또는 대상의 내포된 의미까지 보다.
공박하다(攻駁--) 남의 잘못을 몹시 따지고 공격하다.

럼 치욕적인 말을 듣지 않도록 전 국민이 깊은 각성과 새로운 노력을 가져야 할 일이 아니냐. 결국 도둑놈 소리가 듣기 싫거든 도둑질을 하지 않으면 될 게 아니냐는 것이다. 그래서 만기는 몇 마디 반대 의견을 말해 본 일이 있었다. 어쨌든 그 외국 기자가 한국에 대해서 호감을 갖고 보지 않았다는 것만은 사실인 이상 국교상의 우호 관계로 보아서도 경솔한 태도였다는 비난을 면할 수는 없었다는 점과, 어느 나라치고 도둑이 없는 나라란 있을 수 없을 터인데 정도가 좀 심하다고 해서 왜 그렇게 되지 않을 수 없었는가 하는 객관적인 원인과 이유를 밝히는 일이 없이 일언지하에 대뜸 도둑의 나라라고 단정해 버린다는 것은 너무나 **피상적** 관찰에만 치우친 편견이 아닐 수 없다는 점을 들어서 만기는 은근히 익준의 소견을 반박해 보았던 것이다. 그랬더니 익준은 대번에 안색이 달라져 가지고 만기에게 대들 듯이 덤비었다.

"아니, 도둑놈에게 도대체 변명이 무슨 변명야? 그래 자넨 아직두 한국 놈이 도둑놈이 아니라구 우길 수 있단 말야? 이 지구상에 우리나라처럼 도둑이 들끓구 판을 치는 나라가 또 있단 말인가? 이거 봐, 만기. 덮어놓구 자기 나라를 **두둔하구** 치켜올리는 게 애국자 애국심은 아닌 거야. 말을 좀 똑바루 하란 말야. 그래 아무리 조심을 해두 전차나 버스를 한 번 탔다 내리기만 하면 돈지갑이나 시계 만년필 따위가 감쪽같이 사라져 버리는데 이래두 한국이 도둑의 나라가 아니란 말인가? **백주**에 대로상을 걸어가노라면 바람도 안 부는데 모자가 행방불명이 되기 일쑤구, 또 어떤 놈이 불쑥 나타나 골목으루 끌구 들어가서는 무조건 뚜들겨 팬 다음 양복을 벗겨 가지구 달아나는 판이니, 아 이래두 한국은 도둑의 나라가 아니구 **알량한** 동방

피상적(皮相的) 본질적인 현상은 추구하지 아니하고 겉으로 드러나 보이는 현상에만 관계하는. 또는 그런 것.
두둔하다(斗頓--) 편들어 감싸 주거나 역성을 들어 주다.
백주(白晝) 환히 밝은 낮. 대낮.
알량하다 시시하고 보잘것없다.

예의지국이군그래. 시장 바닥은 물론 심지어는 일국의 수도 한복판에 있는 소위 일류 백화점이란 델 들어가 물건을 사두 가격을 속이구 품질을 속이구 중량을 속여 먹기가 **여반장**이니, 아 이래두 한국은 의젓한 신사국이란 말인가. 아무리 **아전인수**라두 분수가 있지, 열 놈이면 아홉 놈까진 도둑놈이라 눈뜬 채 코 베어 먹힐 세상인데 그래두 자넨 한국이 도둑의 나라가 아니라구 **뻔뻔스레** 잡아뗄 셈인가. 그야 물론 핑계 없는 무덤이 없다구, 자네 말대루 도둑질하는 놈에게두 이유야 있을 테지. 이를테면 사흘 굶어 도둑질 않는 사람 있느냐는 식으루 말일세. 그렇지만 남은 사흘은 고사하구 닷새 엿새를 굶어두 도둑질 않구 배기는데 한국 놈은 어째서 단 한 끼만 굶어두 서슴지 않구 도둑질을 하느냐 말야. 아니 한 끼를 굶기는커녕 하루에 네 끼 다섯 끼 **배지**가 터지도록 처먹구두 한국 놈은 왜 도둑질을 하느냐 말야. 이러니 죽일 놈들 아냐. **복통**을 할 노릇이 아니냐 말야!"

익준은 흡사 미친 사람 모양 입에 거품을 물고 핏발 선 눈알을 뒹굴렸던 것이다.

어느 날 퇴근 시간이 임박해서다. 미스 홍이 조용히 의논할 일이 있노라고 했다. 그동안 석 달치나 밀린 급료 얘기가 아닌가 싶어 만기는 새삼스레 **가책**을 느꼈다. 홍인숙은 만기에게 있어서는 소중한 사업의 보조자였다. 치의전(齒醫專)을 나온 이래 십여 년간의 의사 생활을 통해서 수많은 간호원을 부려 보았지만 인숙이만큼 만족하게 의사를 돕는 솜씨도 드물었다. 가려운 데 손이 가듯이 빈구석 없이 만기를 받들어 주었다. 눈치가 **빠르고** 재질도 풍부해

여반장(如反掌) 손바닥을 뒤집는 것 같다는 뜻으로, 일이 매우 쉬움을 이르는 말.
아전인수(我田引水) 자기 논에 물 대기라는 뜻으로, 자기에게만 이롭게 되도록 생각하거나 행동함을 이르는 말.
배지 '배'를 속되게 이르는 말.
복통(腹痛) 몹시 원통하고 답답하게 여김. 또는 그런 마음.
가책(呵責) 자기나 남의 잘못에 대하여 꾸짖어 책망함.

서 간호원으로서의 지식이나 기술뿐 아니라 웬만한 의사 못지않게 능숙한 수완을 발휘해 주었다. 중태가 아닌 진찰이나 치료 정도는 만기가 없어도 충분히 **대진**의 역할을 감당할 수 있었다. 그만큼 인숙은 자기 직무 이상의 일에까지도 열성을 기울여 묵묵히 만기를 도와 왔다. 한 말로 말해서 인숙은 이처럼 시설이 빈약한 변두리의 개인 병원에는 분에 넘칠 만큼 더할 나위 없이 유능하고 성실한 간호원이었다. 인격적인 면에서 볼 때에도 얌전하고 귀엽게 생긴 얼굴이어서 환자에게 호감을 주었다. 그러한 인숙에게 스스로 만족할 정도의 충분한 물질적 대우를 해 주지 못하는 것이 만기에게는 늘 미안한 일이었다. 그러나 인숙은 삼 년 이상이나 같이 있는 동안 단 한 번도 불만이나 불평을 말해 본 일이 없었다. 도리어 인숙은 자기 집의 생활이 자기의 수입을 필요로 하리만큼 **군색한** 형편이 아니라면서 미안해하는 만기를 위로하듯 했다. 그만치 이해하고 봉사해 주는 인숙에게 최근 삼 개월 분의 급료를 지불치 못하고 있었던 것이다. 그래서 가뜩이나 미안하던 판이라 만기는 저녁 식사라도 같이하면서 얘기할까 했으나 인숙은 굳이 마다고 했다.

"정 그러시문 차나 한 잔 사 주세요."

병원을 잠그고 나서 그들은 밖으로 나갔다. 물론 대합실 소파에 지키고 앉아 있던 봉우도 따라나섰다. 그들은 가까운 다방으로 갔다. 역시 봉우도 잠자코 따라 들어왔다. 인숙은 퍽 난처한 기색으로 걸음을 멈추고 만기를 쳐다보았다. 만기는 이내 눈치를 채고 봉우를 돌아보며,

"미안하네, 봉우. 병원 일로 둘이서 조용히 의논할 일이 있어 그러는데……."

사양해 달라는 뜻을 표했더니,

"그럼 문밖에서 기다릴까?"

대진(代診) 의사를 대신하여 진찰함. 또는 그런 사람.
군색하다(窘塞--) 필요한 것이 없거나 모자라서 딱하고 옹색하다.

봉우는 도리어 어린애같이 솔직한 태도로 반문했다. 만기도 딱해서,

"무슨 딴 볼일이라두 없는가?"

그랬지만,

"딴 볼일은 없어. 그럼 문밖에서 기다리지!"

돌아서 나가려는 것을,

"그래서야 되겠나. 그러면 저쪽 빈자리에서 기다려 주게나."

도리어 만기 쪽이 민망하기 이를 데 없었다. 봉우와는 멀찍이 떨어진 위치에 자리 잡고 앉아서 만기는 차를 시켜 놓고 인숙의 이야기를 들었다. 급료 독촉이 아니었다. 거북한 듯이 인숙이가 꺼내 놓는 이야기는 봉우에 관한 문제였다. 봉우는 거의 하루도 거르는 날이 없이 인숙을 따라다닌다는 것이다. 퇴근하고 돌아가는 인숙을 같은 전차를 타고 집 앞까지 따라와서는 인숙이가 자기 집 대문 안으로 사라지는 걸 보고 나서야 봉우는 처량한 얼굴로 발길을 돌이킨다는 것이다. 그런 말은 전에도 잠깐 귀에 담은 일이 있었지만 어쩌다가 봉우 자신 그 방면에 볼일이 있으니까 그러려니 생각하고 있었다. 그런데 얘길 자세히 듣고 보니 딴 용건이 있어서가 아니라 인숙을 따라다니는 행동 그 자체가 엄연한 목적이라는 것이다. 날마다 병원 대합실에 나와서 낮잠을 자듯이, 저녁때마다 봉우가 자진해서 인숙을 집에까지 바래다 주는 것은 하나의 일과로 되어 있다는 것이다. 인숙이 자신 처음 얼마 동안은 봉우의 엉뚱한 행동에 그리 신경을 쓰지 않았지만 요즘 와서는 미칠 것만 같다는 것이다. 무엇보다도 남의 이목(耳目)이 두렵다는 것이다. 그렇지 않아도 벌써 동네에서는 별별 소문이 다 떠돌고 집안 어른들에게도 잔소리를 듣게 되었다는 것이다. 인숙은 더러 그러한 봉우를 피하기 위해서 곧장 집으로 돌아가지 않고 일부러 딴 방향으로 돌아가 보기도 했지만, 봉우는 역시 어린애처럼 떨어지지 않고 줄줄 따라다닌다는 것이다. 그렇다고 지긋지긋 귀찮게 실없는 수작을 거는 것은 아니다. 고작 꿈을 꾸듯 황홀한 눈을 인숙의 전신에 몰래 퍼

부을 뿐이다. 처음엔 그러한 봉우가 그저 우습기만 했다. 그 뒤에는 징그러웠다. 요즘 와서는 무서워졌다는 것이다.

"저를 바라볼 때의 천 선생님의 그 이상히 빛나는 눈이 꼭 저를 어떻게 할 것만 같아요. 소름이 돋아요!"

그래서 인숙은 밖에도 잘 못 나온다는 것이다. 꿈에서까지 그런 봉우의 눈과 마주쳤다가 소스라쳐 깬다는 것이다. 병원이 휴업을 하는 일요일 아침이면 봉우는 직접 인숙이네 집 대문 앞에 와서 우두커니 지키고 섰다는 것이다. 하도 기가 차서 인숙이가 홧김에 쫓아 나가,

"천 선생님, 왜 또 여기 와 서 계셔요?"

따지듯 하면,

"오늘은 병원이 노는 걸 어떡해요?"

그러니까 이리로밖에 찾아올 데가 없지 않느냐는 듯이, 무엇을 호소하듯 한 눈으로 인숙을 내려다본다는 것이다.

"이웃이 챙피해요. 집 식구들두 시끄럽구요. 얼른 돌아가 주세요, 네!"

사정하듯 하면 봉우는 갑자기 풀이 죽어서 천천히 골목을 걸어 나간다는 것이다. 그렇지만 얼마 있다 밖을 또 내다보면 봉우는 어느새 대문 앞에 도로 와서 척 지키고 서 있다는 것이다. 이래서 인숙은 자나 깨나 신경이 쓰여 흡사 미칠 것만 같다는 것이다.

"어떡허면 좋겠어요, 선생님."

말을 마치고 만기를 쳐다보는 인숙의 귀여운 얼굴이 아닌 게 아니라 이제 보니 핼끔하게 좀 **파리해** 있었다.

"천 선생은 가정적으루나 사회적으루나 퍽 불행한 사람이오."

만기는 호젓한 말씨로 그렇게 대신 변명하듯 했다.

파리하다 몸이 마르고 낯빛이나 살색이 핏기가 전혀 없다.

"저두 대강은 짐작하구 있어요."

"또한 본래 바탕이 너무나 선량한 사람이오. 중학 때부터 남에게 이용이나 당하구 피해나 입었지, 전연 남을 해칠 줄은 모르는 사람이었소. 그러니까 미스 홍두 천 선생에게 악의나 증오감을 품구 대하진 말아요."

"저두 알아요. 그러니까 여태 참구 지내다 못해 선생님께 의논하는 게 아니에요."

"천 선생은 분명히 미스 홍을 사랑하구 있나 보오. 그러나 사랑을 노골적으루 고백할 수 있으리만큼 천 선생은 **당돌하지** 못한 사람이오. 그만치 인간의 자격에 자신을 잃구 있는 분이지. 그러면서두 미스 홍을 떠나서는 못 살겠는 모양이오. 잠시두 미스 홍을 안 보구는 못 배기겠는 모양이란 말요. 그렇다구 일방적인 천 선생의 애정에 대해서 미스 홍이 책임을 질 필요는 없을 테지. 다만 질적으로나 양적으로나 피차 더 큰 괴로움을 가져올 방향으로 이 문제를 해결해서는 안 된다는 것뿐요. 물론 미스 홍의 불쾌하구 불안하구 난처한 처지는 알 수 있소만 조금 더 참구 지내요. 적당한 기회에 내가 천 선생하구 조용히 얘길 해 볼 테니. 그렇다구 이런 문제를 제삼자인 내가 아무 때나 불쑥 들구 나설 수두 없으니까 좀 기다리란 말요. 그동안에 자연스럽게 얘기할 기회를 만들어 볼 테니까."

인숙은 붉어진 얼굴을 숙이고 가만히 듣고만 있었다. 얘기를 마치고 나서 만기는 인숙이더러 먼저 돌아가라고 했다. 인숙이가 문밖으로 사라진 뒤에야 만기도 일어나 봉우 자리로 가려니까 봉우는 그제야 눈이 휘둥그레서 벌떡 일어서더니 만기를 밀치듯이 하고 **황황히** 밖으로 쫓아나가 버렸다. 만기도 할 수 없이 얼른 셈을 치르고 따라나가 보았다. 전차 정류장 쪽을 향해 저

당돌하다(唐突--)　꺼리거나 어려워하는 마음이 조금도 없이 올차고 다부지다.
황황히(遑遑-)　갈팡질팡 어쩔 줄 모를 정도로 급하게.

만치 걸어가고 있는 인숙의 뒤를 봉우는 부리나게 쫓아가고 있었다. 그 광경이 흡사 엄마를 놓칠세라 질겁을 해서 발버둥치며 쫓아가는 어린애 모양과 비슷했다. 그 꼴을 묵묵히 바라보고 서 있던 만기는 저도 모르게 가만한 한숨을 토했다. 계산이 닿지 않는 애정에 저렇게 열중해야 하는 봉우가—그리고 저러지 않고는 못 배기는 인간이 딱했기 때문이다. 동시에 만기 자신을 중심으로 자꾸만 얼크러지는 애정과 애욕의 미묘한 혼란이 숨 가쁜 까닭이기도 했다. 물론 봉우 처의 **저돌적**인 육박도 골치 아픈 일이기는 했지만, 그보다도 오히려 처제인 은주의 문제가 만기의 마음을 더 어지럽게 하였다.

은주는 어머니를 모시고 밑으로 어린 두 동생을 거느리고 어느 관청에 사무원으로 나가고 있었다. 6·25 동란 이후 삼사 년간은 전적으로 만기에게 얹혀 지냈다. 그러니까 만기는 처가네 식구까지 열네 명이나 되는 대가족을 거느리고 있었던 것이다. 친동생들을 학교에 보내면서 처제들이라고 모르는 체할 수는 없었다. 은주와 그 두 동생까지 모두 여섯 명이나 중학교, 고등학교, 대학교에 집어넣었다. 그들의 학비와 열네 식구의 생활비를 위해서 만기는 문자 그대로 **고혈**을 짜 바쳤다. 물론 동생들은 고학을 한답시고 각자 능력껏 활동들을 해서 잡비 정도는 저희들이 벌어 썼지만 그렇다고 만기의 짐이 덜릴 수는 없었다. 만기는 자연 나날이 쪼들리지 않을 수 없었다. 얼마 안 되는 병원 수입만으로는 어림도 없었다. 참다 참다 급하게 되면 어쩔 수 없이 여기저기서 돈을 돌려다 썼다. 부모가 남겨 준 유일한 재산이었던 집 한 채마저 팔아 버리고 **유축**에 전셋집을 얻어 갔다. 이러한 곤경 속에서도 만기는 가족들 앞에서 결코 짜증을 내거나 불평을 말하는 일이 없었다. 얼굴 한 번 찡그

저돌적(猪突的) 앞뒤를 생각하지 않고 내닫거나 덤비는 것.
고혈(膏血) 사람의 기름과 피. 몹시 고생하여 얻은 이익이나 재산을 비유적으로 이르는 말.
유축 외따로 떨어져 구석진 곳.

려 본 일이 없었다. 아무와도 나눌 수 없는 고민이란 영혼까지도 **고갈하게** 만드는 법이다. 만기는 자기에게 지워진 고통을 혼자서만 이를 **사려물고** 이겨 나갔다. 하도 고민이 심할 때는 입맛을 잃고 잠도 제대로 이루지 못했다. 그러한 만기의 심중을 아내만은 알았다. 밤새껏 엎치락뒤치락하며 남편이 잠을 못 드는 밤이면 아내는 말없이 만기를 끌어안고 소리를 죽여 가며 흐느껴 울었다. 그런 때 만기는 도리어 아내의 등을 어루만지며 위로해 주는 것이었다.

"《장 크리스토프》라는 롤랑의 소설 가운데 이런 말이 있다우. '사람이란 행복하기 위해서 살고 있는 것은 아니다. 자기의 정해진 길을 가기 위해서 살고 있는 것이다.' 여보, 나를 위해서 진심으로 울어 줄 아내가 있는 이상 나는 결코 꺾이지 않을 테요. 그러니까 나 위해 과히 걱정 말구 어서 울음을 그쳐요. 자 어서, 이게 뭐야 **언내**처럼."

만기가 그러고 달래듯이 눈물을 닦아 주려면 아내는 참아 오던 울음소리를 탁 터뜨리고 발버둥치며 더욱 섧게 우는 것이다. 아내는 세상의 어떤 아내보다도 만기를 깊이 이해하고 존경하고 사랑하고 동정하고 있었다.

그러나 그 밖에 또 한 여인이 만기 아내에게 못지않게 만기를 존경하고 사랑하고 동정하며 한 지붕 밑에 살고 있었다. 그는 물론 처제인 은주였다. 은주는 소녀다운 깊은 감동으로 형부를 우러러보고 사모했다. 귀공자다운 풍모, 알맞은 체격, 넓고 깊은 교양, 굳은 의지와 확고한 신념, 강한 의리감과 풍부한 인정미, 어떤 점으로 보나 형부 같은 남성은 세상에 다시 없을 것 같았다. 그러한 형부가 보잘것없는 가족들을 위해서 노예처럼 희생당하고 있다. 형부를 위해서는 이따위 가족들이 다 없어져도 좋지 않을까. 아니, 형부를 둘

고갈하다(枯渴--) 느낌이나 생각 따위가 다 없어지다.
사려물다 사리물다(힘주어 이를 꼭 물다).
《장 크리스토프(Jean Christophe)》 프랑스의 작가 로맹 롤랑(Romain Rolland, 1866~1944)이 지은 장편 소설. 천재 음악가 장 크리스토프의 생애를 통해, 인간 완성을 목표로 하는 청년의 자기 형성 과정을 그린 일종의 교양 소설이다.
언내 '어린애'의 방언.

러싸고 있는 너절한 인간들이 온통 사라져 버려도 좋지 않을까. 불공평한 현실 속에서 가족을 위해 죄인처럼 고민하는 형부를 생각할 때 은주는 속으로 혼자 울며 그렇게 중얼거려 보기도 했다. 은주는 그처럼 형부를 위해 마음이 아팠다. 자연스럽게 형부를 사랑했다. 사랑하지 않고서는 견딜 수 없는 심정이었다. 은주는 형부를 위해서라면, 사랑을 위해서라면, 언제든지 서슴지 않고 웃으며 죽을 수 있을 것 같았다. 은주는 오랫동안 여러 가지로 혼자 궁리한 끝에 대학교 일 학년을 마치는 길로 자진해서 학업을 중단하고 취직해 버렸다. 그러고는 어머니와 동생들을 데리고 셋방을 얻어 나가 자립 생활을 시작했다. 조금이라도 사랑하는 형부의 짐을 덜어 주고 싶어서였다. 이사해 나가는 날 마지막으로 식사를 같이하고 나서 은주는 가족들이 있는 앞에서 언니에게 대담하게 이런 말을 했다.

"언니, 나 형부를 사랑해두 좋아?"

다들 웃었다. 물론 농담인 줄 알았기 때문이다. 그러나 만기와 그의 아내만은 겉으로는 웃었지만 속으로는 웃지 못했다. 은주의 말이 결코 농담에 그치는 것이 아님을 짐작할 수 있었던 탓이다. 작년부터는 가족들 사이에 자주 은주의 결혼 문제가 화제에 올랐다. 장모가 들를 적마다 사위와 딸 앞에서 은주의 나이 걱정을 해서다. 하기는 아버지 없는 은주에게 대해서 언니나 형부 노릇뿐 아니라 아버지와 어머니 노릇까지도 대신해야 할 그들의 처지로서는 은주의 결혼 문제에 무심할 수는 없었다. 만기 **부처**는 기회 있는 대로 은주의 **배필**을 물색해 보았다. 그러다가 적당한 상대가 나서면 사진을 구해 두었다가 은주가 들를 때 내보이곤 했다. 그러나 은주는 그때마다 사진 같은 건 거들떠보지도 않고,

---

부처(夫妻) 남편과 아내를 아울러 이르는 말.
배필(配匹) 부부로서의 짝.

"미안합니다. 누가 시집간댔어요!"

그러고는 장난꾸러기같이 어깨를 으쓱하며 쿡쿡 웃었다.

"애두, 그럼 평생 처녀루 늙을래."

언니가 가볍게 눈을 흘기면,

"형부만 한 신랑감을 골라 주신다면……."

또 아까와 같이 어깨를 으쓱하며 웃었다.

"나보다 몇 갑절 나은 청년이야. 우선 사진이나 구경해."

만기가 남자 사진을 눈앞에 들이대도,

"사랑하는 사람을 두구 시집을 가란 말씀예요!"

정색하고 은주는 사진을 받아 던졌다.

"그렇지만 딱하지 않니? 형부를 이제 와서 둘이 섬길 수두 없구……. 그럼 차라리 내가 형부를 양보할까!"

만기 처가 농담 아닌 농담을 건네고 미묘하게 웃었다.

"언니, 건 안 될 말씀. 난 언니두 사랑하는걸요!"

그러고는 살며시 다가앉으며 서양 사람이 그렇듯 언니 볼에 가볍게 입을 맞추었다.

"여보, 세상에 나 같은 행운아가 어딨겠소. 선녀처럼 예쁘구 어진 당신과 비너스같이 황홀한 우리 은주 아가씨의 사랑을 독차지하게 됐으니 말이오!"

은주의 태도를 어디까지나 장난으로 구슬려 버리려는 만기의 의도를 은주는 묵살해 버리듯,

"언니, 나 꼭 한 번만 형부하구 키스해두 괜찮우?"

어리광 피우듯 해서,

"여보, 이 애 소원을 풀어 주시구려!"

언니가 어색한 웃음을 지으며 만기를 쳐다보았더니 은주는,

"가짓말, 언니 가짓말!"

언니를 나무라듯 몸부림치고 두 손으로 얼굴을 가리고 언니 무릎 위에 폭 엎드려 버리고 말았다. 얼마 뒤에 고개를 드는 은주의 두 눈이 의외에도 젖어 있었다. 신뢰에 찬 미소로 시선을 교환하는 만기 부처의 얼굴에는 똑같이 복잡하고 난처한 기색이 떠오르고 있었다. 그러면서도 다행한 것은 만기와 단둘이 만났을 때는 은주는 추호도 **연정**을 표시하는 일이 없었다. 어디까지나 처제의 위치에서 형부를 대하는 담담한 태도였다. 은주가 만기에 대한 걷잡을 수 없는 사랑을 언동으로 표시하는 것은 반드시 언니가 동석한 자리에서만이었다. 그만큼 은주는 깨끗한 아이였다. 만기 처 역시 그랬다. 형부에 대한 은주의 사랑을 **시인하지** 않을 수 없으면서도 남편과 동생의 사이를 의심하지는 않았다. 그만치 남편과 동생을 믿고 있는 것이다. 이렇듯 알뜰한 아내와 은주 사이에 끼어서 만기는 참말 난처하지 않을 수 없었다. 결혼하기를 주위에서들 아무리 달래고 권해도 은주는 영 듣지 않았다. 한평생 만기만을 생각하고 사랑하며 깨끗이 혼자 늙겠다는 것이다. 그것이 일시적인 단순한 흥분에서가 아니라 필사적인 각오로 은주 스스로가 택하는 자기 인생의 엄숙한 선언이었다. 그러니만치 주위 사람들도 다 함께 괴로웠고 당자(當者)인 만기는 더할 수밖에 없었다. 거기에 봉우 처마저 노골적인 추태로써 만나기를 위협해 왔고, 봉우와 미스 홍의 어쩔 수 없는 문제, 외면해 버릴 수 없는 익준의 암담한 가정 내막(內幕), 나날이 더 심해 가는 경제적인 고통, 이런 복잡한 관계들이 뒤얽히어 만기의 마음속을 더욱 어둡고 무겁게만 해 주었다. 그러나 만기는 역시 외면의 잔잔함만은 잃지 않았다. 한결같이 부드럽고 품 있는 미소로써 누구에게나 친절히 대하기를 잊지 않는 것이다.

가짓말 사실이 아닌 것을 사실인 것처럼 꾸며 말을 함. 또는 그런 말.
연정(戀情) 이성을 그리워하고 사모하는 마음.
시인하다(是認——) 어떤 내용이나 사실이 옳거나 그러하다고 인정하다.

삼십이 좀 넘어 보이는 낯선 남자가 봉우 처의 편지를 가지고 병원을 찾아왔다. 만기는 남자에게 의자를 권하고 편지를 펴 보았다. 비교적 **달필**로 남자 글씨처럼 시원스레 내리갈긴 편지의 내용은 이러했다.

일전에는 실례했나 봐요. 저를 천한 계집이라고 아마 비웃었을 것입니다. 그건 아무래도 좋아요. 지극히 인격이 고상하신 **도학자** 님의 옹졸한 취미를 저는 구태여 방해하고 싶지는 않으니까요. 한편 저 같은 계집에게도 선생님같이 점잖은 분을 비웃을 권리나 자격이 어쩌문 아주 없지도 않을 거예요. 삶을 대담하게 엔조이(enjoy)할 줄 아는 현대인 가운데 먼지 낀 **샘플**처럼 거의 **폐물**에 가까운 **도금한** 인간이, 자기만족에 도취하고 있는 우스꽝스런 꼴을 아시겠습니까? 선생님 자신이 바로 그러한 인간의 표본이야요. 선생님에게 또 비웃음받을 이따위 수작은 작작하고 그러면 용건을 말씀 드리겠습니다.

다름 아니라 그날도 말씀 드린 바와 같이 병원 시설을 작자가 나섰을 때 팔아 치울 생각입니다. 이 편지를 갖고 간 분에게 기구 일습을 잘 구경시켜 드리기 바랍니다. 매매 계약은 대개 오늘 안으로 성립될 것이오며 계약 성립 즉시로 통지해 드리겠사오니 그때는 일주일 이내에 병원과 시설 일체를 내어 주시기 바랍니다.

저는 선생님이 원하신다면 새로이 현대적 시설을 갖추어 드리고 싶었고 현재도 그러한 제 심정에는 변함이 없습니다. 그러나 솔직한 제 호의를 침 뱉어 버리는 선생님의 인격 앞에 저는 하릴없이 물러서는 수밖에 없나 봅니다.

달필(達筆) 능숙하게 잘 쓰는 글씨. 또는 그런 글씨를 쓰는 사람.
도학자(道學者) 유교 도덕에 관한 학문을 연구하는 학자.
샘플(sample) 전체 물건의 품질이나 상태 따위를 알아볼 수 있도록 그 일부를 뽑아 놓거나, 미리 선보이는 물건.
폐물(廢物) 못 쓰게 된 물건. 아무 쓸모 없이 되어 버린 사람을 비유적으로 이르는 말.
도금하다(鍍金——) 금속이나 비금속의 겉에 금이나 은 따위의 금속을 얇게 입히는 일.

그러한 본문 끝에 **"추백"**이라고 하고 "만일 제게 용건이 계시면 다음 번호로 언제든지 전화를 걸어 주시기 바랍니다."에 이어서 전화번호가 잔글씨로 적혀 있었다. 편지를 읽고 난 만기는 언제나 다름없이 침착한 태도로 알맹이를 도로 접어서 봉투 안에 집어넣었다. 그의 손끝이 가늘게 떨렸다. 인숙이만이 재빨리 그것을 눈치챌 수 있었다. 만기는 편지를 서랍 속에 간직하고 나서 그 편지를 갖고 온 남자에게 친절한 태도로 시설을 보여 주었다. 남자는 의료 기구상을 하고 있다고 하면서도 기계에 대한 내용을 잘 모르는 것 같았다. 그 남자가 돌아간 뒤 만기는 자기 자리에 앉아서 담배를 피워 물었다. 몹시 피로해 보였다. 얼굴색도 알아보게 창백해져 있었다. 인숙이가 조심히 다가와서,

"이제 그분 뭐 하러 왔어요?"

걱정스레 물었다.

"시설을 보러 왔소."

"건 왜요?"

"어찌 되면 이 병원의 시설이 그 사람에게 팔릴지두 모르겠소."

그 말에 놀란 것은 간호원뿐이 아니었다. 대합실 소파의 구석자리에 앉아서 반은 자고 반은 깨어 있던 봉우가 별안간 눈을 휘둥그렇게 뜨고 만기를 건너다보았다.

"정말인가?"

"그런가 보이!"

"그럼 이 병원은 아주 문을 닫아 버린단 말인가?"

"그렇게 되기 쉬울 거야!"

봉우는 어처구니없다는 듯이 입을 벌린 채 잠시 만기를 멍하니 바라보고 있었다.

추백(追白) 추신. 편지의 끝에 더 쓰고 싶은 것이 있을 때에 그 앞에 쓰는 말.

"그럼 대체 자네나 미스 홍은 어떻게 되는 건가?"

"글쎄, 아직 막연하지!"

봉우는 거의 절망적인 눈으로 만기와 인숙을 번갈아 보았다.

"천 선생님, 이 병원을 팔지 말구 이대루 두라구 사모님께 잘 좀 부탁을 하세요, 네!"

인숙은 심각한 표정으로 애원하듯 했다.

"내가? 내가 부탁헌다구 들어줄까요?"

"선생님 사모님이신데 아무렴 선생님이 간곡히 부탁하면 안 들으실라구요."

"그럼 뭐라구 하문 될까요?"

"어마, 그걸 제가 어떻게 알아요. 선생님이 잘 생각해서 말씀하셔야죠."

봉우는 더 대답을 못하고 고개를 숙여 버리고 말았다. 그에게는 아내를 움직이는 일은 하늘을 움직이는 일만큼 불가능한 일이었던 것이다. 그러나 아내를 움직이지 못한다면 그는 유일한 휴식처요 보금자리인 이 대합실 소파를 빼앗겨 버리고 말 것이다. 그뿐이 아니다. 마음의 빛이요 보람인 미스 홍을 놓쳐 버리고 말 것이 아닌가! 봉우는 그만 처참할 정도로 푹 기가 죽어 버리고 말았다.

몇 시간 뒤의 일이었다. 마침 환자가 있어서 치료해 보내고 만기가 자기 자리로 돌아와 환자 카드를 정리하려는데 **허줄한** 소년이 대합실 문 앞에서 기웃거리며 안을 살피고 있었다. 전번에 왔던 익준의 아들이었다.

"너 웬일이냐?"

만기는 직감적으로 어떤 불길한 예감에 쏠리며 물었다. 소년은 먼젓번처럼 가만히 문을 밀고 대합실 안에 들어섰다. 소년의 얼굴에는 눈물자국이 있었다. 소년은 병원 안을 한 바퀴 둘러보고 나서 만기를 보았다.

허줄하다 차림새가 보잘것없고 초라하다.

"울 아버지 안 오셨어요?"

"안 오셨다. 이삼일 전부터 통 보이질 않는구나."

소년은 한 발에만 고무신을 신고 왜 그런지 한쪽은 벗어서 손에 들고 있었다.

"아버지, 집에두 안 돌아오셔요."

"그래? 언제부터?"

만기는 이상해서 다그쳐 물었다.

"어저께두 그 전날두 안 돌아오셨어요."

"웬일일까!"

정말 알 수 없는 일이었다. 소년은 무슨 말을 할 듯 할 듯하다 말고 그대로 돌아서 나가려고 했다. 만기는 얼른 소년을 도로 붙들어 세운 다음,

"어머닌 좀 어떠시냐?"

묻고서 그 대답이 무서웠다.

"죽었어요!"

소년은 수치스러운 일처럼 고개를 숙이고 가만한 소리로 대답했다. 예측했던 일이지만 만기는 가슴이 섬뜩했다. 언제 돌아가셨느냐니까,

"좀 아까예요!"

소년은 그러고 외면을 했다. 더 자세히 얘기를 듣고 보니 소년의 모친은 약 두 시간 전에 눈을 감은 모양이었다. 집에는 두 동생과 주인집 할머니만이 시체를 지키고 있다는 것이다. 외할머니도 아침에 생선 장사를 나간 채 아직 돌아오지 않았다고 한다. 만기는 소년의 한쪽 손을 꼭 쥐어 주며,

"대체 아버지는 어딜 가셨을까?"

다정하게 물었다.

"모르겠어요!"

소년은 슬그머니 손을 빼고 돌아서 나가려고 했다.

"가만 있거라. 나랑 같이 가자."

만기는 흰 가운을 벗고 양복저고리를 바꾸어 입었다. 그리고 오늘 들어온 돈을 죄다 긁어서 주머니에 넣었다.

"여보게 봉우, 자네두 같이 가지."

"뭐? 나두?"

봉우는 자다 깬 사람처럼 얼떨결에 놀라 묻고 좀 머뭇거리다가 엉거주춤 따라 일어섰다. 간호원에게 뒷일을 부탁하고 만기가 앞장서 막 병원을 나서려는 참인데 이십 살쯤 되었을 어떤 청년이 들어섰다. 청년은 원장 선생님을 찾더니 만기에게 한 장의 쪽지를 전하였다. 봉우 처에게서 온 통지였다.

　　병원 시설은 매매 계약이 성립되었습니다. 앞으로 일주일 이내에 병원을 비워 주시기 바랍니다.

그리고 이번에도 언제든 용건이 있으면 서슴지 말고 연락을 해 달라고 하고 전화번호가 적혀 있었다. 만기는 말없이 쪽지를 편 대로 간호원에게 넘겨주고 밖으로 나왔다.

익준의 아들은 밖에 나와서도 한쪽 고무신을 손에 든 채 그쪽은 맨발로 걷고 있었다. 남 보기에도 덜 좋으니 그러지 말고 한쪽 고무신마저 신으라고 권해도,

"발에 땀이 나서 그래요."

소년은 **점직한** 듯이 그러고 한쪽 손에 든 고무신을 뒤로 슬며시 감추었다. 그러나 만기는 그제야 눈치를 채고 소년이 들고 있는 고무신을 걸으면서 유심히 보았다. 그것은 닳아서 뒤꿈치가 터지고 코뚜리가 쭉 찢어져서 도무지

점직하다 부끄럽고 미안하다.

발에 걸리지 않게 되어 있었다. 만기는 가슴이 찌르르했다. 전차를 타기 전에 그는 소년에게 고무신부터 한 켤레 사 주고 싶었다. 그러나 그 근처에는 고무신 가게가 눈에 뜨이지 않았고 때마침 전차가 눈앞에 와 멎어서 그대로 이내 차에 오르고 말았다.

소년의 가족이 들어 있는 집은 지붕을 기름종이로 덮은 **토담집**이었다. 소년의 어린 두 동생이 거지 아이 꼴을 하고 문턱에 기운 없이 걸터앉아 있었다. 역한 냄새가 울컥 코를 찌르는 침침한 방 안에는 옆방에 산다는 주인 노파가 역시 이웃 아낙네와 마주 앉아 시체를 지키고 있었다. 방바닥에 착 달라붙은 듯한 시체 위에는 낡은 담요 조각이 덮여 있었다. 우선 집주인 노파에게 인사를 하고 나서 만기는 할 일을 생각했다. 주인이 없더라도 사망 진단서와 사망 신고 등의 절차는 밟아 두어야 했다. 요행 반장의 협력을 얻어서 그런 일들은 무난히 끝낼 수가 있었다. 아이들의 외할머니는 저녁때가 되어서야 비린내 나는 광주리를 이고 돌아왔다. 딸이 죽은 것을 알고도 그리 슬퍼하지도 않았다. 그저 노파의 전신에는 보기에 딱하리만큼 심한 피로가 배어 있었다. 노파의 말에 의하면 익준은 이삼일 전에 인천 방면의 어느 공사판을 찾아갔다는 것이다. 환자에게 주사 몇 대라도 맞혀 주면 한이나 풀릴 것 같아서 벌이를 떠났다는 것이다. 부득이 만기가 주동이 되어서 장례식 일을 맡아보아 주는 수밖에 없었다. 첫째 비용이 문제였다. 만기는 자기 호주머니를 톡톡 털어서 당장 사소한 비용을 썼다. 봉우는 그저 시무룩하니 앉아서 만기 눈치만 살피다가 어디를 나가면 그림자처럼 따라다닐 뿐이었다. 상가에서 밤을 새우고 나서 만기는 이튿날 아침 잠깐 병원에 들러 보았다. 물론 봉우도 함께 와서 대합실 구석 자리에 앉아 있었다. 만기도 나른히 지쳐 있었다. 인숙이가

토담집(土--) 토담(흙으로 쌓아 만든 담)만 쌓아 그 위에 지붕을 덮어 지은 집.

걱정스레 만기를 바라보며 무슨 말을 할 듯하다가 말았다. 만기는 한동안 묵연히 생각에 잠겨 있다가 대합실 소파로 가서 봉우 옆에 바싹 다가앉았다.

"여보게, 같이 가서 자네 부인을 좀 만나 보구 올까!"

"아니, 건 또 무슨 소리야."

"당장 장례 비용이 있어야 할 게 아닌가. 그러니 자네두 같이 가서 조언을 좀 해 줘야겠단 말이네."

만기는 봉우 처에게서 장례 비용을 좀 뜯어 볼 생각이었다. 아무리 간소히 치른다 해도 관은 사야 할 게고, 세 어린것에게 상복을 입히고 **영구차**도 불러야 하겠는데 그 비용을 **변통할** 길이 달리는 전연 없었기 때문이다. 밖에 나가 전화를 걸고 찾아가려고 만기는 그리 달가워하지 않는 봉우를 끌고 일어섰다. 그러자,

"선생님 잠깐만……."

무슨 각오를 지닌 듯한 표정으로 인숙이가 불러 세웠다.

"왜 그러우?"

인숙은 만기를 진찰실 구석으로 끌고 가서 나지막한 소리로,

"이 병원, 결정적으루 팔리게 되었나요?"

캐묻듯 했다.

"그런 모양이오!"

인숙은 심각한 표정으로 고개를 숙였다. 잠시 말을 못하고 서 있었다. 밀린 급료 문제나 실직될 것을 걱정해서 그러는 줄로 만기는 알았다.

"미스 홍이 삼 년 이상이나 마치 자기 일처럼 성의껏 거들어 준 데 대해서는 그 고마움을 평생 잊지 않겠소. 그런 만큼 헤어지게 될 때는 충분히 물

영구차(靈柩車)　장례에 쓰는 특수 차량. 시체를 넣은 관을 실어 나른다.
변통하다(變通——)　돈이나 물건 따위를 융통하다.

질적 사례를 취하는 것이 도리겠지만 미스 홍도 알다시피 현재의 내 경제적 사정으로는 그건 어렵겠으나 밀린 급료만은 어떡해서든 책임지고 청산하도록 할 테니 그리 알아요. 그리구 미스 홍의 취직 문젠데, 나도 딴 병원을 **극력** 알아볼 테니 미스 홍도 오늘부터라두 아는 사람에게 미리 부탁해 두어요.”

만기는 한편으로는 사과하듯 한편으로는 위로하듯 했다. 그러자 불시에 고개를 바짝 들고 정면으로 쳐다보는 인숙의 시선에 부딪힌 만기는 가슴에 뭉클하는 충동을 받았다. 원망스럽게 쳐다보는 인숙의 눈에는 눈물이 핑그르르 돌고 있었기 때문이다.

“절 그렇게만 보셨어요!”

인숙은 외면하면서 손가락 끝으로 눈물을 뭉개고 나서,

“건 가혹한 오해세요!”

입술을 깨물었다.

“미스 홍, 내가 피로해 있었기 때문에 **실언**을 했나 보오. 너무 노골적인 말이어서 노엽거든 용서해요.”

“선생님, 저보다두 실상 선생님이 더 큰일 아니에요. 그 숱한 식구의 생활비며 학비며……. 개업 중에두 늘 곤란을 받으셨는데 병원을 내놓게 되면 당장 어떡허세요!”

“고맙소. 그러나 스스로 애쓰는 자는 하늘이 돕는다지 않소. 우선 채 선생네 장례식이나 끝내고 나서 나도 백방으로 살길을 찾아볼 테니 과히 걱정 말아요!”

인숙은 이상히 빛나는 눈으로 만기를 쳐다보다가,

극력(極力) 있는 힘을 아끼지 않고 다함. 또는 그 힘.
실언(失言) 실수로 잘못 말함. 또는 그렇게 한 말.

"선생님, 새로 병원을 차리려면 최소한도 얼마나 자금이 필요해요?"

주저하며 물었다.

"아마, 팔십만 환은 가져야 불충분한 대로 개업할 수 있을 게요."

인숙은 잠깐 동안 입술을 깨물고 섰다가 불시에 고개를 들고 호소하는 듯한 눈으로 만기를 쳐다보며,

"선생님, 제게 오십만 환이 있어요. 그걸 선생님께 드리겠어요. 그리구 오빠에게 부탁해서 삼십만 환은 어디서 싼 이자루 빌려 오도록 하겠어요. 선생님, 병원을 내세요!"

말을 마치자 인숙의 눈에서는 갑자기 눈물이 주르르 쏟아졌다. 인숙은 그것을 씻을 생각도 않고 젖은 눈으로 열심히 만기를 쳐다보며 서 있었다. 조금이라도 만기가 움직이기만 하면 인숙은 쓰러지듯 그대로 만기 가슴에 얼굴을 묻고 매달릴 것 같았다.

"미스 홍이 어떻게 그런 **대금**을 자유로 할 수 있겠소!"

만기는 그럴수록 냉정한 언동을 유지하려고 애쓰며 물었다.

"그동안 제가 받은 급료에는 일절 손을 대지 않구 제 몫으루 고스란히 모아 왔어요. 어른들은 제 결혼 비용으로 생각하고 계셨지만 저는 선생님께 병원을 차려 드릴 일념으루 모아 온 돈이에요!"

동일한 자세로 만기의 얼굴을 지켜보고 서 있는 인숙의 눈에는 새로운 눈물이 계속해 흘렀다. 그 눈물 저쪽에 타오르고 있는 인숙의 눈에서 만기는 아내의 애정을 보았고 은주의 열정을 느꼈다. 영롱하게 젖은 그 눈 속에는 모든 여자가 진정으로 사랑하는 남자에게만 보여 주는 마음의 비밀이 빛나고 있었다. 만기도 가슴속이 훅 달아오르는 것을 참고 눌렀다.

"미스 홍, 입이 있어도 내게는 당장 대답할 말이 없소. 인제 그만 눈물을 닦

대금(大金)　많은 돈.

아요. 어제 오늘은 내 머리도 몹시 복잡합니다. 훗날 머리가 좀 식은 다음에 천천히 얘기합시다."

겨우 그런 말을 중얼거리고 만기는 문간에서 기다리고 서 있는 봉우를 따라 밖으로 나와 버리고 말았다.

봉우 처에게 전화를 걸었더니 딴 사람이 전화를 받았지만 이내 만날 수 있게 연락을 취해 주었다. 지정한 다방으로 가 보니 봉우 처가 기다리고 있었다. 앞장서 들어서는 만기를 보고 반색을 하다가 뒤따라 들어오는 자기 남편을 보고 여자는 놀라는 눈치였다. 마주 앉기가 바쁘게 만기는 용건부터 얘기했다. 익준이와 봉우와 자기는 중학 시절 이래 막역한 친구임을 말하고 나서 익준이네 비참한 가정 형편을 들려주었다. 그리고는 장례 비용을 **희사하거나** 빌려주기를 간청한 것이다.

"정말야, 이 친구 말대루야. 나두 보구 가만있을 수가 없어. 몇 달 동안 내 용돈을 안 타 써두 좋으니까 사정을 봐줘."

봉우는 제법 용기를 내서 아이가 어머니에게 조르듯이 옆에서 거들었다. 그사이 봉우 처는 몇 번이나 낯색이 변하였다.

"선생님에게두 저 같은 여자가 소용에 닿을 때가 있군요. 좋아요. 저는 점잖은 선생님의 청을 거절할 용기가 없어요!"

여자는 언어 이상의 의미를 표정으로 나타내고 나서 일어서 저쪽으로 가려다가,

"오만 환 정도라면 당장 되겠어요. 물론 현금이 좋으시겠죠."

대답도 듣지 않고 카운터 뒤로 사라져 버리더니 좀 뒤에 현찰을 신문지에 꾸려 가지고 돌아왔다. 만기가 **치하**를 하고 일어서려니까,

---

희사하다(喜捨--) 어떤 목적을 위하여 기꺼이 돈이나 물건을 내놓다.
치하(致賀) 남이 한 일에 대하여 고마움이나 칭찬의 뜻을 표시함.

"이 돈 그냥 드리는 건 아니에요."

여자가 그래서,

"알겠습니다. 이 자리에서 **기일** 약속은 할 수 없지만 반드시 책임지고 갚아 드리겠습니다."

그랬더니 봉우 처는 문간까지 따라 나오며 애교 띤 농담조로,

"**고지식한** 양반, 그렇다면 원금만 가지고는 안 되겠어요. 적당한 이자까지 듬뿍. 아시겠어요?"

거의 아양에 가까운 교태였다. 봉우의 눈치를 곁눈질로 살피며 당황히 줄 달음치듯 나오는 만기의 등 뒤에다 대고,

"일간 다시 들러 주세요. 선생님 일루 꼭 의논할 일이 있으니까요!"

여자는 거리낌 없이 소리를 지르는 것이었다.

하여튼 그 돈으로 간소하나마 격식을 갖추어 장례식을 무사히 치를 수 있은 것은 다행한 일이었다. 관을 사 오고 **광목**을 떠다 아이들에게 상복을 지어 입히고 고무신도 사다 신겼다. 의논해서 화장을 않고 **망우리**에 무덤을 남기기로 했다. **장지**로 향하는 차 안에서 익준이가 없는 것을 만기가 탄식했더니,

"살아서두 남편 구실 못 한 위인, 죽은 댐에야 있으나 마나지!"

익준의 장모는 개의치 않았다. 그러나 좀 늦게나마 남편 구실을 못 한 익준이 그날로 집에 돌아오기는 한 것이다. 거의 황혼 무렵이 되어서 산에서 돌아온 일행이 익준네 집 골목 어귀에서 차를 내렸을 때였다. 저쪽에서 머리에 흰 붕대를 감고 이리로 걸어오는 허줄한 사내가 있었다. 아이들이 먼저 알아차리고,

---

기일(期日) 정해진 날짜.
고지식하다 성질이 외곬으로 곧아 융통성이 없다.
광목(廣木) 무명실로 서양목처럼 너비가 넓게 짠 베.
망우리(忘憂里) 서울시 중랑구 망우동·신내동 일대를 포괄하는 지역. 여기서는 부근의 묘지공원을 말한다.
장지(葬地) 장사하여 시체를 묻는 땅.

"아, 아버지다!"

소릴 질렀다. 그러자 익준은 멈칫 걸음을 멈추었고, 이쪽에서들도 일제히 그리로 시선을 보냈다. 익준은 머리에 상처를 입은 모양이었다. 한 손에는 아이들 고무신 **코숭이**가 삐죽이 내보이는 종이 꾸러미를 들고 있었다. 그는 무표정한 얼굴로 이쪽을 향하고 꼼짝 않고 서 있었다. **석상**처럼 전연 인간이 느껴지지 않는 얼굴이었다.

"어이구, 차라리 쓸모없는 저따위나 잡아가지 않구 염라대왕두 **망발**이시지!"

익준의 장모는 사위를 바라보면서 그렇게 중얼대고 인제야 눈물을 **질금거리었다.** 그래도 아이들이 제일 반가워했다. 일곱 살 먹은 끝의 놈은,

"아부지!"

하고 부르며 쫓아가서 매달렸다.

"아부지, 나, 새 옷 입구, 자동차 타구 산에 갔다 왔다!"

어린것이 자랑스레 상복 자락을 쳐들어 보여도 익준은 **장승**처럼 선 채 움직일 줄을 몰랐다.

코숭이 물체의 뾰족하게 내민 앞의 끝부분.
석상(石像) 돌을 조각하여 만든 사람이나 동물의 형상.
망발(妄發) 망령이나 실수로 그릇된 말이나 행동을 함. 또는 그 말이나 행동.
질금거리다 액체 따위가 조금씩 자꾸 새어 흐르거나 나왔다 그쳤다 하다. 또는 그렇게 되게 하다.
장승 돌이나 나무에 사람의 얼굴을 새겨서 마을 또는 절 어귀나 길가에 세운 푯말.

살다 보면 아무리 애를 써도 이해할 수 없는, 혹은 극복할 수 없는 상황이 생길 수 있습니다. 이렇듯 이성에 의해 파악되지 않는 상황을 '조리에 닿지 않는다'는 의미에서 '부조리(不條理)'한 상황이라고 말합니다. 이러한 일을 겪게 되면 미래를 위한 노력이 공허하고 무의미하게 여겨질 수 있습니다.

이 작품에는 베트남전에서 임무를 수행하다가 적의 공격을 받아 순식간에 동료를 잃고 자신은 부상을 당하는 '나'가 등장합니다. 이 일로 '나'는 훈장을 받고 제대해 한국으로 돌아오지만, 이전의 자신으로 돌아갈 수 없습니다. 삶과 죽음이 우연에 의해 결정되는 극적 체험을 통해 '나'는 인간의 죽음이 너무 가깝다는 것을 느끼고 삶이 별것 아니라는 생각과 함께 허무감을 갖게 되었기 때문입니다. 그런 '나'는, 자신과 달리 전쟁으로 아들을 잃고 삶의 무상함에 허우적댈 법한 노인이 잃어버린 아들의 훈장을 찾는다며 일상을 꿋꿋이 지내는 모습을 발견하게 됩니다. 마침내 '나'는 노인에게 삶의 부질없음을 알려 주기로 하고, 그 목표를 달성했다고 여기기에 이릅니다. 하지만 노인은 '나'의 기대와 달리 반응함으로써 '나'에게 커다란 깨달음을 전합니다.

이 작품에 등장하는 '나와 노인의 삶의 태도를 비교해 봅시다. 그리고 '나'와 노인의 삶의 방식상 차이를 통해 주어진 인생을 어떻게 살아가야 할지 생각하며 이 작품을 감상해 봅시다.

▍▍서영은(徐永恩, 1943~)

강원도 강릉 출생. 1968년 《사상계》에 〈교(橋)〉가 입선되었으며, 1969년 《월간문학》에 〈나와 '나'〉가 당선되어 문단에 등단하였다. 초기 작품들에서는 비속(卑俗)한 일상에 대한 환멸과 그로부터 파생되는 삶의 허무 의식 극복을 다루다가 점차 내면의 아름다움을 추구하는 인물을 통해 세계에 대한 날카로운 통찰을 보여 주었다. 작품집으로 《사막을 건너는 법》, 《시인과 촌장》, 《먼 그대》, 《사다리가 놓인 창》 등이 있다.

사막을 건너는 법 _서영은

바깥 공터에서 아이들이 재잘거리는 소리가 간간이 들려온다. 방 안은 꽉 닫힌 **밀실** 안처럼 한껏 조용하다. 파리 한 마리가 계속 유리창 주위를 맴돌며 빠져나갈 틈을 찾고 있다. 이윽고 나는 **장의자**에 앉아 있는 나미에게로 시선을 옮겼다.

"자, 이제 그만 돌아가지."

그녀는 고개를 들고 나를 잠시 바라보았다.

"싫어. 이유를 알 때까진 절대로 움직이지 않을 거야."

그 완강한 목소리에는 지금까지 우리 사이에 가로놓여 있던 침묵보다 더 견디기 어려운 어떤 것이 있었다.

"도대체 아까부터 자꾸 무슨 이유를 말하라는 거야."

"……마치 여태까지 내가 말한 것들을 하나도 듣고 있지 않은 말투로군."

나는 다시 할 말이 없어진 채 마지막 하나 남은 담배를 뽑아 물고 빈 껍질을 꾸겨서 방바닥에 내던졌다.

"그날 자기는 다방에서 전투하던 얘기를 꺼낸 것을 몹시 후회하는 눈치였어. 그래, 극장에 가려고 다방에서 나왔을 때, 갑자기 내 손을 뿌리치고 달아나는 표정에서 그걸 느꼈어. 사실 나를 밀어낸다는 점에선 그 일이 처음

밀실(密室)　남이 함부로 출입하지 못하게 하여 비밀로 쓰는 방.
장의자(長椅子)　여러 사람이 앉을 수 있게 가로로 길게 만든 의자.

은 아니었지. **월남**에 갔다 온 뒤부터 사뭇 딴사람이 된 듯했으니까. 단지 나를 대하는 태도에 있어서만 아니라, 인생 전부를 포기하는 듯한 태도랄까? 나는 그 이유를 알고 싶은 거야……. 기다려 봤지. 자기 스스로 내게 말해 주든가, 아니면 어느 날 갑자기 그 낯설어하는 표정을 버리고 예전처럼 친근한 미소로 내 앞에 서 주기를. 하지만 이젠 더 이상 기다릴 수만은 없어졌어. 이대로 가다간 내 마음의 **상심**을 나도 달래지 못할 거야. 또 자기는 공백이 너무 길어 **화단**에서의 주목마저 잃게 될 거야. 그때는 이미 후회해도 소용없어."

나는 그녀의 조근조근 계속되는 말을 쭉 귀담아듣고는 있었으나 끝내 아무것도 가슴에 와닿는 것이 없었다. 그러니 날더러 어쩌란 말이야? 내 눈빛은 아마도 이렇게 묻고 있었는지 모른다.

나미는 자신을 억누르는 듯 입술을 지그시 깨물고 가만히 있었다. 이윽고 그녀가 내 곁으로 다가왔다. 나는 가늘고 긴 그녀의 손이 내 손을 꽉 잡는 것을 지켜보았다. 약지손가락엔 금반지가 끼어져 있었다. 그것은 군에 입대하기 전날 밤 어느 다방에서 내가 끼워 준 것이다. 그때 우리는 똑같이 졸업을 일 년 남겨 두고 있었다.

"우선 무엇보다 먼저 그런 눈빛을 고쳐야 해. 그리고 무언가를 좀 활기차게 해 보란 말이야. 공부를 마저 마치든가, 그림을 다시 그리든가, 아니면 하다못해 취직을 해서 아침마다 만원 버스에 시달려 보기라도 하란 말이야. 그러면 그 이상한 실의의 늪에서 빠져나오게 될지도 모르잖아."

이번엔 아무 소리도 귀담아듣지 않았다. 나는 무심코 반지를 빼서 내 새끼

월남(越南) '베트남'의 음역어. 여기서는 1955년 11월부터 1975년 4월까지 벌어진 베트남 전쟁을 말한다. 남북 베트남 사이의 내전에 미국 등 외국 군대가 개입하면서 국제전으로 변모했다. 우리나라는 1964년 9월 1차 파병 이후 1973년 3월까지 전투 부대를 파병했다.
상심(喪心) 근심 걱정으로 맥이 빠지고 마음이 산란하여짐.
화단(畫壇) 화가들의 사회.

손가락에 끼어 보았다. 매듭에 걸려 더 이상 들어가지 않는다. 도로 빼서 그녀의 손가락에 끼워 주자니 갑자기 나직하고 은근한 목소리가 내 귓가에서 들려온다.

"생각나? 반지를 끼워 주면서 이렇게 말했잖아. 이건 내가 돌아올 때까지 다른 남자랑 말도 섞지 말고 마주 쳐다보지도 말고 같이 웃지도 말라는 뜻으로 주는 거야."

하지만 나는 그녀의 얘기 속의 나와 지금의 내가 아무런 상관이 없는 것처럼 느껴진다.

"그때를 생각해 봐, 응? 다시 한번 그 말을 해 줄 수 없어? 그래, 난 바로 그 말이 듣고 싶은 거야. 그러면 무슨 일이 있더라도 참고 기다릴 수 있어. 하지만 이대로는 안 돼, 이대로 간다면, 간다면……."

울음 섞인 목소리가 내 말문을 더욱 닫게 한다. 물기 어린 나미의 시선을 피해 나는 자리를 박차고 일어나 침대로 가서 벌렁 누웠다.

나미는 고개를 푹 꺾고 한참 동안 책상 위에 이마를 맞대고 있다. 그녀의 태도는 연극 같아 보인다. 아니 그녀와 나 사이 오갔던 사랑이란 감정이 도무지 현실로 다가오지 않는다.

나미가 입을 가린 채 방에서 뛰쳐나갔다. 나는 이내 너무했나 싶어 따라 나가려다 그만두었다. 지금 그녀를 달래 준다고 해서 달라질 것은 아무것도 없다.

나는 천천히 몸을 일으켜 창가로 갔다. 그녀가 울면서 대문을 뛰쳐나가고 있었다. 그녀의 뒷모습이 시야에서 사라지자, 창문을 열고 아래층의 막냇동생을 불러 담배를 사 오게 했다. 힐끔 이쪽을 쳐다보고 집 안으로 사라지는 동생에게서 나를 지겨워하는 식구들의 내심(內心)이 읽혀졌다. 어쩌면 그게 당연한지도 모른다. 벌써 일 년이 가까워 오니까.

귀국하는 배를 타고 부산항에 닿을 때까지도 몰랐다. 보고 싶고 그리운 얼굴들이 눈앞을 스쳐 갔다. 꿈도 낭만도 일도 야심도 다 내 손아귀에 그대로 쥐어져 있는 듯했다. 기차를 갈아타고 자리를 잡자마자 나는 담배 생각이 나서 복도로 나왔다. 제대를 한 것이 실감되는 만큼 내 주변은 나를 낯설게 했다. 짐보따리를 옆에 낀 채 입을 벌리고 자는 아낙네, 남의 눈을 피해 몰래 희롱하고 있는 남녀, 껌을 찍찍 씹으며 신문을 들여다보고 있는 중년 남자……. 뭔가 크게 어긋난 기분이었다. 눈 줄 곳이 없었다. 서울 **역사**를 뒤로 하고 점점 낯익은 풍경 속으로 미끄러져 들어가면서도 나는 오히려 반대로 머나먼 낯선 땅으로 뒷걸음질치는 것 같았다. 반기는 식구들 앞에서도 그 느낌은 사라지지 않았다. 보이지 않는 **베일**이 모든 사물, 모든 사람들로부터 나를 격리시키고 있는 것 같았다. 집에서 맞이하는 첫날 아침, 나는 이상한 비현실감에 사로잡혔다. "이런 전선(戰線)에서 두부 장수 종소리, 텔레비전에서 흘러나오는 노랫소리, 수돗물이 흘러넘치는 소리가 웬일일까?" 중얼거리며 주위를 둘러보았던 것이다. 이런 전선에서, 그렇다, 매 순간 몸이 오그라드는 것 같은 긴장의 연속, 긴박한 위기감, 생생한 두려움, 그것은 아직도 내 몸에 흐르는 전쟁의 **여운**이었다. 그런데 이 무슨 두부 장수 종소리, 유행가 소리인가! 몸이 해체되어 피가 새어 나가는 것 같았다. 내 안의 긴박감에 비해서 밖은 너무도 **무미하고** 태평스럽고 천연덕스럽기까지 했다. 나미도, 학교 공부도, 또 나로부터 그토록 수많은 밤을 앗아 갔던 작업들도 예외일 수는 없었다. 내게는 그것들과 관계를 다시 시작할 **하등**의 흥미도 관심도 남아 있지 않았다. 나날이 **권태**스럽고 짜증스럽기만 했다. 이따금 나는 내 안의 긴장에 대해서, 적어도

역사(驛舍)　역으로 쓰는 건물.
베일(veil)　얇은 망사. 비밀스럽게 가려져 있는 상태를 비유적으로 이르는 말.
여운(餘韻)　아직 가시지 않고 남아 있는 운치.
무미하다(無味――)　재미가 없다.
하등(何等)　'아무런', '아무' 또는 '얼마만큼'의 뜻을 나타내는 말.
권태(倦怠)　어떤 일이나 상태에 시들해져서 생기는 게으름이나 싫증.

숨김없는 그 진실에 대해서 누군가에게 말하려 애써 보았다. 그러나 이해하는 사람이 아무도 없었다.

이제 생각이 난다. 며칠 전 다방에서의 일이. 실내엔 매캐한 담배 연기가 자욱했고 선정적인 허스키로 어떤 여가수가 느린 곡조로 노래를 부르고 있었다. 어쩌다 내가 나미에게 그 얘기를 들려주려고 했는지 알 수가 없다.

나는 다음과 같이 그 얘기를 시작했다.

"나는 명령을 받았어. 아주 **엄중한**. D 고지에서 전투 중인 ○○ 연대에 물을 실어다 주라는. 마실 물이 떨어져서 전 연대원이 전투는 **고사하고** 타는 듯한 갈증과 싸우고 있다는 **전통**이 온 거야. T에서 그곳까진 일백오십 킬로였지. 나와 한 병장은 밤중에 **급수차**를 몰고 T로 떠났어. 한 치 앞도 가릴 수 없는 어둠과 정적. 목쉰 듯한 엔진 소리는 어둠과 정적의 벽에 부딪혀 바로 귓가에서 부서지고, 부챗살 모양으로 어둠이 지워진 헤드라이트 반경 안 사물들은 빨려들 듯 눈 속으로 뛰어들었지. 길바닥에 뒹구는 돌의 이상한 모양새, 풀포기에 매달려 잠자는 벌레까지도 생생하게 감지되었지. 온갖 사물들이 심장에 맞닿아 있는 듯한 그런 느낌은 정말 처음이었어. 이따금씩 정글의 짐승들이 나타나 길을 횡단할 때마다 가슴이 철렁했어. 불빛에 방향 감각을 잃은 나방 떼들이 유리창에 부딪쳐 우수수 떨어져 죽는데, 까닭 없이 소름이 끼쳤어. 턱밑까지 치받는 공포에도 살고 싶었어. 살아서 돌아가고 싶었어. 모든 것이 너무 명료해서 내 존재는 **확고부동** 그 자체였어. 생명의 절대치가 무엇인지 알 수 있었어. 기가 막히잖아. 다음 순간 죽을지도 모르는 공포 앞에서 진짜 생명이 무엇인지 깨닫게 되다니. 나는 운전하

엄중하다(嚴重--) 예사로 여길 수 없을 정도로 중대하다.
고사하다(姑捨--) 어떤 일이나 그에 대한 능력, 경험, 지불 따위를 배제하다.
전통(傳通) '전언 통신문(상급 기관에서 하급 기관에 공적인 일을 알리는 내용을 적은 글)'을 줄여 이르는 말.
급수차(給水車) 가뭄이나 단수, 화재 따위로 물이 부족한 곳에 물을 공급하기 위하여 물탱크를 장치한 차.
확고부동(確固不動) 튼튼하고 굳어 흔들림이 없음.

고 있는 한 병장의 팔을 잡으며 유리창을 가리켰지. 그는 겁에 질린 핼쑥한 얼굴로 나를 힐끔 곁눈질했을 뿐이야. 그렇지, 공포가 불러일으키는 **비상한** 감각, 그도 알고 있었어. 나는 혼자서 빙긋 웃었어. 한 병장이 다시 나를 힐끗 바라보며 잡아 늘이는 듯한 목소리로 말했어. '차 일병은 무섭지 않나?' '아뇨, 전연.' 나는 거짓말을 했어. '대단하군. 여기선 적의 기습을 언제 어디서라도 당할 수 있어.' '적보다 무서운 건 무감각이었던 것 같습니다.' '나는 제대하면 곧장 결혼할 거야.' '언젭니까? 제대가.' '석 달 남았지.' '저는 지금까지 마치 꿈을 꾸다가 깨어난 것 같아요. 이곳에 온 뒤론 어떤 무시무시한 핵심을 **관통하는** 느낌입니다.' 그런 말을 주고받는 가운데 갑자기 엔진이 고장 났어. 몇 시간 지체하고 나니 벌써 동이 트기 시작했지. 언제 기습을 당할지 모를 상황이었어. 적의 **정찰 비행**에 발각되면 공중 사격을 받을지도 모르는 데다 불볕 같은 폭염이 시작되기 때문이야. 한 병장을 쉬게 하고 운전대를 잡은 나는 목적지를 팔 킬로 남길 때까지 전속력으로 달렸어. 어느새 해는 중천에 떠 있었어. 갑자기 어디선가 비행기 소리가 가까워지더니 난데없는 포화가 지축을 울리는 굉음과 더불어 우리의 진로 앞쪽에서 불꽃을 티뜨렸어. 눈앞이 아찔했지만 핸들을 잡고 있는 손에 더욱 힘을 모았지. 계속 달렸어. 이번엔 **기총** 사격이 시작되었어. 사방에서 섬광이 번쩍이며 **탄피**가 터지는 소리가 귀를 먹먹하게 했어. 그때 내 맘속엔 자신의 생명보다 물을 기다리는 연대원들을 살려야 한다는 비장한 각오가 있었어. 물탱크에 총알이 박힌 것 같았어. 쏴, 하고 물 새는 소리에 눈에 불이 켜지더군. 다음 순간엔 눈앞에서 섬광이 번쩍 스쳐 가더니 차창이 박살이 났고 동시에

비상하다(非常--) 예사롭지 아니하다.
관통하다(貫通--) 처음부터 끝까지 일관하다.
정찰 비행(偵察飛行) 정찰 임무를 수행하기 위하여 하는 비행.
기총(機銃) 기관총. 탄알이 자동적으로 재어져서 연속적으로 쏠 수 있게 만든 총.
탄피(彈皮) 탄환이나 포탄의 껍데기.

옆에 앉은 한 병장의 몸이 내 쪽으로 쓰러졌어. 내 오른팔이 무엇엔가 쿡 찔리는 통증에 비명을 질렀지. 옷 위로 피가 솟았지만 핸들을 더욱 꽉 붙들고 한 병장의 몸을 몸으로 밀었어. 맥없이 앞으로 쿡 고꾸라졌어. 발밑에 피가 흥건했지. 내 팔에서도 피가 쉴 새 없이 흘러나와 순식간에 핸들을 잡고 있는 손이 피투성이로 변했어. 통증이 창자를 비트는 것 같았어. 의지와 용기와 그 밖의 모든 것이 자꾸 그 통증 속으로 휘말려 들어가는 것 같았지. 이제 다 왔다. 조금만 더 달리자고 자신을 부추기며 액셀러레이터를 힘껏 밟았지. 오른쪽 팔이 제대로 움직여지지 않았어. 차를 멈추고 윗옷을 찢어 오른손과 핸들을 비끄러맸지. 그리고 나서 달렸어. 저만큼 앞에 나뭇가지 사이로 아군의 보초 **막사**가 보인다고 느낀 순간 나는 정신을 잃었어."

아직 할 말이 남았는데 나미가 불쑥 끼어들었다.

"아아, 훈장은 그래서 받게 된 거구나!"

갑자기 플래시를 들이대는 듯한 나미의 낭랑한 음성에 나는 얼떨떨했다.

"그럼 자긴 **베트콩**을 한 사람도 못 죽여 봤어?"

하얀 꽃무늬 원피스를 입고 마스카라 칠한 눈으로 나를 말똥말똥 지켜보는 그녀가 그때처럼 낯설어 보인 적은 없었다. 결국 내가 들려주려고 애쓴 핵심은 그녀에게 하나도 전달되지 않았다. 피비린내 나는 전투도, 죽어 넘어진 전우도, 작렬하는 포화 소리도 그녀에겐 그저 입술의 이야기로밖에 들리지 않았던 것이다. 피가 싸늘하게 식는 것 같았다. 나 자신에게 화가 치밀었다. 나는 **다탁** 위에 놓인 담배와 성냥을 집어 들었다.

"벌써 가려구? 좀 더 앉았다 가도 되잖아?"

대답 없이 먼저 밖으로 나왔다. 나미도 곧 뒤따라 나와서 망설임 없이 내

막사(幕舍) 군인들이 주둔할 수 있도록 만든 건물 또는 가건물.
베트콩(Vietcong) 베트남 공산주의자. 베트남 전쟁 당시 '남베트남 민족 해방 전선'을 일상적으로 이르는 말.
다탁(茶卓) 차를 마실 때 사용하는 탁자.

팔짱을 끼었다. 울컥 솟구치는 역겨움을 참지 못해 나는 그녀를 뿌리치고 뒤도 돌아보지 않은 채 마구 뛰었다. 이것이 그날에 일어난 일이었다.

　나는 지금 여러 가지 잡동사니—한 폭의 낡은 풍경화·시계·전기 스탠드·가족사진·군용 플래시·**트랜지스터**—가운데 놓여 있는 을지 무공 훈장(乙支武功勳章)을 바라보고 있다. 청·홍·백색의 줄에 묶여 있는 동글납작한 쇳덩이.

　나는 의자를 북쪽 창 앞으로 끌고 갔다. 제법 널찍한 공터가 내려다보인다. 주택가 가운데 있는 짜투리 공터가 다 그렇듯이 이 땅도 몰래 버린 폐자재 같은 것들이 어지럽게 널려 있다. 그래도 나는 우리 집 앞뜰과 그 너머 아스팔트 길이 내다보이는 남쪽 창보다 이곳에서 대부분의 시간을 보낸다. 며칠 사이 비가 내린 탓인지 공터엔 물이 흥건히 고여 있다. 비가 오지 않더라도 움푹 팬 웅덩이엔 늘 물이 고여 있어 잡초의 **온상**이 되고 있다. 거기다 동네 사람들이 갖다 버린 연탄재·구들장 깨진 것, 빈 병, 빈 깡통·헝겊 조각 같은 것들이, 더러는 물속에, 더러는 진흙 속에 뒹굴고 있다. 도톰하게 지면이 올라와 물에 잠기지 않은 마른 땅에서 동네 아이들이 공을 따라 이리저리 뛰어다니고, 단발머리 여학생 둘이 자전거를 배우느라 뒤뚱거리고 있다. 그 한쪽 편엔 땟국에 찌든 비치파라솔 한 개가 어설프게 펼쳐져 있다. 흰 바탕에 붉은 빛깔로 씌어진 'coca cola'란 영어 글씨만은 아직 선명하다. 그 밑에 궤짝 한 개를 엎어 놓고 **뽑기** 과자라는 것을 만들어 파는 노인이 있다. 노인의 단골은 지금 광장에서 공을 차고 있는 조무래기들이다. 아이들이 십 원짜리 동전 하나를 내밀면 설탕에 **소다**를 섞어 만든 과자 두 개가 주어진다. 지금 파라솔

트랜지스터(transistor)　전기 신호를 증폭하여 발진시키는 라디오 수신기.
온상(溫床)　어떤 현상이나 사상, 세력 따위가 자라나는 바탕을 비유적으로 이르는 말.
뽑기　불 위에 국자를 올리고 거기에 설탕과 소다를 넣어 만든 과자. 달고나.
소다(soda)　'탄산 나트륨'을 일상적으로 이르는 말.

밑은 비어 있다. 손님도 주인도 없다.

　물웅덩이 있는 곳으로 시선을 옮겨 가자 노인이 그곳에 있다. 작달막한 키에 고등학생처럼 박박 깎은 머리—하얗게 세어 온통 은빛이다—가 눈에 익다. 노인은 오늘도 여전히 검은 바지에 국방색 점퍼 차림이다. 노인은 저기서 뭘 하고 있는 걸까. 늘 데리고 다니는 누렁이의 목줄을 잡아끌고 쓰레기와 물웅덩이 속을 헤치며 무엇인가 찾고 있는 기색이다. 그 표정이 매우 진지하고 골똘한 것을 보면 필시 뭔가 아주 중요한 것을 잃어버린 게 분명해 보인다. 늙은 개는 얼굴을 땅에 떨어뜨리고 이따금씩 킁킁 냄새를 맡으며 따라다니고, 노인은 꼬챙이로 물웅덩이 속 쓰레기 더미를 헤치며 한 발짝 한 발짝 신중하게 옮겨 가고 있다. 마침 뉘엿뉘엿 넘어가는 저녁 해가 노인과 개에게 처량한 그림자를 드리우고 있다. 나는 마음이 언짢아진다. 고개를 돌리고 싶어도 눈을 뗄 수가 없다. 시간이 얼마나 흘렀을까? 건너편 주택가 쪽에서 조그만 아이 하나가 달려 나와 소리쳤다.

　"할아버지, 뽑기 해 주세요."

　찾는 데 열중한 노인이 듣지 못하자 아이는 짜증 섞인 음성으로 다시 소리쳤다.

　"할아버지, 뽑기요!"

　"응 그래, 알았다."

　그제야 노인은 웅덩이에서 나와 발을 굴르며 장화에 묻은 진흙을 털었다. 츳츳 혀를 차는 소리가 들리는 것 같다. 오늘따라 유난히 낙담이 큰지 노인의 어깨가 무겁게 늘어져 있다. 나도 모르게 한숨이 나왔다. 노인과 개와 소년은 다같이 파라솔 밑으로 사라졌다.

　나는 뻣뻣해진 목을 좌우로 움직여 보며 새 담배를 갈아 물었다. 어처구니없는 일이 아닌가. 도대체 뭣 때문에 노인의 행태를 그토록 오래 정신을 앗기고 지켜보았단 말인가. 스스로도 믿기지 않는다. 그럼에도 내 관심은 다시 파라솔 쪽으로 옮겨 간다. 뽑기를 들고 나오는 아이의 뒤를 따라서 노인이 다시 개를 이끌고 물웅덩이로 되돌아간다. 새 기운을 얻은 듯 노인의 표정이 한결 밝아져 있다. 보지 않으려고 의식적으로 시선을 딴 데로 돌려 보지만 이내 다시 끌려가고 만다. 노인이 S 극이라면 나는 N 극 같다. 담배를 석 대나 갈아 무는 동안 나도 모르는 조바심이 내 안에서 꿈틀거린다. 조바심의 정체는? 노인이 무엇인가를 열심히 찾는다는 사실 자체가 나의 무기력에 대한 비웃음 같이 느껴진다. 그 점이 점점 뚜렷해질수록 나 또한 노인에 대해 비웃음을 참을 길이 없다. 이를 사려물고 아래층 **아틀리에**로 내려갔다.

자물쇠에 열쇠를 끼우는데 손이 떨린다. 습한 곰팡내가 쿡 쏘는 듯이 코를 찌른다. 나는 한동안 문에 기대어 실내의 한 점을 노려보았다. 마치 오랫동안 불능이던 성을 신경질적으로 **도발**시킨 사람처럼 성급하게 캔버스 앞에 앉았다. 그러나 그뿐, 거기서 더 이상 나가지지 않는다. 무언가 내 안에서 돌이킬 수 없을 만큼 망가진 게 아닌가. 나약한 노인의 굴하지 않는 생존 의지가 어이없게 느껴지면서도, 다른 한편으론 생에 대한 그 **숙연함**이 부럽기도 하다. 다 소용없고, 무의미하다 하는 내 마음의 잿더미에 불씨를 당길 만한 단서라도 노인에게서 찾을 수 있다면…….

어느덧 하얗던 캔버스가 어둠에 묻히어 윤곽만 남아 있다. 마치 내게서 영원히 캔버스가 사라진 것 같다. 몸을 일으켰다. 사타구니가 축축하게 젖어 있다. 뻣뻣해진 다리를 이끌고 벽까지 걸어가 손으로 스위치를 더듬었다. 찰깍 하는 소리와 더불어 또 한 번 방에 들어온 듯한 착각에 사로잡힌다. 사물들이 한 발짝 뒤로 물러나 있는 것을 메마른 시선으로 훑어본다. 텅 빈 캔버스, 그 곁에 놓여 있는 테이블—그 위엔 여러 가지 붓, 물감을 혼합하는 데 쓰이는

아틀리에(atelier) 화가나 조각가가 그림을 그리거나 조각하는 따위의 일을 하는 방. 화실.
도발(挑發) 남을 집적거려 일이 일어나게 함.
숙연함(肅然-) 고요하고 엄숙함.

작은 접시들이 먼지를 뿌옇게 뒤집어쓴 채 널려 있다―벽에 기대어져 있는 그림들, 석고로 된 비너스의 **흉상**과 L 교수의 흉상, 내 시선은 여기에 머물자 못 박힌 듯 움직이지 않는다. 이 작품은 대학 2학년 때 제작한 것으로 모델은 L 교수이다. 그가 어느 날 갑자기 우리들의 주목을 받게 된 것은 교수와 학생 사이에 한 주 한 차례 벌어지는 토론회에서 발언한 말 때문이었다.

"나는 예수가 **감리교인**이 아니라는 사실을 알았을 때, 또 한국인은 더더욱 이 아니라는 사실을 알았을 때 매우 큰 충격을 받았소."

이 말은 즉시 강의실 밖으로 새어 나가 커다란 물의를 일으켰다. 원칙적으로 신앙의 자유가 주어져 있는 학생들 사이에선 열광적 지지를 받았으나, 감리교파로 구성된 재단 측, 더욱이 그들로부터 **천거**를 받은 교수들로부터는 대단한 반발이 일어났다. 이사장은 어느 날 자기의 방으로 L 교수를 불렀다고 한다. 나이는 L 교수보다 다섯 살이나 아래고 시내에 10층 이상 되는 호텔을 두 개나 소유하고 있는 독실한 감리교 신자였다. L 교수는 발목이 푹푹 빠지는 녹색 융단 위를 십 미터가량 걸어가 전화를 받고 있는 이사장 앞에 섰다고 한다. 이사장의 전화는 십 분이나 더 계속되었다고 한다. 이윽고 수화기를 내려놓자마자 그는 **단도직입적**으로 말했다고 한다.

"우리는 학생들이 통탄할 만한 **말세적 무신론**에 물들기를 원하지 않소. 선생은 이제부터 기독교 철학을 가르쳐야 한다는 것을 명심하시오."

이에 L 교수는 대답했다고 한다.

"네 이사장님, 박 교수(이사장의 동생)가 자기 과목을 기독교 물리학이라 부

흉상(胸像) 사람의 모습을 가슴까지만 표현한 그림이나 조각.
감리교인(監理敎人) 감리교(개신교 교파의 하나)를 믿는 사람.
천거(薦擧) 어떤 일을 맡아 할 수 있는 사람을 그 자리에 쓰도록 소개하거나 추천함.
단도직입적(單刀直入的) 여러 말을 늘어놓지 아니하고 바로 요점이나 본문제에 들어가는 것.
말세적(末世的) 도덕, 풍속 따위가 아주 쇠퇴하여 끝판이 다 된.
무신론(無神論) 종교적 신의 존재를 부정하고 신앙을 거부하는 이론.

른다면 저도 제 과목을 기독교 철학이라 부르겠습니다.”

우리가 그를 최초로 만난 시간이었다. 일 미터 육십에도 미칠까 말까 한 작은 키에 홀쭉한 몸매의, 나이보다 훨씬 겉늙어 보이는 남자가 정시에 강의실 안으로 들어섰다. 그는 교탁 위에 노트를 펼쳐 놓기 무섭게 팔짱을 끼고 창가로 갔다. 우리는 한참 동안 그의 등판을 바라보고 있어야 했다. 이윽고 졸음을 잔뜩 실은 듯한 목소리가 우리를 향해 날아왔다.

“김○○ 군, 자네 한번 말해 보겠나? 두 마리의 황소가 이끄는 마차에 있어서 가장 중요한 것은 무엇인지.”

김은 어리둥절한 눈으로 주위를 둘러보고 나서 대답했다.

“황소입니다, 교수님.”

“맞는가요? 최○○ 군.”

“저는 바퀴라고 생각합니다.”

최가 자신 있는 어조로 대답했다.

“맞는가요, 송○○ 군?”

열 명의 학생들이 각자 바르다고 생각한 대답을 한 후에 L 교수는 비로소 우리를 향해 돌아섰다. 노르께한 얼굴, 작은 두 눈엔 빈정거림과 번득이는 기지(奇智)가 뒤섞여 있었다.

“내 생각엔 다들 틀린 것 같군. 그것은 **우마차**에 대한 개념, 즉 청사진입니다. 청사진이 만들어진 연후에라야 어떤 다리이든, 바퀴이든 수레를 끌 수 있는 것입니다. 여러분은 대개 자기의 마음을, 사물을 저장해 두는 창고로밖에 사용하지 않는 듯합니다. 그런 것은 생각하는 것이 아닙니다. 철학은 생각하는 것입니다. 그것은 과학과 종교 사이에 놓인 다리입니다. 또한 각자가 자기 자신에 대해서 탐구하는 학문입니다. 철학은 아름다움을 사랑하

우마차(牛馬車) 우차와 마차를 통틀어 이르는 말.

는 감정이요, 올바른 덕을 쌓기 위한 훈련입니다. 그리고 무엇보다 중요한 것은 진리를 탐구하는 것입니다."

그는 여기서 잠시 말을 중단하고 우리를 놀리는 듯, 익살스러운 미소를 지었다.

"제군들, 이제 마음이 좀 동요되었나?"

우리가 잠시 후 웃음을 거두자 그는 말을 계속했다.

"이제 몇 달이 걸리든 우리 한번 씨를 뿌려 봅시다. 그러면 언젠가는 수확이 걷힐 테니까."

이 첫 시간은 나에게 잊을 수 없는 인상을 심어 놓았다. 나는 아직도 그를 존경하는 것으로 믿고 있다. 하지만 그의 흉상을 본 순간 뭔가 참을 수 없는 과장, 어쩌면 자기 도취랄 만한 것이 느껴졌다. 저것은 핵심을 간파하지 못한 것이다. 헛된 기교이며 **조악한** 학문적 입발림이다. 그런데 이 느낌이 어디에서 비롯된 것인지 나는 확실히 알 수가 없다. 흉상을 만든 나의 과장된 리얼리즘적 수법에서 기인한 것인지, 아니면 그러한 수법으로 형상화되기 이전의 실제 인물 그 자체에서 오는 것인지, 또는 이 두 가지 다 그렇게 상관이 없는지도 모른다. 보다 직접적이고 근본적인 원인은 나 자신 속에 있으니까.

메스꺼움 때문에 더 이상 바라볼 수 없게 되자, 나는 옆에 놓인 의자를 집어 들어 흉상을 향해 힘껏 내던졌다. 그리고 화실 밖으로 나왔다.

아까부터 나는 창 옆에서 노인이 나타나기를 기다리고 있는 중이다. 오늘도 그가 여전히, 어제와 다름없이 잃어버린 물건을 찾을 것인지 몹시 궁금하다. 대체로 그렇지 못할 것이라고 나는 믿고 있다. 그러나 만의 하나라도 노인이 어제와 같은 모습으로 내 앞에 나타난다면 무료하고 권태로운 중에도

조악하다(겨쁜--) 교활하고 악독하다.

그런대로 안정된 나날의 내 생활 리듬이 송두리째 흔들릴지도 모른다. 노인이 창밖에서 뭔가를 열심히 찾고 있는 한 나는 그 무언의 비웃음을 견뎌야 했다. 때문에 사실을 좀 더 명확하게 파악할 필요가 있다. 노인이 찾고 있는 물건이 무엇인지, 도대체 노인은 어떤 사람인지 알아보노라면, 그가 찾는 물건과의 상관관계도 자연히 드러나게 될 것이다. 아무튼 이제 나는 노인과 한마디 얘기라도 나눠 보지 않으면 못 견딜 것 같은 심정이다.

드디어 자전거에 짐을 싣고 공터 안으로 들어오는 노인의 모습이 시야에 들어온다. 그 곁엔 개가 종종걸음으로 따르고 있다. 어제와 거의 같은 장소에서 노인은 자전거를 멈추고 짐을 내린다. 파라솔·궤짝·연탄불 따위들이 착착 있을 곳에 놓여진다. 그런데…… 얼마 후에 나를 놀라게 하는 일이 벌어진다. 준비를 끝낸 노인은 이내 파라솔 밑에서 빠져나와 개를 데리고 물웅덩이 쪽으로 가는 게 아닌가. 개는 하루 사이 아주 눈에 띄게 쇠약한 모습이고, 노인도 지치고 **쇠잔한** 모습이긴 하나 전신에서 끈질기고 강인한 기운이 흐르는 것은 여전했다. 나는 완전히 마음의 안정을 잃고 방 안을 오락가락했다. 믿어지지 않는다. 노인 같은 상황에서 저토록 줄기차게 무언가를 찾는다는 것이 가능한 일인가. 아니, 노인은 무슨 실없는 **망상**을 품고 있는 것일까. 나는 방에서 뛰쳐나왔다.

공터에 이르러 잠시 동안 더 지켜보다가 나는 어제의 아이처럼 노인을 큰소리로 불렀다.

"할아버지, 뽑기요."

노인이 이내 뒤돌아보았다. 시무룩하고 무뚝뚝한 시선이 나를 머쓱하게 했다. 실없는 어른으로 비쳐지는 것은 유쾌한 일이 아니다. 말없이 개를 끌고

쇠잔하다(衰殘--) 쇠하여 힘이나 세력이 점점 약해지다.
망상(妄想) 이치에 맞지 아니한 망령된 생각을 함. 또는 그 생각.

가까이 다가오는 동안 나는 노인을 잠자코 지켜보았다. 검은 피부에, 이마와 코언저리로 아주 깊은 주름이 패여 있고, 흐릿한 눈빛에도 싸늘한 매서움이 감돌았다. 음울한 인상, 그러나 굴하지 않는 힘—비록 뭔가를 쓰러뜨릴 만큼 강하진 않다 해도—이 느껴지고, 무뚝뚝한 표정 뒤에 경계심이 감지되기도 했다. 차림은 얇고 **후줄근한** 검정 바지, 국방색 점퍼, 늘 입고 다니는 단벌 차림 그대로였다. 개는 무슨 병에 걸린 것인지 붉게 충혈된 눈에 눈곱이 끼어 있었다. 식식거리는 숨소리가 고통을 호소하는 듯했다.

나는 노인을 뒤따라 파라솔 안으로 들어갔다. 검은 고무장화에 묻어 있는 웅덩이의 질척한 진흙이 남긴 발자국이 내 시선을 끌었다. 안에는 작은 철판이 붙어 있는 사과 궤짝 하나와 연탄난로 하나가 전부였다. 노인은 **목침** 비슷한 작은 상자에 걸터앉았고, 궤짝 안에서 설탕 한 숟갈을 꺼내 국자에 담고 불 위에 얹었다. 하얀 설탕이 거무칙칙한 색으로 변하면서 끈끈한 액체가 되자 젓가락으로 소다를 쿡 찍어 설탕 속에 넣고 휘저었다. 거무칙칙한 액체는 다시 누르께한 색으로 변하면서 국자 위로 봉긋하게 넘어 올랐다. 그것을 철판 위에 쏟아 놓고 또 다른 철판으로 꾹 눌렀다. 철판을 떼어 내자 **초지장**처럼 얇은 과자가 만들어져 나왔다. 거기에 무슨 비행기 모양의 철사를 얹고 다시 철판으로 꾹 누르니 비행기 모형이 찍힌 설탕 과자가 만들어져 나왔다. 그것이 뽑기 과자였다.

노인은 과자를 내게 건네주면서 나를 힐끔 쳐다보았다. '뭐야, 너, 뭘 알고 싶어.' 하는 눈빛 같았다.

"다섯 개만 더 해 주십시오."

노인이 다시 같은 순서를 반복하고 있는 것을 지켜보며 나는 조심스럽게

후줄근하다 옷이나 종이 따위가 약간 젖거나 풀기가 빠져 아주 보기 흉하게 축 늘어져 있다.
목침(木枕) 나무토막으로 만든 베개.
초지장(草紙張) 초지의 낱장. 매우 얇고 가벼운 종잇장을 이른다.

말문을 열었다.

"저는 저 이층집에 사는 사람인데요, 노인장께서 뭘 찾고 있는 것 같더군요."

나를 쳐다보는 노인의 시선이 묵직했다. 멋쩍은 웃음을 지으며 시선을 피했다. 노인은 말없이 두어 번 고개를 끄덕였다.

"그게 뭡니까?"

"훈장."

"무슨 훈장인데요?"

이야기를 털어놓도록 하려는 욕심에서 나는 다소 과장된 진지함을 보였다. 그런 나의 속내를 신중하게 살피고 나서 노인이 입을 열었다.

"아들이 월남전에서 받은 것이지."

아하, 이 정도면 이미 다 알 것 같다. 나는 **조커**를 잡은 것이다.

"아, 아드님이 월남에 가 계시는군요?"

"……."

나는 뒤이어 내 얘기를 할까 하다가 그만두었다. 그 대신 헛기침을 두어 번하고 나서

"전투에 공훈이 컸었나 보죠?"

"크구 말구."

노인의 음성에 갑자기 자신감이 넘치고 표정에도 밝은 기운이 감돌았다.

"그 녀석이 글쎄, **맹호 작전**이래나 뭐래나 하는 전투에서 혼자서 베트콩을 열 명이나 죽였다지 않나."

"아, 굉장히 용감무쌍하군요."

"그럼, 그 녀석은 열댓 살 남짓했을 때, 동네 뒷산에서 멧돼지를 혼자 잡은

조커(joker) 트럼프에서, 다이아몬드·하트 따위에 속하지 아니하며 가장 센 패가 되거나 다른 패 대신 쓸 수 있는 패.
맹호 작전(猛虎作戰) 베트남 전쟁에 참전한 국군 수도 사단인 맹호 부대(猛虎部隊)가 실시한 작전.

놈이라네."

"그래요?"

"그뿐인 줄 알아? 힘이 또 얼마나 장산데, 쌀 한 가마를 지고 십 리 길은 너끈히 간다네. 그렇다고 미련한 건 절대로 아니지. 중학교도 고등학교도 죄다 우등으로 나왔단 말이네."

"참 훌륭한 아드님을 두셨습니다. 지금도 월남에 있습니까?"

노인의 얼굴빛이 어두워졌다.

"아니."

이미 짐작했던 바였다. 묻지 않는데 노인이 덧붙였다.

"죽었다네. 그 뭐 **앙케** 뭐래나 하는 전투에서."

"아— 그 유명한 앙케 고지 탈환 작전에서 말인가요? 저도 신문에서 봤습니다. 월남 전투 중에서 가장 치열했다더군요. 한국 군인들이 아주 용감하게 싸웠다는 기사를 봤습니다."

나의 의도적인 맞장구에도 노인의 얼굴에서 침울한 기색이 가시지 않았다. 잠시 말이 끊겼다.

"그런데 어쩌다 그 귀중한 훈장을 잃어버렸습니까?"

다시 말이 이어졌다.

"그 애 생각이 날 때 꺼내 보려고 늘 품속에 지니고 다녔는데 어떤 꼬마 녀석이 그걸 하두 보구 싶다기에 꺼내 줬다네. 한데 그 녀석이 보구설랑 지가 달고 다니다가 잃어버렸지 뭔가. 아이들 말로는 녀석이 그걸 달고 저 물웅덩이 있는 데서 놀더라는 거야."

"그렇게 됐군요. 훈장은 어떻게 생긴 건데요?"

"사람들이 그러는데 을지 무공 훈장이래나? 등급으로 치면 두 번째로 높은

앙케(Ankhe) 베트남과 크메르 국경 지대 근처 고갯마루인 안케 패스에서의 전투.

거라네."

그러면 내가 받은 것과 같은 종류의 것이다. 노인에겐 그것이 다시없는 절대적 의미라는 뜻인데……

나는 속내를 감춘 채 노인을 골려 주고 싶은 못된 기분으로 다시 물었다.

"노인장은 그럼 지금 누구랑 사십니까?"

"아홉 살짜리 손녀딸이 있다네."

"다른 분은 안 계세요?"

"저이 할멈은 아들이 전사했다는 소식을 듣고 실신하더니만 그 길로 영 깨어나지 못했고, 며느리는 아들 월남 간 지 넉 달 만에 바람이 나서 어린것도 버려둔 채 어디론지 행방을 감추었다네."

"많이 쓸쓸하시겠습니다."

위로한다기보다 슬그머니 내 **패**를 흔들어 본 것이다.

"뭘, 손녀가 있는데, 그 녀석이 신통하게도 집에 들어가면 밥을 해서 아랫목에다 묻어 놓고 문밖에서 기다린다네."

내가 쳐 논 덫을 아는지 모르는지 손녀 자랑을 하며 노인이 처음으로 미소를 지었다.

"저 개는 많이 아파 보이네요."

개는 주인 곁에 바싹 붙어 사지를 땅바닥에 축 늘어뜨리고 멍하니 앞만 바라보고 있었다. 노인을 상대로 내가 어떤 속내를 품고 있는지 안다면 부질없는 대화 속에 감춰져 있는 것이 무엇인지도 개는 알고 있을 것이다.

"그놈도 제 주인 기다리기에 지쳤어."

잠시 개를 바라보던 노인은 다시 뽑기를 만들기 위해 국자를 집어 들었다.

"주인이 노인장 아니십니까?"

패(覇) 남을 교묘히 속이는 꾀.

"아닐세. 우리 그 녀석이 군에 입대하기 전에 젖도 안 떨어진 강아지를 어디서 얻어 가지고 와서 애지중지 기른 것이 저놈이야. 저놈 주인은 내 아들이라네."

동전 세 닢을 치르고 나는 자리를 털고 일어났다. 동전을 받아 깡통에 집어넣고 노인도 자리에서 일어났다. 밖으로 나온 노인은 내가 등 뒤에서 지켜보는 것도 아랑곳 않고 개와 더불어 웅덩이 쪽으로 묵묵히 멀어져 갔다. 나는 한동안 발길을 돌릴 수 없었다.

벌써 네 번째다. 노인은 내가 표시를 해 둔 곳에서 어정거리다가 그냥 지나치곤 한다.

어제 해 질 무렵 노인이 돌아가고 나서 내 훈장을 가지고 공터로 나갔다. 줄을 떼어 내고 훈장만 물웅덩이 속에 던져 버리고 찾기 쉽게 표시를 해 놓았다. 나흘이나 꼬박 몰래 지켜본 끝에 그와 같은 결론을 얻게 된 것이다. 내가 알고 있는 진실은 말로 표현하기 어렵고 말로 전달될 수도 없는 일이다. 그보다는 차라리 진흙투성이가 된 훈장을 노인의 코앞에 들이대는 것이 훨씬 효과적일 것이다. 그리하여 나는 노인의 굳건한 생존 의지가 결국 자기 환상, 거짓 눈속임에서 비롯됐다는 것을 확인시켜 주고 싶다. 진정으로 추구할 만한 가치나 의미, 희망이나 소망이란 것도 다 자신이 만든 환상, 속임수라는 사실이 일깨워지면 그도 별수 없이 허무한 인생의 실체에 낙담하고 무너질 것이다. 그래야 비로소 나는 이전의 생활로 안심하고 돌아갈 수 있을 것이다.

이제 다섯 번째다. 해는 자꾸 기울고 있다. 이대로 노인에게만 맡겨 두고 있다간 오늘 해도 넘기고 말 것 같다. 나는 초조하게 방 안을 서성거리다 마침내 밖으로 나왔다.

내가 공터에 당도했을 때 건너편 골목을 막 빠져나온 자전거 한 대가 내 곁에 와서 멈춰 섰다. 자전거 뒤엔 간장 단지가 매달려 있다. 간장을 팔러 다니는 소년인가 보다. 나이는 열네댓 살가량으로 보이나 얼굴은 장사꾼으로서 이미 틀이 잡혀 있다. 소년은 자전거에서 껑충 뛰어내리자 노인을 향해 소리쳤다.

"할아버지, 많이 벌었어요?"

그 바람에 나는 노인에게로 다가가려던 걸음을 잠시 멈추었다.

"그래, 벌었다."

노인에게 괜히 심술이 난 듯 소년이 투덜거렸다.

"참 웃기는 양반이지."

소년이 제집처럼 파라솔 밑으로 횅하니 들어가 버리자 나는 슬금슬금 노인의 등 뒤로 다가갔다. 말을 건넬지 그냥 돌아설지 망설이는데 갑자기 기침이 터졌다.

"아직도 못 찾으셨군요?"

노인이 흠칫 놀란 듯 소리 난 쪽으로 돌아보았다. 그뿐이었다. 대꾸는 없다.

"저, 제가 찾는 것을 좀 도와드릴까요? 이 보십시오, 이렇게 장화까지 신고 꼬챙이도 구해 왔습니다."

너스레를 떨어 봤지만 노인은 아무 대꾸도 하지 않았다. 표정이 하도 무뚝뚝해서 도무지 그 의중을 헤아릴 길이 없다. 없으나 마나 나의 의도는 이미 돌이킬 수 없다. 나는 웅덩이 물속으로 성큼 발을 들여놓았다. 아무런 눈치도 채지 못하게 하려고 짐짓 웅덩이와 쓰레기 더미를 한참이나 뒤적거리는 척했다. 그렇게 시간을 끌다가 표적으로 점찍어 둔 억새풀 앞에 와서 멈춰 섰다. 눈치라도 챘으면 해서 신경이 온통 노인에게 가 있는 한편, 꼬챙이로 흙탕물 속을 꾹꾹 눌러 보는데, 갑자기 꼬챙이가 쇠붙이 같은 것에 부딪쳤다. 물속에 손을 넣고 집어 올리니 찾고 있던 물건이었다. 나는 과장되게

너스레 수다스럽게 떠벌려 늘어놓는 말이나 짓.

목소리를 높였다.

"뭔가 비슷한 걸 찾은 것 같습니다. 이것 보세요!"

나는 손안의 것을 흔들어 보였다. 노인은 잠시 자기 눈을 의심하듯 바라보고만 있다가 천천히 내게로 다가왔다. 그 걸음이 어찌나 무겁고 더디게 보이는지 갑자기 의심스러운 생각이 스쳐 갔다. 가까이 다가온 노인은 마지못해 내 손바닥에 놓인 물건을 넌지시 들여다보았다. 노인의 반응을 한 점도 놓치지 않으려고 내 시선은 노인의 얼굴에 꽂혀 있었다.

그때였다. 갑자기 나타난 간장팔이 소년이 끼어들었다.

"찾았군요."

훈장을 집으려는 소년의 손을 나는 재빨리 밀쳤다.

"찾으시던 게 바로 이거지요? 네? 맞습니까?"

흥분을 감추지 못하는 척 다그치는 나를 노인은 고개를 들어 한참 쳐다보았다. 예상과는 달리 노인은 실망하지도 기뻐하지도 않았다. 한심스러워하는 표정이 점차 노여움으로 차가운 경멸로 바뀌었다. 나는 영문을 알 수 없었다.

"바보 같으니라구!"

씹어 뱉듯 뇌까리고 나서 노인은 나를 남겨 둔 채 돌아섰다.

나는 맥이 풀려 멍하니 서 있었다. 물이 질퍽한 훈장의 느낌이 꼭 내 마음 같았다. 그때 소년이 내 손에서 훈장을 **채뜨려** 가며 말했다.

"이거 나 주세요. 할아버진 아무 소용도 없다고 하셨어요."

소년의 말에 나는 정신이 번쩍 들었다. 훈장에 묻은 진흙을 옷에 연방 닦아 가며 들여다보기에 여념이 없는 소년의 손목을 거칠게 낚아챘다.

"그래, 너 가져라. 그런데 뭐라구? 할아버지가 이걸 소용없다고 하셨어?"

소년은 눈을 부릅뜬 나를 보고 훈장을 빼앗기지 않으려고 한 발짝 뒤로 물

채뜨리다 '채다(재빠르게 센 힘으로 빼앗거나 훔치다)'를 강조하여 이르는 말.

러섰다.

"그럼요. 틀림없이 그러셨어요. 그래서 이걸 저기다 버리신 거 아녜요."

"버리다니? 웬 아이가 하두 보채는 바람에 잠시 보여 줬더니 잃어버렸다는데."

"아녜요. 할아버지가 버리셨어요."

나는 갈피를 잡을 수 없는 혼란스러운 마음에 소년의 손목을 잡아끌고 한적한 구석으로 갔다.

"자, 여기 좀 앉아라. 네게 몇 가지 물어볼 일이 있어서 그러니까."

소년이 나를 미심쩍은 눈길로 훑어보았다.

"그런데 아저씨는 누구시죠? 저 할아버지랑 무슨 관계가 있죠?"

"임마, 그건 오히려 내가 물어보려던 참이다. 너야말로 저 할아버지를 어떻게 아니?"

"우리 옆방에 사는 걸요."

"그래? 그렇다면 넌 정말 저 할아버지가 이 훈장을 소용없다 하시는 걸 네 귀로 똑똑히 들었다 이 말이지?"

한 번 더 다짐을 두자 소년은 기분이 상해 볼멘소리를 했다.

"그렇다니까요. 맹세해도 좋아요. 이건 아들이 월남에서 받은 건데 할아버진 이걸 벽에다 걸어 놓고, 늘 저까짓 게 무슨 소용이 있느냐고 하면서 버릴 거라고 했거든요. 그러실 거면 내가 갖겠다고 해도 안 줬어요. 그런데 어느 날 이게 안 보여서 어쨌느냐고 했더니 저 웅덩이에다 버렸다고 하시잖아요. 아까 웃기는 양반이라고 하는 소리 들었죠? 바로 그 소리란 말예요. 글쎄, 소용없어 버렸으면서 뭣 하러 도루 찾느냔 말예요."

"흐흠……."

뭣 하러 도루 찾느냐? 이렇게 되면 나의 예상은 완전히 빗나간 것이다. 노인의 그 줄기찬 집념과 훈장과의 관계는 어찌 된 걸까. 알 수 없는 일이다. 나는 고개를 절레절레 저으며 소년에게 다시 의문의 화살을 던졌다.

"저 할아버진 지금 누구랑 사시냐?"

"아무도 없어요. 혼자예요."

"손녀가 있다던데……?"

"아, 갠 벌써 일 년 전에 죽었어요. 교통사고로."

죽었다고? 일 년 전에? 그렇다면 노인은 뭣 때문에 그런 거짓말을…….

"저 병든 개는 아들이 키우던 거라며?"

"아저씬 어디서 그런 엉터리 같은 소리만 들었어요? 그건 할아버지가 누군
가 병들어 버린 것을 주워 와서 기른 거란 말예요."

훈장, 소녀, 개에 대한 얘기가 모두 지어 낸 말이다? 그 순간 뇌리에 내리
박히듯 꽂히는 생각, 노인은 죄다 알고 있었다! 나 자신이 알고 있는 것보다
훨씬 더 무섭고 냉혹하게 알고 있었다. 허망하고 무의미한 이 세계의 본질을,
그럼에도 삶에 처형당하는 것처럼 인간은 질기게 꾸역꾸역 살아 내야 한다는
것을.

파라솔이 접히어 땅바닥에 던져져 있다. 햇빛 가리개일 때가 한 번도 없었
던 듯이. 노인은 이제 짐을 챙겨 공터를 떠나려 하고 있다. 그는 다시는 이곳
에 나타나지 않을지도 모른다. 몇 날 며칠을 기도하고 기도한 끝에 불러 모은
보이지 않는 혼으로 집을 짓고, 이제 겨우 문턱을 넘어서려는 순간 난데없이
나타난 내가 모든 것을 망쳐 버린 것이다. 혀 차는 소리에 공터가 진동하는
것 같다. 노인의 삶 자체가 인간의 피할 수 없는 비극적 운명에 대한 겸허한
통찰일지도 모른다. 으윽, 울음이 넘어올 것 같다.

……어딘가에선 다시 시작하겠지. 나는 정말 바보였었다.

오발탄

1_ 이 작품에 대한 설명으로 적절하지 <u>않은</u> 것을 골라 봅시다.

① 전후의 사회상을 반영하고 있다.

② 인물과 인물 간의 외적 갈등이 나타나고 있다.

③ 등장인물이 타인의 삶을 관찰하며 서술하고 있다.

④ 주로 인물들의 대화를 통해 사건을 전개하고 있다.

⑤ 전쟁으로 인해 피폐해진 인물들의 삶을 형상화하고 있다.

2_ 이 작품의 시대적 배경을 고려하여 다음 제시문에서 인물이 처한 상황을 써 봅시다.

> "나두 내 나라를 찾았다게 기뻐서 울었다. 엉엉 울었다. 시집올 때 입었던 홍치마를 꺼내 입구 춤을 추었다. 그런데 이 꼴 좋다. 난 싫다. 아무래두 난 모르겠다. 뭐가 잘못됐건 잘못된 너머 세상이디그래."
>
> 철호의 어머니 생각에는 아무리 해도 모를 일이었던 것이었다. 나라를 찾았다면서 집을 잃어버려야 한다는 것은, 그것은 정말 알 수 없는 일이었던 것이었다.

3_ 다음 제시문에 대한 이해로 적절하지 <u>않은</u> 것을 골라 봅시다.

> "네, 가시지요. 양심이란 손끝의 가십니다. 빼어 버리면 아무렇지도 않은데 공연
> 히 그냥 두고 건드릴 때마다 깜짝깜짝 놀라는 거야요. 윤리요? 윤리, 그건 ㉠나이
> 롱 빤쓰 같은 것이죠. 입으나 마나 불알이 덜렁 비쳐 보이기는 매한가지죠. 관습
> 이오? 그건 ㉡소녀의 머리 위에 달린 리본이라고나 할까요? 있으면 예쁠 수도 있
> 어요. 그러나 없대서 뭐 별일도 없어요. 법률? 그건 마치 ㉢허수아비 같은 것입니
> 다. 허수아비. 덜 굳은 바가지에다 되는대로 눈과 코를 그리고 수염만 크게 그린
> 허수아비. 누더기를 걸치고 팔을 쩍 벌리고 서 있는 허수아비. ㉣참새들을 향해
> 서는 그것이 제법 공갈이 되지요. 그러나 ㉤까마귀쯤만 돼도 벌써 무서워하지 않
> 아요. 아니, 무서워하기는커녕 그놈의 상투 끝에 턱 올라앉아서 썩은 흙을 쑤시던
> 더러운 주둥이를 쓱쓱 문질러도 별일 없거든요. 흥."

① ㉠은 있어도 그만, 없어도 그만인 존재를 말하고 있다.

② ㉡은 있으면 좋지만 없어도 별 지장이 없는 존재를 뜻한다.

③ ㉢은 순진한 사람에게는 무서움의 대상이지만 약아빠진 사람에게는 전혀 위협이 되지
　 않는 존재를 비유하고 있다.

④ ㉣은 생존을 위해서라면 누구에게라도 짹짹대며 요란을 떠는 민중을 일컫는다.

⑤ ㉤은 법률을 어겨서라도 자기 이익을 챙기는 사람들을 상징한다.

4_ 작품 전문의 내용을 참고하여 다음 소재 및 행위가 의미하는 바를 빈칸에 써 봅시다.

치통		앓던 이를 모두 뽑음.
• 가난한 삶 • 가족 부양에 대한 가장으로서의 압박감 • ＿＿＿＿＿＿＿＿＿＿＿＿＿	⟷	• ＿＿＿＿＿＿＿＿＿＿＿＿＿ ＿＿＿＿＿＿＿＿＿＿＿＿＿

가 S# 66. 철호의 집 앞

철호가 뜨락에 들어서는데 ⊙"가자!" 하는 어머니의 소리.

철호 한 대 맞은 사람 모양 우두커니 한동안 서 있더니 되돌아서 터벅터벅 걷는다.

여기에 덮이는 철호의 소리─ "어머니, 어디로 가자시는 말씀입니까?"

나 S# 68. 산비탈 길

뚜벅뚜벅 걷고 있는 철호.

S# 69. 피난민 수용소 안(회상)

담요 바지 철호의 아내가 주워 모은 널빤지 조각을 이고 들어와 부엌에 내려놓고 흩어진 머리칼을 **치키며** 숨을 돌리고 있다.

철호 (E) : 저걸 저토록 고생시킬 줄이야.

담요 바지 아내의 모습 위에 O.L

여학교 교복을 입고 강당에 서서 노래를 부르고 있는 그 시절의 아내. 또 O.L되며 신부 차림의 아내가 노래를 부르고 있다. 그 옆에 상기되어 앉아 있는 결혼 피로연 석상의 철호. 노래는 〈돌아오라 소렌토〉.

S# 70. 산비탈

철호가 멍하니 시가지를 내려다보고 섰다. 황홀에 묻힌 거리.

S# 71. 자동차 안

해방촌의 골목길을 운전수가 땀을 빼며 빠져나와서 뒤를 돌아보고

운전수 : 손님! 이상 더 올라가지 못하겠는데요.

영호 : 그럼 내립시다. 시시한 동네까지 몰구 오느라고 수고했소.

천 환짜리 한 장을 꺼내 준다.

운전수 : (공손히) 감사합니다.

다 S# 117. 자동차 안

조수 : 어디로 가시죠?

철호 : 해방촌!

　자동차가 원을 그리며 돌자

철호 : 아냐, 동대문 부인 병원으로.

　이번엔 반대로 커브를 돌리자

철호 : 아냐, 종로서로 가아!

　운전수와 조수가 못마땅해서 힐끗 돌아본다. (중략)

S# 120. 자동차 안

　조수가 뒤를 보며

조수 : 경찰섭니다.

　혼수상태의 철호가 눈을 뜨고 경찰서를 물끄러미 내다보다가 뒤로 쓰러지며

철호 : 아니야. ⓛ가!

조수 : 손님 종로 경찰선데요.

철호 : 아니야. 가.

조수 : 어디로 갑니까?

철호 : 글쎄 가재두…….

조수 : 참 딱한 아저씨네.

철호 : …….

　운전수가 자동차를 몰며 조수에게

운전수 : 취했나?

조수 : 그런가 봐요.

운전수 : 어쩌다 ⓒ오발탄 같은 손님이 걸렸어. 자기 갈 곳도 모르게.

　철호가 그 소리에 눈을 떴다가 스르르 감는다.

　밤거리의 풍경이 쉴 새 없이 뒤로 흘러간다.

　여기에 들리는 철호의 소리.

철호 (E) : 아들 구실, 남편 구실, 애비 구실, 형 구실, 오빠 구실, 또 사무실 서기 구

실. 해야 할 구실이 너무 많구나. 그래, 난 네 말대로 아마도 ②조물주의 오발탄인 지도 모른다. 정말 갈 곳을 알 수가 없다. 그런데 지금 나는 어딘지 가긴 가야 하는 데…….

— 이범선 원작, 나소운·이종기 각색, 〈오발탄〉

- **치키다** 위로 향하여 끌어 올리다.
- **E**(effect) 화면은 앞 화면 그대로 유지한 채 소리만 덧붙이는 기법.
- **O.L**(overlap) 하나의 화면이 끝나기 전에 다음 화면이 겹치면서 먼저 화면이 차차 사라지게 하는 기법.

5_ 다음은 제시문 **가**의 원작 소설 부분입니다. 이 장면을 시나리오로 각색하는 과정에서 고려했을 사항으로 적절하지 <u>않은</u> 것을 골라 봅시다.

> "가자!"
> 그러나 언제까지 그렇게 골목에 서 있을 수도 없는 노릇이었다. 철호는 다시 발을 옮겨 놓았다. 정말 무거운 발걸음이었다. 그건 다리가 저려서만이 아니었다.
> "가자!" / 철호가 그의 집 쪽으로 걸음을 옮겨 놓을 때마다 그만치 그 소리는 더 크게 들려왔다.
> 가자는 것이었다. 돌아가자는 것이었다. 고향으로 돌아가자는 것이었다. 옛날로 되돌아가자는 것이었다. 그것은 이렇게 정신 이상이 생기기 전부터 철호의 어머니가 입버릇처럼 되풀이하던 말이었다. / 삼팔선. 그것은 아무리 자세히 설명을 해 주어도 철호의 늙은 어머니에게만은 아무 소용없는 일이었다.
> "난 모르겠다. 암만해도 난 모르겠다. 삼팔선. 그래 거기에다 하늘에 꾹 닿도록 담을 쌓았단 말이냐, 어쨌단 말이냐. 제 고장으로 제가 간다는데 그래 막는 놈이 도대체 누구란 말이냐?"
> — 이범선, 〈오발탄〉

① 이 장면은 영상으로 처리하기가 복잡하므로 내용을 효과적으로 압축하도록 한다.
② 분단 관련 문제는 작품 주제에 대한 해석을 제한할 수 있어 표면화하지 않도록 한다.
③ 대사 이외의 서술 내용을 효과적으로 전달하기 위해 내레이션 기법을 활용하도록 한다.
④ 철호의 심정을 좀 더 명확하게 표현하기 위해 인상적인 독백을 하나 집어넣도록 한다.
⑤ 어머니의 "가자!" 소리와 철호의 말을 한데 겹치게 해서 대사의 동시적 표현이 가능한 영화의 장점을 살리도록 한다.

6_ 제시문 **나**에 대한 이해로 적절하지 <u>않은</u> 것을 골라 봅시다.

① S# 69에서 '철호 (E)'를 삽입하여 회상의 주체가 철호임을 알려 주고 있다.

② S# 69에서 아내의 변화는 가족이 처한 불우한 상황을 보여 주고 있다.

③ S# 70에서 침묵하는 철호의 모습과 시가지의 분위기를 대비하여, 거리를 바라보는 철호의 심리를 암시하고 있다.

④ S# 70의 침묵하는 철호와 S# 71의 대화를 대비하여 영호의 소심함을 드러내고 있다.

⑤ S# 71의 빠져나오기 힘든 '골목길'은 인물들이 사는 동네의 열악함을 보여 주고 있다.

7_ 제시문 **가**의 어머니와 제시문 **다**의 철호가 각각 ㉠과 ㉡처럼 말하는 이유와 그 의미를 써 봅시다.

• ㉠ : _____

_____

• ㉡ : _____

_____

8_ 제시문 **다**의 ㉢과 ㉣이 의미하는 바를 각각 써 봅시다.

• ㉢ : _____

_____

• ㉣ : _____

_____

[1~4] 다음 제시문을 읽고 물음에 답해 봅시다.

> **가** 신문 사회 면에는 어느 제약 회사에서 외국제 포장갑(包裝匣)을 대량으로 밀수입
> 해다가 인체에 유해한 위조품을 넣어 가지고 고급 외국 약으로 기만 매각하여 수천
> 만 환에 달하는 부당 이득을 취하였다는 기사가 크게 보도되어 있었다. 인숙이가 그
> 기사를 읽는 동안 익준은 분을 누르지 못해 진찰실과 대합실 사이를 왔다 갔다 하며
> 혼자 두덜거렸다. 이윽고 인숙에게서 신문지를 도로 받아 든 익준은 그것을 돌돌 말
> 아 가지고 옆에 있는 의자를 한 번 딱 치고 나서,
> "그래 미스 홍은 어떻게 생각해. 이놈들을 어떻게 처치했으면 속이 시원하겠느냐
> 말요?"
> 마치 따지고 들 듯했다.
> "그야, 뻔허죠 뭐. 으레 법에 의해서 적당히 처벌될 게 아니겠어요."
> 그러자 ㉠익준은 한층 더 분개해서 흡사 인숙이가 범인이기나 한 듯이 핏대를 세
> 우고 대드는 것이었다.
> "뭐라구? 법에 의해서 적당히 처벌될 게라? 아니 그래 이따위 악질 도배들을 그
> 뜨뜻미지근한 의법 처단으루 만족할 수 있단 말요! 미스 홍은 그 정도루 만족할
> 수 있느냔 말요. 무슨 소리요, 어림없소. 이런 놈들은 그저 대번에 모가질 비틀어
> 버리구 말아야 돼. 아니 즉각 총살이다. 그저 당장에 빵빵 하구 쏴 죽여 버리구 말
> 아야 돼. 그러구도 모가지를 베어서 옛날처럼 네거리에 효수를 해야 돼요. 극형에
> 처해야 마땅하단 말요!"
>
> **나** ㉡봉우는 언제나 그랬다. 게슴츠레한 낯으로 대합실에 나타나면 익준이가 한 자
> 빼지 않고 샅샅이 읽고 놓아 둔 신문을 펴 들고 건성건성 제목만 되는대로 주워 읽
> 고 마는 것이다. 그리고 나서는 진찰을 받으러 온 환자처럼 말없이 우두커니 앉아
> 서 시간을 보내는 것이다. 그의 시선은 자주 간호원에게로 간다. 그때만은 그의 눈
> 도 노상 황홀하게 빛난다. 그러다가 간호원과 시선이 마주치면 봉우는 당황한 표정
> 으로 외면해 버리는 것이다. 빼빼 말라붙은 몸집에 키만 멀쑥하게 큰 그는 언제나
> 말이 적고 그림자처럼 조용하다. 어딘가 방금 자다 깬 사람 모양 정신이 들어 보이
> 지 않는 표정을 하고 있다. 하기는 그는 대합실 구석 자리에 앉은 채 곧잘 낮잠을 즐

긴다. ⓒ봉우의 낮잠 자는 모양이란 아주 신기하다. 소파에 앉은 대로 허리와 목을 꼿꼿이 펴고 깍지 낀 두 손을 얌전히 무릎 위에 얹고는 눈을 감고 있다. 그러고 자는 것이다. ②그는 밤에 집에서 잘 때에도 자세를 헝클어뜨리지 않는다고 한다. 천장을 향하고 반듯이 누우면 다음 날 아침까지 몸을 움직이지 않고 고대로 잔다는 것이다. 그러한 봉우는 언제나 수면 부족을 느끼고 있다고 한다. 그것은 6·25 사변을 치르고 나서부터 현저해졌다는 것이다. 전차나 버스를 타도 자리를 잡고 앉기만 하면 그는 으레 잠이 들어 버린다. 그렇지만 자다가도 그는 자기가 내릴 정류장을 지나쳐 버리는 일이 없다. 자면서도 그는 차장의 고함 소리를 꿈속에서처럼 어렴풋이 듣고 있기 때문이다. (중략) 그렇게 된 연유를 그는 6·25 사변으로 돌리는 것이다. 피난 나갈 기회를 놓치고 적치 삼 개월을 꼬박 서울에 숨어 지낸 봉우는 빨갱이와 공습에 대한 공포감 때문에 잠시도 마음 놓고 깊이 잠들어 본 적이 없다고 한다.

다 게다가 만기는 서양 사람처럼 후리후리한 키와 알맞은 몸집에 귀공자다운 해사한 면모를 빛내고 있었다. 또한 넓고 반듯한 이마와 맑고 잔잔한 눈은 그의 총명성과 기품을 설명해 주고 있었다. 누구를 대해서나 입을 열 때는 기사가 바둑돌을 적소에 골라 놓듯이 정확하고 품 있는 말을 한 마디 한 마디 신중히 골라 썼다. 언제나 부드러운 미소와 침착한 언동으로 남에게 친절히 대할 것을 잊지 않았다. ⑩좋은 의미에서 그는 영국풍의 신사였다. 자연 많은 사람 틈에 섞이면 군계일학 격으로 그의 품격은 더욱 두드러져 보였다. 그는 한편 같은 치과 의사들 가운데서도 기술이 출중한 편이었다. 그러면서도 현재는 근방에 있는 딴 치과에 많은 손님을 뺏기고 있는 형편이었다. 그것은 단지 시설이 빈약하고 병원 건물이 초라한 까닭이었다.

1 이 작품에 대한 설명으로 적절하지 **않은** 것을 골라 봅시다.

① 부분적으로 현재형 어미를 사용하여 현장감을 부여하고 있다.

② 각 인물의 특징을 나열하는 방법으로 인물들을 소개하고 있다.

③ 간결한 문체를 사용함으로써 사건 전개의 속도감을 높이고 있다.

④ 인물의 외양과 성격을 자세하게 묘사하여 독자의 이해를 돕고 있다.

⑤ 직접 제시와 간접 제시를 모두 활용하여 인물의 성격을 드러내고 있다.

2_ 〈보기〉를 참고하여 제시문의 인물들을 평가한 내용으로 적절하지 <u>않은</u> 것을 골라 봅시다.

┃보기┃

　〈잉여 인간〉은 6·25 전쟁 이후의 궁핍하고 부조리한 사회를 배경으로 하여, 소외되고 불구적인 인물형을 제시함으로써 인간의 실존 문제를 다루고 있다. 이 작품에 등장하는 인물들은 하나같이 현실에 적응하지 못하고 부조리한 사회로부터 소외된 인물들로 그려지지만, 그들은 이러한 문제점을 극복하고 잃어버린 인간성을 회복하기 위해 노력하기도 한다.

① '익준'이 화를 내는 것은 신문 기사를 통해 부조리한 사회를 느꼈기 때문이겠군.

② '익준'은 비인간적인 행동을 한 이들에게 극단적인 처벌을 가함으로써 인간성을 회복할 수 있다고 믿고 있군.

③ '봉우'는 과거의 기억에 갇혀 현실에 적응하는 데 어려움을 겪고 있는 불구적인 인물형이로군.

④ '봉우'는 간호원인 홍인숙에 대한 사랑을 통해 부조리한 사회에 적응하려고 노력하고 있군.

⑤ '만기'는 자신이 외면당하는 부조리한 사회 속에서도 자신의 인간성을 지키는 품격 있는 인물이겠군.

3_ 제시문의 ㉠~㉤ 중 〈보기〉의 밑줄 친 내용이 잘 드러나는 것을 골라 봅시다.

┃보기┃

　전지적 작가 시점의 서술자는 때로 인물에 대해 평가를 하기도 하는데, 이때 서술자는 자신의 시각을 드러내어 인물의 심리나 행동을 평가하기도 하고 <u>작품에 등장하는 다른 인물의 생각이나 판단을 대신 전달하듯이 서술하기도 한다.</u>

① ㉠　　　　② ㉡　　　　③ ㉢　　　　④ ㉣　　　　⑤ ㉤

4_ 다음 세 인물에게 공간적 배경인 '병원 대합실'이 어떤 의미를 갖는지 써 봅시다.

• 채익준 : _____

_____

• 천봉우 : _____

_____

• 서만기 : _____

_____

[5~8] 다음 제시문을 읽고 물음에 답해 봅시다.

가 봉우 처에게 전화를 걸었더니 딴 사람이 전화를 받았지만 이내 만날 수 있게 연락을 취해 주었다. 지정한 다방으로 가 보니 봉우 처가 기다리고 있었다. 앞장서 들어서는 만기를 보고 반색을 하다가 뒤따라 들어오는 자기 남편을 보더니 여자는 놀라는 눈치였다. 마주 앉기가 바쁘게 만기는 용건부터 얘기했다. 익준이와 봉우와 자기는 중학 시절 이래 막역한 친구임을 말하고 나서 익준이네 비참한 가정 형편을 들려주었다. 그러고는 ㉠장례 비용을 희사하거나 빌려주기를 간청한 것이다.

ⓐ"정말야, 이 친구 말대루야. 나두 보구 가만있을 수가 없어. 몇 달 동안 내 용돈을 안 타 써두 좋으니까 사정을 봐줘."

봉우는 제법 용기를 내서 아이가 어머니에게 조르듯이 옆에서 거들었다. 그사이 봉우 처는 몇 번이나 낯색이 변하였다.

"ⓑ선생님에게두 저 같은 여자가 소용에 닿을 때가 있군요. 좋아요. 저는 점잖은 선생님의 청을 거절할 용기가 없어요!"

여자는 언어 이상의 의미를 표정으로 나타내고 나서 일어서 저쪽으로 가려다가,

"ⓛ오만 환 정도라면 당장 되겠어요. 물론 현금이 좋으시겠죠."

대답도 듣지 않고 카운터 뒤로 사라지더니 좀 뒤에 현찰을 신문지에 꾸려 가지고 돌아왔다. 만기가 치하를 하고 일어서려니까,

"이 돈 그냥 드리는 건 아니에요."

여자가 그래서,

ⓒ"알겠습니다. 이 자리에서 기일 약속은 할 수 없지만 반드시 책임지고 갚아 드리겠습니다."

그랬더니 봉우 처는 문간까지 따라 나오며 애교 띤 농담조로,

"고지식한 양반, 그렇다면 원금만 가지고는 안 되겠어요. 적당한 이자까지 듬뿍. 아시겠어요?"

거의 아양에 가까운 교태였다. 봉우의 눈치를 곁눈질로 살피며 당황히 줄달음을 치듯 나오는 만기의 등 뒤에다 대고,

"일간 다시 들러 주세요. 선생님 일루 꼭 의논할 일이 있으니까요!"

여자는 거리낌 없이 소리를 지르는 것이었다.

나 하여튼 그 돈으로 간소하나마 격식을 갖추어 장례식을 무사히 치를 수 있은 것은 다행한 일이었다. 관을 사 오고, 광목을 떠다 아이들에게 상복을 지어 입히고, 고무신도 사다 신겼다. 의논해서 화장을 않고 망우리에 무덤을 남기기로 했다. 장지로 향하는 차 안에서 익준이가 없는 것을 만기가 탄식했더니,

"살아서두 남편 구실 못 한 위인, 죽은 댐에야 있으나 마나지!"

익준의 장모는 개의치 않았다. 그러나 좀 늦게나마 남편 구실을 못 한 익준이 그날로 집에 돌아오기는 한 것이다. 거의 황혼 무렵이 되어서 산에서 돌아온 일행이 익준네 집 골목 어귀에서 차를 내렸을 때였다. 저쪽에서 머리에 ⓒ흰 붕대를 감고 이리로 걸어오는 허줄한 사내가 있었다. 아이들이 먼저 알아차리고,

ⓓ"아, 아버지다!"

소릴 질렀다. 그러자 익준은 멈칫 걸음을 멈추었고, 이쪽에서들도 일제히 그리로 시선을 보냈다. 익준은 머리에 상처를 입은 모양이었다. 한 손에는 아이들 ⓔ고무신 코숭이가 삐죽이 내보이는 종이 꾸러미를 들고 있었다. 그는 무표정한 얼굴로 이쪽

을 향하고 꼼짝 않고 서 있었다. 석상처럼 전연 인간이 느껴지지 않는 얼굴이었다.

ⓔ"어이구, 차라리 쓸모없는 저따위나 잡아가지 않구 염라대왕두 망발이시지!"

익준의 장모는 사위를 바라보면서 그렇게 중얼대고 인제야 눈물을 질금거리었다. 그래도 아이들이 제일 반가워했다. 일곱 살 먹은 끝의 놈은,

"아부지!"

하고 부르며 쫓아가서 매달렸다.

"아부지, 나, 새 옷 입구, 자동차 타구, 산에 갔다 왔다!"

어린것이 자랑스레 ⓜ상복 자락을 쳐들어 보여도 익준은 장승처럼 선 채 움직일 줄을 몰랐다.

5_ 제시문은 작품의 결말 부분입니다. 이에 대한 가장 적절한 평가를 골라 봅시다.

① 전후의 경제적 궁핍함이 극복되기 어렵다는 비관적 인식을 드러내며 끝을 맺는다.

② 도덕성의 회복을 통해 황폐해진 인간성을 바로잡을 수 있음을 암시하며 끝을 맺는다.

③ 비극적 상황을 인간애를 바탕으로 극복할 수 있다는 가능성을 제시하며 끝을 맺는다.

④ 자신의 환경을 극복하지 못하는 인물의 패배를 통해 역설적으로 현실 극복 의지를 드러내며 끝을 맺는다.

⑤ 아이들의 천진난만한 순수성을 바탕으로 비인간적 현실을 극복할 수 있다는 가능성을 제시하며 끝을 맺는다.

6_ ㉠～㉤의 기능으로 적절하지 <u>않은</u> 것을 골라 봅시다.

① ㉠ : 만기가 어쩔 수 없이 봉우 처를 만나게 되는 이유가 된다.

② ㉡ : 봉우 처가 지닌 물질적인 욕망을 암시한다.

③ ㉢ : 익준이 집을 나가 있는 동안 부상을 입게 되었음을 알게 해 준다.

④ ㉣ : 아이들에 대한 익준의 사랑과 가장으로서의 책임감을 드러낸다.

⑤ ㉤ : 아내의 죽음을 암시하여 익준의 심리 변화의 이유가 된다.

7_ 제시문을 희곡으로 각색할 때 ⓐ~ⓔ의 대사에 어울리는 지시문으로 적절하지 <u>않은</u> 것을 골라 봅시다.

① ⓐ : 간곡하게 호소하듯이

② ⓑ : 상대방을 비웃듯이

③ ⓒ : 부드럽게 속삭이듯이

④ ⓓ : 명랑하게 반기며

⑤ ⓔ : 원망스러워하며

8_ 이 작품의 제목 '잉여 인간'은 어떤 의미인지 써 봅시다.

_____

_____

_____

사막을 건너는 법

[1~7] 다음 제시문을 읽고 물음에 답해 봅시다.   [2021학년도 수능 응용]

가 보이지 않는 베일이 ⓐ<u>모든 사물</u>, 모든 사람들로부터 나를 격리시키고 있는 것 같았다. 집에서 맞이하는 첫날 아침, 나는 이상한 비현실감에 사로잡혔다. "이런 전선(戰線)에서 두부 장수 종소리, 텔레비전에서 흘러나오는 노랫소리, 수돗물이 흘러넘치는 소리가 웬일까?" 중얼거리며 주위를 둘러보았던 것이다. (중략)

"나는 명령을 받았어. 아주 엄중한. D 고지에서 전투 중인 ○○ 연대에 물을 실어다 주라는. 마실 물이 떨어져서 전 연대원이 전투는 고사하고 타는 듯한 갈증과 싸우고 있다는 전통이 온 거야. (중략) 한 치 앞도 가릴 수 없는 어둠과 정적. 목쉰 듯한 엔진 소리는 어둠과 정적의 벽에 부딪혀 바로 귓가에서 부서지고, 부챗살 모양으로 어둠이 지워진 헤드라이트 반경 안 사물들은 빨려들 듯 눈 속으로 뛰어들었지. 길바닥에 딩구는 돌의 이상한 모양새, 풀포기에 매달려 잠자는 벌레까지도 생생하게 감지되었지. 온갖 사물들이 심장에 맞닿아 있는 듯한 그런 느낌은 정말 처음이었어. 이따금씩 정글의 짐승들이 나타나 길을 횡단할 때마다 가슴이 철렁했어. 불빛에 방향 감각을 잃은 나방 떼들이 유리창에 부딪쳐 우수수 떨어져 죽는데, 까닭 없이 소름이 끼쳤어. (중략) ㉠오른쪽 팔이 제대로 움직여지지 않았어. 차를 멈추고 윗옷을 찢어 오른손과 핸들을 비끄러맸지. 그러고 나서 달렸어. 저만큼 앞에 나뭇가지 사이로 아군의 보초 막사가 보인다고 느낀 순간 나는 정신을 잃었어."

아직 할 말이 남았는데 나미가 불쑥 끼어들었다.

"아아, ㉡훈장은 그래서 받게 된 거구나!"

갑자기 플래시를 들이대는 듯한 나미의 낭랑한 음성에 ㉢나는 얼떨떨했다.

나 노인이 창밖에서 뭔가를 열심히 찾고 있는 한 나는 그 무언의 비웃음을 견뎌야 했다. 때문에 사실을 좀 더 명확하게 파악할 필요가 있다. 노인이 찾고 있는 ⓑ물건이 무엇인지, 도대체 노인은 어떤 사람인지 알아보노라면, 그가 찾는 물건과의 상관관계도 자연히 드러나게 될 것이다. 아무튼 이제 나는 노인과 한마디 얘기라도 나눠 보지 않으면 못 견딜 것 같은 심정이다.

드디어 자전거에 짐을 싣고 공터 안으로 들어오는 노인의 모습이 시야에 들어온다. 그 곁엔 개가 종종걸음으로 따르고 있다. 어제와 거의 같은 장소에서 노인은 자전거를 멈추고 짐을 내린다. 파라솔·궤짝·연탄불 따위들이 착착 있을 곳에 놓여진다. 그런데…… 얼마 후에 나를 놀라게 하는 일이 벌어진다. 준비를 끝낸 노인은 이내 파라솔 밑에서 빠져나와 개를 데리고 물웅덩이 쪽으로 가는 게 아닌가. 개는 하루 사이 아주 눈에 띄게 쇠약한 모습이고, 노인도 지치고 쇠잔한 모습이긴 하나 전신에서 끈질기고 강인한 기운이 흐르는 것은 여전했다. 나는 완전히 마음의 안정을 잃고 방 안을 오락가락했다. 믿어지지 않는다. 노인 같은 상황에서 저토록 줄기차게 무언가를 찾는다는 것이 가능한 일인가. 아니, 노인은 무슨 실없는 망상을 품고 있는 것일까. 나는 방에서 뛰쳐나왔다. (중략)

그때였다. 갑자기 나타난 간장팔이 소년이 끼어들었다.

"찾았군요."

훈장을 집으려는 소년의 손을 나는 재빨리 밀쳤다.

"찾으시던 게 바로 이거지요? 네? 맞습니까?"

흥분을 감추지 못하는 척 다그치는 나를 노인은 고개를 들어 한참 쳐다보았다. 예상과는 달리 노인은 실망하지도 기뻐하지도 않았다. 한심스러워하는 표정이 점차 노여움으로 차가운 경멸로 바뀌었다. 나는 영문을 알 수 없었다.

"바보 같으니라구!"

씹어 뱉듯 뇌까리고 나서 노인은 나를 남겨 둔 채 돌아섰다.

나는 맥이 풀려 멍하니 서 있었다. 물이 질퍽한 훈장의 느낌이 꼭 내 마음 같았다. 그때 소년이 내 손에서 훈장을 채뜨려 가며 말했다.

"이거 나 주세요. 할아버진 아무 소용도 없다고 하셨어요." (중략)

[A]
> 파라솔이 접히어 땅바닥에 던져져 있다. 햇빛 가리개일 때가 한 번도 없었던 듯이. ⓔ노인은 이제 짐을 챙겨 공터를 떠나려 하고 있다. 그는 다시는 이곳에 나타나지 않을지도 모른다. 몇 날 며칠을 기도하고 기도한 끝에 불러 모은 보이지 않는 혼으로 집을 짓고, 이제 겨우 문턱을 넘어서려는 순간 난데없이 나타난 내가 모든 것을 망쳐 버린 것이다. 혀 차는 소리에 공터가 진동하는 것 같다. 노인의 삶 자체가 인간의 피할 수 없는 비극적 운명에 대한 겸허한 통찰일지도 모른다. 으윽, 울음이 넘어올 것 같다.
> ……어딘가에선 다시 시작하겠지. 나는 정말 바보였었다.

1_ 제시문의 ⓐ, ⓑ에 대한 이해로 적절하지 않은 것을 골라 봅시다.

① '나'는 ⓐ로부터 소외된 상태에, '노인'은 ⓑ를 상실한 상태에 있다.

② '나'는 자신과 ⓐ의 관계에 대해 타인들은 이해하지 못한다고 생각한다.

③ '나'는 '노인'이 ⓑ를 가치 있는 대상으로 여기고 있다고 판단한다.

④ '나'는 ⓑ의 정체와 '노인'이 ⓑ를 찾는 태도 사이의 상관관계를 알고 싶어 한다.

⑤ '나'는 '노인'의 모습을 지켜보며 ⓑ를 찾는 '노인'의 행위가 중단될 것임을 예감한다.

2_ 다음 〈예시〉에서 제시문에 대한 이해로 올바른 것끼리 묶은 것을 골라 봅시다.

┤예시├
- ㉠ : '나'는 전쟁터에서 물자를 호송하던 도중 부상을 입었다.
- ㉡ : 전쟁의 아픔에 공감하는 만큼 훈장에 대해 큰 의미를 부여하고 있다.
- ㉢ : '나'는 나미의 반응으로 위로받고, 전쟁의 상처를 극복할 의지를 갖게 되었다.
- ㉣ : 노인이 떠나는 것은 '나'의 행위와 관련이 있다.

① ㉠, ㉡　　　② ㉠, ㉢　　　③ ㉠, ㉣　　　④ ㉡, ㉢　　　⑤ ㉢, ㉣

3_ 제시문 **가**와 **나**의 서술상 특징에 대한 설명으로 가장 적절한 것을 골라 봅시다.

① **가**는 인물 간의 대화를 삽입하여, **나**는 인물들의 행동을 제시하여 갈등 해소 과정을 보여 주고 있다.

② **가**는 중심인물의 말을 제시하여, **나**는 주변 인물의 말을 제시하여 사건들의 인과 관계를 드러내고 있다.

③ **가**는 공간 이동에 따라 일어나는 사건을 통해, **나**는 공간에 대한 묘사를 통해 인물들의 외적 갈등을 심화하고 있다.

④ **가**는 구어체를 활용하여 경험한 사실을, **나**는 현재형 시제를 활용하여 관찰하고 있는 사실을 생생하게 나타내고 있다.

⑤ **가**는 회상 장면을 삽입하여, **나**는 의식의 흐름에 따라 사건을 서술하여 인물들이 처한 상황을 객관적으로 전달하고 있다.

4_ 〈보기〉를 참고하여 제시문을 감상한 내용으로 적절하지 <u>않은</u> 것을 골라 봅시다.

┤보기├

　이 작품은 신체의 감각을 활용해 '나'의 체험을 다양하게 형상화한다. 청각을 통해 현실에 대한 타인과의 인식 차이를 나타내거나, 과거 경험을 후각화하여 상징적으로 표현한다. 시각을 통해서는 긴장 상태에서 극대화된 감각 체험을 보여 주는 한편, 전쟁의 실상을 체험하면서 갖게 된 현실에 대한 체념을 드러낸다. 또한 체념 상태를 흔드는 사건을 주시하면서 생기는 번민을, 행동을 통해 제시한다. 이는 '나'가 사막 같은 현실에 발을 내딛는 계기로 작용한다.

① '집에서 맞는 첫날 아침'의 느낌을 감각적으로 표현함으로써, '나'는 과거 전쟁의 여운에서 벗어나지 못하고 있음을 드러내고 있군.

② '두부 장수 종소리, 텔레비전에서 흘러나오는 노랫소리, 수돗물이 흘러넘치는 소리'에 대해 '나'는 상황과 어울리지 않는다고 느끼고 있군.

③ '돌', '벌레' 같은 것들을 '입체 영화'처럼 보며 '심장에 맞닿아 있는 듯' 체감하는 데에서, 전장의 긴장 속에서 '나'의 감각이 극대화되고 있음이 나타나고 있군.

④ '방향 감각'을 잃은 '나방 떼들'이 차창에 '부딪혀' 죽는 것을 목격하는 데에서, '나'가 전쟁의 실상을 깨달음으로써 체념적 현실 인식을 갖게 된다는 것이 나타나고 있군.

⑤ '믿어지지' 않는 '노인'의 행위를 지켜보고 '방 안을 오락가락'하는 데에서, 현실 인식에 대한 '나'의 번민이 행동을 통해 제시되고 있군.

5_ 제시문 **나**의 [A]에서 '나는 정말 바보였었다.'라고 말하는 이유가 무엇일지, '나'의 심리와 노인에게 했던 행동을 바탕으로 추론하여 써 봅시다.

_____

_____

_____

6_ 작품 전문의 내용을 참고하여 다음의 갈등 양상을 요약해 봅시다.

• '나'의 내적 갈등

_____

_____

• '나'와 '나미'의 외적 갈등

_____

_____

• '나'와 노인의 외적 갈등

_____

_____

7_ 다음 도식을 참고하여 '사막을 건너는 법'이라는 제목이 상징하는 의미가 무엇인지 써 봅시다.

노인의 실제 삶	⟷	노인의 가상 속 삶
	‖	
	사막을 건너는 법	

_____

_____

Step_1 전후의 시대상

다음 제시문을 읽고 물음에 답해 봅시다.

> **가** 1945년 해방 이후부터 1949년까지 남한으로 들어온 **귀환** 동포 수는 일본에서 137만 9,000명, 만주 및 기타 등지에서 41만 5,000명, 북한에서 월남한 74만 명 등 총 253만 4,000명에 달했다. 이들 다수는 도시 하천변이나 산비탈 등 **공지**에 천막집·움집 등 **무허가** 정착지를 형성하였는데, 대표적인 곳이 서울의 '해방촌'이었다.
>
> 6·25 전쟁은 또다시 대규모 인구 이동을 초래하여, 1952년 말 남한의 피난민 수는 약 186만 명 정도에 달했다. 이들 대부분은 생활 기반을 상실하고 도시에 정착하면서 국·공유지를 무단으로 점유하여 대규모 무허가 판자촌(板子村)을 형성하였다. 그 결과 어느 도시에서나 무허가 불량 주택이 대규모로 발생하여 산동네 혹은 달동네라고도 불리는 도시 빈민 밀집 거주 지역이 만들어졌다.
>
> 6·25 전쟁 직후 초기 판잣집은 맨 마룻바닥에 가마니를 깔아 난방 시설을 제대로 갖춘 곳이 드물었고, 여러 세대가 공동변소와 공동 우물을 사용하였다. 그리하여 1950년대 정부는 이들 무허가 정착지를 철거하고, 이재민(罹災民)의 경우에만 빈민 구호 차원에서 시 외곽 공유지에 이주시키는 정책을 시행했다.
>
> – 《한국 민족 문화 대백과 사전》
>
> **나** 한국사에서 '해방기'는 **아노미적** 세태와 **전환기적** 도덕의 모습이 모두 드러나던 때였다. 한반도는 해방 후 6·25 전쟁에 이르기까지 좌우 대립, 신탁 통치, 남한 단독 정부 수립 등 정치적 문제와 극심한 경제적 혼란을 두루 겪고 있었다. 이에 따라 해방 전후 문학에는 친일 잔재 청산, 선거의 타락상과 부정부패, 사회 전반에 퍼져 있는 **전도**된 가치 의식 등 사회의 모순에 대한 날카로운 시각이 드러나곤 했다. (중략)
>
> 해방 이후 미군정 치하의 남한은 '무정부 상태'라고 부를 만큼 불안하고 혼란한 경제 상황에 놓여 있었고, 민족적 해방은 개인에게 '정치적 주체'를 요구하면서도 당장의 **호구지책**과 경제적 안정을 보장하진 못했다. 정치적 해방기에 닥친 경제적 대혼란은 각 개인들에게 국가가 얼마나 허약한 존재인지를 느끼게 함과 동시에, 국가가 지켜 주지 않는 생명 혹은 생계를 스스로 해결하도록 내몰았다.

다-1 "그렇게나 살자면 이 형도 벌써 잘살 수 있었다."

철호의 목소리는 떨리고 있었다.

"그렇게나라니요?"

"양심을 버리고, 윤리와 관습을 무시하고, 법률까지도 범하고?"

흥분한 철호의 큰 목소리에 영호는 지금까지 철호의 얼굴에 주었던 시선을 앞으로 죽 뻗치고 앉은 자기의 발끝으로 떨구었다.

"저도 형님을 존경하고 있어요. 고생하시는 형님을. 용케 이 고생을 참고 견디는 형님을. 그렇지만 형님은 약한 사람이야요. 용기가 없는 거지요. 너무 양심이 강해요. 아니, 어쩌면 사람이 약하면 약한 만치, 그만치 반대로 양심이란 가시는 여물고 굳어지는 것인지도 모르죠."

"양심이란 가시?"

"네, 가시지요. 양심이란 손끝의 가십니다. 빼어 버리면 아무렇지도 않은데 공연히 그냥 두고 건드릴 때마다 깜짝깜짝 놀라는 거야요. 윤리요? 윤리, 그건 나이롱 빤쓰 같은 것이죠. 입으나 마나 불알이 덜렁 비쳐 보이기는 매한가지죠. 관습이오? 그건 소녀의 머리 위에 달린 리본이라고나 할까요? 있으면 예쁠 수도 있어요. 그러나 없대서 뭐 별일도 없어요. 법률? 그건 마치 허수아비 같은 것입니다. 허수아비. 덜 굳은 바가지에다 되는대로 눈과 코를 그리고 수염만 크게 그린 허수아비. 누더기를 걸치고 팔을 쩍 벌리고 서 있는 허수아비. 참새들을 향해서는 그것이 제법 공갈이 되지요. 그러나 까마귀쯤만 돼도 벌써 무서워하지 않아요. 아니, 무서워하기는커녕 그놈의 상투 끝에 턱 올라앉아서 썩은 흙을 쑤시던 더러운 주둥이를 쓱쓱 문질러도 별일 없거든요. 흥."

다-2 "그렇지만 지금 네 말로는 잘살자면 꼭 양심이고 윤리고 뭐고 다 버려야 한다는 것이 아니고 뭐야?"

"천만에요. 잘못 이해하신 겁니다. 간단히 말씀드리면 이렇다는 것입니다. 즉, 양심껏 살아가면서 잘살 수도 있기는 있다. 그러나 그것은 극히 적다. 거기에 비겨서 그 시시한 것들을 벗어던지기만 하면 누구나 틀림없이 잘살 수 있다."

"그것이 바로 억설이란 말이다. 마음 한구석이 어딘가 비틀려서 하는 억지란 말이다."

"글쎄요. 마음이 비틀렸다고요? 그건 아마 사실일는지 모르겠어요. 분명히 비틀렸어요, 그런데 그 비틀리기가 너무 늦었어요. 어머니가 저렇게 미치기 전에 비틀렸어야 했지요. 한강 철교를 폭파하기 전에 말입니다. 하나밖에 없는 누이동생 명숙(明淑)이가 양공주가 되기 전에 비틀렸어야 했지요. 환도령이 내리기 전에, 하다 못해 동대문 시장에 자리라도 한 자리 비었을 때 말입니다. 그러구 이놈의 배때기에 지금도 무슨 내장이 기나 한 것처럼 박혀 있는 파편이 터지기 전에 말입니다. 아니, 그보다도 더 전에, 제가 뭐 무슨 애국자나처럼 남들은 다 기피하는 군대에 어머니의 원수를 갚겠노라고 자원하던 그 전에 말입니다."

– 이범선, 〈오발탄〉

라 양심(良心)이라는 말은 그리스어나 라틴어에서 '함께 안다'는 뜻을 가진다. 즉, 인간이 신과 함께 안다는 뜻이다. 인간의 내면에는 자연 도덕법의 요청에 호응하는 기능이 있다. 이 기능은 도덕법의 요청을 파악하여 인간으로 하여금 결단하도록 해 주며 구체적인 윤리적 행위를 하도록 이끌어 주는데, 이것이 바로 양심이다. 따라서 윤리적 근거는 선을 위한 양심의 결단이다. 양심은 인간의 윤리적 결단을 하는 최종적·주체적·내면적 규범이다. 따라서 양심의 요청은 선과 악에 대한 기준이며, 윤리적 근거가 된다. – 《고등학교 철학》

마 사람들은 대부분 그 사회에 형성되어 있는 윤리 규범에 따라 행동하지만, 구체적인 상황에 처할 때마다 반드시 그렇게 행동하는 것은 아니다. 윤리 규범 중에는 '거짓말하지 마라', '살인하지 마라'와 같이 어느 사회에나 공통된 보편적 규범이 있는가 하면, 특정 사회에서만 통용되는 독특한 규범도 있다. 대부분의 경우 그러한 규범들이 요구하는 대로 행동하면 사회 질서가 확립되고, 다른 사람에게도 부당한 손해를 끼치지 않는다.

– 《고등학교 윤리와 사상》

- **귀환**(歸還) 다른 곳으로 떠나 있던 사람이 본래 있던 곳으로 돌아오거나 돌아감.
- **공지**(空地) 집이나 밭 따위가 없는 비어 있는 땅.
- **무허가**(無許可) 허가를 받지 아니함.
- **아노미적**(anomie的) 공통 가치나 도덕 기준이 없어 갈피를 잡을 수 없는 어지러운. 또는 그런 상태.
- **전환기적**(轉換期的) 다른 방향이나 상태로 바뀌는. 또는 그런 시기.
- **전도**(顚倒) 차례, 위치, 이치, 가치관 따위가 뒤바뀌어 원래와 달리 거꾸로 됨. 또는 그렇게 만듦.
- **호구지책**(糊口之策) 가난한 살림에서 그저 겨우 먹고살아 가는 방책.

1_ 제시문 **가**와 **나**를 참고하여 제시문 **다**에 나타난 중층적 갈등 양상을 분석해 봅시다.

인물 vs 인물	
인물 vs 사회	

2_ 제시문 **라**와 **마**를 참고하여 제시문 **다**의 인물들의 선택을 평가해 봅시다.

해방촌의 과거와 오늘

  이범선의 소설 〈오발탄〉(1959년)에서 해방촌은 정치적 해방은 가능할지라도 가난으로부터 해방되지 못한 이들이 사는 곳으로 형상화되어 있다. 작품 속 등장인물들은 이곳에서 전후 비참한 사회적 현실로부터 비롯된 갈등을 겪고, 이 갈등은 개인을 파멸시키는 사회의 모순과 폭력성에 대한 고발 및 비판이라는 주제를 드러낸다.

  한편, 가난한 삶의 공간이라는 이미지를 가지고 있던 해방촌은 1990년대 환경 개선 사업을 거치고 2000년대 초 미군 사병들의 주택지로 인기를 끌면서 서서히 변화한다. 가난한 이주민들의 땅이 미국 군인들의 거주지와 뒤섞여 독특한 분위기를 만들어 내게 된 것이다. 최근에는 다양한 음식점과 카페 및 예술가들의 공방 등이 생기면서 서울의 명소로 자리 잡았다.

Step_2 전쟁이 개인에게 남긴 상처

다음 제시문을 읽고 물음에 답해 봅시다.

가-1 "여보게 만기. 세상에 그래 이런 날도둑놈들이 있나!"

그렇게 개탄하고 신문을 펴 들고 만기 곁으로 가 앉는 익준의 얼굴은 흥분으로 도로 붉어지기 시작했다. 만기는 여전히 품 있는 미소를 머금은 채,

"그러지 않아두 집에서 신문을 보구 자네가 또 몹시 격분했으리라구 짐작했네."

그러면서 담배 케이스를 열고 먼저 익준에게 권하였다. 권하는 대로 익준은 손을 내밀어서 한 대 뽑아 들었다.

"이게 나 혼자만 격분할 일인가? 그럼 자네나 딴 사람들은 심상하다 그 말인가?"

"아니지. 남달리 정의감과 의분이 강한 자네니까 남보다 몇 배 격분하지 않을 수 없으리란 말일세. 그렇지만 혼자 흥분해서 펄펄 뛰면 뭘 하나!" (중략)

그러나 좀 늦게나마 남편 구실을 못한 익준이 그날로 집에 돌아오기는 한 것이다. 거의 황혼 무렵이 되어서 산에서 돌아온 일행이 익준네 집 골목 어귀에서 차를 내렸을 때였다. 저쪽에서 머리에 흰 붕대를 감고 이리로 걸어오는 허줄한 사내가 있었다. 아이들이 먼저 알아차리고,

"아, 아버지다!"

소릴 질렀다. 그러자 익준은 멈칫 걸음을 멈추었고, 이쪽에서들도 일제히 그리로 시선을 보냈다. 익준은 머리에 상처를 입은 모양이었다. 한 손에는 아이들 고무신 코숭이가 삐죽이 내보이는 종이 꾸러미를 들고 있었다. 그는 무표정한 얼굴로 이쪽을 향하고 꼼짝 않고 서 있었다. 석상처럼 전연 인간이 느껴지지 않는 얼굴이었다.

가-2 이러한 봉우는 자연 무슨 일에나 깊은 관심과 정열을 기울이지 못하는 것이었다. 중학 시절에는 그토록 재기 발랄하고 야심가였던 그가 일단 현실 사회에 몸을 담그고 부대끼기 시작하면서부터 차츰 무슨 일에나 시들해지기 시작하더니, 전란(戰亂) 통에 양친과 형제를 잃고 난 다음부터는 영 딴사람처럼 인간 만사에 흥미를 잃은 사람이 되어 버리고 말았다. 심지어 그는 자기 아내에게까지 남편다운 관심과 구실을 다하지 못하고 있는 것이다. (중략) 이를테면 활동 의욕과 생활력을 완전히 상실하다시피 한 봉우는 아내의 부양에 의존하는 수밖에 없었고 경제 활동이 비범한 봉우 처는 무슨 짓을 하며 나가 돌아

다녀도 말썽을 부리지 않으니 어쨌든 봉우가 편리한 남편이었는지도 모르는 것이다. 아무튼 봉우는 그만큼 가정에 대해서나 세상일에 무관심한 인간이었다.

가-3 만기와 익준이와 봉우는 중학 시절에 비교적 가깝게 지낸 사이지만 가정 환경이나 취미나 성격이나 성장해서의 인생 태도는 판이하게 달랐다. 만기는 좀처럼 흥분하거나 격하지 않는 인물이었다. 그렇다고 활동적인 타입도 아니지만 봉우처럼 유약한 존재는 물론 아니었다. 반대로 외유내강한 사내였다. 자기의 분수를 알고 함부로 부딪치지도 않고 꺾이지도 않고 자기의 능력과 노력과 성의로써 차근차근 자기의 길을 뚫고 나가는 사람이었다.

가-4 "선생님에게두 저 같은 여자가 소용에 닿을 때가 있군요. 좋아요. 저는 점잖은 선생님의 청을 거절할 용기가 없어요!"
여자는 언어 이상의 의미를 표정으로 나타내고 나서 일어서 저쪽으로 가려다가,
"오만 환 정도라면 당장 되겠어요. 물론 현금이 좋으시겠죠."
대답도 듣지 않고 카운터 뒤로 사라지더니 좀 뒤에 현찰을 신문지에 꾸려 가지고 돌아왔다. 만기가 치하를 하고 일어서려니까,
"이 돈 그냥 드리는 건 아니에요."
여자가 그래서,
"알겠습니다. 이 자리에서 기일 약속을 할 수 없지만 반드시 책임지고 갚아 드리겠습니다."
그랬더니 봉우 처는 문간까지 따라 나오며 애교 띤 농담조로,
"고지식한 양반, 그렇다면 원금만 가지고는 안 되겠어요. 적당한 이자까지 듬뿍. 아시겠어요?"
거의 아양에 가까운 교태였다. 봉우의 눈치를 곁눈질로 살피며 당황히 줄달음치듯 나오는 만기의 등 뒤에다 대고,
"일간 다시 들러 주세요. 선생님 일루 꼭 의논할 일이 있으니까요!"
여자는 거리낌 없이 소리를 지르는 것이었다.

― 손창섭, 〈잉여 인간〉

나 소설 속 인물들을 설명하기 위해서는 오스트리아의 정신 분석학자인 아들러(Alfred Adler, 1870~1937)의 성격 이론(유형)이 유용하다. 한국 소설사를 **개관하여** 볼 때 지난 시대 작중 인물의 설정 방법은 그때그때 일종의 유행을 이루어 왔음을 알 수 있다. 즉 1920년대에는 농촌의 실상을 **리얼리즘** 수법으로 그렸고, 1940년대에서 1950년대에는 시대적·역사적 상황에 직면한 지식인의 삶의 태도에 주목했다. 1960년대의 소설은 **소시민**의 삶과 의식에 관한 것이 중요한 관심이었고, 1970년대는 불행한 자·근로자·**영세민**을 주요 인물로 설정한 소설이 **주류**를 이루었다. 결국 한국 소설은 대부분 없는 자, 피해받는 자, 뿌리를 뽑힌 자 등으로 표현되는 하층민의 삶을 다루는 것이 문학의 일반적인 추세였다.

㉠ **회피형 인물** : 이 인물형은 어떤 방법으로든 사회적 관심도 적고, 참여하려는 활동도 하지 않는다. 성공을 바라기보다는 실패하는 것을 더 두려워하므로 이들의 삶은 인생 과업으로부터 도피하는, 사회적으로 **무익한** 활동이 주를 이룬다. 이에 따라 사회에서 지향하는 바가 자기 세계와 다를 때 느껴지는 소외와 허무로 사회에 대한 비판 정신이 결여되고, 지향하는 변화가 두려워 상황 자체로부터 회피하는 삶의 형태를 보여 준다.

　6·25 전쟁은 우리 민족에게 철저하게 상처만을 안겨 준 돌발적인 사건이었다. 전쟁을 겪으면서 사람들은 고통스럽고 어려움에 처하는 숱한 상황을 겪게 되었다. 또한 인류 역사상 그 유래가 드문 이념 대립에 의한 동족상잔과 고향 상실 및 분단의 비극은 삶의 허망함과 그리움을 간직한 모습으로 전후 인간의 삶 속에서 재현되고 발견되었다. 이때 개인은 소설 속에서 생의 의미를 잃고 좌절하거나 삶의 방향을 잃어버린 채, 세계와의 단절로 소외 의식을 느끼는 회피형 인간으로 나타난다.

㉡ **극복형 인물** : 이 인물형은 어려움을 겪으면서도 쉽게 좌절하지 않고, 패배 의식이나 절망감으로 무력해지거나 **안주**하기보다는 자신의 삶을 스스로 이끌어 나가는 인물이다. 아들러는 개인에게 자기의 운명을 개척하고 어려운 환경을 극복하며 더 완전한 삶을 추구하는 능력이 있다고 믿었다. 실제의 삶과 마찬가지로 소설에서도, 삶에 대해 적극적인 태도로 자신의 신념을 잃지 않고 현실을 이겨 내는 능동적인 삶의 인물형과 황폐한 세상에 정면으로 도전하여 현실 속에서 살아남을 수 있는 방법을 찾는 현실 적응의 인물형이

나타나고 있다. 이는 열악한 조건에 처해진 자신을 인정하고 분단된 현실에 적극적이고 도 당당하게 자신의 터전을 **정립**하려는 적극적 의지의 발현으로 볼 수 있다.

ⓒ **획득형 인물** : 이 인물형은 다른 사람에게 의존하여 자신의 대부분의 욕구를 충족하는 형이다. 이들의 주된 관심은 가능한 한 많은 것을 다른 사람으로부터 얻어 내는 데 있다. 그러나 그들은 활동 수준이 낮으므로 그렇게 위험하지는 않다.

1950년대 한국은 전통 사회가 해체되고 급격한 사회 변동을 거치는데, 이는 사람들로 하여금 성취 욕구를 폭넓게 갖게 하여 경쟁적으로 사회적 신분 상승을 꾀하고 경제 활동에 적극 참여하게 하였다. 동시에 이러한 사회 현상은 공동체의 해체, 인간성의 상실, 사회적 권위의 **와해** 등을 초래하였다. 소설 속에서 이런 유형의 사람들은 도덕적 가치의 전도와 위선적 언행으로 물질 만능주의 사고를 앞세우는 인간으로 등장한다. 즉, 자기중심적이고 남보다 우월하기 위해 노력하지만 사회적 목적의식이 부족한, 자기 이익과 자기 보호에 사로잡힌 삶을 사는 인물형으로 그려진다.

ⓔ **유용형 인물** : 이 인물형은 사회적 관심과 활동 수준이 모두 높으며, 사회적 관심이 많아서 자신과 타인의 욕구를 함께 충족시킨다. 이런 인물형은 사회 문제를 해결하기 위해 협동, 그리고 타인의 안녕에 공헌하려는 의지가 필수적임을 인식하고 있다. 모든 개인은 협동하고 상호 작용하는 사회적 관계를 맺을 수 있는 선천적 능력, 즉 공동체 의식이나 사회적 관심에 타고난 적성을 가지고 있다. 따라서 개인과 사회 간의 협력적인 조화는 필수적이다. 이러한 유용형 인물은 소설 속에서 사회 세계와 협력하며 살되, 끊임없이 더 나은 세계를 건설하려고 노력하는 인간의 모습으로 그려진다.

- **개관하다**(概觀--) 전체를 대강 살펴보다.
- **리얼리즘**(realism) 일반적으로 현실을 있는 그대로 묘사·재현하려고 하는 창작 태도.
- **소시민**(小市民) 노동자와 자본가의 중간 계급에 속하는 소상인·수공업자·하급 공무원 따위를 통칭하는 말.
- **영세민**(零細民) 수입이 적어 몹시 가난한 사람.
- **주류**(主流) 사상이나 학술 따위의 주된 경향이나 갈래.
- **무익하다**(無益--) 이롭거나 도움이 될 만한 것이 없다.
- **안주**(安住) 한곳에 자리를 잡고 편안히 삶.
- **정립**(正立) 바로 섬. 또는 바로 세움.
- **와해**(瓦解) 기와가 깨진다는 뜻으로, 조직이나 계획 따위가 산산이 무너지고 흩어짐.

1_ 제시문 **가**의 인물들이 현실에 대응하는 태도를 제시문 **나**의 인물 유형에 따라 구분하고 근거를 함께 써 봅시다.

인물	유형	근거
가-1 익준		
가-2 봉우		
가-3 만기		
가-4 봉우 처		

2_ 제시문 **가** 작품을 다음 〈보기〉의 관점에 따라 감상할 때, 주제 이해상 어떤 차이를 갖는지 자신의 생각을 이야기해 봅시다.

┃보기┃
• 관점 1 : 긍정적 인물인 만기를 중심으로 소설을 이해해야 한다고 생각한다.
• 관점 2 : 부정적 인물인 봉우와 익준을 중심으로 소설을 이해해야 한다고 생각한다.

Step_3 살아남은 자가 고통을 견디는 법

다음 제시문을 읽고 물음에 답해 봅시다.

가 독일 철학자 프리드리히 니체(Friedrich Wilhelm Nietzsche, 1844~1900)는 다양한 동물 은유를 써서 삶과 세계의 본질을 통찰한다. 그의 가장 유명한 책인 《자라투스트라는 이렇게 말했다》에는 무수한 동물들이 등장한다. 우리는 '니체의 동물원'에서 동물들을 보면서 새롭게 인간에 대해 배울 수 있다. (중략)

공경하고 두려워하는 마음을 지닌 억센 정신, 짐깨나 지는 정신에게는 참고 견뎌 내야 할 무거운 짐이 허다하다. 정신의 강인함, 그것은 무거운 짐을, 그것도 더없이 무거운 짐을 지고자 한다. 무엇이 무겁단 말인가? 짐깨나 지는 정신은 그렇게 묻고는 ⓐ<u>낙타</u>처럼 무릎을 꿇고 짐이 가득 실리기를 바란다. 너희 영웅들이여, 내가 그것을 등에 짐으로써 나의 강인함을 확인하고, 그 때문에 기뻐할 수 있는 저 더없이 무거운 것, 그것은 무엇인가? 짐깨나 지는 정신은 묻는다. 짐깨나 지는 정신은 이처럼 더없이 무거운 짐 모두를 마다하지 않고 짊어진다. 그러고는 마치 짐을 가득 지고 사막을 향해 서둘러 가는 낙타처럼 그 자신의 사막으로 서둘러 달려 간다. (중략)

외롭기 짝이 없는 저 사막에서 두 번째 변화가 일어난다. 여기에서 낙타는 ⓑ<u>사자</u>로 변하는 것이다. 사자는 이제 자유를 쟁취하여 그 자신이 사막의 주인이 되고자 한다. 사자는 여기에서 그가 섬겨 온 마지막 주인을 찾아 나선다. 그는 주인에게 그리고 그가 믿어 온 마지막 신에게 **대적하려** 하며, 승리를 쟁취하기 위해 그 거대한 용과 한바탕 싸움을 벌이려 한다. 정신이 더 이상 주인 또는 신이라고 부르기를 마다하는 그 거대한 용의 정체는 무엇인가? '너는 마땅히 해야 한다.' 그것이 그 거대한 용의 이름이다. 그러나 사자의 정신은 이에 맞서 '나는 하고자 한다.'라고 말한다. (중략)

사자는 최후의 변신을 시도한다. "내가 열망하는 것은 나의 행위이다! 자, 사자가 왔다. 나의 자식들이 가까이 왔다. 나의 때가 왔다. 이것이 나의 아침이다. 나의 대낮이 시작되는 것이다." 해가 머리 위에 뜨고, 그림자가 가장 짧아지는 시각! 그는 이제 ⓒ<u>어린아이</u>가 되고자 한다. 사자에서 어린아이로 넘어가는 사이에는 높은 문턱이 있다. 그 문턱을 넘게 하는 동력은 웃음, 춤, 놀이다. (중략) 사자보다 더 긍정하고, 사자보다 더 창조적인 긍정 정신에 도달하는 것은 어린아이다. 어린아이는 그것을 어떻게 해낼 수 있었던가?

"그러나 말해 보라, 형제들이여. 사자조차 할 수 없는 일을 어떻게 어린아이는 해낼 수 있는가? 왜 **강탈**을 일삼는 사자는 어린아이가 되어야 하는가? 어린아이는 순진무구요 망각이며 새로운 시작, 놀이, 스스로의 힘에 의해 돌아가는 바퀴이며 최초의 운동이자 거룩한 긍정이다. 창조의 놀이를 위해서는 거룩한 긍정이 필요하다. 정신은 이제 자기 자신의 의지를 원하여, 세계를 상실한 자는 자신의 세계를 획득하게 된다." (중략)

역설적으로 망각은 잊어버림으로써 그 주체를 더 잘 살게 하고 구원에 이르게 한다. 망각은 돌이키기 싫은 과거로부터의 자유로움이고, 존재를 옥죄는 강박증으로 뒤엉킨 기억에서의 느슨해짐이다. 어른들은 과거의 기억들에 사로잡히고 그것이 규정하는 것으로부터 자유롭지 않다. 그러나 어린아이들은 망각해야 할 과거가 없다. 따라서 기억의 의무도 지지 않는다. 어린아이는 자유로운 존재란 뜻이다. 그래서 어린아이들은 과거와 미래 사이를, 그리고 자기 자신과 타인 간을 경계 없이 자유롭게 넘나든다. 그들은 항상 거룩한 긍정 속에서 놀이를 창조해 내며, 그 놀이를 기쁨 속에서 새롭게 시작하기를 반복한다.

– 장석주, 〈니체의 동물원에서〉(《세계일보》, 2012. 01.)

나 일반적으로 허무주의는 '우리의 존재 이유가 없고, 우리가 추구해 온 도덕적·미적 가치 역시 타당한 근거가 없으며, 보편타당한 앎이지만 우리가 알 수 있는 것 또한 존재하지 않는다는 판단에서 오는 정신적 **공황**'이라고 정의된다. 이렇게 볼 때 허무주의의 본질은 소위 진리나 그 전에 올바른 인식에 대해 전체적으로 부정하고 희망을 상실하게 하는 것이다. 이런 사상의 변화가 생긴 이유는 아마 시대라고 생각할 수 있는데, 6·25 전쟁 때문에 사회가 거대한 변화를 겪을 때 동시대 사람들의 **사상**도 달라지게 되었다.

한마디로 말해서 "당대의 사건을 경악과 비명으로 받아들이고 현실에 대한 저주와 비탄의 신음을 내며, 패배주의와 운명의 굴욕감에 젖어 관념으로 피신하거나 허무주의로 발산"했다. 이것이 전쟁이 끝난 후 나타난 한국 문학의 모습이다.

다 "뭔가 비슷한 걸 찾은 것 같습니다. 이것 보세요!"

나는 손안의 것을 흔들어 보였다. 노인은 잠시 자기 눈을 의심하듯 바라보고만 있다가 천천히 내게로 다가왔다. 그 걸음이 어찌나 무겁고 더디게 보이는지 갑자기 의심스러운 생각이 스쳐 갔다. 가까이 다가온 노인은 마지못해 내 손바닥에 놓인 물건을 넌지시 들여다보았다. 노인의 반응을 한 점도 놓치지 않으려고 내 시선은 노인의 얼굴에 꽂혀 있었다.

그때였다. 갑자기 나타난 간장팔이 소년이 끼어들었다.

"찾았군요."

훈장을 집으려는 소년의 손을 나는 재빨리 밀쳤다.

"찾으시던 게 바로 이거지요? 네? 맞습니까?"

흥분을 감추지 못하는 척 다그치는 나를 노인은 고개를 들어 한참 쳐다보았다. 예상과는 달리 노인은 실망하지도 기뻐하지도 않았다. 한심스러워하는 표정이 점차 노여움으로 차가운 경멸로 바뀌었다. 나는 영문을 알 수 없었다.

"바보 같으니라구!"

씹어 뱉듯 뇌까리고 나서 노인은 나를 남겨 둔 채 돌아섰다. (중략)

"그렇다니까요. 맹세해도 좋아요. 이건 아들이 월남에서 받은 건데 할아버진 이걸 벽에다 걸어 놓고, 늘 저까짓 게 무슨 소용이 있느냐고 하면서 버릴 거라고 했거든요. 그러실 거면 내가 갖겠다고 해도 안 줬어요. 그런데 어느 날 이게 안 보여서 어쨌느냐고 했더니 저 웅덩이에다 버렸다고 하시잖아요. 아까 웃기는 양반이라고 하는 소리 들었죠? 바로 그 소리란 말예요. 글쎄, 소용없어 버렸으면서 뭣 하러 도루 찾느냔 말예요."

"흐흠……."

뭣 하러 도루 찾느냐? 이렇게 되면 나의 예상은 완전히 빗나간 것이다. 노인의 그 줄기찬 집념과 훈장과의 관계는 어찌 된 걸까. 알 수 없는 일이다. 나는 고개를 절레절레 저으며 소년에게 다시 의문의 화살을 던졌다.

"저 할아버진 지금 누구랑 사시냐?"

"아무도 없어요. 혼자예요."

"손녀가 있다던데……?"

"아, 걘 벌써 일 년 전에 죽었어요. 교통사고로."

죽었다고? 일 년 전에? 그렇다면 노인은 뭣 때문에 그런 거짓말을…….

"저 병든 개는 아들이 키우던 거라며?"

"아저씬 어디서 그런 엉터리 같은 소리만 들었어요? 그건 할아버지가 누군가 병들어 버린 것을 주워 와서 기른 거란 말예요."

훈장, 소녀, 개에 대한 얘기가 모두 지어 낸 말이다? 그 순간 뇌리에 내리박히듯 꽂히는 생각, 노인은 죄다 알고 있었다! 나 자신이 알고 있는 것보다 훨씬 더 무섭고 냉혹하게 알고 있었다. 허망하고 무의미한 이 세계의 본질을, 그럼에도 삶에 처형당하는 것처럼 인간은 질기게 꾸역꾸역 살아 내야 한다는 것을. — 서영은, 〈사막을 건너는 법〉

- **대적하다**(對敵——) 적이나 어떤 세력, 힘 따위와 맞서 겨루다.
- **강탈**(強奪) 남의 물건이나 권리를 강제로 빼앗음.
- **공황**(恐慌) 두려움이나 공포로 갑자기 생기는 심리적 불안 상태.
- **사상**(思想) 어떠한 사물에 대하여 가지고 있는 구체적인 사고나 생각.

1_ 제시문 **가**의 ⓐ, ⓑ, ⓒ의 삶에 대한 태도를 비교하여 써 봅시다.

_____

_____

_____

_____

2_ 문제 1번의 답을 바탕으로 제시문 **나**를 참고하여 제시문 **다**의 '나'와 노인의 삶에 대한 태도를 분석해 봅시다.

_____

_____

_____

_____

3_ 〈학습 자료〉의 인물 '귀도'와 제시문 **다**의 '노인'이 삶을 대하는 태도를 비교해 봅시다.

┨ 학습 자료 ┠

　　1997년에 개봉한 영화 〈인생은 아름다워〉는 제2차 세계 대전 당시 이탈리아에서의 유대인 탄압과 학살을 다루고 있다. 유대인 청년 '귀도' 는 초등학교 교사인 '도라'와 사랑에 **빠져** 결혼 후 아들 '조슈아'를 얻는다. 세계 대전이 막바지 에 달할 무렵 이탈리아에 독일의 꼭두각시 정권 이 들어서면서 유대인인 귀도와 조슈아는 수용 소로 잡혀가고, 유대인이 아닌 도라는 가족과 함께하기 위해 수용소 생활을 자청한다. 귀도 는 아들에게 수용소 생활이 단체 게임이라며 거 짓말을 하고, 1,000점을 따는 우승자에게는 진짜 탱크가 주어진다고 말한다. 아버지 의 말을 믿은 아들은 혹독한 수용소 생활을 천진난만함으로 견뎌 내고, 아버지는 아 들을 지키기 위해 고군분투한다. 미군이 진격해 온다는 소문에 혼란한 어느 밤, 탈출 을 시도하던 귀도는 아들을 안전한 곳에 숨긴 후 아내를 찾아 수용소로 돌아갔다가 경비병에게 붙들려 처형장으로 끌려간다. 귀도는 죽음을 예견하면서도 우스꽝스러 운 걸음을 걸으며 숨어서 이를 지켜보는 아들을 안심시킨다. 아버지의 당부대로 밤 새 숨어 있던 아들은 아침이 되자 수용소 마당으로 나온다. 그리고 수용소를 해방하 러 온 미군 탱크를 보며, 게임에 이겨 진짜 탱크를 선물받는 줄만 알고 천진난만하게 놀란다.

생각펼치기

제시문 **가**에 나타난 평화의 의미를 파악하고, 제시문 **나**, **다**의 인물이 진정한 평화를 되찾기 위해 필요한 자세는 어떤 것일지 논술해 봅시다.(1,000자 이내)

가 평화란 무엇일까? 인간은 누구나 평화로운 삶을 살고자 하지만 평화를 명확하게 얘기하기란 매우 어렵다. 사전적으로 평화는 '평온하고 화목함'이라는 의미이지만, 그 개념은 명확하지 않다. 보통은 소극적으로 '폭력이 없는 상태'를 의미하는데, '폭력' 또한 평화만큼 **확정하기** 어려운 개념이어서 정확하게 다가오지 않는다.

평화란 개인의 주관적 감정에 좌우되는 경우가 많아서, 어떤 사람에게는 평화가 다른 누군가에게는 그렇지 않을 수 있다. 이때 인간은 다른 사람과의 비교를 통해 평화로운 상황일지라도 이를 상대적으로 인식하기도 한다. 스스로 폭력적인 상태에 놓여 있어서 평화롭지 않다고 생각하다가도, 더 폭력적인 상태에 놓여 있는 사람을 보게 되면 자신의 상황을 평화롭다고 느끼기도 한다. 물론 반대의 경우도 있다.

평화를 폭력의 부재로 이해하는 소극적 평화는 평화의 내용과 범위를 **특정하지** 못한다. 이에 '적극적 평화'라는 개념이 등장하는데, 적극적 평화란 폭력의 부재에 그치지 않고 평온하고 화목한 상태를 실현하는 조건과 능력을 갖춘 상태를 말한다. 소극적으로 폭력이 없다는 것만으로는 평화가 실현될 수 없다는 현실을 인식하고 보다 적극적으로 평화를 실현해야 하며, 이를 위해 실질적인 제도 장치를 마련해야 한다는 개념이다. (중략)

평화학(平和學)을 창시한 노르웨이의 사회학자 요한 갈퉁(Johan Galtung, 1930~)은 평화의 적극적 측면을 강조한다. 그에 따르면 평화란 '전쟁과 같은 물리적 폭력은 물론, 억압적 정치 시스템에 따른 사회 구조적 폭력, 성이나 소수에 대한 차별과 같은 문화적 폭력, 자연에 대한 생태적 폭력 등과 그 가능성이 없는 상태, 그리고 이러한 조건과 능력을 갖춘 상태'로 정의할 수 있다. 그리하여 평화학에서 설정한 평화의 개념과 내용은 다음과 같이 구체화된다.

첫째, 평화의 부재로서 폭력에는 전쟁이나 살인과 같은 물리적 폭력뿐만 아니라 사회에서 구조화된 억압적 분위기나 개인에게 심리적으로 폭력을 행사하는 사회 심리적 폭력까지 포함된다. 특히 사회 심리적 폭력은 사회에 구조적으로 **내재화**되어 개인을 영속적으로 지배하기 때문에 물리적 폭력보다 훨씬 더 위험하고 무서울 수 있다. 평화란 물리적 폭력과 사회 심리적 폭력이 없고, 이러한 상태를 만들기 위한 조건과 능력을 갖출 때 실현될 수 있다.

둘째, 폭력은 현실적으로 발생한 것뿐만 아니라 잠재적 가능성으로 존재하는 것을 포함한다. 현실에서 폭력이 실제 발생한 경우 평화롭지 않은 것은 당연하다. 그러나 언제든지 폭력이 발생할 수 있는 불안한 상태 또한 평화로울 수 없다. 물리적 폭력은 현실적으로 드러난 경우와 잠재적 가능성으로 존재하는 경우가 비교적 선명하게 구별된다. 하지만 사회 심리적 폭력에서 이들은 구별되지 않거나 잠재적 가능성으로 존재하는 경우가 대부분이다. 따라서 평화를 실질적으로 구현하기 위해서는 사회 심리적 폭력을 사전적으로 예방하고, **사후적**으로 제거하는 것이 중요하다.

셋째, 인간에 제한하지 않고 자연의 평화를 지향하는 생태 평화 또는 녹색 평화까지 평화의 범위를 확장시킨다. 이러한 입장은 자연을 전체적인 유기체로 이해하고 인간도 자연의 일부라는 점에 주목한다. 자연의 평화가 파괴되면 그 자체가 인간에게 폭력이며, 인간도 평화로울 수 없다. (중략)

한편, 평화라는 개념이 어려운 것과 별개로 인간에게 평화란 불가능한 것이라고 생각할 수도 있다. 인간은 누구나 권력의 획득·보존과 확장의 욕망을 가지고 있으며, 이러한 본능을 고려할 때 인간 세계에 폭력이 없거나 폭력의 잠재적 가능성이 없는 상태는 결코 존재할 수 없기 때문이다. 이러한 관점에 따르면 평화란 폭력 또는 폭력의 잠재적 가능성이 일시적으로 부재한 것에서 느끼는 착각일 수 있다.

– 이효원, 〈우리에게는 헌법이 있다〉

나 철호의 어머니 생각에는 아무리 해도 모를 일이었던 것이었다. 나라를 찾았다면서 집을 잃어버려야 한다는 것은, 그것은 정말 알 수 없는 일이었던 것이다.

철호의 어머니는 남한으로 넘어온 후로 단 하루도 이 '가자'는 말을 하지 않은 날이 없었다.

그렇게 지내오던 그날, 6·25 사변으로 바로 발밑에 빤히 내려다보이는 용산 일대가 폭격으로 지옥처럼 무너져 나가던 날 끝내 철호는 어머니를 잃어버리고 말았던 것이었다.

"큰애야, 이젠 정말 가자. 데것 봐라. 담이 홈싹 무너뎄는데. 삼팔선의 담이 데렇게 무너뎄는데, 야."

그때부터 철호의 어머니는 완전히 정신 이상이었다. 지금의 어머니, 그것은 이미 철호의 어머니는 아니었다. 아무리 따져 보아도 그것이 철호 자기의 어머니일 수는 없었다. 세상에 아들딸마저 알아보지 못하는 어머니가 있을 수 있는 것일까? 그날부터 철호의 어머니는,

"가자! 가자!"

하고 저렇게 쨍쨍한 목소리로 외마디 소리를 지를 뿐 그 밖의 모든 것을 완전히 잃어 버리고 있었다. 철호에게 있어서 지금의 어머니는 말하자면 어머니의 시체에 지나지 않았다.

– 이범선, 〈오발탄〉

다 보이지 않는 베일이 모든 사물, 모든 사람들로부터 나를 격리시키고 있는 것 같았다. 집에서 맞이하는 첫날 아침, 나는 이상한 비현실감에 사로잡혔다. "이런 전선(戰線)에서 두부 장수 종소리, 텔레비전에서 흘러나오는 노랫소리, 수돗물이 흘러넘치는 소리가 웬일일까?" 중얼거리며 주위를 둘러보았던 것이다. 이런 전선에서, 그렇다. 매 순간 몸이 오그라드는 것 같은 긴장의 연속, 긴박한 위기감, 생생한 두려움, 그것은 아직도 내 몸에 흐르는 전쟁의 여운이었다. 그런데 이 무슨 두부 장수 종소리, 유행가 소리인가! 몸이 해체되어 피가 새어 나가는 것 같았다. 내 안의 긴박감에 비해서 밖은 너무도 무미하고 태평스럽고 천연덕스럽기까지 했다. 나미도, 학교 공부도, 또 나로부터 그토록 수많은 밤을 앗아 갔던 작업들도 예외일 수는 없다. 내게는 그것들과 관계를 다시 시작할 하등의 흥미도 관심도 남아 있지 않았다. 나날이 권태스럽고 짜증스럽기만 했다. 이따금 나는 내 안의 긴장에 대해서, 적어도 숨김없는 그 진실에 대해서 누군가에게 말하려 애써 보았다. 그러나 이해하는 사람이 아무도 없었다.

– 서영은, 〈사막을 건너는 법〉

- **확정하다**(確定--) 일을 확실하게 정하다.
- **특정하다**(特定--) 구체적으로 명확히 지정하다.
- **내재화**(內在化) 어떤 성질 따위가 사물이나 일정한 범위의 안에 들어 있게 됨.
- **사후적**(事後的) 일이 끝난 뒤에 일어나는 것.

03 산업화 시대 1 : 이름 없는 사람들

작품 읽기

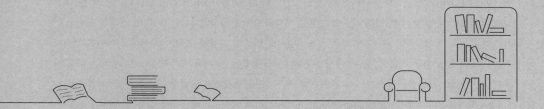

학습 목표

1. 문학 작품에 드러난 1960년대 한국 사회를 파악하고, 소시민의 등장 배경을 살펴볼 수 있다.

2. 현대 사회에서 드러난 다양한 소외 양상의 개념과 특성을 파악할 수 있다.

3. 현대 사회의 인간관계의 문제점을 파악하고, 바람직한 인간관계를 고찰할 수 있다.

4. 현대 사회의 인간 소외 현상의 원인을 파악하고, 해결 방안을 제시하는 글을 쓸 수 있다.

열매와 잎이 다 떨어진 앙상한 겨울나무를 보면 어떤 느낌이 드나요? 더없는 황량함이 느껴지나요?

전쟁의 화마(火魔)가 할퀴고 간 우리나라는 혼돈의 시대를 지나며 부패한 정치에 더욱 힘겨운 나날을 보내게 됩니다. 한때 4·19 혁명(1960)으로 희망적 미래가 펼쳐지는가 싶었지만 이도 잠시, 5·16 군사 쿠데타(1961)로 4·19 정신이 군홧발에 짓밟히면서 군사 정부에 의한 엄혹한 시절이 들이닥칩니다. 그리하여 1964년 서울은 겨울나무처럼, 가난과 황폐함을 벗지 못한 채 혹독한 겨울을 지나게 됩니다.

1965년 《사상계》에 발표된 이 소설은 선술집에서 우연히 만난 세 사람이 하룻밤을 함께 보내면서 일어난 사건을 그리고 있습니다. 이때 등장인물인 '안'과 '나'는 서로에 대하여 깊이 알려고 하지 않은 채 피상적인 대화만 나눌 뿐이며, 이는 나중에 합류한 사내와도 마찬가지입니다. 그리하여 아내의 시체를 판 사내의 사정을 알게 된 '안'과 '나'는 그를 동정하면서도 타인인 그에게 얽히기 싫어하고 어떠한 책임도 지려고 하지 않습니다. 작품의 뒷부분에서 여관에 함께 가게 된 세 사람이 각자 다른 방에 묵은 다음 날 아침, 사내가 자살한 것을 알고 '안'과 '나'가 도망치듯 여관을 빠져나오는 데서 이를 확인할 수 있습니다.

1964년 겨울을 지나는 서울을 떠올려 봅시다. 그리고 파편화되고 비인간적 삶을 살아가는 소설 속 인물들의 모습이 오늘날 우리의 모습은 아닐지 돌아보며 이 작품을 감상해 봅시다.

▌김승옥(金承鈺, 1941~)

일본 오사카 출생, 전남 순천에서 성장. 1962년에 단편 소설 〈생명 연습〉이 《한국일보》 신춘문예에 당선되어 등단했다. 같은 해 김현, 최하림 등과 창간한 동인지 《산문시대》에 〈건〉, 〈환상 수첩〉 등을 발표하며 본격적인 문단 활동을 시작하였다. 4·19 혁명이 일어나던 해인 1960년에 대학에 입학하여 4·19 세대로 일컬어지던 그는 작품 활동 초기에는 〈확인해 본 열다섯 개의 고정 관념〉에서 볼 수 있듯이 낭만주의적 작품 세계를 선보였으나, 점차 〈무진 기행〉, 〈서울, 1964년 겨울〉, 〈차나 한잔〉, 〈염소는 힘이 세다〉 등 현대 산업 사회에서의 삶에 대한 환멸과 허무주의가 반영된 작품을 펴냈다.

서울, 1964년 겨울 _김승옥

　1964년 겨울을 서울에서 지냈던 사람이라면 누구나 알 수 있겠지만, 밤이 되면 거리에 나타나는 **선술집**—오뎅과 **군참새**와 세 가지 종류의 술 등을 팔고 있고, 얼어붙은 거리를 휩쓸며 부는 차가운 바람이 펄럭거리게 하는 포장을 들치고 안으로 들어서게 되어 있고, 그 안에 들어서면 **카바이드** 불의 길쭉한 불꽃이 바람에 흔들리고 있고, 염색한 군용(軍用) 잠바를 입고 있는 중년 사내가 술을 따르고 안주를 구워 주고 있는 그러한 선술집에서, 그날 밤, 우리 세 사람은 우연히 만났다. 우리 세 사람이란 나와 **도수** 높은 안경을 쓴 안(安)이라는 대학원 학생과 정체를 알 수 없지만 요컨대 가난뱅이라는 것만은 분명하여 그의 정체를 꼭 알고 싶다는 생각은 조금도 나지 않는 서른대여섯 살짜리 사내를 말한다.

　먼저 말을 주고받게 된 것은 나와 대학원생이었는데, 뭐 그렇고 그런 자기 소개가 끝났을 때는 나는 그가 안 씨라는 성을 가진 스물다섯 살짜리 대한민국 청년, 대학 구경을 해 보지 못한 나로서는 상상이 되지 않는 **전공**을 가진 대학원생, 부잣집 장남이라는 걸 알았고, 그는 내가 스물다섯 살짜리 시골 출

선술집　술청 앞에 선 채로 간단하게 술을 마실 수 있는 술집.
군참새　참새의 털을 뽑고 대가리, 발목, 내장을 버리고 간을 하여 구운 음식.
카바이드(carbide)　물과 반응하면 아세틸렌 가스를 발생시키는 물질.
도수(度數)　각도, 온도, 광도 따위의 크기를 나타내는 수.
전공(專攻)　어느 한 분야를 전문적으로 연구함. 또는 그 분야.

신, 고등학교는 나오고 육군 사관 학교를 지원했다가 실패하고 나서 군대에 갔다가 임질(淋疾)에 한 번 걸려 본 적이 있고, 지금은 구청 **병사계**에서 일하고 있다는 것을 아마 알았을 것이다.

자기 소개들은 끝났지만, 그러고 나서는 서로 할 얘기가 없었다. 잠시 동안은 조용히 술만 마셨는데, 나는 새카맣게 구워진 참새를 집을 때 할 말이 생겼기 때문에 마음속으로 군참새에게 감사하고 나서 얘기를 시작했다.

"안 형, 파리를 사랑하십니까?"

"아니오, 아직까진……." 그가 말했다. "김 형은 파리를 사랑하세요?"

"예."라고 나는 대답했다. "날 수 있으니까요. 아닙니다. 날 수 있는 것으로서 동시에 내 손에 붙잡힐 수 있는 것이니까요. 날 수 있는 것으로서 손안에 잡아 본 것이 있으세요?"

"가만 계셔 보세요." 그는 안경 속에서 나를 멀거니 바라보며 잠시 동안 표정을 꼼지락거리고 있었다. 그리고 말했다. "없어요. 나도 파리밖에는……."

낮엔 이상스럽게도 날씨가 따뜻했기 때문에 길은 얼음이 녹아서 흙물로 가득했었는데 밤이 되면서부터 다시 기온이 내려가고 흙물은 우리의 발밑에서 다시 얼어붙기 시작했다. 쇠가죽으로 지어진 내 검정 구두는 얼고 있는 땅바닥에서 올라오고 있는 찬 기운을 충분히 막아 내지 못하고 있었다. 사실 이런 술집이란, 집으로 돌아가는 길에 잠깐 한잔하고 싶은 생각이 든 사람이나 들어올 데지, 마시면서 곁에 선 사람과 무슨 얘기를 주고받을 데는 되지 못하는 곳이다. 그런 생각이 문득 들었지만 그 안경잡이가 때마침 나에게 기특한 질문을 했기 때문에 나는 '이놈 그럴듯하다.'고 생각되어 추위 때문에 저려 드는 내 발바닥에게 조금만 참으라고 부탁했다.

"김 형, 꿈틀거리는 것을 사랑하십니까?" 하고 그가 내게 물었던 것이다.

병사계(兵事係) 주로 지방 행정 기관에서 병역 사무를 맡아보는 한 부서.

"사랑하구 말구요." 나는 갑자기 의기양양해져서 대답했다. 추억이란 그것이 슬픈 것이든지 기쁜 것이든지 그것을 생각하는 사람을 의기양양하게 한다. 슬픈 추억일 때는 고즈넉이 의기양양해지고 기쁜 추억일 때는 소란스럽게 의기양양해진다.

"사관 학교 시험에서 미역국을 먹고 나서도 얼마 동안, 나는 나처럼 대학 입학 시험에 실패한 친구 하나와 **미아리**에 하숙하고 있었습니다. 서울엔 그때가 처음이었죠. 장교가 된다는 꿈이 깨어져서 나는 퍽 실의에 빠져 있었습니다. 그때 영영 실의해 버린 느낌입니다. 아시겠지만 꿈이 크면 클수록 실패가 주는 절망감도 대단한 힘을 발휘하더군요. 그 무렵 재미를 붙인 게 아침의 만원된 버스 칸이었습니다. 함께 있는 친구와 나는 하숙집의 아침 밥상을 밀어 놓기가 바쁘게 미아리 고개 위에 있는 버스 정류장으로 달려갑니다. 개처럼 숨을 헐떡거리면서 말입니다. 시골에서 처음으로 서울에 올라온 청년들의 눈에 가장 부럽고 신기하게 비치는 게 무언지 아십니까? 부러운 건 뭐니 뭐니 해도, 밤이 되면 빌딩들의 창에 켜지는 불빛 아니 그 불빛 속에서 이리저리 움직이고 있는 사람들이고 신기한 건 버스 칸 속에서 일 센티미터도 안 되는 간격을 두고 자기 곁에 이쁜 아가씨가 서 있다는 사실입니다. 때로는 아가씨들과 팔목의 살을 대고 있기도 하고 허벅다리를 비비고 서 있을 수도 있어서 그것 때문에 나는 하루 종일 시내버스를 이것저것 갈아타면서 보낸 적도 있습니다. 물론 그날 밤엔 너무 피로해서 토했습니다만……."

"잠깐, 무슨 얘기를 하시자는 겁니까?"

"꿈틀거리는 것을 사랑한다는 얘기를 하려던 참이었습니다. 들어보세요.

미아리 현재 서울 성북구와 강북구의 인수로·삼양로·미아로 일대를 일컬음. 과거 전차 종점이 있던 돈암동은 시내, 고개 너머 미아리는 시골로 인식되었다. 전후 이곳에 도시 빈민이 이주하면서 토막촌과 무허가 주택촌이 형성되었다.

그 친구와 나는 출근 시간의 만원 버스 속을 **쓰리꾼**들처럼 안으로 비집고 들어갑니다. 그리고 자리를 잡고 앉아 있는 젊은 여자 앞에 섭니다. 나는 한 손으로 손잡이를 잡고 나서, 달려오느라고 좀 멍해진 머리를 올리고 있는 손에 기댑니다. 그리고 내 앞에 앉아 있는 여자의 아랫배 쪽으로 천천히 시선을 보냅니다. 그러면 처음엔 얼른 눈에 뜨이지 않지만 시간이 조금 가고 내 시선이 투명해지면서부터 나는 그 여자의 아랫배가 조용히 오르내리는 것을 볼 수 있습니다……."

"오르내린다는 건…… 호흡 때문에 그러는 것이겠죠?"

"물론입니다. 시체의 아랫배는 꿈쩍도 하지 않으니까요. 하여튼…… 나는 그 아침의 만원 버스 칸 속에서 보는 젊은 여자 아랫배의 조용한 움직임을 보고 있으면 왜 그렇게 마음이 편안해지고 맑아지는지 모르겠습니다. 나는 그 움직임을 지독하게 사랑합니다."

"퍽 **음탕한** 얘기군요."라고 안은 기묘한 음성으로 말했다. 나는 화가 났다. 그 얘기는, 내가 만일 라디오의 박사 게임 같은 데에 나가게 돼서 '세상에서 가장 신선한 것은?'이라는 질문을 받게 되었을 때, 남들은 상추니 오월의 새벽이니 천사의 이마니 하고 대답하겠지만 나는 그 움직임이 가장 신선한 것이라고 대답하려니 하고 일부러 기억해 두었던 것이었다.

"아니, 음탕한 얘기가 아닙니다." 나는 강경한 태도로 말했다. "그 얘기는 정말입니다."

"음탕하지 않다는 것과 정말이라는 것 사이엔 어떤 관계가 있죠?"

"모르겠습니다. 관계 같은 것은 난 모릅니다. 요컨대……."

"그렇지만 그 동작은 '오르내린다'는 것이지 꿈틀거린다는 것은 아니군요.

쓰리꾼 '소매치기'의 비표준어.
음탕하다(淫蕩――) 음란하고 방탕하다.

김 형은 아직 꿈틀거리는 것을 사랑하지 않으시구면."

우리는 다시 침묵 속으로 떨어져서 술잔만 만지작거리고 있었다. 개새끼, 그게 꿈틀거리는 게 아니라고 해도 괜찮다, 하고 나는 생각하고 있었다. 그런데 잠시 후에 그가 말했다.

"난 지금 생각해 봤는데, 김 형의 그 오르내림도 역시 꿈틀거림의 일종이라는 결론을 얻었습니다."

"그렇죠?" 나는 즐거워졌다. "그것은 틀림없는 꿈틀거림입니다. 난 여자의 아랫배를 가장 사랑합니다. 안 형은 어떤 꿈틀거림을 사랑합니까?"

"어떤 꿈틀거림이 아닙니다. 그냥 꿈틀거리는 거죠. 그냥 말입니다. 예를 들면…… **데모**도……."

"데모가? 데모를? 그러니까 데모……."

"서울은 모든 욕망의 집결지입니다. 아시겠습니까?"

"모르겠습니다."라고, 나는 할 수 있는 한 깨끗한 음성을 지어서 대답했다.

그때 우리의 대화는 또 끊어졌다. 이번엔 침묵이 오래 계속되었다. 나는 술잔을 입으로 가져갔다. 내가 잔을 비우고 났을 때 그도 잔을 입에 대고 눈을 감고 마시고 있는 게 보였다. 나는 이젠 자리를 떠나야 할 때가 되었다고 다소 서글픈 기분으로 생각했다. 결국 그렇고 그렇다. 또 한 번 확인된 것에 지나지 않다고 생각하면서, '자, 그럼 다음에 또…….'라고 말할까, '재미있었습니다.'라고 말할까, 궁리하고 있는데 술잔을 비운 안이 갑자기 한 손으로 내 한쪽 손을 살며시 잡으면서 말했다.

"우리가 거짓말을 하고 있었다고 생각하지 않으십니까?"

"아니오." 나는 좀 귀찮은 생각이 들었다. "안 형은 거짓말을 했는지 모르지만 내가 한 얘기는 정말이었습니다."

데모(demo) 많은 사람이 공공연하게 의사를 표시하여 집회나 행진을 하며 위력을 나타내는 일. 시위운동.

"난 우리가 거짓말을 하고 있었던 것 같은 느낌이 듭니다." 그는 붉어진 눈두덩을 안경 속에서 두어 번 끔벅거리고 나서 말했다. "난 우리 또래의 친구를 새로 알게 되면 꼭 꿈틀거림에 대한 얘기를 하고 싶어집니다. 그래서 얘기를 합니다. 그렇지만 얘기는 오 분도 안 돼서 끝나 버립니다."

나는 그가 무슨 이야기를 하고 있는지 알 듯하기도 했고 모를 것 같기도 했다.

"우리 다른 얘기합시다." 하고 그가 다시 말했다.

나는 심각한 얘기를 좋아하는 이 친구를 골려 주기 위해서, 그리고 한편으로는 자기의 음성을 자기가 들을 수 있는 취한 사람의 특권을 맛보고 싶어서 얘기를 시작했다.

"평화 시장 앞에서 줄지어 선 가로등들 중에서 동쪽으로부터 여덟 번째 등은 불이 켜 있지 않습니다……." 나는 그가 좀 어리둥절해하는 것을 보자 더욱 신이 나서 얘기를 계속했다.

"……그리고 화신 백화점 육 층의 창들 중에서는 그중 세 개에서만 불빛이 나오고 있었습니다……."

그러자 이번엔 내가 어리둥절해질 사태가 벌어졌다. 안의 얼굴에 놀라운 기쁨이 빛나기 시작했기 때문이다.

그가 빠른 말씨로 얘기하기 시작했다.

"서대문 버스 정거장에는 사람이 서른두 명 있는데 그중 여자가 열일곱 명이었고 어린애는 다섯 명, 젊은이는 스물한 명, 노인이 여섯 명입니다."

"그건 언제 일이지요?"

"오늘 저녁 일곱 시 십오 분 현재입니다."

"아." 하고 나는 잠깐 절망적인 기분이었다. 그 반작용(反作用)인 듯 굉장히 기분이 좋아져서 털어놓기 시작했다.

"단성사(團成社) 옆 골목의 첫 번째 쓰레기통에는 초콜릿 포장지가 두 장 있습니다."

"그건 언제?"

"지난 14일 저녁 아홉 시 현재입니다."

"적십자 병원 정문 앞에 있는 호도나무의 가지 하나는 부러져 있습니다."

"을지로 3가에 있는 간판 없는 한 술집에는 미자라는 이름을 가진 색시가 다섯 명 있는데, 그 집에 들어온 순서대로 큰 미자, 둘째 미자, 셋째 미자, 넷째 미자, 막내 미자라고 합니다."

"그렇지만 그건 다른 사람들도 알고 있겠군요. 그 술집에 들어가 본 사람은 꼭 김 형 하나뿐이 아닐 테니까요."

"아 참, 그렇군요. 난 미처 그걸 생각하지 못했는데. 난 그중에 큰 미자와 하룻저녁 같이 잤는데 그 여자는 다음 날 아침, **일수**로 물건을 파는 여자가 왔을 때 내게 팬티 하나를 사 주었습니다. 그런데 그 여자가 저금통으로 사용하고 있는 한 **되**들이 빈 술병에는 돈이 백십 원 들어 있었습니다."

"그건 얘기가 됩니다. 그 사실은 완전히 김 형의 소유입니다."

우리의 말투는 점점 서로를 존중해 가고 있었다. "나는⋯⋯" 하고 우리는 동시에 말을 시작하기도 했다. 그럴 때는 번갈아서 서로 양보했다.

"나는⋯⋯" 이번에는 그가 말할 차례였다. "서대문 근처에서 서울역 쪽으로 가는 **전차**의 **도로리**가 내 시야 속에서 꼭 다섯 번 파란 불꽃을 튀기는 것을 보았습니다. 그건 오늘 밤 일곱 시 이십오 분에 거길 지나가는 전차였습니다."

"안 형은 오늘 저녁엔 서대문 근처에서 살고 있었군요."

"예, 서대문 근처에서 살고 있었어요."

일수(日收) 본전에 이자를 합하여 일정한 액수를 날마다 거두어들이는 일. 또는 그런 빚.
되 부피의 단위. 곡식, 가루, 액체 따위의 부피를 잴 때 쓴다. 한 되는 약 1.8리터에 해당한다.
전차(電車) 공중에 설치한 전선으로부터 전력을 공급받아 지상에 설치된 궤도 위를 다니는 차.
도로리 트롤리(trolley). 전차의 폴(pole) 꼭대기에 달린 작은 쇠바퀴.

"난 종로 2가 쪽입니다. 영보 빌딩 안에 있는 변소 문의 손잡이 조금 밑에는 약 이 센티미터가량의 손톱자국이 있습니다."

하하하하, 하고 그는 소리 내어 웃었다.

"그건 김 형이 만들어 놓은 자국이겠지요?"

나는 무안했지만 고개를 끄덕이지 않을 수 없었다. 그건 사실이었다.

"어떻게 아세요?" 하고 나는 그에게 물었다.

"나도 그런 경험이 있으니까요." 그가 대답했다. "그렇지만 별로 기분 좋은 기억이 못 되더군요. 역시 우리는 그냥 바라보고 발견하고 비밀히 간직해 두는 편이 좋겠어요. 그런 짓을 하고 나서는 뒷맛이 좋지 않더군요."

"난 그런 짓을 많이 했습니다만 오히려 기분이 좋았……." 좋았다고 말하려고 했는데, 갑자기 내가 했던 모든 그것에 대한 **혐오감**이 치밀어서 나는 말을 그치고 그의 의견에 동의하는 고갯짓을 해 버렸다.

그러나 그때 나는 이상스럽다는 생각이 들었다. 내가 약 삼십 분 전에 들은 말이 틀림없다면 지금 내 옆에서 안경을 번쩍이고 앉아 있는 친구는 틀림없는 부잣집 아들이고 높은 공부를 한 청년이다. 그런데 왜 그가 이래야만 되는가?

"안 형이 부잣집 아들이라는 것은 사실이겠지요? 그리고 대학원 학생이라는 것도……."

내가 물었다.

"부동산만 해도 대략 삼천만 원쯤 되면 부자가 아닐까요? 물론 내 아버지 재산이지만 말입니다. 그리고 대학원생이라는 건 여기 학생증이 있으니까……."

그러면서 그는 호주머니를 뒤적거리면서 지갑을 꺼냈다.

"학생증까진 필요 없습니다. 실은 좀 의심스러운 게 있어서요. 안 형 같은

혐오감(嫌惡感) 병적으로 싫어하고 미워하는 감정.

사람이 추운 밤에 싸구려 선술집에 앉아서 나 같은 친구나 간직할 만한 일에 대해서 얘기하고 있다는 것이 이상스럽다는 생각이 방금 들었습니다."

"그건…… 그건……." 그는 좀 열뜬 음성으로 말했다. "그건…… 그렇지만 먼저 물어보고 싶은 게 있는데요. 김 형이 추운 밤에 밤거리를 다니는 이유는 무엇입니까?"

"습관은 아닙니다. 나 같은 가난뱅이는 호주머니에 돈이 좀 생겨야 밤거리에 나올 수 있으니까요."

"글쎄, 밤거리에 나오는 이유는 뭡니까?"

"하숙방에 들어앉아서 벽이나 쳐다보고 있는 것보다는 나으니까요."

"밤거리에 나오면 뭔가 좀 풍부해지는 느낌이 들지 않습니까?"

"뭐가요?"

"그 뭔가가. 그러니까 생(生)이라고 해도 좋겠지요. 김 형이 왜 그런 질문을 하는지 그 이유를 조금은 알 것 같습니다. 내 대답은 이렇습니다. 밤이 됩니다. 난 집에서 거리로 나옵니다. 난 모든 것에서 해방된 것을 느낍니다. 아니, 실제로는 그렇지 않을지 모르지만 그렇게 느낀다는 말입니다. 김 형은 그렇게 안 느낍니까?"

"글쎄요."

"나는 사물의 틈에 끼어서가 아니라 사물을 멀리 두고 바라보게 됩니다. 안 그렇습니까?"

"글쎄요. 좀……."

"아니, 어렵다고 말하지 마세요. 이를테면 낮엔 그저 스쳐 지나가던 모든 것이 밤이 되면 내 시선 앞에서 자기들의 벌거벗은 몸을 송두리째 드러내놓고 쩔쩔맨단 말입니다. 그런데 그게 의미가 없는 일일까요? 그런, 사물을 바라보며 즐거워한다는 일이 말입니다."

"의미요? 그게 무슨 의미가 있습니까? 난 무슨 의미가 있기 때문에 종로 2가에 있는 빌딩들의 벽돌 수를 헤아리는 일을 하는 게 아닙니다. 그냥……."

"그렇죠? 무의미한 겁니다. 아니 사실은 의미가 있는지도 모르지만 난 아직 그걸 모릅니다. 김 형도 아직 모르는 모양인데 우리 한번 함께 그거나 찾아볼까요. 일부러 만들어 붙이지는 말고요."

"좀 어리둥절하군요. 그게 안 형의 대답입니까? 난 좀 어리둥절한데요. 갑자기 의미라는 말이 나오니까."

"아, 참, 미안합니다. 내 대답은 아마 이렇게 될 것 같군요. 그냥 뭔가 뿌듯해지는 느낌이 들기 때문에 밤거리로 나온다고." 그는 이번엔 목소리를 낮추어서 말했다. "김 형과 나는 서로 다른 길을 걸어서 같은 지점에 온 것 같습니다. 만일 이 지점이 잘못된 지점이라고 해도 우리 탓은 아닐 거예요." 그는 이번엔 쾌활한 음성으로 말했다. "자, 여기서 이럴 게 아니라 어디 따뜻한 데 가서 정식으로 한잔씩 하고 헤어집시다. 난 한 바퀴 돌고 **여관**으로 갑니다. 가끔 이렇게 밤거리를 쏘다니는 밤엔 꼭 여관에서 자고 갑니다. 여관엘 찾아든다는 **프로**가 내게는 최고죠."

우리는 각기 계산하기 위해서 호주머니에 손을 넣었다. 그때 한 사내가 우리에게 말을 걸어왔다. 우리 곁에서 술잔을 받아 놓고 연탄불에 손을 쬐고 있던 사내였는데, 술을 마시기 위해서 거기에 들어온 것이 아니라 불이 쬐고 싶어서 잠깐 들렀다는 꼴을 하고 있었다. 제법 깨끗한 코트를 입고 있었고 머리엔 기름도 얌전하게 발라서 카바이드 등의 불꽃이 너풀댈 때마다 머리칼의 **하이라이트**가 이리저리 움직이고 있었다. 그러나 어디선지는 분명하

여관(旅館) 일정한 돈을 받고 손님을 묵게 하는 집.
프로 프로그램(program). 연극이나 방송 따위의 진행 차례나 진행 목록.
하이라이트(highlight) 그림이나 사진 따위에서 가장 밝게 보이는 부분.

지는 않았지만 가난뱅이 냄새가 나는 서른대여섯 살짜리 사내였다. 아마 빈약하게 생긴 턱 때문이었을까, 아니면 유난히 새빨간 눈시울 때문이었을까. 그 사내가 나나 안 중의 어느 누구에게라고 할 것 없이 그냥 우리 쪽을 향하여 말을 걸어온 것이다.

"미안하지만 제가 함께 가도 괜찮을까요? 제게 돈은 얼마든지 있습니다만……."이라고 그 사내는 힘없는 음성으로 말했다.

그 힘없는 음성으로 봐서는 꼭 끼어 달라는 건 아니라는 것 같았지만 한편으로는 우리와 함께 가고 싶은 생각이 간절하다는 것 같기도 했다. 나와 안은 잠깐 얼굴을 마주 보고 나서,

"아저씨 술값만 있다면……."이라고 내가 말했다.

"함께 가시죠."라고 안도 내 말을 이었다.

"고맙습니다." 하고 그 사내는 여전히 힘없는 음성으로 말하면서 우리를 따라왔다.

안은 일이 좀 이상하게 되었다는 얼굴을 하고 있었고, 나 역시 유쾌한 예감이 들지는 않았다. 술좌석에서 알게 된 사람끼리는 의외로 재미있게 놀게 되는 것을 몇 번의 경험으로 알고 있었지만, 대개의 경우, 이렇게 힘없는 목소리로 끼어드는 양반은 없었다. 즐거움이 넘치고 넘친다는 얼굴로 요란스럽게 끼어들어야만 일이 되는 것이었다. 우리는 갑자기 목적지를 잊은 사람들처럼 사방을 두리번거리면서 느릿느릿 걸어갔다. 전봇대에 붙은 약 광고판 속에서는 예쁜 여자가 '춥지만 할 수 있느냐.'는 듯한 쓸쓸한 미소를 띠고 우리를 내려다보고 있었고, 어떤 빌딩의 옥상에서는 소주 광고의 네온사인이 열심히 **명멸하고** 있었고, 소주 광고 곁에서는 약 광고의 네온사인이 하마터면 잊어버릴 뻔했다는 듯이 황급히 꺼졌다간 다시 켜져서 오랫동안 빛나

명멸하다(明滅--) 불이 켜졌다 꺼졌다 하다.

고 있었고, 이젠 완전히 얼어붙은 길 위에는 거지가 돌덩이처럼 여기저기 엎드려 있었고, 그 돌덩이 앞을 사람들이 힘껏 웅크리고 빠르게 지나가고 있었다. 종이 한 장이 바람에 쉭 날리어 거리의 저쪽에서 이쪽으로 날아오고 있었다. 그 종잇조각은 내 발밑에 떨어졌다. 나는 그 종잇조각을 집어 들었는데 그것은 '**미희** 서비스, 특별 **염가**'라는 것을 강조한 어느 **비어홀**의 광고지였다.

"지금 몇 시쯤 되었습니까?" 하고 힘없는 아저씨가 안에게 물었다.

"아홉 시 십 분 전입니다."라고 잠시 후에 안이 대답했다.

"저녁들은 하셨습니까? 난 아직 저녁을 안 했는데, 제가 살 테니까 같이 가시겠어요?" 힘없는 아저씨가 이번엔 나와 안을 번갈아 보며 말했다.

"먹었습니다." 하고 나와 안은 동시에 대답했다.

"혼자서 하시죠."라고 내가 말했다.

"그만 두겠습니다." 힘없는 아저씨가 대답했다.

"하세요. 따라가 드릴 테니까요." 안이 말했다.

"감사합니다. 그럼……."

우리는 근처의 중국 요릿집으로 들어갔다. 방으로 들어가서 앉았을 때, 아저씨는 또 한 번 간곡하게 우리가 뭘 좀 들 것을 권했다. 우리는 또 한 번 사양했다. 그는 또 권했다.

"아주 비싼 걸 시켜도 괜찮겠습니까?"라고 나는 그의 권유를 **철회**시키기 위해서 말했다.

"네, 사양 마시고." 그가 처음으로 힘 있는 목소리로 말했다. "돈을 써 버리기로 결심했으니까요."

미희(美姬) 아름다운 여자.
염가(廉價) 매우 싼 값.
비어홀(beer hall) 주로 맥주와 간단한 음식을 곁들여 파는 술집.
철회(撤回) 이미 제출하였던 것이나 주장하였던 것을 다시 회수하거나 번복함.
꿍꿍이속 남에게 드러내 보이지 아니하고 어떤 일을 꾸며 도무지 모를 셈속.

나는 그 사내에게 어떤 **꿍꿍이속**이 있는 것만 같은 느낌이 들어서 좀 불안했지만, 통닭과 술을 시켜 달라고 했다. 그는 자기가 주문한 것 외에 내가 말한 것도 사환에게 청했다. 안은 어처구니없는 얼굴로 나를 보았다. 나는 그때 마침 옆방에서 들려오고 있는 여자의 불그레한 신음 소리를 듣고만 있었다.

"이 형도 뭘 좀 드시죠?"라고 아저씨가 안에게 말했다.

"아니 전……." 안은 술이 다 깬다는 듯이 펄쩍 뛰고 사양했다.

우리는 조용히 옆방의 다급해져 가는 신음 소리에 귀를 기울이고 있었다. 전차의 끽끽거리는 소리와 홍수 난 강물 소리 같은 자동차들의 달리는 소리도 희미하게 들려오고 있었고 가까운 곳에서는 이따금 초인종 울리는 소리도 들렸다. 우리의 방은 어색한 침묵에 싸여 있었다.

"말씀 드리고 싶은 게 있는데요." 마음씨 좋은 아저씨가 말하기 시작했다. "들어주시면 고맙겠습니다……. 오늘 낮에 제 아내가 죽었습니다. 세브란스 병원에 입원하고 있었는데……." 그는 이젠 슬프지도 않다는 얼굴로 우리를 빤히 쳐다보며 말하고 있었다. "네에." "그거 안되셨군요."라고 안과 나는 각각 **조의**를 표했다. "아내와 나는 참 재미있게 살았습니다. 아내가 어린애를 낳지 못하기 때문에 시간은 몽땅 우리 두 사람의 것이었습니다. 돈은 넉넉하지 못했습니다만, 그래도 돈이 생기면 우리는 어디든지 같이 다니면서 재미있게 지냈습니다. 딸기철엔 수원에도 가고, 포도철엔 안양에도 가고, 여름이면 대천에도 가고, 가을엔 경주에도 가 보고, 밤엔 영화 구경, 쇼 구경하러 열심히 극장에 쫓아다니기도 했습니다……."

"무슨 병환이셨던가요?" 하고 안이 조심스럽게 물었다.

"급성 뇌막염이라고 의사가 그랬습니다. 아내는 옛날에 급성 맹장염 수술을 받은 적도 있고, 급성 폐렴을 앓은 적도 있다고 했습니다만 모두 괜찮았

조의(弔意) 남의 죽음을 슬퍼하는 뜻.

었는데 이번의 급성엔 결국 죽고 말았습니다……. 죽고 말았습니다."

사내는 고개를 떨구고 한참 동안 무언지 입을 우물거리고 있었다. 안이 손가락으로 내 무릎을 찌르며 우리는 꺼지는 게 어떻겠느냐는 눈짓을 보냈다. 나 역시 동감이었지만 그때 그 사내가 다시 고개를 들고 말을 계속했기 때문에 우리는 눌러앉아 있을 수밖에 없었다.

"아내와는 재작년에 결혼했습니다. 우연히 알게 됐습니다. 친정이 대구 근처에 있다는 얘기만 했지 한 번도 친정과는 **내왕**이 없었습니다. 난 처갓집이 어딘지도 모릅니다. 그래서 할 수 없었어요." 그는 다시 고개를 떨구고 입을 우물거렸다.

"뭘 할 수 없었다는 말입니까?" 내가 물었다.

그는 내 말을 못 들은 것 같았다. 그러나 한참 후에 다시 고개를 들고 마치 애원하는 듯한 눈빛으로 말을 이었다.

"아내의 시체를 병원에 팔았습니다. 할 수 없었습니다. 난 서적 **월부 판매 외교원**에 지나지 않습니다. 할 수 없었습니다. 돈 사천 원을 주더군요. 난 두 분을 만나기 얼마 전까지도 세브란스 병원 울타리 곁에 서 있었습니다. 아내가 누워 있을 시체실이 있는 건물을 알아보려고 했습니다만 어딘지 알 수 없었습니다. 그냥 울타리 곁에 앉아서 병원의 큰 굴뚝에서 나오는 희끄무레한 연기만 바라보고 있었습니다. 아내는 어떻게 될까요? 학생들이 해부 실습하느라고 톱으로 머리를 가르고 칼로 배를 째고 한다는데 정말 그러겠지요?"

우리는 입을 다물고 있을 수밖에 없었다. 사환이 **다꾸앙**과 양파가 담긴 접

내왕(來往) 오고 감.

월부 판매(月賦販賣) 물건값을 다달이 나누어 받기로 하고 파는 일.

외교원(外交員) 은행이나 회사에서 교섭이나 권유, 선전, 판매를 위하여 고객을 방문하는 일이 주된 업무인 사원.

다꾸앙(takuan) 단무지.

시를 갖다 놓고 나갔다.

"기분 나쁜 얘길 해서 미안합니다. 다만 누구에게라도 얘기하지 않고서는 견딜 수 없었습니다. 한 가지만 의논해 보고 싶은데, 이 돈을 어떻게 하면 좋을까요? 저는 오늘 저녁에 다 써 버리고 싶은데요."

"쓰십시오." 안이 얼른 대답했다.

"이 돈이 다 없어질 때까지 함께 있어 주시겠어요?" 사내가 말했다. 우리는 얼른 대답하지 못했다. "함께 있어 주십시오." 사내가 말했다. 우리는 승낙했다.

"멋있게 한번 써 봅시다."라고 사내는 우리와 만난 후 처음으로 웃으면서 그러나 여전히 힘없는 음성으로 말했다.

중국집에서 거리로 나왔을 때는 우리는 모두 취해 있었고, 돈은 천 원이 없어졌고 사내는 한쪽 눈으로는 울고 다른 쪽 눈으로는 웃고 있었고, 안은 도망갈 궁리를 하기에도 지쳐 버렸다고 내게 말하고 있었고, 나는 "악센트 찍는 문제를 모두 틀려 버렸단 말야, 악센트 말야."라고 중얼거리고 있었고, 거리는 영화에서 본 식민지의 거리처럼 춥고 한산했고, 그러나 여전히 소주 광고는 부지런히, 약 광고는 게으름을 피우며 반짝이고 있었고, 전봇대의 아가씨는 '그저 그래요.'라고 웃고 있었다.

"이제 어디로 갈까?" 하고 아저씨가 말했다.

"어디로 갈까?" 안이 말하고,

"어디로 갈까?"라고, 나도 그들의 말을 흉내냈다.

아무 데도 갈 데가 없었다. 방금 우리가 나온 중국집 곁에 **양품점**의 쇼윈도가 있었다. 사내가 그쪽을 가리키며 우리를 끌어당겼다. 우리는 양품점 안으로 들어갔다.

양품점(洋品店) 양품(서양식으로 만든 물품)을 전문적으로 파는 가게.

"넥타이를 골라 가져. 내 아내가 사 주는 거야." 사내가 호통을 쳤다.

우리는 알록달록한 넥타이를 하나씩 들었고, 돈은 육백 원이 없어져 버렸다. 우리는 양품점에서 나왔다.

"어디로 갈까?"라고 사내가 말했다.

갈 데는 계속해서 없었다. 양품점의 앞에는 귤 장수가 있었다.

"아내는 귤을 좋아했다."고 외치며 사내는 귤을 벌여 놓은 수레 앞으로 돌진했다. 돈 삼백 원이 없어졌다. 우리는 이빨로 귤껍질을 벗기면서 그 부근에서 서성거렸다.

"택시!" 사내가 고함쳤다.

택시가 우리 앞에 멎었다. 우리가 차에 오르자마자 사내는 "세브란스로!"라고 말했다.

"안 됩니다. 소용없습니다." 안이 재빠르게 외쳤다.

"안 될까?" 사내는 중얼거렸다. "그럼 어디로?"

아무도 대답하지 않았다.

"어디로 가시는 겁니까?"라고 운전수가 짜증 난 음성으로 말했다. "갈 데가 없으면 빨리 내리쇼."

우리는 차에서 내렸다. 결국 우리는 중국집에서 스무 발자국도 더 벗어나지 못하고 있었다. 거리의 저쪽 끝에서 요란한 사이렌 소리가 나타나서 점점 가깝게 달려들었다. 소방차 두 대가 우리 앞을 빠르고 시끄럽게 지나쳐 갔다.

"택시!" 사내가 고함쳤다.

택시가 우리 앞에 멎었다. 우리가 차에 오르자마자 사내는 "저 소방차 뒤를 따라갑시다."라고 말했다.

나는 귤껍질을 세 개째 벗기고 있었다.

"지금 불구경하러 가고 있는 겁니까?"라고 안이 아저씨에게 말했다. "안 됩니다. 시간이 없습니다. 벌써 열 시 반인데요. 좀 더 재미있게 지내야죠. 돈은 이제 얼마 남았습니까?"

아저씨는 호주머니를 뒤져서 돈을 모두 털어 냈다. 그리고 그것을 안에게 건네줬다. 안과 나는 헤아려 봤다. 천구백 원하고 동전이 몇 개, 십 원짜리가 몇 장이 있었다.

"됐습니다." 안은 다시 돈을 돌려주면서 말했다. "세상엔 다행히 여자의 특징만 중점적으로 내보이는 여자들이 있습니다."

"내 아내 얘깁니까?"라고 사내가 슬픈 음성으로 물었다. "내 아내의 특징은 잘 웃는다는 것이었습니다."

"아닙니다. **종삼**으로 가자는 얘기였습니다." 안이 말했다.

사내는 안을 경멸하는 듯한 웃음을 띠며 고개를 돌려 버렸다. 그러는 사이에 우리는 화재가 난 곳에 도착했다. 삼십 원이 없어졌다. 화재가 난 곳은 아래층인 페인트 상점이었는데 지금은 미용 학원 이층에서 불길이 창으로부터 뿜어 나오고 있었다. 경찰들의 **호각** 소리, 소방차들의 사이렌 소리, 불길 속에서 나는 탁탁 소리, 물줄기가 건물의 벽에 부딪혀서 나는 소리. 그러나 사람들의 소리는 아무것도 나지 않았다. 사람들은 불빛에 비쳐 **무안**당한 사람들처럼 붉은 얼굴로 **정물**처럼 서 있었다.

우리는 발밑에 굴러 있는 페인트 든 통을 하나씩 궁둥이 밑에 깔고 웅크리고 앉아서 불구경을 했다. 나는 불이 좀 더 오래 타기를 바랐다. 미용 학원이라는 간판에 불이 붙고 있었다. '원' 자에 불이 붙기 시작했다.

"김 형, 우리 얘기나 합시다." 하고 안이 말했다. "화재 같은 건 아무것도 아닙니다. 내일 아침 신문에서 볼 것을 오늘 밤에 미리 봤다는 차이밖에 없습

종삼(鐘三) 종로 3가.
호각(號角) 불어서 소리를 내는 신호용 도구.
무안(無顔) 수줍거나 창피하여 볼 낯이 없음.
정물(靜物) 정지하여 움직이지 아니하는 무정물(無情物).

니다. 저 화재는 김 형의 것도 아니고 내 것도 아니고 이 아저씨 것도 아닙니다. 우리 모두의 것이 돼 버립니다. 그러나 화재는 항상 계속해서 나고 있는 건 아닙니다. 그러기 때문에 난 화재엔 흥미가 없습니다. 김 형은 어떻게 생각하십니까?"

"동감입니다." 나는 아무렇게나 대답하며 이젠 '학' 자에 불이 붙고 있는 것을 보았다.

"아니, 난 방금 말을 잘못 했습니다. 화재는 우리 모두의 것이 아니라 화재는 오로지 화재 자신의 것입니다. 화재에 대해서 우리는 아무것도 아닙니다. 그러기 때문에 난 화재에 흥미가 없습니다. 김 형은 어떻게 생각하십니까?"

"동감입니다."

물줄기 하나가 불타고 있는 '학'으로 달려들고 있었다. 물이 닿은 곳에서는 회색 연기가 피어올랐다. 힘없는 아저씨가 갑자기 힘차게 깡통으로부터 일어섰다.

"내 아냅니다." 하고 사내는 환한 불길 속을 손가락질하며 눈을 크게 뜨고 소리쳤다. "내 아내가 머리를 막 흔들고 있습니다. 골치가 깨질 듯이 아프다고 머리를 막 흔들고 있습니다. 여보……."

"골치가 깨질 듯이 아픈 게 뇌막염의 증세입니다. 그렇지만 저건 바람에 휘날리는 불길입니다. 앉으세요. 불 속에 아주머님이 계실 리가 있습니까?"라고 안이 아저씨를 끌어 앉히며 말했다. 그러고 나서 안은 나에게 나지막하게 속삭였다. "이 양반, 우릴 웃기는데요."

나는 꺼졌다고 생각하고 있던 '학'에 다시 불이 붙고 있는 것을 보았다. 물줄기가 다시 그곳으로 뻗어 가고 있었다. 그러나 물줄기는 겨냥을 잘 잡지 못하고 이리저리 흔들리고 있었다. 불은 날쌔게 '용' 자를 핥고 있었다. 나는 '미'까지 어서 불붙기를 바라고 있었고 그리고 그 간판에 불이 붙은 과정을 그 많은 불구경꾼들 중에서 나 혼자만 알고 있기를 바랐다. 그러나 그때 문득 나는 불이 생명을 가진 것처럼 생각되어서, 내가 조금 전에 바라고 있던 것을 취소해 버렸다.

무언가 하얀 것이 우리가 웅크리고 앉아 있는 곳에서 불타고 있는 건물 쪽으로 날아가는 것이 보였다. 그 비둘기는 불 속으로 떨어졌다.

"무엇이 불 속으로 날아들어 갔지요?" 내가 안을 돌아다보며 물었다.

"예, 뭐가 날아갔습니다." 안은 나에게 대답하고 나서 이번엔 아저씨를 돌아다보며, "보셨어요?" 하고 그에게 물었다.

아저씨는 잠자코 앉아 있었다. 그때 순경 한 사람이 우리 쪽으로 달려왔다.

"당신이다."라고 순경은 아저씨를 한 손으로 붙잡으면서 말했다. "방금 무엇을 불 속에 던졌소?"

"아무것도 안 던졌습니다."

"뭐라구요?" 순경은 때릴 듯한 시늉을 하며 아저씨에게 소리쳤다. "내가 던지는 걸 봤단 말요. 무얼 불 속에 던졌소?"

"돈입니다."

"돈?"

"돈과 돌을 수건에 싸서 던졌습니다."

"정말이오?" 순경은 우리에게 물었다.

"예, 돈이었습니다. 이 아저씨는 불난 곳에 돈을 던지면 장사가 잘된다는 이상한 믿음을 가졌답니다. 말하자면 좀 돌았다고 할 수 있는 사람이지만 나쁜 짓을 결코 하지 않는 장사꾼입니다." 안이 대답했다.

"돈은 얼마였소?"

"일 원짜리 동전 한 개였습니다." 안이 다시 대답했다.

순경이 가고 났을 때 안이 사내에게 물었다.

"정말 돈을 던졌습니까?"

"예."

"모두?"

"예."

우리는 꽤 오랫동안 불꽃이 튀는 탁탁 소리에 귀를 기울이고 있었다. 한참 후에 안이 사내에게 말했다.

"결국 그 돈은 다 쓴 셈이군요⋯⋯. 자, 이젠 그럼 약속이 끝났으니 우린 가겠습니다⋯⋯."

"안녕히 계십시오."라고 나는 아저씨에게 작별 인사를 했다.

안과 나는 돌아서서 걷기 시작했다. 사내가 우리를 쫓아와서 안과 나의 팔을 한쪽씩 붙잡았다.

"나 혼자 있기가 무섭습니다." 그는 벌벌 떨며 말했다.

"곧 **통행금지** 시간이 됩니다. 난 여관으로 가서 잘 작정입니다." 안이 말했다.

"난 집으로 갈 겁니다." 내가 말했다.

"함께 갈 수 없겠습니까? 오늘 밤만 같이 지내 주십시오. 부탁합니다. 잠깐만 저를 따라와 주십시오." 사내는 말하고 나서 나를 붙잡고 있는 자기의 팔을 부채질하듯이 흔들었다. 아마 안의 팔에 대해서도 그렇게 했으리라.

"어디로 가자는 겁니까?" 나는 아저씨에게 물었다.

"여관비를 구하러 잠깐 이 근처에 들렀다가 모두 함께 여관으로 갔으면 하는데요."

"여관에요?" 나는 내 호주머니 속에 든 돈을 손가락으로 계산해 보며 말했다.

통행금지(通行禁止) 일정한 시간 동안 일반인이 거리를 지나다니거나 집 밖으로 활동하는 것을 못하게 하던 일. 1945년 9월 8일 '미군정 포고령 1호'에 따라 치안 및 질서 유지를 명목으로 시작되어 1982년 1월 5일 폐지될 때까지, 매일 밤 자정부터 이튿날 새벽 4시까지 사람들의 통행을 전면 금지하는 야간 통행금지가 실시되었다.

"아닙니다. 폐를 끼쳐 드리고 싶지 않습니다. 잠깐만 절 따라와 주십시오."

"돈을 빌리러 가는 겁니까?"

"아닙니다. 받아야 할 돈이 있습니다."

"이 근처에요?"

"예, 여기가 남영동(南營洞)이라면."

"아마 틀림없는 남영동인 것 같군요." 내가 말했다.

사내가 앞장을 서고 안과 내가 그 뒤를 쫓아서 우리는 화재로부터 멀어져 갔다.

"빚 받으러 가기에는 시간이 너무 늦었습니다." 안이 사내에게 말했다.

"그렇지만 저는 받아야 합니다."

우리는 어느 어두운 골목길로 들어섰다. 골목의 모퉁이를 몇 개인가 돌고 난 뒤에 사내는 대문 앞에 전등이 켜져 있는 집 앞에서 멈췄다. 나와 안은 사내로부터 열 발짝쯤 떨어진 곳에서 멈췄다. 사내가 벨을 눌렀다. 잠시 후에 대문이 열리고, 사내가 대문 앞에 선 사람과 말하는 소리가 들렸다.

"주인아저씨를 뵙고 싶은데요."

"주무시는데요."

"그럼 주인아주머니는……."

"주무시는데요."

"꼭 뵈어야겠는데요."

"기다려 보세요."

대문이 다시 닫혔다. 안이 달려가서 사내의 팔을 잡아끌었다.

"그냥 가시죠?"

"괜찮습니다. 받아야 할 돈이니까요."

안이 다시 먼저 서 있던 곳으로 걸어왔다. 대문이 열렸다.

"밤늦게 죄송합니다." 사내가 대문을 향해 고개를 숙이며 말했다.

"누구시죠?" 대문은 잠에 취한 여자의 음성을 냈다.

"죄송합니다. 이렇게 너무 늦게 찾아와서. 실은……."

"누구시죠? 술 취하신 것 같은데……."

"월부 책값 받으러 온 사람입니다." 하고 사내는 비명 같은 높은 소리로 외쳤다. "월부 책값 받으러 온 사람입니다." 이번엔 사내는 문기둥에 두 손을 짚고 앞으로 뻗은 자기 팔 위에 얼굴을 파묻으며 울음을 터뜨렸다. "월부 책값 받으러 온 사람입니다. 월부 책값……." 사내는 계속해서 흐느꼈다.

"내일 낮에 오세요." 대문이 탁 닫혔다.

사내는 계속해서 울고 있었다. 사내는 가끔 "여보"라고 중얼거리며 오랫동안 울고 있었다.

우리는 여전히 열 발짝쯤 떨어진 곳에서 그가 울음을 그치기를 기다리고 있었다. 한참 후에 그가 우리 앞으로 비틀비틀 걸어왔다.

우리는 모두 고개를 숙이고 어두운 골목길을 걸어서 거리로 나왔다. 적막한 거리에는 찬바람이 세차게 불고 있었다.

"몹시 춥군요."라고 사내는 우리를 염려한다는 음성으로 말했다.

"추운데요. 빨리 여관으로 갑시다." 안이 말했다.

"방을 한 사람씩 따로 잡을까요?" 여관에 들어갔을 때 안이 우리에게 말했다. "그게 좋겠지요?"

"모두 한방에 드는 게 좋겠어요."라고 나는 아저씨를 생각해서 말했다.

아저씨는 그저 우리 처분만 바란다는 듯한 태도로 또는 지금 자기가 서 있는 곳이 어딘지도 모른다는 태도로 멍하니 서 있었다. 여관에 들어서자 우리는 모든 프로가 끝나 버린 극장에서 나오는 때처럼 어찌할 바를 모르고 **거북스럽기만** 했다. 여관에 비한다면 거리가 우리에게 더 좁았던 셈이었다. 벽으

거북스럽다 어색하고 겸연쩍어 편하지 않은 데가 있다.

로 나누어진 방들, 그것이 우리가 들어가야 할 곳이었다.

"모두 같은 방에 들기로 하는 것이 어떻겠어요?" 내가 다시 말했다.

"난 아주 피곤합니다." 안이 말했다. "방은 각각 하나씩 차지하고 자기로 하지요."

"혼자 있기가 싫습니다."라고 아저씨가 중얼거렸다.

"혼자 주무시는 게 편하실 거예요." 안이 말했다.

우리는 복도에서 헤어져 사환이 지적해 준, 나란히 붙은 방 세 개에 각각 한 사람씩 들어갔다.

"화투라도 사다가 놉시다." 헤어지기 전에 내가 말했지만,

"난 아주 피곤합니다. 하시고 싶으면 두 분이나 하세요."라고 안은 말하고 나서 자기의 방으로 들어가 버렸다.

"나도 피곤해 죽겠습니다. 안녕히 주무세요."라고 나는 아저씨에게 말하고 나서 내 방으로 들어갔다. 숙박계엔 거짓 이름, 거짓 주소, 거짓 나이, 거짓 직업을 쓰고 나서 사환이 가져다 놓은 **자리끼**를 마시고 나는 이불을 뒤집어 썼다. 나는 꿈도 안 꾸고 잘 잤다.

다음 날 아침 일찍 안이 나를 깨웠다.

"그 양반, 역시 죽어 버렸습니다." 안이 내 귀에 입을 대고 그렇게 속삭였다.

"예?" 나는 잠이 깨끗이 깨어 버렸다.

"방금 그 방에 들어가 보았는데 역시 죽어 버렸습니다."

"역시……." 나는 말했다. "사람들이 알고 있습니까?"

"아직까진 아무도 모르는 것 같습니다. 우선 빨리 도망해 버리는 게 시끄럽지 않을 것 같습니다."

"사실이지요?"

자리끼 밤에 자다가 마시기 위하여 잠자리의 머리맡에 준비하여 두는 물.

"물론 그렇겠죠."

나는 급하게 옷을 주워 입었다. 개미 한 마리가 방바닥을 내 발이 있는 쪽으로 기어오고 있었다. 그 개미가 내 발을 붙잡으려고 하는 것 같은 느낌이 들어서 나는 얼른 자리를 옮겨 디디었다.

밖의 이른 아침에는 **싸락눈**이 내리고 있었다. 우리는 할 수 있는 한 빠른 걸음으로 여관에서 떨어져 갔다.

"난 그가 죽으리라는 것을 알고 있었습니다." 안이 말했다.

"난 짐작도 못했습니다."라고 나는 사실대로 이야기했다.

"난 짐작하고 있었습니다." 그는 코트의 **깃**을 세우며 말했다. "그렇지만 어떻게 합니까?"

"그렇지요. 할 수 없지요. 난 짐작도 못 했는데······." 내가 말했다.

"짐작했다고 하면 어떻게 하겠어요?" 그가 내게 물었다.

"씨팔것, 어떻게 합니까? 그 양반 우리더러 어떡하라는 건지······."

"그러게 말입니다. 혼자 놓아 두면 죽지 않을 줄 알았습니다. 그게 내가 생각해 본 최선의, 그리고 유일한 방법이었습니다."

"난 그 양반이 죽으리라는 짐작도 못 했으니까요. 씨팔것, 약을 호주머니에 넣고 다녔던 모양이군요."

안은 눈을 맞고 있는 어느 앙상한 가로수 밑에서 멈췄다. 나도 그를 따라서 멈췄다. 그가 이상하다는 얼굴로 나에게 물었다.

"김 형, 우리는 분명히 스물다섯 살짜리죠?"

"난 분명히 그렇습니다."

"나도 그건 분명합니다." 그는 고개를 한 번 갸웃했다.

싸락눈 '싸라기눈'의 준말. 빗방울이 갑자기 찬바람을 만나 얼어 떨어지는 쌀알 같은 눈.
깃 '옷깃'의 준말.

"두려워집니다."

"뭐가요?" 내가 물었다.

"그 뭔가가, 그러니까……." 그가 한숨 같은 음성으로 말했다. "우리가 너무 늙어 버린 것 같지 않습니까?"

"우린 이제 겨우 스물다섯 살입니다." 나는 말했다.

"하여튼……." 하고, 그가 내게 손을 내밀며 말했다.

"자, 여기서 헤어집시다. 재미 많이 보세요." 하고 나도 그의 손을 잡으며 말했다.

우리는 헤어졌다. 나는 마침 버스가 막 도착한 길 건너편의 버스 정류장으로 달려갔다. 버스에 올라서 창으로 내다보니 안은 앙상한 나뭇가지 사이로 내리는 눈을 맞으며 무언지 곰곰이 생각하고 서 있었다.

잔잔한 물 위에 돌을 던져 파문이 이는 것을 본 적이 있나요? 이 작품의 두 청년은 그 돌처럼, 오후의 한가로움으로 가득하던 이발소에 파문을 일으키는 존재로 등장합니다.

1965년은 군사 정권에 의해 반공 사상이 지배하던 시절이어서 국방색 점퍼를 입은 청년은 권력을 지닌 군인을 연상케 했고, 나른함을 즐기던 이발소 안 사람들은 청년의 등장에 지레 겁을 먹습니다. 병역 기피자인 박 씨를 비롯하여 이발소 안 사람들이 청년의 눈길을 피하는 것만 봐도 당시 권력의 위력(威力)을 느낄 수 있습니다. 여기에 동료 청년이 가세하여 빨갱이, 간첩 등 위압적인 이야기를 펼침으로써 손님들은 더 큰 두려움을 가지게 됩니다. 교통순경마저 망신을 당하고 나간 후 잠시 정적에 빠졌던 이발소는 늙은 관리가 사복 차림의 경찰을 데려온 이후에야 다른 분위기로 전환됩니다.

이 작품은 전후 작가로 입지를 굳혀 온 이호철이 근대화 이후 한국 사회의 문제점, 특히 5·16 군사 쿠데타 이후 한국 사회를 지배해 온 권력의 실체를 보여 준 소설이라고 평가받고 있습니다. 작품에 그려지고 있는 당시 권력의 모습과 그에 대한 소시민들의 태도를 오늘날에 비추어 보며 이 작품을 감상해 봅시다.

▍이호철(李浩哲, 1932~2016)

함남 원산 출생. 1955년 단편 소설 〈탈향〉이 《문학예술》에 추천되면서 작품 활동을 시작하였다. 분단의 아픔과 이산가족 문제 등 남북문제를 작품화해 온 작가로, 다양한 사회 활동에도 참여하였다. 1970년대 유신 독재에도 저항하는 등 민주화 운동에 투신하여 몇 차례의 옥고(獄苦)를 치렀으며, 현실의 비리와 부조리가 궁극적으로 분단 상황으로부터 비롯하고 있음을 작품에서 형상화하고자 했다. 주요 작품으로 소설집 《나상》, 《닳아지는 살들》, 《뿔》, 《남녘 사람 북녘 사람》, 《이산타령 친족타령》 등과, 장편 소설 《서울은 만원이다》, 《소시민》 등이 있다.

1965년, 어느 이발소에서 _이호철

이발소 문이 열리고 또 손님 하나가 들어섰다.

"어서 옵쇼오."

가위질을 하던 박 씨가 들어서는 손님을 거울 속으로 힐끗 보며 **상투적**으로 소리를 질렀다.

"어서 오십쇼."

문가에 서 있던 이발소 소년도 '어' 자에 악센트를 주며 경쾌하게 소리를 질렀다.

"빨리 됩니까, 빨리?"

들어선 녀석은 이발소 안을 휘둘러보며 다짜고짜 급하게 물었다.

"네에, 얼른 됩니다. 얼른입쇼. 앉으십쇼."

올백을 한 머리에 **포마드**를 **뭉테기**로 바르고 번들번들하게 영양이 좋게 생긴 박 씨가 역시 돌아보지 않고 가락을 띠어 하루하루 사는 것이 이렇게 즐겁기만 하다는 듯이 대답했다.

소년이 손님의 등 뒤로 가 서서 상의를 벗겨 드리려고 했다.

이발소(理髮所) 일정한 시설을 갖추고 주로 남자의 머리털을 깎아 다듬어 주는 곳.
상투적(常套的) 늘 써서 버릇이 되다시피 한 것.
올백(all back) 가르마를 타지 아니하고 머리카락을 모두 뒤로 빗어 넘김. 또는 그런 머리 모양.
포마드(pomade) 머리털에 바르는 반고체의 진득진득한 기름.
뭉테기 '뭉텅이(한데 뭉치어 이룬 큰 덩이)'의 방언.

"똑똑히 얘기해요, 똑똑히. 빨리 되는지. 빨리 될 수 있는지."

비로소 박 씨가 가위를 든 채 돌아보았다.

맞은편 긴 소파에 양말 신은 두 발을 올려놓고 비스듬히 모로 누워 한 손으로는 발바닥을 주무르며 못다 읽은 **조간신문**을 뒤지고 있다가 어느새 신문지를 허공에 겅중 든 채 깜박 잠이 들었던 주인도 눈을 떴다. 무슨 일이 일어났는지 정신을 차리려고 하며 두 발을 여전히 소파 위에 놓은 채 꾸물꾸물 일어나 앉았다.

"사람이나 좀 똑바로 쳐다보면서 얘기해요. 빨리 될 수 있소?"

그 녀석은 박 씨 앞에 삿대질을 하듯이 또 **거쉰** 소리를 질렀다. 검초록색 잠바에 통이 좁은 깜장색 바지 차림의 서른 남짓 되어 보이는 사내였다. 짧게 깎은 앞머리가 가지런히 일어서 있고 손에는 올이 굵은 깜장 모자를 들었다. 칼칼하게 야윈 몸매지만 서슬이 선 눈매를 지녔고, **하관**이 빠르고 얼굴색도 까무잡잡하다. 앞니에 금니 두 개를 해 박았다. 구두가 인상적으로 써늘하게 생겼다. 구둣방에 진열되어 있는 구두에 불과하지만 일단 사람의 발에 신겨지면 구두도 그 주인의 **위인**과 더불어 주인을 닮아 가게 마련이다. 끝이 뾰족하고 반들반들 윤기를 내고 있다.

헤프고, 사근사근하고, 무르고, 게다가 **병역** 기피자인 박 씨는 대번에 꺼칠한 얼굴이 되었다. 처음부터 나오는 것이 예사 손님 같지는 않다.

"글쎄, 앉으십쇼. 빨리 해 드릴 테니."

"얼마나 빨리 되어? 몇 분에 될 수 있소?"

조간신문(朝刊新聞)　날마다 아침에 발행하는 신문.
거쉬다　목소리가 쉰 듯하면서 굵직하다.
하관(下顴)　광대뼈를 중심으로 얼굴의 아래쪽 턱 부분.
위인(爲人)　사람의 됨됨이.
헤프다　말이나 행동 따위를 삼가거나 아끼는 데가 없이 마구 하는 듯하다.
병역(兵役)　국민으로서 수행하여야 하는 국가에 대한 군사적 의무.

"허어, 이 양반이 참 급하기도."

"뭐? 이 양반? 어따 대구 반말이야? 말조심해."

앉았던 손님 두엇이 거울 속에서 힐끗 쳐다보았다. 그리고 거울 속에서 눈길이 부딪칠 듯하자 급하게 외면을 하였다. **세발대**의 두 소년도 우르르 머리들을 이편으로 내밀고 구경을 하고 손이 빈 민 씨와 김 씨도 구석 쪽 빈 이발의자에 앉아 **묵은** 신문을 보다가 말고 몸체만을 엉거주춤히 돌렸다.

청년은 다시 이발소 안을 둘러보다가 그 눈길이 주인에게 가 멎었다. 주인도 여전히 양말 신은 두 발을 두 손으로 주무르면서 마주 올려다보았다.

"당신은 뭐요?"

"주인이오."

"주인이면 주인이지, 그 앉아 있는 꼴이 뭐요? 도대체에 이 사람들 정신 있는 사람들인가. 때가 어느 땐지도 모르고, 이 사람들이."

술 냄새가 약간 났으나 옳기는 한 소리인 것 같아서 주인도 후닥닥 일어났다.

보기 흉하게 몸체만 돌리고 앉았던 민 씨와 김 씨도 청년의 눈길이 그쪽으로 돌아오기 전에 화닥닥 일어서고, 세발대의 두 소년도 제자리로들 돌아갔다.

기운 오후의 느슨느슨한 분위기에 잠겨 있던 이발소 안이 갑자기 썰늘해졌다. 펑퍼짐하게 모로 누워 있던 이발소 기구들도 삐죽삐죽 일어서진 듯하고 금빛, 은빛 금속 기구들이 사방에서 번쩍번쩍하였다. 맹렬하게 하품을 하던 사람들이 모두 정신이 번쩍 들었다.

주인이 나서면서 허리를 굽신하며 공손히 말하였다.

세발대(洗髮臺) 머리를 감는 곳.
묵다 일정한 때를 지나서 오래된 상태가 되다.

"여하간에 앉으십쇼. 급하게 해 드릴 테니까."

"앉는 건 좋은데에."

하고 비로소 청년은 못마땅한 점이 한두 가지가 아니라는 낯색으로 마지못한 듯이 주인이 가리킨 자리에 앉았다.

그 옆자리에는 바로 박 씨가 맡은 예순 가까운 관리로 보이는 한 사람이 앉아 있었다. 거울 속에서 청년과 눈이 부딪치자 관리는 슬그머니 눈길을 돌렸다. 이 관리는 사흘거리로 꼭 요 시각이면 나타나는 단골손님이었다. 왜정 때 군청에도 있었고 M 시 **부청**에도 있었고 도청에까지 올라갔다가 얼마 안 되어 해방을 맞았노라고 해방이 된 것이 무척 섭섭한 듯이 언젠가 말하는 것을 박 씨는 들은 일이 있다. 그렇다고 현재 무엇을 하는 사람인지는 직접 들은 일이 없다. 그러나 어느 모로 보나 관리인 것은 틀림없었다. 이 관리의 얼굴만 보면 우리나라가 정치적으로, 경제적으로, 문화적으로 안정되어 있다는 것을 실감으로건 착각으로건 느끼게 되었다. 숱이 적은 머리를 예쁘게 모로 빗어 올리고, 키가 작은 비대한 몸집에 늘 허여멀쑥하게 희멀건 얼굴을 하고 있었다. 들어설 때마다 파이프 담배를 물고 있고 목소리도 서양 사람처럼 잘 울리는 낮은 **바리톤** 소리였다. 사흘거리로 오후 요 시각만 되면 나타나는 이 관리는 딱히 이발을 하려고가 아니라, 이 이발소의 이를테면 느슨느슨한 오후 분위기에 잠기고 싶어서, 이발의자에 앉아 거울 속의 영양이 좋게 생긴 자기 얼굴을 **완상하며** 맹렬하게 하품이나 하고 싶어서, 그리고 한 30분씩 늘어지게 **안마**가 하고 싶어서 드나드는 듯이 보였다.

"가만, 앞머리를 조금 더 자를까."

부청(府廳) 일제 강점기에, 부(府)의 행정 사무를 처리하던 관청.
바리톤(baritone) 남성의 테너와 베이스 사이의 음역. 남성 중음.
완상하다(玩賞--) 즐겨 구경하다.
안마(按摩) 손으로 몸을 두드리거나 주물러서 피의 순환을 도와주는 일.

청년의 눈길을 피한 관리는 약간 미간을 찡그리면서 갑자기 노인 투를 내며 박 씨에게 말하였다. 그 얼굴에는 박 씨가 미안해질 만큼 조금 차가운 위엄이 살짝 어렸다. 물론 박 씨는 이 말뜻을 알 만하였다.

청년이 들어서기 조금 전까지 이 관리는 박 씨에게 왜정 때의 관리 생활과 현재의 관리 생활을 비교해서 지나칠 만큼 솔직하게, 자상히 들려주며 왜정 때가 훨씬 좋았었다는 얘기를 하고 있던 참이었다. 간접적이기는 하였지만 오늘의 관리 생활에 경멸과 조소까지 보내면서. 그러나 이제 청년이 옆자리에 앉자 그 얘기는 이상 끝이라는 신호를 그렇게 기술적으로 표현했을 것이다. 물론 박 씨도 알아들었다.

그러나 그 자연스러운 표정이나 억양이 박 씨의 눈에는 무척 소심하고 소극적인 것으로 보였다. 그리고 그 소극성으로 보이는 표정의 저 뒤안에는 세상이 험하면 험한 대로, 세상이 **유하면** 유한 대로 일정한 자기 분수를 지니고 그 분수의 틀을 정확하게 잡고 있는 완강한 자세, 30년쯤의 관리 생활에서 절어든 듯싶은 **더께**가 앉은 완강한 자세가 번득였다. 자기 분수의 외양과 **타성**에만 절어 들어 있는, 그러나 살짝 바람만 들어도 어느 울타리를 화닥닥 오므려 닫는, 그가 오랜 세월 동안에 몸에 익힌 것은 필경은 자기방어밖에는 없는 듯하였다. 그리하여 바람이 세어지면 안으로 오므리는 강도도 세어지고, 바람이 잔잔하면 살금살금 소극적으로 무리도 조금씩 하며 근무 시간 중에 한 시간쯤 실례를 하여 이발소에 나와 느슨느슨하게 거울이나 들여다보고 늘어지게 안마나 하고 한잠 자는 둥 마는 둥 하게 자고.

그러나 세상이 엎치락뒤치락 바뀌는 속에서 30년쯤 쉬엄쉬엄 관리 길을 유지해 오는 동안 외모만 남자다운 모습일 뿐 사람이 닳고 닳아져서 싱거워 빠

유하다(柔--) 부드럽고 순하다.
더께 몹시 찌든 물건에 앉은 거친 때.
타성(惰性) 오래되어 굳어진 좋지 않은 버릇. 또는 오랫동안 변화나 새로움을 꾀하지 않아 나태하게 굳어진 습성.

졌다. 살아간다는 일에 대한 근원적인 체념이 전체의 살아가는 가락으로 되어 이발소 사람과 분수에 맞지 않게 지나치게 솔직한 얘기까지 하게 되고, 그러다가도 화닥닥 제 분수를 되찾아 그늘지게 써늘한 얼굴을 하고. 물론 박 씨도 알 만하였다.

민 씨가 청년의 옆으로 와서 낮은 목소리로 물었다.

"앞머리를 더 짧게 자르실까요?"

"그러시오."

거울 속에서 '이건 또 뭐야.' 하듯이 험한 눈길을 하며 청년이 대답했다.

"3부 정도로 할까요?"

"3부? 3부면 **상고머리** 아니야? 누가 3부로 하랬소? 누굴 국민학교 아동으로 알아? 이 양반들이 정말 정신이 있는 사람들인지 모르겠군."

민 씨는 덮어놓고 **꾸뻑꾸뻑**하면서 사과를 하였다.

"네, 네, 알겠습니다."

"뭘 알어?"

"네, 알겠습니다."

"뭘 알겠느냐 말요?"

민 씨는 처참한 얼굴이 되며 대답을 못 했다.

주인이 또 가까이 와서 두 손을 마주 잡고 분명한 이유는 모르는 대로 양해를 구했다. 덮어놓고 굽신굽신하고 수줍은 표정을 짓고 사과하는 몸짓을 하였다.

"도대체에 모두 틀려먹었어요, 틀려먹었어. 지금이 어느 땐데, 모두 희멀게 가지구, 말라 죽은 동태 눈알을 해 가지구, 도대체에 정신들이 있는 사람들

상고머리 머리 모양의 하나. 앞머리만 약간 길게 놓아두고 옆머리와 뒷머리를 짧게 치켜 올려 깎고 정수리 부분은 편평하게 다듬는다.

인지 모르겠군."

주인은 또 꾸뻑꾸뻑하면서 알겠다고도 모르겠다고도 않고, 알겠다고 하면 뭘 알겠느냐고 또 소리를 지를 것 같고 모르겠다고 하면 더 흥분을 할 것이어서 한 손으로 귀 뒤를 서걱서걱 소리가 나게 긁으며 단지 소극적으로 시인하는 표정만 하였다.

비로소 청년은 조금 가라앉아졌다. 이발 의자에 처억 기대어 두 다리를 중도에서 꼬아 한쪽 발을 경중 뜨게 하고 앉았다.

주인은 어디서 난데없이 나타난 영 귀찮은 것을 건너다보듯이 청년의 뒷모습을 흘낏 보며 다시 소파에 가서 걸터앉았다. 순간 청년이 다시 홱 돌아앉았다.

"여보, 주인!"

주인이 다시 화닥닥 놀라며 일어섰다.

"당신, 이제 그 눈길이 뭐요?"

"뭐 말입니까?"

"뭐어 마알입니까?! 당신, 이제 날 어떻게 보았지!"

"미안합니다."

주인이 더욱 겁이 난 얼굴로 처참하게 창백해지며 대답했다.

"미안해? 미안으로 통해? 도대체 이 사람들이 앞으로는 굽신굽신하고 뒷구석으론……. 반성을 하려면 철저히 하고 아니면 분명하게 맞서든지 해야지, 사람들이."

"미안합니다."

"미안으루 통해? 안 통해, 우리에겐."

안 통하면 어쩐다는 것인지 알 수는 없는 대로, 주인은 또 덮어놓고 우그러든 얼굴을 하였다.

어느새 이러는 사이에 이 이발소에 있는 사람들은 모두가 써어늘하게 겁먹은 얼굴로 전염되어 갔다. 모든 것은 이미 그렇게 **기정사실화**되어 있었다. 손님들도 간이 콩알만해지고 세발대 소년들이나 **면도하는** 소녀들까지도 말조심하고 걸음걸이 조심하고 쉬쉬하는 표정이 되었다. 어떤 손님인지 확실하지는 않으나 하여튼 예사 손님이 아니라는 것만은 확실해 보였다.

다시 거울을 향해 돌아앉은 청년의 머리에 민 씨가 조심조심 가위를 들이댔다.

"도대체에 사람들이 나빠요, 나빠. 정신들이 말짱 안 되어 먹었거든. 모두 비겁하기가……."

청년은 또 이렇게 악악거리며 주절대다가 다시 거울 속에서 민 씨를 건너다보며 물었다.

"당신, 군대 갔었소?"

"네."

민 씨가 기겁을 하듯이 화닥닥 놀라며 한참 만에야 묻는 뜻을 알고 대답했다.

"언제 제대했소?"

"팔십칠년 오월에."

"팔십칠년?"

"아니, 저어 그러니까, 오시입."

하고 민 씨는 한 손가락으로 재빨리 셈을 해 보고는,

"오시입사년 유월입니다."

그 표정이 우스웠던지 청년은 거울 속의 자기 얼굴을 보며 비로소 처음으로 비시시 웃었다. 그러고는 갑자기 부드러워졌다.

기정사실화(旣定事實化) 이미 결정되어 있는 사실로 간주함.
면도하다(面刀--) 얼굴이나 몸에 난 수염이나 잔털을 깎다.

"제대까지 한 사람이 있으면서 왜 이 모양이야, 이 이발관은. 좀 빠릿빠릿하지 못하고. 도대체에 당장 빨갱이들이 나오면 어쩌려구."

백번 옳은 소리일 것이어서 민 씨도 겸손하게 **수긍하는** 표정을 하였다. 그러나 자기도 제대 직후 갓 **환도한** 서울 거리에서는 눈알에 쌍심지를 돋우고 빠릿빠릿하게 돌아가던 시절이 없지 않았다. 눈이 뒤집히고 미칠 것 같았다. 음식점마다, 다방마다, 술집마다, 이발관마다, 가는 곳 이르는 곳마다 눈이 뒤집히게 썩어 문드러져 보였었다. 가는 곳마다 눈에 쌍심지를 켜고 짓부수고 행패를 부렸다. 너 죽고 나 죽자는 식이었다. 그런데 어언 10년 세월은 그 모든 것에 쉬이 젖어들게 하고 하루하루 살아가는 일에만 주저앉게 하였다. 그리고 비록 넉넉한 살림은 못 되고 때로 가난에 쪼들리고 마누라가 짜증을 부리기도 하지만 이렇게 사는 것이 당장 편해서 좋았다.

'너도 한때지. 이제 좀 더 지나 보아라. 세상 물정 알 때가 올 것이니라.'
하고 마흔 살이 된 민 씨는 마음속으로만 중얼거렸다.

청년의 옆자리에 앉은 관리는 눈길을 어디다가 두어야 할는지 몰랐다. 자칫하다가는 그자와 눈길이 부딪칠 것이다. 부딪치면 귀찮아진다. 거울 속에서 눈길이 그쪽으로 가다가도 깜짝깜짝 겁에 질려서 되돌아오곤 하였다. 이러다가 드디어 어느 서슬에 눈길이 따악 부딪쳤다. 나이 든 주제에 나잇값을 해야지, 급하게 외면을 하기도 민망스러워서 멀뚱히 마주 쳐다보았다.

그러자 청년이 또 왈칵 물었다.

"왜 봐요?"

"저 말입니까?"

늙은 관리도 거울 속의 청년을 건너다보며 퀭하게 되물었다.

수긍하다(首肯--) 옳다고 인정하다.
환도하다(還都--) 전쟁 따위의 국난으로 인하여 정부가 한때 수도를 버리고 다른 곳으로 옮겼다가 다시 옛 수도로 돌아오다.

"그렇소. 왜 보느냔 말요?"

청년도 거울 속으로 또 되물었다.

"네에, 그저 어쩌다 보니 눈길이 마주쳤군요."

늙은 관리도 비죽이 비굴한 웃음을 입가에 떠올렸다.

"웃기는. 누가 웃으랬소?"

"……."

늙은 관리는 오랜 경험으로 자기보다 힘센 사람에게는 필요 이상 털털하게 대하고 되도록 늙은이 행세를 하는 편이 관대한 대접을 받는 것을 알고 이렇게 일부러 **넉살**로 대답했다.

"늙은 거야 보아도 알겠고, 도대체 뭐 하는 영감이오?"

"그저 이럭저럭 지냅니다."

늙은 관리는 또 일부러 복덕방 영감 투를 내며 **능청** 섞어 대답했다. 세발대 쪽에서 두 소년이 킬킬거리고 이발소 주인, 박 씨, 민 씨도 가만가만 **쓰겁게** 웃었다.

"도대체 사람들이 이래 가지구야. 아무리 민주주의가 좋다지만, 그 앉은 꼴이 뭐요. **꺼부정히** 앉아서. 좀 가슴을 좌악 펴고 앉아요, 펴고. 금방 죽어 자빠지더래두 정신만은 제대로 말짱하게 가져야지."

옳은 소리일 것이었다. 늙은 관리는 이르는 대로 화닥닥 가슴을 잔뜩 뒤로 젖히고 앉았다.

"옳지."

말 잘 듣는다 하듯이 청년은 한결 부드러운 얼굴이 되었다.

넉살 부끄러운 기색이 없이 비위 좋게 구는 짓이나 성미.
능청 속으로는 엉큼한 마음을 숨기고 겉으로는 천연스럽게 행동하는 태도.
쓰겁다 '쓰다'의 방언.
꺼부정히 사람의 몸, 허리, 팔, 다리 따위가 안쪽으로 꺼부러져 있는 상태로.

늙은 관리는 관리 체통에 조금 안됐다는 생각을 했으나 한편으로는 이런 **자격지심**에 맹렬히 반발을 하였다. 요즈음 세월에 어른 어린애가 있나. 당하게 되면 별수 없이 당했지.

결국 저런 청년은 저 놀고 싶은 대로, 하고 싶은 대로 내버려 둘밖에 없었다. 이발을 마친 손님 하나가 나갔다. 키가 크고 **장대하게** 생긴 사람인데, 주인에게 돈을 내고는 거스름돈도 제대로 못 받고 후덕후덕 도망을 하듯이 나갔다. 그의 뒤를 따라 이발소 소년이 웬 봉투를 들고 나갔다. 이발소 문 앞에서 건네어 주자 그 손님은 쓰디쓰게 웃으면서 길 건너편으로 줄행랑을 치듯이 달아나고 있었다. 손이 빈 김 씨는 잠시 자리를 피하여 뒷문을 통해 늦점심을 먹으러 나갔다. 면도하는 소녀 둘은 할 일 없이 멍청히 서 있기가 겁이 나서 **빠릿빠릿하게** 보이도록 두 눈에 힘을 주고 윗입술로 아랫입술을 힘주어 **앙다물고** 있었다. 비를 들고 이발소 바닥을 쓸었다. 주인도 팔깍지를 끼고 서 있다가 벽시계와 자기 손목시계를 비교해 보고는 나무의자를 가져다가 그 위에 올라서서 벽시계의 시간을 맞추었다. 되도록 천천히 태엽을 감아 주었다. 이렇게 이발소 안은 갑자기 수런거리고 웬 건설 의욕 같은 것으로 생기가 활발했다. "미안합니다. 안마는 못 해 드립니다. 규정이 그렇게 되어 있습니다." 눈치가 빠른 세발대의 두 소년도 이렇게 이발 법규대로 움직였다. 이발을 마친 손님들은 대강대강 세발을 하고, 대강대강 말리고, 대강대강 **정발**을 하고, 날 살려라 하고 도망을 치듯이 나갔다.

그 청년의 말은 과연 천 번 만 번 **지당한** 말이었다. 요즈음 세월에 모두 이러고 있을 때가 아닐 것이었다. 정신들을 차리고 **빠릿빠릿해** 있어야 할 것이

자격지심(自激之心) 자기가 한 일에 대하여 스스로 미흡하게 여기는 마음.
장대하다(壯大——) 허우대가 크고 튼튼하다.
앙다물다 힘을 주어 꽉 다물다.
정발(整髮) 머리를 잘 매만져 다듬음. 또는 그렇게 한 머리.
지당하다(至當——) 이치에 맞고 지극히 당연하다.

었다. 썩은 동태 눈알을 해 가지고 희멀겋게 뻗어 있어서는 안 될 것이었다. 휴전선을 사이에 두고 빨갱이와 마주 대결하고 있고, 월남에 파병을 하고, 곳곳에 간첩들이 활개를 치는 판에 도대체 이렇게 멍청하게 있을 때가 아닐 것이었다. 사람들은 이렇게 저렇게 따져서 그 말에 수긍은 하면서도 무엇인가 써늘하고 무서웠다.

이때 또 문이 열리며 한 청년이 들어섰다.

"어떻게 된 거야. 아직 멀었어?"

그는 이발소 안을 둘러보다가 청년에게 다가가 이렇게 물었다.

올이 굵게 짜진 깜장 모자를 썼고, 역시 국방색 잠바를 자크를 턱밑까지 바싹 올려 입고, 깜장색 통이 좁은 바지를 입었다. 얼굴은 펑퍼짐하게 살이 올라 유순하게 생겼으나 눈에는 핏발이 서 있었다. 역시 반들반들 윤기가 나는 단화를 신었다.

"어떻게 된 거야? 아직 멀었어?"

그는 **재우쳐** 물었다.

앉은 청년은 거울 속에서 흘낏 쳐다보며,

"도대체 이 사람들 말이 아니군."

하였다.

새로 들어선 청년은 벌써 말뜻을 알아듣고 금시 쳐죽일 듯한 눈길로 이발소 안을 휘익 둘러보았다.

귀하신 분께서 또 한 분 이렇게 나타나자 이발소 안은 두 곱으로 써늘해졌다. 모두 간이 콩알만해져서 조마조마하였다.

"왜, 어쨌기?"

"도대체 사람들이 정신들이 덜 되어 먹었단 말야. 요즈음 세월이 어떻게 돌

재우치다 빨리 몰아치거나 재촉하다.

아가는지도 모르고, 멍청해서들."

"민주주의라는 것을 모두 일방적으로 오해를 해서 그렇지. 도대체에 민주주의라는 것을 그렇게 알면 곤란한데에."

이제 두 청년은 완전히 자기들 세상이 된 이발소 안에서 주거니 받거니 했다.

"맞았어, 맞았어."

"도대체 무슨 일이 있었지?"

들어선 청년은 이발 중에 있는 청년 뒤로 바싹 붙어 서며 낮은 목소리로 물었다.

"무슨 일이 일어나나 마나, 보면 몰라. 모두 동태 눈알을 해 가지고. 도대체에 사람들이 정신이 있는 사람들인지 모르겠거든."

청년은 어떻게 된 셈인지 똑같은 소리를 똑같게 싫증도 안 내고 되풀이만 하고 있었다.

새로 들어선 청년도 이발소 안에 있는 사람들의 눈알 생긴 것을 새삼 둘러보려고 하다가 거울 속에서 마악 이발을 끝내고 일어서는 늙은 관리와 눈길이 부딪쳤다. 그러자 덮어놓고 쳐죽일 듯한 **빠릿빠릿한** 눈길로 노려보며 물었다.

"당신은 뭐요?"

"보다시피."

늙은 관리는 일부러 그러는 것이 완연하게 반(半) **천치** 같은 얼굴이 되었다.

"보다시피, 뭐요?"

"노인입니다."

"뭐 하는 사람이오?"

천치(天癡/天痴) 선천적으로 정신 작용이 완전하지 못하여 어리석고 못난 사람.

"그저 노인입니다."

"뭐 하는 사람이냐 말야?"

"노인입니다."

"노인인 줄은 누가 모르오?"

"글쎄, 그저 노인이라니까요."

아직 우리네에서는 노인이라면 관대하게 보아주는 습성이 있다. 그자도 이렇게 관대하게 보아주기로 한 모양으로 슬그머니 눈길을 다른 곳으로 돌렸다. 그러나 잡히는 모서리가 없었던지 다시 거울 속으로 앉은 청년을 건너다보며,

"모두 논산 훈련소 같은 곳에 모아다가 한 두어 달씩 **되우** 뚜드려 놓아야 하는데, 민주주의랍시구 **체모** 차리고 이것저것 찾다가 보니까 이렇거든."

"맞았어어, 동감이야아."

어느새 늙은 관리는 세발대에 앉아 세발을 하며 안마를 할까 말까 할까 말까 조금 궁리를 하다가 기어이 좋지 않을 것 같아 그만두기로 하였다.

잠시 조용해졌다. 조용해지자 이발소 안은 더욱더 썰렁썰렁해졌다. 청년 둘이 주거니 받거니 악악대고 있을 때는 소곤대는 소리로 얘기나마 할 수 있었던 세발대의 두 소년도 완전히 입을 다물어 버렸다. 금세 무엇인가 폭발될 것 같은 위태위태한 것이 잠시 흘렀다. 이러자 청년들 자신도 이 정적이 못 견디겠던 모양이었다. 갑자기 일어서 있던 청년이 세발대 쪽을 향해 크게 소리를 질렀다.

"야야."

꼭 논산 훈련소에서 육군 졸병을 부르는 듯한 억양이었다.

되우 아주 몹시.

체모(體貌) 남을 대하기에 떳떳한 도리나 얼굴. 체면.

늙은 관리의 머리에 허옇게 비누칠을 하고 대고 문지르던 소년과 그 옆에 손이 비어 있어 물 묻은 두 손을 마주 잡고 있던 소년이 똑같이 돌아보았다.

"너 말이다, 너."

청년은 턱으로 하필이면 작업 중인 소년을 가리켰다.

"네?"

"이리 와."

소년은 비누칠을 해 두어 눈을 감고 꺼부정히 앉아 있는 늙은 관리를 두고 선뜻 자리를 뜰 수도 없어 잠시 미적미적하였다.

"이리 오란 말야."

"네?"

소년은 급하게 달려가 청년 앞에 차려 자세를 하였다. 그 대신 손이 비어 있던 소년이 뒷일을 맡아 관리의 머리에 수돗물을 좌악 틀어 놓았다.

"야야."

청년이 다시 거푸 그 소년을 불렀다.

깜짝 놀라며 두 번째 소년이 또 돌아보았다. 한 손으로는 비누 거품이 허옇게 일어 오르는 노인의 머리를 잡고 있었다.

"너두 이리 와."

결국 두 소년이 모두 그 청년 앞에 차려 자세를 하고 섰다.

"너 몇 살이야?"

"열일곱입니다."

한 소년이 대답했다.

"넌?"

"열여덟입니다."

"그럼 너인 소년이야, 청년이야?"

열일곱 살 먹은 소년이 용감하게 대답했다.

"대한의 청년이라고 생각합니다."

"돼앴어."

이 이발소로 두 청년이 들어선 뒤로 처음으로 만족스런 감탄사가 나왔다.

"돼앴어. 늘 그렇게 **빠릿빠릿**해 있어야 한다. 항상 준비 태세로."

"알겠습니다."

이번에는 열여덟 살 먹은 소년이 대답했다.

"돼앴어."

늙은 관리는 비누 거품을 머리에 일군 채 그냥 꺼부정히 내의 바람으로 앉아 있고, 이발소 안의 여느 사람들은 차마 웃을 수도 없어 일부러 입술을 악물고 긴장한 얼굴을 하였다.

소년 둘이 다시 물러가자 곧 또 이발소 문이 열리며 교통순경 한 사람이 들어섰다. **정복**을 입고 완장을 차고 가슴에서는 호각이 너덜거렸다. 이발소 사람들은 어서 오십쇼 소리도 하지 않고, 하나같이 난처하고 위태위태하고 조마조마한 마음이 되었다. 그도 오랜 단골손님인 모양으로 예사롭게 소파에 걸터앉아 구두끈을 풀다가 말고 맹렬한 하품을 한 번 하였다. 저편 구석에 서 있던 이발소 주인이 쓰디쓰게 웃었다. 쓰디쓰게 웃는 이발소 주인의 표정으로 금방 나름대로 눈치를 차리고는 교통순경도 하품을 급하게 끄고 이발소 안을 휘익 둘러보았다.

"저건 또 뭐야?"

앉은 청년이 거울 속으로 서 있는 청년을 보고 거울 깊숙이 앉아 있는 교통순경을 눈짓으로 가리키며 물었다.

"도대체에 사람들이. 순경이라는 것까지 저 모양이군."

서 있는 청년이 대답했다.

정복(正服)   학교나 관청, 회사 따위에서 정하여진 규정에 따라 입도록 한 옷.

순간 교통순경도 분명하게 써늘한 얼굴이 되며 거울 속을 흘깃 건너다보았다.

"뭘 봐, 보긴, 여보."

교통순경은 당황하였다. 이 사람 저 사람 둘러보려고 했다.

"보긴 뭘 봐? 여보, 순경 나리."

앉은 청년 뒤에 서 있던 청년이 거울 속에서 눈을 떼지 않고 이렇게 불렀다.

비로소 교통순경은 슬그머니 일어섰다.

"나 말입니까?"

"그렇소, 그래."

그 억양에는 벌써 결정적으로 고압적인 가락이 스며 있었다. 그리고 서로의 관계는 벌써 일순간에 결정이 나 있었다.

"대낮에 무슨 일로 이발소에 들어와?"

교통순경은 차려 자세를 취할 몸짓을 하며,

"금세 교대했습니다."

하고 대답했다.

"교대한 건 좋은데, 그 하품이 뭐요?"

낮은 목소리로, 달래듯이, 그러나 여전히 고압적인 억양이었다.

"……"

교통순경은 대답을 못하고 푸르딩딩한 얼굴이 되어 다음 분부를 기다리는 듯한 자세가 되었다.

잠시 뒤 순경은 슬그머니 도로 나가고, 이발소 안은 다시 조용해졌다.

앉은 청년은 면도를 마치고 어느새 이발 규정에 어긋나게 귓속을 후비고 있었다. 그리고 그 뒤에 서 있는 청년은 여전히 거울 속을 한 눈으로 온통 **부감**

부감(付勘) 맞대어 보며 심사함.

하듯이 들여다보며 서 있었다.

마침 네 시 뉴스가 울려 나왔다. 자유 센터 구내에서의 충격 사건 뉴스였다. 수도 서울에 **무장** 괴한 출현. 과연 과연 싶었다. 이발소 안의 사람들이 일제히 두 눈이 휘둥그레지며 두 청년 쪽을 바라보았다. 귀를 후비던 청년이 침착하게 내뱉었다.

"저건 또 뭐야."

서 있던 청년이 역시 침착하게 받았다.

"개애새끼들."

나타난 무장 괴한이 개새끼들이라는 것인지 아니면 여느 때는 민주주의 민주주의 하다가 이런 일만 터지면 청천벽력이나 일어난 듯이 흥분을 하는 방송 뉴스가 개새끼들이라는 것인지 알쏭달쏭하였다. 뉴스는 어느새 서해안 **피랍** 어부들의 소식이 감감하다는 것, 섬 주민들의 생활 실태로 옮아 현지 녹음까지 곁들이고, 다음으로 '민중당, 결국 **분당**'으로 옮아가고 있었다.

귀를 후비던 청년이 침착하게 내뱉었다.

"저건 또 뭐야."

서 있던 청년도 내뱉었다.

"개애새끼들."

잠시 뒤, 어느새 나갔던 늙은이가 한 사람을 데리고 들어왔다. 사복 차림인데, 신분증을 내보이며 두 청년에게 **불심 검문**을 하였다. 그들은 신분증을 내보이고 비쭉비쭉 웃기까지 하며 대한민국의 **일개** 시민임을 밝혔다. 이발소

무장(武裝) 전투에 필요한 장비를 갖춤. 또는 그 장비.
피랍(被拉) 납치를 당함.
분당(分黨) 당파가 갈라지거나 당파를 가름. 또는 그 당파.
불심 검문(不審檢問) 경찰관이, 수상한 거동을 하거나 죄를 범하였거나 범하려고 하여 의심받을 만한 사람을 정지시켜 질문하는 일. 1961년 5·16 군사 쿠데타 직후 거리의 불심 검문이 강화되며 병역 기피자를 잡아들였다.
일개(一介) 보잘것없는 한 낱.

안의 사람들은 여전히 겁에 질려 있었다. 그들 두 청년은 **관명 사칭**도 하지 않았고, 이렇다 할 **월권**도 한 것은 없었다. 그들은 모두 빠릿빠릿해지고 항상 준비 태세를 지니고 사회 **기강**을 확립하자고 강조했을 뿐이었다. 강조하는 방법이 틀렸을지는 모르지만 그런 것이 **죄과**에 해당될 만한 법조문은 없는 듯하였다.

그들은 일단 **연행**이 되었으나 곧 석방이 되었다.

관명 사칭(官名詐稱)　벼슬 이름을 거짓으로 속여 이름.
월권(越權)　자기 권한 밖의 일에 관여함.
기강(紀綱)　규율과 법도를 아울러 이르는 말.
죄과(罪過)　죄가 될 만한 허물.
연행(連行)　강제로 데리고 감. 특히 경찰관이 피의자를 체포하여 경찰서로 데리고 가는 일을 이른다.

1971년 《문학과 지성》에 발표된 이 작품은 주인공의 의식 세계를 통해 관계가 단절된 현대인의 삶을 보여 주고 있습니다. 당시 한국 사회는 권위주의적 정치 체제하에 국가 주도의 산업 자본주의가 급속히 발전하던 때여서 인간 소외 양상이 곳곳에서 드러나기 시작했습니다.

이 작품의 주인공은 출장에서 돌아온 집 앞에서 자신을 알아보지 못하는 아파트 이웃들과 실랑이를 벌입니다. 그리고 텅 빈 집에 들어와 아내가 메모만 남기고 외출한 것을 알게 됩니다. 주인공은 아늑한 집을 기대했으나, 그와 달리 고립감과 고독감을 느끼며 '남의 방처럼 낯선 방'을 오갑니다. 이제 방 안의 사물들조차 자신을 배제한 채 살아 움직이고, 작품의 주인공은 '타인처럼 낯설어진 자신의 방'에서 사물화되어 배척되고 맙니다.

자신의 공간에서 소외당한 주인공의 심정을 떠올려 봅시다. 자신을 둘러싼 환경으로부터 외면당하는 주인공의 비애를 느껴 본 적은 없는지, 나와 나를 둘러싼 세계와의 관계를 돌아보며 이 작품을 감상해 봅시다.

▌최인호(崔仁浩, 1945~2013)

서울 출생. 1963년 《한국일보》 신춘문예에 〈벽구멍으로〉가 입선, 1967년 《조선일보》 신춘문예에 〈견습 환자〉가 당선되어 등단하였다. 1970년대 신선한 감수성과 경쾌한 문체로 우리 사회의 도시화 과정이 지닌 문제점을 예리하게 표현했다고 평가받고 있다. 1970년대 시대적 아픔을 희극적으로 그린 시나리오 〈바보들의 행진〉, 〈병태와 영자〉, 〈고래 사냥〉 등도 썼다. 대표적인 소설집으로 《타인의 방》, 《우리들의 시대》, 《내 마음의 풍차》 등이 있으며, 수필집으로 《모르는 사람에게 보내는 편지》 등이 있다.

타인의 방 _최인호

　그는 방금 거리에서 돌아왔다. 너무 피로해서 쓰러져 버릴 것 같았다. 그는 아파트 계단을 천천히 올라서 자기 방까지 왔다. 그는 운수 좋게도 방까지 오는 동안 아무도 만나지 못했고 아파트 복도에도 사람은 없었다. 어디선가 시금치 끓이는 냄새가 나고 있었다. 그는 방문을 더듬어 문 앞에 **프레스**라고 씌어진 신문 투입구 안쪽의 초인종을 가볍게 두어 번 눌렀다. 그리고 이미 갈라진 혓바닥에 아린 감각만을 주어 오던 담배꽁초를 잘 닦아 반들거리는 복도에 던져 버렸다. 그는 아주 참을성 있게 기다리고 있었다. 그의 아내가 문을 열어 주기를. 문을 열고 다소 호들갑을 떨며 눈을 동그랗게 뜨고 자기를 맞아 주기를. 그러나 귀를 기울이고 마지막 남은 담배에 불을 당기었는데도 안쪽에서는 소식이 없었다. 그는 다시 그 작은 철제 아가리 속에 손을 넣어 탄력감 있는 초인종을 신경질적으로 누르기 시작했다. 손끝에 가벼운 경련이 일었다. 그리고 그는 또 기다리기 시작했다.

　처음에 그는 초인종이 고장 난 것이 아닐까 하는 의심도 들었다. 그러나 그가 초인종을 누를 때마다 아득한 저쪽에서 희미한 소리가 **반향**되어 오는 것을 꿈결처럼 듣고 있었기 때문에, 필시 그의 아내가 지금쯤 혼자서 술이나 먹고, 그러고는 발가벗은 채 곯아떨어졌을 것이라고 단정했다.

프레스(press)　신문.
반향(反響)　소리가 어떤 장애물에 부딪쳐서 반사하여 다시 들리는 현상.

나는 잠이 들어 버리면 귀신이 잡아가도 몰라요.

아내는 그것이 자기의 장점인 것처럼 자랑하고 있다. 그래서 그는 분노를 느끼며 숫제 5분 동안이나 초인종에 손을 밀착시키고 방 저편에서 둔하게 벨소리가 계속 울리고 있는 것을 초조하게 느끼고 있었다. 물론 그의 집 열쇠는 두 개로, 하나는 아내가 가지고 있고 또 하나는 그가 그의 열쇠 꾸러미 속에 포함시켜서 가지고 있는 것이다. 원하기만 한다면 그는 자기 자신의 열쇠로 문을 열 수 있을 것이었다. 그러나 그는 어느 편이냐 하면 그런 면엔 엄격해서 소위 문을 열어 주는 것은 아내 된 도리이며, 적어도 아내가 문을 열어 준 후에 들어가는 것이 남편의 권리가 아니겠느냐는 생각을 **고수하고** 있는 편이었다.

그래서 그는 이번엔 주먹으로 문을 두드리기 시작했다. 처음에는 천천히 두드렸지만 나중에는 거의 부숴 버릴 듯이 문을 쾅쾅 두들겨 대고 있었다. 온 **낭하**가 쩡쩡 울리고 어디선가 잠을 깬 듯한 어린아이의 울음소리가 들려왔다. 그러자 아파트 복도 저쪽 편의 문이 열리고, 파자마를 입은 사내가 이쪽을 기웃거리며 내다보았는데 그것은 그 사람 한 사람뿐만이 아니었다. 왜냐하면 그는 남의 시선을 개의치 않고 문을 두드리고 있었기 때문에, 그 사람뿐만 아니라, 다른 집의 사람들도 문을 열고 조심스럽게, 그러나 사뭇 경계하는 듯한 **숫돌** 같은 얼굴을 하고 이쪽을 노려보고 있었다.

"여보세요."

마침내 그를 유심히 보고 있던 여인이 나무라는 목소리로 말을 꺼냈다.

"그 집에 무슨 볼일이 있으세요?"

"아닙니다."

고수하다(固守--) 차지한 물건이나 형세 따위를 굳게 지키다.
낭하(廊下) 건물 안에 다니게 된 통로. 복도.
숫돌 칼이나 낫 따위의 연장을 갈아 날을 세우는 데 쓰는 돌.

그는 피로했으나 상냥하게 웃으면서 그러나 문을 두드리는 것을 계속하면서 말을 했다.

"그 집엔 아무도 안 계신 모양인데 혹 무슨 **수금** 관계로 오셨나요?"

그는 그를 수금 사원으로 착각케 한 여행용 가방을 **추켜들며** 적당히 웃었다.

"그런 일로 온 게 아닙니다."

"여보시오."

이번엔 파자마를 입은 사내가 손마디를 꺾으면서 슬리퍼를 치륵치륵 끌며 다가왔다.

"벌써부터 두드린 모양인데 아무도 없는 것 같소. 그러니 그냥 가시오. 덕분에 우리 집 애가 깨었소."

"미안합니다."

그는 정중하게 사과를 하였다. 하지만 그는 더러워서 정말 더러워서, 침이라도 뱉을 **심산**이었다.

"사실은 말입니다."

그는 방귀를 뀌다 들킨 사람처럼 무안해하면서 주머니를 뒤져 열쇠 꾸러미를 꺼냈다. 그리고 그는 익숙하게 짤랑이는 대여섯 개의 열쇠 중에서 아파트 열쇠를 손의 감촉만으로 잡아들었다.

"전 이 집의 주인입니다."

"뭐라구요?"

여인이 의심스럽게 그를 노려보면서 높은 음을 발했다.

"당신이 그 집 주인이라구요?"

"그런데요."

수금(收金) 받을 돈을 거두어들임. 또는 그런 돈.
추켜들다 치올리어 들다.
심산(心算) 마음속으로 하는 궁리나 계획.

그는 대답하였다. 그러자 여인은 고개를 갸우뚱거렸다.

"아니 뭐 의심나는 것이라도 있습니까?"

"여보시오."

아무래도 사내가 확인을 해야 마음 놓겠다는 듯 다가왔다. 사내는 키가 굉장히 큰 거인이었으므로 그는 사내를 올려다보았다.

"우리는 이 아파트에 거의 3년 동안 살아왔지만 당신 같은 사람을 본 적이 없소."

"아니 뭐라구요?"

그는 튀어 오를 듯한 분노 속에서 신음 소리를 발했다.

"당신이 나를 한 번도 본 적이 없다고 해서 그래 이 집 주인을 당신 멋대로 도둑놈이나 강도로 취급한다는 말입니까? 나두 이 집에서 3년을 살아왔소. 그런데두 당신 얼굴은 오늘 처음 보오. 그렇다면 당신도 마땅히 의심받아야 할 사람이 아니겠소?"

그는 화가 나서 고래고래 소리를 질렀다.

"어쨌든."

사내는 집요하게 물고 늘어졌다.

"당신을 의심하는 것은 안됐지만 우리 입장도 생각해 주시오."

"그건 나도 마찬가지라니깐."

그는 화가 나서 투덜거리면서 열쇠 구멍에 열쇠를 들이밀었다. 문은 소리 없이 열렸다.

"정 못 믿겠으면 따라 들어오시오. 증거를 뵈 주겠소."

그는 안으로 들어섰다. 집 안은 캄캄하였다.

"여보!"

그는 구두를 벗고, 스위치를 찾으려고 벽을 더듬거리면서 분노에 차서 소리를 질렀다. 하지만 집 안은 어두웠고 아무도 대답하질 않았다. 제기랄. 그는 너무 피로해서 퉁퉁 부은 다리를 질질 끌며 간신히 벽면의 스위치를 찾아내었고, 그것을 힘껏 올려붙였다. 접속이 나쁜 형광등이 서너 번 **채집** 병 속의 곤충처럼 껌벅거리다가는 켜졌다. 불은 너무 갑자기 들어온 기분이어서, 그는 잠시 동안 낯선 곳에 들어선 사람처럼 어리둥절하게 서 있었다. 그때 그는 아직도 문밖에서 사내가 의심스럽게 자기를 쳐다보고 있는 것을 보았고, 그는 조금 어처구니없어서 문을 쾅 닫아 버렸다. 그때 그는 화장대 거울 아래 무슨 종이가 놓여 있는 것을 발견하였고, 그래서 그는 힘들여 **경대** 앞까지 가서 그 종이를 주워 들었다.

여보, 오늘 아침 **전보**가 왔는데, 친정아버지가 위독하시다는 거예요. 잠깐 다녀오겠어요. 당신은 피로하실 테니 제가 출장 갔다고 잘 말씀드리겠어요. 편히 쉬세요. 밥상은 부엌에 차려 놨어요.　　　　　　　　　　　　　　　－ 당신의 아내가.

그는 울분에 차서 한숨을 쉬면서, 발소리를 쿵쿵 내면서, 한없이 잠겨 들어가는 피로를 느끼면서, 코트를 벗고 넥타이를 풀고, 와이셔츠를 벗는 일관 작업을 매우 천천히 계속하였으며 그러고는 거의 **경직**이 되어 뻣뻣한 다리를, 접는 나이프처럼 굽혀 바지를 벗고 그것을 아주 화를 내면서 옷장 속에 걸었다. 그때 그는 거울 속에서 주름살을 잔뜩 그린 늙수그레한 남자를 발견했고, 그는 공연히 거울 속의 자기를 향해 맹렬한 욕을 퍼붓기 시작했다.

제기랄, 겨우 돌아왔어. 제기랄, 그런데 아무도 없다니.

그는 심한 고독을 느꼈다. 그는 벌거벗은 채, **스팀** 기운이 새어 나갈 틈이 없

채집(採集)　널리 찾아서 얻거나 캐거나 잡아 모으는 일.
경대(瓊臺)　거울을 버티어 세우고 그 아래에 화장품 따위를 넣는 서랍을 갖추어 만든 가구.
전보(電報)　전신을 이용한 통신이나 통보.
경직(硬直)　몸 따위가 굳어서 뻣뻣하게 됨.
스팀(steam)　금속관에 더운물이나 뜨거운 김을 채워 열을 내는 난방 장치.

어 후텁지근한 거실을, 잠시 **철책**에 갇힌 짐승처럼 신음을 해 가면서 거닐었다. 가구들은 며칠 전하고 같았으며 조금도 바뀌지 않은 것처럼 보였다. 트랜지스터는 끄지 않고 나간 탓에 윙윙거리고 있었다. 그는 그것을 껐다. 아내의 옷이 침실에 너저분하게 깔려 있었고, 구멍 난 스타킹이 소파 위에 누워 있었다. 다리 안쪽을 조이는 고무줄이 탁자 위에 놓여 있었다. **루주** 뚜껑이 열린 채 뒹굴고 있었다.

그는 우선 배가 고팠으므로 부엌 쪽으로 갔는데, 상 위에는 밥 대신 **빵** 몇 조각이 굳어서 종이처럼 딱딱해져 있었다. 그는 무슨 고무를 씹는 기분으로 차고 축축한 음식물을 삼켰다.

이건 좀 너무한 편인걸.

그는 쉴 새 없이 투덜거렸다. 그는 마땅히 더운 음식으로 대접을 받았어야 했다. 그뿐인가. 정리된 실내에서 파이프를 피워 물고, 음악을 들어야 했을 것이었다. 하지만 그는 운수 나쁘게도 오늘 밤 혼자인 것이다.

그는 신문을 보려고 사방을 훑어보았지만 신문은 아무 데도 없었다. 그래서 그는 신문 볼 생각을 포기하였다. 그는 시계를 보았는데, 시계는 일주일 전의 날짜로 죽어 있었다. 그것은 그의 아내가 사 온 시계인데, 탁상시계치곤 고급이긴 하나 거추장스러운 날짜와 요일이 명시되어 있는 시계로, 가끔 **망령**을 부려 터무니없이 빨리 가서 덜거덕 하고 날짜를 알리는 숫자판이 지나가기도 하고 요일을 알리는 문자판이 하루씩 엇갈리기도 했는데, 더구나 시간이 서로 엇갈리면 뾰족한 수 없이 그저 몇천 번이라도 바늘을 돌려야만 겨우 교정되는 시계였으므로, 그는 화를 내면서 시계의 바늘을 돌리기 시작하였다. 더구나 환장할 것은 손톱을 갓 깎은 후였으므로 그는 이빨 없는 사람이 잇몸으

철책(鐵柵) 쇠로 만든 울타리.
루주(rouge) 화장할 때 입술에 바르는 연지.
망령(亡靈) 늙거나 정신이 흐려서 말이나 행동이 정상을 벗어남. 또는 그런 상태.

로만 호두알을 깨려는 듯한 **무력감**을 손톱 끝에 날카롭게 느끼고 있었다. 그는 망할 놈의 시계를 숫제 바닥에 내동댕이쳐 버리고 싶은 충동을 가까스로 참아 가면서 참으로 무의미한 시간의 회복을 반복해 나가고 있었다.

그는 오랫동안 그 작업을 하였다. 그래서 그는 더욱 지쳐 버렸다.

그는 천천히 아픈 다리를 질질 끌며 욕실로 갔다. 욕실 안의 불을 켜자, 욕실은 아주 밝아서 마치 위생적인 정육점 같아 보였다. 욕조 안엔 아내가 목욕을 했는지 더러운 **구정물**이 그대로 담겨 있었다. 아내의 머리칼이 욕조 가장자리에 붙어 있었고, 그것은 마치 살아 있는 벌레처럼 꿈틀거렸다. 그는 손을 뻗쳐 더러운 물 사이에 숨은 가재 등과 같은 고무마개를 뺐다. 그러자 작은 욕조는 진저리를 치기 시작했고, 매우 빠른 속도로 물이 빠져나가 좀 후에는 입맛 다시는 듯한 소리를 내면서 더러운 때의 앙금을 군데군데 남기고는 비었다.

그는 우선 세면대의 고무마개를 틀어막은 후 더운물과 찬물을 동시에 틀었다. 더운물은 너무 찼다. 그는 얼굴에 잔뜩 비누 거품을 문질렀고, 그래서 그는 마치 분장한 **도화역자**의 얼치기 바보 같아 보였다. 그는 면도기가 일주일 전 그가 출장 가기 전에 사용했던 그대로 날을 세우고 놓여 있는 것을 발견했다. 면도기의 칼날 부분엔 아직도 비눗기가 남아 있었고 그 사이로 자른 수염의 **잔해**가 녹아 있었다. 그는 화를 내면서 아내의 게으름을 거리의 창녀에게보다도 더 심한 욕으로 **힐책하면서** 수염을 깎기 시작했다. 수염은 거세었고, 뿌리가 깊었으므로 이미 녹슬고 무디어진 칼날로 잘라 내기란 용이한 일이 아니었다. 때문에 그는 얼굴 두어 군데를 베었고 그중의 하나는 너무 크게

무력감(無力感) 스스로 힘이 없음을 알았을 때 드는 허탈하고 맥 빠진 듯한 느낌.
구정물 무엇을 씻거나 빨거나 하여 더러워진 물.
도화역자(道化役者) 어릿광대. 또는 그런 역할을 맡은 배우.
잔해(殘骸) 부서지거나 못 쓰게 되어 남아 있는 물체.
힐책하다(詰責--) 잘못된 점을 따져 나무라다.

베어 피가 배어 나왔으므로 얼핏 눈에 띄는 대로 휴지 조각을 상처에 밀착시켰다. 휴지는 침 바른 우표처럼 얼굴 위에 붙여졌다. 우표는 매끈거리는 녹말기로 접착된다. 하지만 그의 얼굴 위에선 피로 붙여진다.

그는 화를 내었다. 그는 우울하게 서서 엄청난 무력감이 발끝에서부터 자기를 엄습해 오는 것을 느꼈으며 욕실 거울에 자신의 얼굴이 우송되는 소포처럼 우표가 붙여진 채 부옇게 떠오르는 것을 보았다. 그때 그는 거울에 무엇인가 붙어 있는 것을 발견했다. 그는 손을 뻗쳐 그것이 무엇인가 확인을 했다.

그것은 껌이었다. 아내는 늘 껌을 씹고 있었는데, 그것은 아내의 버릇 중의 하나였다. 밥을 먹을 때나 목욕을 할 때면 밥상 위 혹은 거울 위에 껌을, 송두리째 뜯어내려는 치밀한 계산하에 진득한 타액으로 충분히 적신 후에 붙여 놓는 것이었다. 그는 잠시 낄낄거렸다. 그는 그 껌을 입안에 털어 넣었다. 껌은 응고하고 수축이 되어 마치 건포도알 같았다. 향기가 빠져 야릇하고 비릿한 느낌이었지만 좀 후엔 말랑말랑해졌다. 아내의 껌이 그를 유일하게 위안해 주었다. 그래서 그는 한결 유쾌해졌고 때문에 노래를 부르기 시작했다.

나뭇잎에 놀던 새여. 왜 그런지 알 수 없네.
낸들 그대를 어찌하리. 내가 싫으면 떠나가야지.

그의 목소리는 목욕탕 안에서 웅장하였다. 온 방 안이 쩡쩡거리고, 소리가 빠져나갈 구멍이 없었으므로 종소리처럼 욕실을 맴돌았다. 그는 휘파람도 후이후이 불기 시작했다.

역시 집이란 즐겁고 아늑한 곳이군 하고 그는 중얼거렸다. 무심코 중얼거렸지만 그는 순간 그 소리를 타인의 소리처럼 느꼈으며 그래서 놀란 나머지 뒤를 돌아보았다. 그는 누군가의 인기척을 느꼈다. 그러나 개의치 않기로 하였다.

그는 욕실 거울 앞에 확대경이 놓여 있는 것을 발견했다. 물론 그는 그것의 용도를 잘 알고 있었다. 그것은 아내가 겨드랑이의 털이나 코밑의 솜털을 제거할 때, 족집게와 더불어 사용하는 것으로 그는 그것을 쥐어 들었다. 그는 그것을 들고 그것을 통하여 자신의 얼굴을 비춰 보았다. 뚜렷한 형상을 가지지 않은 사내가 이상하게 부풀어서 확대되어 있었다. 그는 그것을 움직여 욕실의 형광 불빛을 한곳으로 모으려고 애를 쓰기 시작했다. 햇빛 밑에서 확대경을 움직거리면 날개 잘린 곤충을 태워 버릴 수도 있다. 그는 끈끈하고 축축한 욕실에서 한기를 선뜻선뜻 느껴 가면서 형광 불빛을 한곳으로 모으려고, 빛을 모아 뜨거운 열기를 집중시키려고 땀을 흘리고 있었다. 그는 긴 지난 여름날의 **하지**를 느끼고 있었다.

지난여름은 행복하였다고 그는 생각하였다. 그러자 그는 그것을 입으로 중얼거리고 싶은 충동을 느꼈다. 그래서 그는 소리를 내었다.

그럼 행복했었지. 행복했었구 말구. 그는 여전히 자신의 소리에 놀라면서 뒤를 돌아보았다. 그러나 그의 곁엔 아무도 없었다. 그는 좀 무안해졌고 부끄러워졌으므로 과장해서 웃어 젖혔다.

그는 키 큰 맨드라미처럼 우울하게 서서 그를 노려보고 있는 샤워기 쪽으로 다가갔다. 샤워기 쪽으로 갈 때마다 그는 키를 재고 싶은 충동을 느낀다. 샤워기의 모가지는 사형당한 사형수의 목처럼 꺾이어서 매우 진지하게 그를 응시하고 있다. 그는 샤워기의 줄기 양옆에 불쑥 튀어나온 더운물과 찬물을 공급하는 조종간을 잡았다. 그는 더운물 쪽을 조심스럽게 매우 조심스럽게 틀었다. 그러자 뜨거운 비가 쏟아져 내리기 시작했다. 욕실 바닥의 타일을 때리고 금세 수증기가 되어 올랐다. 그는 신기하다. 이것은 어제의 더운물이 아니다라고 그는 의식한다. 그는 갑자기 오랜 암흑 속에서 눈을 뜬 사내처럼 신기해

하지(夏至) 이십사절기의 하나. 양력 6월 21일경으로, 북반구에서는 낮이 가장 길고 밤이 가장 짧다.

한다. 그는 이번엔 찬물을 더운물만큼 튼다. 그 차가운 물은 이제 예사의 찬물이 아니다라고 그는 의식한다. 물은 그의 손바닥 위에서 너무 뜨겁기도 했고 차갑기도 해서 그는 잠시 망설이다가, 이윽고 껌을 질겅질겅 씹으며 사나운 비바다 속으로 뛰어든다. 그는 더운물이 피로한 얼굴을 핥고 춤의 신발을 신어 버린 소녀처럼 매끈거리면서 몸을 타고 흘러내리는 감촉을 즐기고 있다.

그는 비누를 풀어 온몸을 매만진다. 거품이 일어 온몸이 애완용 강아지의 흰 털처럼 무장하였을 때, 그는 그의 성기가 막대기처럼 발기해서 힘차고 꼿꼿하게 피어오르는 것을 보았다. 욕망이 끓어오르고, 그는 뜨거운 물속으로 다시 뛰어들면서, 신음을 발하면서, 세찬 물줄기가 가슴을, 성기를 아프도록 때리는 감촉을 느끼고 있었다. 뜨거운 빗물은 싱싱한 정육 냄새 나는 발그스레 상기한 근육을 적신다. 이윽고 온몸에 비눗기가 다 빠져도 그는 한참이나 물속에 자신을 맡긴 채, 껌을 씹으면서 함부로 몸을 굴리고 있었다. 피로가 어느 정도 풀리자 그는 물을 잠그고 몸을 정성 들여 닦는다. 그는 심한 갈증을 느낀다.

그는 욕실을 나와 한결 서늘한 거실 찬장 속에서 **분말주스**와 설탕을 끄집어낸다. 그는 바닥에 가루를 흘리지 않으려고 조심을 하면서 주스를 타고 설탕을 서너 숟갈, 그러다가 드디어 거의 열 숟갈도 더 넣어 버린다. 그것에 그는 차가운 냉수를 섞는다. 그리고 손잡이가 긴 스푼으로 참을성 있게 젓는다. 그는 컵을 들고 한 손으로는 스푼을 저으면서 전축 쪽으로 간다. 그는 많은 **전축** 판 속에서 아무 판이나 뽑아 든다. 그는 그 음악의 이름을 알지 못한다. 전축에 전기를 접속시키자, 전축은 돌연히 윙—거리면서 내부의 불을 밝혀 든다. 레코드판 받침대가 원을 그리면서 돌기 시작한다. 그는 원반을 가볍게

분말주스(粉末juice) 물을 부어서 주스로 만들어 먹는 가루.
전축(電蓄) 레코드판의 홈을 따라 바늘이 돌면서 받는 진동을 전류로 바꾸고, 이것을 증폭하여 확성기로 확대하여 소리를 재생하는 장치. 레코드플레이어.

날리는 육상 선수처럼 얇은 레코드를 그 받침대 위에 떠올린다. 바늘이 나쁜 전축은 쉭쉭 잡음을 내다가는 이윽고 노래를 토하기 시작한다. 그는 음악을 들으면서 소파에 길게 눕는다. 아직 정리되지 않은 것이 몇 가지 있긴 하지만 그는 안정을 느낀다. 갓 스탠드의 은밀한 불빛이 온 방 안을 우울하게 충전시킨다. 그는 천장 위에서 보면 사람처럼 보이지도 않는다. 그는 **부동**의 자세로 누워 있다. 때문에 그는 가구 같은 정물로 보인다. 그러다가 그의 눈엔 화장대 위에 놓인 아내의 편지가 들어온다. 그러자 그는 아내의 메모 내용을 생각해 내고 쓰게 웃는다. 아내가 그에게 거짓말을 하였다는 사실을 그는 깨닫는다. 그는 원래 내일 저녁에야 도착하였어야 할 것이었다. 그는 출장 떠날 때도 내일 저녁에 도착할 것이라고 아내에게 일러두었었다. 그런데도 아내는 오늘 전보를 받았다고 잠시 다녀오겠노라고 장인이 위독해서 가 보겠다고 쓰고 있다. 그는 웃는다. 아주 유쾌해지고 그는 근질근질한 **염기**를 느낀다. 나는 안다라고 그는 생각한다. 아내는 내가 출장 간 그날부터 어디론가 사라져 버렸을 것이다. 아내는 내일 저녁 내가 돌아올 것을 예측하고 잘해야 내일모레 아침에 도착할 것이다. 다소 민망하고 부끄러워하면서 아내는 내게 나지막하게 사과를 할 것이다.

나는 아내가 다른 여인과 다른 성기를 가진 것을 잘 알고 있다. 그녀의 성기엔 지퍼가 달려 있다. 견고하고 질이 좋은 지퍼이다. 아내는 내가 보는 데서 발가벗고 그 지퍼를 오르내리는 작업을 해 보이기 좋아한다. 아내의 하체에 지퍼가 달린 모습은 질 좋은 방한용 **피륙**을 느끼게 하고 굉장한 포용력을 암시한다.

그는 웃으면서 스푼을 젓는다. 그때였다. 그는 무슨 소리를 들었다. 공기를

부동(不動) 물건이나 몸이 움직이지 아니함.
염기(艶氣) 요염한 기운.
피륙 아직 끊지 아니한 베, 무명, 비단 따위의 천을 통틀어 이르는 말.

휘젓고 가볍게 이동하는 발소리였다. 그는 귀를 기울였다. 그는 욕실 쪽에서 무슨 소리가 들려오고 있는 것을 눈치챘다. 그는 난폭하게 일어나서 욕실 쪽으로 걸었다. 그는 분명히 잠근 샤워기에서 물이 쏟아져 내리고 있는 것을 보았다. 제기랄. 그는 투덜거리면서 물을 잠근다. 그리고 다시 소파로 되돌아온다. 그러자 이번엔 부엌 쪽에서 소리가 들려오기 시작한다. 그는 될 수 있는 한 불평을 하지 않으려고 이를 악물고 부엌 쪽으로 간다. 부엌 석유풍로가 불 붙고 있다. 그는 투덜거리면서 그것을 끈다. 그리고 천천히 소파 쪽으로 왔을 때, 그는 재떨이에 생담배가 불이 붙여진 채 타고 있음을 발견한다. 그는 반사적으로 주위를 둘러본다. 그는 엄청난 고독감을 느낀다.

"누구요?"

그는 조심스럽게 소리를 지른다. 그의 목소리는 **진폭**이 짧게 차단된다. 그는 갇혀 있음을 의식한다. 벽 사이의 눈을 의식한다. 그는 사납게 소파에 누워, 시선에 닿는 가구들을 노려보기 시작한다. 모든 가구들이 비 온 후 한결 밝아 오는 나뭇잎처럼 밝은 색조를 띠고 빛나기 시작한다. 그는 스푼을 집요하게 젓는다. 설탕물은 이미 당분을 포함하고 뜨겁게 달아 있으나 설탕은 포화 상태를 넘어 아직 풀리지 않고 있다. 그래도 그는 계속 스푼을 젓는다. 갑자기 그는 그의 손에 쥐어진 손잡이가 긴 스푼이 여느 스푼이 아님을 느낀다. 그러자 스푼이 그의 의식의 녹을 벗기고, 눈에 보이는 상태 밖에서 수면을 향해 **비상하는**, 비늘 번뜩이는 물고기처럼 튀어 오르는 것을 보았다. 그는 힘을 다해 스푼을 쥔다. 그러자 스푼은 산 생선을 만질 때 느껴지는 뿌듯한 생명감과 안간힘의 요동으로 **충만**된다. 그리고 손아귀에 쥐어진 스푼은 손가락 사이를 민첩하게 빠져나간다. 그는 잠시 놀란 나머지 입을 벌린 채 스푼이 허공

진폭(振幅)　진동하고 있는 물체가 정지 또는 평형 위치에서 최대 변위까지 이동하는 거리.
비상하다(飛上--)　높이 날아오르다.
충만(充滿)　한껏 차서 가득하다.

을 날면서 중력 없이 둥둥 떠서 흐르는 것을 보았다. 그는 온 방 안의 물건을 자세히 보리라고 다짐하고는 눈을 부릅뜬다. 그러자 그의 의식이 닿는 물건들마다 일제히 흔들거리면서 흥을 돋우기 시작하는 것이었다. 그는 비틀거리면서 일어나 거실에 스위치를 넣으려고 걷는다. 그는 스위치를 넣는다. 형광등의 꼬마전구가 번쩍번쩍거리며 몇 번씩 빛을 **반추한다**. 그러다가 불쑥 방 안이 밝아 온다.

그는 스푼이 **담수어**처럼 얌전하게 손아귀 속에 쥐여 있는 것을 발견한다. 그는 조심스럽게 온 방 안의 물건들을, 조금 전까지 흔들리고 튀어 오르고 덜컹이던 물건들을 하나하나 훑어보기 시작한다.

물건들은 놀랍게도 뻔뻔스러운 낯짝으로 제자리에 가라앉아 있었다. 그는 비애를 느낀다. 무사무사(無事無事)의 **안이** 속에서 그러나 비웃으며 물건들은 **정좌해** 있다. 그는 투덜거리면서 스위치를 내린다. 그리고 소파에 앉아 단 설탕물을 마시기 시작한다. 방 안 어두운 구석구석에서 수군거리는 소리가 들려온다. 어둠과 어둠이 결탁하고 **역적모의**를 논의한다. 친구여, 우리 같이 얘기합시다. 방 모퉁이 직각의 앵글 속에서 한 놈이 용감하게 말을 걸어온다. 벽면을 기는 **다족류** 벌레의 발소리가 들려온다. 옷장의 거울과 화장대의 거울이 투명한 **교미**를 하는 소리도 들려온다. 그는 어둠 속에서 눈을 부릅뜬다. 벽이 출렁거린다. 그는 천천히 몸을 움직인다. 방 벽면 전기 다리미 꽂는 소켓의 두 구멍 사이에서 소리가 들려온다. 친구여, 귀를 좀 대 봐요. 내 비밀을 들려줄게. 그는 그의 오른쪽 귀를 소켓에 밀착한다. 그의 귀가 전기 금속 부

반추하다(反芻--) 어떤 일을 되풀이하여 음미하거나 생각하다.
담수어(淡水魚) 민물에서 사는 물고기. 민물고기.
안이(安易) 너무 쉽게 여기는 태도나 경향.
정좌하다(正坐--) 몸을 바르게 하고 앉다.
역적모의(逆賊謀議) 역적들이 모여 반역을 꾀함.
다족류(多足類) 지네강과 노래기강의 동물을 일상적으로 통틀어 이르는 말.
교미(交尾) 생식을 하기 위하여 동물의 암컷과 수컷이 성적(性的)인 관계를 맺는 일.

품처럼 소켓의 좁은 구멍에 접촉된다. 그러자 그의 온몸이 고급 전기난로처럼 달아오르기 시작한다. 그의 몸에 **스파크**가 일고, 그는 온몸에 충만한 빛을 느낀다.

잘 들어요. 소켓이 속삭인다. 마치 트랜지스터 이어폰을 꽂은 것처럼 그의 목소리는 귓가에만 **사근거린다.** 오늘 밤 중대한 쿠데타가 있을 거예요. 겁나지 않으세요?

그는 소켓에서 귀를 뗀다. 그리고 맹렬한 기세로 다시 스위치를 올린다. 불이 들어오면 이 모든 술렁임이 **도료**처럼 벽면에 밀착하고 모든 것은 치사하게도 시치미를 떼고 있다. 그는 불을 켠 채 화장대로 다가간다. 그는 투덜거리면서 키가 크고 낮은 모든 화장품을 열어 검사한다. 그리고 찬장을 열어 그 안에 가지런히 빈 그릇들, 성냥통, 촛대, 옷장을 열어 말리는 바다 생선처럼 걸린 옷들, 그리고 그들의 주머니도 검사한다. 옷들은 좀 꽤씸했지만 얌전하게 주머니를 털어 보인다. 그는 하나하나 보리라고 다짐한다. 서랍을 뒤져 남은 물건도 조사한다. 그러다가 이미 건조하여 건드리기만 해도 부서질 듯한 낙엽 몇 장을 발견한다. 그것은 그에게 지난가을을 생각나게 했고 그는 잠시 우울해졌다. 그는 사진틀 속의 퇴색한 사진도 유심히 들여다보았다. 책장에 꽂힌 뚜껑 씌운 책들도 관찰하였다. 그는 부엌으로 가서 석유풍로의 심지도 관찰하고, 낡은 구두 속도 들여다보았다. 다락문을 열어 갖가지 물건도 하나하나 세밀히 보았고 욕실에서 그는 욕조 밑바닥까지 관찰하였다. 덮개가 있는 것은 그 내용물을 검사하였으며 침대도 들어서 털어도 보았다. 심지어 변기도 들여다보았고, 창틈 사이도 들여다보았다. 물건들은 잘 참고 세금 잘 무는 국민처럼 얌전하게 그의 요구에 응해 주었다. 그러나 그가 들여다보는 물

스파크(spark) 방전할 때 일어나는 불빛.
사근거리다 자꾸 부드럽고 상냥하게 굴다.
도료(塗料) 물건의 겉에 칠하여 그것을 썩지 않게 하거나 외관상 아름답게 하는 재료. 페인트, 옻칠 따위가 있다.

건은 본래 예사의 물건은 아니었다. 그것은 이미 어제의 물건이 아니었다.

　그는 한층 더 깊은 피로를 느끼면서 거실로 돌아와 술병의 술을 잔에 가득히 부어 단숨에 들이마셨다. 그러자 그는 아주 쓸쓸하고 허무맹랑한 고독감을 느꼈다. 그래서 그는 다시 한 잔을 그득히 부어 연거푸 단숨에 들이마셨다. 술맛은 짜고도 싱겁고, 달고도 썼다.

　그는 어디쯤엔가 피우다 남은 꽁초가 있을 것이라고 생각하고 서랍을 뒤지다가 말라빠진 담배꽁초를 발견했다. 그는 그것에 불을 붙였다. 술기운이 그를 달아오르게 하고 그를 격려했기 때문에 그는 아동처럼 큰 소리로 노래를 부르기 시작했다.

　나뭇잎에 놀던 새여. 왜 그런지 알 수 없네.
　낸들 그대를 어찌하리. 내가 싫으면 떠나가야지.

　그는 벌거벗은 채 온 방 안을 서성거리기 시작했다. 그는 그것이 일상사인 것처럼 걷고, 그리고 뛰었다. 그는 부엌을 **답사하였고** 그럴 때엔 욕실 쪽이 의심스러웠다. 욕실 쪽을 보고 있노라면 그는 거실 쪽이 의심스러웠다. 그는 **활차**처럼 뛰고 또 뛰었다. 그러나 그는 아무것도, 아무런 낌새도 발견해 낼수 없었다. 무생물에 놀란다는 것은 부끄러운 일이다라고 그는 생각했다. 그러자 그는 비로소 안심이 되었다. 그래서 거만스럽게 걸어가서 스위치를 내렸다. 그는 소파에 앉아 남은 설탕물을 찔끔찔끔 들이켜기 시작했다. 그가 스위치를 내리자, 벽에 도료처럼 붙었던 어둠이 차곡차곡 잠겨서 덤벼들고 그들은 이윽고 조심스럽게 수군거리더니 마침내 배짱 좋게 깔깔거리고 있었다.

답사하다(踏査--)　현장에 가서 직접 보고 조사하다.
활차(滑車)　바퀴에 홈을 파고 줄을 걸어서 돌려 물건을 움직이는 장치. 도르래.

말린 휴지 조각이 베포처럼 늘여져 허공을 난다. 닫힌 서랍 속에서 내의가 펄펄 뛰고 있다. 책상을 받친 네 개의 다리가 흔들거리기 시작한다. 찬장 속에서 그릇들이 어깨를 이고 달그럭거리며 쟁그렁거리면서 **모반**을 시작한다.

그것은 그래도 처음엔 조심스럽게 시작되었다. 하지만 그들의 대상이 무방비인 것을 알자, 일제히 한꺼번에 고래고래 소리를 지르면서 날뛰기 시작했다. 크레용들이 허공을 난다. 옷장 속의 옷들이 펄럭이면서 춤을 춘다. 혁대가 물뱀처럼 꿈틀거린다. 용감한 녀석들은 감히 다가와 그의 얼굴을 슬쩍슬쩍 건드려 보기도 하였다. 조심해, 조심해. 성냥갑 속에서 성냥개비가 중얼거린다. 꽃병에 꽂힌 마른 꽃송이가 다리를 번쩍번쩍 들어 올리면서 춤을 춘다. 내의가 들여다보인다. 벽이 서서히 다가와서 눈을 두어 번 꿈쩍거리다가는 천천히 물러서곤 하였다. 트랜지스터가 안테나를 세우고 **도립하기** 시작한다. 그러자 재떨이가 박수를 치기 시작한다. 소켓 부분에선 노래가 흘러나온다. **낙숫물**이 신기해서 신을 받쳐 들던 어릴 때의 기억처럼 그는 자그마한 우산을 펴고 화환처럼 황홀한 그의 우주 속으로 뛰어든 셈이었다. 그는 **공범자**가 되고 싶은 욕망을 느낀다.

그때였다. 그는 서서히 다리 부분이 경직해 오는 것을 느꼈다. 그것은 우연히 느낀 것이었다. 처음에 그는 이 방에서 도망가리라 생각했었기 때문에, 될 수 있는 한 소리를 내지 않고 살금살금 움직이리라고 마음먹고 천천히 몸을 움직이려 했을 때였다. 그러나 그는 다리를 움직일 수가 없었다. 이상한 일이었다. 그래서 그는 손을 내려 다리를 만져 보았는데 다리는 이미 굳어 석고처럼 딱딱하고 감촉이 없었으므로 별수 없이 손에 힘을 주어 기어서라도 스위

모반(謀反) 배반을 꾀함.
도립하다(倒立--) 물구나무서다.
낙숫물(落水-) 처마 끝에서 떨어지는 물.
공범자(共犯者) 함께 계획하여 범죄를 저지른 사람.

치 있는 쪽으로 가리라고 결심했다. 그는 손을 뻗쳐 무거워진 다리, 그리고 더욱더 굳어져 오는 다리를 끌고 스위치 있는 곳까지 가려고 안간힘을 썼다. 그러나 그는 채 못 미쳐 이미 온몸이 굳어 오는 것을 발견하였다. 그래서 그는 숫제 체념해 버렸다. 참 이상한 일이라고 생각하면서 그는 조용히 다리를 모으고 직립하였다. 그는 마치 부활하는 것처럼 보였다.

다음다음 날 오후쯤 한 여인이 이 방에 들어왔다. 그녀는 방 안에 누군가가 침입한 흔적을 발견했다. 매우 놀라서 경찰을 부를까고도 생각했지만, 놀란 가슴을 누르며 온 방 안을 조심스럽게 살펴보았는데 틀림없이 그녀가 없는 새에 누군가가 들어온 것은 사실이긴 했지만 자세히 구석구석 살펴본 후에 잃어버린 것이 없다는 것을 발견하자, 안심해 버렸다.

그러나 그녀는 곧 잃어버린 것이 없는 대신 새로운 물건이 하나 놓여 있는 것을 발견했다.

그 물건은 그녀가 매우 좋아했던 것이었으므로 며칠 동안은 먼지도 털고 좀 뭣하긴 하지만 키스도 하긴 했다. 하지만 나중엔 별 소용이 닿지 않는 물건임을 알아차렸고 싫증이 났으므로 그 물건을 다락 잡동사니 속에 처넣어 버렸다. 그리고 그녀는 다시 그 방을 떠나기로 작정을 했다. 그래서 그녀는 메모지를 찢어 달필로 다음과 같이 써서 화장대 위에 놓았다.

여보. 오늘 아침 전보가 왔는데 친정아버지가 위독하시다는 거예요. 잠깐 다녀오겠어요. 당신은 피로하실 테니 제가 출장 갔다고 할 테니까 오시지 않으셔두 돼요. 밥은 부엌에 차려 놨어요.　　　　　　　　　－당신의 아내가.

꼼꼼히읽기

1 다음 제시문의 등장인물들에 대한 설명으로 적절한 것을 골라 봅시다.

> "안 형, 파리를 사랑하십니까?"
>
> "아니오. 아직까진……." 그가 말했다. "김 형은 파리를 사랑하세요?"
>
> "예."라고 나는 대답했다. "날 수 있으니까요. 아닙니다. 날 수 있는 것으로서 동시에 내 손에 붙잡힐 수 있는 것이니까요. 날 수 있는 것으로서 손안에 잡아 본 것이 있으세요?"
>
> "가만 계셔 보세요." 그는 안경 속에서 나를 멀거니 바라보며 잠시 동안 표정을 꼼지락거리고 있었다. 그리고 말했다. "없어요. 나도 파리밖에는……."

① 서로의 상처를 위로해 주고 있다.

② 서로에게 강한 적개심을 품고 있다.

③ 지나간 과거에 대해 진지하게 반성하고 있다.

④ 새로운 일을 위해 해결책을 찾아내려 하고 있다.

⑤ 무의미한 대화가 오가며 진솔한 태도가 결여되어 있다.

[2~3] 다음 제시문을 읽고 물음에 답해 봅시다.

> "아내와 나는 참 재미있게 살았습니다. 아내가 어린애를 낳지 못하기 때문에 시간은 몽땅 우리 두 사람의 것이었습니다. ⓐ돈은 넉넉하지 못했습니다만, 그래도 돈이 생기면 우리는 어디든지 같이 다니면서 재미있게 지냈습니다. 딸기철엔 수원에도 가고, 포도철엔 안양에도 가고, 여름이면 대천에도 가고, 가을엔 경주에도 가 보고, 밤엔 영화 구경, 쇼 구경하러 열심히 극장에 쫓아다니기도 했습니다……."

"무슨 병환이셨던가요?" 하고 안이 조심스럽게 물었다.

"급성 뇌막염이라고 의사가 그랬습니다. 아내는 옛날에 급성 맹장염 수술을 받은 적도 있고, 급성 폐렴을 앓은 적도 있다고 했습니다만 모두 괜찮았었는데 이번의 급성엔 결국 죽고 말았습니다……. 죽고 말았습니다." (중략)

"ⓑ아내의 시체를 병원에 팔았습니다. 할 수 없었습니다. 난 서적 월부 판매 외교원에 지나지 않습니다. 할 수 없었습니다. 돈 사천 원을 주더군요. 난 두 분을 만나기 얼마 전까지도 세브란스 병원 울타리 곁에 서 있었습니다. 아내가 누워 있을 시체실이 있는 건물을 알아보려고 했습니다만 어딘지 알 수 없었습니다. 그냥 울타리 곁에 앉아서 병원의 큰 굴뚝에서 나오는 희끄무레한 연기만 바라보고 있었습니다. 아내는 어떻게 될까요? 학생들이 해부 실습하느라고 톱으로 머리를 가르고 칼로 배를 째고 한다는데 정말 그러겠지요?" (중략)

"기분 나쁜 얘길 해서 미안합니다. 다만 누구에게라도 얘기하지 않고서는 견딜 수 없었습니다. 한 가지만 의논해 보고 싶은데, ⓒ이 돈을 어떻게 하면 좋을까요? 저는 오늘 저녁에 다 써 버리고 싶은데요."

"쓰십시오." 안이 얼른 대답했다.

"이 돈이 다 없어질 때까지 함께 있어 주시겠어요?" 사내가 말했다. 우리는 얼른 대답하지 못했다. "함께 있어 주십시오." 사내가 말했다. 우리는 승낙했다.

"ⓓ멋있게 한번 써 봅시다."라고 사내는 우리와 만난 후 처음으로 웃으면서 그러나 여전히 힘없는 음성으로 말했다. (중략)

순경이 가고 났을 때 안이 사내에게 물었다.

"정말 돈을 던졌습니까?"

"예."

"모두?"

"예."

우리는 꽤 오랫동안 불꽃이 튀는 탁탁 소리에 귀를 기울이고 있었다. 한참 후에 안이 사내에게 말했다.

ⓔ"결국 그 돈은 다 쓴 셈이군요……. 자, 이젠 약속이 끝났으니 우린 가겠습니다."

"안녕히 계십시오."라고 나는 아저씨에게 작별 인사를 했다.

2_ 제시문에 대한 설명으로 적절하지 <u>않은</u> 것을 골라 봅시다.

① 공간의 이동에 따라 사건을 서술하고 있다.

② 인물의 과거 일이 대화를 통해 밝혀지고 있다.

③ 인간성의 훼손을 보여 주는 사건이 등장하고 있다.

④ 익명화된 인물을 통해 주제 의식을 드러내고 있다.

⑤ 타인에게 무관심한 현대인의 비정함을 보여 주고 있다.

3_ 제시문의 ⓐ~ⓔ에 대한 설명으로 적절하지 <u>않은</u> 것을 골라 봅시다.

① ⓐ에서 '돈'은 수단적 가치를 갖고 있다.

② ⓑ에서 '돈'은 가난한 사내의 처지를 부각하고 있다.

③ ⓒ에서 사내는 '돈'에 대한 거부감을 드러내고 있다.

④ ⓓ에서 사내는 '돈'을 손에 쥐게 된 기쁨을 드러내고 있다.

⑤ ⓔ에서 '돈'은 물질에 의해 형성된 인간관계를 보여 주고 있다.

[4~9] 다음 제시문을 읽고 물음에 답해 봅시다.

> "모두 같은 방에 들기로 하는 것이 어떻겠어요?" 내가 다시 말했다.
>
> "난 아주 피곤합니다." 안이 말했다. "방은 각각 하나씩 차지하고 자기로 하지요."
>
> "혼자 있기가 싫습니다."라고 아저씨가 중얼거렸다.
>
> "혼자 주무시는 게 편하실 거예요." 안이 말했다.
>
> 우리는 복도에서 헤어져 사환이 지적해 준, 나란히 붙은 방 세 개에 각각 한 사람씩 들어갔다.
>
> "화투라도 사다가 놉시다." 헤어지기 전에 내가 말했지만,

"난 아주 피곤합니다. 하시고 싶으면 두 분이나 하세요."라고 안은 말하고 나서 자기의 방으로 들어가 버렸다.

"나도 피곤해 죽겠습니다. 안녕히 주무세요."라고 나는 아저씨에게 말하고 나서 내 방으로 들어갔다. ㉠숙박계엔 거짓 이름, 거짓 주소, 거짓 나이, 거짓 직업을 쓰고 나서 사환이 가져다 놓은 자리끼를 마시고 나는 이불을 뒤집어썼다. 나는 꿈도 안 꾸고 잘 잤다.

다음 날 아침 일찍 안이 나를 깨웠다.

"그 양반, 역시 죽어 버렸습니다." 안이 내 귀에 입을 대고 그렇게 속삭였다.

"예?" 나는 잠이 깨끗이 깨어 버렸다.

"방금 그 방에 들어가 보았는데 역시 죽어 버렸습니다."

"역시⋯⋯." 나는 말했다. "사람들이 알고 있습니까?"

"아직까진 아무도 모르는 것 같습니다. 우선 빨리 도망해 버리는 게 시끄럽지 않을 것 같습니다."

"사실이지요?"

"물론 그렇겠죠."

나는 급하게 옷을 주워 입었다. 개미 한 마리가 방바닥을 내 발이 있는 쪽으로 기어오고 있었다. ㉡그 개미가 내 발을 붙잡으려고 하는 것 같은 느낌이 들어서 나는 얼른 자리를 옮겨 디디었다.

밖의 이른 아침에는 싸락눈이 내리고 있었다. 우리는 할 수 있는 한 빠른 걸음으로 여관에서 멀어져 갔다.

"난 그가 죽으리라는 것을 알고 있었습니다." 안이 말했다.

"난 짐작도 못했습니다."라고 나는 사실대로 이야기했다.

"난 짐작하고 있었습니다." 그는 코트의 깃을 세우며 말했다. "그렇지만 어떻게 합니까?"

"그렇지요. 할 수 없지요. 난 짐작도 못 했는데⋯⋯." 내가 말했다.

"짐작했다고 하면 어떻게 하겠어요?" 그가 내게 물었다.

"씨팔것, 어떻게 합니까? 그 양반 우리더러 어떡하라는 건지⋯⋯."

"그러게 말입니다. 혼자 놓아 두면 죽지 않을 줄 알았습니다. 그게 내가 생각해 본

최선의, 그리고 유일한 방법이었습니다."

"난 그 양반이 죽으리라는 짐작도 못 했으니까요. 씨팔것, 약을 호주머니에 넣고 다녔던 모양이군요." (중략)

"김 형, 우리는 분명히 스물다섯 살짜리죠?"

"난 분명히 그렇습니다."

"나도 그건 분명합니다." 그는 고개를 한 번 갸웃했다.

"두려워집니다."

"뭐가요?" 내가 물었다.

"그 뭔가가, 그러니까……." 그가 한숨 같은 음성으로 말했다. ⓒ"우리가 너무 늙어 버린 것 같지 않습니까?"

"우린 이제 겨우 스물다섯 살입니다." 나는 말했다.

"하여튼……." 하고, 그가 내게 손을 내밀며 말했다.

"자, 여기서 헤어집시다. 재미 많이 보세요." 하고 나도 그의 손을 잡으며 말했다.

4_ 제시문에서 '여관'의 상징적 의미로 가장 적절한 것을 골라 봅시다.

① 자본주의의 발달 상황을 집약하고 있는 공간이다.

② 퇴폐적인 대중문화의 양상을 적나라하게 보여 주는 공간이다.

③ 도시화·산업화된 시대의 새로운 삶의 양상을 나타내는 공간이다.

④ 전통적인 가족 제도가 붕괴되는 과정을 보여 주기 위해 설정된 공간이다.

⑤ 현실에 적응하지 못하고 정신적으로 방황하는 모습을 드러내 주는 공간이다.

5_ 제시문의 ⑦과 같은 행동은 현대 사회의 어떤 특성을 드러내는지 써 봅시다.

6_ 제시문의 ⓒ에 대한 이해로 가장 적절한 것을 골라 봅시다.

① 개미는 죽은 사내를 연상시켜 '나'의 양심을 자극한다.

② 개미는 '나'의 분신으로 '나'가 느끼는 소외감을 드러낸다.

③ 개미는 '나'의 경제적·사회적 무능에 대한 자괴감을 표현한다.

④ 개미를 피해 자리를 옮겨 다니는 행동은 벌레가 기어 다니는 열악한 환경을 벗어나려는 노력을 표현한다.

⑤ 개미를 피해 자리를 옮겨 다니는 행동에서 아무리 노력해도 현대 사회의 문제로부터 벗어날 수 없다는 절망감을 드러낸다.

7_ '안'이 제시문의 ⓒ처럼 말한 이유가 무엇일지 써 봅시다.

_____

_____

8_ 제시문의 대화에서 드러난 인물 간 심리적 태도를 아래와 같이 도식화할 때, (a)와 (b)에 들어갈 말로 가장 적절한 것끼리 짝지어진 것을 골라 봅시다.

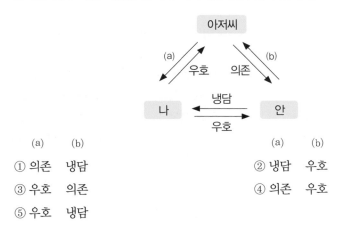

	(a)	(b)			(a)	(b)
①	의존	냉담		②	냉담	우호
③	우호	의존		④	의존	우호
⑤	우호	냉담				

9_ 다음은 제시문의 작품을 감상한 후 이루어진 발표 수업의 내용입니다. 빈칸에 들어갈 내용으로 적절하지 <u>않은</u> 것을 골라 봅시다.

> ▶ 선생님 : 이 작품에서 '현대 사회의 인간관계'를 상징적으로 보여 주는 부분을 찾아 그 의미에 관해 발표해 봅시다.
>
> ▶ (   )

① 병헌 : 세 사람이 결국 방을 따로 쓴 것은, 정신적 유대감과 공동체 의식을 상실한 세태를 보여 주는 사례입니다.

② 민수 : 등장인물의 이름이 '안', '나', '아저씨' 등 익명으로 설정된 것은, 피상적이고 형식적인 인간관계임을 드러냅니다.

③ 준호 : 세 사람이 집으로 돌아가지 않고 여관으로 발길을 돌린 것은, 가족 공동체의 해체를 암시하는 것이라고 생각합니다.

④ 수희 : '아저씨'가 죽자 서둘러 자리를 피하는 '안'과 '나'의 모습에서, 극단적인 개인주의와 인정이 메마른 세태를 엿볼 수 있습니다.

⑤ 유진 : 사내의 자살을 예감하고도 그를 방치한 '안'이 '나'와 헤어지며 두려워진다고 한 것은 허무감 혹은 고독감을 인식했기 때문입니다.

 톺아보기

'1964년' 들여다보기

    한국의 1964년은 격동(激動)의 해이다. 1965년 '한일 기본 조약'이 정식으로 **조인**되기 이전, 독도 인근을 공동 어로 구역으로 설정하고 (우리나라를 강점했던) 과거사 반성을 외면하는 일본과 국교 정상화를 꾀하는 **굴욕적**이고 불평등한 조약의 세부 내용이 알려지면서 반대 시위가 일어났던 까닭이다. 1964년 3월의 한일 회담 반대 시위는 그해 6월 반정부 투쟁으로 발전하였고, 군사 정부는 계엄령을 선포하여 6·3 항쟁을 무력 진압하였다. 이 작품은 군사 정권에 의해 민주화의 열망이 좌절되던 당대의 회의와 냉소를 산업화 이후 확산되던 개인주의적·이기주의적 세계관과 연결 지어 현대인의 일면을 보여 주고 있다.

- **조인**(調印) 서로 약속하여 만든 문서에 도장을 찍음.
- **굴욕적**(屈辱的) 굴욕을 당하거나 느끼게 하는 것.

[1~7] 다음 제시문을 읽고 물음에 답해 봅시다.

가 그 녀석은 박 씨 앞에 삿대질을 하듯이 또 거센 소리를 질렀다. ⊙검초록색 잠바에 통이 좁은 깜장색 바지 차림의 서른 남짓 되어 보이는 사내였다. 짧게 깎은 앞머리가 가지런히 일어서 있고 손에는 올이 굵은 깜장 모자를 들었다. 칼칼하게 야윈 몸매지만 서슬이 선 눈매를 지녔고, 하관이 빠르고 얼굴색도 까무잡잡하다. 앞니에 금니 두 개를 해 박았다. 구두가 인상적으로 써늘하게 생겼다. 구둣방에 진열되어 있는 구두에 불과하지만 일단 사람의 발에 신겨지면 구두도 그 주인의 위인과 더불어 주인을 닮아 가게 마련이다. 끝이 뾰족하고 반들반들 윤기를 내고 있다.

ⓒ헤프고, 사근사근하고, 무르고, 게다가 병역 기피자인 박 씨는 대번에 꺼칠한 얼굴이 되었다. 처음부터 나오는 것이 예사 손님 같지는 않다. (중략)

"당신은 뭐요?" / "주인이오."

"주인이면 주인이지, 그 앉아 있는 꼴이 뭐요? 도대체에 이 사람들 정신 있는 사람들인가. ⓒ때가 어느 땐지도 모르고, 이 사람들이."

술 냄새가 약간 났으나 ⓔ옳기는 한 소리인 것 같아서 주인도 후닥닥 일어나 섰다.

보기 흉하게 몸체만 돌리고 앉았던 민 씨와 김 씨도 청년의 눈길이 그쪽으로 돌아오기 전에 화닥닥 일어서고, 세발대의 두 소년도 제자리로들 돌아갔다.

기운 오후의 느슨느슨한 분위기에 잠겨 있던 이발소 안이 갑자기 써늘해졌다. ⓜ펑퍼짐하게 모로 누워 있던 이발소 기구들도 삐죽삐죽 일어서진 듯하고 금빛, 은빛 금속 기구들이 사방에서 번쩍번쩍하였다. 맹렬하게 하품을 하던 사람들이 모두 정신이 번쩍 들었다. (중략)

"왜 봐요?"

"저 말입니까?"

ⓗ늙은 관리도 거울 속의 청년을 건너다보며 쿙하게 되물었다.

"그렇소. 왜 보느냔 말요?"

청년도 거울 속으로 또 되물었다.

"네에, 그저 어쩌다 보니 눈길이 마주쳤군요."

늙은 관리도 비죽이 비굴한 웃음을 입가에 떠올렸다.

"웃기는. 누가 웃으랬소?"

"······."

늙은 관리는 오랜 경험으로 자기보다 힘센 사람에게는 필요 이상 털털하게 대하고 되도록 늙은이 행세를 하는 편이 관대한 대접을 받는 것을 알고 이렇게 일부러 넉살로 대답했다.

나 그 억양에는 벌써 결정적으로 고압적인 가락이 스며 있었다. 그리고 서로의 관계는 벌써 일순간에 결정이 나 있었다.

"대낮에 무슨 일로 이발소에 들어와?"

교통순경은 차려 자세를 취할 몸짓을 하며,

"금세 교대했습니다." / 하고 대답했다.(중략)

마침 ⓐ네 시 뉴스가 울려 나왔다. 자유 센터 구내에서의 총격 사건 뉴스였다. 수도 서울에 무장 괴한 출현. 과연 과연 싶었다. 이발소 안의 사람들이 일제히 두 눈이 휘둥그레지며 두 청년 쪽을 바라보았다. 귀를 후비던 청년이 침착하게 내뱉었다.

"저건 또 뭐야."

서 있던 청년이 역시 침착하게 받았다. / "개새끼들."

나타난 무장 괴한이 개새끼들이라는 것인지 아니면 여느 때는 민주주의 민주주의하다가 이런 일만 터지면 청천벽력이나 일어난 듯이 흥분을 하는 방송 뉴스가 개새끼들이라는 것인지 알쏭달쏭하였다. 뉴스는 어느새 ⓑ서해안 피랍 어부들의 소식이 감감하다는 것, ⓒ섬 주민들의 생활 실태로 옮아 현지 녹음까지 곁들이고, 다음으로 'ⓓ민중당, 결국 분당'으로 옮아가고 있었다. (중략)

[A]
잠시 뒤, 어느새 나갔던 늙은이가 한 사람을 데리고 들어왔다. 사복 차림인데, 신분증을 내보이며 두 청년에게 ⓔ불심 검문을 하였다. 그들은 신분증을 내보이고 비쭉비쭉 웃기까지 하며 대한민국의 일개 시민임을 밝혔다. 이발소 안의 사람들은 여전히 겁에 질려 있었다. 그들 두 청년은 관명 사칭도 하지 않았고, 이렇다 할 월권도 한 것은 없었다. 그들은 모두 **빠릿빠릿**해지고 항상 준비 태세를 지니고 사회 기강을 확립하자고 강조했을 뿐이었다. 강조하는 방법이 틀렸을지는 모르지만 그런 것이 죄과에 해당될 만한 법조문은 없는 듯하였다.
그들은 일단 연행이 되었으나 곧 석방이 되었다.

1. 제시문의 서술상 특징으로 가장 적절한 것을 골라 봅시다.

① 대화와 행동을 통해 긴장된 분위기를 조성하고 있다.

② 풍자적 어조를 통해 이야기의 비극성이 심화되고 있다.

③ 특정 인물의 시각에서 서술하여 그의 내면에 공감하도록 유도하고 있다.

④ 시간의 역전을 통해 인과 관계를 재구성하여 사건의 내막을 감추고 있다.

⑤ 서술자가 인물과 사건을 권위적으로 논평하여 주제를 선명하게 드러내고 있다.

2. 제시문 **가**의 ㉠~㉤에 대한 설명으로 적절하지 <u>않은</u> 것을 골라 봅시다.

① ㉠은 당시 권력을 가지고 있던 군인을 연상하게 한다.

② ㉡은 청년을 못마땅해하는 모습이다.

③ ㉢은 위기의식을 부추기고 지나친 간섭을 정당화하는 말이다.

④ ㉣은 청년의 말에 순응하고 있는 태도이다.

⑤ ㉤은 경직된 분위기를 강조하는 표현이다.

3. 제시문 **가**의 ㉥에 대한 이해로 가장 적절한 것을 골라 봅시다.

① 청년의 행동에 반감을 표하며 맞서고 있다.

② 청년이 어떤 사람인지 호기심을 드러내고 있다.

③ 자신의 신분을 이용하여 곤란한 상황을 모면하고 있다.

④ 청년의 말투에 기분이 상했지만 청년을 타이르고 있다.

⑤ 청년과 갈등 상황을 만들고 싶지 않아 비굴한 모습을 보이고 있다.

4_ 제시문 **나**의 다음 소재 중 그 기능이 <u>이질적인</u> 것을 골라 봅시다.

① ⓐ   ② ⓑ   ③ ⓒ   ④ ⓓ   ⑤ ⓔ

5_ 작품 전문의 내용을 참고하여 작품의 공간적 배경인 '이발소'가 어떻게 변화하는지 살핀
후 이러한 변화가 상징하는 바를 함께 써 봅시다.

평온하며 소시민들의 일상적 삶이 잘 드러나는 곳.	→ 청년들의 등장

6_ 제시문 **나**의 [A]를 통해 작가가 말하고자 하는 바를 써 봅시다.

7_ 〈보기〉를 참고하여 제시문을 감상한 내용으로 적절하지 <u>않은</u> 것을 골라 봅시다.

┃보기┃

보기1

　이호철의《1965년, 어느 이발소에서》는 당대 한국 사회가 안고 있던 **질곡**의 한 단면을 꼬집어 보여 주는 작품으로, 작가는 5·16 쿠데타 이후 한국 사회를 지배해 온 권력의 실체와 성격, 그러한 권력에 굴복하고 마는 대부분의 소시민의 태도를 '이발소'라는 일상의 평범한 공간에서 벌어진 에피소드를 통해 고발하고 있다.

보기2

　이발소라는 제한된 공간에서 벌어지는 오해를 통해 분단 이데올로기를 한편의 **코미디**처럼 풍자하는《1965년, 어느 이발소에서》를 살펴보자. 어느 이발소에 손님 하나가 들어오는데, 작가는 그냥 '청년'으로 호칭하며 이야기를 시작한다. '청년'의 생김새를 보라. '짧게 깎은 앞머리가 가지런히 일어서 있고 (…) 칼칼하게 야윈 몸매지만 서슬이 선 눈매를 지녔고, 하관이 빠르고 얼굴색도 까무잡잡', 바로 육군 소장 박정희(朴正熙)다.

- **질곡**(桎梏)　몹시 속박하여 자유를 가질 수 없는 고통의 상태를 비유적으로 이르는 말.
- **코미디**(comedy)　웃음을 주조로 하여 인간과 사회의 문제점을 경쾌하고 흥미 있게 다룬 극 형식.

① 청년들의 말을 잘 따르는 주인을 통해 권력에 기대어 이득을 얻고자 하는 소시민의 기회주의적 속성을 꼬집고 있군.

② 일상의 공간인 이발소에까지 정체가 불분명한 가짜 권력이 침투하여 공포감이 양산되는 부정적인 현실의 모습을 제시하고 있군.

③ 이발소 직원들이나 손님들이 안절부절못하는 장면을 통해 정체가 모호한 권력에조차 굽실거리는 희극적인 장면을 연출하고 있군.

④ 청년에게 차려 자세를 취하는 교통순경의 반응은 권력이 있는 사람으로 오인하고 순응하는 사람들의 모습을 단적으로 보여 주고 있군.

⑤ 이발 규정에 어긋나게 귓속을 후비는 청년의 모습을 통해 시민들에게는 지나친 규범을 강요하면서 자신들은 그것을 지키지 않는 당시 권력층의 모습을 빗대고 있군.

[1~4] 다음 제시문을 읽고 물음에 답해 봅시다.

가 나는 잠이 들어 버리면 귀신이 잡아가도 몰라요.

아내는 그것이 자기의 장점인 것처럼 자랑하고 있다. 그래서 그는 분노를 느끼며 숫제 5분 동안이나 초인종 에 손을 밀착시키고 방 저편에서 둔하게 벨 소리가 계속 울리고 있는 것을 초조하게 느끼고 있었다. 물론 그의 집 열쇠 는 두 개로, 하나는 아내가 가지고 있고 또 하나는 그가 그의 열쇠 꾸러미 속에 포함시켜서 가지고 있는 것이다. 원하기만 한다면 그는 자기 자신의 열쇠로 문을 열 수 있을 것이었다. 그러나 그는 어느 편이냐 하면 그런 면엔 엄격해서 소위 문을 열어 주는 것은 아내 된 도리이며, 적어도 아내가 문을 열어 준 후에 들어가는 것이 남편의 권리가 아니겠느냐는 생각을 고수하고 있는 편이었다.

그래서 그는 이번엔 주먹으로 문을 두드리기 시작했다. 처음에는 천천히 두드렸지만 나중에는 ⓐ거의 부숴 버릴 듯이 문을 쾅쾅 두들겨 대고 있었다. 온 낭하가 쩡쩡 울리고 어디선가 잠을 깬 듯한 어린아이의 울음소리가 들려왔다. 그러자 아파트 복도 저쪽 편의 문이 열리고, 파자마를 입은 사내가 이쪽을 기웃거리며 내다보았는데 그것은 그 사람 한 사람뿐만이 아니었다.

나 "당신이 그 집 주인이라구요?" / "그런데요."

그는 대답하였다. 그러자 여인은 고개를 갸우뚱거렸다.

ⓑ"아니 뭐 의심나는 것이라도 있습니까?" / "여보시오."

아무래도 사내가 확인을 해야 마음 놓겠다는 듯 다가왔다. 사내는 키가 굉장히 큰 거인이었으므로 그는 사내를 올려다보았다.

"우리는 이 아파트에 거의 3년 동안 살아왔지만 당신 같은 사람을 본 적이 없소."

"아니 뭐라구요?"

그는 튀어 오를 듯한 분노 속에서 신음 소리를 발했다. (중략)

"당신을 의심하는 것은 안됐지만 우리 입장도 생각해 주시오."

"그건 나도 마찬가지라니깐."

ⓒ그는 화가 나서 투덜거리면서 열쇠 구멍에 열쇠를 들이밀었다. 문은 소리 없이 열렸다.

다 접속이 나쁜 형광등이 서너 번 채집 병 속의 곤충처럼 껌벅거리다가는 켜졌다. 불은 너무 갑자기 들어온 기분이어서, ㉣그는 잠시 동안 낯선 곳에 들어선 사람처럼 어리둥절하게 서 있었다. 그때 그는 아직도 문밖에서 사내가 의심스럽게 자기를 쳐다보고 있는 것을 보았고, ㉤그는 조금 어처구니없어서 문을 쾅 닫아 버렸다. 그때 그는 화장대 거울 아래 무슨 ⓐ종이가 놓여 있는 것을 발견하였고, 그래서 그는 힘들여 경대 앞까지 가서 그 종이를 주워 들었다.

여보, 오늘 아침 전보가 왔는데, 친정아버지가 위독하시다는 거예요. 잠깐 다녀오겠어요. 당신은 피로하실 테니 제가 출장 갔다고 잘 말씀드리겠어요. 편히 쉬세요. 밥상은 부엌에 차려 놨어요.　　　　　　　　　　　　　　　　　－ 당신의 아내가.

1_ 제시문의 작품을 소개하는 홍보 문구로 가장 적절한 것을 골라 봅시다.

① 현대 사회의 복잡한 양상을 해학적으로 파헤친 작품
② 현대인들의 다채로운 삶의 모습을 사실적으로 그린 작품
③ 산업화로 인해 황폐해진 마음을 따뜻하게 위로해 주는 작품
④ 현대인들이 느끼는 소외감과 단절감을 상징적으로 다룬 작품
⑤ 전쟁의 상처를 안고 살아가는 인물의 쓸쓸한 모습을 담아 낸 작품

2_ 제시문의 ㉠~㉤에 대한 설명으로 적절하지 않은 것을 골라 봅시다.

① ㉠ : '그'는 아내가 문을 열어 주지 않는 것에 대해 짜증스러운 반응을 보이고 있다.
② ㉡ : '그'는 이웃이 자신을 의심하는 듯한 태도를 보이는 것에 불만을 드러내고 있다.
③ ㉢ : '그'는 결국 아내가 문을 열어 주어야 한다는 자신의 고집을 꺾게 되었다.
④ ㉣ : '그'는 자신의 집에서 낯선 느낌을 받고 있다.
⑤ ㉤ : '그'는 자신의 공간으로 들어오길 서두르며 당황하고 있다.

3_ 〈보기〉는 이 작품의 다른 부분입니다. 〈보기〉를 고려할 때, 제시문의 ⓐ의 기능을 추리한 내용으로 가장 알맞은 것을 골라 봅시다.

> **┃보기┃**
>
>   아내가 그에게 거짓말을 하였다는 사실을 그는 깨닫는다. (중략) 그런데도 아내는 오늘 전보를 받았다고 잠시 다녀오겠노라고 장인이 위독해서 가 보겠다고 쓰고 있다. 그는 웃는다. 아주 유쾌해지고 그는 근질근질한 염기를 느낀다. 나는 안다라고 그는 생각한다. 아내는 내가 출장 간 날 그날부터 어디론가 사라져 버렸을 것이다. 아내는 내일 저녁 내가 돌아올 것을 예측하고 잘해야 내일모레 아침에 도착할 것이다.

① 아내의 행동에 대응하지 못하는 '그'의 무력함을 강조한다.
② 아내와 진실한 관계를 회복하고 싶어 하는 '그'의 소망을 드러낸다.
③ 아내에 대한 신뢰를 깨뜨려 '그'가 느끼는 소외감과 고립감을 심화시킨다.
④ 아내의 부도덕성을 강조하여 '그'가 아내에 대한 기대를 포기하는 계기가 된다.
⑤ 애정이 없는 아내의 면모를 제시하여 인간성이 상실된 '그'의 인간관계를 보여 준다.

4_ '소통'이란 측면에 주목하여 제시문의 '초인종'과 '열쇠'가 상징하는 바를 써 봅시다.

_____

_____

[5~8] 다음 제시문을 읽고 물음에 답해 봅시다.

> **가** 그는 웃으면서 스푼을 젓는다. 그때였다. 그는 무슨 소리를 들었다. 공기를 휘젓고 가볍게 이동하는 발소리였다. 그는 귀를 기울였다. 그는 욕실 쪽에서 무슨 소리가 들려오고 있는 것을 눈치챘다. 그는 난폭하게 일어나서 욕실 쪽으로 걸었다. 그는 ㉠분명히 잠근 샤워기에서 물이 쏟아져 내리고 있는 것을 보았다. 제기랄. 그는 투덜거리면서 물을 잠근다. 그리고 다시 소파로 되돌아온다. 그러자 이번엔 부엌 쪽

에서 소리가 들려오기 시작한다. 그는 될 수 있는 한 불평을 하지 않으려고 이를 악물고 부엌 쪽으로 간다. 부엌 석유풍로가 불붙고 있다. 그는 투덜거리면서 그것을 끈다. 그리고 천천히 소파 쪽으로 왔을 때, 그는 재떨이에 생담배가 불이 붙여진 채 타고 있음을 발견한다. 그는 반사적으로 주위를 둘러본다. 그는 엄청난 고독을 느낀다.

ⓒ"누구요?" / 그는 조심스럽게 소리를 지른다. 그의 목소리는 진폭이 짧게 차단된다. 그는 갇혀 있음을 의식한다. 벽 사이의 눈을 의식한다. 그는 사납게 소파에 누워, 시선에 닿는 가구들을 노려보기 시작한다. 모든 가구들이 비 온 후 한결 밝아 오는 나뭇잎처럼 밝은 색조를 띠고 빛나기 시작한다. 그는 스푼을 집요하게 젓는다. 설탕물은 이미 당분을 포함하고 뜨겁게 달아 있으나 설탕은 포화 상태를 넘어 아직 풀리지 않고 있다. 그래도 그는 계속 스푼을 젓는다. (중략) 갑자기 그는 그의 손에 쥐어진 손잡이가 긴 스푼이 여느 스푼이 아님을 느낀다. 그러자 스푼이 그의 의식의 녹을 벗기고, 눈에 보이는 상태 밖에서 수면을 향해 비상하는, 비늘 번뜩이는 물고기처럼 튀어 오르는 것을 보았다. 그는 힘을 다해 스푼을 쥔다. 그러자 스푼은 산 생선을 만질 때 느껴지는 뿌듯한 생명감과 안간힘의 요동으로 충만된다. 그리고 손아귀에 쥐어진 스푼은 손가락 사이를 민첩하게 빠져나간다. 그는 잠시 놀란 나머지 입을 벌린 채 스푼이 허공을 날면서 중력 없이 둥둥 떠서 흐르는 것을 보았다. 그는 온 방 안의 물건을 자세히 보리라고 다짐하고는 눈을 부릅뜬다. ⓒ그러자 그의 의식이 닿는 물건들마다 일제히 흔들거리면서 흥을 돋우기 시작하는 것이었다. 그는 비틀거리면서 일어나 거실에 스위치를 넣으려고 걷는다. 그는 스위치를 넣는다. 형광등의 꼬마전구가 번쩍번쩍거리며 몇 번씩 빛을 반추한다. 그러다가 불쑥 방 안이 밝아 온다.

나 그때였다. 그는 서서히 다리 부분이 경직해 오는 것을 느꼈다. 그것은 우연히 느낀 것이었다. 처음에 그는 이 방에서 도망가리라 생각했었기 때문에, 될 수 있는 한 소리를 내지 않고 살금살금 움직이리라고 마음먹고 천천히 몸을 움직이려 했을 때였다. 그러나 그는 다리를 움직일 수가 없었다. 이상한 일이었다. 그래서 그는 손을 내려 다리를 만져 보았는데 다리는 이미 굳어 석고처럼 딱딱하고 감촉이 없었으므로 별수 없이 손에 힘을 주어 기어서라도 스위치 있는 쪽으로 가리라고 결심했다. ⓔ그는 손을 뻗쳐 무거워진 다리, 그리고 더욱더 굳어져 오는 다리를 끌고 스위치 있는 곳까지 가려고 안간힘을 썼다. 그러나 그는 채 못 미쳐 이미 온몸이 굳어 오는 것을 발견하였다. 그래서 그는 숫제 체념해 버렸다. 참 이상한 일이라고 생각하면서 ⓜ그는 조용히 다리를 모으고 직립하였다. 그는 마치 부활하는 것처럼 보였다.

다 다음다음 날 오후쯤 한 여인이 이 방에 들어왔다. 그녀는 방 안에 누군가가 침입한 흔적을 발견했다. 매우 놀라서 경찰을 부를까고도 생각했지만, 놀란 가슴을 누르며 온 방 안을 조심스럽게 살펴보았는데 틀림없이 그녀가 없는 새에 누군가가 들어온 것은 사실이긴 했지만 자세히 구석구석 살펴본 후에 잃어버린 것이 없다는 것을 발견하자, 안심해 버렸다.

그러나 그녀는 곧 잃어버린 것이 없는 대신 ⓐ새로운 물건이 하나 놓여 있는 것을 발견했다.

그 물건은 그녀가 매우 좋아했던 것이었으므로 며칠 동안은 먼지도 털고 좀 뭣하긴 하지만 키스도 하긴 했다. 하지만 나중엔 별 소용이 닿지 않는 물건임을 알아차렸고 싫증이 났으므로 그 물건을 다락 잡동사니 속에 처넣어 버렸다. 그리고 그녀는 다시 그 방을 떠나기로 작정을 했다. 그래서 그녀는 메모지를 찢어 달필로 다음과 같이 써서 화장대 위에 놓았다.

[A] ┌ 여보. 오늘 아침 전보가 왔는데 친정아버지가 위독하시다는 거예요. 잠깐 다녀오
    │ 겠어요. 당신은 피로하실 테니 제가 출장 갔다고 할 테니까 오시지 않으셔두 돼요.
    └ 밥은 부엌에 차려 놨어요.
                                                            - 당신의 아내가.

5_ 제시문의 ㉠~㉫에 대한 이해로 적절하지 않은 것을 골라 봅시다.

① ㉠ : 상식적으로 이해할 수 없는 일들을 겪고 있음을 알 수 있다.

② ㉡ : 아무도 없는 방에서 일어나는 일에 대한 불안감과 고독감을 드러내고 있다.

③ ㉢ : 사물이 주체적으로 움직이는 모습 속에서 '그'가 느끼는 소외감을 나타내고 있다.

④ ㉣ : 자신이 소외되고 있음을 느끼면서 이로부터 벗어나기 위해 애쓰는 모습을 엿볼 수 있다.

⑤ ㉫ : '그'가 사물화되어 버린 것은 '그'의 강한 직립 의지에서 비롯된 것임을 알 수 있다.

6_ 제시문 **다**에서 ⓐ가 지칭하는 것이 무엇인지 두 단어로 써 봅시다.

_____

7_ 다음 〈보기〉를 바탕으로 제시문을 이해한 내용으로 적절하지 <u>않은</u> 것을 골라 봅시다.

┃보기┃

　〈타인의 방〉은 '나−타인, 주체−객체'의 관계가 분열되는 것을 통해 현대인의 고립된 삶과 절대 고독의 상태를 극복하려는 자기 환상을 보여 주고 있다. 행위 주체인 '그'의 행위에 반비례하여 점점 작고 초라해져 객체가 되는 '그'의 실체는 가장 확실하다고 믿어 온 자신의 신념 체계가 붕괴되면서 구체화된다. 또한 '의식−대상'은 '어둠−밝음'이 교체되면서 '활성화−부동화(不動化)'되는 관계를 통해 주체성을 상실한 소외 의식을 보여 준다.

① 제시문 **가**의 '스푼'이 움직이는 것은 주체와 객체 사이의 관계가 분열되는 것을 형상화한 것이겠군.

② 제시문 **가**에서 '그'가 사물들의 움직임을 감지하는 것은 사물들과 친밀한 관계를 맺고 안락함을 느낀다는 것을 상징하는 것이겠군.

③ 제시문 **가**에서 '그'가 스위치를 켜서 밝은 상태로 만들려는 것은 부동화되어 가는 자신의 상태를 극복하려는 것이겠군.

④ 제시문 **나**에서 '그'가 온몸이 굳어지자 움직이기를 체념하는 것은 주체성의 상실을 뜻하는 것이겠군.

⑤ 제시문 **다**에서 아내의 거짓 메모는 '그'가 믿어 온 확실한 신념 체계가 붕괴되고 있음을 보여 주는 것이겠군.

8_ 제시문 **다**의 [A]에서 암시하는 바를 써 봅시다.

_____

_____

Step_1 1960년대 한국 사회의 이해

다음 제시문을 읽고 물음에 답해 봅시다.

가 이승만 정부와 집권당이었던 자유당은 1960년 3월 15일 정·부통령 선거에서 이기기 위해 유권자 수를 조작하고 투표함을 교체하는 등 대대적인 부정(不正)을 저질렀다. 이를 계기로 일어난 4·19 혁명은 다양한 계층이 참여하여 독재 정권을 물리친 민주주의 혁명이었다. 이후 수립된 장면 내각은 개혁을 시도하였으나 다양한 민주화 요구를 수용하지 못하여, 결국 1961년 박정희를 중심으로 한 5·16 군사 쿠데타로 붕괴되었다.

군사 정부는 대통령 중심제로 개헌하고, 박정희가 선거에 출마하여 대통령에 당선되었다(1963). 박정희 정부는 경제 개발에 필요한 자금을 조달하고자 국민들의 반대에도 불구하고 한·일 협정을 체결하고 베트남에 대한 국군 파병을 결정하였다(1964). 이미 박정희 정부는 1962년부터 경제 개발 5개년 계획을 추진해 1970년대에는 철강·화학·전자·조선 등 중화학 공업을 집중 육성하였고, 수출 주도형 정책을 지속하였다. 이를 바탕으로 우리 경제는 '한강의 기적'이라 불릴 만큼 비약적으로 발달하였지만, 눈부신 산업화의 이면에는 많은 노동자들의 노동력 착취라는 문제가 도사리고 있었다.

한편, 1967년 대통령에 재선(再選)된 박정희는 장기 집권을 위해 헌법을 개정하여(1969) 다시 대통령에 당선되었고, 10월 유신(維新)을 선포하고 헌법을 개정하여(1972) 사실상 영구 집권이 가능해졌다. 이에 많은 시민들이 이를 반대하는 민주화 운동을 전개하였고, 박정희 정부는 긴급 조치를 발표하여 이들을 탄압하였다.

나 "그것은 틀림없는 꿈틀거림입니다. 난 여자의 아랫배를 가장 사랑합니다. 안 형은 어떤 꿈틀거림을 사랑합니까?"

"어떤 꿈틀거림이 아닙니다. 그냥 꿈틀거리는 거죠. 그냥 말입니다. 예를 들면…… 데모도……."

"데모가? 데모를? 그러니까 데모……."

"서울은 모든 욕망의 집결지입니다. 아시겠습니까?"

"모르겠습니다."라고, 나는 할 수 있는 한 깨끗한 음성을 지어서 대답했다.

그때 우리의 대화는 또 끊어졌다. 이번엔 침묵이 오래 계속되었다. 나는 술잔을 입으로 가져갔다. 내가 잔을 비우고 났을 때 그도 잔을 입에 대고 눈을 감고 마시고 있는 게 보였다. 나는 이젠 자리를 떠나야 할 때가 되었다고 다소 서글픈 기분으로 생각했다. (중략)

ⓐ우리는 갑자기 목적지를 잊은 사람들처럼 사방을 두리번거리면서 느릿느릿 걸어갔다. 전봇대에 붙은 약 광고판 속에서는 '예쁜 여자가 춤지만 할 수 있느냐.'는 듯한 쓸쓸한 미소를 띠고 우리를 내려다보고 있었고, 어떤 빌딩의 옥상에서는 소주 광고의 네온사인이 열심히 명멸하고 있었고, 소주 광고 곁에서는 약 광고의 네온사인이 하마터면 잊어버릴 뻔했다는 듯이 황급히 꺼졌다간 다시 켜져서 오랫동안 빛나고 있었고, 이젠 완전히 얼어붙은 길 위에는 거지가 돌덩이처럼 여기저기 엎드려 있었고, 그 돌덩이 앞을 사람들이 힘껏 웅크리고 빠르게 지나가고 있었다.

– 김승옥, 〈서울, 1964년 겨울〉

다 "모두 논산 훈련소 같은 곳에 모아다가 한 두어 달씩 되우 뚜드려 놓아야 하는데, 민주주의랍시구 체모 차리고 이것저것 찾다가 보니까 이렇거든."

"맞았어어, 동감이야아."

어느새 늙은 관리는 세발대에 앉아 세발을 하며 안마를 할까 말까 할까 말까 조금 궁리를 하다가 기어이 좋지 않을 것 같아 그만두기로 하였다. (중략)

마침 네 시 뉴스가 울려 나왔다. 자유 센터 구내에서의 총격 사건 뉴스였다. 수도 서울에 무장 괴한 출현. 과연 과연 싶었다. 이발소 안의 사람들이 일제히 두 눈이 휘둥그레지며 두 청년 쪽을 바라보았다. 귀를 후비던 청년이 침착하게 내뱉었다.

"저건 또 뭐야."

서 있던 청년이 역시 침착하게 받았다.

"개애새끼들."

나타난 무장 괴한이 개새끼들이라는 것인지 아니면 여느 때는 민주주의 민주주의 하다가 이런 일만 터지면 청천벽력이나 일어난 듯이 흥분을 하는 방송 뉴스가 개새끼들이라는 것인지 알쏭달쏭하였다. 뉴스는 어느새 서해안 피랍 어부들의 소식이 감감하다는 것, 섬 주민들의 생활 실태로 옮아 현지 녹음까지 곁들이고, 다음으로 '민중당, 결국 분당'으로 옮아가고 있었다.

귀를 후비던 청년이 침착하게 내뱉었다.

"저건 또 뭐야."

서 있던 청년도 내뱉었다.

"개애새끼들."

잠시 뒤, 어느새 나갔던 늙은이가 한 사람을 데리고 들어왔다. 사복 차림인데, 신분증을 내보이며 두 청년에게 불심 검문을 하였다. 그들은 신분증을 내보이고 비쭉비쭉 웃기까지 하며 대한민국의 일개 시민임을 밝혔다. ⓑ이발소 안의 사람들은 여전히 겁에 질려 있었다. 그들 두 청년은 관명 사칭도 하지 않았고, 이렇다 할 월권도 한 것은 없었다. 그들은 모두 **빠릿빠릿**해지고 항상 준비 태세를 지니고 사회 기강을 확립하자고 강조했을 뿐이었다. 강조하는 방법이 틀렸을지는 모르지만 그런 것이 죄과에 해당될 만한 법조문은 없는 듯하였다.

　　　　　　　　　　　　　　　　　　　　　　　　－ 이호철, 〈1965년, 어느 이발소에서〉

라 왜 ⓒ나는 조그마한 일에만 분개하는가
　저 왕궁(王宮) 대신에 왕궁의 음탕 대신에
　50원짜리 갈비가 기름 덩어리만 나왔다고 분개하고
　옹졸하게 분개하고 설렁탕집 돼지 같은 주인 년한테 욕을 하고
　옹졸하게 욕을 하고

　한번 정정당당하게
　붙잡혀 간 소설가를 위해서
　언론의 자유를 요구하고 월남 파병에 반대하는
　자유를 이행하지 못하고
　20원을 받으러 세 번씩 네 번씩
　찾아오는 **야경꾼**들만 증오하고 있는가

　옹졸한 나의 전통은 **유구하고** 이제 내 앞에 정서(情緖)로 가로놓여 있다
　이를테면 이런 일이 있었다
　부산에 포로수용소의 제14 야전 병원에 있을 때
　정보원이 **너스**들과 스펀지를 만들고 거즈를

개키고 있는 나를 보고 포로 경찰이 되지 않는다고
남자가 뭐 이런 일을 하고 있느냐고 놀린 일이 있었다
너스들 옆에서

지금도 내가 반항하고 있는 것은 이 스펀지 만들기와
거즈 접고 있는 일과 조금도 다름없다
개의 울음소리를 듣고 그 비명에 지고
머리에 피도 안 마른 애놈의 투정에 진다
떨어지는 은행나무 잎도 내가 밟고 가는 가시밭

아무래도 나는 비켜서 있다 절정 위에는 서 있지
않고 암만해도 조금쯤 옆으로 비켜서 있다
그리고 조금쯤 옆에 서 있는 것이 조금쯤
비겁한 것이라고 알고 있다!

그러니까 이렇게 옹졸하게 반항한다
이발쟁이에게
땅 주인에게는 못하고 이발쟁이에게
구청 직원에게는 못하고 동회(洞會) 직원에게도 못하고
야경꾼에게 20원 때문에 10원 때문에 1원 때문에
우습지 않으냐 1원 때문에

모래야 나는 얼마큼 작으냐
바람아 먼지야 풀아 나는 얼마큼 작으냐
정말 얼마큼 작으냐……

- 김수영, 〈어느 날 고궁을 나오면서〉

• **야경꾼**(夜警―) 밤사이에 화재나 범죄가 없도록 살피고 지키는 사람.
• **유구하다**(悠久――) 아득하게 오래다.
• **너스**(nurse) 간호사.

1. 제시문 **가**를 바탕으로 제시문 **나**~**다**에 나타난 당시 한국 사회의 모습을 분석해 봅시다.

_____

_____

_____

2. 같은 시대를 살아가는 제시문 **나**~**라**의 ⓐ, ⓑ, ⓒ 인물들이 가진 삶의 태도를 비교·분석하고, 그들이 왜 그러한 태도를 가지게 되었을지 추론해 봅시다.

_____

_____

_____

소시민의 자기반성적인 시, 김수영의 〈어느 날 고궁을 나오면서〉

시인 김수영은 1965년 발표한 〈어느 날 고궁을 나오면서〉를 통해 자신의 소시민적 행동을 드러내고 그 무기력을 **자조적**으로 노래하였다. 시적 화자는 어느 날 고궁을 나오면서 '땅 주인', '구청 직원' 등과 같이 힘 있는 자에게는 반항하지 못하면서 '이발쟁이', '야경꾼'처럼 힘없는 자에게는 사소한 일로도 흥분하는 자신의 모습을 돌아본다. 그리고 커다란 부정과 불의에 대응하지 못한 채 **방관자**적 자세를 가진 스스로를 비판하고 반성한다. 이 시가 발표된 당시는 박정희 군사 독재 정권이 언론을 탄압하고 한국의 젊은이들을 베트남 전쟁에 파병할 때였다. 시인은 부조리와 악이 존재하는 권력에 맞대응하지 못하는 자기반성적 시를 통해 지식인들과 작가들에게 많은 영향을 주었다.

- **자조적**(自嘲的) 자기를 비웃는 듯한 것.
- **방관자**(傍觀者) 어떤 일에 직접 나서서 관여하지 않고 곁에서 보기만 하는 사람.

Step_2 산업화와 인간 소외

다음 제시문을 읽고 물음에 답해 봅시다.

가 인간 소외(人間疏外)는 '인간성이 상실되어 인간다운 삶을 잃어버리는 일'을 뜻한다. 기술 문명의 발달로 인한 노동으로부터의 소외가 대표적인데, 노동을 통한 자아실현의 기회를 빼앗김으로써 인간의 본질과 가치에서 스스로 소외되는 현상을 말한다. 예컨대 물물 교환의 번거로움을 피하기 위해 거래의 수단으로 발명한 돈이 오히려 인간의 삶을 장악하게 되거나, 삶의 편의를 위한 여러 문명 이기(利器)들이 대인 관계를 단절시키는 경우 소외 현상이 발생한다. 또 집단 노동을 요구하는 농경 사회는 공동체 문화를 중시했지만, 도시화를 거치면서 인간 개인은 집단이라는 울타리에 있으면서도 진정한 교감과 의사소통을 이루지 못한 채 '군중 속의 고독'으로서 소외를 느낀다.

자본주의의 **고도화**로 발생한 물질 만능주의는 인간 소외 현상을 심화시킨다. 물질 만능주의가 만연한 사회에서는 인간의 가치가 인격이나 지혜로움 등 그 사람의 인간성이 아니라 얼마나 많은 상품을 생산할 수 있고 많은 물질을 가지고 있느냐에 따라 결정된다. 다시 말해 인간 고유의 가치가 물질의 가치보다 낮게 평가됨으로써 많은 사람들이 상품화되고 인간성을 잃게 되며 동료나 가족 등 집단으로부터도 소외를 겪는다.

이때 인간 소외는 다음과 같이 다양한 양상으로 드러난다.

(a) **상품화** : 자본주의 체제는 교환 가치가 사용 가치보다 우월한 사회이다. 교환 가치가 지배하는 자본주의 사회는 모든 것을 물질로, 돈으로 대체하여 바라보기 때문에 인간 관계는 사물의 성격을 지니고, '**물화**'된다. 즉, 인간은 자기 주변의 모든 것을 물질의 눈으로, 상품 관계로 바라본다.

(b) **관계의 피상화(皮相化)·익명화(匿名化)** : 도시가 발달하면서 수많은 사람들이 한 지역에 모여 살게 되었다. 그런데 대도시 사람들은 서로 낯설고 인간적 유대라고는 전혀 찾아볼 수 없는 모래알 같은 존재들이다. 이처럼 많은 인구가 밀집되어 생활하다 보니 정서적 유대 없이 서로 무관심하게 된다. 일상에서 마주치는 사람이 누구인지 무관심하며, 그저 피해가 미치지 않기를 바랄 뿐이다. 무수한 사람들과 만나지만 서로에게 무의미하고 낯선, 익명의 존재이다.

(c) **부품화** : 찰리 채플린(Charles Chaplin, 1889~1977) 주연의 영화 〈모던 타임즈(Modern Times)〉는 인간이 톱니바퀴로 상징되는 기계에 의해 인간성을 상실하고 기계의 노예로 전락하는 삶을 그리고 있다. 공장의 거대 생산 시스템에서 노동자들은 분업 체제에 의해 일부 공정만을 담당하는 기계의 한 부속품일 뿐, 단순 작업을 반복하며 스스로도 그 의미와 목적을 모르는 상품을 만든다. 결국 인간에게 '일'은 자아실현의 수단이 아니라 힘들고 지겨운 돈벌이의 수단이어서, 인간 존재 가치는 떨어지고 만다.

나 "아니 뭐 의심나는 것이라도 있습니까?"

"여보시오."

아무래도 사내가 확인을 해야 마음 놓겠다는 듯 다가왔다. 사내는 키가 굉장히 큰 거인이었으므로 그는 사내를 올려다보았다.

"우리는 이 아파트에 거의 3년 동안 살아왔지만 당신 같은 사람을 본 적이 없소."

"아니 뭐라구요?"

그는 튀어 오를 듯한 분노 속에서 신음 소리를 발했다.

"당신이 나를 한 번도 본 적이 없다고 해서 그래 이 집 주인을 당신 멋대로 도둑놈이나 강도로 취급한다는 말입니까? 나두 이 집에서 3년을 살아왔소. 그런데두 당신 얼굴은 오늘 처음 보오. 그렇다면 당신도 마땅히 의심받아야 할 사람이 아니겠소?"

그는 화가 나서 고래고래 소리를 질렀다.

"어쨌든."

사내는 집요하게 물고 늘어졌다.

"당신을 의심하는 것은 안됐지만 우리 입장도 생각해 주시오."

"그건 나도 마찬가지라니깐."

그는 화가 나서 투덜거리면서 열쇠 구멍에 열쇠를 들이밀었다. 문은 소리 없이 열렸다.

– 최인호, 〈타인의 방〉

다 어른들은 숫자를 좋아한다.

만약 어른들에게 새로 사귄 친구에 대해 말하면, 어른들은 가장 중요한 것에 대해서는 결코 묻지 않는다.

"그 애 목소리는 어떠니?"

"그 앤 어떤 놀이를 좋아하니?"

"나비를 모으는 걸 좋아하니?"

이렇게 묻는 일이 결코 없다.

"그 애는 몇 살이지?"

"형제는 몇이나 되니?"

"몸무게는 얼마야?"

"그 애 아버지는 돈을 얼마나 벌지?" (중략)

"장밋빛 벽돌로 지은 예쁜 집을 봤어요. 창가에는 제라늄이 있고, 지붕에는 비둘기가 있어요."

어른들에게 이렇게 말하면, 그 집이 어떤 집인지 상상하지도 못한다.

"10만 프랑짜리 집을 봤어요."

이렇게 말하면 어른들은 그제야 고개를 끄덕인다.   ― 생텍쥐페리, 《어린 왕자》

라 이른 아침 6시부터 밤 10시까지 하루도 빠짐없이

그는 의자 **고행**을 했다고 한다.

제일 먼저 출근하여 제일 늦게 퇴근할 때까지

그는 자기 책상 자기 의자에만 앉아 있었으므로

사람들은 그가 서 있는 모습을 여간해서는 볼 수 없었다고 한다.

점심시간에도 의자에 단단히 붙박여

보리밥과 김치가 든 도시락으로 공양(供養)을 마쳤다고 한다.

그가 화장실 가는 것을 처음으로 목격했다는 사람에 의하면

놀랍게도 그의 다리는 의자가 직립한 것처럼 보였다고 한다.

그는 하루 종일 손익 관리 대장경(損益管理大藏經)과 자금 수지 심경(資金收支心經) 속의 숫자를 읊으며

철저히 고행 업무 속에만 은둔하였다고 한다.

종소리 북소리 목탁 소리로 전화벨이 울리면

수화기에다 자금 현황 매출 원가 영업 이익 재고 자산 부실 채권 등등을

청아하고 구성지게 **염불했다고** 한다.

끝없는 수행 정진으로 머리는 점점 빠지고 배는 부풀고

커다란 머리와 몸집에 비해 팔다리는 턱없이 가늘어졌으며

오랜 음지의 수행으로 얼굴은 창백해졌지만

그는 매일 상사에게 굽실굽실 108배를 올렸다고 한다.

수행에 너무 지극하게 정진한 나머지

전화를 걸다가 전화기 버튼 대신 계산기를 누르기도 했으며

귀가하다가 지하철 개찰구에 승차권 대신 열쇠를 밀어 넣었다고도 한다.

이미 습관이 모든 행동과 사고를 대신할 만큼

깊은 경지에 들어갔으므로

사람들은 그를 '30년간의 **장좌불립**'이라고 불렀다 한다.

그리 부르든 말든 그는 전혀 상관치 않고 **묵언**으로 일관했으며

다만 혹독하다면 혹독할 이 수행을

외부 압력에 의해 끝까지 마치지 못할까 두려워했다고 한다.

그나마 지금껏 매달릴 수 있다는 것을 큰 행운으로 여겼다고 한다.

그의 통장으로는 매달 적은 대로 **시주**가 들어왔고

시주는 채워지기 무섭게 **속가**의 살림에 흔적 없이 스며들었으나

혹시 남는지 역시 모자라는지 한 번도 거들떠보지 않았다고 한다.

오로지 의자 고행에만 더욱 용맹 정진했다고 한다.

그의 책상 아래에는 여전히 다리가 여섯이었고

둘은 그의 다리 넷은 의자 다리였지만

어느 둘이 그의 다리였는지는 알 수 없었다고 한다.

— 김기택, 〈사무원(事務員)〉

- **고도화**(高度化) 정도가 높아짐. 또는 정도를 높임.
- **물화**(物化) 사물로 변화함.
- **고행**(苦行) 몸으로 견디기 어려운 일들을 통하여 수행을 쌓는 일.
- **염불하다**(念佛--) 부처의 모습과 공덕을 생각하면서 아미타불을 부르다.
- **장좌불립**(長座不立) 눕지 않고 앉아서만 하는 불교 수행 방법.
- **묵언**(默言) 아무런 말도 하지 않음.
- **시주**(施主) 자비심으로 조건 없이 절이나 승려에게 물건을 베풀어 주는 일. 또는 그런 일을 하는 사람.
- **속가**(俗家) 승려가 되기 전에 태어난 집.

1_ 제시문 **가**를 참고하여 다음 소외 양상의 개념 및 특성을 요약해 보고, 각 소외 양상이 어떻게 드러나는지 관련된 제시문의 기호와 그 내용을 써 봅시다.

소외 양상	개념 및 특성	관련 제시문의 기호와 내용
(a) 상품화		
(b) 관계의 피상화·익명화		
(c) 부품화		

2_ 현대 사회에서 인간 소외 현상이 심화되는 까닭은 무엇일지 생각해 봅시다.

Step_3 인간 소외와 바람직한 인간관계

다음 제시문을 읽고 물음에 답해 봅시다.

[2006학년도 서강대 논술 응용]

가 마르틴 부버(Martin Buber, 1878~1965)에 따르면, 세계는 **중층**으로 이루어져 있다고 한다. 중층의 아래층은 '나와 그것'의 세계로서 인간이 '경험'을 매개로 하여 알 수 있는 세계이고, 위층은 '나와 너'의 세계로서 인간이 '만남'을 통하여 비로소 알 수 있는 세계이다. 그러나 오늘날 우리 인간은 자신이 몸담고 있는 이 세계가 중층으로 이루어져 있다는 것을 망각한 채 '나와 그것'의 세계에 집착하며 살아가고 있는 것이 아닌가 생각된다.

나무를 예로 들어 두 세계를 구분하여 설명하면 다음과 같다. 여기 자연 상태의 한 그루 나무가 있다고 상상해 보자. 우리는 이 나무를 하나의 풍경으로서 미적 대상으로 볼 수도 있고, 하나의 운동으로서 물리학적 대상으로 볼 수도 있을 것이며, 구조와 원소를 지닌 하나의 생명체로서 생물학이나 화학적 대상으로 볼 수도 있다.

그러나 그것들은 나무의 외형, 구조, 화학적 성분, 움직임 등에 불과한 '그것'일 뿐, 그 어느 것으로도 환원될 수 없는 나무 자체의 고유한 본질과는 애당초 거리가 멀다. 나무만의 고유한 본질은 그러한 경험적 인식의 한계를 뛰어넘는 직접적 만남 속에서 비로소 나의 '너'로 그 모습을 드러낸다.

부버에 의하면, 만남은 개인적 경험이나 노력으로 얻어질 수 있는 것이라기보다는 주체와 객체가 분리되지 않은, 마치 신의 은총처럼 **선험적**으로 주어지는 직관적 판단에 가까운 것이다. 만남은 영혼의 한가로움 속에서 존재를 있는 그대로 받아들이는 영적 합일(合一) 또는 **고양**을 의미한다.

만남은 생텍쥐페리의 《어린 왕자》에 나오는 여우와 왕자의 **조우**에 잘 형상화되어 있다. 왕자가 여우한테 사귀자고 제안했을 때 여우는 자신은 아직 길들여지지 않았기 때문에 친구가 될 수 없다는 말을 한다. 여우에 따르면, 서로를 길들인다는 것은 곧 '관계 맺음'인데 이것이야말로 서로를 진정으로 알게 하는 것이라는 얘기이다.

이러한 '관계 맺음'은, 《어린 왕자》 전체의 취지에서 알 수 있듯이, 단순히 인식의 문제에 그치는 것이 아니라 인간의 존재 또는 삶의 방식에 관한 문제의식을 담고 있다. 다시 말하면, 우리가 세계를 어떻게 인식하는가 또는 우리가 세계와 어떤 관계를 맺는가 하는 것은 어떤 삶이 올바른 삶인가 하는 문제와 결코 무관하지 않다.

현대인들은 생산이든 소비든 간에 무엇인가를 써먹기에 바빠서 위에서 말한 '나와 너'

의 세계를 망각하며 살아가고 있다. 아마도 이러한 현실은 오늘날 우리 사회 전체에 만연한 학교 교육의 왜곡이나 도덕적 타락의 원인과 결코 무관하지 않을 것이다.

나 내가 그의 이름을 불러 주기 전에는
그는 다만
하나의 몸짓에 지나지 않았다.

내가 그의 이름을 불러 주었을 때
그는 나에게로 와서
꽃이 되었다.

내가 그의 이름을 불러 준 것처럼
나의 이 빛깔과 향기에 알맞은
누가 나의 이름을 불러 다오
그에게로 가서 나도
그의 꽃이 되고 싶다.

우리들은 모두
무엇이 되고 싶다.
너는 나에게 나는 너에게
잊혀지지 않는 하나의 눈짓이 되고 싶다.

－ 김춘수, 〈꽃〉

다 "모두 같은 방에 들기로 하는 것이 어떻겠어요?" 내가 다시 말했다.
"난 아주 피곤합니다." 안이 말했다. "방은 각각 하나씩 차지하고 자기로 하지요."
"혼자 있기가 싫습니다."라고 아저씨가 중얼거렸다.
"혼자 주무시는 게 편하실 거예요." 안이 말했다.
우리는 복도에서 헤어져 사환이 지적해 준, 나란히 붙은 방 세 개에 각각 한 사람씩 들어갔다. (중략)

다음 날 아침 일찍 안이 나를 깨웠다.

"그 양반 역시 죽어 버렸습니다." 안이 내 귀에 입을 대고 그렇게 속삭였다.

"예?" 나는 잠이 깨끗이 깨어 버렸다.

"방금 그 방에 들어가 보았는데 역시 죽어 버렸습니다."

"역시……." 나는 말했다. "사람들이 알고 있습니까?"

"아직까진 아무도 모르는 것 같습니다. 우선 빨리 도망해 버리는 게 시끄럽지 않을 것 같습니다."

"사실이지요?"

"물론 그렇겠죠."

나는 급하게 옷을 주워 입었다. 개미 한 마리가 방바닥을 내 발이 있는 쪽으로 기어오고 있었다. 그 개미가 내 발을 붙잡으려고 하는 것 같은 느낌이 들어서 나는 얼른 자리를 옮겨 디디었다.

– 김승옥, 〈서울, 1964년 겨울〉

라 그때였다. 그는 서서히 다리 부분이 경직해 오는 것을 느꼈다. 그것은 우연히 느낀 것이었다. 처음에 그는 이 방에서 도망가리라 생각했기 때문에, 될 수 있는 한 소리를 내지 않고 살금살금 움직이리라고 마음먹고 천천히 몸을 움직이려 했을 때였다. 그러나 그는 다리를 움직일 수가 없었다. 이상한 일이었다. 그래서 그는 손을 내려 다리를 만져 보았는데 다리는 이미 굳어 석고처럼 딱딱하고 감촉이 없었으므로 별수 없이 손에 힘을 주어 기어서라도 스위치 있는 쪽으로 가리라고 결심했다. 그는 손을 뻗쳐 무거워진 다리, 그리고 더욱더 굳어져 오는 다리를 끌고 스위치 있는 곳까지 가려고 안간힘을 썼다. 그러나 그는 채 못 미쳐 이미 온몸이 굳어 오는 것을 발견하였다. 그래서 그는 숫제 체념해 버렸다. 참 이상한 일이라고 생각하면서 그는 조용히 다리를 모으고 직립하였다. 그는 마치 부활하는 것처럼 보였다.

다음다음 날 오후쯤 한 여인이 이 방에 들어왔다. 그녀는 방 안에 누군가가 침입한 흔적을 발견했다. 매우 놀라서 경찰을 부를까고도 생각했지만, 놀란 가슴을 누르며 온 방 안을 조심스럽게 살펴보았는데 틀림없이 그녀가 없는 새에 누군가가 들어온 것은 사실이긴 했지만 자세히 구석구석 살펴본 후에 잃어버린 것이 없다는 것을 발견하자, 안심해 버렸다.

그러나 그녀는 곧 잃어버린 것이 없는 대신 새로운 물건이 하나 놓여 있는 것을 발견했다.

그 물건은 그녀가 매우 좋아했던 것이었으므로 며칠 동안은 먼지도 털고 좀 뭣하긴 하지만 키스도 하긴 했다. 하지만 나중엔 별 소용이 닿지 않는 물건임을 알아차렸고 싫증이 났으므로 그 물건을 다락 잡동사니 속에 처넣어 버렸다. 그리고 그녀는 다시 그 방을 떠나기로 작정을 했다.

— 최인호, 〈타인의 방〉

- **중층**(重層) 여러 층.
- **선험적**(先驗的) 경험에 앞서서 인식의 주관적 형식이 인간에게 있다고 주장하는 것. 대상에 관계되지 않고 대상에 대한 인식이 선천적으로 가능함을 밝히려는 인식론적 태도를 말한다.
- **고양**(高揚) 정신이나 기분 따위를 북돋워서 높임.
- **조우**(遭遇) 우연히 서로 만남.

1_ 제시문 **가**를 요약해 봅시다.

_____

_____

_____

2_ 문제 1번의 답을 바탕으로 제시문 **나**~**라**에 나타난 인간관계를 평가해 봅시다.

_____

_____

_____

생각펼치기

제시문 **가**와 **나**의 공통된 문제 현상을 찾고, 제시문 **다**와 **라**를 활용해 그 원인과 해결 방안을 제시해 봅시다.

[2009학년도 동국대 논술 응용]

| 르네 마그리트, 〈착상〉

가 타인의 얼굴은 내가 그에 대해 갖고 있는 매우 **간헐적**인 관심을 다른 곳으로 돌리기 위해 나에게 보여 주는 속임수일 따름이다. 왜 그것을 사과로 바꾸어 그릴 수 없겠는가? 혹은 무엇인가를 바라보기는 하지만 주목해서 보지 않는 그런 눈을 그릴 수는 없겠는가?

나 타자를 향한 현대 예술가의 시선은 근원적으로 소외된 자신을 향한 시선과 서로 닮아 있다. 현대 예술은 타인에 대한 무관심, 일정한 거리 두기를 특징으로 보여 주는데, 이러한 특징은 비인간적인 현대적 삶에 의해 **왜소해진** 주체의 의식을 반영한다. 세계로부터 소외된 현대인의 시선은 사물의 본질적 의미에 다가가지 못한 채 단지 진열된 상품처럼 물화된 세계를 시각적으로 소비하는 것에 불과한 것이 된다. 결국 타자를 소외시킨 이런 시선은 세계로부터 '고립된 자아'의 역투영(逆投影)일 뿐이다. 타인의 내면을 들여다보지 못하는 고립감은 모든 인간관계에 대한 절망을 **함축한다**.

현대인의 사회적 **제스처**·얼굴·표정은 이 점에서 일정한 거리 두기와 타인에 대한 불신, 경계를 포함한 무관심을 유지하는 가면에 해당된다. 타자의 시선으로부터 스스로의 사적인 감정·내면을 감추기 위한 한 방법으로 현대인은 사회적 제스처와 교양 있는 얼굴 표정을 사용하지만, 그들은 이미 쇼윈도에 전시된 인형과 같은 존재가 된다. 현대의 예술은 이런 위선, **진정성**이 사라진 인간관계, 소외된 자아, 모든 친밀한 관계로부터 **절연**된 타자화, 비인간화된 국가 등에 대해 근원적인 불안감을 표현한다.

다 "그 집엔 아무도 안 계신 모양인데 혹 무슨 수금 관계로 오셨나요?"

그는 그를 수금 사원으로 착각케 한 여행용 가방을 추켜들며 적당히 웃었다.

"그런 일로 온 게 아닙니다."

"여보시오."

이번엔 파자마를 입은 사내가 손마디를 꺾으면서 슬리퍼를 치륵치륵 끌며 다가왔다.

"벌써부터 두드린 모양인데 아무도 없는 것 같소. 그러니 그냥 가시오. 덕분에 우리 집 애가 깨었소."

"미안합니다."

그는 정중하게 사과를 하였다. 하지만 그는 더러워서 정말 더러워서, 침이라도 뱉을 심산이었다.

"사실은 말입니다."

그는 방귀를 뀌다 들킨 사람처럼 무안해하면서 주머니를 뒤져 열쇠 꾸러미를 꺼냈다. 그리고 그는 익숙하게 짤랑이는 대여섯 개의 열쇠 중에서 아파트 열쇠를 손의 감촉만으로 잡아들었다.

"전 이 집의 주인입니다."

"뭐라구요?"

여인이 의심스럽게 그를 노려보면서 높은 음을 발했다.

"당신이 그 집 주인이라구요?"

"그런데요."

그는 대답하였다. 그러자 여인은 고개를 갸우뚱거렸다.

"아니 뭐 의심나는 것이라도 있습니까?"

"여보시오."

아무래도 사내가 확인을 해야 마음 놓겠다는 듯 다가왔다. 사내는 키가 굉장히 큰 거인이었으므로 그는 사내를 올려다보았다.

"우리는 이 아파트에 거의 3년 동안 살아왔지만 당신 같은 사람을 본 적이 없소."

"아니 뭐라구요?"

그는 튀어 오를 듯한 분노 속에서 신음 소리를 발했다.

"당신이 나를 한 번도 본 적이 없다고 해서 그래 이 집 주인을 당신 멋대로 도둑놈이나 강도로 취급한다는 말입니까? 나두 이 집에서 3년을 살아왔소. 그런데두 당신 얼굴은 오늘 처음 보오. 그렇다면 당신도 마땅히 의심받아야 할 사람이 아니겠소?"

그는 화가 나서 고래고래 소리를 질렀다.

"어쨌든."

사내는 집요하게 물고 늘어졌다.

"당신을 의심하는 것은 안됐지만 우리 입장도 생각해 주시오."

"그건 나도 마찬가지라니깐."

그는 화가 나서 투덜거리면서 열쇠 구멍에 열쇠를 들이밀었다. 문은 소리 없이 열렸다.

– 최인호, 〈타인의 방〉

라 "와서 나랑 놀자."

어린 왕자가 여우에게 말했다.

"내가 지금 너무 슬프거든."

"나는 너와 놀 수 없어. 난 길들여지지 않았거든."

여우가 말했다. (중략)

"그런데 '길들인다'는 게 무슨 뜻이야?"

"그건 사람들이 너무 잊고 있는 것이기는 한데, '관계를 맺는다.'는 뜻이야."

"관계를 맺는다고?"

"물론이지. 너는 아직 나에게 다른 수만 명의 아이들과 똑같은 작은 아이일 뿐이야. 나는 네가 필요하지 않고, 너도 내가 필요하지 않지. 나도 너에게는 다른 수만 마리의 여우들과 똑같은 한 마리의 여우에 지나지 않지. 하지만 네가 나를 길들인다면 우리는 서로가 필요해지는 거야. 넌 내게 이 세상에 하나뿐인 사람이 되는 거고, 나도 너에게 이 세상에 하나뿐인 여우가 되는 거지."

– 생텍쥐페리, 《어린 왕자》

- **간헐적**(間歇的) 얼마 동안의 시간 간격을 두고 되풀이하여 일어나는 것.
- **왜소하다**(矮小——) 몸뚱이가 작고 초라하다.
- **함축하다**(含蓄——) 겉으로 드러내지 아니하고 속에 간직하다. 말이나 글이 많은 뜻을 담고 있다.
- **제스처**(gesture) 말의 효과를 더하기 위하여 하는 몸짓이나 손짓. 마음에 없이 남에게 보이기 위한 형식뿐인 태도.
- **진정성**(眞正性) 참되고 올바른 성질이나 특성.
- **절연**(絕緣) 인연이나 관계를 완전히 끊음.

04 산업화 시대 2 : 길 위의 사람들

작품 읽기

- 임철우, 〈사평역〉
- 황석영, 〈삼포 가는 길〉
- 김승옥, 〈무진 기행〉

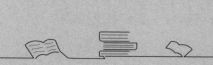

1. 산업화 시대의 사회 현상을 살펴보고, 그 흐름 속에서 개인의 삶의 모습을 살펴볼 수 있다.

2. 산업화로 인해 변해 가는 고향의 모습과 이를 둘러싼 다양한 입장을 살펴볼 수 있다.

3. 산업화로 급변하는 사회에서의 가치관과 인물의 내적 갈등을 비판적으로 살펴볼 수 있다.

4. 현대 사회에서 어떤 삶과 가치를 지향할지 본인의 의견을 논술할 수 있다.

외딴 산골 간이역에 가 본 적이 있나요? 이 작품에 등장하는 '사평역'은 특급 열차는 지나쳐 버리고 완행열차만 서는, 중심에서 벗어나 있는 외진 간이역입니다. 가뜩이나 한적한 이곳에 눈이 내리면서 분위기는 더욱 적막하니 쓸쓸해집니다.

이곳 대합실에는 막차를 기다리는 사람들이 있습니다. 학생 운동을 하다 유치장 경험을 하고 그로 인해 대학에서 제적당한 대학생, 12년 동안의 옥살이를 마치고 출감한 후 암담한 현실을 마주한 중년 사내, 술집 여자인 춘심이와 식당집 주인인 서울 여자, 새벽부터 밤늦게까지 장사하며 힘겹게 살아가는 행상 아낙네들과 농부 등등. 이들은 난로를 중심으로 둘러앉아 기다려도 오지 않는 막차를 기다리며, 산다는 것이 무엇인가를 곰곰이 생각하고 있습니다.

이 작품의 등장인물들이 보여 주는 내면의 풍경을 눈여겨봅시다. 정치적으로 억압받던 시절 자유를 갈망하던 사람들과 산업화에서 소외된 사람들의 고단한 삶을 떠올리며, 이들을 따뜻한 연민으로 바라본 작가의 시선을 좇아 이 작품을 감상해 봅시다.

▌임철우(林哲佑, 1954~)

전남 완도 출생. 1981년 《서울신문》 신춘문예에 단편 소설 〈개도둑〉으로 등단했다. 대학 재학 중에 광주 민주화 운동을 체험한 그는 주로 분단 문제와 이념의 폭력성을 고발하는 작품을 썼다. 왜곡된 삶의 실상을 드러내어 인간의 절대적 존재 의식을 탐구하는 작가라고 평가받고 있다. 대표작으로는 소설집 《사평역》, 《아버지의 땅》, 《그리운 남쪽》 등과 장편 소설 《그 섬에 가고 싶다》, 《봄날》 등이 있다.

사평역 _임철우

내면 깊숙이 할 말들은 가득해도
청색의 손바닥을 불빛 속에 적셔 두고
모두들 아무 말도 하지 않았다.

– 곽재구의 시, 〈사평역에서〉

막차는 좀처럼 오지 않았다.

별로 복잡한 내용이랄 것도 없는 장부를 마저 꼼꼼히 확인해 보고 나서야 늙은 **역장**은 돋보기안경을 벗어 책상 위에 놓고 일어선다.

벌써 삼십 분이나 지났군.

출입문 위쪽에 붙은 낡은 벽시계가 여덟 시 십오 분을 가리키고 있다. 하긴 뭐 벌써라는 말을 쓰는 것도 새삼스럽다고 그는 고쳐 생각한다. 이렇게 작은 산골 **간이역**에서 제시간에 정확히 도착하는 **완행열차**를 보기가 그리 쉬운 일은 아님을 익히 알고 있는 탓이다. 더구나 오늘은 눈까지 내리고 있지 않는가.

역장은 손바닥을 비비며 창가로 다가가더니 유리창 너머로 무심히 시선을 던진다. 건널목 옆 외눈박이 수은등이 껑충하게 서서 홀로 눈을 맞으며 희뿌

역장(驛長) 역의 사무를 총지휘하는 책임자.
간이역(簡易驛) 일반 역에 비해 규모가 작은 역.
완행열차(緩行列車) 빠르지 않은 속도로 달리며 각 역마다 멎는 열차.

연 얼굴로 땅바닥을 내려다보고 있다. **송이눈**이다. 갓난아이의 주먹만 한 눈송이들은 어둠 저편에 까맣게 숨어 있다가 느닷없이 수은등의 불빛 속에 뛰어들어 오면서 뚱그렇게 놀란 표정을 채 지우지 못한 채 땅바닥으로 곤두박질치고 있다. 굉장한 눈이다. 바람도 그리 없는데 눈발이 비스듬히 비껴 날리고 있다. 늙은 역장은 조금은 근심스런 기색으로 유리창에 얼굴을 바짝 대어본다. 하지만 콧김이 먼저 재빠르게 유리창에 달라붙어 뿌연 물방울을 만들었기 때문에 소매로 훔쳐 내야 했다. 철길은 아직까지는 이상이 없었다.

그는 두 줄기 레일이 두툼한 눈을 뒤집어쓴 채 멀리 뻗어 나간 쪽을 바라본다. 낮엔 철길이 저만치 산모퉁이를 돌아가는 모습까지 뚜렷이 보였다. 봄날 몸을 푼 강물이 흐르듯 반원을 그리며 유유히 산모퉁이를 돌아 사라지는 철길의 끝을 보고 있노라면 마치도 모든 걸 다 마치고 평온하게 죽음을 맞이하는 어느 노년의 모습처럼 그것은 퍽이나 **안온하고** 평화로운 느낌을 주곤 하는 것이다. 하지만 지금, 철길은 훨씬 앞당겨져서 끝나 있다. 수은등 불빛이 약해지는 부분에서부터 차츰 희미해져 가다가 이윽고 흐물흐물 녹아 버렸는가 싶게 철길은 더 이상 볼 수가 없다. 그 저편은 칠흑 같은 어둠이다. 어둠에 삼키어져 버린 철길의 끝이 오늘밤은 까닭 없이 늙은 역장의 가슴 한 구석을 썰렁하게 만든다. 그는 공연히 어깨를 떨어 보며 오른편 유리창 쪽으로 몸을 돌린다. 그쪽은 대합실과 접해 있는 이를테면 매표구라고 불리는 곳이다.

역장은 먼지 낀 유리를 통해 대합실 안을 대충 휘둘러본다. 대합실이라고 해야 고작 국민학교 교실 하나 정도의 크기이다. 일제 때 처음 지어졌다는 그 작은 역사 건물은 두 칸으로 나뉘어져서 각각 사무실과 대합실로 쓰이고 있

송이눈 '함박눈'의 옛말.
안온하다(安穩——) 조용하고 편안하다.

는 터였다. 대개의 간이역이 그렇듯이 대합실 내부엔 눈에 띌 만한 시설물이라곤 거의 없다. 유난히 높은 천장과 하얗게 회칠한 사방 벽 때문에 열 평도 채 못 되는 공간이 턱없이 넓어 보여서 더욱 **을씨년스러운** 느낌을 준다. 천장까지 올라가 매미마냥 납작하니 붙어 있는 형광등의 불빛이 실내 풍경을 어슴푸레하게 드러내 주고 있다.

지금 대합실에 남아 있는 사람은 모두 다섯이다. 한가운데에 톱밥 난로가 놓여져 있고 그 주위로 세 사람이 달라붙어 있다. 난로는 양철통 두 개를 맞붙여서 세워 놓은 듯한 꼬락서니로, 그나마 녹이 잔뜩 슬어 있어서 그간 겨울을 몇 차례나 맞고 보냈는지 어림잡기조차 힘들다. 난로의 허리께에 톱날 모양으로 촘촘히 뚫린 구멍 새로는 톱밥이 타들어 가면서 내는 빨간 불빛이 내비치고 있다. 하지만 형편없이 낡아 빠진 그 난로 하나로 겨울밤의 찬 공기를 덥히기에는 어림도 없을 듯싶다.

난롯가에 모여 있는 셋 중 한 사람만 유일하게 등받이 없이 의자에 앉아 있는데, 그러고 있는 것도 힘겨운지 등 뒤에 서 있는 사람의 팔에 반쯤 기댄 자세로 힘없이 안겨 있다. 그는 아까부터 줄곧 콜록거리고 있는 중늙은이로, 오래 앓아 오던 병이 요즘 들어 부쩍 심해져서 가까운 도회지의 병원을 찾아가려는 길이라는 것을 역장도 알고 있다. 등을 떠받치고 있는 건장한 팔뚝의 임자는 바로 노인의 아들이다. 대합실에 있는 다섯 사람 가운데에서 그들 두 부자만이 역장에겐 낯익은 인물들이다.

그 곁에서 난로를 등진 채 불을 쬐고 있는 중년의 사내는 처음 보는 얼굴이다. 마흔은 넘었을까 싶은 사내는 싸구려 털실 모자에 때 묻은 구식 오버를 걸쳐 입었는데 첫눈에도 무척 음울해 뵈는 표정을 지니고 있다. 길게 자란 턱수염이며, 가무잡잡한 얼굴 그리고 유난히 번뜩이는 눈빛이 왠지 섬뜩하다.

을씨년스럽다 보기에 날씨나 분위기 따위가 몹시 스산하고 쓸쓸한 데가 있다.

오랜 세월을 햇볕 한 오라기 들지 않는 **토굴** 속에 갇혀 보낸 사람처럼 사내의 눈은 기묘한 광채마저 띠고 있다.

그 셋 말고도 저만치 벽을 따라 길게 붙어 있는 나무 의자엔 점퍼 차림의 청년 하나가 웅크리고 앉아 있다. 그리고 청년으로부터 약간 떨어진 곳에는 미친 여자가 의자 위에 벌렁 누워 있다. 닥치는 대로 옷을 껴입은 여자는 속을 가득 채운 걸레 보퉁이처럼 몸집이 퉁퉁하다.

청년은 추운지 호주머니에 두 손을 찔러 넣은 채 어깻죽지를 잔뜩 웅크리고 있으면서도 무슨 까닭인지 난로 곁으로 갈 생각은 하지 않는 눈치다. 뭔가 골똘히 생각하는 표정으로 청년은 들여다볼 만한 것이라곤 아무것도 없는 시멘트 바닥을 뚫어져라 내려다보고 있다.

톱밥이 부족할 것 같은데…….

창 너머 그들을 하나하나 둘러보다가 문득 난로 쪽을 슬쩍 쳐다보며 늙은 역장은 중얼거린다. 불을 지핀 게 두어 시간 전이니 지금쯤은 톱밥이 거의 동이 났을 것이다.

톱밥은 역사 바깥의 임시 창고에 저장해 놓고 있었다. 월동용 톱밥이 필요량의 절반 정도밖에 남아 있지 않다는 사실을 역장은 아까서야 알았다. 미리미리 충분한 톱밥을 확보해 두는 것은 김 씨가 맡은 일이었지만 미처 확인하지 못한 자신에게도 책임은 있다고 역장은 생각한다. **역원**이라고 해야 역장인 자신까지 합해 기껏 세 명뿐이니 서로 책임을 확실히 구분 지을 수 있는 일 따위란 애당초 있을 턱이 없었다. 하필 이날따라 사무원인 장 씨는 자리를 비우고 없는 참이었다. 아내의 **해산일**이라고 어제 아침 고향인 K 시로 달려갔으므로 그가 돌아올 때까지는 역장은 김 씨와 둘이서 교대로 야근을 해야

토굴(土窟) 땅을 파서 굴과 같이 만든 큰 구덩이. 땅굴.
역원(驛員) 철도역에서, 안내·매표·개찰·집찰 따위의 일을 맡아보는 사람. 역무원.
해산일 아이를 낳는 날.

할 처지였다.

하지만 톱밥은 우선 당분간 창고에 남아 있는 것으로 이럭저럭 견디어 낼 수 있으리라. 대합실 난로는 하루 두 차례씩만 피우면 되니까.

역장은 웅크렸던 어깨를 한번 힘차게 펴 보기도 하고 두 팔을 앞뒤로 흔들어 보기도 한다. 역시 춥긴 마찬가지다. 그새 손발이 시려 오기 시작했으므로 역장은 코를 훌쩍이며 엉금엉금 책상 앞을 되돌아간다. 그리고는 사무실용으로 쓰고 있는 석유난로를 마주하고 앉아 손발을 펼쳐 널었다.

"아야, 말이다. 이러다가 기차가 영 안 올라는갑다."

"아따, 아부님도 참. 좀 기다려 보십시다. 설마 온다는 기차가 안 오기사 할랍디여."

아들은 짜증스럽다는 듯이 얼굴도 돌리지 않고 **건성** 대답한다. 그는 삼십 대 중반의 농부다. 다시 노인이 쿨룩거리기 시작한다. 그때마다 빈약하기 그지없는 가슴팍이 훤히 드러나도록 흔들리고 있다. 아들은 힐끗 노인을 내려다보았으나 이내 고개를 돌리고 난로만 들여다본다. 노인에겐 미안한 일이긴 하나 아들은 모든 게 죄다 짜증스럽다. 벌써 몇 달째 끌어온 노인의 병도 그렇고, 하필이면 이런 날, 그것도 밤중에 눈까지 펑펑 쏟아져 내리는데 기차를 타야 한다는 일도 그렇다. 그 모두가 노인의 괴팍한 성깔 탓이라는 생각이 들자 그는 버럭 소리라도 질러 주고 싶은 심정이다.

아들이 전에도 여러 번 읍내 병원에 가 보자고 했지만, 막무가내로 고집을 피우며 죽더라도 그냥 집에서 죽겠노라던 노인이 난데없게도 이날 점심나절에는 스스로 먼저 병원엘 가자면서 나선 것이었다. **소피**에 혈(血)이 반이 넘

건성 어떤 일을 성의 없이 대충 겉으로만 함.

소피(所避) '오줌'을 완곡하게 이르는 말.

게 섞여 나온다는 거였다. 부랴부랴 채비를 꾸리고 나니, 이번엔 하루 두 차례씩 왕래하는 버스는 멀미 때문에 절대로 타지 않겠다며 노인은 한사코 역으로 가자고 우겼다. 이놈아, 병원에 닿기도 전에 내 죽는 꼴을 볼라고 그라냐. 놔라. 싫으면 나 혼자라도 갈란다. 어찌나 엄살을 떠는 통에 할 수 없이 노인을 등에 업고 나오긴 했는데, 그나마 일이 안 되려니까 기차마저 감감무소식이었다.

"빌어묵을 늠의 기차가······."

농부는 문득 치밀어 오르는 욕지거리를 황황히 깨물며 지레 놀라 노인의 눈치를 살핀다. 다행히 눈곱 낀 노인의 눈은 아까처럼 질끈 닫혀 있다. 아들은 고통으로 짙게 고랑을 파고 있는 노인의 **추한** 얼굴을 내려다보고는 약간 죄스러운 맘이 된다.

이거, 내가 무슨 짓이다냐. 죄 받는다. 죄 받어······.

노인이 또 쿨룩쿨룩 기침을 토해 낸다. 가슴 밑바닥을 쇠갈퀴로 긁어내는 듯한 고통스런 기침 소리.

그들 부자 곁에 서서 등을 돌린 채 난로의 불기를 쬐고 있는 중년 사내는 자지러지는 기침 소리를 들을 때마다 깜짝깜짝 놀라는 시늉을 한다. 기침 소리를 들으면 사내에겐 불현듯 떠오르는 얼굴이 하나 있다. **감방장**인 늙은 허 씨다. 고질인 **해소병**으로 맨날 골골거리던 허 씨는 그것이 감방에 들어와 얻은 병이라고 했다. 난리 후에 **사상범**으로 잡혀 **무기형**을 받은 허 씨는 스물일곱 살부터 시작한 교도소 생활이 벌써 이십오 년에 이르고 있었지만, 언제나

추하다 옷차림이나 언행 따위가 지저분하고 더럽다.
감방장(監房長) 한 감방에 있는 죄수들 중에서 우두머리.
해소병 기관지에 경련이 일어나는 병. 숨이 가쁘고 기침이 나며 가래가 심함. 천식.
사상범(思想犯) 현존 사회 체제에 반대하는 사상을 가지고 개혁을 꾀하는 행위를 함으로써 성립하는 범죄. 또는 그런 죄를 지은 사람.
무기형(無期刑) 기간을 정하지 않고 평생 동안 교도소 안에 가두어 두는 형벌.

갓 들어온 신참처럼 말도 없고 **어리숙해** 뵈는 사람이었다.

자네 운이 좋은 걸세. 쿨룩쿨룩. 나가면 혹 우리 집에 한번 들러봐 줄라나. 이거 원, 소식 끊긴 지가 하도 오래돼 놔서……. 죽었는지, 살았는지…….

사내가 출감하던 날, 허 씨는 **고참 무기수**답지 않게 눈물까지 글썽이며 사내의 손을 오래오래 잡고 있었다.

사내는 저만치 유리창 밖으로 들이치는 눈발 속에서 희끗희끗한 허 씨의 머리카락이며 움푹 패어 들어간 눈자위를 기억해 내고 있다.

아마 지금쯤 그곳은 잠자리에 들 시간일 것이다. 젓가락을 꼽아 놓은 듯한 을씨년스러운 창살 너머로 이 밤 거기에도 눈이 오고 있을까. 섬뜩한 **탐조등**의 불빛이 끊임없이 어둠을 면도질해 대고 있을 교도소의 밤이 뇌리에 떠오른다. 사내의 눈빛은 불현듯 그윽하게 가라앉고 있다. 그곳엔 사내가 잃어버린 열두 해 동안의 세월이 남아 있었다. 이렇듯 멀리 떨어져서도 그 모든 것들을 눈앞에 훤히 그려 낼 수 있을 만큼 어느덧 사내는 이미 그 생활의 일부가 되어 있었다.

출감한 지 며칠이 지났건만 사내는 감방 밖에서 보낸 그간의 시간이 오히려 꿈처럼 현실감이 없다. 푸른 옷과 잿빛의 벽, 구린내 같은 밥 냄새, 땀 냄새, 복도를 걷는 간수의 구둣발 소리, 찔그렁대는 쇳소리……. 그런 모든 익숙한 색깔과 촉감, 냄새, 소리 그리고 언제나 똑같이 반복되는 일과 같은 것들이 별안간 그에게서 떨어져 나가 버리고 대신에 전혀 생소한 또 다른 사물들의 질서가 사내에게 일방적으로 떠맡겨진 거였다. 그 새로운 모든 것들은 다만 사내를 당혹감에 빠뜨리고 거북하게 만들 뿐이었다. 그 때문에 사내는

어리숙하다 겉모습이나 언행이 치밀하지 못하여 순진하고 어리석은 데가 있다.
고참(古參) 오래전부터 한 직위나 직장 따위에 머물러 있는 사람.
무기수(無期囚) 무기형을 선고받고 징역살이를 하는 죄수.
탐조등(探照燈) 어떠한 것을 밝히거나 찾아내기 위하여 빛을 멀리 비추는 조명 기구.

출감 후부터 자꾸만 무엇인가 대단히 커다란 것을 **빼앗겼다**는 느낌을 감출
수가 없었다. 감방 안에서 사내는 손바닥 안에 움켜쥔 모래알이 빠져나가듯
하릴없이 축소되어 가고 있는 자기 몫의 삶의 부피를 안타깝게 저울질해 보
곤 했다. 하지만 기이한 일이다. 낯선 시골 역에 홀로 앉아 있는 이 순간 정작
자기가 빼앗긴 것은 흘려보내는지 모르게 보낸 지난 십이 년의 세월이 아니
라, 오히려 그 푸른 옷과 잿빛 담벼락과 퀴퀴한 냄새들이 배어 있는 사각형의
좁은 공간일지도 모른다는 **가당찮은** 느낌이 문득문득 들곤 하는 거였다.

쿨룩쿨룩. 아, 저 기침 소리. 사내는 흠칫 몸을 돌려 소리가 나는 쪽을 찾는
다. 그러나 그것은 감방장 허 씨가 아니다. 낯모르는 사람들뿐. 사내는 낮게
한숨을 토해 내며 고개를 흔들어 버리고 만다.

밖엔 간간이 바람이 불고 있다. 전깃줄이 윙윙 휘파람을 불었고 무엇인가
바람에 휩쓸려 다니며 연신 딸그락 소리를 낸다.

대합실 안은 조용하다. 산골짜기를 돌아 달려온 바람이 역사 건물을 지나칠
때마다 유리창이 덜그럭거리고 이따금 난로 속에서 톱밥이 톡톡 튀어 오를 뿐
사람들은 아무도 입을 열지 않는다. 저만치 혼자 쭈그려 앉은 청년은 줄곧 창
밖의 바람 소리를 헤아리고 있던 참이다. 이윽고 청년은 의자에서 몸을 일으
킨다. 딱딱한 나무 의자로부터 스며 오는 한기로 엉덩이가 시리다. 창가로 다
가가다 말고 그는 문득 누워 있는 미친 여자 쪽을 근심스레 살핀다. 여자는 새
우등을 하고 모로 누웠는데 얼핏 시체가 아닌가 싶을 만큼 **미동**조차 없다.

세상에, 이렇게 추운 곳에서……. 그런 지경에도 사람이 잠들 수 있다는 사
실이 청년은 도대체 믿기지 않는 모양이다. 여자에게서는 가느다란 숨소리만
이따금 새어 나오고 있다.

가당찮다(可當——) 도무지 사리에 맞지 않다.
미동(微動) 약간 움직임.

청년은 다시 유리창 밖을 내다본다. 밤새 오려는가. 송이송이 쏟아져 내리고 있다. 대합실 안에서 새어 나간 불빛이 유리창 가까운 땅바닥 위에 수북하게 쌓인 눈을 비치고 있다. 하얗게 쏟아지는 눈발을 망연히 바라보며 청년은 그것이 무수한 나비 떼 같다고 생각한다.

그래. 나비 떼야. 활활 타오르는 불길 속으로 밤이 되면 미친 듯 날아 들어와 비명조차 지르지 못하고 타 죽어 가는 수많은 흰 나비 떼들…….

그는 대학생이다. 아니. 정확히 말하면 그건 보름 전까지의 이야기이다. 청년은 아직도 저고리 안주머니에 학생증을 지니고 있긴 하지만 앞으로 그것을 사용해 볼 기회는 영영 없을지도 모른다. 이젠 누렇게 바랜 어린 날의 사진만큼의 의미도 없는 그것을 미련 없이 찢어 버려야 하리라는 걸 잘 알고 있었음에도 불구하고, 여전히 간직하고 있는 자신을 스스로 감상적이라고 비난하고 있는 중이다.

청년은 유리창에 반사된 톱밥 난로의 불빛을 응시한다. 그 주홍의 불빛은 창유리 위에 놀랍도록 선명하게 재생되고 있었으므로 청년은 그것이 정작 실물이 아닌가 하는 착각을 일으킬 뻔했다. 그것은 한 폭의 그림처럼 아름다웠다. 먹빛 어둠은 화폭으로 드리워지고 네모진 창틀 너머 순백의 눈송이들이 화폭 위에 무수히 흩날리고 있다. 거기에 톱밥 난로의 불꽃이 선연한 주홍색으로 투영(投影)되자 한순간 그 모든 것들은 기막힌 아름다움을 이루어 내는 것이었다. 아아, 저건 꿈일 것이다. 아름답지만 존재하지 않는 것, 존재하지 않으므로 아름다운 것. 청년은 불현듯 눈빛을 빛내며 한 발 창 쪽으로 다가서고 있다.

—**아우슈비츠**의 학살이 있었고, 그 후 아무도 아름다움을 노래하지 않았

아우슈비츠(Auschwitz) 폴란드 남부 도시. 제2차 세계 대전 때 나치스의 강제 수용소가 설치되어 수많은 유대인 및 폴란드인이 학살된 곳이다.

다. 더는 누구도 꿈꾸지 않았다.

　─침묵, 잠, 그리고 죽음.

　─가슴의 뜨거움에 대해서 우리는 얼마나 오래 생각해야 하는 것일까, 이 ×자식들아.

　그날, 청년은 누군가가 어지럽게 볼펜으로 휘갈겨 놓은 책상 위의 낙서들을 물끄러미 내려다보며 홀로 강의실에 앉아 있었다. 텅 빈 **하오**의 교정엔 차츰 땅거미가 깔리기 시작하고 플라타너스 나무에 설치된 스피커로부터 나지막이 흘러나오고 있는 교내 방송의 고전 음악을 들으며 학생들이 띄엄띄엄 집으로 돌아가고 있을 무렵이었다. 그는 바로 전날 밤, **제적** 처분되었다는 사실을 학교로부터 통고받았다. 주인도 없는 새에 주인도 아닌 사람들이 주인도 모르게 자신의 이름 석 자를 제멋대로 재판했다는 거였다. 이튿날 조간신문 귀퉁이에서 제 이름을 찾아냈을 때 그는 한동안 자신과 기사 속의 그 이름과의 정확한 관계를 찾아내려 애를 썼다. 끝내 실감이 나지 않아서 여느 때 하듯 귀퉁이가 쭈그러진 책가방을 챙겨 들고 쭈뼛쭈뼛 강의실에 들어서자마자 친구들은 너도나도 그를 에워쌌다. 아침부터 학교 뒤 막걸리 집으로 끌고 가 술을 퍼먹이던 녀석들 중 몇은 저쪽에서 먼저 찔찔 짜기도 했다.

　하는 데까진 해 봤네만 나로서도 어쩔 수가 없었네. 자네 볼 면목이 없구먼.

　지도 교수는 짐짓 눈물겨운 표정으로 그의 손을 덥석 잡아 주었다.

　괜찮습니다.

　모두들 돌아가 버린 텅 빈 강의실은 관 속처럼 고요했다. 창틈으로 비껴 들어온 일몰의 **잔광**이 소리 없이 **부유하는** 무수한 먼지의 입자를 하나하나 허

하오(下午)　정오(正午)부터 밤 열두 시까지의 시간. 오후.
제적(除籍)　학적, 당적 따위에서 이름을 지워 버림.
잔광(殘光)　해가 질 무렵의 약한 햇빛.
부유하다(浮遊--/浮游--)　물 위나 물속, 또는 공기 중에 떠다니다.

공으로 떠올리고 있었다. 미처 덜 지운 칠판의 글자들, 분필 가루 냄새, 휴식 중인 군대의 대오마냥 흐트러져 있는 책상들, 강의실 바닥의 얼룩……. 그런 오래 친숙해 온 사물들 속에서 그는 **노교수**의 나직한 음성과 친구들의 웅얼거림, 그들의 체온과 호흡과 웃음소리와 함성이 아무도 없는 그 순간에 또렷하게 되살아 나오고 있음을 놀라움으로 지켜보고 있었다. 그리고 삼 년 동안이나 자신을 그 한 부분으로 포함시켜 왔던 친숙한 이름들로부터 대관절 무엇이 그를 억지로 떼어 내려 하고 있는 것인가에 대해 오래오래 생각했다. 그러나 끝내 알 수가 없었다. 강의실 문을 잠그러 들어왔다가 그를 발견한 수위가 의심스런 눈초리로 당장 나가기를 명령했을 때까지도 그는 해답을 찾지 못했다.

문학부 건물을 나설 즈음, **백마고지** 전투에서 훈장까지 받은 **역전**의 **상이용사**인 수위 아저씨가 절뚝이며 뒤쫓아 나오더니 그의 가슴에 가방을 내던져 주고 가 버렸다. 그는 깜박 잊고 가방을 두고 온 거였다. 그러자 주체할 수 없이 웃음이 터져 나오기 시작했다. 무엇이 그토록 우스웠는지 모른다. 그는 혼자 미친 듯 웃어젖혔다. 한참이나 벤치에 엎디어 킬킬대다가 그는 배 속에 든 오물을 모조리 토해 내고 말았다. 토하면서도 자꾸만 웃고 또 웃었다. 그러다가 끝내 울음이 터져 나와 버렸던 거였다.

덜커덩.

대합실 출입문이 열리며 한 떼의 사람들이 나타난다. 우연인지 모르지만 네 사람 다 여자들이다. 그녀들의 등 뒤로 **삼동**의 시린 바깥바람이 바싹 달라

노교수(老教授) 나이가 많은 교수.
백마고지(白馬高地) 강원도 철원군 서북쪽에 있는 고지. 6·25 전쟁 때의 격전지이다.
역전(歷戰) 이곳저곳에서 많은 전쟁을 겪음.
상이용사(傷痍勇士) 군에서 복무하다가 부상을 입고 제대한 병사.
삼동(三冬) 겨울의 석 달.

붙어 함께 들어왔다. 바람 끝에 묻어 온 싸늘한 냉기에 놀라서 대합실 안에 있던 사람들의 고개가 일제히 그쪽으로 꺾인다.

첫눈에도 그녀들이 모두 일행은 아니라는 걸 쉽게 알 수 있다. 몸집이 큰 중년 여자와 바바리코트를 입은 처녀, 그리고 나머지 둘은 큼지막한 보따리를 하나씩 이고 오는 품이 무슨 **행상꾼** 아낙네들이 분명하다. 그녀들은 무척 서둘러 온 눈치다. 머플러며 어깨 위에 눈이 수북하다. 추위에 바짝 언 **뺨**을 씰룩이며 가쁜 입김을 뿜어내고 있다.

"기차, 떠난 건 아니죠?"

맨 처음 들어섰던 중년 여자가 그 말부터 묻는다. 그녀는 아까 문을 여는 순간 난롯가에 서 있는 사람들을 보고 기차가 오지 않았다는 걸 짐작했지만 그래도 재차 확인하려는 속셈이다.

"아, 와야 뜨든지 말든지 하지요. 그 빌어묵을 놈의 기차가 한 시간이 넘었는디도 감감무소식이다니께요."

늙은이를 받쳐 주고 있던 농부가 부아가 나서 대꾸한다.

그 말에 중년 여인은 대단히 만족한 표정을 역력히 떠올린다. 아예 기뻐 어쩌지 못하겠다는 양 헤벌쭉 웃기까지 한다. 웃고 있는 그녀의 빨갛게 칠한 입술을 손으로 쥐어뜯어 주었으면 싶지만 농부는 참는다. 이 여편네는 기차가 **연착**하기를 **오매불망**하고 있었다는 투로구나, 젠장.

"후유. 다행이지 뭐야. 난 틀림없이 놓쳐 버린 줄로만 여겼다구요. 고생한 보람이 있군요."

농부는 눈살을 찌푸리며 여자를 훑어본다. 그녀는 꽤 비쌀 게 틀림없는 밍크 목도리를 두르고 있지만 참 지독히도 뚱뚱하다. 기름 찬 아랫배가 개구리

행상꾼(行商꾼)　이리저리 돌아다니며 물건을 파는 사람. 도붓장수.
연착(延着)　정하여진 시간보다 늦게 도착함.
오매불망(寤寐不忘)　자나 깨나 잊지 못함.

처럼 불룩하고, 코트 속에 감춘 살덩어리가 터져 나올 듯 코트 자락을 압박하고 있다. 농부는 여인의 무릎에 여기저기 짓이겨진 눈을 훔쳐보며 저렇듯 둔하고 커다란 몸뚱이가 눈밭에 미끄러져 뒹굴었을 때 얼마나 거창한 소리가 났을까 하고 상상해 보는 걸로 화풀이를 대신한다.

처녀는 머리에서 눈을 털어 내고 있고 행상꾼 아낙네들은 보따리를 내려놓은 다음 난로로 달려와 한 자리씩 차지했다. 그러다가 뚱뚱보 중년 여자가 표를 사기 위해 매표구 쪽으로 가는 눈치였으므로 나머지 세 여자도 **어정어정** 그녀를 따라간다.

"여보세요. 기차 아직 안 왔대믄서요?"

뚱뚱보가 매표구 유리창을 두드리며 뻔한 질문을 안으로 쑤셔 박아 넣었을 때 늙은 역장은 벌써 차표를 준비하고 있던 참이다.

"예예. 조금만 기다리십시오. 곧 올 겁니다."

역장은 표를 넉 장 팔았다. 처녀와 중년 여인은 서울행이고 아낙네들은 읍내까지 가는 모양이다.

그녀들이 다시 난로 쪽으로 달려가고 나자 역장은 대합실을 넘겨다보며 오늘 막차는 뜻밖에 손님이 많은 편이라고 생각한다. 대합실에 있는 아홉 명 가운데서 표를 산 사람은 여덟이다. 의자 위에서 웅크린 채 잠들어 있는 그 미친 여자는 늘 공짜 승객이기 때문이다. 아홉 시 오 분 전이다. 역장은 암만해도 톱밥을 더 가져다주어야 하리라고 여기며 장갑을 찾아 끼고 일어선다.

난로를 에워싸고 있는 사람은 어느덧 일곱으로 불어났다. 늦게 나타난 것이 무슨 **특권**인 양, 여자들은 비좁은 틈을 비집고 들어와 각기 섭섭지 않게

어정어정 키가 큰 사람이나 짐승이 이리저리 천천히 걷는 모양.
특권(特權) 특별한 권리.

공간을 확보했다. 그 통에 중년 사내는 **연통** 뒤켠으로 밀려나고 말았다.

청년은 아직도 저만치 창가에 서 있고 미친 여자는 죽은 듯 움직이지 않는다.

한동안 여자들은 추위 속을 걸어온 끝에 마침내 불기를 쬘 수 있게 되었다는 사실에 감격해서 한마디씩 호들갑을 떨기 시작한다. 덕분에 푹 가라앉아 있던 대합실이 부쩍 활기를 띠는 것 같다.

"영락없이 난 얼어 죽는 줄 알았당께. 발톱이 다 빠질 것 같드라고, 금매."

"그랑께 내 뭐라고 그랍디여. 눈 오는 날은 일찌감치 기차 탈 **염**을 해야 된다고라우. **싸래기**만 조끔 쏟아져도 버스가 망월재를 못 넘어 간당께요."

"글씨. 자네 말을 들을 거신디. 무담씨 그놈의 버스 기다리니라고 생고생만 했네, 그랴."

아낙네들은 목청도 크다. 그녀들의 목소리가 대합실 사방 벽을 쩽쩽 울리며 튕겨 다닌다. 그녀들은 눈에 길이 막혀 버스가 오지 못한다는 걸 늦게야 전해 듣고, 으레 지각하기 일쑤인 완행열차를 혹시나 탈 수 있을까 하고 역까지 허겁지겁 달려 나온 참이었다.

"어머, 안심하긴 아직 일러요. 혹시 누가 알아요. 기차도 와 봐야 오는가 부다 하지."

뚱뚱이 여자가 말했을 때 아낙네들은 문득 멀뚱한 얼굴로 그녀를 쳐다본다. 하지만 둘 중 누구도 그 말을 선뜻 받지 못한다. 눈부시게 흰 밍크 목도리와 값비싼 코트를 걸친 여자의 반질반질한 서울 말씨가 그녀들을 주저하게 했을 것이다. 무엇보다도 그녀가 난로 가까이 바로 그녀들의 코앞에 보란 듯이 펼쳐 놓은 손, 비록 과도한 영양 섭취 탓으로 뭉뚝하게 살이 쪄서 예쁘지

연통(煙筒/煙箭) 양철이나 슬레이트 따위로 둥글게 만든 굴뚝.
염(念) 무엇을 하려고 하는 생각이나 마음.
싸래기 '싸라기(빗방울이 갑자기 찬 바람을 만나 얼어 떨어지는 쌀알 같은 눈)'의 방언.

는 않지만 그래도 뽀얗게 살집이 고운 그 손가락에 훌륭한 보석 반지가, 그것도 두 개씩이나 둘러져 있는 것 때문에 아낙네들은 은근히 기가 질린다. 저여자는 구정물 통에 손 한 번 담가 보지 않고 사는 모양인갑네. 아낙네들은 불어 터진 오징어발처럼 볼품없이 아무렇게나 난로 위에 펼쳐 놓은 자기들 손이 문득 죄 없이 부끄럽다.

뚱뚱이 서울 여자는 눈치도 빠르다. 주위의 그런 분위기를 이내 간파해 내고 내심 우쭐한다. 그녀는 이제 얼었던 몸이 풀리고 나니 입이 심심해지기 시작한다. 하지만 시골 보따리장수 여편네들 따위와 얘기한다는 것은 자신의 품위에도 관계가 있을 것이므로 다른 마땅한 상대를 찾기 위해 고개를 휘둘러본다.

마침, 맞은편에 서 있는 바바리코트 아가씨에게 초점이 맞춰진다. 스물대여섯쯤. 화장이 짙은 편이고, 머리엔 노리끼한 물을 들였다. 얼굴은 제법 반반한 편이지만 어딘지 **불결감** 같은 게 숨어 있는 듯하다. 도시의 뒷골목, 어둡고 침침한 실내, 야하게 쏟아지는 빨간 불빛, 청승맞은 유행가 가락……. 그런 짤막한 인상들이 티브이 광고처럼 서울 여자의 시야에 잠깐씩 머무르다 사라진다.

틀림없어. 그렇고 그런 계집애로군.

아무리 눈가림을 해도 내 눈은 속일 수가 없지, 하고 뚱뚱이 서울 여자는 바바리 아가씨에 대한 까닭 없는 악의를 준비하며 확신하듯 중얼거린다.

바바리코트 처녀는 고개를 갸웃 숙인다. 처녀는 맞은편 중년 여자의 시선이 제게 따갑게 부어지고 있음을 느끼면서도 부러 모른 척한다.

흥, 지까짓 게 쳐다보면 어때.

처녀의 이름은 춘심이다. 그래, 춘심이가 내 이름이다. 어쩔래. 그녀는 은

불결감(不潔感) 어떤 사물이나 장소가 깨끗하지 아니하고 더럽다는 느낌.

근히 부아가 치민다. 도대체 사람들은 **뻔뻔스럽게** 왜 남을 찬찬히 훑어보는 개 같은 버르장머리를 갖고 있는지 모르겠다. 그녀는 다른 사람들이 자기를 쳐다보는 듯한 눈치가 뵈면 아주 딱 질색이다. 그것은 흡사 온몸을 하나하나 발가벗기는 것 같아서 불쾌하기 그지없다. 참 알 수 없는 일인 것이, 그녀는 어둠 속에서 혹은 빨간 살구 알 전등이 유혹하듯 은근한 불빛을 쏟아 내는 방 구석에서, 또는 취한 사내들과 **뚜덕뚜덕** 젓가락 장단을 맞춰 가며 뽕짝을 불 러 대는 술자리에서라면 누구 못지않은 용감한 여자인 것이다.

　부끄러움? 흥, 그 따위 잊은 지 **왕년**이다. 실오라기 같은 팬티 한 잎 걸치 고 홀랑 벗어젖힌 몸뚱이 하나만으로도 사내들 얼을 빼놓기쯤이야 그녀에게 식은 죽 먹기다. 춘심이. 적어도 신촌 바닥에서 민들레집 춘심이 하면 아직은 일류다. 하지만 그런 그녀가 대낮에 행길에 나서기만 하면 형편없는 겁쟁이 계집애가 되고 마는 거였다. 무슨 벌레 떼처럼 무수히 거리를 오가는 행인들 중에 민들레집 춘심이의 얼굴을 기억할 사람이라곤 좀체 없을 터인데도 그녀 는 언제나 고개를 쳐들기가 어려웠다. 벌써 삼 년째 되어 가는 이력에도 불구 하고 그 버릇은 여전히 떨어지지 않고 있었다.

　춘심이는 애써 고개를 **뻣뻣**이 세워 뚱뚱이 여자가 자기를 여전히 뻔뻔스레 훑고 있음을 확인한다. 이제 춘심이는 아까보다 훨씬 오만한 표정을 떠올리 며 무심한 척 난로의 불빛만 들여다보기로 한다.

　춘심이는 고향에 내려왔다가 서울로 다시 올라가는 길이다. 중학을 졸업하 고 나서 몇 년 빈둥거리다가 어느 날 밤 무작정 상경한 후로—그때도 바로 이 기차였다.— 삼 년 만에 처음 찾아온 고향 집이었다. 그래도 편지는 가끔 띄 웠다. 물론 이쪽 주소는 한 번도 알려 주지 않았다. 화장품 회사에 다닌다고

뚜덕뚜덕 　잘 울리지 않는 물체를 잇따라 조금 세게 두드리는 소리. 또는 그 모양.
왕년(往年) 　지나간 해.

전해 두긴 했지만 식구들이 꼭 믿는 눈치는 아니었다.

어쨌든 그녀의 귀향은 비교적 환영을 받은 셈이었다. 때 묻은 가방 하나만 꿰차고 줄행랑을 친 계집애가 완연한 멋쟁이 처녀로 변신해서 얼마의 돈과 식구들은 물론 친척 어른들 몫까지 옷가지며 자질구레한 선물들을 꾸려 갖고 나타났으니 그럴 법도 했다. 휴가를 틈타 내려온 걸로 된 그 닷새 동안, 오랜만에 그녀는 고향에서 어린 시절의 행복을 되찾은 기분이었다. 이름도 춘심이가 아니라, 예전의 옥자로 돌아왔다. 하지만 고무줄처럼 **느즈러진** 시골 생활이 조금씩 지겨워지기 시작했을 즈음, 알맞게도 닷새간의 옥자 역은 끝나 주었으므로 그녀는 다시 춘심이가 되기 위해 산골짜기 고향 집을 나선 거였다.

언니, 나도 언니 댕기는 회사에 취직 좀 시켜 주소잉.

그래, 염려 마. 내 서울 가서 연락해 줄게.

더러는 콧물을 찍어 내고 있는 식구들을 뒤로 한 채, 하이힐을 삐적거리며 **고샅**을 빠져나올 때 동생 옥분이가 쪼르르 뒤쫓아 나와 신신당부하던 일이 떠올라 춘심이는 혼자 쓴웃음을 짓는다.

미친년. 그 짓이 뭔지도 모르구…….

문득 가슴 한쪽이 싸아 아려 와서 그녀는 손수건을 꺼내어 핑 코를 푼다.

이윽고 멀리서 **기적** 소리가 울려왔다.

기차다. 온다. 행상꾼 아낙네들과 서울 여자가 맨 먼저 짐 꾸러미를 챙겨 들었고, 의자에 앉아 졸고 있는 노인을 황급히 흔들어 깨워 농부가 등에 업었다. 중년 사내와 창가에 혼자 서 있던 대학생도 천천히 몸을 돌려세운다. 미친 여자마저 그 소란 통에 부시시 일어났다.

느즈러지다 긴장이 풀려 느긋하게 되다.
고샅 시골 마을의 좁은 골목길. 또는 골목 사이.
기적(汽笛) 기차나 배 따위에서 증기를 내뿜는 힘으로 경적 소리를 내는 장치. 또는 그 소리.

그들이 문을 열어젖히고 플랫폼 쪽으로 바삐 몰려가고 있을 때 저편 어둠을 질러 오는 불빛을 확실히 볼 수 있었다. 하지만 뜻밖에 기차는 속도를 조금도 늦추지 않은 채로 그들을 지나쳐 가고 말았다. 유난히 밝은 기차 내부의 불빛과 승객들의 거뭇거뭇한 머리통 정도조차도 언뜻 분간하기 어려웠을 만큼 기차는 쏜살같이 반대쪽으로 내달려가 버렸다.

　　기차가 사라지고 난 뒤 **사위**는 다시금 고요해졌다. 눈발이 하염없이 쏟아지고 있을 뿐 모두가 아까 그대로 남아 있다. 달려 나왔던 사람들은 한참이나 어안이 벙벙하다. 방금 그들의 눈앞을 스쳐 지나간 것은 꿈속에서 본 휘황한 도깨비불이거나 난데없는 돌풍에 휩쓸려 날아가 버린 무슨 발광체였는지도 모른다. 그만큼 그것은 순식간에 일어난 일이었다.

　　기차가 스쳐 간 어둠 저편에서 손전등을 든 늙은 역장이 나타나 그것이 특급 열차라고 알려 주었을 때에야 사람들은 풀죽은 모습으로 대합실로 어기적어기적 되돌아왔다.

　　"나 원 참, 좋다가 말았구마이."

　　누군가 투덜댔다. 난로를 차지하고 둘러서서 한동안은 모두들 입을 봉하고 있다. 저마다 실망한 기색이다. 대학생은 아까처럼 창을 내다보고 있고 미친 여자는 의자에 멀뚱하게 앉아 있다.

　　조금 있으려니, 문이 열리며 역장이 **바께쓰**를 들고 나타난다. 바께스 속엔 톱밥이 가득 들어 있다.

　　"추위에 고생하십니다요."

　　농부가 얼른 인사를 차린다. 그에겐 제복을 입은 사람은 무조건 존경의 대상이 된다.

사위(四圍)　사방의 둘레.
바께쓰(baketsu)　한 손으로 들 수 있도록 손잡이를 단 통.

"뭘요. 그나저나 이거 죄송합니다. 기차가 자꾸 늦어지는군요."

눈이 오니까 그렇겠지라우, 하고 너그러운 소리를 농부가 또 덧붙인다.

역장은 난로 뚜껑을 열고 안을 살펴본다. 생각보다 톱밥이 꽤 남았다. 바께쓰를 기울여 톱밥을 반쯤 쏟아 넣은 다음 바께쓰는 다시 바닥에 내려놓는다. 역장은 돌아가지 않고 함께 이야기를 주고받기 시작한다. 그도 역시 **무료**했으리라.

눈 얘기, 지난 농사와 물가에 관한 얘기, 얼마 전 새로 갈린 면장과 머잖아 읍내에 생기게 된다는 종합 병원 이야기에 이르기까지 화제는 이어진다. 처음엔 역장과 농부가 **주연**이었지만 차츰 여자들도 끼어들게 된다. 그들 중 음울한 표정의 젊은 사내만이 끝내 입을 열지 않은 채로이다.

역장이 나타나는 바람에 자리가 더욱 좁아졌으므로, 중년 사내는 난로 가까이 놓아둔 자신의 작은 보퉁이를 한편으로 치워 놓는다. 보퉁이엔 한 **두름**의 굴비, 그리고 낡고 때 묻은 내복 따위 같은 사내의 옷가지가 들어 있을 뿐이다. 그것은 사내가 벽돌담 저쪽의 세상에서 가지고 나온 유일한 재산이다.

"선생은 향촌리에 사시우?"

늙은 역장이 곁의 중년 사내에게 묻는다.

"아, 아닙니다."

"그래요. 근데 무슨 일로……."

"누굴 찾아왔다가 그만 못 만나고 가는 길입지요."

"누굴 찾으시는데요. 어디 말씀해 보구려. 이 근처 삼십 리 안팎에 있는 동네라면 내가 얼추 다 아니까요. 허허."

"아, 아닙니다. 제가 주소를 잘못 알았었나 봅니다."

무료(無聊) 흥미 있는 일이 없어 심심하고 지루함.
주연(主演) 연극이나 영화에서 주인공 역을 맡아 연기하는 일. 또는 그렇게 하는 사람.
두름 조기 따위의 물고기를 짚으로 한 줄에 열 마리씩 두 줄로 엮은 것.

오, 그래요. 역장은 사내가 뭔가 말하기를 꺼려 한다는 느낌을 받았으므로 더 캐묻지 않는다.

톱밥 난로의 열기가 점점 강하게 퍼져 오르고 있다. 역장은 난로의 뚜껑을 닫고 나서 한산도를 꺼내 사내와 농부에게 권한다. 그들은 담배를 피우기 시작한다.

사내는 기차를 타기 전, 서울역 앞에서 그 굴비 한 두름을 샀다. 언젠가 감방에서 허 씨가 흰 쌀밥에 잘 구운 굴비를 먹고 싶다고 말한 적이 있었기 때문인지도 모른다. 비록 허 씨 자신은 먹을 수 없겠지만, 홀로 산다는 허 씨의 칠순 노모에게 빈손으로 찾아갈 수는 없을 것이라는 생각에 역 광장의 행상꾼에게서 한 두름을 샀다. 그리고 밤 내내 완행열차를 타고 이날 새벽 사평역에서 내려 허 씨가 일러준 대로 그 조그마한 산골 마을을 찾아들었던 것이다.

하지만 허 씨의 노모는 이미 만날 수가 없었다. 죽어 묻힌 지가 오 년도 넘었다고 했다. 노모가 죽은 이듬해, 허 씨의 형도 **식솔**들을 데리고 훌훌 마을을 떴고, 그 후 그들의 소식은 영영 끊어졌다는 거였다.

그 말을 전해 듣는 순간 사내는 **사지**의 힘이 일시에 빠져나가는 듯한 허탈감을 맛보았다. 어느덧 **초로**에 접어든 허 씨의 쓸쓸한 모습이 눈앞에 선히 떠올랐다. 노모의 죽음조차 모르고 비좁은 벽돌담 안에 갇힌 채 다만 다른 사람들의 것일 따름인 그 숱한 계절들을 맞고 보내다가, 어느 날인가는 푸른 옷에 싸여 죽음을 맞아야 할 한 늙고 병든 무기수의 얼굴이 사내의 발길을 차마 돌릴 수 없도록 만드는 거였다. 등 뒤에 두고 돌아서려니, 사내는 그 마을이 바로 자기의 고향인 듯한 느낌이 들었다. 그의 고향은 본디 이북이었지만 피란 통에 가족들과 헤어져 집도 부모도 없이 떠돌아다니며 커 왔던 것이었다.

식솔(食率) 한집안에 딸린 구성원.
사지(四肢) 사람의 두 팔과 두 다리를 통틀어 이르는 말.
초로(初老) 노년에 접어드는 나이. 또는 그런 사람.

하염없이 눈송이만 펑펑 쏟아지는 산길을 걸어 나오며 사내는 자꾸만 발을 헛디뎠다. 문득 되돌아보면 멀리 산골 초가의 굴뚝에선 저녁 짓는 연기가 은은히 피어오르고 있었다. 눈 내리는 산자락에 고요히 묻혀 가는 저녁 무렵의 산골 풍경은 눈물겹도록 평화스러워 보였다.

이보쇼, 허 씨. 당신이나 나는 이젠 매양 마찬가지구료. 피차 어디 찾아갈 곳 하나 없어졌으니 말이오. 하지만 그래도 당신은 나보다야 낫소. 그 속에 있으면 애써 고향을 찾아 나설 수도, 또 그래야 할 필요도 없을 테니까 말이외다. 허허허. 그나저나 난 도대체 이제부터 어디로 가야 한다는 말이오.

사내는 휘적휘적 눈길을 헤쳐 내려오며 몇 번이나 그렇게 **넋두리**를 했다.

역장은 시계를 본다. 아홉 시 반. 이거 너무 늦는걸. 그러다가 역장은 저만치 창가에서 서성이고 있는 청년을 새삼 발견한다.

청년은 벽에 붙은 지명 수배자 포스터를 들여다보고 있는 참이다. 포스터엔 스무 명 남짓, 지극히 평범하게 생긴 한국 사람들의 얼굴이 적혀 있고 그 밑에 성명, 나이, 범행 내용, **인상착의** 따위가 기록되어 있다. 그중 몇은 '검거'라고 쓰인 붉은 도장이 쿵쿵 박혀 있다. 수배자들의 사진 가운데엔 대학생이 아는 얼굴도 하나 끼여 있다. 그는 청년의 선배이다. 시위를 주동한 혐의로 선배는 몇 달 전부터 수배되어 있는 중이다. 청년은 지금 그 선배의 사진과 무슨 얘기라도 나누는 양 골똘히 마주 대하고 있다. 바로 그때 역장이 청년을 불렀으므로 청년은 적이 놀란 모양이다.

"이봐요, 젊은이. 추운데 거기 있지 말고 이리 와서 불 좀 쬐구려."

청년은 우물쭈물하더니 이윽고 난로 쪽으로 걸어온다. 그리고 역장에게 꾸벅 고개를 숙인다.

넋두리 불만을 길게 늘어놓으며 하소연하는 말.
인상착의(人相着衣) 사람의 생김새와 옷차림.

"누구……더라."

역장은 의외라는 표정이다. 청년의 얼굴이 금방 기억나지 않는다.

"저, 역장님은 잘 모르실 거예요. 고등학교 때 통학하면서 줄곧 뵈었는데……. 재 너머 오동삼 씨가 제……."

"아아, 이제야 알겠네. 자네가 바로 오 씨 큰아들이구먼. 지금 대학에 다닌다면서, 그렇지?"

"예……."

"맞아. 작년 여름에 내려왔을 때도 봤었지. 그래, 방학이라서 집에 왔구먼."

"예……."

역장은 청년을 새삼 믿음직스러운 듯 바라본다. 역장은 그를 기억해 낼 수 있다. 어릴 때부터 남달리 성실하고 착한 학생 같았다. 여느 애들과는 다르게 생각이 많아 뵀고 늘 손에 책이 들려 있는 것도 대견스러웠다. 그러기에 청년이 인근 마을에선 유일하게 도회지의 국립 대학에 합격했다는 소문을 들었을 때, 그게 우연이 아니라고 여겼던 것이다.

"아믄, 공부 열심히 해서 성공해야지. 뒷바라지하시느라 촌구석에서 뼈 빠지게 고생하시는 부모님 호강도 시켜 드리고, 고향에 좋은 일도 많이 해야 하네. 알겠는가."

"예……."

역장이 어깨를 툭툭 두드려 주며 격려했고, 청년은 고개를 떨어뜨린 채 희미한 대답을 한다.

불현듯 청년의 뇌리엔 아버지의 얼굴이 떠오른다. 소나무 **등걸**처럼 투부룩한 아버지의 손. 그 손으로 아버지는 평생을 논밭만 일구며 살아왔다. 아버지의 꿈은 판사 아들을 두는 거였다. 그렇게만 된다면 내일 죽어도 한이 없노라

등걸 줄기를 잘라 낸 나무의 밑동.

고, 젊은 시절을 남의 집 머슴으로 전전했던 가난한 아버지는 대학생이 된 아들 앞에서 주먹을 불끈 쥐어 보이곤 하던 거였다.

청년에겐 동생이 다섯이나 있었다. 모두가 국민학교만 겨우 마쳤거나 아직 다니고 있는 중이었다. 청년은 그의 집의 유일한 희망이었고, 어김없이 찾아올 밝아 오는 새벽이었다. 그런 부모와 형제들 앞에서 끝내 퇴학당했다는 말을 꺼낼 수가 없었다. 언젠가 여름에 자기도 그냥 집에 내려와 농사나 짓는 게 어떻겠느냐고 한마디 건넸다가 그만 **노발대발한** 아버지에게 용서를 비느라 혼쭐이 난 적도 있었다. 결국 아무런 얘기도 꺼내 보지 못하고 이젠 누구 하나 찾아갈 사람도 없는 그 거대한 도시를 향해 집을 나섰을 때 청년은 하마터면 울음을 터뜨릴 뻔하였다.

자. 이거 받으라이. 느그 아부지가 준 돈은 책값하고 하숙비 빼면 니 쓸 것도 부족할 꺼이다. 괜찮다이. 내, 그동안 몰래 너 오면 줄라고 모아 둔 돈이니께. 달걀도 모았다가 팔고 동네 밭일 해 주고 품삯 받은 거이다. 아무쪼록 애껴 쓰면서. 공부도 좋재만 항상 몸을 살펴야 쓴다이.

동구 밖까지 따라 나온 어머니는 꾸깃꾸깃 때에 전 돈을 억지로 손에 쥐여 주었다. 어머니와 동생들은 마른버짐이 허옇게 핀 얼굴로 그가 고개를 꼬박 넘어설 때까지 손을 흔들고 있었다.

흥, 대학생? 그까짓 대학생이 무슨 별거라구…….

춘심이는 역장과 청년의 대화를 들으며 입을 비쭉인다.

춘심이가 벌써 삼 년이나 몸 비비고 사는 민들레집 근방 일대엔 서너 개의 대학이 몰려 있었으므로 허구한 날 보는 게 대학생이었다. 그 녀석들은 덜렁대며 책가방을 들고 다니긴 하지만 대체 언제 공부를 하는 줄 모르겠다고 그녀는 늘 의아해했다. 아침이면 교문으로 엄청난 수가 떼를 지어 몰려 들어갔

노발대발하다 몹시 노하여 펄펄 뛰며 성을 내다.

고, 어쩌다 교문 앞을 지나치다 보면 거의 날마다 무슨 운동회다 축제 행사다 해서 교정이 뻑적지근하도록 시끄러웠다. 게다가 삐끗하면 데모다 시위다 하여 죄 없는 부근 주민들까지 매운 냄새를 맡게 만들었기 때문에 번번이 장사에 지장도 많았다. 하필 학교 정문으로 통하는 네거리 길목에 자리 잡은 민들레집으로서는 데모가 터졌다 하면 그날 장사는 종을 쳤다. 그런 날은 일찌감치 문 닫고 그녀들은 옥상으로 올라가 한여름에도 신라 시대 장군들처럼 투구에다 갑옷 차림으로 학교 문 앞을 겹겹이 막고 도열해 있는 사람들을 재미나게 구경하는 거였다.

하교 시간이면 술집들이 뺵뺵하게 들어차기 시작했다. 무슨 뼈 빠지는 막노동이라도 종일 하고 온 사람처럼 열나게 술을 퍼마시는 녀석들, 알아듣지도 못할 골치 아픈 얘기 따위나 해 대며 괜스레 진지한 척 애쓰는 배부른 녀석들. 그것이 춘심이네가 생각하는 대학생들이었다. 그러다가 그들은 자정이 넘어서야 **곤드레**가 되어 더러는 민들레집을 찾아 기어들어 오기도 했는데, 가끔 술값이 모자라 이튿날 아침이면 가방을 잡혀 두고 허겁지겁 돈 구하러 뛰어나가는 얼빠진 녀석들도 있었다.

그러나 아무리 입을 비쭉여 대긴 해도 대학생은 역시 부러운 존재였다. 그들은 모두 머잖아 도심지의 고층 빌딩을 넥타이 차림으로 오르락내리락할 것이고, 유식하고 잘난 상대를 만나 그럴싸한 신혼살림에 그럴싸하게 살아갈 것이라는 빤한 사실 때문인지도 모른다. 언젠가 춘심이는 민들레집 계집애들과 함께 일이 없는 오후에 근처 대학교로 놀러 갔다. 그러나 그녀들은 교문에 들어서기도 전에 수위한테 내쫓김을 당했다. 씨발, 여대생은 얼굴에 무슨 금딱지라도 붙이고 다닌다던. 춘심이는 홧김에 씹고 있던 껌을 교문 돌기둥에 꾹꾹 눌러 붙여 놓고 왔다.

곤드레 술이나 잠에 몹시 취하여 정신을 차리지 못하고 몸을 못 가누는 모양.

쿨룩쿨룩.

노인이 기침을 시작한다. 농부는 노인의 가슴을 크고 볼품없는 손으로 문질러 준다. 난로가 달아오르고 있다. 훈훈한 열기가 주위에 서 있는 사람들의 몸을 기분 좋게 적신다.

남자들이 담배를 피우는 모습을 보고 있으려니 여자들은 문득 입안이 허전한가 보다. 아낙네 하나가 보따리에 손을 집어넣고 무엇인가를 찾고 있다. 이윽고 아낙의 손 끝에 북어 두 마리가 따라 나온다. 그녀는 그걸 대뜸 난로 위에 얹어 굽더니 북북 찢어 내어 사람들에게 골고루 나누어 준다.

"벤벤찮으요만 잡숴들 보실라요. 입이 궁금할 때는 이것도 맛이 괜찮합디다."

"고맙긴 하오만, 이렇게 먹어 버리면 뭐 남기나 하겠소?"

역장이 한 조각 받아 들며 말한다.

"밑질 때 밑지드라도 먹고 싶을 때는 먹어야지라우. 거시기, 금강산도 식후경이라 안 합디여. 히히히."

아낙은 제법 유식한 말을 했다는 생각에 스스로 대견해서 익살맞게 이빨을 드러내고 웃는다.

농부와 대학생과 춘심이도 한 오라기씩 입에 넣고 우물거리고 있다. 뚱뚱이 서울 여자는 마지못한 시늉으로 그걸 받더니, 행여 더러운 것이라도 묻지 않았나 싶은 듯 손가락 끝으로 요모조모 뜯어보다가 입에 넣었다. 그녀는 여전히 마지못한 표정을 짓고 있었지만 속으로는 그게 생긴 것보다는 맛이 괜찮다고 생각한다. 그러고 보니 그녀는 저녁을 거른 채로였다.

"북어를 팔러 다니시는가 부죠."

뚱뚱이 여자는 북어 얻어먹은 걸 반지르르한 서울말로 갚아야겠다는 속셈이다.

"북어뿐 아니라 김, 멸치, 미역 같은 해산물도 갖고 다녀라우. 산골이라 해

산물이 귀해서 그런지 사평에 오면 그런대로 사 주는 편입니다."

"저쪽 아주머니두요? 보따리가 꽤 커 보이는데."

"아니라우. 나는 옷장사요. 정초도 가까워 오고 해서 애들 옷가지랑 노인네 솜바지 같은 걸 조까 많이 떼어 와 봤등만, 이번엔 영 재미를 못 봤소야. 삼 사 일 전에 다른 옷장사가 먼저 들러 갔다고 그럽디다. 오가는 차비 빠지기도 힘들게 돼 부렀는갑소."

"아따, 성님도 엄살은. 그만큼 팔았으면 됐지, 손해는 무슨 손해요."

젊은 아낙은 북어 두 마리를 더 꺼내어 난로에 얹으며 호들갑을 떤다.

"근데 여기 기차도 다 틀린 건 아닌지 모르겠네. 어떡하믄 좋지. 이눔의 시골 바닥엔 여관 하나도 안 보이던데, 쯧."

서울 여자가 코를 찡그린다.

"누구, 아는 사람을 찾아오신 게 아닌갑네요?"

젊은 아낙이 퍽 호의를 보이며 묻는다.

"아는 사람이 누가 있겠수. 이런 두메산골은 눈 째지고 나서 첨 와 봤다구요. 말만 들었지, 종이쪽지 하나 들구 찾아와 보니깐 이거 원. 이게 모두가 다 그……"

모두가 다 그 몹쓸 년 때문이지 뭐야, 하려다가 서울 여자는 입을 오므리고 만다. 단무지같이 누렇게 뜬 사평댁의 낯빛이 눈에 선하게 떠오른 까닭이다.

뚱뚱이 여자는 이날 아침 버스로 사평에 도착했다. 하지만 사평댁이 사는 마을은 고개를 둘이나 넘어야 하는 산골짜기에 있었다. 커다란 몸집을 절구통 옮기듯 씩씩거리며 두어 시간이나 걸려 마을에 다다랐을 때는 점심나절이 한참 넘어서였다.

그녀는 사평댁을 만나면 머리채부터 휘어잡고 그동안 쌓인 분풀이를 톡톡히 할 참으로 벼르고 있었다. 그녀는 서울에서 음식점을 하나 갖고 있었는데 몇 달 전만 해도 사평댁은 주방에서 일을 했다. 갓 서른이 넘은 나이에 성깔도 고와 뵈고 믿을 수 있을 것 같아서 그녀는 남다른 신뢰와 애정을 베풀어 주었노라고 지금도 자부하고 있는 터였다. 한데, 믿는 뭣에 뭐가 핀다더니 바로 그 사평댁에게 가게를 맡기고 단풍놀이를 갔다가 돌아와 보니 사평댁은 돈을 챙겨 넣은 채 온다 간다 말도 없이 사라져 버리고 없던 거였다. 이상한 건 금고에 돈이 더 있었는데도 없어진 것은 다만 삼십여 만 원 정도였다. 하지만 그녀가 분해하는 것은 없어진 돈 때문만은 아니었다. 세상이 아무리 막되었기로소니 친언니보다도 더 극진히 믿고 위해 주었던 은혜를 사평댁이 감쪽같이 배신했다는 사실이 더욱 분했다. 처음엔 그저 잊어버리고 말지, 했으나 생각하면 할수록 부아가 치밀어 올라 급기야는 어설픈 기억을 더듬어 사평댁의 고향으로 이날 쫓아 내려온 거였다.

사평댁이 살고 있는 마을은 지독한 **빈촌**이었다. 겨우 이십여 호 남짓한 흙벽돌집들은 대부분이 초가였고, 한결같이 금방이라도 귀신이 나올 듯한 험상맞은 꼬락서니를 하고 있었다. 산비탈 여기저기에 밭을 일구어 간신히 입에 풀칠이나 하고 살아가는 **화전민** 촌이라는 사실을 첫눈에 쉽사리 알 수 있었다.

세상에, 이눔의 동네는 그 요란한 새마을 운동인가 뭔가도 여태 구경 못했담.

발 디딜 자리 없이 쇠똥이 지천으로 내갈겨진 고샅을 더듬어 올라가며 그녀는 내내 오만상을 구겨야 했다. 엄청나게 큰 아가리를 벌리고 있는 똥통이며 두엄 더미, 그리고 어쩌다 마주치는 시골 사람들의 몰골은 하나같이 수세미처럼 거칠고 쭈그러져 있었다.

금방 주저앉을 듯한 초가 **사립**을 들어섰을 때 그녀는 이미 그때까지 등등

빈촌(貧村) 가난한 사람들이 사는 마을.
화전민(火田民) 화전을 일구어 농사를 짓는 사람.
사립 사립짝을 달아서 만든 문.

하던 기세가 사그라져 버리고 없었다. 기척을 들었는지 누구요, 하고 방문을
연 것은 바로 사평댁이었다. 순간 그녀를 보자마자 사평댁은 그 자리에서 풀
썩 주저앉고 마는 거였다. 처음에 그녀는 송장같이 핼쑥한 그 여자가 바로 사
평댁이라는 사실을 깨닫지 못했다. 그만큼 사평댁은 오랜 병석(病席)의 기색
이 완연했다.

에그머니나. 이게 무슨 꼴이야. 곱던 얼굴이 세상에 이렇게 못쓰게 될 수가
있담. 아니, 정말 네가 사평댁이 틀림없니, 틀림없어?

머리채를 박박 쥐뜯어 놓겠다고 벼르던 일은 까맣게 잊고 뚱뚱이 여자는
사평댁의 허깨비 같은 몸뚱이를 부둥켜안고 안타까워 어쩔 줄을 몰랐다. 속
사정이야 제쳐 두고 우선 두 여자는 한참 동안 울음보를 풀었다. 서울 여자는
일찍이 젊어 과부가 된 제 팔자가 새삼 서러웠을 테고, 송장같이 말라빠진 사
평댁 또한 기구한 제 설움에 겨워 눈물을 쭐쭐 쏟아 내었다.

한바탕 소란이 끝나고 차츰 그간의 **경위**를 들어 보니 사평댁의 소행이 이해
가 갈 만도 했다. 본디 사평댁은 결혼 후 그 마을에서 죽 살아왔노라고 했다.
주정뱅이에다가 노름꾼인 건달 남편과의 사이에 아이 둘을 낳았으나, 갈수록
심해지는 남편의 손찌검에 못 견뎌 집을 나온 거였다. 물론 그런 사실을 사평
댁은 까맣게 숨기고 있었다. 그런 어느 날 식당에 우연히 들어온 고향 사람을
만났고, 그에게서 지난겨울 술 취한 남편이 밤길 눈밭에서 얼어 죽었다는 소
식을 들었다. 부모 없이 거지 신세가 되어 이 집 저 집에 맡겨져 있다는 아이
들을 생각하니 한시도 머물러 있을 수가 없었노라고 사평댁은 울먹이며 자초
지종을 털어놓았다. 그러고 보니 방 한쪽 구석에는 사평댁의 아이들이 눈이
휘둥그레져서 그녀들을 쳐다보고 있었다. 머리통은 부스럼 딱지로 **더껑이**가

경위(經緯) 일이 진행되어 온 과정.
더껑이 걸쭉한 액체의 거죽에 엉겨 굳거나 말라서 생긴 꺼풀.

져 있고 영양실조로 낯빛이 **눌눌한** 아이들은 유난히 배만 불쑥 튀어나온 기이한 모습들이었다. 다시 한바탕 설움에 겨운 넋두리를 퍼붓다가 뚱뚱이 여자는 몸에 지닌 몇 푼의 돈까지 쓸어 모아 한사코 마다하는 사평댁의 손에 쥐여 준 채 황황히 그 집을 나오고 말았다.

젠장맞을, 하여간 나는 정이 많은 게 탈이라구. 그 꼴을 하고 있는 줄 알았으면 애당초 여기까지 찾아오지도 않았을 거 아냐. 쯔쯔쯔.

서울 여자는 분풀이라도 하듯 북어를 어금니로 쭉 찢어서 씹기 시작한다.

짧은 순간, 사람들은 모두 바깥의 어둠에 귀를 모은다. 분명히 기적 소리다.

야아, 오는구나.

저마다 눈빛을 빛내며 그들은 서둘러 짐 꾸러미를 찾아 들고 플랫폼을 향해 종종걸음을 친다. 그러나 맨 앞장선 서울 여자가 유리문에 미처 다다르기도 전에 문이 드르륵 열리며 역장이 나타났다.

"그대로들 계십시오. 저건 특급 열찹니다."

그렇게 말하고 역장은 문을 다시 닫더니 플랫폼으로 바삐 사라진다.

참, 그러고 보니 저건 하행선이구나. 대합실 안의 사람들은 일시에 맥이 빠진다. 이번에도 특급이야? 뚱뚱이는 짜증스레 내뱉었고 아낙네들은 욕지거리를 섞어 가며 툴툴대었으며, 노인은 더 심하게 기침을 콜록거렸고, 농부는 이번엔 늙은이의 가슴을 쓸어 줄 생각을 하지 못했다. 중년 사내와 청년도 말없이 난로가로 되돌아갔고 맨 뒤로 몇 발짝 따라 나왔던 미친 여자는 쭈뼛쭈뼛 눈치를 살피며 도로 의자 위에 엉덩이를 주저앉힌다.

그사이, 열차는 쿵쾅거리며 플랫폼을 통과하고 있다. 차 내부의 불빛과 승객들의 미라 같은 형상들이 꿈속에서 보듯 현란한 흔적으로 반짝이다가 이내

눌눌하다 털이나 풀 따위의 빛깔이 누르스름하다.

사라져 버리고 말았다. 사위는 아까처럼 다시금 고요해졌고, 창밖으로 칠흑의 어둠이 잽싸게 제자리를 찾아 들어온다. 열차가 사라진 어둠 저편에서 늙은 역장의 손전등 불빛이 휘적휘적 걸어오고 있는 게 보인다. 그 모든 것이 아까와 똑같이 반복되고 있는 것이다.

대학생은 방금 눈앞에 나타났다가 사라진 열차의 불빛이 아직 자신의 망막에 남아 있는 듯한 느낌이다. 그것은 어느 찰나에 피어올랐다가 소리 없이 스러져 버린 눈물겨운 아름다움 같은 거였다고 청년은 생각한다. 어디일까. 단풍잎 같은 차창들을 달고 밤 열차는 또 어디로 흘러가고 있는 것일까. 그것이 마지막 가 닿는 곳은 어디쯤일까. 그런 뜻 없는 질문을 홀로 던지며 청년은 깊숙이 가라앉은 시선을 창밖 어둠을 향해 던지고 있다.

사람들은 누구도 입을 열지 않는다. 대합실 벽에 붙은 시계가 도착 시간을 한 시간 반이나 넘긴 채 꾸준히 재깍거리고 있었지만 누구 하나 눈여겨보는 사람은 없다. 창밖엔 싸륵싸륵 송이눈이 쌓여 가고 유리창마다 흰보랏빛 **성에**가 톱밥 난로의 불빛을 은은하게 되비추어 내고 있을 뿐.

사람들은 약속이나 한 듯 말을 잊었다. 어쩌면 그들은 열차를 기다리고 있다는 사실조차 망각하고 있는 것인지도 모른다. 중년 사내는 담배를 입에 문 채 성냥불을 댕기려다 말고 멍하니 난로의 불빛을 들여다보고 있다. 노인을 안고 있는 농부도, 대학생도, 쭈그려 앉은 아낙네들도, 서울 여자도, 머플러를 쓴 춘심이도 저마다의 손바닥들을 불빛 속에 적셔 두고 망연한 시선을 난로 위에 모은 채 모두들 아무 말도 하지 않았다. 저만치 홀로 떨어져 앉아 있는 미친 여자도 지금은 석고상으로 고요히 정지해 있다. 이따금 노인의 기침 소리가 났고, 난로 속에서 톱밥이 톡톡 튀어 올랐다.

"흐유, 산다는 게 대체 뭣이간디……."

성에 기온이 영하일 때 유리나 벽 따위에 수증기가 허옇게 얼어붙은 서릿발.

불현듯 누군가 나직이 내뱉었다.

그러자 사람들은 그 말꼬리를 붙잡고 저마다 곰곰이 생각해 보기 시작한다. 정말이지 산다는 게 도대체 무엇일까…….

중년 사내에겐 산다는 일이 그저 벽돌담 같은 것이라고 여겨진다. 햇볕도 바람도 흘러들지 않는 폐쇄된 공간. 그곳엔 시간마저도 아무런 흔적을 남기지 않는다. 마치 이 작은 산골 간이역을 빠른 속도로 무심히 지나쳐 가 버리는 특급 열차처럼……. 사내는 그 열차를 세울 수도 탈 수도 없다는 것을 잘 알고 있다. 그러면서도 여전히 기다릴 도리밖에 없다는 것, 그것이 바로 앞으로 남겨진 자기 몫의 삶이라고 사내는 생각한다.

농부의 생각엔 삶이란 그저 누가 뭐래도 흙과 일뿐이다. 계절도 없이 쳇바퀴로 이어지는 노동. **농한기**라는 겨울철마저도 **융자금** 상환과 농약값이며 비료값으로부터 시작하여 중학교에 보낸 큰아들 놈의 학비에 이르기까지 이런저런 걱정만 하다가 보내고 마는 한숨 철이 되고 만 지도 오래였다. 삶이란 필시 등뼈가 휘도록 일하고 근심하다가 끝내는 늙고 병들어 죽는 것이리라고 여겨졌으므로, 드디어 어려운 문제를 풀어냈다는 듯이 농부는 한숨을 길게 내쉰다.

서울 여자에겐 돈이다. 그녀가 경영하고 있는 음식점 출입문을 들어서는 사람들은 모조리 그녀에겐 돈으로 뵌다. 어서 오세요. 입에 붙은 인사도 알고 보면 손님에게가 아니라 돈에게 하는 말일 게다. 그래서 뚱뚱이 여자는 식사를 마치고 나가는 손님들에게 결코 안녕히 가세요, 라는 말은 쓰지 않는다. 또 오세요다.

그녀는 가난을 안다. 미친 듯 돈을 벌어서, 가랑이를 찢어 내던 어린 시절

농한기(農閑期) 농사일이 바쁘지 아니하여 겨를이 많은 때.
융자금(融資金) 금융 기관에서 융통하는 돈.

의 배고픈 기억을 보란 듯이 보상받고 싶은 게 그녀의 욕심이다. 물론 남자 없이 혼자 지새워야 하는 밤이 그녀의 부대자루 같은 살덩이를 이따금 서럽게 만들기도 한다. 하지만 그녀는 두 아들을 끔찍이 사랑했다. 소중한 두 아들과 또 그들을 행복하게 만드는 데에 쓰일 돈, 그 두 가지만 있으면 과부인 그녀의 삶은 그런대로 만족할 것도 같다.

춘심이는 애당초 그런 골치 아픈 얘기는 생각하기도 싫어진다. 산다는 게 뭐 별것일까. 아무리 허덕이며 몸부림을 쳐 본들, 까짓것 혀 꼬부라진 소리로 불러 대는 청승맞은 유행가 가락이나 술 취해 두들기는 젓가락 장단과 매양 한가지일걸 뭐. 그래서 춘심이는 술이 좋다. 아무것도 생각나지 않게 해 주는 술님이 고맙다. 그래도 춘심이는 취하면 때로 울기도 하는데 그 까닭이야말로 춘심이도 모를 일이다.

대학생에겐 삶은 이 세상과 구별할 수 없는 그 무엇이다. 스물셋의 나이인 그에게는 세상 돌아가는 **내력**을 모르고, 아니 모른 척하고 산다는 것은 절대로 용서할 수 없다. 그런 삶은 잠이다. 마취 상태에 빠져 흘려보내는 시간일 뿐이라고 청년은 믿고 있다. 하지만 그는 얼마 전부터 그런 확신이 조금씩 흔들리기 시작하는 걸 느끼고 있다. 유치장에서 보낸 한 달 남짓한 기억과 퇴학. 끓어오르는 그들의 신념과는 아랑곳없이 이루어지고 있는 강의실 밖의 질서……. 그런 것들이 자꾸만 청년의 시야를 어지럽히고 혼란을 일으키고 있는 중이다.

행상꾼 아낙네들은 산다는 일이 이를테면 **허허한** 길바닥만 같다. 아니면, 꼭두새벽부터 장사치들이 떼로 엉켜 아우성치는 시장에서 허겁지겁 보따리를 꾸려 나와, 때로는 시골 장터로 혹은 인적 뜸한 산골 마을로 돌아다니며

내력(來歷)　지금까지 지내온 경로나 경력.
허허하다(虛虛--)　텅 비어 있다. 매우 허전하다.

역시 자기네 처지보다 나을 것이라곤 눈곱만큼도 없는 시골 사람들 앞에서 거짓말 참말 다 발라 가며 펼쳐 놓는 그 싸구려 옷가지 같은 것인지도 모른다. 어쨌든 그녀들에겐 그따위 사치스러운 문제를 따지고 말고 할 능력도 건덕지도 없다. 지금 아낙네들의 머릿속엔 아이들에게 맡겨 둔 채로 떠나온 집 생각으로 가득 차 있다. 어린것들이 밥이나 제때에 해 먹었을까. 연탄불은 꺼지지 않았을까. 며칠째 일거리가 없어 빈둥대고 있는 십 년 노가다 경력의 남편이 또 술에 취해서 집구석에 법석을 피워 놓진 않았을까……

그러는 사이에도, 밖은 간간이 어둠 저편으로부터 바람이 불어 왔고, 그때마다 창문이 딸그락거렸다. 전신주 끝을 물고 윙윙대는 바람 소리, 싸륵싸륵 눈발이 흩날리는 소리, 난로에서 톡톡 튀어 오르는 톱밥. 그런 크고 작은 소리들이 **간헐적**으로 토해 내는 늙은이의 기침 소리와 함께 대합실 안을 채우고 있을 뿐, 사람들은 각기 골똘한 얼굴로 생각에 빠져 있다.

대학생은 문득 고개를 들어 말없이 모여 있는 그들의 얼굴을 하나하나 눈여겨본다. 모두의 뺨이 불빛에 발갛게 상기되어 있다. 청년은 처음으로 그 낯선 사람들의 얼굴에서 어떤 아늑함이랄까 평화스러움을 찾아내고는 새삼 놀라고 있다. 정말이지 산다는 것이란 때로는 저렇듯 한 두름의 굴비, 한 광주리의 사과를 만지작거리며 귀향하는 기분으로 침묵해야 하는 것인지도 모른다.

청년은 무릎을 굽혀 바께쓰 안에서 톱밥 한 줌을 집어 든다. 그리고 그것을 난로의 불빛 속에 가만히 뿌려 넣어 본다. 호르르르. **삐비꽃**이 피어나듯 주황색 불꽃이 타오르다가 이내 사그라져 들고 만다. 청년은 그 짧은 순간의 불빛 속에서 누군가의 얼굴을 본 것 같다. 어머니다. 어머니가 주름진 얼굴로 활짝 웃고 있었다.

간헐적(間歇的) 얼마 동안의 시간 간격을 두고 되풀이하여 일어나는 것.
삐비꽃 삘기(띠의 어린 꽃이삭)의 방언.

다시 한 줌 집어넣는다. 이번엔 아버지와 동생들의 모습이 보였다. 또 한 줌을 조금 천천히 흩뿌려 넣는다. 친구들과 노교수의 얼굴, 그리고 강의실의 빈 의자들과 잔디밭과 교정의 풍경이 차례로 떠오르기 시작한다.

음울한 표정의 중년 사내는 대학생이 아까부터 톱밥을 뿌려 대고 있는 모습을 곁에서 줄곧 지켜보고 있는 참이다. 대학생의 얼굴은 줄곧 상기되어 있다.

이 젊은 친구가 어쩌면 꿈을 꾸고 있는지도 모르겠군. 그러면서도 사내 역시 톱밥을 한 줌 집어낸다. 그러고는 대학생이 하듯 달아오른 난로에 톱밥을 뿌려 준다. 호르르르. 역시 삐비꽃 같은 불꽃이 환히 피어오른다. 사내는 불빛 속에서 누군가의 얼굴을 얼핏 본 듯하다. 허 씨 같기도 하고 전혀 낯모르는 다른 사람인 것도 같은, 확실치 않은 얼굴이었다. 사내의 음울한 눈동자가 간절한 그리움으로 반짝 빛나기 시작한다. 사내는 다시 한 줌의 톱밥을 집어 불빛 속에 던져 넣고 있다.

어느새 농부도, 아낙네들도, 서울 여자와 춘심이도 이젠 모두 그 두 사람의 **치기** 어린 장난을 지켜보고 있다. 누구도 입을 열지 않았다.

사평역을 경유하는 야간 완행열차는 두 시간을 연착한 후에야 도착했다.

막상 열차가 도착했을 때, 대합실에서 그때까지 기다리고 있던 승객들은 반가움보다는 차라리 피곤함과 허탈감에 젖은 모습으로 열차에 올라탔다. 늙은 역장은 하얗게 눈을 맞으며 깃발을 흔들어 출발 신호를 보냈고, 이어 열차는 천천히 미끄러져 가기 시작했다. 얼핏, 누군가가 아직 들어가지 않고 열차 난간에 기대어 서 있는 게 보였다. 역장은 그 사람이 재 너머 오 씨 큰아들임을 알았다. 고개를 반쯤 숙인 채 난간 손잡이에 위태로운 자세로 기대어 있는 청년의 모습이 역장은 왠지 마음에 걸렸다. 이내 열차는 어둠 속으로 길게 기

치기(稚氣) 어리고 유치한 기분이나 감정.

적을 남기며 사라져 버렸다.

한동안 열차가 달려가 버린 어둠 저편을 망연히 응시하고 서 있던 늙은 역장은 옷에 금방 수북이 쌓인 눈을 털어 내며 대합실로 들어섰다. 난로를 꺼야 하기 때문이었다. 거기서 역장은 뜻밖에도 아직 기차를 타지 않고 남아 있는 한 사람을 발견했다. 미친 여자였다. 지금껏 난로 곁에 가지 않았던 유일한 사람이었던 그녀는 이제 난로를 독차지한 채, 아까 병든 늙은이가 앉았던 의자에 비스듬히 앉아 잠들어 있었다.

그녀의 집이 어디며, 또 어디서 왔는지 역장은 전혀 모른다. 다만 이따금 그녀가 이 마을을 찾아왔다가는 열차를 타고 떠나곤 했다는 정도만 기억할 뿐이었다. 오늘은 왜 이 여자가 다른 사람들을 따라 열차를 타지 않았을까 하고 역장은 의아하게 생각했다. 아마 그 여자에겐 갈 곳이 없었을지도 모른다. 그녀에게 있어서 출발이란 것은 이 하룻밤, 아니 단 몇 분 동안이나마 홀로 누릴 수 있는 난로의 따뜻한 불기만큼의 의미조차도 없는 까닭이리라.

역장은 문득 그녀가 걱정스러웠다. 올겨울 같은 혹독한 추위에 아직 얼어 죽지 않고 여기까지 흘러들어 왔다는 사실이 신기했다. 꿈이라도 꾸는 중인지 맷국물에 젖은 여자의 입술 한 귀퉁이엔 보일락 말락 웃음이 한 조각 희미하게 남아 있었다.

이거 참 난처한걸. 난로를 그대로 두고 갈 수도 없고…….

하지만 결국 역장은 김 씨를 깨우러 가기 전에 톱밥을 더 가져다가 난로에 부어 줘야겠다고 생각하며 천천히 사무실로 돌아가고 있었다. 눈은 밤새 내내 내릴 모양이었다.

춥고 혹독한 겨울일수록 따뜻하고 환한 불이 켜 있는 집과 가족에 대한 그리움이 커지지요? 작품의 초반에 제시된 매서운 '새벽의 겨울바람'은 하층민으로 살아가는 등장인물들의 힘겨운 삶을 부각하며 안식처 없이 떠도는 이들의 힘겨운 삶을 짐작케 합니다.

1973년 《신동아》에 발표된 이 작품은 개발에 치우친 정책으로 급속한 도시화·산업화를 겪는 와중에 많은 농민들이 고향을 떠나 도시의 일용 노동자로 떠돌게 되는 1970년대를 배경으로 삼고 있습니다. 작품 속 정 씨와 영달과 백화는 산업화 과정에서 소외된 사람들로, 떠돌이 삶을 지냅니다. 이들은 모두 좀 더 나은 삶을 위해 도시로 나왔지만, 산업화의 혜택으로부터 밀려난 채 떠돌다가 길에서 만나게 됩니다. 떠돌이 노동자인 정 씨와 영달이 삼포로 가기 전에 술집 작부였던 백화와 동행하는 길은 서로의 처지를 이해하고 따뜻함을 회복하는 과정이기도 합니다.

이 작품을 통해 당대 서민들의 삶을 짐작해 봅시다. 그리고 이들이 보여 주는 인간적 교감을 통해 인간에게 가장 소중한 가치가 무엇일지 생각하며 작품을 감상해 봅시다.

황석영(黃晳暎, 1943~)

만주 신경 출생. 고교 시절인 1962년 《사상계》 신인 문학상에 단편 소설 〈입석 부근〉이 당선되었고, 베트남전에 참전했다 돌아온 직후인 1970년 《조선일보》 신춘문예에 단편 소설 〈탑〉이 당선되면서 본격적으로 작품 활동을 시작했다. 분단과 산업화로 인한 비극적 현실을 생생하게 묘사해 온 그는 리얼리즘의 정점에 도달한 작가로 평가받고 있다. 주요 작품으로는 〈객지〉, 〈지붕 위의 전투〉, 〈아우를 위하여〉, 〈삼포 가는 길〉 등과 장편 소설 《장길산》, 《오래된 정원》 등이 있다.

삼포 가는 길 _황석영

영달은 어디로 갈 것인가 궁리해 보면서 잠깐 서 있었다. 새벽의 겨울바람이 매섭게 불어왔다. 밝아 오는 아침 햇빛 아래 헐벗은 들판이 드러났고, 곳곳에 얼어붙은 시냇물이나 웅덩이가 반사되어 빛을 냈다. 바람 소리가 먼 데서부터 몰아쳐서 그가 섰는 창공을 베면서 지나갔다. 가지만 남은 나무들이 수십여 그루씩 들판가에서 바람에 흔들렸다.

그가 넉 달 전에 이곳을 찾았을 때에는 한참 추수기에 이르러 있었고 이미 공사는 막판이었다. 곧 겨울이 오게 되면 공사가 새봄으로 연기될 테고 오래 머물 수 없으리라는 것을 그는 진작부터 예상했던 터였다. 아니나 다를까, 현장 사무소가 사흘 전에 문을 닫았고, 영달이는 밥집에서 달아날 기회만 노리고 있었던 것이다.

누군가 밭고랑을 지나 걸어오고 있었다. 해가 떠서 음지와 양지의 구분이 생기자 언덕의 그림자나 숲의 그늘로 가려진 곳에서는 언 흙이 부서지는 버석이는 소리가 들렸으나 해가 내리쬐인 곳은 녹기 시작하여 붉은 흙이 **질척해** 보였다. 다가오는 사람이 숲 그늘을 벗어났는데 신발 끝에 벌겋게 붙어 올라온 진흙 뭉치가 걸을 때마다 뒤로 몇 점씩 흩어지고 있었다. 그는 길가에 우두커니 서서 담배를 태우고 있는 영달이 쪽을 보면서 왔다. 그는 키가 훌쩍

질척하다 진흙이나 반죽 따위가 물기가 매우 많아 차지고 질다.

크고 영달이는 작달막했다. 그는 팽팽하게 불러 오른 **맹꽁이 배낭**을 한쪽 어깨에 느슨히 걸쳐 메고 머리에는 개털 모자를 귀까지 가려 쓰고 있었다. 검게 물들인 야전잠바의 깃 속에 턱이 반나마 파묻혀서 누군지 **쌍통**을 알아볼 도리가 없었다. 그는 몇 걸음 남겨 놓고 서더니 털모자의 챙을 이마빡에 붙도록 척 올리면서 말했다.

"천 씨네 집에 기시던 양반이군."

영달이도 낯이 익은 서른댓 되어 보이는 사내였다. 공사장이나 마을 어귀의 주막에서 가끔 지나친 적이 있는 얼굴이었다.

"아까 존 구경 했시다."

그는 털모자를 잠근 단추를 여느라고 턱을 치켜들었다. 그러고 나서 비행사처럼 양쪽 **뺨**으로 귀가리개를 늘어뜨리면서 빙긋 웃었다.

"천가란 사람, 거품을 물구 마누라를 개 패듯 때려잡던데."

영달이는 그를 쏘아보며 우물거렸다.

"내…… 그런 촌놈은 참."

"거 병신 안 됐는지 몰라. 머리채를 질질 끌구 마당에 나와선 차구 짓밟구……. 야, 그 사람 환장한 모양이더군."

이건 누굴 옛 먹이느라구 **수작질**인가, 하는 생각이 들어서 불끈했지만 영달이는 애써 참으며 담뱃불이 손가락 끝에 닿도록 쭈욱 빨아 넘겼다. 사내가 손을 내밀었다.

"불 좀 빌립시다."

"버리슈."

담배꽁초를 건네주며 영달이가 퉁명스럽게 말했다. 하긴 창피한 노릇이었

맹꽁이 배낭 당일 산행에 적합한 소형 배낭. 맹꽁이를 닮아 붙여진 이름이다.
쌍통 '상통(相−, 얼굴을 속되게 이르는 말)'의 방언.
수작질(酬酌−) 수작(서로 말을 주고받음. 또는 그 말)하는 짓.

다. 밥값을 떼고 달아나서가 아니라, 역에 나갔던 천가 놈이 예상 외로 이른 시각인 다섯 시쯤 돌아왔고 현장에서 덜미를 잡혔던 것이었다. 그는 옷만 간신히 추스르고 나와서 천가가 분풀이로 청주댁을 후려 패는 동안 **방아실**에 숨어 있었다. 영달이는 변명 삼아 혼잣말 비슷이 중얼거렸다.

"계집 탓할 거 있수, 사내 잘못이지."

"시골 아낙네치곤 드물게 날씬합디다. 모두들 발랑 까졌다구 하지만서두."

"여자야 그만이었죠. 처녀 적에 군용차두 탔답디다. 고생 많이 한 여자요."

"**바가지**한테 세금두 내구, 거기두 줬겠구만."

"뭐요? 아니 이 양반이⋯⋯."

사내가 입김을 길게 내뿜으며 껄껄 웃어젖혔다.

"거 왜 그러시나. 아, 재미 본 게 댁뿐인 줄 아쇼? 오다가다 만난 계집에 너무 **일심** 품지 마셔."

녀석의 말버릇이 **시종** 그렇게 나오니 드러내 놓고 화를 내기도 뭣해서 영달이는 픽 웃고 말았다. 개피떡이나 인절미를 전방으로 호송되는 군인들께 팔았다는 것인데 딴은 열차를 타며 사내들 틈을 누비던 계집이 살림을 한답시고 들어앉아 절름발이 천가 여편네 노릇을 하려니 따분했을 것이었다. 공사장 인부들이나 떠돌이 장사치를 끌어들여 하숙도 치고 밥도 파는 살림인데, 사내 재미까지 보려는 눈치였다. 영달이 눈에 청주댁이 예사로 보였을 리 만무했다. 까무잡잡한 얼굴에 곱게 치떠서 흘기는 눈길하며, 밤이면 문밖에 나가 앉아 하염없이 불러대는 〈흑산도 아가씨〉라든가, 어쨌든 나중엔 거의 환장할 지경이었다.

방아실 '방앗간'의 방언.
바가지 군인들의 은어(隱語)로, 헌병(憲兵)을 이르는 말.
일심(一心) 한쪽에만 마음을 씀.
시종(始終) 처음과 끝을 아울러 이르는 말.

"얼마나 있었소?"

사내가 물었다. 가까이 얼굴을 맞대고 보니 그리 흉악한 몰골도 아니었고, 우선 그 시원시원한 태도가 은근히 밉질 않다고 영달이는 생각했다. 그가 자기보다는 댓 살쯤 더 나이 들어 보였다. 그리고 이 바람 부는 겨울 들판에 척 걸터앉아서도 만사태평인 꼴이었다. 영달이는 처음보다는 경계하지 않고 대답했다.

"넉 달 있었소. 그런데 **노형**은 어디루 가쇼?"

"삼포에 갈까 하오."

사내는 눈을 가늘게 뜨고 조용히 말했다. 영달이가 고개를 흔들었다.

"방향 잘못 잡았수. 거긴 **벽지**나 다름없잖소. 이런 겨울철에."

"내 고향이오."

사내가 목장갑 낀 손으로 코 밑을 쓱 훔쳐 냈다. 그는 벌써 들판 저 끝을 바라보고 있었다. 영달이와는 전혀 사정이 달라진 것이다. 그는 집으로 가는 중이었고, 영달이는 또 다른 곳으로 달아나는 길 위에 서 있었기 때문이었다.

"참…… 집에 가는군요."

사내가 일어나 맹꽁이 배낭을 한쪽 어깨에다 걸쳐 메면서 영달이에게 물었다.

"어디 무슨 일자리 찾아가쇼?"

"댁은 오라는 데가 있어서 여기 왔었소? 언제나 마찬가지죠."

"자, 난 이제 가 봐야겠는걸."

그는 뒤도 돌아보지 않고 질척이는 둑길을 향해 올라갔다. 그가 둑 위로 올라서더니 배낭을 다른 편 어깨 위로 바꾸어 메고는 다시 하반신부터 차례로

노형(老兄) 처음 만났거나 그다지 가깝지 않은 남자 어른들 사이에서, 상대편을 높여 이르는 이인칭 대명사.

벽지(僻地) 외따로 뚝 떨어져 있는 궁벽한 땅.

개털 모자 끝까지 둑 너머로 사라졌다. 영달이는 어디로 향하겠다는 별 뾰족한 생각도 나지 않았고, 동행도 없이 길을 갈 일이 아득했다. 가다가 도중에 헤어지게 되더라도 우선은 말동무라도 있었으면 싶었다. 그는 멍청히 섰다가 잰걸음으로 사내의 뒤를 따랐다. 영달이는 둑 위로 뛰어올라 갔다. 사내의 걸음이 무척 빨라서 벌써 차도로 나가는 샛길에 접어들어 있었다. 차도 양쪽에 대빗자루를 거꾸로 박아 놓은 듯한 앙상한 포플러들이 줄을 지어 섰는 게 보였다. 그는 둑 아래로 달려 내려가며 사내를 불렀다.

"여보쇼, 노형!"

그가 멈춰 서더니 뒤를 돌아보고 나서 다시 천천히 걸어갔다. 영달이는 달려가서 그 뒤편에 따라붙어 헐떡이면서,

"같이 갑시다. 나두 월출리까진 같은 방향인데……."

했는데도 그는 대답이 없었다. 영달이는 그의 뒤통수에다 대고 말했다.

"젠장, 이런 겨울은 처음이오. 작년 이맘때는 좋았지요. 월 삼천 원짜리 방에서 **작부**랑 살림을 했으니까. **엄동설한**에 정말 갈 데 없이 빳빳하게 됐는데요."

"우린 습관이 되어 놔서."

사내가 말했다.

"삼포가 여기서 몇 린 줄 아쇼? 좌우간 바닷가까지만도 몇백 리 길이요. 거기서 또 배를 타야 해요."

"몇 년 만입니까?"

"십 년이 넘었지. 가 봤자…… 아는 이두 없을 거요."

"그럼 뭣 허러 가쇼?"

작부(酌婦) 술집에서 손님을 접대하고 술 시중을 드는 여자.
엄동설한(嚴冬雪寒) 눈 내리는 깊은 겨울의 심한 추위.

"그냥…… 나이 드니까, 가 보구 싶어서."

그들은 차도로 들어섰다. 자갈과 진흙으로 다져진 길이 그런대로 걷기에
편했다. 영달이는 시린 손을 잠바 호주머니에 처박고 연방 꼼지락거렸다.

"어이, 육실허게는 춥네. 바람만 안 불면 좀 낫겠는데."

사내는 별로 추위를 타지 않았는데, 털모자와 야전잠바로 단단히 무장한
탓도 있겠지만 원체가 혈색이 건강해 보였다. 사내가 처음으로 다정하게 영
달이에게 물었다.

"어떻게 아침은 자셨소?"

"웬걸요."

영달이가 **열쩍게** 웃었다.

"새벽에 몸만 간신히 빠져나온 셈인데……."

"나두 못 먹었소. 찬샘까진 가야 **밥술**이라두 먹게 될 거요. 진작에 떴을걸.
이젠 겨울에 움직일 생각이 안 납디다."

"인사 늦었네요. 나 노영달이라구 합니다."

"나는 정가요."

"우리두 기술이 좀 있어 놔서 일자리만 잡으면 별 걱정 없지요."

영달이가 정 씨에게 빌붙지 않을 뜻을 비쳤다.

"알고 있소. **착암기** 잡지 않았소? 우리넨, 목공에 용접에 구두까지 수선할
줄 압니다."

"야, 되게 많네. 정말 든든하시겠구만."

"십 년이 넘었다니까."

"그래도 어디서 그런 걸 배웁니까?"

열쩍다 열없다. 좀 겸연쩍고 부끄럽다.
밥술 얼마 되지 않는 밥을 비유적으로 이르는 말.
착암기(鑿巖機) 광산이나 토목 공사에서 바위에 구멍을 뚫는 기계.

"다 좋은 데서 가르치고 내보내는 집이 있지."

"나두 그런 데나 들어갔으면 좋겠네."

정 씨가 쓴웃음을 지으며 고개를 저었다.

"지금이라두 쉽지. 하지만 집이 워낙에 커서 말요."

"**큰집**……."

하다 말고 영달이는 정 씨의 얼굴을 쳐다봤다. 정 씨는 고개를 밑으로 숙인 채 묵묵히 걷고 있었다. 언덕을 넘어섰다. 길이 내리막이 되면서 강변을 따라서 먼 산을 돌아 나간 모양이 아득하게 보였다. 인가가 좀처럼 보이지 않는 황량한 들판이었다. 마른 갈대밭이 헝클어진 채 휘청대고 있었고 강 건너 곳곳에 모래바람이 일어나는 게 보였다. 정 씨가 말했다.

"저 산을 넘어야 찬샘 골인데. 강을 질러가는 게 **빠르겠군.**"

"단단히 얼었을까."

강물은 꽁꽁 얼어붙어 있었다. 얼음이 녹았다가 다시 얼곤 해서 우툴두툴한 표면이 그리 미끄럽지는 않았다. 바람이 불어, 깨어진 살얼음 조각들을 날려 그들의 얼굴을 따갑게 때렸다.

"차라리, 저쪽 다리목에서 버스나 기다릴 걸 잘못했나 봐요."

숨을 헉헉 들이켜던 영달이가 투덜대자 정 씨가 말했다.

"자주 끊겨서 언제 올지두 모르오. 그보다두 현금을 아껴야지. 굶어두 돈 있으면 든든하니까."

"하긴 그래요."

"월출 가면 남행 열차를 탈 수는 있소. 거기서 기차 타려오?"

"뭐…… 돼 가는 대루. 그런데 삼포는 어느 쪽입니까?"

정 씨가 막연하게 남쪽 방향을 턱짓으로 가리켰다.

큰집 죄수들의 은어로, '교도소'를 이르는 말.

"남쪽 끝이오."

"사람이 많이 사나요, 삼포라는 데는?"

"한 열 집 살까? 정말 아름다운 섬이오. 비옥한 땅은 남아돌아 가구, 고기 두 얼마든지 잡을 수 있구 말이지."

영달이가 얼음 위로 미끄럼을 지치면서 말했다.

"야아, 그럼, 거기 가서 아주 말뚝을 박구 살아 버렸으면 좋겠네."

"조오치. 하지만 댁은 안 될걸."

"어째서요."

"**타관** 사람이니까."

그들은 얼어붙은 강을 건넜다. 구름이 몰려들고 있었다.

"눈이 올 거 같군. 길 가기 힘들어지겠소."

정 씨가 회색으로 흐려 가는 하늘을 걱정스럽게 올려다보았다. 산등성이로 올라서자 아래쪽에 작은 마을의 집들이 점점이 흩어져 있는 게 한눈에 들어 왔다. 가물거리는 지붕 위로 간신히 알아볼 만큼 가느다란 연기가 엷게 퍼져 흐르고 있었다. 교회의 종탑도 보였고 학교 운동장도 보였다. 기다란 철책과 철조망이 연이어져 마을 뒤의 온 들판을 둘러싸고 있는 것도 보였다. 군대의 **주둔지**인 듯했는데, 마을은 마치 그 철책의 끝에 간신히 매어 달려 있는 것 같았다.

그들은 읍내로 들어갔다. 다과점도 있었고, 극장, 다방, 당구장, **만물상점** 그리고 주점이 장터 주변에 여러 채 붙어 있었다. 거리는 아침이라서 아직 조용했다. 그들은 어느 읍내에나 있는 서울식당이란 주점으로 들어갔다. 한 풍뚱한 여자가 큰 솥에다 우거짓국을 끓이고 있었고 주인인 듯한 사내와 동네

타관(他官) 자기 고향이 아닌 고장.

주둔지(駐屯地) 군대가 주둔하고 있는 장소.

만물상점(萬物商店) 일상생활에 필요한 온갖 물건을 파는 가게.

청년 둘이 떠들어 대고 있었다.

"나는 전연 눈치를 못 챘다구. 옷을 한 가지씩 빼어다 따루 보따리를 싸 놨던 모양이라."

"새벽에 동네를 빠져나간 게 틀림없습니다."

"어젯밤에 윤 하사하구 긴 밤을 잔다구 그래서, 뒷방에서 늦잠 자는 줄 알았지 뭔가."

"새벽에 윤 하사가 부대루 들어가자마자 뛴 겁니다."

"옷값에 약값에 식비에…… 돈이 보통 들어간 줄 아나, 빚만 해두 자그마치 오만 원이거든."

영달이와 정 씨가 자리에 앉자 그들은 잠깐 얘기를 멈추고 두 낯선 사람들의 행색을 살펴보았다. 영달이는 연탄난로 위에 두 손을 내려뜨리고 비벼 대면서 불을 쪼였다. 정 씨가 털모자를 벗으면서 말했다.

"국밥 둘만 말아 주쇼."

"네, 좀 늦어져두 별일 없겠죠?"

뚱뚱한 여자가 국솥에서 얼굴을 들고 미리 웃음으로 얼버무리며 양해를 구했다.

"좌우간 맛있게만 말아 주쇼."

여자가 국자를 요란하게 놓고는 한숨을 내리쉬었다.

"개쌍년 같으니!"

정 씨도 영달이처럼 난로를 통째로 껴안을 듯이 바싹 다가앉아서 여자를 물끄러미 올려다보았다.

"색시가 도망을 쳤지 뭐예요. 그래서 불도 꺼졌고, 국거리도 없어서 인제 막 시작을 했답니다."

하고 나서 여자가 남자들에게 외쳤다.

"아니 근데 당신들은 뭘 앉아서 콩이네 팥이네 하구 있는 거예요? 냉큼 가서 잡아 오지 못하구선. 얼마 달아나지 못했을 테니 따라가서 머리채를 끌구 와요."

주인 남자가 주눅이 든 목소리로 대답했다.

"필요 없네. 아무래도 월출서 기차를 탈 테니까 정거장 **목**만 지키면 된다구."

"그럼 자전거 타구 빨리 가서 기다려요."

"이거 원 날씨가 이렇게 추워서야."

"무슨 얘기예요. 그 백화라는 년이 돈 오만 원이란 말요."

마을 청년이 끼어들었다.

"서울식당이 원래 백화 땜에 **호**가 났던 거 아닙니까. 그 애가 장사는 그만이었죠."

"군인들이 백화라면, 군화까지 팔아서라두 술을 마실 정도였으니까."

뚱뚱이 여자가 빈정거렸다.

"웃기네, 그래 봤자 지가 똥갈보라. 내 장사 **수완** 덕이지 뭐. 그년 요새 좀 아프다는 핑계루……. 이건 물을 긴나, 밥을 제대루 하나, 손님을 받나, 소용없어. 그년두 육 개월이면 찬샘 바닥서 진이 모조리 **빠진** 거예요. 빚이나 뽑아내면 참한 **신마이**루 **기리까이** 할려던 참이었어. 아, 뭘 해요? 빨리 가서 역을 지키라니까."

마누라의 호통에 주인 사내가 깜짝 놀란 듯이 어깨를 움츠렸다.

"알았대니까……."

"얼른 갔다 와요. 내 대포 한턱 쓸게."

남자들 셋이 우르르 밀려 나갔다. 정 씨가 중얼거렸다.

목 통로 가운데 다른 곳으로는 빠져나갈 수 없는 중요하고 좁은 곳.
호(號) 세상에 널리 드러난 이름.
수완(手腕) 일을 꾸미거나 치러 나가는 재간.
신마이 신마에(しんまえ). 신참(新參). 풋내기.
기리까이 키리카에(きりかえ). 바꿔치다. 달리하다.

"젠장, 그 백화 아가씨라두 있었으면 술이나 옆에서 쳐 달랠걸."

"큰일예요, 글쎄. 저녁마다 **장정**들이 몰려오는데…….”

"아가씨 서넛은 있어야지."

"색시 많이 두면 공연히 번거로워요. 이런 데서야 **반반한** 애 하나면 실속이 있죠, 모자라면 꿔다 앉히구……. 왜 좀 놀다 갈려우? 내 불러다 주께."

"왜 이러슈, 먼 길 가는 사람이 아침부터 **주색** 잡다간 저녁에 이 마을서 장사 지내게?”

"자, 국밥이오."

배추가 아직 푹 삭질 않아서 **뻣뻣**했으나 그런대로 먹을 만하였다. 정 씨가 국물을 허겁지겁 퍼 넣고 있는 영달이에게 말했다.

"작년 겨울에 어디 있었소?”

들고 있던 국그릇을 내려놓고 영달이는,

"언제요?”

하고 나서 작년 겨울이라고 재차 말하자 껄껄 웃기 시작했다.

"좋았지 정말. 대전 있었습니다. 옥자라는 애를 만났었죠. 그땐 공사장에서 별 볼일두 없었구 **노임**두 실했어요.”

"살림을 했군?”

"의리 있는 여자였어요. 애두 하나 가질 뻔했었는데, 지난봄에 내가 **실직**을 하게 되자, 돈 모으면 모여서 살자구 서울루 식모 자릴 구해서 떠나갔죠. 하지만 우리 같은 떠돌이가 언약 따위를 지킬 수 있나요. 밤에 혼자 자다가 일어나면 그 애 때문에 남은 밤을 꼬박 새우는 적두 있습니다."

장정(壯丁)　나이가 젊고 기운이 좋은 남자.
반반하다　생김새가 얌전하고 예쁘장하다.
주색(酒色)　술과 여자를 아울러 이르는 말.
노임(勞賃)　'노동 임금'을 줄여 이르는 말.
실직(失職)　직업을 잃음.

정 씨는 흐려진 영달이의 표정을 무심하게 쳐다보다가, 창밖으로 고개를 돌리고는 조용하게 말했다.

"사람이란 곁에서 오랫동안 두고 보지 않으면 저절로 잊게 되는 법이오."

뒤란으로 나갔던 뚱뚱이 여자가 호들갑을 떨면서 돌아왔다.

"아유 어쩌나……. 눈이 올 것 같애. 하늘에 먹구름이 잔뜩 끼고, 바람이 부는군. 이놈의 **두상**이 꼴에 도중에서 가다 말고 돌아올 게 분명하지."

정 씨가 뚱뚱보 여자의 계속될 수다를 막았다.

"월출까지는 몇 리요?"

"한 육십 리 돼요."

"버스는 있나요?"

"오후에 두 대쯤 있지요. 이년을 따악 잡아 갖구 막차루 돌아올 텐데……. 참, 어디까지들 가슈?"

영달이가 말했다.

"바다가 보이는 데까지."

"바다? 멀리 가시는군. 요 큰길루 가실 거유?"

정 씨가 고개를 끄덕이자 여자는 의자에 궁둥이를 붙인 채로 앞으로 다가 앉았다.

"부탁 하나 합시다. 가다가 스물두엇쯤 되고 머리는 긴 데다 외눈 쌍꺼풀인 계집년을 만나면 캐어 봐서 좀 잡아 오슈. 내 현금으루 딱, 만 원 내리다."

정 씨가 빙그레 웃었다. 영달이가 자신 있다는 듯이 기세 좋게 대답했다.

"그럭허슈. 대신에 데려오면 꼭 만 원 내야 합니다."

"암, 내다 뿐이오. 예서 하룻밤 푹 묵었다 가시구려."

"좋았어."

두상(頭相)　머리 모양이나 생김새. 여기서는 '늙은이'의 방언으로 쓰임.

그들은 일어났다. 문을 열고 나오는 그들의 뒷덜미에다 대고 여자가 소리
쳤다.

"머리가 길구 외눈 쌍꺼풀이에요. 잊지 마슈."

해가 낮은 구름 속에 들어가 있어서 주위는 누런 색안경을 통해서 내다본
것처럼 뿌옇게 보였다. 바람이 읍내의 신작로 한복판에서 회오리 기둥을 곤
두세우고 있었다. 그들은 고개를 처박고 신작로를 따라서 올라갔다. 영달이
가 담배 한 갑을 샀다. 들판을 스치고 지나가는 바람 소리가 날카롭게 들려
왔다.

그들이 마을 외곽의 작은 다리를 건널 적에 성긴 눈발이 날리기 시작하더
니 허공에 차츰 흰색이 **빡빡**해졌다. 한 스무 채 남짓한 작은 마을을 지날 때
쯤 해서는 큰 눈송이를 이룬 함박눈이 펑펑 쏟아져 내려왔다. 눈이 찰지어서
걷기에는 그리 불편하지 않았고 눈보라도 포근한 듯이 느껴졌다. 그들의 모
자나 머리카락과 눈썹에 내려앉은 눈 때문에 두 사람은 갑자기 노인으로 변
해 버렸다. 도중에 그들은 옛 원님의 **송덕비**를 세운 **비각** 앞에서 잠깐 쉬어
가기로 했다. 그 앞에서 신작로가 두 갈래로 갈라져 있었던 것이다. **함석판**에
페인트로 쓴 이정표가 있긴 했으나, 녹이 슬고 벗겨져 잘 알아볼 수도 없었
다. 그들은 비각 처마 밑에 웅크리고 앉아서 담배를 피웠다. 정 씨가 하늘을
올려다보며 감탄했다.

"야, 그놈의 눈송이 탐스럽기도 하다. 풍년 들겠어."

"눈 오는 모양을 보니, 근심 걱정이 싹 없어지는데…….."

"첨엔 기분두 괜찮았지만, 이렇게 오다가는 길 가기가 그리 쉽지 않겠는걸."

"까짓 가는 데까지 가구 내일 또 갑시다. 저기 누가 오는군."

송덕비(頌德碑)　공덕을 기리기 위하여 세운 비.
　비각(碑閣)　비를 세우고 비바람 따위를 막기 위하여 그 위를 덮어 지은 집.
　　함석판(――板)　함석으로 만든 판.

흰 두루마기를 입고 중절모를 깊숙이 내려 쓴 노인이 조심스럽게 걸어오고 있었다. 노인의 모자챙과 접힌 부분 위에 눈이 빙수처럼 쌓여 있었다. 정 씨가 일어나 꾸벅하면서,

"영감님, 길 좀 묻겠습니다요."

"물으슈."

"월출 가는 길이 아랩니까, 저 윗길입니까?"

"윗길이긴 하지만……. **재**가 있어 놔서 아무래두 수월친 않을 거야. 아마 교통두 **두절**된 모양인데."

"아랫길은요?"

"거긴 월출 쪽은 아니지만 고을 셋을 지나면, 감천이라구 나오지."

영달이가 물었다.

"감천에 철도가 닿습니까?"

"닿다마다."

"그럼 감천으루 가야겠구만."

정 씨가 인사를 하자 노인은 눈이 가득 쌓인 모자를 위로 들어 보였다. 노인은 윗길 쪽으로 가다가 마을을 향해 꺾어졌다. 영달이는 비각 처마 끝에 회색으로 **퇴색한** 채 매어져 있는 새끼줄을 끊어 냈다. 그가 반으로 끊은 새끼줄을 정 씨에게도 권했다.

"**감발** 치구 갑시다."

"견뎌 날까."

새끼줄로 감발을 친 두 사람은 걸음에 한결 자신이 갔다. 그들은 아랫길로

재 길이 나 있어서 넘어 다닐 수 있는, 높은 산의 고개.
두절(杜絕) 교통이나 통신 따위가 막히거나 끊어짐.
퇴색하다(退色--/褪色--) 빛이나 색이 바래다.
감발 버선이나 양말 대신 발에 감는 좁고 긴 무명천. 주로 먼 길을 걷거나 막일을 할 때 쓴다.

접어들었다. 길은 차츰 좁아졌으나, 소달구지 한 대쯤 지날 만한 길은 그런대로 계속되었다. 길옆은 개천과 자갈밭이었고 눈이 한 꺼풀 덮여 있었다. 뒤를 돌아보면, 길 위에 두 사람의 발자국이 줄기차게 따라왔다.

마을 하나를 지났다. 그들은 눈 위로 이리저리 뛰어다니는 아이들과 개들 사이로 지나갔다. 마을의 가게 유리창마다 성에가 두껍게 덮여 있었고 창 너머로 사람들의 목소리가 들려왔다. 두 번째 마을을 지날 때엔 눈발이 차츰 걷혀 갔다. 그들은 노변의 구멍가게에서 소주 한 병을 깠다. 속이 화끈거렸다.

털썩, 눈 떨어지는 소리만이 가끔씩 들리는 송림(松林) 사이를 지나는데, 뒤에 처져서 걷던 영달이가 주춤 서면서 말했다.

"저것 좀 보슈."

"뭣 말요?"

"저쪽 소나무 아래."

쭈그려 앉은 여자의 등이 보였다. 붉은 코트 자락을 위로 쳐들고 쭈그린 꼴이 아마도 소변이 급해서 외진 곳을 찾은 모양이다. 여자가 허연 궁둥이를 쳐들고 속곳을 올리다가 뒤를 힐끗 돌아보았다.

"오머머!"

여자가 재빨리 코트 자락을 내리고 보퉁이를 집어 들면서 투덜거렸다.

"개새끼들 뭘 보구 지랄야."

영달이가 낄낄 웃었고, 정 씨가 낮게 소곤거렸다.

"외눈 쌍꺼풀인데그래."

"어쩐지 예감이 이상하더라니……."

여자는 어딘가 불안했는지 그들에게로 다가오기를 꺼리며 주춤주춤했다. 영달이가 말했다.

"잘 만났는데 백화 아가씨, 찬샘에서 뺑소니치는 길이구만."

"무슨 상관야, 내 발루 내가 가는데."

"주인아줌마가 댁을 만나면 잡아다 달래던데."

여자가 태연하게 그들에게로 걸어 나왔다.

"잡아가 보시지."

백화의 얼굴은 화장을 하지 않았는데도 먼 길을 걷느라고 발갛게 달아 있었다. 정 씨가 말했다.

"그런 게 아니라…… 행선지가 어디요? 이 친구 말은 농담이구."

여자는 소변보다가 남자들 눈에 띈 일보다는 영달이의 거친 말솜씨에 몹시 토라져 있었다. 백화가 걸음을 빨리하며 내쏘았다.

"제 따위들이 뭐라구 잡아가구 말구야. **뜨내기** 주제에."

"그래, 우리두 너 같은 뜨내기 신세다. 찬샘에 잡아다 주고 **여비**라두 뜯어 써야겠어."

영달이가 여자의 뒤를 바싹 쫓아가며 농담이 아님을 재차 강조했다. 여자가 휙 돌아서더니, 믿을 수 없을 만큼 재빠르게 영달이의 앞가슴을 밀어냈다. 영달이는 미처 피할 겨를도 없이 눈 위에 궁둥방아를 찧고 나가떨어졌다. 백화가 한 팔은 보퉁이를 끼고, 다른 쪽은 허리에 척 얹고 서서 영달이를 내려다보았다.

"이거 왜 이래? 나 백화는 이래 봬도 인천 노랑집에다, 대구 자갈마당, 포항 중앙대학, 진해 칠구, 모두 겪은 년이라구. 조용히 시골 읍에서 수양하던 참인데……. 야야, 내 배 위로 남자들 사단 병력이 지나갔어. **국으루** 가만있다가 조용한 데 가서 한 코 달라면 몰라두 치사하게 뚱보 돈 먹자구 나한테 공갈 때리면 너 죽구 나 죽는 거야."

영달이는 입을 벌린 채 일어설 줄을 모르고 백화의 일장연설을 듣고 있었

뜨내기　일정한 거처가 없이 떠돌아다니는 사람.

여비(旅費)　여행하는 데에 드는 비용.

국으루　국으로. 제 생긴 그대로. 또는 자기 주제에 맞게.

다. 정 씨는 웃음을 참느라고 자꾸만 송림 쪽으로 고개를 돌렸다. 영달이가 멋쩍게 궁둥이를 털면서 일어났다.

"우리두 의리가 있는 사람들이다. 치사하다면, 그런 짓 안 해."

세 사람은 나란히 눈 쌓인 길을 걸었다. 백화가 말했다.

"그럼 반말 놓지 말라구요."

영달이는 입맛을 쩍쩍 다셨고, 정 씨가 물었다.

"어디까지 가오?"

"집에요."

"집이 어딘데……."

"저 남쪽이에요. 떠난 지 한 삼 년 됐어요."

영달이가 말했다.

"얘네들은 긴 밤 자다가두 툭하면 내일 당장에라두 집에 갈 것처럼 말해요."

백화는 아까와 같은 **적의**는 나타내지 않았다. 백화는 귀 옆으로 흘러내리는 머리카락을 자꾸 쓰다듬어 올리면서 피곤한 표정으로 영달이를 찬찬히 바라보았다.

"그래요. 밤마다 내일 아침엔 고향으로 출발하리라 작정하죠. 그런데 마음뿐이지, 몇 년이 흘러요. 막상 작정하고 나서 집을 향해 가 보는 적두 있어요. 나두 꼭 두 번 고향 근처까지 가 봤던 적이 있어요. 한 번은 동네 어른을 먼발치서 봤어요. 나 이름이 백화지만, **가명**이에요. 본명은…… 아무에게도 가르쳐 주지 않아."

정 씨가 말했다.

"서울식당 사람들이 월출역으루 지키러 가던데……."

적의(敵意) 적대하는 마음.
가명(假名) 실제의 자기 이름이 아닌 이름.

"이런 일이 한두 번인가요 머. 벌써 그럴 줄 알구 감천 가는 길루 왔지요. 촌놈들이니까 그렇지, 빠른 사람들은 서너 군데 길목을 딱 막아 놓아요. 나 그 사람들께 손해 끼친 거 하나두 없어요. 빚이래야 그치들이 빨아먹은 나머지구요. 아유, 인젠 술하구 밤이라면 지긋지긋해요. 밑이 쭉 빠져 버렸어. 어디 가서 여승이나 됐으면……. 냉수에 **목욕재계** 백 일이면 나두 백화가 아니라구요, 씨팔."

걸을수록 백화는 말이 많아졌고, 걸음은 자꾸 처졌다. 백화는 여러 도시에서 한창 날리던 시절의 얘기를 늘어놓았다. 여자가 결론지은 얘기는 결국 **화류계**의 사랑이란 돈 놓고 돈 먹기 외에는 모두 사기라는 것이었다. 그 여자는 자기 보퉁이를 꾹꾹 찌르면서 말했다.

"아저씨네는 뭘 갖구 다녀요? 망치나 톱이겠지 머. 요 속에는 헌 속치마 몇 벌, 빤스, 화장품, 그런 게 들었지요. 속치마 꼴을 보면 내 신세하구 똑같아요. 하두 빨아서 빛이 바래구 재봉실이 **나들나들하게** 닳아 끊어졌어요."

백화는 이제 겨우 스물두 살이었지만 열여덟에 가출해서, 쓰리게 당한 일이 많기 때문에 삼십이 훨씬 넘은 여자처럼 **조로해** 있었다. 한마디로 **관록이** 붙은 갈보였다. 백화는 소매가 해진 헌 코트에다 무릎이 튀어나온 바지를 입었고, 물에 불은 오징어처럼 되어 버린 낡은 하이힐을 신고 있었다. 비탈길을 걸을 때, 영달이와 정 씨가 미끄러지지 않도록 양쪽에서 잡아 주어야 했다. 영달이가 투덜거렸다.

"고무신이라두 하나 사 신어야겠어. 댁에 때문에 우리가 형편없이 지체되잖아."

목욕재계(沐浴齋戒) 부정(不淨)을 타지 않도록 깨끗이 목욕하고 몸가짐을 가다듬는 일.
화류계(花柳界) 기생 따위의 노는계집의 활동 분야.
나들나들하다 여러 갈래로 찢어지거나 해지어 보기에 초라하다.
조로하다(早老ー-) 나이에 비하여 빨리 늙다.
관록(貫祿) 어떤 일에 대한 상당한 경력으로 생긴 위엄이나 권위.

"정 그러시면 두 분이서 먼저 가면 될 거 아녜요. 내가 고무신 살 돈이 어딨어?"

"우리두 의리가 있다구 그랬잖어. 산속에다 여자를 떼 놓구 갈 수야 없지. 그런데…… 한 푼두 없단 말야?"

백화가 깔깔대며 웃었다.

"여자 밑천이라면 거기만 있으면 됐지, 무슨 돈이 필요해요?"

"저러니 언제 한번 온전한 살림 살겠나 말야!"

"이거 봐요. 댁에 같은 훤칠한 내 신랑감들은 제 입에 풀칠두 못해서 떠돌아다니는데, 내가 어떻게 살림을 살겠냐구."

영달이는 백화의 **입담**을 감당할 수가 없었다. 세 사람은 감천 가는 도중에 있는 마지막 마을로 들어섰다. 마을 어귀의 얼어붙은 개천 위로 물오리들이 종종걸음을 치거나 주위를 선회하고 있었다. 마을의 골목길은 조용했고, 굴뚝에서 매캐한 청솔 연기 냄새가 돌담을 휩싸고 있었는데 나직한 창호지의 들창 안에서는 사람들의 따뜻한 말소리들이 불투명하게 들려왔다. 영달이가 정 씨에게 제의했다.

"허기가 져서 속이 떨려요. 감천엔 어차피 밤에 떨어질 텐데, 여기서 뭣 좀 얻어먹구 갑시다."

"여긴 바닥이 작아 주막이나 가게두 없는 거 같군."

"어디 아무 집이나 찾아가서 사정을 해 보죠."

백화도 두 손을 코트 주머니에 찌르고 간신히 발을 떼면서 말했다.

"온몸이 얼었어요. 밥은 고사하고, 뜨듯한 아랫목에서 발이나 녹이구 갔으면."

정 씨가 두 사람을 재촉했다.

입담 말하는 솜씨나 힘.

"얼른 지나가지. 여기서 지체하면 하룻밤 자게 될 테니. 감천엘 가면 하숙 두 있구, 우리를 태울 기차두 있단 말요."

그들은 이 적막한 산골 마을을 지나갔다. 눈 덮인 들판 위로 물오리 떼가 내려앉았다가는 날아오르곤 했다. 길가에 **퇴락한** 초가 한 간이 보였다. 지붕의 한쪽은 허물어져 입을 벌렸고 토담도 반쯤 무너졌다. 누군가가 살다가 먼 곳으로 떠나간 **폐가**임이 분명했다. 영달이가 폐가 안을 기웃해 보며 말했다.

"저기서 신발이라두 말리구 갑시다."

백화가 먼저 그 집의 눈 쌓인 마당으로 절뚝이며 들어섰다. 안방과 건넌방의 **구들장**은 모두 주저앉았으나 **봉당**은 매끈하고 딴딴한 흙바닥이 그런대로 쉬어 가기에 알맞았다. 정 씨도 그들을 따라 처마 밑에 가서 엉거주춤 서 있었다. 영달이는 흙벽 틈에 삐죽이 솟은 나무 막대나 문짝, 선반 등속의 땔 만한 것들을 끌어모아다가 봉당 가운데 쌓았다. 불을 지피자 오랫동안 말라 있던 나무라 노란 불꽃으로 타올랐다. 불길과 연기가 차츰 커졌다. 정 씨마저도 불가로 다가앉아 젖은 신과 바짓가랑이를 불길 위에 갖다 대고 지그시 눈을 감았다. 불이 생기니까 세 사람 모두가 먼 곳에서 지금 막 집에 도착한 느낌이 들었고, 잠이 왔다. 영달이가 긴 나무를 무릎으로 꺾어 불 위에 얹고, 눈물을 흘려 가며 입김을 불어 대는 모양을 백화는 이윽히 바라보고 있었다.

"댁에…… 괜찮은 사내야. 나는 아주 치사한 건달인 줄 알았어."

"이거 왜 이래. 괜히 나이롱 비행기 태우지 말어."

"아녜요. 불 땔 때는 꼴이 제법 그럴듯해서 그래요."

정 씨가 싱글싱글 웃으면서 영달이에게 말했다.

퇴락하다(頹落--) 낡아서 무너지고 떨어지다.
폐가(廢家) 버려두어 낡아 빠진 집.
구들장 방고래 위에 깔아 방바닥을 만드는 얇고 넓은 돌.
봉당(封堂) 안방과 건넌방 사이의 마루를 놓을 자리에 마루를 놓지 아니하고 흙바닥 그대로 둔 곳.

"저런 무딘 사람 같으니. 이 아가씨가 자네한테 반했다…… 그 말이야."

"괜히 그러지 마슈. 나두 과거에 연애해 봤소. 계집년이란 사내가 쐬빠지게 해 줘두 쪼끔 벌릴까 말까 한단 말입니다. 이튿날 해만 뜨면 말짱 헛것이지."

"오머머, 어디 가서 하루살이 연애만 해 본 모양이네. 여보세요, 화류계 연애가 아무리 돈에 운다지만 한번 붙으면 **순정**이 무서운 거예요. 내가 처음 이 길 들어서서 독하게 사랑해 본 적두 있었어요."

지붕 위의 눈이 녹아서 투덕투덕 마당 위에 떨어지기 시작했다. 여자는 나무막대기를 불 속에 넣고 휘저으면서 갑자기 새촘한 얼굴이 되었다. 불길에 비친 백화의 얼굴은 제법 고왔다.

"그런데…… 몇 명이었는지 알아요? 여덟 명이었어요."

"진짜 화류계 연애로구만."

"들어 봐요. 사실은 그 여덟 사람이 모두 한사람이나 마찬가지였거든요."

백화는 주점 '갈매기집'에서의 나날을 생각했다. 그 여자는 날마다 툇마루에 걸터앉아서 철조망의 네 귀퉁이에 높다란 **망루**가 서 있는 군대 감옥을 올려다보았던 것이다. 언덕 위에 흰 페인트로 칠한 반달형 **퀀셋** 막사와 **바라크**가 늘어서 있었고 주위에 코스모스가 만발해 있어, 그 안에 철창이 있고 죄지은 사람들이 하루 종일 무릎을 꿇고 있으리라고는 믿어지질 않았다. 하루에 한 번씩, 긴 구령 소리에 맞춰서 붉은 줄을 친 군복에 박박 깎인 머리의 군 죄수들이 바깥으로 몰려나왔다. 죄수들이 일렬로 서서 세면과 용변을 보는 모습이 보였다. 그들은 간혹 대여섯 명씩 무장 헌병의 감시를 받으며 마을로 작

순정(純情)   순수한 감정이나 애정.
망루(望樓)   적이나 주위의 동정을 살피기 위하여 높이 지은 다락집.
퀀셋(Quonset)   길쭉한 반원형의 간이 건물.
바라크(baraque)   막사. 군인들이 주둔할 수 있도록 만든 건물 또는 가건물.

업을 하러 내려오는 때도 있었다. 등에 커다란 광주리를 메고 고개를 숙인 채로 그들은 줄을 지어 걸어왔다.

"처음에 부산에서 잘못 소개를 받아 술집으로 팔렸었지요. 거기에 갔을 땐 벌써 될 대루 되라는 식이어서 겁나는 것두 없었구요, 나이는 어렸지만 인생살이가 고달프다는 것두 깨달았단 말예요."

어느 날 그들은 마을의 **제방** 공사를 돕기 위해서 삼십여 명이 내려왔다. **출감**이 멀지 않은 사람들이라 성깔도 부리지 않았고 마을 사람들도 그리 **경원하지** 않았다. 그들이 밖으로 작업을 나오면 기를 쓰고 찾는 것은 물론 담배였다. 백화는 담배 두 갑을 사서 그들 중의 얼굴이 **해사한** 죄수에게 쥐여 주었다. 작업하는 열흘간 백화는 그들의 담배를 댔다. 날마다 그 어려 뵈는 죄수의 손에 몰래 쥐여 주곤 했다. 다음부터 백화는 음식을 장만해서 감옥 면회실로 그를 만나러 갔다. **옥바라지** 두 달 만에 그는 이등병 계급장을 달고 백화를 만나러 왔다. 하룻밤을 같이 보내고 병사는 **전속지**로 떠나갔다.

"그런 식으로 여덟 사람을 옥바라지했어요. 한 달, 두 달, 하다 보면 그이는 앞사람들처럼 하룻밤을 지내구 떠나가군 했어요."

백화는 그런 일 때문에 갈매기집에 있던 시절, 옷 한 가지도 못 해 입었다. 백화는 지나간 삭막한 삼 년 중에서 그때만큼 즐겁고 마음이 평화로웠던 시절은 없었다. 그 여자는 새로운 병사를 먼 전속지로 떠나보내는 아침마다 **차부**로 나가서 먼지 속에 버스가 가리울 때까지 서 있곤 했었다. 백화는 그 뒤부터 부대 근처를 전전하며 여러 고장을 흘러 다녔다.

제방(堤防) 물가에 흙이나 돌, 콘크리트 따위로 쌓은 둑.
출감(出監) 구치소나 교도소 따위에서 석방되어 나옴.
경원하다(敬遠--) 겉으로는 공경하는 체하면서 실제로는 꺼리어 멀리하다.
해사하다 얼굴이 희고 곱다랗다.
옥바라지(獄---) 감옥에 갇힌 죄수에게 옷과 음식 따위를 대어 주면서 뒷바라지를 하는 일.
전속지(轉屬地) 소속이 바뀌어 옮겨가는 곳.
차부(車部) 자동차의 시발점이나 종착점에 마련한 차의 집합소.

아직 초저녁이 분명한데 날씨가 나빠서인지 곧 어두워질 것 같았다. 눈은 더욱 새하얗게 돋보였고, 사위는 고요한데 나무 타는 소리만이 들려왔다.

"감옥뿐 아니라, 세상이란 게 따지면 **고해** 아닌가……."

정 씨는 벗어서 불가에다 쬐고 있던 잠바를 입으면서 중얼거렸다.

"어둡기 전에 어서 가야지."

그들은 일어났다. 아직도 불길 좋게 타고 있는 모닥불 위에 눈을 한 움큼씩 덮었다. 산천이 차츰 희미하게 어두워졌다. 새들이 이리저리로 **깃**을 찾아 숲에 모여들고 있었다. 영달이가 백화에게 물었다.

"그래 이젠 어떡할 셈요, 집에 가면……?"

백화가 대답을 않고 웃기만 했다. 정 씨가 말했다.

"시집가야지 뭐."

"시집은 안 가요. 이제 와서 무슨 시집이에요. 조용히 틀어박혀 집의 농사나 거들지요. 동생들이 많아요."

사방이 어두워지자 그들도 얘기를 그쳤다. 어디에나 눈이 덮여 있어서 길을 잘 분간할 수가 없었다. 뒤에 처졌던 백화가 눈 덮인 길의 고랑에 빠져 버렸다. 발이라도 삐었는지 백화는 꼼짝 못 하고 주저앉아 신음을 했다. 영달이가 달려들어 싫다고 뿌리치는 백화를 업었다. 백화는 영달이의 등에 업히면서 말했다.

"무겁죠?"

영달이는 대꾸하지 않았다. 백화가 어린애처럼 가벼웠다. 등이 불편하지도 않았고 어쩐지 가뿐한 느낌이었다. 아마 쇠약해진 탓이리라 생각하니 영달이는 어쩐지 대전에서의 옥자가 생각나서 눈시울이 화끈했다. 백화가 말했다.

고해(苦海) 고통의 세계라는 뜻으로, 괴로움이 끝이 없는 인간 세상을 이르는 말.
깃 외양간, 마구간 따위에 깔아 주는 짚이나 마른풀. 여기서는 '둥지'를 일컫는다.

"어깨가 참 넓으네요. 한 세 사람쯤 업겠어."

"댁이 **근수**가 모자라니 그렇다구."

그들은 일곱 시쯤에 감천 읍내에 도착했다. 마침 장이 섰었는지 **파장**된 뒤인데도 읍내 중앙은 흥청대고 있었다. 전 부치는 냄새, 고기 굽는 냄새, 곰국 냄새가 풍겨 왔다. 영달이는 이제 백화를 옆에서 부축하고 있었다. 발을 디딜 때마다 여자가 얼굴을 찡그렸다. 정 씨가 백화에게 물었다.

"어느 방향이오?"

"전라선이에요."

"나는 호남선 쪽인데. 여비는 있소?"

"군용차를 사정해서 타구 가면 돼요."

그들은 장터 모퉁이에서 아직도 따뜻한 온기가 남아 있는 팥시루떡을 사 먹었다. 백화가 자기 몫에서 절반을 떼어 영달이에게 내밀었다.

"더 드세요. 날 업구 왔으니 기운이 배나 들었을 텐데."

역으로 가면서 백화가 말했다.

"어차피 갈 곳이 정해지지 않았다면 우리 고향에 함께 가요. 내 일자리를 주선해 드릴게."

"내야 삼포루 가는 길이지만, 그렇게 하지?"

정 씨도 영달이에게 권유했다. 영달이는 흙이 덕지덕지 달라붙은 신발 끝을 내려다보며 아무 말이 없었다. 대합실에서 정 씨가 영달이를 한쪽으로 끌고 가서 속삭였다.

"여비 있소?"

"빠듯이 됩니다. 비상금이 한 천 원쯤 있으니까."

근수 저울에 단 무게의 수.
파장(罷場) 백일장, 시장(市場) 따위가 끝남. 또는 그런 때.

"어디루 가려우?"

"일자리 있는 데면 어디든지…….."

스피커에서 안내하는 소리가 웅얼대고 있었다. 정 씨는 대합실 나무 의자에 피곤하게 기대어 앉은 백화 쪽을 힐끗 보고 나서 말했다.

"같이 가시지. 내 보기엔 좋은 여자 같군."

"그런 거 같아요."

"또 알우? 인연이 닿아서 말뚝 박구 살게 될지. 이런 때 아주 뜨내기 신셀 청산해야지."

영달이는 시무룩해져서 역사 밖을 멍하니 내다보았다. 백화는 뭔가 쑤군대고 있는 두 사내를 불안한 듯이 지켜보고 있었다. 영달이가 말했다.

"어디 능력이 있어야죠."

"삼포엘 같이 가실라우?"

"어쨌든…….."

영달이가 뒷주머니에서 꼬깃꼬깃한 오백 원짜리 두 장을 꺼냈다.

"저 여잘 보냅시다."

영달이는 표를 사고 삼립빵 두 개와 찐 달걀을 샀다. 백화에게 그는 말했다.

"우린 뒤차를 탈 텐데……. 잘 가슈."

영달이가 내민 것들을 받아 쥔 백화의 눈이 붉게 충혈되었다. 그 여자는 더 듬거리며 물었다.

"아무도…… 안 가나요?"

"우린 삼포루 갑니다. 거긴 내 고향이오."

영달이 대신 정 씨가 말했다. 사람들이 개찰구로 나가고 있었다. 백화가 보퉁이를 들고 일어섰다.

"정말, 잊어버리지…… 않을게요."

백화는 개찰구로 가다가 다시 돌아왔다. 돌아온 백화는 눈이 젖은 채로 옷고 있었다.

"내 이름 백화가 아니에요. 본명은요…… 이점례예요."

여자는 개찰구로 뛰어나갔다. 잠시 후에 기차가 떠났다.

그들은 나무 의자에 기대어 한 시간쯤 잤다. 깨어 보니 대합실 바깥에 다시 눈발이 흩날리고 있었다. 기차는 연착이었다. 밤차를 타려는 시골 사람들이 의자마다 가득 차 있었다. 두 사람은 말없이 담배를 나눠 피웠다. 먼 길을 걷고 나서 잠깐 눈을 붙였더니 더욱 피로해졌던 것이다. 영달이가 혼잣말로,

"쳇, 며칠이나 견디나……."

"뭐라구?"

"아뇨, 백화란 여자 말요. 저런 애들…… 한 사날두 촌 생활 못 배겨 나요."

"사람 나름이지만 하긴 그럴 거요. 요즘 세상에 일이 년 안으루 인정이 휙 변해 가는 판인데……."

정 씨 옆에 앉았던 노인이 두 사람의 행색과 무릎 위의 배낭을 눈여겨 살피더니 말을 걸어왔다.

"어디 일들 가슈?"

"아뇨, 고향에 갑니다."

"고향이 어딘데……."

"삼포라구 아십니까?"

"어 알지, 우리 아들놈이 거기서 **도자**를 끄는데……."

"삼포에서요? 거 어디 공사 벌릴 데나 됩니까? 고작해야 고기잡이나 하구 감자나 매는데요."

"어허! 몇 년 만에 가는 거요?"

"십 년."

도자 '불도저'를 줄여서 말하는 속어.

노인은 그렇겠다며 고개를 끄덕였다.

"말두 말우, 거긴 지금 육지야. 바다에 **방둑**을 쌓아 놓구, 트럭이 수십 대씩 돌을 실어 나른다구."

"뭣 땜에요?"

"낸들 아나. 뭐 관광호텔을 여러 채 짓는담서, 복잡하기가 말할 수 없데."

"동네는 그대루 있을까요?"

"그대루가 뭐요. 맨 천지에 공사판 사람들에다 장까지 들어섰는걸."

"그럼 나룻배두 없어졌겠네요."

"바다 위로 신작로가 났는데, 나룻배는 뭐에 쓰오. 허허, 사람이 많아지니 **변고**지. 사람이 많아지면 하늘을 잊는 법이거든."

작정하고 벼르다가 찾아가는 고향이었으나, 정 씨에게는 **풍문**마저 낯설었다. 옆에서 잠자코 듣고 있던 영달이가 말했다.

"잘됐군. 우리 거기서 공사판 일이나 잡읍시다."

그때에 기차가 도착했다. 정 씨는 발걸음이 내키질 않았다. 그는 마음의 정처를 방금 잃어버렸던 때문이었다. 어느 결에 정 씨는 영달이와 똑같은 입장이 되어 버렸다.

기차는 눈발이 날리는 어두운 들판을 향해서 달려갔다.

방둑(防-) 물이 밀려들어 오는 것을 막기 위하여 쌓은 둑.
변고(變故) 갑작스러운 재앙이나 사고.
풍문(風聞) 바람처럼 떠도는 소문.

1964년 《사상계》에 발표된 이 작품은 1960년대 이후 급격하게 산업화되어 가는 한국 사회에서 사회적 지위를 성취한 주인공 '나'의 귀향 풍경을 그리고 있습니다. 이때 '나'의 고향 무진의 유명한, 주위를 알아볼 수 없을 만큼 자욱한 안개는 '나'의 혼란스러운 심경을 연상하게 합니다.

젊고 부유한 미망인과 결혼하여 장인이 경영하는 제약 회사에서 전무 승진을 앞두고 있는 '나'는, 큰일을 앞두고 휴식을 취하라는 아내의 권유에 따라 어머니 성묘를 겸하여 고향 무진을 찾습니다. 그런데 '나'에게 무진은 서울로부터의 실패를 피하거나 새 출발이 필요할 때 떠나오던 곳이었습니다. 즉, 무진은 책임과 의무 등에서 벗어나 긴장을 완화하고, 내적 질서로부터 완전히 무장 해제된 자기 상실과 자아 성찰의 공간이었죠. 작가는 "누구에게나 자신만의 무진이 있다. 서울에서의 경쟁적 삶보다, 한 번쯤 무진과 서울을 왕복하며 좀 더 객관적으로 자신을 바라보고 세상을 경험하는 자아를 찾아야 한다."라고 말합니다.

'나'의 귀향은 어떤 변화를 가져올까요? '나'의 무진 기행을 통해 확인한 자아는 어떠한 모습일지 생각해 보고, 오늘날 현대인의 모습을 함께 떠올리며 이 작품을 감상해 봅시다.

▌ 김승옥(金承鈺, 1941~)

일본 오사카 출생, 전남 순천에서 성장. 1962년에 단편 소설 〈생명 연습〉이 《한국일보》 신춘문예에 당선되어 등단했다. 같은 해 김현, 최하림 등과 창간한 동인지 《산문시대》에 〈건〉, 〈환상 수첩〉 등을 발표하며 본격적인 문단 활동을 시작하였다. 4·19 혁명이 일어나던 해인 1960년에 대학에 입학하여 4·19 세대로 일컬어지던 그는 작품 활동 초기에는 〈확인해 본 열다섯 개의 고정 관념〉에서 볼 수 있듯이 낭만주의적 작품 세계를 선보였으나, 점차 〈무진 기행〉, 〈서울, 1964년 겨울〉, 〈차나 한잔〉, 〈염소는 힘이 세다〉 등 현대 산업 사회에서의 삶에 대한 환멸과 허무주의가 반영된 작품을 펴냈다.

무진 기행 _김승옥

무진으로 가는 버스

버스가 산모퉁이를 돌아갈 때 나는 '무진 Mujin 10km'라는 **이정비**를 보았다. 그것은 옛날과 똑같은 모습으로 길가의 잡초 속에서 튀어나와 있었다. 내 뒷좌석에 앉아 있는 사람들 사이에서 다시 시작된 대화를 나는 들었다. "앞으로 십 킬로 남았군요." "예, 한 삼십 분 후에 도착할 겁니다." 그들은 농사 관계의 **시찰원**들인 듯했다. 아니 그렇지 않은지도 모른다. 그러나 하여튼 그들은 색 무늬 있는 반소매 셔츠를 입고 있었고 데드롱(tetron) 직(織)의 바지를 입었고 지나쳐 오는 마을과 들과 산에서 아마 농사 관계의 전문가들이 아니면 할 수 없는 관찰을 했고 그것을 전문적인 용어로 얘기하고 있었다. 광주(光州)에서 기차를 내려서 버스로 갈아탄 이래, 나는 그들이 시골 사람들답지 않게 낮은 목소리로 점잔을 **빼면서** 얘기하는 것을 **반수면 상태** 속에서 듣고 있었다. 버스 안의 좌석들은 많이 비어 있었다. 그 시찰원들의 말에 의하면 농번기이기 때문에 사람들이 여행을 할 틈이 없어서라는 것이었다. "무진엔 **명산물**이…… 뭐 별로 없지요?" 그들은 대화를 계속하고 있었다.

무진(霧津)　가상의 도시인 무진시. 이때 '무진'은 '안개가 자욱한 나루터'라는 의미이다.
이정비(里程碑)　주로 도로상에서 어느 곳까지의 거리 및 방향을 알려 주는 표지가 되는 비.
시찰원(視察員)　두루 돌아다니며 실지(實地)의 사정을 살피는 사람.
반수면 상태(半睡眠狀態)　잠을 자는 상태와 깨어 있는 상태 사이의 정신 상태.
명산물(名産物)　어떤 지방이나 나라 따위의 이름난 산물.

"별게 없지요. 그러면서도 그렇게 많은 사람들이 살고 있다는 건 좀 이상스 럽거든요." "바다가 가까이 있으니 항구로 발전할 수도 있었을 텐데요?" "가 보시면 아시겠지만 그럴 조건이 되어 있는 것도 아닙니다. 수심이 얕은 데 다가 그런 얕은 바다를 몇백 리나 밖으로 나가야만 비로소 수평선이 보이는 진짜 바다다운 바다가 나오는 곳이니까요." "그럼 역시 농촌이군요." "그렇 지만 이렇다 할 평야가 있는 것도 아닙니다." "그럼 그 오륙만이 되는 인구 가 어떻게들 살아가나요?" "그러니까 그럭저럭이란 말이 있는 게 아닙니까!" 그들은 점잖게 소리 내어 웃었다. "원, 아무리 그렇지만 한 고장에 명산물 하 나쯤은 있어야지." 웃음 끝에 한 사람이 말하고 있었다.

　무진에 명산물이 없는 게 아니다. 나는 그것이 무엇인지 알고 있다. 그것은 안개다. 아침에 잠자리에서 일어나서 밖으로 나오면, 밤사이에 **진주해** 온 적 군들처럼 안개가 무진을 뻥 둘러싸고 있는 것이었다. 무진을 둘러싸고 있던 산들도 안개에 의하여 보이지 않는 먼 곳으로 유배당해 버리고 없었다. 안개 는 마치 이승에 한(恨)이 있어서 매일 밤 찾아오는 **여귀**가 뿜어내 놓은 입김 과 같았다. 해가 떠오르고, 바람이 바다 쪽에서 방향을 바꾸어 불어오기 전에 는 사람들의 힘으로써는 그것을 헤쳐 버릴 수가 없었다. 손으로 잡을 수 없으 면서도 그것은 뚜렷이 존재했고 사람들을 둘러쌌고 먼 곳에 있는 것으로부터 사람들을 떼어 놓았다. 안개, 무진의 안개, 무진의 아침에 사람들이 만나는 안개, 사람들로 하여금 해를, 바람을 간절히 부르게 하는 무진의 안개, 그것 이 무진의 명산물이 아닐 수 있을까!

　버스의 덜커덩거림이 좀 덜해졌다. 버스의 덜커덩거림이 더하고 덜하는 것 을 나는 턱으로 느끼고 있었다. 나는 몸에서 힘을 빼고 있었으므로 버스가 자

진주하다(進駐ーー)　군대가 쳐들어가거나 파견되어 가서 주둔하다.
여귀(厲鬼)　제사를 받지 못하는 귀신. 못된 돌림병으로 죽은 사람의 귀신.

갈이 깔린 시골길을 달려오고 있는 동안 내 턱은 버스가 껑충거리는 데 따라서 함께 덜그럭거리고 있었다. 턱이 덜그럭거릴 정도로 몸에서 힘을 빼고 버스를 타고 있으면, 긴장해서 버스를 타고 있을 때보다 피로가 더욱 심해진다는 것을 알고 있었지만 그러나 열려진 차창으로 들어와서 나의 밖으로 드러난 살갗을 사정없이 간지럽히고 불어 가는 유월의 바람이 나를 반수면 상태로 끌어넣었기 때문에 나는 힘을 주고 있을 수가 없었다. 바람은 무수히 작은 **입자**로 되어 있고 그 입자들은 할 수 있는 한 욕심껏 수면제를 품고 있는 것처럼 내게는 생각되었다. 그 바람 속에는 신선한 햇살과 아직 사람들의 땀에 밴 살갗을 스쳐 보지 않았다는 천진스러운 저온 그리고 지금 버스가 달리고 있는 길을 에워싸며 버스를 향하여 달려오고 있는 산줄기의 저편에 바다가 있다는 것을 알리는 소금기, 그런 것들이 이상스레 한데 어울리면서 녹아 있었다. 햇빛의 신선한 밝음과 살갗에 탄력을 주는 정도의 공기의 저온, 그리고 **해풍**에 섞여 있는 정도의 소금기, 이 세 가지만 합성해서 수면제를 만들어 낼 수 있다면 그것은 이 지상에 있는 모든 약방의 진열장 안에 있는 어떠한 약보다도 가장 상쾌한 약이 될 것이고 그리고 나는 이 세계에서 가장 돈 잘 버는 제약 회사의 전무님이 될 것이다. 왜냐하면 사람들은 누구나 조용히 잠들고 싶어 하고 조용히 잠든다는 것은 상쾌한 일이기 때문이다.

그런 생각을 하자 나는 쓴웃음이 나왔다. 동시에 무진이 가까웠다는 것이 더욱 실감되었다. 무진에 오기만 하면 내가 하는 생각이란 항상 그렇게 엉뚱한 공상들이었고 뒤죽박죽이었던 것이다. 다른 어느 곳에서도 하지 않았던 엉뚱한 생각을 나는 무진에서는 아무런 부끄럼 없이, 거침없이 해 내곤 했었던 것이다. 아니 무진에서는 내가 무엇을 생각하고 어쩌고 하는 게 아니라 어

입자(粒子)　물질을 구성하는 미세한 크기의 물체. 소립자, 원자, 분자, 콜로이드 따위를 이른다.
해풍(海風)　바다에서 육지로 불어오는 바람.

떤 생각들이 나의 밖에서 제멋대로 이루어진 뒤 나의 머릿속으로 밀고 들어오는 듯했었다.

"당신 안색이 아주 나빠져서 큰일 났어요. 어머님의 산소에 다녀온다는 핑계를 대고 무진에 며칠 동안 계시다가 오세요. 주주 총회에서의 일은 아버지하고 저하고 다 꾸며 놓을게요. 당신은 오랜만에 신선한 공기를 쐬고 그리고 돌아와 보면 대회생 제약 회사의 전무님이 되어 있을 게 아니에요?"라고, 며칠 전날 밤, 아내가 나의 파자마 깃을 손가락으로 만지작거리며 나에게 진심에서 나온 권유를 했을 때 가기 싫은 심부름을 억지로 갈 때 아이들이 불평을 하듯이 내가 몇 마디 입안엣소리로 투덜댄 것도 무진에서는 항상 자신을 상실하지 않을 수 없었던 과거의 경험에 의한 조건 반사였다.

내가 나이가 좀 든 뒤로 무진에 간 것은 몇 차례 되지 않았지만 그 몇 차례 되지 않은 무진행이 그러나 그때마다 내게는 서울에서의 실패로부터 도망해야 할 때거나 하여튼 무언가 새 출발이 필요할 때였었다. 새 출발이 필요할 때 무진으로 간다는 그것은 우연이 결코 아니었고 그렇다고 무진에 가면 내게 새로운 용기라든가 새로운 계획이 술술 나오기 때문도 아니었다. 오히려 무진에서의 나는 항상 처박혀 있는 상태였었다. 더러운 옷차림과 누우런 얼굴로 나는 항상 골방 안에서 뒹굴었다. 내가 깨어 있을 때는 수없이 많은 시간의 대열이 멍하니 서 있는 나를 비웃으며 흘러가고 있었고, 내가 잠들어 있을 때는 긴긴 악몽들이 거꾸러져 있는 나에게 혹독한 채찍질을 하였었다. 나의 무진에 대한 연상의 대부분은 나를 돌봐 주고 있는 노인들에 대하여 신경질을 부리던 것과 골방 안에서의 공상과 불면(不眠)을 쫓아 보려고 행하던 수음과 곧잘 편도선을 붓게 하던 독한 담배꽁초와 우편배달부를 기다리던 초조함 따위거나 그것들에 관련된 어떤 행위들이었다. 물론 그것들만 연상되었던 것은 아니다. 서울의 어느 거리에서고 나의 청각이 문득 외부로 향하면 무자비하게 쏟아져 들어오는 소음에 비틀거릴 때거나, 밤늦게 신당동(新堂洞)

집 앞의 포장된 골목을 자동차로 올라갈 때, 나는 물이 가득한 강물이 흐르고 잔디로 덮인 방죽이 시오리 밖의 바닷가까지 뻗어나가 있고 작은 숲이 있고 다리가 많고 골목이 많고 흙담이 많고 높은 포플러가 에워싼 운동장을 가진 학교들이 있고 바닷가에서 주워 온 까만 자갈이 깔린 뜰을 가진 사무소들이 있고 대로 만든 **와상**이 밤거리에 나앉아 있는 시골을 생각했고, 그것은 무진이었다. 문득 **한적**이 그리울 때도 나는 무진을 생각했었다. 그러나 그럴 때의 무진은 내가 관념 속에서 그리고 있는 어느 아늑한 장소일 뿐이지 거기엔 사람들이 살고 있지 않았다. 무진이라고 하면 그것에의 연상은 아무래도 어둡던 나의 청년이었다.

그렇다고 무진에의 연상이 꼬리처럼 항상 나를 따라다녔다는 것은 아니다. 차라리, 나의 어둡던 세월이 일단 지나가 버린 지금은 나는 거의 항상 무진을 잊고 있었던 편이다. 어제저녁 서울역에서 기차를 탈 때에도, 물론 전송 나온 아내와 회사 직원 몇 사람에게 일러둘 말이 너무 많아서 거기에 정신이 쏠려 있던 탓도 있었겠지만, 하여튼 나는 무진에 대한 그 어두운 기억들이 그다지 실감나게 되살아오지는 않았다. 그런데 오늘 이른 아침, 광주에서 기차를 내려서 역 구내를 빠져나올 때 내가 본 한 미친 여자가 그 어두운 기억들을 핵 잡아 끌어당겨서 내 앞에 던져 주었다. 그 미친 여자는 나일론의 치마저고리를 맵시 있게 입고 있었고 팔에는 시절에 맞추어 고른 듯한 핸드백도 걸치고 있었다. 얼굴도 예쁜 편이고 화장이 화려했다. 그 여자가 미친 사람이라는 것을 알 수 있는 것은 쉼임없이 굴리고 있는 눈동자와 그 여자를 에워싸고 서서 **선하품**을 하며 그 여자를 놀려 대고 있는 구두닦이 아이들 때문이었다. "공부를 많이 해서 돌아 버렸대." "아냐, 남자한테서 채여서야." "저 여자 미국 말

와상(臥床) 침상.
한적(閑寂) 한가하고 고요하다.
선하품 몸에 이상이 있거나 흥미 없는 일을 할 때에 나오는 하품.

도 참 잘한다. 물어볼까?" 아이들은 그런 얘기를 높은 목소리로 하고 있었다. 좀 나이가 든 여드름쟁이 구두닦이 하나는 그 여자의 젖가슴을 손가락으로 집적거렸고 그럴 때마다 그 여자는 여전히 무표정한 얼굴로 비명만 지르고 있었다. 그 여자의 비명이 옛날 내가 무진의 골방 속에서 쓴 일기의 한 구절을 문득 생각나게 한 것이었다.

그때는 어머니가 살아 계실 때였다. 6·25 사변으로 대학의 강의가 중단되었기 때문에 서울을 떠나는 마지막 기차를 놓친 나는 서울에서 무진까지의 천여 리 길을 발가락이 몇 번이고 불어 터지도록 걸어서 내려왔고 어머니에 의해서 골방에 처박혀졌고 의용군의 **징발**도 그 후의 국군의 **징병**도 모두 기피해 버리고 있었다. 내가 졸업한 무진중학교의 상급반 학생들이 **무명지**에 붕대를 감고 '이 몸이 죽어서 나라가 선다면…….'을 부르며 읍 광장에 서 있는 트럭들로 행진해 가서 그 트럭들에 올라타고 일선으로 떠날 때도 나는 골방 속에 쭈그리고 앉아서 그들의 행진이 집 앞을 지나가는 소리를 듣고만 있었다. 전선이 북쪽으로 올라가고 대학이 강의를 시작했다는 소식이 들려왔을 때도 나는 무진의 골방 속에 숨어 있었다. 모두가 나의 홀어머님 때문이었다. 모두가 전쟁터로 몰려갈 때 나는 내 어머니에게 몰려서 골방 속에 숨어서 수음을 하고 있었다. 이웃집 젊은이의 전사(戰死) 통지가 오면 어머니는 내가 무사한 것을 기뻐했고, 이따금 일선의 친구에게서 군사 우편이 오기라도 하면 나 몰래 그것을 찢어 버리곤 하였었다. 내가 골방보다는 전선을 택하고 싶어 해 하는 것을 알고 있었기 때문이다. 그 무렵에 쓴 나의 일기장들은, 그 후에 태워 버려서 지금은 없지만, 모두가 스스로를 **모멸하고 오욕**을 웃으며 견디는 내용들이었다.

징발(徵發) 국가에서 특별한 일에 필요한 사람이나 물자를 강제로 모으거나 거둠.
징병(徵兵) 국가가 법령으로 병역 의무자를 강제적으로 징집하여 일정 기간 병역에 복무시키는 일.
무명지(無名指) 다섯 손가락 가운데 넷째 손가락. 약손가락.
모멸하다(侮蔑--) 업신여기고 얕잡아 보다.
오욕(汚辱) 명예를 더럽히고 욕되게 함.

'어머니, 혹시 제가 지금 미친다면 대강 다음과 같은 원인들 때문일 테니 그 점에 유의하셔서 저를 치료해 보십시오…….' 이러한 일기를 쓰던 때를 이른 아침 역 구내에서 본 미친 여자가 내 앞으로 끌어당겨 주었던 것이다. 무진이 가까웠다는 것을 나는 그 미친 여자를 통하여 느꼈고 그리고 방금 지나친, 먼지를 둘러쓰고 잡초 속에서 튀어나와 있는 이정비를 통하여 실감했다.

"이번에 자네가 전무가 되는 건 틀림없는 거구, 그러니 자네 한 일주일 동안 시골에 내려가서 긴장을 풀고 푹 쉬었다가 오게. 전무님이 되면 책임이 더 무거워질 테니 말야." 아내와 장인 영감은 자신들은 알지 못하는 사이에 퍽 영리한 권유를 내게 한 셈이었다. 내가 긴장을 풀어 버릴 수 있는, 아니 풀어 버릴 수밖에 없는 곳을 무진으로 정해 준 것은 대단히 영리한 것이었다.

버스는 무진 읍내로 들어서고 있었다. 기와지붕들도 양철 지붕들도 초가지붕들도 유월 하순의 강렬한 햇볕을 받고 모두 은빛으로 번쩍이고 있었다. 철공소에서 들리는 쇠망치 두드리는 소리가 잠깐 버스로 달려들었다가 물러났다. 어디선지 분뇨 냄새가 새어 들어왔고 병원 앞을 지날 때는 크레졸 냄새가 났고 어느 상점의 스피커에서는 느려 빠진 유행가가 흘러나왔다. 거리는 텅비어 있고 사람들은 처마 밑의 그늘에 쭈그리고 앉아 있었다. 어린아이들은 빨가벗고 기우뚱거리며 그늘 속을 걸어다니고 있었다. 읍의 포장된 광장도 거의 텅 비어 있었다. 햇빛만이 눈부시게 그 광장 위에서 끓고 있었고 그 눈부신 햇살 속에서, 정적 속에서 개 두 마리가 혀를 빼물고 교미를 하고 있었다.

밤에 만난 사람들

저녁 식사를 하기 조금 전에 나는 낮잠에서 깨어나서 신문 **지국**들이 몰려

지국(支局) 본사나 본국에서 갈라져 나가 그 관할 아래 있으면서 사무를 맡아보는 곳.

있는 거리로 갔다. 이모님 댁에서는 신문을 구독하고 있지 않았다. 그렇지만 신문은 **도회인**이 누구나 그렇듯이 이제 내 생활의 일부로서 내 하루의 시작과 끝을 맡아보고 있었던 것이다. 내가 찾아간 신문 지국에 나는 이모님 댁의 주소와 약도를 그려 주고 나왔다. 밖으로 나올 때 나는 내 등 뒤에서 지국 안에 있던 사람들이 그들끼리 무어라고 수군거리는 소리를 들었다. 아마 나를 알고 있는 사람들이었던 모양이다. "……그래애? 거만하게 생겼는데……." "……출세했다지?" "……옛날…… 폐병……." 그런 속삭임 속에서, 나는 밖으로 나오면서 은근히 한마디를 기다리고 있었다. 그러나 결국 '안녕히 가십시오.'는 나오지 않고 말았다. 그것이 서울과의 차이점이었다. 그들은 이제 수군거림의 소용돌이 속으로 끌려 들어가고 있으리라, 자기 자신조차 잊어버리면서. 나중에 그 소용돌이가 밖으로 내던져졌을 때 자기들이 느낄 공허감도 모른다는 듯이 그들은 수군거리고 수군거리고 또 수군거리고 있으리라. 바다가 있는 쪽에서 바람이 불어오고 있었다. 몇 시간 전에 버스에서 내릴 때보다 거리는 많이 번잡해졌다. 학생들이 학교에서 돌아오고 있었다. 그들은 책가방이 **주체스러운** 모양인지 그것을 뱅뱅 돌리기도 하며 어깨 너머로 넘겨 들기도 하며 두 손으로 껴안기도 하며 혀끝에 침으로써 방울을 만들어서 그것을 입바람으로 훅 불어 날리곤 했다. 학교 선생들과 사무소의 직원들도 달그락거리는 빈 도시락을 들고 축 늘어져서 지나가고 있었다. 그러자 나는 이 모든 것이 장난처럼 생각되었다. 학교에 다닌다는 것, 학생들을 가르친다는 것, 사무소에 출근했다가 퇴근한다는 이 모든 것이 실없는 장난이라는 생각이 든 것이다. 사람들이 거기에 매달려서 끙끙댄다는 것이 우습게 생각되었다.

이모 댁으로 돌아와서 저녁을 먹고 있을 때, 나는 방문을 받았다. 박(朴)이

도회인(都會人)　사람이 많이 살고 상공업이 발달한 번잡한 지역에 사는 사람.
주체스럽다　처리하기 어려울 만큼 짐스럽고 귀찮은 데가 있다.

라고 하는 무진중학교의 내 몇 해 후배였다. 한때 독서광이었던 나를 그 후배는 무척 존경하는 눈치였다. 그는 학생 시대에 이른바 문학 소년이었던 것이다. 미국 작가인 **피츠제럴드**를 좋아한다고 하는 그 후배는 그러나 피츠제럴드의 팬답지 않게 아주 얌전하고 매사에 엄숙했고 그리고 가난하였다. "신문지국에 있는 제 친구에게서 내려오셨다는 얘길 들었습니다. 웬일이십니까?" 그는 정말 반가워해 주었다. "무진엔 왜 내가 못 올 덴가?" 그렇게 대답하며 나는 내 말투가 마음에 거슬렸다. "너무 오랫동안 오시지 않으니까 그러는 거죠. 제가 군대에서 막 제대했을 때 오시고 이번이 처음이시니까 벌써……." "벌써 한 사 년 되는군." 사 년 전 나는, 내가 경리의 일을 보고 있던 제약 회사가 좀 더 큰 다른 회사와 **합병**되는 바람에 일자리를 잃고 무진으로 내려왔던 것이다. 아니 단지 일자리를 잃었다는 이유만으로 서울을 떠났던 것은 아니다. 동거하고 있던 희(姬)만 그대로 내 곁에 있어 주었던들 실의의 무진행은 없었으리라. "결혼하셨다더군요?" 박이 물었다. "흐응, 자넨?" "전 아직. 참, 좋은 데로 장가드셨다고들 하더군요." "그래? 자넨 왜 여태 결혼하지 않고 있나? 자네 **금년**에 어떻게 되지?" "스물아홉입니다." "스물아홉이라. 아홉 수가 원래 사납다고 하데만. 금년엔 어떻게 해 보지 그래?" "글쎄요." 박은 소년처럼 머리를 긁었다. 사 년 전이니까 그해의 내 나이가 스물아홉이었고 희가 내 곁에서 달아나 버릴 무렵에 지금 아내의 전남편이 죽었던 것이다. "무슨 나쁜 일이 있었던 건 아니겠죠?" 옛날의 내 무진행의 내용을 다소 알고 있는 박은 그렇게 물었다. "응, 아마 승진이 될 모양인데 며칠 휴가를 얻었지." "잘 되셨군요. 해방 후의 무진중학 출신 중에선 형님이 제일 출세하셨다고들 하고 있어요." "내가?" 나는 웃었다. "예, 형님하고 형님 동기 중에서 조(趙) 형하고

피츠제럴드(Francis Scott Key Fitzgerald, 1896~1940) 미국의 소설가. 대표작으로 《위대한 개츠비》가 있다.
합병(合倂) 둘 이상의 기구나 단체, 나라 따위가 하나로 합쳐짐. 또는 그렇게 만듦.
금년(今年) 지금 지나가고 있는 이해.

요." "조라니 나하고 친하게 지내던 애 말인가?" "예, 그 형이 재작년엔가 고등 고시에 패스해서 지금 여기 세무서장으로 있거든요." "아, 그래?" "모르셨어요?" "서로 소식이 별로 없었지. 그 애가 옛날엔 여기 세무서에서 직원으로 있었지, 아마?" "예." "그거 잘됐군. 오늘 저녁엔 그 친구에게나 가 볼까?" 친구 조는 키가 작았고 살결이 검은 편이었다. 그래서 키가 크고 살결이 창백한 나에게 열등감을 느낀다는 얘기를 내게 곧잘 했었다. '옛날엔 손금이 나쁘다고 판단받은 소년이 있었다. 그 소년은 자기의 손톱으로 손바닥에 좋은 손금을 파 가며 열심히 일했다. 드디어 그 소년은 성공해서 잘살았다.' 조는 이런 얘기에 가장 감격하는 친구였다. "참 자넨 요즘 뭘 하고 있나?" 내가 박에게 물었다. 박은 얼굴을 붉히고 잠시 동안 머뭇거리다가 모교에서 교편을 잡고 있다고, 그것이 무슨 잘못이라도 되는 것처럼 우물거리며 대답했다. "좋지 않아? 책 읽을 여유가 있으니까 얼마나 좋은가? 난 잡지 한 권 읽을 여유가 없네. 무얼 가르치고 있나?" 후배는 내 말에 용기를 얻었는지 아까보다는 조금 밝은 목소리로 대답했다. "국어를 가르치고 있습니다." "잘했어. 학교 측에서 보면 자네 같은 선생을 구하기도 힘들 거야." "그렇지도 않아요. 사범 대학 출신들 때문에 교원 자격 고시(敎員資格考試) 합격증 가지고 견디기가 힘들어요." "그게 또 그런가?" 박은 아무 말 없이 쓸쓸한 미소만 지어 보였다.

저녁 식사 후, 우리는 술 한잔씩을 마시고 나서 세무서장이 된 조의 집을 향하여 갔다. 거리는 어두컴컴했다. 다리를 건널 때 나는 냇가의 나무들이 어슴푸레하게 물속에 비쳐 있는 것을 보았다. 옛날 언젠가 역시 이 다리를 밤중에 건너면서 나는 저 시커멓게 웅크리고 있는 나무들을 저주했었다. 금방 소리를 지르며 달려들 듯한 모습으로 나무들은 서 있었던 것이다. 세상에 나무가 없다면 얼마나 좋을까 하고 생각하기도 했었다. "모든 게 여전하군." 내가 말했다. "그럴까요?" 후배가 웅얼거리듯이 말했다.

조의 응접실에는 손님들이 네 사람 있었다. 나의 손을 아프도록 쥐고 흔들고 있는 조의 얼굴이 옛날보다 윤택해지고 살결도 많이 하얘진 것을 나는 보고 있었다. "어서 자리로 앉아라. 이거 원 누추해서…… 빨리 마누랄 얻어야겠는데……" 그러나 방은 결코 누추하지 않았다. "아니 아직 결혼 안 했나?" 내가 물었다. "법률 책 좀 붙들고 앉아 있었더니 그렇게 돼 버렸어. 어서 앉아." 나는 먼저 온 손님들에게 소개되었다. 세 사람은 남자로서 세무서 직원들이었고 한 사람은 여자로서 나와 함께 온 박과 무언가 얘기를 주고받고 있었다. "어어, **밀담**들은 그만하시고. 하(河) 선생, 인사해요, 내 중학 동창인 윤희중이라는 친굽니다. 서울에 있는 큰 제약 회사의 **간사** 님이시고 이쪽은 우리 모교에 와 계시는 음악 선생님이시고. 하인숙 씨라고, 작년에 서울에서 음악 대학을 나오신 분이지." "아, 그러세요. 같은 학교에 계시는군요?" 나는 박과 그 여 선생을 번갈아 가리키며 여 선생에게 말했다. "네." 여 선생은 방긋 웃으며 대답했고 내 후배는 고개를 숙여 버렸다. "고향이 무진이신가요?" "아녜요. 발령이 이곳으로 났기 땜에 저 혼자 와 있는 거예요." 그 여자는 개성 있는 얼굴을 가지고 있었다. 윤곽은 갸름했고 눈이 컸고 얼굴색은 노리끼리했다. 전체로 보아서 **병약한** 느낌을 주고 있었지만 그러나 좀 높은 콧날과 두꺼운 입술이 병약하다는 인상을 버리도록 요구하고 있었다. 그리고 카랑카랑한 목소리가 코와 입이 주는 인상을 더욱 강하게 하고 있었다. "전공이 무엇이었던가요?" "성악 공부 좀 했어요." "그렇지만 하 선생님은 피아노도 아주 잘 치십니다." 박이 곁에서 조심스런 목소리로 끼어들었다. 조도 거들었다. "노래를 아주 잘하시지. 소프라노가 굉장하시거든." "아, 소프라노를 맡으시는가요?" 내가 물었다. "네, 졸업 연주회 땐 《**나비 부인**》 중에서 〈어떤 개

밀담(密談) 남몰래 하는 이야기.
간사(幹事) 단체나 기관의 사무를 담당하여 처리하는 직무. 또는 그런 일을 하는 사람.
병약하다(病弱--) 병으로 인하여 몸이 쇠약하다.
《나비 부인(--夫人)》 푸치니(Puccini, 1858~1924)가 작곡한 2막 3장의 오페라. 일본의 기녀(妓女) 나비 부인이 미국의 해군 장교에게 버림받아 스스로 목숨을 끊기까지의 비극적 이야기로, 〈어떤 개인 날〉은 극 중 가장 유명한 노래이다.

인 날〉을 불렀어요." 그 여자는 졸업 연주회를 그리워하고 있는 듯한 음성으로 말했다.

방바닥에는 비단 방석이 놓여 있고 그 위에는 화투짝이 흩어져 있었다. 무진이다. 곧 입술을 태울 듯이 타들어 가는 담배꽁초를 입에 물고 눈으로 들어오는 그 담배 연기 때문에 눈물을 찔끔거리며 눈을 가늘게 뜨고, 이미 정오가 가까운 시각에야 잠자리에서 일어나서 그날의 허황한 운수를 점쳐 보던 화투짝이었다. 또는, 자신을 팽개치듯이 끼어들던 언젠가의 노름판, 그 노름판에서 나의 뜨거워져 가는 머리와 손가락만을 제외하곤 내 몸을 전연 느끼지 못하게 만들던 그 화투짝이었다. "화투가 있군, 화투가." 나는 한 장을 집어서 딱 소리가 나게 내려치고 다시 그것을 집어서 내려치고 또 집어서 내려치고 하며 중얼거렸다. "우리 돈내기 한판 하실까요?" 세무서 직원 중의 하나가 내게 말했다. 나는 싫었다. "다음 기회에 하지요." 세무서 직원들은 싱글싱글 웃었다. 조가 안으로 들어갔다가 나왔다. 잠시 후에 술상이 나왔다.

"여기엔 얼마쯤 있게 되나?" "일 주일가량." "청첩장 한 장 없이 결혼해 버리는 법이 어디 있어? 하기야 청첩장을 보냈더라도 그땐 내가 세무서에서 주판알 튕기고 있을 때니까 별수도 없었겠지만 말이다." "난 그랬지만 넌 청첩장 보내야 한다." "염려 마라. 금년 안으로는 받아 볼 수 있게 될 거다." 우리는 별로 거품이 일지 않는 맥주를 마셨다. "제약 회사라면 그게 약 만드는 데 아닙니까?" "그렇죠." "평생 병 걸릴 염려는 없겠습니다그려." 굉장히 우스운 익살을 부렸다는 듯이 직원들은 방바닥을 치며 오랫동안 웃었다. "참 박 군, 학생들한테서 인기가 대단하더구먼. 기껏 오 분쯤 걸어 오면 될 거리에 살면서 나한테 왜 통 놀러 오지 않나?" "늘 생각은 하고 있었습니다만……." "저기 앉아 계시는 하 선생님한테서 자네 얘긴 늘 듣고 있었지. 자, 하 선생, 맥주는 술도 아니니까 한잔 들어 봐요. 평소엔 그렇지도 않던데 오늘 저녁엔 왜 이렇게 얌전을 피우실까?" "네 네, 거기 놓으세요. 제가 마시겠어요." "맥주는 좀 마셔 봤지요?" "대학 다닐 때 친구들과 어울려서 방문을 안으로 잠가 놓고 소주도 마셔 본걸요." "이거 술꾼인 줄은 몰랐는데." "마시고 싶어서 마신 게 아니라 시험 삼아서 맛 좀 본 거예요." "그래서 맛이 어떻습디까?" "모르겠어요. 술잔을 입에서 떼자마자 쿨쿨 자 버렸으니까요." 사람들이 웃었다. 박만이 억지로 웃는 듯한 웃음이었다. "내가 항상 생각하는 바지만, 하 선생님의 좋은 점은 바로 저기에 있거든. 될 수 있으면 얘기를 재미있게 하려고 한다는 점, 바로 그거야." "일부러 재미있게 하려고 하는 게 아녜요. 대학 다닐 때의 말버릇이에요." "아하, 그러고 보면 하 선생의 나쁜 점은 바로 저기 있어. '내가 대학 다닐 때'라는 말을 빼놓곤 얘기가 안 됩니까? 나처럼 대학엔 **문전**에도 가 보지 못한 사람은 서러워서 살겠어요?" "죄송합니다." "그럼 내게 사과하는 뜻에서 노래 한 곡 들려주시겠어요?" "그거 좋습니다." "좋지요." "한번 들어봅시다." 사람들이 박수를 쳤다. 여 선생은 머뭇거렸다. "서울 손님도 오고 했으니까……. 그 지난번에 부르던 거 참 좋습디다." 조는 재촉했다. "그럼 부릅니다." 여 선생은 거의 무표정한 얼굴로 입을 조금만 달싹거리며 노래를 부르기 시작했다. 세무서 직원들이 손가락으로 술상을 두드리기 시작했다. 여선생은 〈**목포의 눈물**〉을 부르고 있었다. 〈어떤 개인 날〉과 〈목포의 눈물〉 사이에는 얼마큼의 유사성이 있을까? 무엇이 저 **아리아**들로써 길들여진 성대에서 유행가를 나오게 하고 있을까? 그 여자가 부르는 〈목포의 눈물〉에는 작부들이 부르는 그것에서 들을 수 있는 것과 같은 꺾임이 없었고 대체로 유행가를 살려 주는 목소리의 갈라짐이 없었고, 흔히 유행가 내용으로 하는 청승맞음이 없었다. 그 여자의 〈목포의 눈물〉은 이미 유행가가 아니었다. 그렇다고 〈나비 부인〉 중의 아리아는 더욱 아니었다. 그것은 이전에

문전(門前) 문의 앞쪽.
〈**목포의 눈물**〉 1935년 목포 출신의 가수 이난영이 처음 부른 뒤 오랫동안 애창되고 있는 트로트 곡.
아리아(aria) 오페라, 오라토리오 따위에서 기악 반주가 있는 서정적인 가락의 독창곡.

는 없었던 어떤 새로운 양식의 노래였다. 그 양식은 유행가가 내용으로 하는 청승맞음과는 다른, 좀 더 무자비한 청승맞음을 포함하고 있었고 〈어떤 개인날〉의 그 **절규**보다도 훨씬 높은 옥타브의 절규를 포함하고 있었고, 그 양식에는 머리를 풀어헤친 광녀(狂女)의 냉소가 스며 있었고 무엇보다도 시체가 썩어 가는 듯한 무진의 그 냄새가 스며 있었다.

그 여자의 노래가 끝나자 나는 의식적으로 바보 같은 웃음을 띠고 박수를 쳤고, 그리고 육감으로써랄까, 나는 후배인 박이 이 자리에서 떠나고 싶어 하는 것을 알았다. 나의 시선이 박에게로 갔을 때, 나의 시선을 받은 박은 기다렸다는 듯이 자리에서 일어났다. 누군지가 그에게 앉아 있기를 권했으나 박은 해사한 웃음을 띠며 거절했다. "먼저 실례합니다. 형님은 내일 또 뵙지요." 조는 대문까지 따라나왔고 나는 한길까지 박을 바래다 주려고 나갔다. 밤이 깊지 않았는데도 거리는 적막했다. 어디선지 개 짖는 소리가 들려왔고 쥐 몇 마리가 한길 위에서 무엇을 먹고 있다가 우리의 그림자에 놀라 흩어져 버렸다. "형님, 보세요. 안개가 내리는군요." 과연 한길의 저 끝이, 불빛이 드문드문 박혀 있는 먼 주택지의 검은 풍경들이 점점 풀어져 가고 있었다. "자네, 하 선생을 좋아하고 있는 모양이군?" 내가 물었다. 박은 다시 해사한 웃음을 띠었다. "그 여 선생과 조 군과 무슨 관계가 있는 모양이지?" "모르겠습니다. 아마 조 형이 결혼 대상자 중의 하나로 생각하는 것 같아요." "자네가 그 여 선생을 좋아한다면 좀 더 적극적으로 나가야 해. 잘해 봐." "뭐 별로……." 박은 소년처럼 말을 더듬거렸다. "그 속물들 틈에 앉아서 유행가를 부르고 있는 게 좀 딱해 보였을 뿐이지요. 그래서 나와 버린 거죠." 박은 분노를 누르고 있는 듯이 나직나직 말했다. "클래식을 부를 장소가 있고 유행가를 부를 장소가 따로 있다는 것뿐이겠지. 뭐 딱할 거까지야 있나?" 나는 거짓말

절규(絶叫) 있는 힘을 다하여 절절하고 애타게 부르짖음.

로써 그를 위로했다. 박은 가고 나는 다시 '속물'들 틈에 끼었다. 무진에서는 누구나 그렇게 생각하는 것이다. 타인은 모두 속물들이라고. 나 역시 그렇게 생각하는 것이다. 타인이 하는 모든 행위는 **무위**와 똑같은 무게밖에 가지고 있지 않은 장난이라고.

밤이 퍽 깊어서 우리는 자리에서 일어났다. 조는 내가 자기 집에서 자고 가기를 권했다. 그러나 다음 날 아침에 잠자리에서 일어나서 그 집을 나올 때까지의 부자유스러움을 생각하고 나는 기어코 밖으로 나섰다. 직원들도 도중에서 흩어져 가고 결국엔 나와 여자만이 남았다. 우리는 다리를 건너고 있다. 검은 풍경 속에서 냇물은 하얀 모습으로 뻗어 있었고 그 하얀 모습의 끝은 안개 속으로 사라지고 있었다. "밤엔 정말 멋있는 고장이에요." 여자가 말했다. "그래요? 다행입니다." 내가 말했다. "왜 다행이라고 말씀하시는 줄 짐작하겠어요." 여자가 말했다. "어느 정도까지 짐작하셨어요?" 내가 물었다. "사실은 멋이 없는 고장이니까요. 제 대답이 맞았어요?" "거의." 우리는 다리를 다 건넜다. 거기서 우리는 헤어져야 했다. 그 여자는 냇물을 따라서 뻗어 나간 길로 가야 했고 나는 곧장 난 길로 가야 했다. "아, 글루 가세요? 그럼……." 내가 말했다. "조금만 바래다주세요. 이 길은 너무 조용해서 무서워요." 여자가 조금 떨리는 목소리로 말했다. 나는 다시 여자와 나란히 서서 걸었다. 나는 갑자기 이 여자와 친해진 것 같았다. 다리가 끝나는 바로 거기에서부터, 그 여자가 정말 무서워서 떠는 듯한 목소리로 내게 바래다주기를 청했던 바로 그때부터 나는 그 여자가 내 생애 속에 끼어든 것을 느꼈다. 내 모든 친구들처럼, 이제는 모른다고 할 수 없는, 때로는 내가 그들을 훼손하기도 했지만 그러나 더욱 많이 그들이 나를 훼손시켰던 내 모든 친구들처럼. "처음 뵈었을 때, 뭐랄까요, 서울 냄새가 난다고 할까요, 퍽 오래전부터 알던 사

무위(無爲) 아무것도 하는 일이 없음. 또는 이룬 것이 없음.

람처럼 느껴졌어요. 참 이상하죠?" 갑자기 여자가 말했다. "유행가." 내가 말했다. "네?" "아니 유행가는 왜 부르십니까? 성악 공부한 사람들은 될 수 있는 대로 유행가를 멀리하지 않았던가요?" "그 사람들은 항상 유행가만 부르라고 하거든요." 대답하고 나서 여자는 부끄러운 듯이 나지막하게 소리 내어 웃었다. "유행가를 부르지 않으려면 거기에 가지 않는 게 좋다고 얘기하면 내정 간섭이 될까요?" "정말 앞으론 가지 않을 작정이에요. 정말 보잘것없는 사람들이에요." "그럼 왜 여태까진 거기에 놀러 다녔습니까?" "심심해서요." 여자는 힘없이 말했다. 심심하다, 그래 그게 가장 정확한 표현이다. "아까 박 군은 하 선생님께서 유행가를 부르고 계시는 게 보기에 딱하다고 하면서 나가 버렸지요." 나는 어둠 속에서 여자의 얼굴을 살폈다. "박 선생님은 정말 **꽁생원**이에요." 여자는 유쾌한 듯이 높은 소리로 웃었다. "선량한 사람이죠." 내가 말했다. "네, 너무 선량해요." "박 군이 하 선생님을 사랑하고 있다는 생각을 해 본 적은 없었던가요?" "아이, '하 선생님 하 선생님' 하지 마세요. 오빠라고 해도 제 큰오빠뻘이나 되실 텐데요." "그럼 무어라고 부릅니까?" "그냥제 이름을 불러 주세요. 인숙이라고요." "인숙이, 인숙이." 나는 낮은 소리로 중얼거려 보았다. "그게 좋군요." 나는 말했다. "인숙인 왜 내 질문을 피하지요?" "무슨 질문을 하셨던가요?" 여자는 웃으면서 말했다. 우리는 논 곁을 지나가고 있었다. 언젠가 여름 밤, 멀고 가까운 논에서 들려오는 개구리들의 울음소리를, 마치 수많은 비단조개 껍질을 한꺼번에 맞비빌 때 나는 듯한 소리를 듣고 있을 때 나는 그 개구리 울음소리들이 나의 감각 속에서 반짝이고 있는 수없이 많은 별들로 바뀌어져 있는 것을 느끼곤 했었다. 청각의 이미지가 시각의 이미지로 바뀌어지는 이상한 현상이 나의 감각 속에서 일어나곤 했었던 것이다. 개구리 울음소리가 반짝이는 별들이라고 느낀 나의 감각은 왜 그

꽁생원(-生員) 마음이 너그럽지 못하고 소견이 좁은 사람을 놀림조로 이르는 말.

렇게 뒤죽박죽이었을까. 그렇지만 밤하늘에서 쏟아질 듯이 반짝이고 있는 별들을 보고 개구리의 울음소리가 귀에 들려오는 듯했었던 것은 아니다. 별들을 보고 있으면 나는 나와 어느 별과 그리고 그 별과 또 다른 별들 사이의 안타까운 거리가, 과학책에서 배운 바로써가 아니라, 마치 나의 눈이 점점 정확해져 가고 있는 듯이 나의 시력에 뚜렷이 보여 오는 것이었다. 나는 그 도달할 길 없는 거리를 보는 데 홀려서 멍하니 서 있다가 그 순간 속에서 그대로 가슴이 터져 버리는 것 같았었다. 왜 그렇게 못 견디어 했을까. 별이 무수히 반짝이는 밤하늘을 보고 있던 옛날 나는 왜 그렇게 분해서 못 견디어 했을까. "무얼 생각하고 계세요?" 여자가 물어 왔다. "개구리 울음소리." 대답하며 나는 밤하늘을 올려다봤다. 내리고 있는 안개에 가려서 별들이 흐릿하게 떠 보였다. "어머, 개구리 울음소리. 정말예요, 제겐 여태까지 개구리 울음소리가 들리지 않았어요. 무진의 개구리는 밤 열두 시 이후에만 우는 줄로 알고 있었는데요." "열두 시 이후에요?" "네, 밤 열두 시가 넘으면 제가 방을 얻어 있는 주인댁 라디오 소리도 꺼지고 들리는 거라곤 개구리 울음소리뿐이거든요." "밤 열두 시가 넘도록 자지 않고 무얼 하시죠?" "그냥 가끔 그렇게 잠이 오지 않아요." 그냥 그렇게 잠이 오지 않는다, 아마 그건 사실이리라. "사모님 예쁘게 생기셨어요?" 여자가 갑자기 물었다. "제 아내 말씀인가요?" "네." "예쁘죠." 나는 웃으면서 대답했다. "행복하시죠? 돈이 많고 예쁜 부인이 있고 귀여운 아이들이 있고 그러면……." "아이들은 아직 없으니까 쬐끔 덜 행복하겠군요." "어머, 결혼을 언제 하셨는데 아직 아이들이 없어요?" "이제 삼년 좀 넘었습니다." "특별한 용무도 없이 여행하시면서 왜 혼자 다니세요?" 이 여자는 왜 이런 질문을 할까? 나는 조용히 웃어 버렸다. 여자는 아까보다 좀 더 명랑한 목소리로 말했다. "앞으로 오빠라고 부를 테니까 절 서울로 데려가 주시겠어요?" "서울에 가고 싶으신가요?" "네." "무진이 싫은가요?" "미칠 것 같아요. 금방 미칠 것 같아요. 서울엔 제 대학 동창들도 많고……. 아이, 서울로 가고 싶어 죽겠어요." 여자는 잠깐 내 팔을 잡았다가 얼른 놓았다. 나는 갑자기 흥분되었다. 나는 이마를 찡그렸다. 찡그리고 찡그리고 또 찡그렸다. 그러자 흥분이 가셨다. "그렇지만 이젠 어딜 가도 대학 시절과는 다를걸요. 인숙은 여자니까 아마 가정으로나 숨어 버리기 전에는 어느 곳에 가든지 미칠 것 같을걸요." "그런 생각도 해 봤어요. 그렇지만 지금 같아선 가정을 갖는다고 해도 미칠 것 같은 생각이 들어요. 정말 맘에 드는 남자가 아니면요. 정말 맘에 드는 남자가 있다고 해도 여기서는 살기가 싫어요. 전 그 남자에게 여기서 도망하자고 조를 거예요." "그렇지만 내 경험으로는 서울에서의 생활이 반드시 좋지도 않더군요. 책임, 책임뿐입니다." "그렇지만 여긴 책임도 무책임도 없는 곳인걸요. 하여튼 서울에 가고 싶어요. 절 데려가 주시겠어요?" "생각해 봅시다." "꼭이에요, 네?" 나는 그저 웃기만 했다. 우리는 그 여자의 집 앞에까지 왔다. "선생님, 내일은 무얼 하실 계획이세요?" 여자가 물었다. "글쎄요, 아침엔 어머님 산소엘 다녀와야 하겠고, 그러고 나면 할 일이 없군요. 바닷가에나 가 볼까 하는데요. 거긴 한때 내가 방을 얻어 있던 집이 있으니까 인사도 할 겸." "선생님, 내일 거긴 오후에 가세요." "왜요?" "저도 같이 가고 싶어요. 내일은 토요일이니까 오전 수업뿐이에요." "그럽시다." 우리는 내일 만날 시간과 장소를 약속하고 헤어졌다. 나는 이상한 우울에 빠져서 터벅터벅 밤길을 걸어 이모 댁으로 돌아왔다.

　내가 이불 속으로 들어갔을 때 통금 사이렌이 불었다. 그것은 갑작스럽게 요란한 소리였다. 그 소리는 길었다. 모든 사물이 모든 사고(思考)가 그 사이렌에 흡수되어 갔다. 마침내 이 세상에선 아무것도 없어져 버렸다. 사이렌만이 세상에 남아 있었다. 그 소리도 마침내 느껴지지 않을 만큼 오랫동안 계속할 것 같았다. 그때 소리가 갑자기 힘을 잃으면서 꺾였고 길게 신음하며 사라져 갔다. 내 사고만이 다시 살아났다. 나는 얼마 전까지 그 여자와 주고받던 얘기들을 다시 생각해 보려 했다. 많은 것을 얘기한 것 같은데 그러나 귓속에는 우리의 대화가 몇 개 남아 있지 않았다. 좀 더 시간이 지난 후, 그 대화들이 내 귓속에서 내 머릿속으로 자리를 옮길 때는 그리고 머릿속에서 심장 속으로 옮겨 갈 때는 또 몇 개가 더 없어져 버릴 것인가. 아니 결국엔 모두 없어져 버릴지도 모른다. 천천히 생각해 보자. 그 여자는 서울에 가고 싶다고 했다. 그 말을 그 여자는 안타까운 음성으로 얘기했다. 나는 문득 그 여자를 껴안고 싶은 충동에 사로잡혔다. 그리고……. 아니, 내 심장에 남을 수 있는 것은 그것뿐이었다. 그러나 그것도 일단 무진을 떠나기만 하면 내 심장 위에서 지워져 버리리라. 나는 잠이 오지 않았다. 낮잠 때문이기도 하였다. 나는 어둠 속에서 담배를 피웠다. 나는 우울한 유령들처럼 나를 내려다보고 있는 벽에 걸린 하얀 옷들을 흘겨보고 있었다. 나는 담뱃재를 머리맡의 적당한 곳에 털었다. 내일 아침 걸레로 닦아 내면 될 어느 곳에. '열두 시 이후에 우는' 개구리 울음소리가 희미하게 들려오고 있었다. 어디선가 한 시를 알리는 시계 소리가 나직이 들려왔다. 어디선가 두 시를 알리는 시계 소리가 들려왔다. 어디선가 세 시를 알리는 시계 소리가 들려왔다. 어디선가 네 시를 알리는 시계 소리가 들려왔다. 잠시 후에 통금 해제의 사이렌이 불었다. 시계와 사이렌 중 어느 것 하나가 정확하지 못했다. 사이렌은 갑작스럽고 요란한 소리였다. 그 소리는 길었다. 모든 사물이, 모든 사고가 그 사이렌에 흡수되어 갔다. 마침내 이 세상에선 아무것도 없어져 버렸다. 사이렌만이 세상에 남아 있었다. 그 소리도 마침내 느껴지지 않을 만큼 오랫동안 계속할 것 같았다. 그때 소리가 갑자기 힘을 잃으면서 꺾였고 길게 신음하며 사라져 갔다. 어디선가 부부들은 교합하리라. 아니다. 부부가 아니라 창부와 그 여자의 손님이리라. 나는 왜 그런 엉뚱한 생각을 하고 있는지 알 수 없었다. 잠시 후에 나는 슬며시 잠이 들었다.

바다로 뻗은 긴 방죽

그날 아침엔 이슬비가 내리고 있었다. 식전(食前)에 나는 우산을 받쳐들고 읍 근처의 산에 있는 어머니의 산소로 갔다. 나는 바지를 무릎 위까지 걷어올리고 비를 맞으며 묘를 향하여 엎드려 절했다. 비가 나를 굉장한 효자로 만들어 주었다. 나는 한 손으로 묘 위의 긴 풀을 뜯었다. 풀을 뜯으면서 나는 나를 전무님으로 만들기 위하여 전무 선출에 관계된 사람들을 찾아다니며 그 **호걸웃음**을 웃고 있을 장인 영감을 상상했다. 그러나 나는 묘 속으로 들어가고 싶었다.

돌아가는 길은 좀 멀긴 하지만 잔디가 곱게 깔린 방죽 길을 걷기로 했다. 이슬비가 바람에 뿌옇게 날리고 있었다. 비를 따라서 풍경이 흔들렸다. 나는 우산을 접어 버렸다. 방죽 위를 걸어가다가 나는 방죽의 경사 밑, 물가의 풀밭에 읍에서 먼 촌으로부터 등교하기 위하여 오던 학생들이 모여서 웅성거리고 있는 것을 보았다. 나이 많은 사람들이 몇 사람 끼어 있었고 비옷을 입은 순경 한 사람이 방죽의 비탈 위에 쭈그리고 앉아서 담배를 피우며 먼 곳을 바라보고 있었고 노파 한 사람이 혀를 차며 웅성거리고 있는 학생들의 틈을 빠져나와서 갔다. 나는 방죽의 비탈을 내려갔다. 순경 곁을 지나면서 나는 물었다. "무슨 일입니까?" "자살 시쳅니다." 순경은 흥미 없는 말투로 말했다. "누군데요?" "읍에 있는 술집 여잡니다. 초여름이 되면 반드시 몇 명씩 죽지요." "네에." "저 계집애는 아주 독살스러운 년이어서 안 죽을 줄 알았더니, 저것도 별수 없는 사람이었던 모양입니다." "네에." 나는 물가로 내려가서 학생들 틈에 끼었다. 시체의 얼굴은 냇물을 향하고 있었으므로 내게는 보이지 않았다. 머리는 파마였고 팔과 다리가 하얗고 굵었다. 붉은색의 얇은 스웨터를 입고 있었고 하얀 스커트를 입고 있었다. 지난밤의 새벽

호걸웃음(豪傑--) 호탕한 웃음.

은 추웠던 모양이다. 아니면 그 옷이 그 여자의 맘에 든 옷이었던가 보다. 푸른 꽃무늬 있는 하얀 고무신을 머리에 베고 있었다. 무엇인가를 싼 하얀 손수건이 그 여자의 축 늘어진 손에서 좀 떨어진 곳에 굴러 있었다. 하얀 손수건은 비를 맞고 있었고 바람이 불어도 조금도 나부끼지 않았다. 시체의 얼굴을 보기 위해서 많은 학생들이 냇물 속에 발을 담그고 이쪽을 향하여 서 있었다. 그들의 푸른색 유니폼이 물에 거꾸로 비쳐 있었다. 푸른색의 깃발들이 시체를 **옹위하고** 있었다. 나는 그 여자를 향하여 이상스레 정욕이 끓어오름을 느꼈다. 나는 급히 그 자리를 떠났다. "무슨 약을 먹었는지 모르지만 지금이라도 어쩌면……." 순경에게 내가 말했다. "저런 여자들이 먹는 건 **청산가리**입니다. 수면제 몇 알 먹고 떠들썩한 연극 같은 건 안 하지요. 그것만은 고마운 일이지만." 나는 무진으로 오는 버스 안에서 수면제를 만들어 팔겠다는 공상을 한 것이 생각났다. 햇빛의 신선한 밝음과 살갗에 탄력을 주는 정도의 공기의 저온, 그리고 해풍에 섞여 있는 정도의 소금기, 이 세 가지를 합성하여 수면제를 만들 수 있다면……. 그러나 사실 그 수면제는 이미 만들어져 있었던 게 아닐까. 나는 문득, 내가 간밤에 잠을 이루지 못하고 뒤척거리고 있었던 게 이 여자의 **임종**을 지켜 주기 위해서가 아니었을까 하는 생각이 들었다. 통금 해제의 사이렌이 불고 이 여자는 약을 먹고 그제야 나는 슬며시 잠이 들었던 것만 같다. 갑자기 나는 이 여자가 나의 일부처럼 느껴졌다. 아프긴 하지만 아끼지 않으면 안 될 내 몸의 일부처럼 느껴졌다. 나는 접어 든 우산에 묻은 물을 휙휙 뿌리면서 집으로 돌아왔다. 집에는 세무서장인 조가 보낸 쪽지가 기다리고 있었다. "할 일 없으면 세무서에 좀 들러 주게." 아침밥을 먹고 나는 세무서로 갔다. 이슬비는 그쳤으나 하늘은 흐렸다. 나는 조의 의도를

옹위하다(擁衛---) 주위를 둘러싸다.
청산가리(靑酸加里) '사이안화 칼륨'을 일상적으로 이르는 말. '청산 칼리'의 음역어이다.
임종(臨終) 죽음을 맞이함.

알 것 같았다. 서장실에 앉아 있는 자기의 모습을 보여 주고 싶은 거다. 아니 내가 비꼬아서 생각하고 있는지 모른다. 나는 고쳐 생각하기로 했다. 그는 세무서장으로 만족하고 있을까? 아마 만족하고 있을 게다. 그는 무진에 어울리는 사람이다. 아니, 나는 다시 고쳐 생각하기로 했다. 어떤 사람을 잘 안다는 것— 잘 아는 체한다는 것이 그 어떤 사람의 입장에서 보면 무척 불행한 일이다. 우리가 비난할 수 있고 적어도 평가하려고 드는 것은 우리가 알고 있는 사람에 한하는 것이기 때문이다.

　　조는 러닝셔츠 바람으로, 바지는 무릎 위까지 걷어붙이고 부채를 부치고 있었다. 나는 그가 초라해 보였고 그러나 그가 흰 커버를 씌운 회전의자 위에 앉아 있는 것을 자랑스러워하는 듯한 몸짓을 해 보일 때는 그가 가엾게 생각되었다. "바쁘지 않나?" 내가 물었다. "나야 뭐 하는 일이 있어야지. 높은 자리라는 건 책임진다는 말만 중얼거리고 있으면 되는 모양이지." 그러나 그는 결코 한가하지 않았다. 여러 사람들이 드나들면서 서류에 조의 도장을 받아 갔고 더 많은 서류들이 그의 **미결함**에 쌓여졌다. "월말에다가 토요일이 되어서 좀 바쁘다." 그는 말했다. 그러나 그의 얼굴은 그 바쁜 것을 자랑스럽게 여기고 있었다. 바쁘다. 자랑스러워할 틈도 없이 바쁘다. 그것은 서울에서의 나였다. 그만큼 여기는 생활한다는 것에 서투를 수 있다고나 할까? 바쁘다는 것도 서투르게 바빴다. 그리고 그때 나는, 사람이 자기가 하는 일에 서투르다는 것은, 그것이 무슨 일이든지 설령 도둑질이라고 할지라도 서투르다는 것은 보기에 딱하고 보는 사람을 신경질 나게 한다고 생각하였다. 미끈하게 일을 처리해 버린다는 건 우선 우리를 안심시켜 준다. "참, 엊저녁, 하 선생이란 여자는 네 색싯감이냐?" 내가 물었다. "색싯감?" 그는 높은 소리로 웃었다. "내 색싯감이 그 정도로밖에 안 보이냐?" 그가 말했다. "그 정도가 뭐 어

미결함(未決函)　아직 결정하거나 해결하지 아니한 서류를 모아놓는 통.

때서?" "야, 이 약아빠진 놈아, 넌 뺙 좋고 돈 많은 과부를 물어 놓고 기껏 내가 어디서 굴러온 줄도 모르는 말라빠진 음악 선생이나 차지하고 있으면 맘이 시원하겠다는 거냐?" 말하고 나서 그는 유쾌해 죽겠다는 듯이 웃어 대었다. "너만큼만 사는 정도라면 여자가 거지라도 괜찮지 않아?" 내가 말했다. "그래도 그게 아닙니다. 내 편에 나를 끌어 줄 사람이 없으면 처가 편에서라도 누가 있어야 하는 거야." 그가 대답했다. 그의 말투로는 우리는 공범자였다. "야, 세상 우습더라. 내가 고시에 패스하자마자 중매쟁이가 막 들어오는데……. 그런데 그게 모두 형편없는 것들이거든. 도대체 여자들이 성기 하나를 밑천으로 해서 시집가 보겠다는 고 배짱들이 괘씸하단 말야." "그럼 그 여선생도 그런 여자 중의 하나인가?" "아주 대표적인 여자지. 어떻게나 쫓아다니는지 귀찮아 죽겠다." "퍽 똑똑한 여자일 것 같던데." "똑똑하기야 하지. 그렇지만 뒷조사를 해 보았더니 집안이 너무 허술해. 그 여자가 여기서 죽는다고 해도 고향에서 그 여자를 데리러 올 사람 하나 **변변한** 게 없거든." 나는 그 여자를 어서 만나 보고 싶었다. 나는 그 여자가 지금 어디서 죽어 가고 있는 것처럼 생각되었다. 어서 가서 만나 보고 싶었다. "속도 모르는 박 군은 그 여자를 좋아한대." 그가 말하면서 빙긋 웃었다. "박 군이?" 나는 놀란 체했다. "그 여자에게 편지를 보내어 호소를 하는데 그 여자가 모두 내게 보여 주거든. 박 군은 내게 연애편지를 쓰는 셈이지." 나는 그 여자를 만나 보고 싶은 생각이 싹 가셨다. 그러나 잠시 후엔 그 여자를 어서 만나 보고 싶다는 생각이 되살아났다. "지난봄엔 그 여잘 데리고 절엘 한번 갔었지. 어떻게 해 보려고 했는데 요 영리한 게 결혼하기 전까지는 절대로 안 된다는 거야." "그래서?" "무안만 당하고 말았지." 나는 그 여자에게 감사했다.

시간이 됐을 때 나는 그 여자와 만나기로 한, 읍내에서 좀 떨어진, 바다로

변변하다 지체나 살림살이가 남보다 떨어지지 아니하다.

뻗어 나가고 있는 방죽으로 갔다. 노란 파라솔 하나가 멀리 보였다. 그것이 그 여자였다. 우리는 구름이 낀 하늘 밑을 나란히 걸어갔다. "저 오늘 박 선생님께 선생님에 관해서 여러 가지 물어봤어요." "그래요?" "무얼 제일 중요하게 물어보았을 거 같아요?" 나는 전연 짐작할 수가 없었다. 그 여자는 잠시 동안 키득키득 웃었다. 그리고 말했다. "선생님의 혈액형을 물어봤어요." "내 혈액형을요?" "전 혈액형에 대해서 이상한 믿음을 가지고 있어요. 사람들이 꼭 자기의 혈액형이 나타내 주는—그, 생물책에 씌어 있지 않아요?— 꼭 그 성격대로이기만 했으면 좋겠어요. 그럼 세상엔 손가락으로 꼽을 정도의 성격밖에 없을 게 아니에요?" "그게 어디 믿음입니까? 희망이지." "전 제가 바라는 것을 그대로 믿어 버리는 성격이에요." "그건 무슨 혈액형입니까?" "바보라는 이름의 혈액형이에요." 우리는 후텁지근한 공기 속에서 괴롭게 웃었다. 나는 그 여자의 프로필을 훔쳐보았다. 그 여자는 이제 웃음을 그치고 입을 꾹 다물고 그 커다란 눈으로 앞을 똑바로 응시하고 있었고 코끝에 땀이 맺혀 있었다. 그 여자는 어린아이처럼 나를 따라오고 있었다. 나는 나의 한 손으로 그 여자의 한 손을 잡았다. 그 여자는 놀란 듯했다. 나는 얼른 손을 놓았다. 잠시 후에 나는 다시 손을 잡았다. 그 여자는 이번엔 놀라지 않았다. 우리가 잡고 있는 손바닥과 손바닥 틈으로 희미한 바람이 새어 나가고 있었다. "무작정 서울에만 가면 어떻게 할 작정이오?" 내가 물었다. "이렇게 좋은 오빠가 있는데 어떻게 해 주겠지요." 여자는 나를 쳐다보며 방긋 웃었다. "신랑 감이야 수두룩하긴 하지만…… 서울보다는 고향에 가 있는 게 낫지 않을까요?" "고향보다는 여기가 나아요." "그럼 여기 그대로 있는 게……" "아이, 선생님. 절 데리고 가시잖을 작정이시군요." 여자는 울상을 지으며 내 손을 뿌리쳤다. 사실 나는 나 자신을 알 수 없었다. 사실 나는 감상이나 연민으로써 세상을 향하고 서는 나이도 지난 것이다. 사실 나는, 몇 시간 전에 조가 얘기했듯이 '빽이 좋고 돈 많은 과부'를 만난 것을, 반드시 바랐던 것은 아니지만 결과적으로는 잘되었다고 생각하고 있는 사람인 것이다. 나는 내게서 달아나 버렸던 여자에 대한 것과는 다른 사랑을 지금의 내 아내에 대하여 갖고 있었다. 그러면서도 나는 구름이 끼어 있는 하늘 밑의 바다로 뻗은 방죽 위를 걸어가면서 다시 내 곁에 선 여자의 손을 잡았다. 나는 지금 우리가 찾아가고 있는 집에 대하여 여자에게 설명해 주었다. 어느 해, 나는 그 집에서 방 한 칸을 얻어들고 더러워진 나의 폐를 씻어 내고 있었다. 어머니도 세상을 떠나간 뒤였다. 이 바닷가에서 보낸 일 년. 그때 내가 쓴 모든 편지들 속에서 사람들은 '쓸쓸하다'라는 단어를 쉽게 발견할 수 있었다. 그 단어는 다소 천박하고 이제는 사람의 가슴에 호소해 오는 능력도 거의 상실해 버린 **사어** 같은 것이지만 그러나 그 무렵의 내게는 그 말밖에 써야 할 말이 없는 것처럼 생각되었다. 아침의 백사장을 거니는 산보에서 느끼는 시간의 지루함과 낮잠에서 깨어나서 식은땀이 줄줄 흐르는 이마를 손바닥으로 닦으며 느끼는 허전함과 깊은 밤에 악몽으로부터 깨어나서 쿵쿵 소리를 내며 급하게 뛰고 있는 심장을 한 손으로 누르며 밤바다의 그 애처로운 울음소리에 귀를 기울이고 있을 때의 안타까움, 그런 것들이 굴 껍데기처럼 다닥다닥 붙어서 떨어질 줄 모르는 나의 생활을 나는 '쓸쓸하다'라는, 지금 생각하면 허깨비 같은 단어 하나로 대신시켰던 것이다. 바다는 상상도 되지 않는 먼지 낀 도시에서, 바쁜 일과 중에, 무표정한 우편배달부가 던져 주고 간 나의 편지 속에서 '쓸쓸하다'라는 말을 보았을 때 그 편지를 받은 사람이 과연 무엇을 느끼거나 상상할 수 있었을까? 그 바닷가에서 그 편지를 내가 띄우고 도시에서 내가 그 편지를 받았다고 가정할 경우에도 내가 그 바닷가에서 그 단어에 걸어 보던 모든 것에 만족할 만큼 도시의 내가 바닷가에서 나의 심경에 **공명할** 수 있었을 것인

사어(死語)　과거에는 쓰였으나 현재에는 쓰이지 아니하게 된 언어.
공명하다(共鳴--)　남의 사상이나 감정, 행동 따위에 공감하여 자기도 그와 같이 따르려 하다.

가? 아니 그것이 필요하기나 했었을까? 그러나 정확하게 말하자면, 그 무렵 편지를 쓰기 위해서 책상 앞으로 다가가고 있던 나도, 지금에 와서 내가 하고 있는 바와 같은 가정과 질문을 어렴풋이나마 하고 있었고 그 대답을 '아니다' 로 생각하고 있었던 듯하다. 그러면서도 그는 그 속에 '쓸쓸하다'라는 단어가 씌어진 편지를 썼고 때로는 바다가 **암청색**으로 서투르게 그려진 엽서를 사방으로 띄웠다. "세상에서 제일 먼저 편지를 쓴 사람은 어떤 사람이었을까요?" 내가 말했다. "아이, 편지. 정말 편지를 받는 것처럼 기쁜 일은 없어요. 정말 누구였을까요? 아마 선생님처럼 외로운 사람이었겠죠?" 여자의 손이 내 손 안에서 꼼지락거렸다. 나는 그 손이 그렇게 말하고 있는 듯한 느낌이 들었다. "그리고 인숙이처럼." 내가 말했다. "네." 우리는 서로 고개를 마주 보며 웃음 지었다.

우리는 우리가 찾아가는 집에 도착했다. 세월이 그 집과 그 집 사람들만은 피해서 지나갔던 모양이다. 주인들은 나를 옛날의 나로 대해 주었고 그러자 나는 옛날의 내가 되었다. 나는 가지고 온 선물을 내놓았고 그 집주인 부부 는 내가 들어 있던 방을 우리에게 제공해 주었다. 나는 그 방에서 여자의 조 바심을, 마치 칼을 들고 달려드는 사람으로부터, 누군지가 자기의 손에서 칼 을 **빼앗아** 주지 않으면 상대편을 찌르고 말 듯한 절망을 느끼는 사람으로부 터 칼을 **빼앗듯이** 그 여자의 조바심을 빼앗아 주었다. 그 여자는 처녀는 아니 었다. 우리는 다시 방문을 열고 물결이 다소 거센 바다를 내려다보며 오랫동 안 말없이 누워 있었다. "서울에 가고 싶어요. 단지 그거뿐예요." 한참 후에 여자가 말했다. 나는 손가락으로 여자의 볼 위에 의미 없는 **도화**를 그리고 있 었다. "세상에 착한 사람이 있을까?" 나는 방으로 불어오는 해풍 때문에 불이

암청색(暗靑色) 어두운 파란색.
도화(圖畵) 그림을 그리는 일. 또는 그려 놓은 그림.

꺼져 버린 담배에 다시 불을 붙이며 말했다. "절 나무라시는 거죠? 착하게 보아 주려는 마음이 없으면 아무도 착하지 않을 거예요." 나는 우리가 불교도라고 생각했다. "선생님은 착한 분이세요?" "인숙이가 믿어 주는 한." 나는 다시 한번 우리가 불교도라고 생각했다. 여자는 누운 채 내게 조금 더 다가왔다. "바닷가로 나가요, 네? 노래 불러 드릴게요." 여자가 말했다. 그러나 우리는 일어나지 않았다. "바닷가로 나가요, 네? 방이 너무 더워요." 우리는 일어나서 밖으로 나왔다. 우리는 백사장을 걸어서 인가가 보이지 않는 바닷가의 바위 위에 앉았다. 파도가 거품을 숨겨 가지고 와서 우리가 앉아 있는 바위 밑에 그것을 뿜어 놓았다. "선생님." 여자가 나를 불렀다. 나는 여자 쪽으로 고개를 돌렸다. "자기 자신이 싫어지는 것을 경험하신 적이 있으세요?" 여자가 꾸민 명랑한 목소리로 물었다. 나는 기억을 헤쳐 보았다. 나는 고개를 끄덕이며 말했다. "언젠가 나와 함께 자던 친구가 다음 날 아침에 내가 코를 골면서 자더라는 것을 알려 주었을 때였지. 그땐 정말이지 살맛이 나지 않았어." 나는 여자를 웃기기 위해서 그렇게 말했다. 그러나 여자는 웃지 않고 조용히 고개만 끄덕거렸다. 한참 후에 여자가 말했다. "선생님, 저 서울에 가고 싶지 않아요." 나는 여자의 손을 달라고 하여 잡았다. 나는 그 손을 힘을 주어 쥐면서 말했다. "우리 서로 거짓말은 하지 말기로 해." "거짓말이 아니에요." 여자는 빙긋 웃으면서 말했다. "〈어떤 개인 날〉 불러 드릴게요." "그렇지만 오늘은 흐린걸." 나는 〈어떤 개인 날〉의 그 이별을 생각하며 말했다. 흐린 날엔 사람들은 헤어지지 말기로 하자. 손을 내밀고 그 손을 잡는 사람이 있으면 그 사람을 가까이 가까이 좀 더 가까이 끌어당겨 주기로 하자. 나는 그 여자에게 '사랑한다'고 말하고 싶었다. 그러나 '사랑한다'라는 그 국어의 어색함이 그렇게 말하고 싶은 나의 충동을 쫓아 버렸다.

우리가 바닷가에서 읍내로 돌아온 것은 저녁의 어둠이 밀려든 뒤였다. 읍내에 들어오기 조금 전에 우리는 방죽 위에서 키스했다. "전 선생님께서 여기

계시는 일주일 동안만 멋있는 연애를 할 계획이니까 그렇게 알고 계세요." 헤어지면서 여자가 말했다. "그렇지만 내 힘이 더 세니까 별수 없이 내게 끌려서 서울까지 가게 될걸." 내가 말했다.

집으로 돌아와서 나는 후배인 박이 낮에 다녀간 것을 알았다. 그는 내가 '무진에 계시는 동안 심심하시지 않을까 하여 읽으시라.'고 책 세 권을 두고 갔다. 그가 저녁에 다시 오겠다고 하더라는 얘기를 이모가 내게 했다. 나는 피로를 핑계로 아무도 만나기 싫다는 뜻을 이모에게 알려 두었다. 이모는 내가 바닷가에서 아직 돌아오지 않았다고 대답하겠다고 말했다. 나는 아무것도 생각하고 싶지 않았다, 아무것도. 나는 이모에게 소주를 사 오게 하여 취해서 잠이 들 때까지 마셨다. 새벽녘에 잠깐 잠이 깨었다. 나는 이유를 집어낼 수 없이 가슴이 두근거렸는데 그것은 불안이었다. "인숙이." 하고 나는 중얼거려 보았다. 그리고 곧 다시 잠이 들어 버렸다.

당신은 무진을 떠나고 있습니다

나는 이모가 나를 흔들어 깨워서 눈을 떴다. 늦은 아침이었다. 이모는 전보한 통을 내게 건네주었다. 엎드려 누운 채 나는 전보를 펴 보았다. '27일 회의 참석 필요, 급 상경 바람. 영.' '27일'은 모레였고 '영'은 아내였다. 나는 아프도록 쑤시는 이마를 베개에 대었다. 나는 숨을 거칠게 쉬고 있었다. 나는 내 호흡을 진정시키려고 했다. 아내의 전보가 무진에 와서 내가 한 모든 행동과 사고를 내게 점점 명료하게 드러내 보여 주었다. 모든 것이 선입관 때문이었다. 결국 아내의 전보는 그렇게 얘기하고 있었다. 나는 아니라고 고개를 저었다. 모든 것이, 흔히 여행자에게 주어지는 그 자유 때문이라고 아내의 전보는 말하고 있었다. 나는 아니라고 고개를 저었다. 모든 것이 세월에 의하여 내 마음속에서 잊혀질 수 있다고 전보는 말하고 있었다. 그러나 상처가 남는다고,

나는 고개를 저었다. 오랫동안 우리는 다투었다. 그래서 전보와 나는 타협안을 만들었다. 한 번만, 마지막으로 한 번만 이 무진을, 안개를, 외롭게 미쳐 가는 것을, 유행가를, 술집 여자의 자살을, 배반을, 무책임을 긍정하기로 하자. 마지막으로 한 번만이다. 꼭 한 번만, 그리고 나는 내게 주어진 한정된 책임 속에서만 살기로 약속한다. 전보여, 새끼손가락을 내밀어라. 나는 거기에 내 새끼손가락을 걸어서 약속한다. 우리는 약속했다.

그러나 나는 돌아서서 전보의 눈을 피하여 편지를 썼다. '갑자기 떠나게 되었습니다. 찾아가서 말로써 오늘 제가 먼저 가는 것을 알리고 싶었습니다만 대화란 항상 의외의 방향으로 나가 버리기를 좋아하기 때문에 이렇게 글로써 알리는 것입니다. 간단히 쓰겠습니다. 사랑하고 있습니다. 왜냐하면 당신은 저 자신이기 때문에 적어도 제가 어렴풋이나마 사랑하고 있는 옛날의 저의 모습이기 때문입니다. 저는 옛날의 저를 오늘의 저로 끌어다 놓기 위하여 갖은 노력을 다하였듯이 당신을 햇볕 속으로 끌어 놓기 위하여 있는 힘을 다할 작정입니다. 저를 믿어 주십시오. 그리고 서울에서 준비가 되는대로 소식 드리면 당신은 무진을 떠나서 제게 와 주십시오. 우리는 아마 행복할 수 있을 것입니다.' 쓰고 나서 나는 그 편지를 읽어 봤다. 또 한 번 읽어 봤다. 그리고 찢어 버렸다.

덜컹거리며 달리는 버스 속에 앉아서 나는 어디쯤에선가 길가에 세워진 하얀 팻말을 보았다. 거기에는 선명한 검은 글씨로 '당신은 무진읍을 떠나고 있습니다. 안녕히 가십시오.'라고 씌어 있었다. 나는 심한 부끄러움을 느꼈다.

[1~4] 다음 제시문을 읽고 물음에 답해 봅시다.

> ⓐ막차는 좀처럼 오지 않았다.
>
> 별로 복잡한 내용이랄 것도 없는 장부를 마저 꼼꼼히 확인해 보고 나서야 늙은 역장은 돋보기안경을 벗어 책상 위에 놓고 일어선다.
>
> ⊙벌써 삼십 분이나 지났군.
>
> 출입문 위쪽에 붙은 낡은 벽시계가 여덟 시 십오 분을 가리키고 있다. ⓛ하긴 뭐 벌써라는 말을 쓰는 것도 새삼스럽다고 그는 고쳐 생각한다. 이렇게 작은 산골 간이역에서 제시간에 정확히 도착하는 완행열차를 보기가 그리 쉬운 일은 아님을 익히 알고 있는 탓이다. ⓒ더구나 오늘은 눈까지 내리고 있지 않는가.
>
> 역장은 손바닥을 비비며 창가로 다가가더니 유리창 너머로 무심히 시선을 던진다. 건널목 옆 외눈박이 수은등이 껑충하게 서서 홀로 눈을 맞으며 희뿌연 얼굴로 땅바닥을 내려다보고 있다. 송이눈이다. ⓔ갓난아이의 주먹만 한 눈송이들은 어둠 저편에 까맣게 숨어 있다가 느닷없이 수은등의 불빛 속에 뛰어들어 오면서 뚱그렇게 놀란 표정을 채 지우지 못한 채 땅바닥으로 곤두박질치고 있다. (중략)
>
> 그는 두 줄기 레일이 두툼한 눈을 뒤집어쓴 채 멀리 뻗어 나간 쪽을 바라본다. 낮엔 철길이 저만치 산모퉁이를 돌아가는 모습까지 뚜렷이 보였다. 봄날 몸을 푼 강물이 흐르듯 반원을 그리며 유유히 산모퉁이를 돌아 사라지는 철길의 끝을 보고 있노라면 마치도 모든 걸 다 마치고 평온하게 죽음을 맞이하는 어느 노년의 모습처럼 그것은 퍽이나 안온하고 평화로운 느낌을 주곤 하는 것이다. 하지만 지금, 철길은 훨씬 앞당겨져서 끝나 있다. 수은등 불빛이 약해지는 부분에서부터 차츰 희미해져 가다가 이윽고 흐물흐물 녹아 버렸는가 싶게 철길은 더 이상 볼 수가 없다. ⓜ그 저편은 칠흑 같은 어둠이다. 어둠에 삼키어져 버린 철길의 끝이 오늘밤은 까닭 없이 늙은 역장의 가슴 한구석을 썰렁하게 만든다. 그는 공연히 어깨를 떨어 보며 오른편 유리창 쪽으로 몸을 돌린다. 그쪽은 대합실과 접해 있는 이를테면 매표구라고 불리는 곳이다.

1_ 이 작품에 대한 설명으로 적절한 것끼리 바르게 묶은 것을 골라 봅시다.

> 가. 공간적 배경이 작품의 전체적인 분위기를 형성한다.
>
> 나. 등장인물 간의 외적 갈등을 통해 사건이 진행되고 있다.
>
> 다. 현재형 시제를 사용하여 현장감을 느낄 수 있도록 했다.
>
> 라. 서술자가 작품 밖에서 작품 속 인물들의 모습을 전달하고 있다.

① 가, 나   ② 나, 다   ③ 가, 나, 다

④ 가, 다, 라   ⑤ 나, 다, 라

2_ 제시문의 ⓐ의 의미를 탐색한 내용으로 적절하지 <u>않은</u> 것을 골라 봅시다.

① 이 작품이 전개되는 시간을 짐작하게 한다.

② 고달픈 삶을 살아가는 인물들의 처지와 어울리는 소재이다.

③ 인물들이 원하는 이상 세계로 이동시켜 주는 매개체에 해당한다.

④ '완행열차'라는 설명으로 미루어볼 때, 이들의 삶이 다른 사람들의 삶보다 뒤처져 있음을 알 수 있다.

⑤ '막차'라는 단어로 미루어볼 때, 이를 기다리는 이들의 생활이 늦은 밤까지 이어짐을 짐작할 수 있다.

3_ 제시문의 ㉠~㉤에 대한 설명으로 적절하지 <u>않은</u> 것을 골라 봅시다.

① ㉠ : 기차가 다른 때보다 늦게 도착하는 상황을 드러내고 있다.

② ㉡ : 기차가 연착하는 상황에 익숙함을 보여 주고 있다.

③ ㉢ : 눈 때문에 기차가 더 늦어질 것을 걱정하고 있다.

④ ㉣ : 서정적이고 평온한 분위기를 조성하고 있다.

⑤ ㉤ : 간이역에 모인 사람들의 암울한 미래를 암시하고 있다.

4_ 제시문의 작품 전문을 'A'라 하고 〈보기〉의 시를 'B'라고 할 때, A와 B를 비교한 내용으로 적절하지 <u>않은</u> 것을 골라 봅시다.

━━┃보기┃━━

막차는 좀처럼 오지 않았다.

대합실 밖에는 밤새 송이눈이 쌓이고

흰 보라 수수꽃 눈시린 유리창마다

톱밥 난로가 지펴지고 있었다.

그믐처럼 몇은 졸고

몇은 감기에 쿨럭이고

그리웠던 순간들을 생각하며 나는

한 줌의 톱밥을 불빛 속에 던져 주었다.

내면 깊숙이 할 말들은 가득해도

청색의 손바닥을 불빛 속에 적셔 두고

모두들 아무 말도 하지 않았다.

산다는 것이 때론 술에 취한 듯

한 두름의 굴비 한 광주리의 사과를

만지작거리며 귀향하는 기분으로

침묵해야 한다는 것을

모두들 알고 있었다.

오래 앓은 기침 소리와

쓴 약 같은 입술 담배 연기 속에서

싸륵싸륵 눈꽃은 쌓이고

그래 지금은 모두들

눈꽃의 **화음**에 귀를 적신다.

자정 넘으면

낯설음도 뼈아픔도 다 **설원**인데

단풍잎 같은 몇 잎의 차창을 달고

밤 열차는 또 어디로 흘러가는지

그리웠던 순간들을 **호명하며** 나는

한 줌의 눈물을 불빛 속에 던져 주었다.

— 곽재구, 〈사평역에서〉

- **청색의 손바닥** 추위로 얼어붙은 손. 여기서는 '고단하고 힘겨운 삶을 살아가는 사람들'을 의미한다.
- **화음**(和音) 높이가 다른 둘 이상의 음이 함께 울릴 때 어울리는 소리.
- **설원**(雪原) 눈이 덮인 벌판.
- **호명하다**(呼名——) 이름을 부르다. 여기서는 '회상하다'는 의미로 쓰였다.
- **〈사평역에서〉** 간이역의 대합실 정경을 제재로 막차를 기다리는 사람들의 삶의 애환을 그린 시. 이 시를 모티브로 하여 소설가 임철우가 단편 〈사평역〉을 썼다.

① A와 B는 유사한 소재와 상황을 다루고 있다.

② A와 달리 B에는 화자인 '나'가 직접 등장한다.

③ A와 B는 모두 인물의 심리 변화를 섬세하게 묘사하고 있다.

④ B와 달리 A에서는 각 인물들의 이야기가 나열되어 있다.

⑤ A와 달리 B에는 '청색의 손바닥', '눈꽃의 화음' 등 함축적인 표현이 많다.

　　사람들은 약속이나 한 듯 말을 잊었다. ㉠어쩌면 그들은 열차를 기다리고 있다는 사실조차 망각하고 있는 것인지도 모른다. 중년 사내는 담배를 입에 문 채 성냥불을 댕기려다 말고 멍하니 난로의 불빛을 들여다보고 있다. 노인을 안고 있는 농부도, 대학생도, 쭈그려 앉은 아낙네들도, 서울 여자도, 머플러를 쓴 춘심이도 저마다의 손바닥들을 불빛 속에 적셔 두고 망연한 시선을 난로 위에 모은 채 모두들 아무 말도 하지 않았다. ㉡저만치 홀로 떨어져 앉아 있는 미친 여자도 지금은 석고상으로 고요히 정지해 있다. 이따금 노인의 기침 소리가 났고, 난로 속에서 톱밥이 톡톡 튀어 올랐다.

[A] ┌ "흐유, 산다는 게 대체 뭣이간디……."
　　└ 불현듯 누군가 나직이 내뱉었다.

　　그러자 사람들은 그 말꼬리를 붙잡고 저마다 곰곰이 생각해 보기 시작한다. 정말이지 산다는 게 도대체 무엇일까…….

　　중년 사내에겐 산다는 일이 그저 ⓐ벽돌담 같은 것이라고 여겨진다. 햇볕도 바람도 흘러들지 않는 폐쇄된 공간. 그곳엔 시간마저도 아무런 흔적을 남기지 않는다. 마치 이 작은 산골 간이역을 빠른 속도로 무심히 지나쳐 가 버리는 ⓑ특급 열차처럼……. 사내는 그 열차를 세울 수도 탈 수도 없다는 것을 잘 알고 있다. 그러면서도 여전히 기다릴 도리밖에 없다는 것, 그것이 바로 앞으로 남겨진 자기 몫의 삶이라고 사내는 생각한다.

　　농부의 생각엔 삶이란 그저 누가 뭐래도 ⓒ흙과 일뿐이다. 계절도 없이 쳇바퀴로 이어지는 노동. 농한기라는 겨울철마저도 융자금 상환과 농약값이며 비료값으로부터 시작하여 중학교에 보낸 큰아들 놈의 학비에 이르기까지 이런저런 걱정만 하다가 보내고 마는 한숨 철이 되고 만 지도 오래였다. 삶이란 필시 등뼈가 휘도록 일하고 근심하다가 끝내는 늙고 병들어 죽는 것이리라고 여겨졌으므로, 드디어 어려운 문제를 풀어냈다는 듯이 농부는 한숨을 길게 내쉰다.

　　서울 여자에겐 ⓓ돈이다. 그녀가 경영하고 있는 음식점 출입문을 들어서는 사람들은 모조리 그녀에겐 돈으로 뵌다. 어서 오세요. 입에 붙은 인사도 알고 보면 손님에게가 아니라 돈에게 하는 말일 게다. 그래서 뚱뚱이 여자는 식사를 마치고 나가는

손님들에게 결코 안녕히 가세요, 라는 말은 쓰지 않는다. 또 오세요다. (중략)

춘심이는 애당초 그런 골치 아픈 얘기는 생각하기도 싫어진다. 산다는 게 뭐 별것일까. 아무리 허덕이며 몸부림을 쳐 본들, 까짓것 혀 꼬부라진 소리로 불러 대는 청승맞은 유행가 가락이나 ⓔ술 취해 두들기는 젓가락 장단과 매양 한가지일걸 뭐. 그래서 춘심이는 술이 좋다. 아무것도 생각나지 않게 해 주는 술님이 고맙다. 그래도 춘심이는 취하면 때로 울기도 하는데 그 까닭이야말로 춘심이도 모를 일이다. (중략)

ⓒ이 젊은 친구가 어쩌면 꿈을 꾸고 있는지도 모르겠군. 그러면서도 사내 역시 톱밥을 한 줌 집어낸다. 그리고는 대학생이 하듯 달아오른 난로에 톱밥을 뿌려 준다. ⓓ호르르르. 역시 뼈비꽃 같은 불꽃이 환히 피어오른다. 사내는 불빛 속에서 누군가의 얼굴을 얼핏 본 듯하다. 허 씨 같기도 하고 전혀 낯모르는 다른 사람인 것도 같은, 확실치 않은 얼굴이었다. ⓔ사내의 음울한 눈동자가 간절한 그리움으로 반짝 빛나기 시작한다. 사내는 다시 한 줌의 톱밥을 집어 불빛 속에 던져 넣고 있다.

5_ 제시문의 ㉠~㉤의 표현상 특징으로 적절하지 않은 것을 골라 봅시다.

① ㉠ : 간이역에 모인 사람들의 정황이 간접적으로 제시되고 있다.

② ㉡ : 비유를 통해 상황을 효과적으로 그려 내고 있다.

③ ㉢ : 대학생의 심정을 중년 사내의 말을 빌려 서술자가 직접적으로 표현하고 있다.

④ ㉣ : 음성 상징어를 사용하여 불꽃을 생생하게 묘사하고 있다.

⑤ ㉤ : 인물의 내면을 감각적으로 형상화하고 있다.

6_ 제시문의 ⓐ~ⓔ 중 그 내포적 의미가 가장 이질적인 것을 골라 봅시다.

① ⓐ   ② ⓑ   ③ ⓒ   ④ ⓓ   ⑤ ⓔ

7_ 제시문의 [A]가 작품 속에서 어떤 기능을 하는지 써 봅시다.

_____

_____

8_ 작품 전문을 참고하여 이 작품을 영화로 제작한다고 할 때 적절하지 <u>않은</u> 것을 골라 봅시다.

① 대합실 안의 분위기는 약간 어두우면서도 스산한 분위기가 형성되도록 한다.

② 톱밥이 타고 있는 난로가 등장인물들의 추위를 잠깐이나마 녹여 주는 모습을 설정한다.

③ 열차가 늦어져 어쩔 수 없이 대합실에 있는 난로에 모여 앉아 있는 사람들을 설정한다.

④ 함박눈이 내리는 풍경을 제시하고 인적이 끊기고 가로등만 외로이 서 있는 모습을 연출한다.

⑤ 열차가 늦어지고 있음을 당연히 여기며 역사 내 사람들에게 무관심한 역장의 모습을 연출한다.

톺아보기

〈사평역〉에서 톱밥 난로의 역할

이 작품에서 톱밥 난로는 미미한 온기를 내뿜는 '형편없이 낡아 빠진 것'으로 등장한다. 하지만 톱밥이 타들어 가며 만들어 내는 '빨간 빛'은 대합실 내 인물들에게 잠깐이나마 안식을 제공한다. 나아가 대합실 내 인물들로 하여금 저마다의 생각에 잠겨 지나온 삶을 회상하고 성찰할 계기를 마련해 주고, 온기를 나누어 교감할 수 있는 매개체의 역할을 한다.

[1~3] 다음 제시문을 읽고 물음에 답해 봅시다. [2012학년도 6월 고2 학력평가 응용]

"그런 식으로 여덟 사람을 옥바라지했어요. 한 달, 두 달, 하다 보면 그이는 앞사람들처럼 하룻밤을 지내구 떠나가군 했어요."

백화는 그런 일 때문에 갈매기집에 있던 시절, 옷 한 가지도 못 해 입었다. 백화는 지나간 삭막한 삼 년 중에서 ㉠그때만큼 즐겁고 마음이 평화로웠던 시절은 없었다. 그 여자는 새로운 병사를 먼 전속지로 떠나보내는 아침마다 차부로 나가서 먼지 속에 버스가 가리울 때까지 서 있곤 했었다. 백화는 그 뒤부터 부대 근처를 전전하며 여러 고장을 흘러 다녔다.

아직 초저녁이 분명한데 날씨가 나빠서인지 곧 어두워질 것 같았다. 눈은 더욱 새하얗게 돋보였고, 사위는 고요한데 나무 타는 소리만이 들려왔다.

㉡"감옥뿐 아니라, 세상이란 게 따지면 고해 아닌가……."

정 씨는 벗어서 불가에다 쬐고 있던 잠바를 입으면서 중얼거렸다.

"어둡기 전에 어서 가야지."

그들은 일어났다. 아직도 불길 좋게 타고 있는 모닥불 위에 눈을 한 움큼씩 덮었다. 산천이 차츰 희미하게 어두워졌다. ㉢새들이 이리저리로 깃을 찾아 숲에 모여들고 있었다. 영달이가 백화에게 물었다.

"그래 이젠 어떡할 셈요, 집에 가면……."

백화가 대답을 않고 웃기만 했다. 정 씨가 말했다.

"시집가야지 뭐."

"시집은 안 가요. 이제 와서 무슨 시집이에요. ㉣조용히 틀어박혀 집의 농사나 거들지요. 동생들이 많아요."

사방이 어두워지자 그들도 얘기를 그쳤다. 어디에나 눈이 덮여 있어서 길을 잘 분간할 수가 없었다. 뒤에 처졌던 백화가 눈 덮인 길의 고랑에 빠져 버렸다. 발이라도 삐었는지 백화는 꼼짝 못 하고 주저앉아 신음을 했다. 영달이가 달려들어 싫다고 뿌리치는 백화를 업었다. 백화는 영달이의 등에 업히면서 말했다.

"무겁죠?"

㉤영달이는 대꾸하지 않았다. 백화가 어린애처럼 가벼웠다. 등이 불편하지도 않았고 어쩐지 가뿐한 느낌이었다.

1_ 제시문의 서술상 특징으로 가장 적절한 것을 골라 봅시다.

① 인물들의 대화를 통해 갈등을 부각하고 있다.

② 회상의 형식을 통해 인물의 과거 행적을 드러내고 있다.

③ 외양보다 내면 묘사를 통해 인물의 성격을 제시하고 있다.

④ 서술의 시점을 다변화하여 상황을 효과적으로 제시하고 있다.

⑤ 사물에 대한 섬세한 묘사로 독자의 상상 공간을 확대하고 있다.

2_ 제시문에 대한 이해로 적절하지 <u>않은</u> 것을 골라 봅시다.

① ㉠ : 무의미한 삶에서 벗어나 다른 사람을 위해 희생하는 삶에서 보람을 느꼈던 백화의 마음이 드러나고 있다.

② ㉡ : 백화의 말을 듣고 자신의 옥살이 경험을 떠올리며 세상도 감옥과 마찬가지로 고달프다고 말하고 있다.

③ ㉢ : 갈 곳 없이 떠도는 세 인물과 대조적인 장면을 통해 그들의 처지를 부각시키고 있다.

④ ㉣ : 고향의 가난한 가족과 그로 인한 백화의 고달픈 삶을 짐작할 수 있다.

⑤ ㉤ : 백화나 정 씨와 달리 고향이나 목적지가 불분명한 영달이 스스로의 입장을 자조적으로 떠올리고 있다.

3_ 〈보기〉는 제시문의 작품에 대한 설명입니다. 적절하지 <u>않은</u> 것을 골라 봅시다.

┃**보기**┃

　　이 작품은 1970년대 농촌의 해체와 급속한 산업화 과정에서 발생한 ①<u>떠도는 사람들과 정착한 사람들의 갈등</u>을 그려 내고 있는 황석영의 단편 소설이다. 이 작품은 ②<u>'영달'과 '정 씨' 같은 노동자와 '백화' 같은 작부의 삶</u>을 통해 이들의 삶에 깔려 있는 슬픔을 그려 내고 있으며, 이들의 ③<u>따뜻한 마음과 배려·사랑</u>을 통해 인간에게 가장 소중한 가치가 무엇인지 생각하게 해 준다. 또한 ④<u>우연히 만난 인물들이 길을 가는 과정에서 겪는 일들</u>을 중심으로 전개되고 있으며, ⑤<u>서먹한 관계였던 인물들이 인간적인 정을 느끼게 되는 관계로 발전해 나가는 과정</u>을 그리고 있다. 이러한 의미에서 이 소설은 '**여로** 소설'이라고 할 수 있다.

・**여로**(旅路)　여행하는 길. 또는 나그네가 가는 길.

　　불이 생기니까 세 사람 모두가 먼 곳에서 지금 막 집에 도착한 느낌이 들었고, 잠이 왔다. 영달이가 긴 나무를 무릎으로 꺾어 불 위에 얹고, 눈물을 흘려 가며 입김을 불어 대는 모양을 백화는 이윽히 바라보고 있었다.

　　⊙"댁에…… 괜찮은 사내야. 나는 아주 치사한 건달인 줄 알았어." (중략)

　　"어느 방향이오?"

　　"전라선이에요."

　　"나는 호남선 쪽인데. 여비는 있소?"

　　"군용차를 사정해서 타구 가면 돼요."

　　그들은 장터 모퉁이에서 아직도 따뜻한 온기가 남아 있는 ⓐ팥시루떡을 사 먹었다. 백화가 자기 몫에서 절반을 떼어 영달이에게 내밀었다.

　　"더 드세요. 날 업구 왔으니 기운이 배나 들었을 텐데." (중략)

　　"어디루 가려우?"

　　ⓛ"일자리 있는 데면 어디든지……."

　　스피커에서 안내하는 소리가 웅얼대고 있었다. 정 씨는 대합실 나무 의자에 피곤하게 기대어 앉은 백화 쪽을 힐끗 보고 나서 말했다.

　　"같이 가시지. 내 보기엔 좋은 여자 같군."

　　"그런 거 같아요."

　　"또 알우? 인연이 닿아서 말뚝 박구 살게 될지. 이런 때 아주 뜨내기 신셀 청산해야지."

　　영달이는 시무룩해져서 역사 밖을 멍하니 내다보았다. 백화는 뭔가 쑤군대고 있는 두 사내를 불안한 듯이 지켜보고 있었다. 영달이가 말했다.

　　"어디 능력이 있어야죠."

　　ⓒ"삼포엘 같이 가실라우?"

　　"어쨌든……."

　　영달이가 뒷주머니에서 꼬깃꼬깃한 오백 원짜리 두 장을 꺼냈다.

　　"저 여잘 보냅시다."

　　영달이는 표를 사고 삼립빵 두 개와 찐 달걀을 샀다. 백화에게 그는 말했다.

"우린 뒤차를 탈 텐데……. 잘 가슈."

영달이가 내민 것들을 받아 쥔 ㉣백화의 눈이 붉게 충혈되었다. 그 여자는 더듬거리며 물었다.

"아무도…… 안 가나요?"

"우린 삼포루 갑니다. 거긴 내 고향이오."

영달이 대신 정 씨가 말했다. 사람들이 개찰구로 나가고 있었다. 백화가 보퉁이를 들고 일어섰다.

"정말, 잊어버리지…… 않을게요."

백화는 개찰구로 가다가 다시 돌아왔다. 돌아온 백화는 눈이 젖은 채로 웃고 있었다.

ⓑ"내 이름 백화가 아니에요. 본명은요…… 이점례예요." (중략)

"어허! 몇 년 만에 가는 거요?" / "십 년."

노인은 그렇겠다며 고개를 끄덕였다.

"말두 말우, 거긴 지금 육지야. 바다에 방둑을 쌓아 놓구, 트럭이 수십 대씩 돌을 실어 나른다구."

"뭣 땜에요?"

"낸들 아나. 뭐 관광호텔을 여러 채 짓는담서, 복잡하기가 말할 수 없데."

"동네는 그대루 있을까요?"

"그대루가 뭐요. 맨 천지에 공사판 사람들에다 장까지 들어섰는걸."

"그럼 나룻배두 없어졌겠네요."

"바다 위로 신작로가 났는데, 나룻배는 뭐에 쓰오. 허허, 사람이 많아지니 변고지. 사람이 많아지면 하늘을 잊는 법이거든."

작정하고 벼르다가 찾아가는 고향이었으나, 정 씨에게는 풍문마저 낯설었다. 옆에서 잠자코 듣고 있던 영달이가 말했다.

"잘됐군. 우리 거기서 공사판 일이나 잡읍시다."

그때에 기차가 도착했다. ㉤정 씨는 발걸음이 내키질 않았다. 그는 마음의 정처를 방금 잃어버렸던 때문이었다. 어느 결에 정 씨는 영달이와 똑같은 입장이 되어 버렸다.

4_ 제시문의 ㉠~㉤에 대한 이해로 적절하지 <u>않은</u> 것을 골라 봅시다.

① ㉠ : 백화가 영달에게 호감을 갖게 되었음을 알 수 있다.

② ㉡ : 어디에서라도 일자리를 구할 수 있다는 영달의 자신감을 엿볼 수 있다.

③ ㉢ : 정 씨는 영달의 처지를 고려하여 고향으로 함께 갈 것을 제안하고 있다.

④ ㉣ : 백화가 고마움과 아쉬움을 느끼고 있다는 것을 짐작할 수 있다.

⑤ ㉤ : 정 씨가 마음의 정처였던 고향이 변해 버렸다는 사실에 충격을 받았음을 추측할 수 있다.

5_ 다음 〈보기〉를 바탕으로 ⓐ를 통해 작가가 드러내고자 한 것이 무엇인지 써 봅시다.

┨보기┠

　　길은 인생의 행로로서 그 길을 걷는 이들의 삶을 드러낸다. 이 작품에는 떠돌이로서의 삶을 살아가는 이들이 우연히 길 위에서 마주쳐 동행하는 과정이 그려져 있다. 동행은 일시적이지만, 이 과정에서 인물들은 낯선 타인의 관계에서 벗어나 유대감과 온정을 느끼게 된다.

_____

_____

_____

6_ 백화가 제시문의 ⓑ와 같이 말한 이유로 가장 적절한 것을 골라 봅시다.

① 자신이 살아온 과거에 대해 전하려고

② 자신의 본명을 속였던 모습을 속죄하려고

③ 익명성 속에서 얼마나 많은 잘못을 저질렀는지 고백하려고

④ 영달이 자신을 다시 찾아 주기를 소망하고 있음을 알리려고

⑤ 따뜻하게 대해 준 두 사람에게 자신을 진실되게 보여 주려고

7_ 제시문을 읽은 독자의 반응으로 적절하지 <u>않은</u> 것을 골라 봅시다.

① 하영 : 정 씨는 백화의 사랑을 얻기 위해 은근히 애쓰고 있군.

② 지훈 : 백화에게 빵과 달걀을 건네는 것을 보니 영달은 백화를 생각해 주고 있는 것 같아.

③ 주형 : 영달은 백화의 고향에 가서 함께 살 만한 능력이 없어 안타까워하며 백화를 염려하는 것 같아.

④ 혜인 : 노인의 말에 드러난 삼포의 현실은 상전벽해(桑田碧海)라는 말로 표현할 수 있을 듯해.

⑤ 지원 : 삼포의 변화에 대한 정 씨와 영달의 생각과 반응은 전혀 다르군.

8_ 작품 전문의 내용을 참고하여 이 작품의 공간적 배경을 〈예시〉와 같이 정리할 때, 각 장소에 대한 설명으로 적절하지 <u>않은</u> 것을 골라 봅시다.

┨ 예시 ┠

폐가의 모닥불 가	→	눈길	→	감천 읍내	→	장터	→	역 가는 길
(가)		(나)		(다)		(라)		(마)

① (가) : 몸과 마음이 지친 인물들에게 잠시나마 쉼터가 되는 공간이다.

② (나) : 영달이 백화를 도우며 연민을 느끼는 공간이다.

③ (다) : 세 사람의 각기 다른 욕망들이 충돌을 일으키는 공간이다.

④ (라) : 백화가 영달에 대한 고마움을 표현하는 공간이다.

⑤ (마) : 백화의 제안에 영달이 심리적 갈등을 느끼는 공간이다.

9_ 〈보기〉를 바탕으로 이 작품을 감상한 내용으로 가장 적절한 것을 골라 봅시다.

┃보기┃

　　작품의 앞부분에서 정 씨와 영달 간의 심리적 거리는 멀다. 그러나 여로가 이어지면서 심리적 거리는 점점 가까워진다. 둘은 모두 산업 사회에서 소외된 존재이며, 고향을 떠난 떠돌이라는 점에서 같은 아픔을 갖고 있기 때문이다. 또한 중간에 만나게 된 백화도 사회의 중심부로부터 벗어난 자로서 파탄된 삶을 살아가는 떠돌이였으므로 결국 이들과 동화된다. 여로가 이어지면서 결국 이들 사이의 정신적 일체감은 강화되고, 차츰 합일되어 가는 과정을 보여 준다.

① 시대적 흐름 앞에서 무기력한 개인들의 모습을 통해 부조리한 현실을 고발하고 있어.

② 산업화가 미친 부정적인 영향을 부각하면서 전통적 방식의 삶으로의 회귀를 지향하고 있어.

③ 현대인들의 소외감과 고립감이 개인적 차원이 아니라 사회적 차원에서 비롯되었음을 알 수 있어.

④ 부정적인 현실에 저항하는 인물들의 모습을 통해 사회적 연대 의식이 중요함을 강조하고 있는 것 같아.

⑤ 산업화 과정에서 소외된 사람들이 서로 이해하고 정을 나누는 모습을 통해 동병상련(同病相憐)의 인간애를 느낄 수 있어.

작품 속 '삼포' 들여다보기

　'삼포(森浦)'를 한자어 그대로 풀어 보면 '숲이 울창한 마을'이다. 이 작품에서 정 씨의 고향으로 언급되는 삼포는 나무가 빽빽하게 있는 아름다운 어촌 마을을 떠올리게 한다. 이곳은 정 씨가 오랜 방랑 생활의 종착역으로 꿈꿔 온 마음의 안식처이자, 이곳에 함께 가기를 권하는 정 씨로 인해 영달에게는 일자리를 구해 새롭게 정착하기를 희망하는 곳이 된다. 하지만 이곳이 공사판으로 변해 버렸다는 노인의 말을 통해 삼포의 현실이 그들의 기대와 다름을 짐작할 수 있다. 이로써 근대화 이전의 공동체적 삶이 살아 있던 삼포는 근대화 과정에서 사라져 버린 고향을 상징하는 곳으로 변모한다.

[1~3] 다음 제시문을 읽고 물음에 답해 봅시다.

무진에 명산물이 없는 게 아니다. 나는 그것이 무엇인지 알고 있다. 그것은 안개다. 아침에 잠자리에서 일어나서 밖으로 나오면, 밤 사이에 진주해 온 적군들처럼 안개가 무진을 뺑 둘러싸고 있는 것이었다. 무진을 둘러싸고 있던 산들도 안개에 의하여 보이지 않는 먼 곳으로 유배당해 버리고 없었다. 안개는 마치 이승에 한(恨)이 있어서 매일 밤 찾아오는 여귀가 뿜어내 놓은 입김과 같았다. 해가 떠오르고, 바람이 바다 쪽에서 방향을 바꾸어 불어오기 전에는 사람들의 힘으로써는 그것을 헤쳐 버릴 수가 없었다. 손으로 잡을 수 없으면서도 그것은 뚜렷이 존재했고 사람들을 둘러쌌고 먼 곳에 있는 것으로부터 사람들을 떼어 놓았다. 안개, 무진의 안개, 무진의 아침에 사람들이 만나는 안개, 사람들로 하여금 해를, 바람을 간절히 부르게 하는 무진의 안개, 그것이 무진의 명산물이 아닐 수 있을까! (중략)

"당신 안색이 아주 나빠져서 큰일 났어요. 어머님의 산소에 다녀온다는 핑계를 대고 무진에 며칠 동안 계시다가 오세요. 주주 총회에서의 일은 아버지하고 저하고 다 꾸며 놓을게요. 당신은 오랜만에 신선한 공기를 쐬고 그리고 돌아와 보면 대회생 제약 회사의 전무님이 되어 있을 게 아니에요?"라고, 며칠 전날 밤, 아내가 나의 파자마 깃을 손가락으로 만지작거리며 나에게 진심에서 나온 권유를 했을 때 가기 싫은 심부름을 억지로 갈 때 아이들이 불평을 하듯이 내가 몇 마디 입안엣소리로 투덜댄 것도 무진에서는 항상 자신을 상실하지 않을 수 없었던 과거의 경험에 의한 조건 반사였었다.

내가 나이가 좀 든 뒤로 무진에 간 것은 몇 차례 되지 않았지만 그 몇 차례 되지 않은 무진행이 그러나 그때마다 내게는 서울에서의 실패로부터 도망해야 할 때거나 하여튼 무언가 새 출발이 필요할 때였었다. 새 출발이 필요할 때 무진으로 간다는 그것은 우연이 결코 아니었고 그렇다고 무진에 가면 내게 새로운 용기라든가 새로운 계획이 술술 나오기 때문도 아니었다. 오히려 무진에서의 나는 항상 처박혀 있는 상태였었다. 더러운 옷차림과 누우런 얼굴로 나는 항상 골방 안에서 뒹굴었다. 내가 깨어 있을 때는 수없이 많은 시간의 대열이 멍하니 서 있는 나를 비웃으며 흘러가고 있었고, 내가 잠들어 있을 때는 긴긴 악몽들이 거꾸러져 있는 나에게 혹독한 채찍질을 하였었다.

1_ 이 작품의 서술상 특징에 대한 설명으로 가장 적절한 것을 골라 봅시다.

① 공간의 이동에 따라 서술자가 달라지고 있다.

② 작품 속 서술자가 다른 인물을 관찰하여 전달하고 있다.

③ 같은 사건을 여러 인물의 시각에서 다양하게 서술하고 있다.

④ 작품 밖 서술자가 관찰한 내용을 서술하여 사건을 객관적으로 전달하고 있다.

⑤ 등장인물이 자신의 이야기를 직접 전달하여 인물의 심리가 생생하게 전달되고 있다.

2_ 제시문을 통해 알 수 있는 내용이 <u>아닌</u> 것을 골라 봅시다.

① '나'는 아내의 권유로 무진으로 향했다.

② '나'는 제약 회사의 전무가 될 예정이다.

③ '나'는 과거에 새 출발이 필요할 때 무진을 찾았다.

④ '나'에게 무진에서 가장 인상적인 것 중 하나는 안개이다.

⑤ '나'는 회사 생활의 어려움을 해결할 대책을 구하기 위해 무진에 내려갔다.

3_ 제시문의 공간적 배경으로 등장하는 '무진'과 '서울'의 상징적 의미를 바르게 연결한 것을 골라 봅시다.

	무진	서울
①	세속적 공간	이상적 공간
②	화해의 공간	갈등의 공간
③	몽환적 공간	현실적 공간
④	실재의 공간	상상의 공간
⑤	결합의 공간	분열의 공간

[4~7] 다음 제시문을 읽고 물음에 답해 봅시다.

"참, 엊저녁, 하 선생이란 여자는 네 색싯감이냐?" 내가 물었다. "색싯감?" 그는 높은 소리로 웃었다. "내 색싯감이 그 정도로밖에 안 보이냐?" 그가 말했다. "그 정도가 뭐 어때서?" "야, 이 약아빠진 놈아, 넌 빽 좋고 돈 많은 과부를 물어 놓고 기껏 내가 어디서 굴러온 줄도 모르는 말라빠진 음악 선생이나 차지하고 있으면 맘이 시원하겠다는 거냐?" 말하고 나서 그는 유쾌해 죽겠다는 듯이 웃어 대었다. "너만큼만 사는 정도라면 여자가 거지라도 괜찮지 않아?" 내가 말했다. "그래도 그게 아닙니다. 내 편에 나를 끌어 줄 사람이 없으면 처가 편에서라도 누가 있어야 하는 거야." 그가 대답했다. 그의 말투로는 우리는 공범자였다. "야, 세상 우습더라. 내가 고시에 패스하자마자 중매쟁이가 막 들어오는데……. 그런데 그게 모두 형편없는 것들이거든. 도대체 여자들이 성기 하나를 밑천으로 해서 시집가 보겠다는 고 배짱들이 괘씸하단 말야." "그럼 그 여 선생도 그런 여자 중의 하나인가?" "아주 대표적인 여자지. 어떻게나 쫓아다니는지 귀찮아 죽겠다." "퍽 똑똑한 여자일 것 같던데." "똑똑하기야 하지. 그렇지만 뒷조사를 해 보았더니 집안이 너무 허술해. 그 여자가 여기서 죽는 다고 해도 고향에서 그 여자를 데리러 올 사람 하나 변변한 게 없거든." 나는 그 여자를 어서 만나 보고 싶었다. 나는 그 여자가 지금 어디서 죽어 가고 있는 것처럼 생각되었다. 어서 가서 만나 보고 싶었다. "속도 모르는 박 군은 그 여자를 좋아한대." 그가 말하면서 빙긋 웃었다. "박 군이?" 나는 놀란 체했다. "그 여자에게 편지를 보내어 호소를 하는데 그 여자가 모두 내게 보여 주거든. 박 군은 내게 연애편지를 쓰는 셈이지." 나는 그 여자를 만나 보고 싶은 생각이 싹 가셨다. 그러나 잠시 후엔 그 여자를 어서 만나 보고 싶다는 생각이 되살아났다. (중략)

이모는 ㉠전보 한 통을 내게 건네주었다. 엎드려 누운 채 나는 전보를 펴 보았다. '27일 회의 참석 필요, 급 상경 바람. 영.' '27일'은 모레였고 '영'은 아내였다. 나는 아프도록 쑤시는 이마를 베개에 대었다. 나는 숨을 거칠게 쉬고 있었다. 나는 내 호흡을 진정시키려고 했다. 아내의 전보가 무진에 와서 내가 한 모든 행동과 사고를 내게 점점 명료하게 드러내 보여 주었다. 모든 것이 선입관 때문이었다. 결국 아내의 전보는 그렇게 얘기하고 있었다. 나는 아니라고 고개를 저었다. 모든 것이, 흔히 여행자에게 주어지는 그 자유 때문이라고 아내의 전보는 말하고 있었다. 나는 아니라고 고개를 저었다. 모든 것이 세월에 의하여 내 마음속에서 잊혀질 수 있다고 전보는 말하고 있었다. 그러나 상처가 남는다고, 나는 고개를 저었다. 오랫동안 우리는 다투었다. 그래서 전보와 나는 타협안을 만들었다. 한 번만, 마지막으로 한 번만 이 무진을, 안개 를, 외롭게 미쳐 가는 것을, 유행가를, 술집 여자의 자살을, 배반을, 무책임을 긍정하기로 하자. 마지막으로 한 번만이다. 꼭 한 번. 그리고 나는 내게 주어진 한정된 책임 속에서만 살기로 약속한다. 전보여, 새끼손가락을 내밀어라. 나는 거기에 내 새끼손가락을 걸어서 약속한다. 우리는 약속했다.

그러나 나는 돌아서서 전보의 눈을 피하여 편지를 썼다. '갑자기 떠나게 되었습니다. 찾아가서 말로써 오늘 제가 먼저 가는 것을 알리고 싶었습니다만 대화란 항상 의외의 방향으로 나가 버리기를 좋아하기 때문에 이렇게 글로써 알리는 것입니다. 간단히 쓰겠습니다. 사랑하고 있습니다. 왜냐하면 당신은 제 자신이기 때문에 적어도 제가 어렴풋이나마 사랑하고 있는 옛날의 저의 모습이기 때문입니다. 저는 옛날의 저를 오늘의 저로 끌어다 놓기 위하여 갖은 노력을 다하였듯이 당신을 햇볕 속으로 끌어 놓기 위하여 있는 힘을 다할 작정입니다. 저를 믿어 주십시오. 그리고 서울에서 준비가 되는대로 소식 드리면 당신은 무진을 떠나서 제게 와 주십시오. 우리는 아마 행복할 수 있을 것입니다." 쓰고 나서 나는 그 편지를 읽어 봤다. 또 한 번 읽어 봤다. 그리고 ⓒ찢어 버렸다.

덜컹거리며 달리는 버스 속에 앉아서 나는 어디쯤에선가 길가에 세워진 하얀 팻말을 보았다. 거기에는 선명한 검은 글씨로 '당신은 무진읍을 떠나고 있습니다. 안녕히 가십시오.'라고 씌어 있었다. 나는 심한 부끄러움을 느꼈다.

4_ 제시문에서 ㉠의 역할을 써 봅시다.

_____

_____

_____

5_ 제시문의 ㉡의 의미로 가장 적절한 것을 골라 봅시다.

① 인숙을 만나 보고 싶어 함.

② 서울 생활의 단점을 이야기함.

③ 아내가 보낸 전보를 읽고 갈등함.

④ 인숙에게 사랑한다고 고백할 예정임.

⑤ 무진을 떠나 서울로 돌아갈 결심을 함.

6_ 이 작품에서 '안개'의 기능을 써 봅시다.

_____

_____

7_ 〈보기〉를 바탕으로 제시문을 감상한 내용으로 적절하지 <u>않은</u> 것을 골라 봅시다.

⊩보기⊮

이 글은 '떠남 → 체험 → 돌아옴'의 여로형 구조로 이루어져 있다. 이를 통해 '나'의 내면적 갈등과 그 해결 과정이 드러난다.

① '나'가 무진에서 박과 조, 하 선생을 만나는 것은 '체험'에 해당한다고 할 수 있겠군.

② '나'는 '체험'을 통해 과거의 자신을 만나지만 '돌아옴'을 통해 이를 부정하기로 결정을 하였군.

③ '나'의 '떠남'은 짧은 여정으로 계획된 것이었으므로 '돌아옴'을 예정하고 있었던 것이라고 할 수 있겠군.

④ 마지막 부분에서 '나'가 서울로 돌아가는 것은 현실로의 복귀를 통해 갈등을 정리하고 있음을 보여 주는군.

⑤ 체험을 통한 '나'의 변화로 인해 처음에 떠난 서울과 다시 돌아가는 서울은 완전히 다른 성격을 지니게 되겠군.

Step_1 길 떠나는 사람들

다음 제시문을 읽고 물음에 답해 봅시다.

> **가** 중년 사내에겐 산다는 일이 그저 벽돌담 같은 것이라고 여겨진다. 햇볕도 바람도 흘러들지 않는 폐쇄된 공간. 그곳엔 시간마저도 아무런 흔적을 남기지 않는다. 마치 이 작은 산골 간이역을 빠른 속도로 무심히 지나쳐 가 버리는 특급 열차처럼……. 사내는 그 열차를 세울 수도 탈 수도 없다는 것을 잘 알고 있다. 그러면서도 여전히 기다릴 도리밖에 없다는 것, 그것이 바로 앞으로 남겨진 자기 몫의 삶이라고 사내는 생각한다.
>
> 농부의 생각엔 삶이란 그저 누가 뭐래도 흙과 일뿐이다. 계절도 없이 쳇바퀴로 이어지는 노동. 농한기라는 겨울철마저도 융자금 상환과 농약값이며 비료값으로부터 시작하여 중학교에 보낸 큰아들 놈의 학비에 이르기까지 이런저런 걱정만 하다가 보내고 마는 한숨 철이 되고 만 지도 오래였다. 삶이란 필시 등뼈가 휘도록 일하고 근심하다가 끝내는 늙고 병들어 죽는 것이리라고 여겨졌으므로, 드디어 어려운 문제를 풀어냈다는 듯이 농부는 한숨을 길게 내쉰다.
>
> 서울 여자에겐 돈이다. 그녀가 경영하고 있는 음식점 출입문을 들어서는 사람들은 모조리 그녀에겐 돈으로 뵌다. 어서 오세요. 입에 붙은 인사도 알고 보면 손님에게가 아니라 돈에게 하는 말일 게다. 그래서 뚱뚱이 여자는 식사를 마치고 나가는 손님들에게 결코 안녕히 가세요, 라는 말은 쓰지 않는다. 또 오세요다. (중략)
>
> 춘심이는 애당초 그런 골치 아픈 얘기는 생각하기도 싫어진다. 산다는 게 뭐 별것일까. 아무리 허덕이며 몸부림을 쳐 본들, 까짓것 혀 꼬부라진 소리로 불러 대는 청승맞은 유행가 가락이나 술 취해 두들기는 젓가락 장단과 매양 한가지일걸 뭐. 그래서 춘심이는 술이 좋다. 아무것도 생각나지 않게 해 주는 술님이 고맙다. 그래도 춘심이는 취하면 때로 울기도 하는데 그 까닭이야말로 춘심이도 모를 일이다.
>
> 대학생에겐 삶은 이 세상과 구별할 수 없는 그 무엇이다. 스물셋의 나이인 그에게는 세상 돌아가는 내력을 모르고, 아니 모른 척하고 산다는 것은 절대로 용서할 수 없다. 그런 삶은 잠이다. 마취 상태에 빠져 흘려보내는 시간일 뿐이라고 청년은 믿고 있다. 하지만 그는 얼마 전부터 그런 확신이 조금씩 흔들리기 시작하는 걸 느끼고 있다. 유치장에서 보

낸 한 달 남짓한 기억과 퇴학. 끓어오르는 그들의 신념과는 아랑곳없이 이루어지고 있는 강의실 밖의 질서……. 그런 것들이 자꾸만 청년의 시야를 어지럽히고 혼란을 일으키고 있는 중이다.

행상꾼 아낙네들은 산다는 일이 이를테면 허허한 길바닥만 같다. 아니면, 꼭두새벽부터 장사치들이 떼로 엉켜 아우성치는 시장에서 허겁지겁 보따리를 꾸려 나와, 때로는 시골 장터로 혹은 인적 뜸한 산골 마을로 돌아다니며 역시 자기네 처지보다 나을 것이라곤 눈곱만큼도 없는 시골 사람들 앞에서 거짓말 참말 다 발라 가며 펼쳐 놓는 그 싸구려 옷가지 같은 것인지도 모른다.

– 임철우, 〈사평역〉

나 '도시화'란 도시의 숫자나 도시에 사는 사람들의 숫자가 증가하면서 2, 3차 산업 활동과 도시적인 생활 양식이 보편화되는 과정을 말한다. 도시화의 초기 단계는 도시화율이 가장 낮고(25% 미만), 도시화 진행 속도가 매우 느리다. 산업화가 시작되는 가속화 단계는 **이촌향도**가 활발하게 나타나고 도시 지역으로의 인구

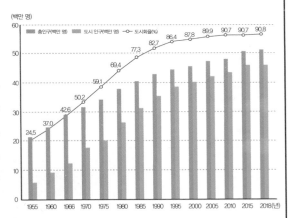

▎도시 인구와 도시화율 [통계청 (2019)]

유입이 급증하여, 도시화율이 25~70% 정도로 급속히 진행된다. 종착 단계는 도시화율의 증가 속도는 둔화되지만 도시화율이 가장 높게 나타난다(70% 이상). 도시화가 진행되는 지역은 인구 유입이 활발하고, 공업과 서비스업 위주로 경제 활동이 변화하는 특징이 나타난다. 우리나라의 경우 농촌 지역으로부터 도시 지역으로 많은 인구가 이동하면서 도시화가 이루어졌다. 1960년대 이후 산업화가 진행되면서 경제 발전이 이루어졌으며, 이에 따라 이촌향도 현상이 나타나 서울·부산 등 대도시는 물론 포항·울산과 같은 공업 도시 지역으로 인구가 빠르게 유입되었다. 이러한 도시화의 결과 포항·울산 등의 지역은 공업 도시로 성장하였다.

– 《고등학교 통합 사회》

• **이촌향도**(離村向都) 도시 경제의 성장 및 도시화로 인하여 농촌 인구가 농촌을 떠나 도시로 이동함.

1_ 다음 물음에 답해 봅시다.

1 제시문 **가**의 작품에 드러난 인물들의 상황을 참고하여 이들이 생각하는 삶의 의미를
정리해 봅시다.

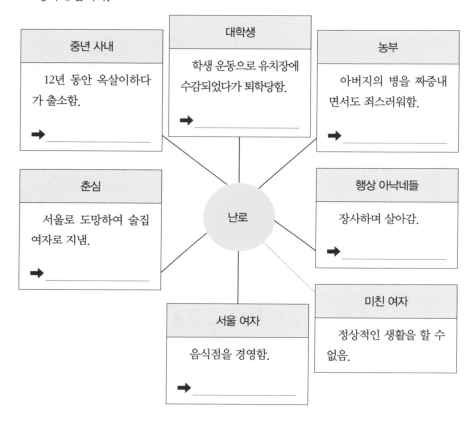

2 제시문 **나**를 참고하여 1960년대 많은 사람들이 도시로 떠나게 된 이유를 추측해 보고,
이것이 제시문 **가**에 어떻게 반영되어 있는지 생각해 봅시다.

_____

_____

_____

2 문제 1번을 참고하여 다음 〈보기〉에 등장하는 인물들의 상황과 심경을 분석해 봅시다.

▎보기▎

"저 산을 넘어야 찬샘 골인데. 강을 질러가는 게 빠르겠군."

"단단히 얼었을까."

강물은 꽁꽁 얼어붙어 있었다. 얼음이 녹았다가 다시 얼곤 해서 우툴두툴한 표면이 그리 미끄럽지는 않았다. 바람이 불어, 깨어진 살얼음 조각들을 날려 그들의 얼굴을 따갑게 때렸다.

"차라리, 저쪽 다리목에서 버스나 기다릴 걸 잘못했나 봐요."

숨을 헉헉 들이켜던 영달이가 투덜대자 정 씨가 말했다.

"자주 끊겨서 언제 올지두 모르오. 그보다두 현금을 아껴야지. 굶어두 돈 있으면 든든하니까."

"하긴 그래요."

"월출 가면 남행 열차를 탈 수는 있소. 거기서 기차 타려오?"

"뭐…… 돼 가는 대루. 그런데 삼포는 어느 쪽입니까?"

정 씨가 막연하게 남쪽 방향을 턱짓으로 가리켰다.

"남쪽 끝이오."

"사람이 많이 사나요, 삼포라는 데는?"

"한 열 집 살까? 정말 아름다운 섬이오. 비옥한 땅은 남아돌아 가구, 고기두 얼마든지 잡을 수 있구 말이지."

영달이가 얼음 위로 미끄럼을 지치면서 말했다.

"야아, 그럼, 거기 가서 아주 말뚝을 박구 살아 버렸으면 좋겠네."

"조오치. 하지만 댁은 안 될걸."

"어째서요."

"타관 사람이니까."

그들은 얼어붙은 강을 건넜다. 구름이 몰려들고 있었다.　　　－ 황석영, 〈삼포 가는 길〉

Step_2 산업화와 가치관의 변화

다음 제시문을 읽고 물음에 답해 봅시다.　　　　　　　　　　　　　[2019학년도 광운대 논술 응용]

> **가** 정 씨 옆에 앉았던 노인이 두 사람의 행색과 무릎 위의 배낭을 눈여겨 살피더니 말을 걸어왔다.
>
> "어디 일들 가슈?"
>
> "아뇨, 고향에 갑니다."
>
> "고향이 어딘데……."
>
> "삼포라구 아십니까?
>
> "어 알지, 우리 아들놈이 거기서 도자를 끄는데……."
>
> "삼포에서요? 거 어디 공사 벌릴 데나 됩니까? 고작해야 고기잡이나 하구 감자나 매는 데요."
>
> "어허! 몇 년 만에 가는 거요?"
>
> "십 년."
>
> 노인은 그렇겠다며 고개를 끄덕였다.
>
> "말두 말우, 거긴 지금 육지야. 바다에 방둑을 쌓아 놓구, 트럭이 수십 대씩 돌을 실어 나른다구."
>
> "뭣 땜에요?"
>
> "낸들 아나. 뭐 관광호텔을 여러 채 짓는담서, 복잡하기 말할 수 없데."
>
> "동네는 그대루 있을까요?"
>
> "그대루가 뭐요. 맨 천지에 공사판 사람들에다 장까지 들어섰는걸."
>
> "그럼 나룻배두 없어졌겠네요."
>
> "바다 위로 신작로가 났는데, 나룻배는 뭐에 쓰오. 허허, 사람이 많아지니 변고지. 사람이 많아지면 하늘을 잊는 법이거든."
>
> 작정하고 벼르다가 찾아가는 고향이었으나, 정 씨에게는 풍문마저 낯설었다. 옆에서 잠자코 듣고 있던 영달이가 말했다.
>
> ㉠"잘됐군. 우리 거기서 공사판 일이나 잡읍시다."
>
> 그때에 기차가 도착했다. ㉡<u>정 씨는 발걸음이 내키질 않았다. 그는 마음의 정처를 방금 잃어버렸던 때문이었다.</u>
>
> 　　　　　　　　　　　　　　　　　　　　　　　　　　　　　　　－ 황석영, 〈삼포 가는 길〉

나 근대화는 전근대적인 상태로부터 근대적인 상태로 **이행하는** 과정이라고 볼 수 있다. 일반적으로 근대화는 전통적인 농경 사회가 공업 사회로 이행하면서 발생하는 총체적인 사회 변화를 의미한다. 이러한 근대화는 경제적 측면과 아울러 정치적·사회적·문화적 그리고 개인적 측면에 이르기까지 사회 전반적으로 이루어진다.

경제적 측면에서의 근대화는 산업화가 진전된 결과 농업을 중심으로 한 전통 사회의 산업 구조에서 제조업 중심의 근대적 구조로 변모하는 것을 의미한다. 그리고 산업화의 가속화는 제조업의 비중을 높일 뿐만 아니라 서비스 산업의 비중을 큰 폭으로 증가시키면서 산업 구조 전반의 변화를 가져온다. 다시 말해 산업 혁명 이전에는 농촌을 기반으로 한 농업 경제와 자급자족 체제를 유지했으나 그 이후 공업이 주요 산업이 되었고, 도시에 인구가 급증하면서 각종 서비스업이 발달하는 등 급격한 사회 변화가 일어난다.

다 모든 생물체가 환경과 조화를 이루며 살아가는 한 마을이 있다. 이 마을은 곡식이 자라는 밭과 풍요로운 농장들 사이에 자리 잡고 있는데, 봄이면 과수원의 푸른 밭 위로 흰구름이 흘러가고, 가을이 되면 병풍처럼 둘러쳐진 소나무를 배경으로 불타듯 단풍이 든 참나무, 단풍나무, 자작나무가 너울거렸다. 어느 가을날 이른 아침 희미한 안개가 내린 언덕 위에서는 여우 울음소리가 들려왔고, 조용히 밭을 가로질러 달려가는 사슴의 모습도 때때로 눈에 띄었다.

그런데 이렇게 평화롭고 풍요로운 마을이 안고 있는 가장 큰 골칫거리는 농작물에 피해를 가져다주는 각종 **병해충**이었다. 이들 병해충 때문에 농장의 피해는 해마다 증가하였다. 하지만 18세기에 시작된 산업 혁명이 초래한 산업화는 이 문제를 획기적으로 해결해 주는 듯했다. 사람들은 무서운 속도로 공장을 세우고, 과학 기술을 활용한 다양한 산업을 개척해 나갔는데, 특히 당시에 개발된 디디티(DDT)의 인기는 대단했다. 강력한 살충 효과를 가진 디디티는 전쟁과 농업 분야에서 획기적인 발명품으로 주목되며 여기저기서 많이 사용되었다. 그러나 조금씩 디디티의 부작용으로 환경 생태계가 파괴되면서 심지어 생목숨을 잃는 사람들이 생겨나는 등 디디티의 문제점이 불거졌다.

이것은 이 마을도 예외가 아니었다. 어느 날 낯선 병이 이 지역을 뒤덮어 버리더니 모든 것이 변하기 시작했다. 마을의 가축들이 이상한 질병에 걸려 시름시름 앓다가 죽고 말았다. 마을 곳곳에 죽음의 그림자가 드리워졌다. 병의 정체를 알 수 없는 마을 의사들은 당황하기 시작했다. 원인을 알 수 없는 갑작스러운 죽음이 곳곳에서 보고되었다. 심지어 마을 사람들도 원인 모를 병에 걸리더니, 급기야 병이 발발한 지 몇 시간 만에 사망하는 일도 벌어졌다.

　　낯선 정적이 감돌았다. 새들은 도대체 어디로 가 버린 것일까? 이런 상황에 놀란 마을 사람들은 자취를 감춘 새에 대해서 이야기했다. 주위에서 볼 수 있는 몇 마리의 새조차 다 죽어 가는 듯 격하게 몸을 떨었고 날지도 못했다. ⓒ죽은 듯 고요한 봄이 온 것이다. 전에는 아침이면 울새, 검정지빠귀, 산비둘기, 어치, 굴뚝새 등 여러 새의 합창이 울려 퍼지곤 했는데, 이제는 아무런 소리도 들리지 않았다. 들판과 숲과 습지에 오직 침묵만이 감돌았다.

　　　　　　　　　　　　　　　　　　　　　　　　　　　　　　　　　　　- 레이첼 카슨,《침묵의 봄》

* **이행하다**(已行--)　다른 상태로 옮아가다.
* **병해충**(病害蟲)　주로 농작물 따위에 해를 입히는 병과 해충.

1_ 제시문 **나**의 내용을 참고하여 제시문 **가**의 '삼포'의 변화를 설명해 봅시다.

_____

_____

_____

2_ 제시문 **나**를 참고하여 제시문 **가**의 ㉠과 ㉡에서 정 씨와 영달이 '삼포'의 변화에 대해 어떤 입장을 취하고 있는지 각각 쓰되, 정 씨의 경우 제시문 **다**의 ㉢이 내포하고 있는 구체적 의미와 연관 지어 써 봅시다.

_____

_____

_____

_____

Step_3 여로형 소설 : 스스로의 길을 잃다

다음 제시문을 읽고 물음에 답해 봅시다.

[2007학년도 이화여대 논술 응용]

가-1 이모 댁으로 돌아와서 저녁을 먹고 있을 때, 나는 방문을 받았다. 박(朴)이라고 하는 무진중학교의 내 몇 해 후배였다. 한때 독서광이었던 나를 그 후배는 무척 존경하는 눈치였다. 그는 학생 시대에 이른바 문학 소년이었던 것이다. 미국 작가인 피츠제럴드를 좋아한다고 하는 그 후배는 그러나 피츠제럴드의 팬답지 않게 아주 얌전하고 매사에 엄숙했고 그리고 가난하였다. "신문 지국에 있는 제 친구에게서 내려오셨다는 얘길 들었습니다. 웬일이십니까?" 그는 정말 반가워해 주었다. "무진엔 왜 내가 못 올 덴가?" 그렇게 대답하며 나는 내 말투가 마음에 거슬렸다. (중략) "참 자넨 요즘 뭘 하고 있나?" 내가 박에게 물었다. 박은 얼굴을 붉히고 잠시 동안 머뭇거리다가 모교에서 교편을 잡고 있다고, 그것이 무슨 잘못이라도 되는 것처럼 우물거리며 대답했다. "좋지 않아? 책 읽을 여유가 있으니까 얼마나 좋은가? 난 잡지 한 권 읽을 여유가 없네. 무얼 가르치고 있나?" 후배는 내 말에 용기를 얻었는지 아까보다는 조금 밝은 목소리로 대답했다. "국어를 가르치고 있습니다." "잘했어. 학교 측에서 보면 자네 같은 선생을 구하기도 힘들 거야."

가-2 '옛날엔 손금이 나쁘다고 판단받은 소년이 있었다. 그 소년은 자기의 손톱으로 손바닥에 좋은 손금을 파 가며 열심히 일했다. 드디어 그 소년은 성공해서 잘살았다.' 조는 이런 얘기에 가장 감격하는 친구였다. (중략)

　조는 러닝셔츠 바람으로, 바지는 무릎 위까지 걷어붙이고 부채를 부치고 있었다. 나는 그가 초라해 보였고 그러나 그가 흰 커버를 씌운 회전의자 위에 앉아 있는 것을 자랑스러워하는 듯한 몸짓을 해 보일 때는 그가 가엾게 생각되었다. "바쁘지 않나?" 내가 물었다. "나야 뭐 하는 일이 있어야지. 높은 자리라는 건 책임진다는 말만 중얼거리고 있으면 되는 모양이지." 그러나 그는 결코 한가하지 않았다. 여러 사람들이 드나들면서 서류에 조의 도장을 받아 갔고 더 많은 서류들이 그의 미결함에 쌓여졌다. "월말에다가 토요일이 되어서 좀 바쁘다." 그는 말했다. 그러나 그의 얼굴은 그 바쁜 것을 자랑스럽게 여기고 있었다. (중략) "야, 이 약아빠진 놈아, 넌 빽 좋고 돈 많은 과부를 물어 놓고 기껏 내가 어디서 굴러온 줄도 모르는 말라빠진 음악 선생이나 차지하고 있으면 맘이 시원하겠다는 거냐?" 말하고 나서 그는 유쾌해 죽겠다는 듯이 웃어 대었다. "너만큼만 사는 정도라면 여자가 거지라도 괜찮지 않아?" 내가 말했다. "그래도 그게 아닙니다. 내 편에 나를 끌어 줄 사람이 없으면 처가 편에서라도 누가 있어야 하는 거야." 그가 대답했다. 그의 말투로는 우리는 공범자였다.

가-3 "무작정 서울에만 가면 어떻게 할 작정이오?" 내가 물었다. "이렇게 좋은 오빠가 있는데 어떻게 해 주겠지요." 여자는 나를 쳐다보며 방긋 웃었다. "신랑감이야 수두룩하긴 하지만……. 서울보다는 고향에 가 있는 게 낫지 않을까요?" "고향보다는 여기가 나아요." "그럼 여기 그대로 있는 게……." "아이, 선생님. 절 데리고 가시잖을 작정이시군요." 여자는 울상을 지으며 내 손을 뿌리쳤다. 사실 나는 나 자신을 알 수 없었다. 사실 나는 감상이나 연민으로써 세상을 향하고 서는 나이도 지난 것이다. (중략)

그러나 나는 돌아서서 전보의 눈을 피하여 편지를 썼다. '갑자기 떠나게 되었습니다. 찾아가서 말로써 오늘 제가 먼저 가는 것을 알리고 싶었습니다만 대화란 항상 의외의 방향으로 나가 버리기를 좋아하기 때문에 이렇게 글로써 알리는 것입니다. 간단히 쓰겠습니다. 사랑하고 있습니다. 왜냐하면 당신은 저 자신이기 때문에 적어도 제가 어렴풋이나마 사랑하고 있는 옛날의 저의 모습이기 때문입니다. 저는 옛날의 저를 오늘의 저로 끌어다 놓기 위하여 갖은 노력을 다하였듯이 당신을 햇볕 속으로 끌어 놓기 위하여 있는 힘을 다할 작정입니다. 저를 믿어 주십시오. 그리고 서울에서 준비가 되는대로 소식 드리면 당신은 무진을 떠나서 제게 와 주십시오. 우리는 아마 행복할 수 있을 것입니다.' 쓰고 나서 나는 그 편지를 읽어 봤다. 또 한 번 읽어 봤다. 그리고 찢어 버렸다.

덜컹거리며 달리는 버스 속에 앉아서 나는 어디쯤에선가 길가에 세워진 하얀 팻말을 보았다. 거기에는 선명한 검은 글씨로 '당신은 무진읍을 떠나고 있습니다. 안녕히 가십시오.'라고 씌어 있었다. <u>나는 심한 부끄러움을 느꼈다.</u>

가-4 "무슨 약을 먹었는지 모르지만 지금이라도 어쩌면……." 순경에게 내가 말했다. "저런 여자들이 먹는 건 청산가립니다. 수면제 몇 알 먹고 떠들썩한 연극 같은 건 안 하지요. 그것만은 고마운 일이지만." 나는 무진으로 오는 버스 안에서 수면제를 만들어 팔겠다는 공상을 한 것이 생각났다. 햇빛의 신선한 밝음과 살갗에 탄력을 주는 정도의 공기의 저온, 그리고 해풍에 섞여 있는 정도의 소금기, 이 세 가지를 합성하여 수면제를 만들 수 있다면……. 그러나 사실 그 수면제는 이미 만들어져 있었던 게 아닐까. 나는 문득, 내가 간밤에 잠을 이루지 못하고 뒤척거리고 있었던 게 이 여자의 임종을 지켜 주기 위해서가 아니었을까 하는 생각이 들었다. 통금 해제의 사이렌이 불고 이 여자는 약을 먹고 그제야 나는 슬며시 잠이 들었던 것만 같다. 갑자기 나는 이 여자가 나의 일부처럼 느껴졌다. 아프긴 하지만 아끼지 않으면 안 될 내 몸의 일부처럼 느껴졌다. 나는 접어 든 우산에 묻은 물을 획획 뿌리면서 집으로 돌아왔다.

– 김승옥, 〈무진 기행〉

나 죽는 날까지 하늘을 우러러
　한 점 부끄럼이 없기를,
　잎새에 이는 바람에도
　나는 괴로워했다.
　별을 노래하는 마음으로
　모든 죽어 가는 것을 사랑해야지.
　그리고 나한테 주어진 길을
　걸어가야겠다.

　오늘 밤에도 별이 바람에 스치운다.

– 윤동주, 〈서시〉

다 진정한 후회는 양심의 가책을 무시하고 자신의 잘못을 합리화하는 게 아니라, 양심에 거리끼는 자신의 행위를 스스로 책망하는 **자책**의 순간을 갖는 것을 의미한다. 스스로 자기를 책망하는 일은 고통스럽다. 하지만 이런 고통의 순간을 통해서만 사람은 다시 태어날 수 있다. 이렇게 다시 태어나는 일, 즉 인간적 부활은 후회의 감정으로 족하지 않고 자책을 거쳐 **참회**에 이르러야 가능하다. 후회는 잘못을 뉘우치는 것이지만, 참회는 잘못을 뉘우쳐 마음을 고쳐먹는 단계까지를 의미하기 때문이다. 그러므로 후회는 누구나 다 하지만, 참회는 자기반성의 심한 고통을 스스로 택한 사람만이 할 수 있다.

• **〈서시〉**　일제 강점기의 암울한 현실 속에서도 부끄러움 없는 삶에 대한 소망과 의지를 드러낸 시.
• **자책**(自責)　자신의 결함이나 잘못에 대하여 스스로 깊이 뉘우치고 자신을 책망함.
• **참회**(懺悔)　자기의 잘못에 대하여 깨닫고 깊이 뉘우침.

1_ 〈보기〉를 바탕으로 제시문 **가**의 '나'가 각 인물에게 느끼는 감정과 그들에 대한 태도를 파악하고 그 이유를 함께 써 봅시다.

> ┃**보기**┃
> • 모든 인간의 생활은 자기 자신에의 길이며 하나의 시도이다.
> • 우리가 사람을 미워하는 경우 그것은 단지 그의 모습을 빌려서 자신의 속에 있는 무엇인가를 미워하는 것이다. 자신의 속에 없는 것은 절대로 자기를 흥분시키지 않는다.
>
> — 헤르만 헤세

가-1 후배 박 군	
가-2 친구 조	
가-3 하인숙	
가-4 술집 여자	

2_ 제시문 **나**와 **다**에서 지향하는 삶의 태도를 파악하고, 이를 바탕으로 제시문 **가**-3의 밑줄 친 내용의 이유를 추론해 봅시다.

〈무진 기행〉이 가르치는 부끄러움

김승옥의 〈무진 기행〉은 '떠남-추억의 공간-복귀' 구조의 여로형 소설로, 주인공인 '나'가 서울을 떠나 무진으로 갔다가 다시 서울로 돌아온다는 여로에서 이상과 현실 사이에서 갈등하는 현대인의 허무주의적 의식을 보여 주는 작품입니다. 이 소설은 발표 당시 '감수성의 혁명'이란 찬사와 함께, 4·19 혁명이 가져온 자유를 짓밟은 5·16 군사 쿠데타 이후 현실에 좌절하고 방황하던 젊은이의 내면을 담아내 큰 반향을 불러일으켰습니다.

당시는 박정희 정부가 경제 개발 5개년 계획을 실행하며 급속한 산업화·도시화가 진행되고, 농촌 인구의 도시 유입으로 이촌향도 현상이 뚜렷하던 때였습니다. 이로써 농촌은 공동체 붕괴를, 도시는 인구 과밀(過密)로 인한 주택·교통·환경 등 여러 사회 문제와 인간 소외 등 가치관 혼란을 겪으며 많은 사람들이 인간의 삶이 훼손되는 현실을 직면하던 때였죠.

> 한국의 1960년대는 4·19 혁명과 5·16 군사 쿠데타와 함께 시작한다. 그와 동시에 급진적인 근대화가 진행되는데, 도시화와 산업화는 그 근대화의 두 얼굴이다. 이러한 '근대 혁명'을 통해 한국 사회는 새로운 사회, 새로운 시대로 진입한다. 하지만 그 혁명적 변화가 단기간에 이루어졌기에 전근대와 근대의 공존과 갈등은 필연적이었다. 〈무진 기행〉에서 무진(순천)과 서울은 시골과 도시의 대명사로서 전근대와 근대의 공간을 대표한다. (중략) 주인공의 여정은 전근대에서 근대로의 이행을 압축하며 이는 사회학의 용어를 빌리면 공동 사회에서 이익 사회로의 이행에 대응한다. 그와 함께 우리는 불가피하게도 고향을 상실하며 '심한 부끄러움'을 느낀다.
> – 이현우(인문학자)

〈무진 기행〉의 주인공은 무진에서 인생의 가장 어두운 터널을 지날 때마다 쓸쓸함이 담긴 편지를 썼던 순수한 과거를 떠올립니다. 그리고 잠시 그 모습으로 돌아가기도 하지만, 아내의 전보를 받고 현실 감각이 깨어나면서 결국 서울로 향합니다. 이는 정신적 순수함보다도 세속적 안락함에서 더 큰 만족을 얻게 된 주인공의 변화이자, 정신적 가치보다 육체적·물질적 가치에 더 큰 의미를 두고 살아가는 현대인의 모습이기도 합니다. 살아남기 위해 현실과 타협하는 세속적 자아를 부끄러워하는 주인공. 그의 마음이 현재를 살아가는 우리에게도 남아 있는지, 〈무진 기행〉을 떠나며 살펴보도록 합시다.

다음 제시문을 읽고 물음에 답해 봅시다.　　　　　　　[2008학년도 서울대 논술 응용]

> **가** 새와 짐승도 슬피 울고 바다와 산도 찡그리네　　鳥獸哀鳴海岳嚬(조수애명해악빈)
> 　　　무궁화 세계는 이미 사라지고 말았구나　　　　槿花世界已沈淪(근화세계이침륜)
> 　　　가을 등불 아래 책 덮고 역사를 생각하니　　　秋燈掩卷懷千古(추등엄권회천고)
> 　　　세상에서 글 아는 사람 노릇 하기 어렵구나　　難作人間識字人(난작인간식자인)
> 　　— 황현, 〈절명시(絕命詩)〉
>
> **나** 이모는 전보 한 통을 내게 건네주었다. 엎드려 누운 채 나는 전보를 펴 보았다.
> '27일 회의 참석 필요, 급 상경 바람. 영.' '27'일은 모레였고 '영'은 아내였다. 나는 아
> 프도록 쑤시는 이마를 베개에 대었다. 나는 숨을 거칠게 쉬고 있었다. 나는 내 호흡
> 을 진정시키려고 했다. 아내의 전보가 무진에 와서 내가 한 모든 행동과 사고를 내
> 게 점점 명료하게 드러내 보여 주었다. 모든 것이 선입관 때문이었다. 결국 아내의
> 전보는 그렇게 얘기하고 있었다. 나는 아니라고 고개를 저었다. 모든 것이, 흔히 여
> 행자에게 주어지는 그 자유 때문이라고 아내의 전보는 말하고 있었다. 나는 아니라
> 고 고개를 저었다. 모든 것이 세월에 의하여 내 마음속에서 잊혀질 수 있다고 전보
> 는 말하고 있었다. 그러나 상처가 남는다고, 나는 고개를 저었다. 오랫동안 우리는
> 다투었다. 그래서 전보와 나는 타협안을 만들었다. 한 번만, 마지막으로 한 번만 이
> 무진을, 안개를, 외롭게 미쳐 가는 것을, 유행가를, 술집 여자의 자살을, 배반을, 무
> 책임을 긍정하기로 하자. 마지막으로 한 번만이다. 꼭 한 번만. 그리고 나는 내게 주
> 어진 한정된 책임 속에서만 살기로 약속한다. 전보여, 새끼손가락을 내밀어라. 나는
> 거기에 내 새끼손가락을 걸어서 약속한다. 우리는 약속했다.
> 　　그러나 나는 돌아서서 전보의 눈을 피하여 편지를 썼다. '갑자기 떠나게 되었습니
> 다. 찾아가서 말로써 오늘 제가 먼저 가는 것을 알리고 싶었습니다만 대화란 항상
> 의외의 방향으로 나가 버리기를 좋아하기 때문에 이렇게 글로써 알리는 것입니다.
> 간단히 쓰겠습니다. 사랑하고 있습니다. 왜냐하면 당신은 저 자신이기 때문에 적어
> 도 제가 어렴풋이나마 사랑하고 있는 옛날의 저의 모습이기 때문입니다. 저는 옛날

의 저를 오늘의 저로 끌어다 놓기 위하여 있는 힘을 다할 작정입니다. 저를 믿어 주십시오. 그리고 서울에서 준비가 되는대로 소식 드리면 당신은 무진을 떠나서 제게와 주십시오. 우리는 아마 행복할 수 있을 것입니다.' 쓰고 나서 나는 그 편지를 읽어 봤다. 또 한 번 읽어 봤다. 그리고 찢어 버렸다.　　　　　　　　　　　　　　 ─ 김승옥, 〈무진 기행〉

다 노란 숲속에 길이 두 갈래로 났었습니다.
　나는 두 길을 다 가지 못하는 것을 안타깝게 생각하면서
　오랫동안 서서 한 길이 굽어 꺾여 내려간 데까지
　바라다볼 수 있는 데까지 멀리 바라다보았습니다.

　그리고 똑같이 아름다운 다른 길을 택했습니다.
　그 길에는 풀이 더 있고 사람이 걸은 자취가 적어,
　아마 더 걸어야 될 길이라고 나는 생각했었던 게지요.
　그 길을 걸으므로, 그 길도 거의 같아질 것이지만.

　그날 아침 두 길에는
　낙엽을 밟은 자취는 없었습니다.
　아, 나는 다음 날을 위하여 한 길은 남겨 두었습니다.
　길은 길에 연하여 끝없으므로
　내가 다시 돌아올 것을 의심하면서…….

　훗날에 훗날에 나는 어디선가
　한숨을 쉬며 이야기할 것입니다.
　숲속에 두 갈래 길이 있었다고,
　나는 사람이 적게 간 길을 택하였다고,
　그리고 그것 때문에 모든 것이 달라졌다고.　　　　　 ─ 프로스트, 〈가지 않은 길〉

• **〈절명시(絕命詩)〉** 구한말 지식인인 황현이 1910년 망국의 현실에 대한 절망과 고뇌에 자결하며 남긴 시.
• **〈가지 않은 길〉** 어느 길을 택하더라도 가지 않는 길에 미련이 생기는 인생의 아이러니에 대한 시.

1_ 제시문 **가**와 **나**에는 고민하는 인간의 모습이 나타나 있습니다. 글쓴이가 고민하고 있는 상황을 비교하여 설명해 봅시다.

2_ 제시문 **가**와 **나** 중 한 상황에서 제시문 **다**와 같이 선택해야 한다고 할 때, 그 선택은 어떤 것인지 구체적으로 밝히고 그렇게 선택한 이유를 논술해 봅시다.

구분	작가 및 작품명	수록 교과서 (연계 기출 포함)	참고 도서
1	오상원, 〈유예〉	(구)천재·디딤돌·교학사·지학사 / 2015학년도 EBS 수능 특강	《바비도, 요한시집, 유예 외》 (창작과비평사, 2015.)
	황순원, 〈너와 나만의 시간〉	지학사 문학 / 2007학년도 4월 고3 학력평가	《너와 나만의 시간 외》 (문학과지성사, 2011.)
	이호철, 〈나상〉	신사고 문학 / 2011학년도 수능	《한국단편문학선 2》 (민음사, 2020.)
2	이범선, 〈오발탄〉	2019학년도 수능 / 2016학년도 7월 고3 학력평가	《꺼삐딴 리, 오발탄, 탈향, 판문점》 (창작과비평사, 2017.)
	손창섭, 〈잉여 인간〉	2021학년도 EBS 수능 완성	《비 오는 날》 (문학과지성사, 2005.)
	서영은, 〈사막을 건너는 법〉	2021학년도 수능	《먼 그대》 (새움, 2018.)
3	김승옥, 〈서울, 1964년 겨울〉	미래엔 문학 / 해냄에듀	《무진 기행》 (문학동네, 2013.)
	이호철, 〈1965년, 어느 이발소에서〉	지학사 문학	《소시민》 (동아출판사, 1995.)
	최인호, 〈타인의 방〉	미래엔 문학	《타인의 방》(2005.10.) (민음사, 2005.)
4	임철우, 〈사평역〉	2013학년도 3월 고3 학력평가	《아버지의 땅》 (문학과지성사, 2018.)
	황석영, 〈삼포 가는 길〉	미래엔 / 2012학년도 6월 고2 학력평가 / 2015학년도 9월 고3 모의평가	《삼포 가는 길》 (문학동네, 2020.)
	김승옥, 〈무진 기행〉	(구)천재 / (구)두산 / (구)교학사 / 2008학년도 서울대 논술	《무진 기행》 (문학동네, 2013.)

* 10쪽 사진(1953년 전쟁으로 파괴된 서울) 출처 : 전쟁기념관 오픈 아카이브
 (http://archives.warmemo.or.kr/index.do)

Memo

Memo

Memo

Memo